KB068406

# MICHAEL CONNELLY

City of Bones

# 유골의 도시

City of Bones

BOSCH

MICHAEL CONNELLY

마이클 코넬리 지음 | 한정아 옮김

## *Media Review*

**2003년 앤서니 상 · 배리 상 수상작**
**2003년 에드거 상 · 마카비티 상 후보작**
**2002년 스틸 대거 상 후보작**

"해리 보슈는 최고의 정점에 섰다. 《유골의 도시》에서 보슈는 그 어느 사건보다도 어둡고 암울한 과거의 사건으로 뛰어들지만 여전히 넘치는 에너지를 보여준다. 특히 경찰 조직에 대한 세부 묘사와 정치적 묘사는 매 페이지마다 놀랍도록 생동감 있게 살아 있다."_**퍼블리셔스 위클리**

"명품 작가 코넬리, 더 이상 무슨 말이 필요할까."_**보스턴 선데이 글로브**

"코넬리의 강렬함이 한껏 묻어난다. 멋진 플롯, 건조하면서도 상념적인 정서, 슬픈 엔딩까지. 소포클레스의 비극을 보여주는 듯한 작품."
_**로스앤젤레스 타임스**

"사랑하는 도시를 정화하기 위해 노력하는 보슈에게 악과 어둠은 계속적으로 닥쳐온다. 그는 여전히 고독한 아웃사이더의 모습을 보여주고 있으며 그 모습은 너무나 매력적이다."_**아마존닷컴**

"선택의 여지가 없다. 코넬리의 책을 손에 잡는 즉시 다른 모든 일은 포기해야 한다. 《유골의 도시》는 LA 경찰의 어둠에 관한 긴장감 넘치고, 독보적이며, 속도감이 넘치는 스릴러다."_**뉴욕 타임스**

—

"보슈는 이 작품에서 또다시 복합적인 악과 조우한다. 이 작품에서 보슈는 어둠과 대면하는 자신이 더욱 무력하다고 느낀다. '진정한 악은 세상에서 몰아낼 수 없다. 그는 기껏해야 양손에 물이 새는 양동이를 하나씩 쥐고 절망의 어두운 시궁창 속을 허우적거리고 다니며 물을 퍼내려 하고 있을 뿐이었다.' 모든 것을 함축하는 대목이다."_**북리스트**

"의문의 뼈를 발견하면서 시작되는 미스터리는 독자 중 누구도 생각지 못했을 놀라운 결말로 치닫는다. 보슈의 폭풍 같은 삶과 경력 또한 이 작품에서 큰 변화를 맞이한다."_**라이브러리 저널**

"《유골의 도시》는 기존 해리 보슈 시리즈의 높은 기준을 만족시키고도 남는다. 코넬리의 문장은 더욱 발전했고, 경찰 조직과 인간 사회에 대한 이해 역시 탁월하다. 미국 크라임 픽션 시리즈 중 단연코 최고다."_**워싱턴 포스트**

"《블랙 에코》로 에드거 상을 수상한 이후, 코넬리는 매번 전작을 능가하는 소설을 써가면서 발전을 이루었다. 코넬리는 이미 아주 오래전에 레이먼드 챈들러, 대실 해미트, 로스 맥도널드 등의 작가 대열에 합류했다."_**선 센티널**

"코넬리의 히어로 보슈는 이 작품에서 선과 악, 빛과 어둠의 극명한 양면 세계를 경험한다. 그러나 가늘게나마 희망의 끈을 놓치지 않는다."_**피플 매거진**

"플롯은 흥미롭고 속도감은 넘치며 추리소설로서의 복잡한 미스터리도 갖추고 있다. 오늘날 동 장르 작품 중에 가장 우위를 점하는 작품이다."_**미스터리잉크**

*Contents*

내 소중한 조력자이자 친구이며 이야기 제공자인
존 휴턴에게 이 책을 바친다.

# 01 외로운 죽음들

할머니는 마지막 순간에 마음을 바꿨지만, 때는 이미 늦었다. 페인트칠과 석고가 벗겨져나갈 정도로 옆벽을 할퀴었고 덕분에 손톱은 거의 다 부러진 상태였다. 목을 감은 전깃줄을 벗겨내려고 피 묻은 손가락으로 잡아당겨대는 바람에 목에는 긁힌 자국이 선명하게 나 있었고, 벽을 얼마나 차댔는지 발가락도 네 개나 부러져 있었다. 할머니가 필사적으로 생존의 발버둥을 친 흔적을 보자 해리 보슈는 당혹스러웠다. 그런 결단력과 의지는 어디에 숨어 있다가 목에 전깃줄을 감고 의자를 발로 밀어 버린 후에야 나타났을까? 왜 숨어 있기만 했을까?

이런 건 변사사건 조서에서 제기할 공식적인 의문은 아니었다. 그러나 할리우드 고속도로 동쪽 선셋 대로변에 위치한 '황금기 양로원' 밖에 세워둔 자신의 차 안에서 보슈는 이런 의문을 떨쳐낼 수 없었다. 새해 첫날 오후 4시 20분. 공휴일 비상 대기조인 보슈는 신고를 받고 사건현장에 나와 있었다.

한나절이 훨씬 지난 지금까지 두 건의 자살사건이 발생해 출동해야 했다. 한 명은 총을 쏘았고 다른 한 명은 목을 맸다. 둘 다 여자였다. 두 건 모두에서 우울증과 절망의 징후가 발견되었다. 외로움. 항상 새해 첫날에 자살사건이 많이 터졌다. 대다수의 사람들이 희망과 새로운 각오로 새해를 맞이했지만, 새해 첫날을 죽기에 딱 좋은 날로 보는 사람들도 있었고, 그 중 일부는 돌이킬 수 없게 될 때까지 자신의 실수를 깨닫지 못했다. 방금 본 그 할머니처럼.

보슈는 차 앞 유리를 통해 녹색 담요에 덮인 할머니의 시신이 바퀴달린 들것에 실려 법의국의 푸른색 밴에 오르는 것을 지켜보았다. 밴 안에 시신이 누워 있는 들것이 하나 더 눈에 들어왔다. 그는 그것이 먼저 발생한 자살사건 희생자의 시신임을 알고 있었다. 서른네 살의 여배우가 할리우드 전경이 잘 내려다보이는 멀홀랜드 드라이브에 차를 세워놓고 그 안에서 권총 자살을 했다. 보슈와 법의국 시신수습반은 그 건을 처리하자마자 이리로 달려와야 했었다.

휴대전화가 울리자 보슈는 외로운 죽음들에 대한 생각을 방해받는 것이 오히려 반가운 마음이 들었다. LA 경찰국 할리우드 경찰서 상황실 팀장 맨키비츠 경사였다.

"다 끝났어?"

"철수하려던 중이야."

"특별한 거라도 있어?"

"'앗, 나의 실수.' 자살사건이지, 뭐. 또 뭐가 터졌어?"

"응. 그런데 기자들한테는 아무 말 안했어. 오늘은 별다른 뉴스거리가 없나 봐. 민원 전화보다 뭐 좀 없냐고 묻는 기자들 전화가 더 많거든. 다들 첫 번째 사건에 대해 알고 싶어 해. 그 멀홀랜드 여배우 말이야. '할리우드 스타의 죽음.' 꽤 그럴듯하잖아. 그치들, 방금 들어온 제보전화 얘길 들으면 좋아서 펄쩍 뛸 거야."

"뭔데?"

"로럴 캐니언의 원더랜드 대로에 사는 시민한테서 조금 전에 전화가 왔는데, 자기 개가 숲 속으로 산책 갔다가 입에 뼈다귀 하나를 물고 돌아왔대. 인간의 뼈라는데, 어린 아이의 팔뼈."

보슈는 하마터면 신음소리를 낼 뻔했다. 해마다 이런 전화가 네다섯 통은 걸려오곤 했다. 흥분해서 조사해보면 결과는 뻔했다. 동물의 뼈였다. 그는 앞 유리를 통해 밴의 앞문으로 걸어가고 있는 법의국 시신수습반원 두 명에게 목례를 했다.

"해리, 무슨 생각하는지 알아. 또 동물 뼈 소동이냐는 거지? 이런 일이 100번도 넘게 있었고, 결과는 항상 같았으니까. 코요테나 사슴, 기타 등등. 그런데 이 개 주인이 말이야, 의사래. 의심의 여지가 없다고 하더라고. 상박골이래. 위팔뼈. 그리고 어린애 뼈라는 거야. 그리고, 잠깐만, 그 친구가 뭐랬냐 하면…."

맨키비츠가 메모지를 찾고 있는 동안 침묵이 흘렀다. 보슈는 법의국의 푸른색 밴이 달리는 차들 속으로 끼어드는 것을 바라보았다. 다시 돌아온 맨키비츠가 받아 적은 내용을 읽었다.

"뼈의 내측상과, 그게 뭔진 모르겠지만 하여튼, 바로 윗부분에서 골절의 흔적이 선명하게 보인다."

보슈의 턱 근육이 굳어졌다. 목 뒤로 전류가 흐르듯 찌릿한 느낌이 들었다.

"적어놓은 대로 읽은 거야, 뭔 소린진 나도 몰라. 요점은, 이 의사 말이 어린애라는 거야, 해리. 그러니까 가서 이 상박골을 조사해서 우리가 상받게 해주겠냐 이 말이야."

보슈는 잠자코 있었다.

"썰렁했나? 미안."

"아냐, 괜찮았어, 맨키. 주소는?"

맨키비츠는 주소를 불러주었고, 이미 순찰대를 급파했다고 말했다.

"기자들한테 알리지 않은 건 잘했어. 앞으로도 계속 그런 식으로 조용히 가자고."

맨키비츠는 그러겠다고 했다. 보슈는 전화를 끊고 시동을 걸었다. 차가 길 모퉁이를 돌기 전에 그는 양로원 입구를 흘끗 바라보았다. 황금기를 연상시키는 건 아무것도 없었다. 양로원 관계자들에 따르면, 작은 독방의 벽장 속에서 목을 맨 할머니에게는 일가친척 하나 없었다. 그녀는 죽어서도 살았을 때와 같은 대접을 받게 될 것이었다. 홀로 남겨져 잊혀질 것이었다.

보슈는 길모퉁이를 돌아 로럴 캐니언을 향해 달렸다.

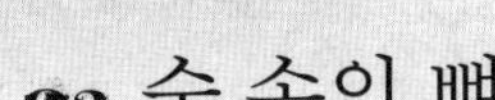

## 02 숲 속의 뼈

로럴 캐니언의 협곡 속으로 들어서서 룩아웃 산을 올라가 원더랜드 대로로 향하는 동안 보슈는 라디오로 레이커스 경기 중계를 들었다. 열성적인 프로 농구팬은 아니었지만 동료인 제리 에드거를 불러내야 할 경우를 대비해 경기 상황을 파악해두고 싶었다. 에드거가 운 좋게도 선택좌석표 두 장을 구했기 때문에 보슈는 혼자 근무를 하고 있었다. 보슈는 살인사건처럼 단독으로 처리할 수 없는 상황이 발생하지 않는 한 혼자 출동하고 에드거를 성가시게 하지 않기로 약속했다. 보슈가 혼자인 또 다른 이유는 1년 전쯤 팀의 또 다른 동료였던 키즈민 라이더가 승진해 경찰국 강력계로 옮겨가고 나서 아직까지 충원이 되지 않았기 때문이었다.

경기는 3쿼터 초반이었고, 트레일 블레이저스와 동점인 상황이었다. 보슈는 열성팬은 아니었지만, 에드거가 계속 이 경기에 대해 떠들어대면서 제발 현장근무에서 빼달라고 통사정을 했던 터라 이 경기가 LA

레이커스의 최대 라이벌 팀과의 중요한 경기라는 사실을 잘 알고 있었다. 그는 현장에 도착해 상황을 파악할 때까지 에드거를 호출하지 않기로 결심했다. 협곡 속에서 잡음이 커지며 방송이 잘 안 들리기 시작하자 라디오를 껐다.

오르막길은 가팔랐다. 로럴 캐니언은 산타모니카 산맥 속에 위치한 협곡이었다. 좁은 도로들이 산꼭대기를 향해 구불구불 이어졌다. 원더랜드 대로가 끝나는 곳에 위치한 외진 동네에는 수십만 달러를 호가하는 고급주택이 모여 있었다. 워낙에 나무가 울창하고 가파른 지형이라 보슈는 이런 곳에서 유골을 수색하는 일은 말 그대로 악몽 같은 일이 될 것임을 직감했다. 그는 맨키비츠가 알려준 주소지에 대기하고 있는 순찰차 뒤에 차를 세우고 손목시계를 보았다. 오후 4시 38분. 수첩의 깨끗한 페이지에 시각을 적었다. 어두워지기까지 한 시간도 채 남지 않았다.

보슈가 순찰차 문을 두드리자 처음 보는 순경이 문을 열었다. 명찰에는 브래셔라고 적혀 있었다. 그녀는 그를 데리고 제보자의 집 안으로 들어가 서재로 향했다. 그곳에서는 그와 안면이 있는 에지우드라는 순경이 어지러운 책상 뒤에 앉은 백발의 노인과 이야기를 나누고 있었다. 책상 위에 뚜껑이 열린 채 놓여 있는 구두 상자 한 개가 보였다.

보슈는 그들 앞으로 걸어가 인사를 했다. 백발의 노인은 폴 기요 박사이고 일반 개업의라고 자신을 소개했다. 보슈가 윗몸을 숙이고 들여다보니 구두 상자 안에는 그들 모두를 한자리에 불러 모은 뼈가 담겨 있었다. 짙은 갈색의 그 뼈는 물에 자주 떠다니곤 하는 마디가 진 뭉툭한 나뭇가지 같았다.

의사가 앉은 의자 옆 바닥에는 개 한 마리가 몸을 웅크린 채 엎드려 있었다. 털이 누렇고 덩치가 큰 개였다.

보슈가 다시 구두 상자를 들여다보며 말했다.

"바로 이거군요."

"그래요, 형사, 이 뼙니다. 그리고 이걸 보시면…."

기요는 책상 뒤에 있는 책장으로 팔을 뻗어 《그레이의 해부학》이라는 두꺼운 책을 꺼냈다. 그러고는 미리 표시해둔 페이지를 펼쳤다. 문득 라텍스 장갑을 끼고 있는 것이 눈에 띄었다.

펼친 페이지에는 뼈 하나를 앞과 뒤에서 본 그림이 있었다. 그 페이지 한구석에는 인간 몸의 골격을 그린 작은 스케치화가 있었는데 양팔의 상박골에 밝게 표시가 되어 있었다.

"상박골입니다."

기요가 책을 톡톡 치며 말했다.

"그리고 여기 이건 우리 개가 발견한 실제 상박골이고요."

기요는 구두 상자 속에서 뼈를 조심스럽게 집어 들더니 책의 그림과 하나하나 비교를 해나갔다.

"내측상과, 연골륜, 크고 작은 결절. 여기 다 있어요. 지금 여기 이 순경들한테 말하고 있었어요. 이 책을 보지 않고도 뼈에 대해선 소상히 알고 있다고 말이죠. 이 뼈는 인간의 것입니다, 형사. 의심의 여지가 없어요."

보슈는 기요의 얼굴을 바라보았다. 안면 근육이 약간 떨리고 있었는데, 아마도 파킨슨병의 초기 증상인 것 같았다.

"박사님, 은퇴하셨습니까?"

"네, 그렇다고 해서 뼈 하나도 제대로 못 알아보지는…."

"기요 박사님, 박사님의 권위에 도전하려는 게 아닙니다. 인골이라고 말씀하셨죠? 말씀 그대로 믿겠습니다. 다만 지금 상황을 정리해 보려는 겁니다. 원하시면 그걸 다시 상자에 넣으셔도 좋습니다."

보슈는 애써 미소를 지어 보였다.

기요는 뼈를 구두 상자에 집어넣었다.

"개 이름이 뭐죠?"

"재난(Calamity)이요."

보슈가 개를 내려다보았다. 자고 있는 것 같았다.

"새끼였을 때 보통 말썽꾸러기가 아니었어요."

보슈가 고개를 끄덕였다.

"자, 박사님, 괜찮으시다면, 오늘 있었던 일을 다시 한 번 말씀해주시겠습니까?"

기요는 몸을 굽히고 개의 목덜미를 쓰다듬었다. 개는 잠깐 고개를 들고 주인을 쳐다보더니 다시 고개를 숙이고 눈을 감았다.

"오후 산책을 시키러 재난이를 데리고 나갔어요. 보통 U턴 지점에 도착하면 개줄을 풀어서 숲으로 달려가게 내버려두죠. 그걸 아주 좋아하거든요."

"품종이 뭐죠?"

보슈가 물었다.

"황색 래브라도 리트리버예요."

브래셔가 뒤에서 재빨리 대답했다.

보슈가 그녀를 돌아보았다. 그녀는 끼어든 게 잘못이었다는 것을 깨닫고 고개를 숙여 보인 후 돌아서서 동료가 서 있는 서재 문 쪽으로 걸어갔다.

"두 분은 다른 용무가 있으면 가도 됩니다. 여긴 내가 처리하죠."

보슈가 말했다.

에지우드가 고개를 끄덕이고 브래셔에게 나가자고 손짓을 했다.

"수고 많으셨습니다, 박사님."

방을 나가면서 에지우드가 말했다.

"무슨 말씀을."

보슈는 그들에게 할 말이 떠올랐다.

"거기, 경관들?"

에지우드와 브래셔가 돌아보았다.

"이 일은 비공개로 합시다, 알겠죠?"

"네, 알겠습니다."

브래셔가 대답하더니 보슈가 눈을 돌릴 때까지 그를 쳐다보았다.

순경들이 떠난 후 보슈가 의사를 돌아보니 안면근육 경련이 아까보다 좀 더 두드러져 보였다.

기요가 말했다.

"저 사람들도 처음에는 내 말을 믿지 않았어요."

"이런 제보전화를 많이 받거든요. 하지만 전 박사님 말씀을 믿습니다. 아까 하시던 이야기를 계속해 주시겠습니까?"

기요가 고개를 끄덕였다.

"그러니까, 나는 U턴 지점에 가서 개줄을 풀었어요. 재난이는 평소 하던 것처럼 숲 속으로 뛰어 들어갔죠. 훈련이 잘 되어 있는 개예요. 내가 휘파람을 불면 돌아오죠. 문제는, 이젠 내가 예전처럼 크게 휘파람을 불 수가 없다는 겁니다. 그러니까 재난이가 내 소리가 들리지 않는 곳까지 가면, 난 기다리는 수 밖에 없어요."

"오늘 재난이가 뼈를 찾았을 땐 어땠습니까?"

"휘파람을 불었는데도 돌아오지 않았어요."

"그러니까 꽤 멀리까지 올라간 거군요."

"그래요, 바로 그겁니다. 난 기다렸어요. 휘파람을 몇 번 더 불었지만 보이지 않다가 한참 만에 울리히 씨 집 옆에 있는 나무들 속에서 튀어

나오더군요. 입에 뼈를 물고 있었어요. 처음에는 그냥 나뭇가지인 줄 알았죠. 물건 물어오기 놀이를 하나보다 생각했어요. 그런데 가까이 와서 보니까 뼈 모양이더군요. 그걸 뺏으려고 재난이와 꽤 승강이를 했어요. 가까스로 뺏어 가지고 집으로 돌아와 살펴봤죠. 그리고 확신이 들어서 당신네들한테 전화를 한 거고요."

당신네들. 보슈가 속으로 기요의 말을 되뇌었다. 다들 경찰이 다른 족속이나 되는 것처럼, 세상의 악이 꿰뚫을 수 없는 철갑을 두른 푸른색 종족이나 되는 것처럼 이런 식으로 말하곤 했다.

"경찰에 신고하셨을 때 전화를 받은 경사에게 뼈에 골절이 있다고 말씀하셨다던데요."

"그랬죠."

기요는 다시 조심스럽게 뼈를 집어 들어 돌리더니 뼈의 표면에 난 가는 수직선을 손가락으로 쓸어 내렸다.

"이게 골절선입니다, 형사. 치유된 골절이죠."

"그렇군요."

보슈가 구두 상자를 가리키자 의사가 뼈를 다시 집어넣었다.

"박사님, 괜찮으시다면 재난이 목에 개줄을 묶고 저와 함께 다시 U턴 지점까지 가주시겠습니까?"

"괜찮죠, 물론. 신발을 좀 갈아 신어야겠지만."

"저도 그래야 할 것 같군요. 현관 앞에서 만날까요?"

"그럽시다."

"이건 제가 가져가겠습니다."

보슈는 구두 상자 뚜껑을 닫고, 안의 내용물이 흔들리지 않게 두 손으로 조심스럽게 상자를 받쳐 들었다.

밖에 나와 보니 순찰차가 아직도 집 앞에 서 있었다. 순경들은 안에 앉아 있었는데, 근무일지를 쓰고 있는 중인 것 같았다. 보슈는 자기 차로 걸어가서 조수석에 구두 상자를 내려놓았다.

그는 현장근무 중이었기 때문에 정장을 입지 않았다. 청바지와 흰색 남방에 캐주얼 재킷을 입고 있었다. 그는 재킷을 벗어 안쪽이 밖으로 나오게 뒤집어 개어서는 뒷좌석에 올려놓았다. 이제 보니 엉덩이에 차고 있는 권총의 방아쇠 때문에 재킷 안감에 구멍이 나 있었다. 산 지 1년도 안 된 재킷이었다. 조만간 주머니를 거쳐 바깥까지 구멍이 뚫릴 것 같았다. 이렇게 안에서부터 구멍이 나 못 입게 된 재킷이 한두 개가 아니었다.

보슈는 남방까지 벗고는 흰색 티셔츠 차림으로 트렁크를 열고 범죄현장 수사 장비 상자에서 워크부츠를 꺼냈다. 뒷 범퍼에 기대서서 신발을 갈아 신고 있는데 브래셔가 순찰차에서 내려 그에게로 다가왔다.

"진짤까요?"

"그런 것 같아. 법의국에서 확인을 해줘야겠지만."

"올라가 보시려고요?"

"그러려고. 하지만 곧 어두워질 거라, 내일 다시 나와야 할 것 같아."

"저기, 전 줄리아 브래셔라고 합니다. 신입이죠."

"난 해리 보슈."

"알아요. 말씀 많이 들었어요."

"그거 다 뻥이야."

그녀가 보슈의 말에 미소를 지으며 손을 내밀었지만, 보슈는 마침 부츠 끈을 매고 있는 중이었다. 그는 하던 일을 멈추고 그녀와 악수를 했다.

"죄송해요. 오늘은 자꾸 타이밍이 맞질 않네요."

"신경 쓰지 마."

그는 끈을 다 매고 나서 범퍼에서 떨어져 똑바로 섰다.

"제가 저 안에서 개 품종이 뭐냐는 질문에 불쑥 대답을 해버렸잖아요. 선배님이 의사와 편한 분위기를 만들려고 물어본 말이었다는 것을 금방 깨달았어요. 제 실수예요. 죄송해요."

보슈는 잠시 그녀를 관찰했다. 30대 중반쯤 되어 보였고, 검은색 머리를 하나로 총총 땋아 내렸으며, 땋고 남은 짧은 꼬리가 목덜미를 덮고 있었다. 눈은 짙은 갈색이었다. 피부가 고르게 그을려 있는 것을 보니 실외 활동을 좋아하는 것 같았다.

"말했잖아, 신경 쓰지 말라고."

"혼자세요?"

보슈는 잠시 망설였다.

"내가 여기를 맡고 동료는 다른 일을 보고 있지."

이때 의사가 개줄에 묶인 개와 함께 현관 밖으로 나오는 것이 보였다. 보슈는 범죄현장 조사 때 입는 점프슈트는 입지 않기로 했다. 줄리아 브래셔를 흘끗 보니, 그녀는 다가오고 있는 개를 보고 있었다.

"다른 출동 명령 없나?"

"네. 오늘은 별로 일이 없네요."

보슈는 장비 상자 안에 있는 맥라이트를 내려다보았다. 잠시 그녀의 눈치를 살핀 후 트렁크 속으로 몸을 굽혀 기름 닦는 헝겊으로 손전등을 덮어버렸다. 그리고 노란색 범죄현장 테이프 한 통과 폴라로이드 카메라를 꺼내고는 트렁크 문을 닫고 브래셔를 향해 돌아섰다.

"그러면 당신 맥을 좀 빌려주겠어? 내 건, 음, 잃어버려서 말이야."

"그럼요."

그녀는 장비를 매단 허리띠의 고리에서 손전등을 바로 빼내 그에게 건넸다.

그때 의사와 개가 다가와 섰다.

"준비됐습니다."

"좋습니다, 박사님. 오늘 개를 풀어놓으신 지점에 데려가 주시면, 개가 어디로 가는지 좀 살펴보겠습니다."

"당신이 개를 놓치지 않고 따라갈 수 있을지 모르겠군요."

"그건 제가 알아서 하겠습니다, 박사님."

"그럼 이쪽으로."

그들은 원더랜드 대로가 끝나는 곳에 있는 U턴 지점을 향해 비탈길을 걸어 올라갔다. 브래셔는 차 안에 있는 동료에게 수신호를 보낸 후 그들을 따라나섰다.

기요가 말했다.

"몇 년 전에 여기서 큰 사건이 터졌어요. 한 남자가 할리우드 볼(LA 할리우드에 있는 현대식 원형 극장-옮긴이)에서 집으로 오다가 뒤따라오던 놈한테 가진 돈을 다 뺏기고 살해당했죠."

"기억납니다."

보슈가 말했다. 아직까지 미결로 남아 있다는 것을 알고 있었지만 말하지 않았다. 자신이 맡은 사건이 아니었다.

기요 박사는 나이와 분명해 보이는 의학적 증상에 걸맞지 않게 성큼성큼 걸어갔다. 얼마 지나지 않아 그는 종종걸음을 치는 개와 보조를 맞춰 걸으며 보슈와 브래셔보다 몇 걸음 앞서 나가기 시작했다.

보슈가 브래셔에게 물었다.

"전에는 어디 있었지?"

"네?"

"할리우드 경찰서 신입이라고 했잖아. 그 전에는 뭘 했냐고."

"아, 예. 학생이었죠."

놀라웠다. 그는 그녀를 바라보며 자신의 나이 짐작 기술을 다시 점검

해볼 필요가 있겠다고 생각했다.

그녀가 고개를 끄덕이더니 말했다.

"알아요, 제가 좀 늙었죠."

보슈는 당황스러웠다.

"아니, 그런 뜻으로 말한 게 아닌데. 그냥 다른 곳에서 다른 일을 했을 거라는 생각이 들어서. 초짜처럼 보이지는 않아서 말이야."

"서른네 살에 경찰대학에 들어갔어요."

"정말? 대단하군."

"네. 좀 늦게 발동이 걸렸죠."

"그 전엔 뭐했어?"

"뭐, 이것저것 많이 해봤어요. 여행을 많이 다녔어요. 제가 하고 싶은 일이 뭔지 알아내기까지 시간이 좀 걸렸죠. 근데 제가 가장 하고 싶은 일이 뭔지 아세요?"

보슈가 그녀를 바라보았다.

"뭔데?"

"선배님이 하는 일이요. 강력반 형사."

그는 격려를 해야 할지 포기를 시켜야할지 할 말이 떠오르지 않았다.

"행운을 빌어."

"제 말은요, 선배님은 지금 하는 일이 가장 보람된 일이라고 생각하지 않으세요? 보세요, 샐러드 볼 속에서 최고의 흉악범들을 골라내고 있잖아요."

"샐러드 볼?"

"사회요."

"그래, 그런 것도 같군. 운이 좋을 때 말이지만."

그들이 기요 박사를 따라잡았을 때, 그는 U턴 지점에서 개와 함께 서서 기다리고 있었다.

"여깁니까?"

"네. 여기에서 재난이를 풀어줬어요. 저쪽으로 올라가더군요."

기요 박사는 풀이 무성하게 자란 공터를 가리켰다. 거리와 평평하게 이어지던 공터는 갑자기 급 비탈이 져 산꼭대기로 이어지고 있었다. 그곳에 있는 거대한 콘크리트 배수관을 보니 공터가 개발이 되지 않은 이유를 알 것 같았다. 시유지였고, 폭우가 거리에 있는 주택을 덮치지 않도록 물을 빼내는 용도로 사용되고 있는 것이었다. 협곡 속에 난 도로의 상당수가 과거에는 작은 하천이거나 강바닥이었다. 배수관이 없으면 큰 비가 내릴 때마다 원래의 상태로 되돌아갈 것이 분명했다.

"저 위로 올라갈 겁니까?"

의사가 물었다.

"그래보려고요."

"저도 같이 갈게요."

브래셔가 말했다.

보슈는 그녀를 바라보다가 자동차 소리에 뒤를 돌아보았다. 순찰차였다. 차가 멈춰서더니 에지우드가 창문을 내렸다.

"대형사건이 터졌어, 친구. 가쟁이야."

그가 고갯짓으로 비어 있는 조수석을 가리켜보였다. 브래셔가 얼굴을 찌푸리며 보슈를 바라보았다.

"가정쟁의, 정말 싫어요."

보슈가 미소를 지었다. 가정쟁의를 싫어하는 건 그도 마찬가지였다. 살인으로 발전했을 땐 특히.

"안됐군."

"휴우, 그럼 다음에."

그녀가 차 앞으로 걸어가기 시작했다.

"여기."

보슈가 맥라이트를 들어 보였다.

"차 안에 또 있어요. 나중에 돌려주세요."

"정말?"

그는 전화번호를 물어보고 싶었지만 참았다.

"정말로요. 행운을 빌어요."

"당신도. 조심해."

그녀가 미소를 짓더니 서둘러 차 앞을 돌아 조수석 쪽으로 갔다. 그녀가 타자 차가 움직이기 시작했다. 보슈는 다시 기요와 개에게로 관심을 돌렸다.

기요가 말했다.

"매력적인 아가씨군요."

보슈는 못 들은 척했다. 그가 브래셔를 대하는 태도를 보고 의사가 그런 말을 한 건 아닌가 하는 생각이 들었다. 자신이 그렇게까지 뻔한 수작을 거는 것처럼 보이지 않았기를 바랐다.

"박사님, 개를 풀어주시면 제가 따라가 보죠."

기요는 개의 가슴을 토닥이며 개줄을 풀었다.

"가서 뼈를 가져와, 아가씨. 뼈를 가져와! 가!"

개가 공터를 향해 튀어나가더니 보슈가 한 걸음을 내딛기도 전에 벌써 시야에서 사라졌다. 그는 웃음을 터뜨릴 뻔했다.

"이런, 아까 하신 말씀이 맞는 것 같은데요, 박사님."

보슈는 뒤를 돌아보며 순찰차가 떠났고 개가 뛰어가는 것을 브래셔가 보지 못했다는 걸 확인했다.

"휘파람을 불까요?"

"아뇨. 그냥 제가 들어가서 둘러보겠습니다. 재난이를 따라잡을 수 있을지 모르겠지만요."

보슈는 손전등을 켰다.

# 03 로럴 캐니언

해가 사라지기 오래전부터 숲 속은 어두웠다. 키 큰 몬터레이 소나무들이 만들어낸 하늘 장막이 햇빛을 가려버린 탓이었다. 보슈는 손전등을 들고 개가 움직이는 소리가 들렸던 덤불을 향해 올라갔다. 속도가 느렸고 상당히 힘이 들었다. 땅에는 솔잎이 30센티미터 두께로 쌓여 있는데다 발밑이 푹푹 꺼져서, 비탈길을 고생고생하며 오르고 있었다. 넘어지지 않으려고 나뭇가지들을 잡고 오르다보니 손은 금방 수액으로 끈적끈적해졌다.

언덕을 향해 30미터를 오르는 데 10분 가까이나 걸렸다. 그때부터 땅이 평평해지기 시작했고, 키 큰 나무들이 줄어들면서 주변이 좀 밝아졌다. 보슈는 사방을 두리번거리며 개를 찾아보았지만 보이지 않았다. 개뿐만 아니라 기요 박사도 보이지 않았다. 그는 거리를 내려다보며 소리를 질렀다.

"기요 박사님? 제 말 들리세요?"

"그래요, 들려요."

"휘파람을 불어보세요."

잠시 후 세 마디로 끊어지는 휘파람 소리가 들렸다. 또렷했지만 음조가 아주 낮아서 나무와 덤불 속을 뚫고 들어오기가 햇빛만큼이나 어려운 것 같았다. 보슈는 그 소리를 흉내 내어 보았고, 몇 번의 시도 끝에 똑같은 소리를 낼 수 있었다. 그러나 개는 나타나지 않았다.

보슈는 평지에 머물며 사방을 살펴보았다. 누군가가 사체를 암매장하거나 유기하려 했다면 가파른 비탈길보다는 평지를 선택했을 거라는 생각이 들었다. 그는 저항이 가장 적은 길을 따라 걸어 아카시아 숲 속으로 들어갔다. 그리고 그곳에서 최근에 흙이 파헤쳐진 흔적이 있는 곳을 발견했다. 도구나 동물이 함부로 흙을 파헤친 것 같았다. 발로 흙과 잔가지들을 쓱쓱 밀던 그는 그것들이 잔가지가 아님을 깨달았다.

그는 무릎을 꿇고 앉아 손전등으로 10평방센티미터의 흙 위에 흩어져 있는 짧은 갈색 뼈들을 살펴보았다. 탈구된 손가락인 것 같았다. 작은 손. 어린이의 손.

보슈는 일어섰다. 줄리아 브래셔에게 정신이 팔려 있었던 게 분명했다. 뼈를 수거할 어떤 도구도 가져오지 않았다. 맨손으로 뼈들을 집어 들고 언덕 밑으로 가져가는 건 증거물 수거의 규칙에 완전히 어긋나는 일이었다.

목에 건 구두끈에 폴라로이드 카메라가 걸려 있었다. 그는 카메라를 들고 뼈들을 클로즈업해서 한 장을 찍었다. 그러고는 뒤로 물러서서 아카시아 나무들 아래에 있는 현장을 찍었다.

멀리서 기요 박사의 힘없는 휘파람 소리가 들렸다. 보슈는 노란색 범죄현장 테이프로 현장 보존 작업을 시작했다. 아카시아 나무 한 그루의 밑동에 테이프를 두르고 나무들을 빙 둘러 이어 경계선을 쳤다. 다음 날 아침 현장 조사 방법을 생각하며, 아카시아 숲에서 걸어 나와 공중 지원을 위한 표식이 될 만한 것을 찾아보았다. 근처에 산쑥이 무더기로 자라 있는 것이 보였다. 그는 산쑥 덤불 위와 주위로 범죄현장 테이프를 몇 번이나 감았다.

작업을 끝냈을 땐 날이 거의 저물어 어두웠다. 그는 다시 한번 현장 주변을 둘러보았다. 지금은 손전등을 켜고 수색을 해봐야 소용없었고, 다음 날 아침에 이 잡듯이 뒤져야 할 것 같았다. 그는 열쇠고리에 달린 작은 주머니칼로 범죄현장 테이프를 1미터 정도씩 잘라내기 시작했다.

그는 언덕을 내려오면서 이따금씩 서서 옆의 나뭇가지와 관목에 테이프를 묶어두었다. 도로가 가까워지자 사람들 목소리가 들려서, 그 목소리를 나침반 삼아 걸었다. 비탈길 어느 지점에 이르렀을 때 솔잎에 덮여 푹신한 땅이 갑자기 푹 꺼졌고 그 바람에 그는 넘어져 뒹굴다가 소나무 밑동에 쿵 하고 부딪쳤다. 복부를 강하게 부딪쳐서 셔츠가 찢어지고 옆구리를 심하게 긁혔다.

보슈는 몇 초 동안 움직일 수가 없었다. 오른쪽 갈비뼈에 금이 간 것 같았다. 숨 쉬기가 힘들고 고통스러웠다. 그는 크게, 그리고 천천히 신음소리를 내며 몸을 일으킨 후 나무에 등을 기대고 앉아 목소리가 들리는 방향을 가늠해보았다.

이윽고 보슈가 거리로 돌아왔을 때 기요 박사는 개와 다른 남자 한 명과 함께 기다리고 있었다. 두 남자는 보슈의 셔츠에 묻은 피를 보더니 깜짝 놀랐다.

기요 박사가 소리쳤다.

"이런 세상에. 어떻게 된 겁니까?"

"별일 아닙니다. 넘어졌어요."

"셔츠에… 피잖아요!"

“직업상 이런 일을 가끔 겪습니다.”

“가슴 좀 봅시다.”

의사가 다가왔지만 보슈는 두 손을 들었다.

“전 괜찮습니다. 이분은 누구시죠?”

다른 남자가 대답했다.

“빅터 울리히입니다. 저기 살고 있죠.”

그가 공터 옆에 있는 집을 가리켰다. 보슈는 고개를 끄덕였다.

“무슨 일인가 싶어서 나와 봤어요.”

“글쎄, 현재로선 아무 일도 없습니다. 하지만 저 위에 범죄현장이 있어요. 아니 곧 범죄현장이 되겠죠. 우리는 내일 아침이나 되어야 돌아와서 조사를 시작할 겁니다. 하지만 두 분 모두 저곳엔 올라가지 마시고, 이 일에 대해서 아무에게도 말씀하지 마셔야 합니다. 아시겠습니까?”

두 남자가 고개를 끄덕였다.

“그리고 박사님, 며칠 동안 개줄을 풀지 말아주세요. 전 차로 돌아가서 전화를 한 통 걸어야겠습니다. 울리히 씨, 내일 선생님과 말씀을 나누고 싶어질 것 같은데요. 여기 계실 겁니까?”

“그럼요. 언제라도. 난 집에서 일하거든요.”

“무슨 일을 하십니까?”

“글을 써요.”

“알겠습니다. 내일 뵙겠습니다.”

보슈는 기요와 개와 함께 거리를 되돌아 내려왔다.

“다친 데를 내가 한번 보는 게 좋을 것 같은데….”

기요가 말했다.

“괜찮을 겁니다.”

왼쪽을 흘끗 보던 보슈는 지나가고 있던 길 옆집 창문 안에서 커튼이 재빨리 쳐지는 것을 본 것 같았다.

"걷는 모습을 보니까…. 갈비뼈를 다친 것 같군요. 부러졌을 수도 있어요. 한 개 이상일 수도 있고."

기요가 말했다.

보슈는 조금 전 아카시아 나무 아래에서 보았던 작고 가느다란 뼈들을 생각했다.

"부러졌든 안 부러졌든 박사님이 어찌해 볼 도리가 없잖습니까."

"붕대로 감아줄 수 있어요. 그러면 숨 쉬기가 훨씬 더 수월해질 겁니다. 그리고 상처에 응급처치도 할 수 있고."

보슈가 좀 누그러졌다.

"좋습니다, 박사님. 진료 가방을 가져오시죠. 전 다른 셔츠를 찾아봐야겠어요."

몇 분 후 기요 박사는 집 안으로 들어가 보슈의 옆구리에 난 심하게 긁힌 상처를 소독했고, 갈비뼈에 붕대를 감아주었다. 좀 나은 것 같았지만 아직도 아팠다. 기요는 자신이 처방전을 써줄 순 없다면서도 어쨌든 아스피린보다 강한 약을 먹어서는 안 된다고 충고했다.

보슈는 몇 달 전 사랑니를 뺐을 때 처방받은 비코딘이 있다는 것이 기억났다. 필요하다면 비코딘이 진통을 가라앉혀 줄 것이었다.

"괜찮을 겁니다. 돌봐주셔서 감사합니다."

"별말씀을 다."

보슈는 새 셔츠로 갈아입고 나서 기요가 응급처치상자를 닫는 것을 지켜보았다. 그가 환자를 치료한 게 얼마만인지 궁금해졌다.

"은퇴하신 지 얼마나 되셨습니까?"

"다음 달이면 12년이 되죠."

"옛날이 그리우세요?"

기요가 응급처치상자에서 고개를 돌려 그를 바라보았다. 얼굴 경련은 보이지 않았다.

"날마다 그리워하죠. 실제 일이, 그러니까 실제로 환자를 치료하던 일이 그리운 건 아니에요. 하지만 내 직업은 사람들을 변화시키는 일이었죠. 추상적으로 그 직업이 그립군요."

보슈는 줄리아 브래셔가 강력반 형사라는 직업에 대해 했던 말이 떠올랐다. 그는 기요의 말을 이해한다는 표시로 고개를 끄덕였다.

"저 위에 범죄현장이 있다고 했죠?"

의사가 물었다.

"네. 유골을 더 찾아냈습니다. 전화를 걸어 앞으로 할 일을 의논해야겠는데요. 전화를 좀 빌릴 수 있을까요? 여기선 제 휴대전화가 터지지 않을 것 같아서요."

"이곳에선 휴대전화가 안 터져요. 저기 책상 위에 있는 전화를 써요. 그동안 난 자리를 비켜드리지."

그는 응급처치상자를 들고 방을 나갔다. 보슈는 책상 뒤로 걸어가 의자에 앉았다. 의자 옆 바닥에는 개가 앉아 있었다. 개가 고개를 들고 주인 자리에 보슈가 앉아 있는 것을 보더니 깜짝 놀라는 것 같았다.

"재난아. 오늘 네가 이름값을 한 것 같다."

보슈는 손을 뻗어 개의 목덜미를 쓰다듬었다. 그러나 개가 으르렁거려서 재빨리 손을 뗐다. 개가 그렇게 훈련을 받은 건지, 아니면 자신에게 적대적인 반응을 일으키는 무언가가 있는 건지 알 수 없었다.

그는 수화기를 들고 직속상관인 그레이스 빌리츠 경위의 집으로 전화를 걸었다. 그러고는 기요의 제보전화부터 언덕에서 유골을 발견하기까지의 일을 보고했다.

빌리츠가 물었다.

"해리, 그 뼈들이 얼마나 오래된 것 같아?"

보슈는 흙 속에서 발견한 작은 유골들을 찍은 폴라로이드 사진을 바라보았다. 너무 가까이서 찍어서 플래시가 과다노출을 시켜 뭐가 뭔지 잘 보이지 않았다.

"모르겠어요. 꽤 오래된 것 같은데요. 몇 년은 되어 보여요."

"알았어. 그러니까 거기 현장에 있는 게 무엇이든 신선해보이지는 않는단 말이지."

"네, 최근에 파헤쳐지기 전까지 그곳에 꽤 오래 있었던 것 같아요."

"내 말이 그 말이야. 그러니까 내 생각엔 거기에다 표시를 해놓고 내일 움직여야 할 것 같은데. 그 언덕에 있는 게 무엇이든, 오늘 밤에 당장 사라지진 않을 테니까 말이지."

"맞아요. 나도 그렇게 생각해요."

잠시 말이 없던 그녀가 다시 입을 열었다.

"해리, 이런 사건은 말이야…."

"뭐요?"

"이런 사건들은 예산과 인력을 축내지. 그리고 종결하기가 가장 어렵고. 종결할 수 있다면 말이지만."

"알았어요. 그러면 다시 올라가서 뼈들을 파묻어 버릴게요. 의사에게는 개를 꼭 개줄에 묶어서 다니라고 하고요."

"왜 그래, 해리, 내 말이 무슨 뜻인지 알면서. 새해 첫날부터 구덩이 속에서 일을 시작해야 하다니."

그녀가 크게 한숨을 쉬었다.

보슈는 그녀가 관리자의 좌절감을 극복해낼 때까지 잠자코 있었다. 오래 걸리지 않았다. 이래서 그녀를 좋아했다.

"좋아, 그건 그렇고, 또 다른 일은?"

"별로 없어요. 자살사건 두 건만 빼면요. 지금까지는 그게 전부예요."

"알았어. 내일은 언제 일을 시작할 거야?"

"일찍 나오려고요. 전화를 몇 통 걸어서 수사 인력을 확보할 거예요. 그리고 일을 시작하기 전에 개가 찾아낸 뼈가 인골이 맞는지 확인을 받을 거고요."

"좋아, 결과를 알려줘."

보슈는 그러겠다고 대답하고 전화를 끊었다. 그러고는 테레사 코라존 LA 카운티 법의국장의 집으로 전화를 걸었다. 일 밖에서의 둘의 관계는 몇 년 전에 끝이 났고 그 후로 그녀가 적어도 두 번은 이사를 다녔지만 전화번호를 바꾸지 않아서 보슈는 그 번호를 외우고 있었다. 지금 그게 도움이 되었다. 그는 상황을 설명하고 나서 수사팀을 가동하기 전에 그 뼈가 인간의 뼈가 확실한지 공식적인 확인을 받을 필요가 있다고 말했다. 또한 그렇게 확인이 되면 최대한 빨리 유해발굴팀을 범죄현장에 투입해야 한다고도 했다.

코라존은 거의 5분 동안이나 그를 기다리게 했다. 다시 돌아온 그녀가 말했다.

"해리? 캐시 콜은 연락이 안 됐어. 집에 없더라고."

콜은 유해발굴팀의 책임자였다. 지금 그녀는 카운티 북부 사막에 있는 고대유적지 유해발굴작업에서 자신의 전문지식과 판단력을 발휘하고 있었다. 한 주에 적어도 한 번은 그곳에서 유골발굴 건이 터지곤 했다. 그러나 보슈는 원더랜드 대로의 유해발굴작업에도 그녀를 불러들여야 한다는 것을 알고 있었다.

"그럼 어떻게 하면 좋겠어? 이걸 오늘 밤 안으로 확인해야 되는데."

"해리, 제발 혼자 튀어나가지 마. 어쩜 그렇게 참을성이 없어, 항상? 뼈다귀를 물고 있는 개 같아. 농담이 아니라 진짜로."

"어린애 뼈래, 테레사. 좀 심각하게 생각해줄 순 없어?"

"그럼 이리로 와. 내가 한번 볼게."

"그럼 내일은 어떡하지?"

"내가 발동 걸어 놓을게. 아까 캐시에게 메시지를 남겼어. 지금 전화를 끊는 대로 사무실에 전화해서 캐시를 호출하라고 지시할 거야. 캐시는 내일 해가 뜨자마자 발굴작업을 시작할 거고, 그다음에 우리도 들어가야지. 유골이 모두 발굴이 되면, 법의국 고문으로 있는 UCLA의 법인류학자를 불러 올 거야. 어디 안 가고 있으면 말이지만. 그리고 나도 갈 거야. 됐어?"

보슈는 그녀의 마지막 말이 마음에 걸려 잠시 침묵했다. 마침내 그가 말했다.

"테레사, 난 이 일을 최대한 오랫동안 최대한 조용히 처리했으면 좋겠어."

"무슨 뜻이야?"

"로스앤젤레스 카운티 법의국장이 직접 현장에 나올 필요가 있는지 잘 모르겠단 뜻이야. 그리고 오래전부터 당신이 카메라맨을 대동하지 않고 범죄현장에 나온 걸 본 적이 없다는 뜻이고."

"해리, 그는 내 개인 비디오 기사야, 알겠어? 그가 찍는 비디오는 내가 나중에 개인적으로 쓸 용도로 찍는 거고 내 전유물이란 말이야. 6시 뉴스에 나오진 않는다고."

"어찌됐든. 난 이번만큼은 일을 복잡하게 만들고 싶지 않아. 어린이 사건이야. 이 일이 알려지면 난리가 날 거야."

"뼈나 가지고 와. 한 시간 후엔 외출할 거야."

그녀는 자기 할 말만 하고 전화를 끊었다.

보슈는 코라존에게 좀 더 정치적으로 접근했어야 하지 않았나 하는 생각이 들었지만, 하고 싶은 말을 한 것은 만족스러웠다. 코라존은 법의학 전문가로 법정 TV와 대담 프로그램에 정기적으로 출연하는 유명 인사였다. 뿐만 아니라 카메라맨을 데리고 다니면서 자기가 맡은 사건을 다큐멘터리로 만들고 있었다. 광범위한 케이블 방송과 위성방송의 경찰 혹은 법정 이야기를 다루는 프로그램에 내보내고자 하는 욕심에서였다. 보슈는 더 유명해지려는 그녀의 야망이 이 사건을 해결하려는 자신의 야망을 방해하게 내버려둘 수 없었고, 내버려두지도 않을 것이었다.

보슈는 유골의 정체를 확인하고 나서 경찰국의 특별지원반과 경찰견 부대에 수사지원요청을 하기로 결심했다. 그는 일어나서 방을 나와 기요를 찾았다.

의사는 부엌의 작은 식탁 앞에 앉아서 스프링 달린 공책에 뭔가를 쓰고 있었다. 그가 고개를 들어 보슈를 바라보았다.

"당신을 치료한 걸 적고 있었어요. 난 치료한 모든 환자들에 대해 기록을 남겨두죠."

보슈는 기요가 자신에 대해 메모를 한다는 것이 낯설게 느껴졌지만, 그냥 고개를 끄덕였다.

"가봐야겠습니다, 박사님. 내일 오겠습니다. 수사팀을 꾸려서요. 박사님 개를 다시 데리고 나가야 할 것 같은데요. 여기 계실 겁니까?"

"그럴 거예요. 기꺼이 돕죠. 갈비뼈는 어때요?"

"아픈데요."

"숨 쉴 때만 아프죠? 1주일은 갈 겁니다."

"돌봐주셔서 감사합니다. 구두 상자는 돌려받으실 필요가 없을 것 같은데요?"

"그래요. 지금으로선 돌려받고 싶지도 않고요."

보슈는 현관을 향해 걸어가다가 기요를 향해 돌아섰다.

"박사님, 여기서 혼자 사십니까?"

"지금은 혼자 살아요. 아내는 2년 전에 죽었죠. 결혼 50주년 기념일을 한 달 앞두고."

"유감입니다."

기요가 고개를 끄덕이고 나서 말했다.

"딸은 결혼해서 시애틀에서 살고 있어요. 특별한 행사 때만 만나죠."

보슈는 왜 특별한 행사 때만 만나느냐고 묻고 싶었지만 참았다. 그는 다시 감사 인사를 한 후 집을 나왔다.

로럴 캐니언을 벗어나 핸콕 파크에 있는 테레사 코라존의 집을 향해 가는 동안 보슈는 구두 상자가 흔들리거나 좌석에서 미끄러져 떨어지지 않도록 상자 위에 손을 올려놓고 있었다. 마음속에서 두려움의 불길이 서서히 번져가는 것을 느꼈다. 오늘은 행운의 여신이 그를 향해 웃어주지 않았다. 해결하기 가장 어려운 사건이 걸렸다. 어린이 사건.

피해자가 어린이인 사건들은 늘 보슈를 따라다니며 괴롭혔다. 그런 사건들은 그를 완전히 기진맥진하게 만들었고 상처를 입혔다. 그 독이 묻은 탄알을 막을 만큼 두꺼운 방탄조끼는 없었다. 어린이 사건들은 이 세상이 잃어버린 빛으로 가득하다는 사실을 절감하게 만들었다.

## 04 차이나타운

테레사 코라존은 지중해식 저택에 살았다. 저택 앞에는 둥근 석조 진입로가 있었고 그 앞에는 잉어를 키우는 연못이 있었다. 8년 전 보슈가 잠깐 동안 그녀와 사귀었을 때, 그녀는 침실 한 개짜리 분양 아파트에 살았다. 그 후 잦은 TV 출연으로 유명세를 타기 시작하면서 그녀는 대저택을 구입하고 호화로운 삶을 누리기 시작했다. 이제는 동네 슈퍼에서 산 값싼 적포도주 한 병과 좋아하는 영화 비디오테이프를 들고 한밤중에 불쑥 그의 집 현관 앞에 나타나곤 했던 예전의 그녀가 아니었다. 당당하게 야망을 밝히면서도 자신의 지위를 이용해 부를 축적하는 기술은 아직 터득하지 못했던 예전의 그녀가 아니었다.

보슈는 자기가 그녀의 과거와, 그녀가 지금 가지고 있는 모든 것을 얻기 위해 포기한 것들을 떠올리게 만드는 존재라는 사실을 알고 있었다. 이제 둘 사이의 만남은 극히 드물었고, 어쩔 수 없이 만나 이야기를 나누게 될 때라도 치과에 온 것처럼 긴장감이 흐르는 것도 무리가 아니었다.

보슈는 둥근 진입로에 차를 세우고 구두 상자와 폴라로이드 사진을 들고 차에서 내렸다. 차를 돌아가며 연못을 들여다보니 잉어 몇 마리가 수면 아래에서 헤엄치고 있는 것이 보였다. 둘이 사귀던 그해에 함께 자주 보았던 〈차이나타운〉이라는 영화가 생각나 그는 미소를 지었다. 그녀가 거기 나오는 법의관을 얼마나 좋아했는지 기억이 났다. 그 법의관은 정육점 주인이 두르는 검정색 앞치마를 두르고 샌드위치를 먹으면서 사체를 검시했다. 보슈는 그녀에게 그런 것들을 즐길 수 있는 유머가 아직 남아 있는지 궁금했다.

보슈가 현관 앞에 다다르기도 전에 육중한 목조 현관문 위에 걸린 전등에 불이 켜지더니 코라존이 문을 열었다. 검정색 정장 바지에 크림색 블라우스를 입고 있었다. 신년 축하 파티에 갈 모양이었다. 그녀는 보슈의 어깨 너머로 그가 타고 온 차를 바라보았다.

"저 차가 내 돌길에 기름을 흘리기 전에 빨리 끝내지."

"당신도 잘 지냈어, 테레사?"

그녀가 구두 상자를 가리켰다.

"이거군."

보슈는 그녀에게 폴라로이드 사진을 건넨 후 구두 상자 뚜껑을 열었다. 새해를 축하하는 뜻으로 샴페인이라도 한잔하자고 그를 안으로 들이지는 않을 것이 분명했다.

"여기서 하려고?"

"시간이 별로 없어. 좀 더 일찍 올 줄 알았는데. 이건 어떤 멍청이가 찍은 거야?"

"나."

"이거로는 어떤 말도 해줄 수가 없어. 장갑 있어?"

보슈는 재킷 주머니에서 라텍스 장갑을 꺼내 그녀에게 건넸다. 그리고 사진을 돌려받아 재킷 안주머니에 넣었다. 그녀는 능숙하게 장갑을 끼고 열린 상자 안으로 손을 집어넣었다. 뼈를 꺼내 들고 전등불 아래로 가져갔다. 그는 잠자코 있었다. 그녀에게서 향수 냄새가 났다. 늘 그렇듯 짙었다. 검시실에서 대부분의 시간을 보내던 시절에 생긴 습관이었다.

그녀는 5초쯤 살펴본 후 뼈를 다시 상자에 넣었다.

"인골이야."

"확실해?"

그녀가 장갑을 획 벗으며 그를 노려보았다.

"상박골이야. 위팔뼈. 열 살쯤 된 어린애 같아. 당신은 이젠 내 실력을 믿지 않는지 몰라도, 해리, 내 실력은 여전하거든."

그녀가 장갑을 상자 속 뼈 위로 툭 던졌다. 보슈는 그녀가 걸어오는 말싸움은 그냥 넘길 수 있었지만, 장갑을 그런 식으로 어린애의 뼈 위로 던져 버리는 건 몹시 거슬렸다.

보슈는 상자 속에 손을 넣어 장갑을 꺼냈다. 그 순간 갑자기 어떤 생각이 떠올라 장갑을 다시 그녀에게 건넸다.

"이걸 찾아낸 개 주인 말로는 뼈에 골절이 있다고 했어. 치유된 골절. 다시 한 번 보고 정말 있는…."

"아니. 약속시간에 늦었어. 지금 당장 알아야할 건 이게 인골인지 아닌지 하는 거잖아. 그건 지금 내가 확인해줬고. 추가 검시는 나중에 검시실의 적절한 환경 속에서 이루어질 거야. 이젠 정말 나가 봐야 돼. 내일 아침에 현장에 갈게."



보슈는 그녀의 눈을 오래도록 바라보았다.

"그래, 테레사, 오늘 밤 즐겁게 지내."

그녀는 노려보던 눈길을 거두고 가슴 위로 팔짱을 꼈다. 그는 조심스럽게 상자 뚜껑을 닫고, 그녀에게 고개를 끄덕여 보인 후 차를 향해 걸어갔다. 뒤에서 육중한 현관문이 닫히는 소리가 들렸다.

잉어 연못을 지나면서 〈차이나타운〉이 다시 생각나자 보슈는 영화의 마지막 대사를 중얼거렸다.

"집어치워, 제이크, 여긴 차이나타운이야."

차를 타고 집을 향해 달리는 동안 그의 손은 옆자리에 놓인 구두 상자를 꼭 붙들고 있었다.

# 05 유골의 도시

다음 날 아침 9시, 원더랜드 대로가 끝나는 지점은 법집행기관의 수사 진지(陣地)로 변해 있었다. 그리고 그 중심에 해리 보슈가 있었다. 그는 파견된 순찰대, 경찰견부대, 과학수사대, 법의국, 그리고 특별지원반 팀들을 지휘했다. 경찰국 헬리콥터 한 대가 상공을 맴돌았고, 경찰대학에서 나온 실습생 10여 명이 모여서 지시를 기다리고 있었다.

이보다 앞서, 헬리콥터는 보슈가 노란색 범죄현장 테이프를 감아둔 산쑥 덤불을 찾아냈고, 그것을 거점으로 삼아 보슈가 올랐던 것처럼 원더랜드의 U턴 지점에서 언덕을 오르는 것이 유골 발견 지점에 접근하는 최단거리 경로임을 확인해주었다. 그러자 특별지원반이 나섰다. 여섯 명으로 구성된 지원반이 범죄현장 테이프가 묶여 있는 길을 따라 언덕을 오르며 망치로 뚱땅거리고 밧줄로 엮어 목조 경사로와 계단을 만들었고, 양 옆으로는 나무마다 밧줄을 매어 연결해서 잡고 오를 수 있게 했다. 이제 현장 접근과 철수가 전날 밤 보슈가 경험했던 것보다 훨씬 더 쉬워질 것이었다.

이런 대규모의 경찰수사가 조용히 진행되는 것은 불가능했다. 아침 9시쯤 주변 동네는 언론사의 진지로 변해 있었다. 방송사 차량이 U턴 지점에서 반 블록 떨어진 곳에 쳐진 바리케이드 뒤에 줄지어 늘어섰고, 기자회견 규모의 기자들이 무리를 지어 곳곳에 서 있었다. 그리고 다섯 대나 되는 방송사 헬리콥터가 경찰국 헬리콥터 위를 맴돌고 있었다. 이 모든 상황으로 인해 엄청난 소음이 발생했고, 벌써부터 주민들이 시내 파커 센터에 있는 경찰 고위 간부들에게 불평을 쏟아내는 중이었다.

보슈는 첫 번째 그룹을 범죄현장으로 인도할 준비를 하고 있었다. 우선 그는 제리 에드거와 상의를 했다. 에드거에게는 전날 밤 이미 이 사건에 대해 알려놓은 터였다.

보슈가 말했다.

"먼저 법의국 팀과 과학수사대부터 데리고 올라갈 거야. 그러고 나서 실습생하고 경찰견을 올려 보낼 거고. 자넨 그 일을 감독해줬으면 좋겠어."

"그럴게. 그런데 자네의 법의관 친구가 빌어먹을 카메라맨을 데리고 온 거 알아?"

"지금으로선 어찌해볼 도리가 없어. 따분해져서 시내로 돌아가기나 바라자고. 자기가 속한 곳으로 말이지."

"있잖아, 이 유골이 옛날 인디언의 뼈일 수도 있어."

보슈가 고개를 저었다.

"아냐. 너무 얕게 묻혔어."

보슈는 첫 번째 그룹 쪽으로 걸어갔다. 테레사 코라존과 그녀의 비디오 기사, 그리고 발굴팀이 모여 서 있었다. 발굴팀은 고고학자 캐시 콜과 삽질을 담당할 수사관 세 명으로 구성되었다. 그들은 점프슈트를 입고 있었지만 코라존은 전날 밤 입었던 것과 비슷한 복장에 굽이 5센티미터나 되는 하이힐을 신고 있었다. 이들 외에 과학수사대 소속 범죄학자 두 명도 첫 번째 그룹에 속해 있었다.

보슈는 돌아다니고 있는 다른 사람들이 듣지 못하게 그들에게 더 가까이 다가오라고 손짓을 했다.

“자, 이제 올라가서 기록 작업과 발굴 작업을 시작할 겁니다. 여러분 모두가 자리를 잡고 일을 시작하면, 경찰견과 실습생이 올라와 주변 지역을 수색하고 필요하다면 범죄현장을 확대하게 될 것입니다. 여러분은….”

그는 말을 멈추고 손가락으로 코라존의 카메라맨이 들고 있는 카메라를 가리켰다.

“그거 꺼요. 법의국장님이나 찍어요, 난 빼고.”

남자가 천천히 카메라를 내렸고, 보슈는 코라존을 흘끗 쳐다본 후 말을 이었다.

“여러분 모두 자기가 할 일을 잘 알고 있을 테니까 내가 굳이 설명할 필요는 없겠죠. 한 가지 말씀드리고 싶은 건 저 위로 올라가기가 상당히 힘이 들 거라는 점입니다. 경사로와 계단이 있더라도 말이죠. 그러니까 조심하세요. 밧줄을 꼭 잡고, 발밑을 잘 보세요. 부상자가 생기는 건 원치 않습니다. 무거운 장비를 가졌다면, 분리해서 두세 번에 걸쳐 나르세요. 그런데도 도움이 필요하다면 실습생에게 시키겠습니다. 시간은 신경 쓰지 마세요. 안전만 신경 쓰세요. 자, 다들 아시겠죠?”

모두가 동시에 고개를 끄덕였다. 보슈는 코라존에게 잠깐 보자고 손짓을 했다.

보슈가 말했다.

“복장불량이야.”

"이것 봐, 별 간섭을 다 하…."

"셔츠를 벗고 갈비뼈를 보여줄까? 어젯밤에 거기서 넘어져서 한쪽 옆구리가 블루베리 파이가 되어 버렸어. 신고 있는 그 구두로는 안 돼. 카메라 앞에선 멋져 보일지 몰라도…."

"괜찮아. 내가 알아서 할 거야. 더 할 말 있어?"

보슈가 고개를 저었다.

"나중에 뭐라 그러지 마. 그럼 가자고."

보슈가 경사로를 향해 걸음을 옮기자 다른 사람들이 뒤를 따랐다. 특별지원반이 검문소로 사용할 나무 관문을 만들어 놓았다. 순경 한 명이 클립보드를 들고 그곳에 서 있었다. 그는 각자의 이름과 소속을 받아 적은 후에야 통과시켜 주었다.

보슈가 길을 안내했다. 언덕을 오르기는 전날 밤보다 쉬웠지만, 밧줄을 잡고 경사로와 계단을 오를 때마다 가슴이 통증으로 터질 것 같았다. 하지만 그는 신음소리를 내지 않았고, 아무 내색도 하지 않으려고 애를 썼다.

아카시아 숲에 다다르자 보슈는 다른 사람들을 세워놓고 범죄현장 테이프 아래로 기어들어가 먼저 확인을 했다. 흙이 파헤쳐지고 갈색의 작은 뼈가 흩어져 있었던 지점을 찾았다. 전날 밤 상태에서 변한 게 없는 것 같았다.

"좋아요, 이리로 와서 보세요."

사람들이 테이프 밑으로 기어 들어와서 유골들 위로 반원을 그리며 섰다. 카메라가 돌아가기 시작하자 코라존이 나섰다.

"자, 우선 뒤로 물러서서 사진을 찍을 거예요. 그다음에 우리가 발굴 경계망을 설정할 거고, 콜 박사가 발굴과 수거를 지휘할 거예요. 뭔가 발견하면 먼저 다각도에서 사진을 찍고 난 다음에 수거하세요."

그녀가 수사관 한 명에게로 고개를 돌렸다.

“핀치, 스케치를 맡아. 표준 경계망이야. 모든 걸 기록해. 사진에 의존할 수 있을 거라고 생각하지 말고.”

핀치가 고개를 끄덕였다. 코라존이 보슈를 바라보았다.

“보슈 형사, 여긴 우리가 접수한 것 같은데요. 이 안에는 사람이 적을수록 더 좋아요.”

보슈는 고개를 끄덕이고 그녀에게 쌍방향 무전기를 건넸다.

“근처에 있을 거예요. 필요하면 무전기로 연락해요. 여기선 휴대전화가 안 터져요. 그리고 말할 때 신경 좀 쓰고.”

그는 언론사 헬리콥터들이 맴돌고 있는 하늘을 가리켰다.

콜이 말했다.

“말이 나와서 하는 말인데, 이 나무들 위로 방수포 천막을 쳐야 할 것 같아요. 햇빛도 좀 가리고 조용히 일을 할 수 있게 말이죠. 괜찮겠어요?”

“이젠 당신이 책임자예요. 뜻대로 하세요.”

보슈가 대답했다.

그가 경사로를 향해 걸어가자 에드거가 뒤를 따랐다.

“해리, 이건 며칠이 걸릴 수 있어.”

“더 걸릴 수도 있겠지.”

“위에선 그렇게 시간을 주지 않을 거야. 자네도 알잖아, 안 그래?”

“그래.”

“내 말은, 이런 사건들은… 신원이라도 밝히면 운이 좋은 거야.”

“맞아.”

보슈는 걸음을 멈추지 않았다. 거리로 돌아와 보니 빌리츠 경위가 자신의 상관인 르밸리 경감과 함께 나와 있었다.

“제리, 실습생들 좀 준비시켜줄래? 현장 수사 기본원칙을 설명해줘.

나도 금방 갈게."

보슈가 말했다.

보슈는 빌리츠와 르밸리에게 다가가 현재 상황을 보고했고, 이제까지의 활동과, 망치, 톱, 헬리콥터 소음으로 주민들의 민원이 제기된 것을 자세히 설명했다.

르밸리가 말했다.

"언론에 뭘 좀 던져줘야 돼. 홍보실에선 기자들을 자기네가 처리하길 원하는지 자네가 여기서 처리할 건지 물어보라는데?"

"제가 하고 싶진 않은데요. 홍보실은 이 사건에 대해서 어디까지 알고 있습니까?"

"알고 있는 게 거의 없지. 그러니까 자네가 전화를 해줘야 보도 자료를 만들 거야."

"경감님, 전 여기 일로 좀 바빠서…."

"시간을 내라고, 해리. 성가시지 않게 좀 해줘."

보슈가 경감에게서 눈을 떼고 반 블록 떨어진 바리케이드 앞에 모여 있는 기자들 쪽을 바라보니, 줄리아 브래셔가 순경에게 경찰 배지를 보이고 통과하고 있었다. 사복 차림이었다.

"알겠습니다. 전화하겠습니다."

보슈는 기요 박사의 집을 향해 길을 걸어 내려가기 시작했다. 브래셔에게로 다가가자 그녀가 걸어오며 그를 향해 미소를 지었다.

"당신 맥라이트 내가 갖고 있어. 저 아래 차 안에. 어차피 기요 박사 집으로 가는 길이고."

"아, 신경 쓰지 마세요. 그것 때문에 온 거 아니니까."

그녀가 방향을 바꿔 보슈와 함께 걸었다. 보슈는 그녀의 옷차림을 살펴보았다. 빛바랜 청바지에 5킬로미터 자선마라톤 참가 기념 티셔츠를 입고 있었다.

"비번이군."

"네. 전 3시에서 11시 조예요. 자원봉사자가 필요할 것 같아서 왔어요. 경찰대학에서 실습생들이 나왔다는 이야기도 들었고요."

"저 위로 올라가서 뼈를 찾고 싶은 거로군, 그렇지?"

"한 수 배우고 싶어요."

보슈가 고개를 끄덕였다. 둘은 기요 박사의 집 현관을 향해 걸어갔다. 현관문 앞에 도착하기도 전에 문이 열리더니 의사가 그들을 맞아들였다. 보슈가 서재 전화를 또 써도 되겠냐고 묻자, 기요는 굳이 길을 가르쳐줄 필요가 없는데도 그를 서재로 데려갔다. 보슈가 책상 뒤 의자에 앉았다.

의사가 물었다.

"갈비뼈는 어때요?"

"괜찮습니다."

보슈는 브래셔의 눈이 휘둥그레지는 걸 보았다.

"어젯밤에 저기 올라갔을 때 좀 다쳤어."

"어떻게 된 건데요?"

"아, 난 그냥 내 일만 신경 쓰고 있었는데 갑자기 나무가 아무 이유도 없이 공격을 하더라고."

브래셔는 얼굴을 찌푸리는 것과 동시에 미소를 지어보이는 놀라운 재주를 보여주었다.

보슈는 외우고 있던 경찰국 홍보실 전화번호를 눌러 전화를 받은 경관에게 대단히 개괄적으로 사건을 설명했다. 그러다가 잠깐 손으로 수화기를 막고 기요에게 보도 자료에 그의 이름을 인용해도 되겠냐고 물었다. 의사는 반대했다. 몇 분 후 보슈는 설명을 마치고 전화를 끊었다.

그러고는 기요를 바라보았다.

"며칠 후에 우리가 현장에서 철수하고 나면 기자들이 들러붙을 겁니다. 제 짐작으로는, 뼈를 발견한 개를 찾아다닐 거고요. 그러니까 이 일에 더 이상 관여하고 싶지 않으시면, 재난이를 밖으로 내보내지 마세요. 안 그러면 기자들이 이것저것 긁어모아 추측성 기사를 남발할 테니까요."

"좋은 충고군요."

기요가 말했다.

"그리고 울리히 씨에게 전화해서 개 얘기를 기자들한테 하지 말라고 일러놓으시는 게 좋을 것 같습니다."

집을 나서면서 보슈는 브래셔에게 지금 손전등을 돌려받고 싶으냐고 물었고, 그녀는 현장 수색을 돕는 동안 가지고 다니면 성가실 것 같다면서 사양했다.

"언제라도 편하실 때 돌려주세요."

그녀가 말했다.

보슈는 대답이 마음에 들었다. 그녀를 볼 기회가 적어도 한 번은 더 생긴다는 뜻이기 때문이었다.

U턴 지점으로 돌아오니 에드거가 경찰대학에서 나온 실습생들에게 연설을 하고 있었다.

"여러분, 범죄현장 수사의 황금률은 수색과 사진촬영과 기록이 완료될 때까지 어떤 것도 만지지 말아야 한다는 것입니다."

보슈가 그들 속으로 끼어들었다.

"좋아, 준비 다 된 건가?"

"다 됐어."

에드거가 대답했다. 그러고는 고갯짓으로 금속 탐지기를 들고 있는 실습생 두 명을 가리키며 말을 이었다.

"저건 과학수사대에서 빌렸어."

보슈가 고개를 끄덕이고는 실습생들과 브래셔에게 먼저 올라간 발굴팀에게 했던 것과 같은 안전 강조 연설을 한 후 현장을 향해 출발했다. 걸어가는 동안 보슈는 에드거에게 브래셔를 소개시켜 주었고, 에드거가 먼저 무리를 이끌고 검문소를 통과하게 했다. 보슈는 뒤로 처져 브래셔의 뒤를 따라 걸었다.

"오늘 일이 끝나고 나서도 강력반 형사가 되고 싶은지 보자고."

보슈가 말했다.

"어떤 일이라도 무전 지시에 따라 뛰어다니면서 교대할 때마다 순찰차 뒷좌석에서 토사물을 씻어내야 하는 일보다는 낫지 않겠어요?"

"나도 그런 때가 있었지."

보슈와 에드거는 실습생 열두 명과 브래셔를 아카시아 숲 근처에 일렬횡대로 세우고 나란히 걸어가며 주변을 샅샅이 수색하라고 지시했다. 그러고 나서 보슈는 아래로 내려와 수색 지원을 위해 경찰견부대 두 팀을 데리고 올라갔다.

주변 수색이 진행되는 것을 확인한 그는 실습생들을 에드거에게 맡기고 유해 발굴 현장의 진행 상황을 알아보기 위해 아카시아 숲 속으로 들어갔다. 콜이 장비를 담은 상자 위에 앉아 땅에 나무 말뚝 박는 일을 감독하고 있었다. 말뚝을 박은 다음에는 줄로 연결하여 발굴 경계망을 치려는 것이었다.

과거에도 한 번 콜과 함께 일해 본 경험이 있는 보슈는 그녀가 자신의 일에 대단히 철저하고 능숙하다는 사실을 알고 있었다. 30대 후반인 그녀는 테니스 선수 같은 체격에 피부도 햇볕에 잘 그을려 있었다. 언젠가 한 번 시내 공원에서 우연히 그녀를 본 적이 있었는데, 그녀는 쌍둥이 여자 형제와 테니스를 치고 있었다. 둘은 사람들의 이목을 끌었다.

거울 벽에 대고 공을 치고 있는 것처럼 보였기 때문이었다.

콜이 고개를 숙이고 무릎 위에 놓인 대형 클립보드를 내려다보자 곧은 금발 머리카락이 앞으로 흘러내려 눈을 가렸다. 발굴 경계망이 인쇄되어 있는 종이에 메모를 하는 중이었다. 보슈는 그녀의 어깨 너머로 도표를 바라보았다. 콜은 땅에 실제 말뚝이 박힐 때마다 도표 속 경계망의 상응 지점에 알파벳을 순서대로 써넣고 있었다. 그 도표의 상단에 그녀가 적어놓은 '유골의 도시'라는 제목이 눈에 띄었다.

보슈는 팔을 뻗어 제목을 톡톡 쳤다.

"왜 이런 제목을 붙였죠?"

그녀가 어깨를 으쓱해 보였다.

"지금 우리는 한 도시의 거리와 블록을 설계하고 있으니까요. 적어도 여기서 일하는 동안에는 그런 느낌이 들 것 같아서요. 이곳이 우리의 작은 도시라는 느낌 말이에요."

그녀가 도표에 그려진 선들을 손가락으로 훑으며 말했다.

보슈는 고개를 끄덕였다.

"살인사건은 저마다 도시의 이야기를 담고 있죠."

콜이 그를 올려다보며 물었다.

"누가 한 말이에요?"

"몰라요. 어디서 들은 것 같아요."

코라존을 찾아보니, 그녀는 흙 표면 위에 흩어져 있는 작은 유골들 위에 쭈그리고 앉아서 뼈들을 관찰하고 있었고, 비디오카메라의 렌즈는 그런 그녀를 관찰하는 중이었다. 비디오 촬영에 대해 한마디하려고 생각하고 있을 때 무전기가 삑삑거렸다. 보슈는 허리띠에서 무전기를 떼어 들었다.

"해리 보슈입니다."

"에드거야. 해리, 이쪽으로 다시 와 봐. 벌써 뭔가를 발견했어."

"알았어."

에드거는 아카시아 숲에서 35미터쯤 떨어진 덤불 속 한 지점에 서 있었다. 실습생 여섯 명과 브래셔 역시 원을 그리고 서서 50~60센티미터 높이의 덤불 속에 있는 무언가를 내려다보고 있었다. 경찰 헬기가 바로 위 상공을 맴돌았다.

보슈가 원으로 들어가 내려다보았다. 흙 속에서 반쯤 빠져나온 어린이 두개골의 텅 빈 눈구멍이 그를 노려보고 있었다.

"아무도 건드리지 않았어. 여기 브래셔 순경이 찾아냈어."

에드거가 말했다.

보슈가 그녀를 흘끗 보니 항상 그녀의 눈가와 입가에 머물고 있던 웃음기는 사라지고 없었다. 그는 다시 두개골을 바라보다가 허리띠에서 무전기를 빼내 들었다.

"코라존 박사님?"

그가 무전기에 대고 말했다.

한참 후에야 그녀의 목소리가 들렸다.

"네. 뭐죠?"

"범죄현장을 확대할 겁니다."

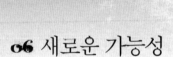

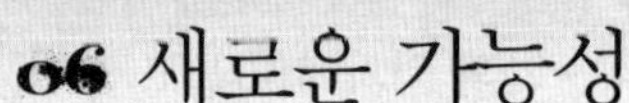

# 06 새로운 가능성

보슈가 작은 군대를 통솔하는 장군처럼 확대된 범죄현장을 진두지휘하는 가운데, 발굴 작업은 순조롭게 진행되었다. 아주 오랫동안 이런 날이 오기를 안달하며 기다렸다는 듯 유골이 흙과 덤불 속에서 툭툭 튀어나왔다. 정오가 될 때까지 캐시 콜의 발굴팀이 발굴 경계망 안에 있는 세 블록을 이 잡듯 뒤지자, 수십 개의 인골이 검붉은 흙 속에서 모습을 드러냈다. 발굴팀은 고대인의 유물을 발굴하는 인류학자들처럼 작은 도구와 솔을 사용해 조심스럽게 유골을 발굴해냈다. 그들은 금속 탐지기와 수증기 탐침까지 사용했다. 수고스러운 작업이었지만, 보슈가 예상했던 것보다 훨씬 빠른 속도로 일이 진행되었다.

이렇게 수사에 속도가 붙은 것은 두개골이 발견되면서 수사팀 전체에 긴박감이 감돌게 되었기 때문이었다. 두개골은 발견 지점에서 수거되었고, 비디오 촬영이 이루어지는 가운데 현장에서 두개골을 검시한 테레사 코라존은 골절선 여러 개와 수술 자국을 발견했다. 수술 자국의 발견은 유골이 현대인의 것일 가능성이 높다는 확신을 주었다. 골절선만 가지고는 이 어린이가 살해된 것이라고 단정 지을 수 없었지만, 사체가 암매장되었다는 사실과 연계해 볼 때 살해 가능성이 큰 것으로 판단되었다.

점심 식사를 위해 잠시 일을 중단한 오후 2시까지, 유골의 절반 정도가 이미 현장에서 수거되었다. 경찰대학 실습생들이 현장 주변 덤불 속에 흩어져 있는 유골 몇 개를 더 발견했다. 그뿐만 아니라 콜의 발굴팀은 해진 옷 조각 몇 개와 어린이용 책가방 크기의 무명천으로 된 배낭을 발견했다.

유골은 양편에 밧줄 손잡이가 달려 있는 정사각형 나무 상자 몇 개에 나눠 담겨 언덕을 내려왔다. 점심때쯤, 유골이 든 상자는 시내 법의국으로 옮겨졌고 법인류학자가 상자 세 개에 담긴 유골을 검시했다. 대부분 썩어버려 형체를 알아볼 수 없게 된 옷 조각들과 배낭은 정밀 감식을 위해 LA 경찰국 과학수사대로 보내졌다. 배낭은 발견 당시와 마찬가지로 열어보지 않은 상태 그대로 넘겨졌다.

발굴 경계망 안의 지역을 금속 탐지기로 훑은 결과, 1975년에 주조된 25센트짜리 동전 한 개가 왼쪽 골반뼈에서 5센티미터쯤 떨어진 곳에서 유골과 같은 깊이의 흙 속에서 발견되었다. 동전은 사체 조직과 함께 썩어 없어진 바지의 왼쪽 앞주머니에 있었던 것으로 추정되었다. 보슈는 동전이 사망 시점을 알 수 있는 중요한 단서라고 생각했다. 동전이 사체와 함께 매장되었을 거라는 추정이 맞는다면, 1975년 이전에 사망했을 리는 없었다.

순찰대가 범죄현장에서 일하는 수사팀 전원에게 식사를 제공하기 위해 건설현장을 돌아다니는 이동식 식당차 두 대를 U턴 지점에 불러다 놓았다. 점심 식사 때가 훨씬 지나 있어서 다들 배가 고팠다. 트럭 한 대에서는 더운 점심을 제공했고, 다른 트럭에서는 샌드위치를 만들어주었다. 보슈는 줄리아 브래셔와 함께 샌드위치 트럭 줄에 섰다. 줄이 줄어드는 속도가 느렸지만 그는 개의치 않았다. 둘은 언덕 위에서 진행되고 있는 수사에 대해 이야기를 나눴고 경찰국 고위 간부들을 놓고 이러쿵저러쿵 품평을 했다. 서로를 알아가는 대화였다. 안 그래도 브래셔에게 마음이 끌렸던 보슈는 신참으로서 그리고 여자 경찰관으로서의 경험담을 들으면 들을수록 그녀에 대한 호기심과 호감이 더 커졌다. 보슈가 신참이었을 때 그랬듯 그녀의 마음속에는 경찰 일에 대한 흥분과 자부심과 회의가 한데 엉켜 있는 것 같았다.

보슈 앞에 여섯 명 정도가 남았을 때, 트럭 안의 누군가가 맨 앞에 선 실습생에게 수사에 대해 묻고 있는 것이 들렸다.

"그 뼈들이 여러 사람의 뼈예요?"

"몰라요. 찾으라니까 그냥 찾고 있는 거죠, 뭐."

보슈는 질문을 한 남자를 관찰했다.

"뼈들이 전부 부러져 있었어요?"

"잘 모르겠는데요."

보슈는 줄에서 빠져나와 트럭 뒤로 갔다. 트럭 뒤편의 열린 문으로 들여다보니 앞치마를 두른 남자 세 명이 일을 하고 있었다. 아니 일을 하는 것처럼 보였다. 셋 다 보슈가 보고 있는 걸 눈치채지 못한 상태였다. 남자 둘이 샌드위치를 만들고 접시에 담고 있었다. 그 둘 가운데에 있는 남자가 조금 전 실습생에게 질문을 했던 사람인데, 주문창 밑에 있는 조리대에서 두 팔을 움직이고 있었다. 아무것도 만들고 있지 않았지만, 트럭 밖에서 보면 샌드위치를 만들고 있는 것처럼 보일 것이었다. 보슈는 그의 오른쪽에 있는 남자가 샌드위치를 반으로 잘라 종이 접시에 담아 그에게로 미는 것을 보았다. 가운데 남자는 접시를 들어 주문한 그 실습생에게 건네주었다.

실제로 샌드위치를 만들고 있는 남자들은 티셔츠와 청바지 차림에 앞치마를 두르고 있었지만, 중간에 있는 남자는 단을 접은 면바지에 남방을 입고 있었다. 그의 바지 뒷주머니에서 수첩이 삐죽이 드러나 보였다. 기자들이 즐겨 쓰는 얇고 긴 수첩이었다.

보슈는 문 안으로 고개를 들이밀고 트럭 안을 둘러보았다. 문 옆에 있는 선반에 둘둘 만 캐주얼 재킷이 눈에 띄었다. 그는 재킷을 집어 들고 문에서 떨어져 나왔다. 재킷 주머니를 뒤지니 LA 경찰국이 발행한 기자 출입증이 나왔다. 출입증에는 가운데 남자의 사진이 붙어 있었다. 〈뉴타임스〉에서 일하는 빅터 프리즈비 기자였다.

보슈가 재킷을 들고 트럭 바깥 쪽을 톡톡 두드리자, 세 남자가 동시에 고개를 돌렸다. 그는 프리즈비에게 오라는 손짓을 했다. 기자는 손가락으로 자기 가슴을 가리키며 '누구, 나?' 하고 묻는 표정을 지었고, 보슈는 고개를 끄덕였다. 프리즈비가 문 앞으로 걸어와 허리를 굽혔다.

"왜 그러시죠?"

보슈가 두 팔을 뻗어 그가 두른 앞치마의 가슴 부분을 움켜쥐고는 그를 트럭 밖으로 확 잡아끌었다. 프리즈비는 발은 땅에 대고 있었지만 넘어지지 않기 위해서 몇 걸음을 뛰다시피 걸어 나와야 했다. 그가 대항을 하려고 자세를 다잡는 순간, 보슈가 둘둘 만 재킷으로 그의 가슴을 쳤다.

식사를 끝낸 순경 두 명이 근처에 있는 쓰레기통에 종이 접시를 버리고 있었다. 보슈는 손짓으로 그들을 불렀다.

"바리케이드 밖으로 데리고 가요. 또 한 번 바리케이드를 넘어오면 체포하고."



순경들이 프리즈비의 양쪽에서 그의 팔을 잡고 바리케이드로 데려가기 시작했다. 프리즈비는 콜라 캔처럼 벌겋게 된 얼굴로 항변을 시작했지만, 순경들은 들은 체도 하지 않고 다른 기자들이 모여 서 있는 곳으로 그를 끌고 갔다. 동료들 앞에서 체면이 말이 아닐 것이었다. 보슈는 잠깐 그 모습을 지켜보다가 바지 뒷주머니에서 프리즈비의 기자출입증을 꺼내 쓰레기통에 던졌다.

보슈는 줄을 서 있는 브래셔에게로 되돌아왔다. 이제 그들 앞에는 실습생 두 명만 남아 있었다.

브래셔가 물었다.

"무슨 일이에요?"

"공중위생법 위반. 손을 씻지 않았더라고."

그녀가 웃음을 터뜨렸다.

"농담 아니야. 그것도 엄연히 법인데."

"세상에. 선배님이 바퀴벌레 같은 걸 발견하고 트럭을 완전히 폐쇄하기 전에 샌드위치를 받았으면 좋겠네요."

"걱정 마. 방금 전에 바퀴벌레를 퇴치했으니까."

10분 후, 보슈가 식당차 주인에게 기자를 범죄현장에 몰래 들인 일에 대해 경고하고 나서, 둘은 샌드위치와 음료를 받아들고 특별지원반이 마련해 놓은 피크닉 테이블로 갔다. 그 테이블은 수사팀을 위해 마련해 놓은 것이었지만, 보슈는 브래셔를 데리고 가 앉는 게 문제가 된다고 생각하지 않았다. 그곳에는 에드거가 콜과 그녀의 발굴팀원 한 명과 함께 앉아 있었다. 보슈는 브래셔를 모르는 사람들에게 그녀를 소개하고, 이 사건 현장에 처음 출동한 순경이 그녀였으며, 전날 밤 그를 도와주었다고 말했다.

"그런데 대장님은 어디 계시죠?"

보슈가 콜에게 물었다.

"아, 코라존 박사는 이미 식사를 끝냈어요. 비디오카메라 앞에서 한 말씀 하시러 간 것 같은데요."

보슈가 미소를 지으며 고개를 끄덕였다.

"한 번 더 먹어야겠는데."

에드거가 말하더니 접시를 들고 벤치를 타넘어 갔다.

보슈는 베이컨 양상추 토마토 샌드위치를 한입 베어 물고 맛을 보았다. 배가 고파 죽을 지경이었다. 쉬는 시간에는 먹고 쉬는 일 빼고 아무것도 하지 않을 계획이었는데, 콜이 발굴에 관한 1차 결론을 말해줘도 되겠냐고 물었다.

보슈는 입안 가득 샌드위치를 물고 있었다. 그는 샌드위치를 다 삼키고 나서 에드거가 돌아올 때까지 기다리자고 말했다. 에드거를 기다리는 동안 둘은 유골의 상태에 관해 일반적인 이야기를 나누었고, 콜은 무덤이 얕아서 동물이 쉽게 유해를 파헤치고 유골을 흩뜨려 놓을 수 있었을 것이며 그런 일은 수년에 걸쳐 일어났을 가능성이 높다고 말했다.

"유골을 전부 찾아내진 않을 거예요. 그러고 싶어도 그럴 수 없을 거고요. 비용과 노력을 들일 가치가 없을 만큼 성과가 지지부진할 때가 금방 올 거거든요."

콜이 말했다.

에드거가 닭튀김을 한 접시 가지고 돌아왔다. 보슈가 콜에게 고개를 끄덕여 보이자, 그녀는 테이블 위 자신의 왼쪽에 놓인 메모장을 내려다보았다. 그러고는 메모한 것을 살펴보더니 말문을 열었다.

"두 분이 항상 염두에 두셔야 할 일은 무덤의 깊이와 현장 지형이에요. 이게 중요한 단서라고 생각해요. 이 사내아이가 누군지, 이 아이에게 무슨 일이 있었는지를 알아내는 데 중요한 열쇠가 될 거예요."

"사내아이요?"

보슈가 물었다.

"골반뼈의 간격과 팬티 허리끈을 볼 때 사내아이가 확실해요."

그녀의 설명에 따르면, 수거된 썩은 옷 조각들 중에 고무줄이 한 개 있었고, 사체가 매장될 당시 입고 있었던 팬티에서 남은 거라곤 그 고무줄이 유일했다. 사체에서 흘러나온 부패 분비물로 인해 옷은 썩어서 사라진 것이었다. 그러나 고무줄은 대체로 원 상태 그대로 있었고, 남성용 팬티에 주로 쓰이는 것으로 보였다.

"좋아요, 그건 그렇고. 무덤 깊이 이야기도 하셨는데?"

보슈가 말했다.

"그래요. 골반뼈와 척추 아래쪽은 흙이 파헤쳐진 흔적 없이 원 상태대로 발견이 되었어요. 깊이를 측정해보니 원래 무덤의 깊이가 기껏해야 15~30센티미터 정도밖에 되지 않았던 것 같아요. 이렇게 얕은 무덤은 범인이 공포에 사로잡힌 상태에서 급하게 암매장을 했고 계획이 허술했다는 것을 보여주고 있죠. 하지만…."

그녀가 손가락 하나를 들어 올리며 말을 이었다.

"무덤의 위치가 접근하기 대단히 어려운 굉장히 외진 곳이라는 점은 정반대의 상황을 시사하고 있어요. 범인이 용의주도하게 계획을 세우고 실천에 옮겼다는 뜻이죠. 모순되지 않나요? 암매장 장소는 접근하기 대단히 어려운 곳으로 선택해놓고, 암매장은 정신없이 급하게 해치운 것으로 보이니 말이에요. 이 아이는 말 그대로 표토 몇 줌과 솔잎에 덮여 있었어요. 이런 걸 지적한다고 해서 당신들이 범인을 잡는 데 도움이 될 거라는 확신은 없지만, 내가 본 걸 당신들에게도 보여주고 싶었어요. 이 모순점 말이에요."

보슈가 고개를 끄덕였다.

"당연히 알아야죠. 늘 염두에 둘게요."

"좋아요. 아까 것보다 좀 작은 것이긴 하지만 또 다른 모순점은 배낭에서도 찾을 수 있어요. 배낭을 사체와 함께 묻은 건 실수였어요. 사체는 무명천보다 훨씬 더 빠른 속도로 부패하죠. 그러니까 당신들이 배낭이나 그 안에 들어 있는 것에서 신원을 밝힐 수 있는 단서를 찾아내기라도 하면, 범인은 굉장한 실수를 저지른 게 돼요. 치밀한 계획 속에 허술한 계획이 또 한 번 드러나는 상황이죠. 두 분은 유능한 형사니까, 이 모든 것을 잘 풀어낼 거라고 믿어요."

그녀는 보슈에게 미소를 짓고는 메모장을 넘겨서 살펴보았다.

"그 정도인 것 같군요. 나머지는 현장에서 이미 얘기한 거고요. 일이 대단히 순조롭게 진행되고 있는 것 같아요. 오늘은 주요 매장지점에 대한 발굴을 끝마칠 거예요. 내일은 다른 발굴 경계망 몇 곳을 설정하고 표본추출을 해볼 거고요. 하지만 우리 일은 내일로 끝날 거예요. 아까도 말했지만, 유골을 전부 찾아내진 않을 거예요. 하지만 수사를 위해 필요한 만큼은 찾아내야겠죠."

보슈는 갑자기 식당차에서 빅터 프리즈비 기자가 실습생에게 던진 질문이 생각났고, 그가 자신보다 앞서 생각하고 있었을지도 모른다는 사실을 깨달았다.

"표본추출요? 암매장된 사체가 여러 구일 가능성도 있다는 건가요?"

콜이 고개를 저었다.

"그렇게 단정 지을 단서는 전혀 없어요. 하지만 확인을 하기 위해 표본추출을 하는 거예요. 가스 탐지기를 꽂아보고요. 통상적인 절차예요. 무덤이 얕다는 점을 고려해볼 때 피해자가 한 명일 가능성이 높지만, 그래도 확인은 해야겠죠. 최선은 다해야 하니까요."

보슈가 고개를 끄덕였다. 갑자기 식욕이 싹 가셔버려서 샌드위치를 거의 다 먹은 게 다행이라는 생각이 들었다. 피해자가 둘 이상인 살인

사건을 수사하는 건 생각만 해도 끔찍했다. 그는 테이블에 앉은 다른 사람들을 둘러보았다.

"지금 들은 이야기는 비밀입니다. 벌써 기자 한 명이 연쇄살인범을 찾아 들쑤시고 돌아다니는 걸 잡았어요. 언론이 법석을 떠는 건 다들 보고 싶지 않을 거라고 생각해요. 지금 하는 일이 단지 통상적인 확인 절차라고만 말해도, 톱뉴스가 될 거예요. 다들 아시겠어요?"

브래셔를 포함하여 모두가 고개를 끄덕였다. 보슈가 무슨 말인가 더 하려는 순간 U턴 지점 다른 한쪽에 서 있는 특별지원반 트레일러에 세워진 이동식 화장실 쪽에서 문을 두드리는 소리가 크게 들려왔다. 공중전화박스 크기의 화장실 한 칸에 있는 누군가가 얇은 알루미늄 문을 두들겨 대고 있었다. 잠시 후엔 여자의 고함 소리도 들렸다. 목소리의 주인공이 누군지 알아차린 보슈가 벌떡 일어섰다.

보슈는 그곳으로 뛰어가 트럭 위 화장실로 연결된 계단을 올라갔다. 그러고는 문 두드리는 소리가 난 화장실을 찾아내 그 문 앞으로 갔다. 이동할 때 화장실을 고정하기 위해 사용하는 문밖의 문고리가 둥근 쇠고리 구멍에 걸려 있었고 거기에 닭뼈 한 개가 꽂혀 있었다.

"잠깐만, 잠깐만!"

보슈가 소리를 질렀다.

그는 뼈를 빼내려고 애를 썼지만 너무 미끄러워서 자꾸만 손아귀를 빠져나갔다. 그러는 동안에도 안에서는 계속 두드리며 고함을 쳤다. 그는 두리번거리며 도구가 될 만한 것을 찾아보았지만, 아무것도 보이지 않았다. 마침내 그는 권총집에서 권총을 꺼내 안전장치를 확인한 후, 총신이 직각이 되게 신경을 쓰며 개머리판으로 문고리 안에 걸려 있는 뼈를 내리쳤다.

드디어 뼈가 튀어나오자 그는 총을 치우고 문고리를 땄다. 갑자기 문이 밖으로 활짝 열리더니 테레사 코라존이 튀어나왔고, 그 바람에 보슈는 뒤로 넘어질 뻔했다. 그는 넘어지지 않으려고 코라존을 붙들었지만, 그녀는 그를 거칠게 밀어버렸다.

"당신이 그랬군!"

"뭐라고? 난 아니야! 난 계속 저기 앉아 있었…."

"누가 그랬는지 알아내야겠어!"

보슈가 목소리를 낮췄다. 수사 진지 안에 있는 사람 모두가, 바리케이드 너머에 있는 기자들까지도, 이쪽을 보고 있을 것이었다.

"테레사, 진정해. 장난이야, 알겠어? 이런 짓을 한 게 누구든 장난으로 한 거야. 당신이 폐쇄된 공간을 좋아하지 않는다는 걸 난 잘 알고 있지만, 다른 사람들은 모르잖아. 누군가가 이곳에 흐르는 긴장감을 좀 누그러뜨리고 싶었는데, 마침 당신이 재수 없이…."

"날 시기하기 때문이야. 그게 이유야."

"뭐라고?"

"내 지위와 내 업적을 시기하기 때문이라고."

보슈는 기가 막혔다.

"마음대로 생각해."

코라존은 계단을 향해 걸음을 내딛다가 갑자기 돌아서서 그에게로 다가왔다.

"난 철수할 거야. 됐어? 만족해?"

보슈가 고개를 저었다.

"만족하냐고? 이곳과는 전혀 어울리지 않는 말이군. 난 수사를 진행하려고 기를 쓰고 있어. 당신이 굳이 알고 싶다면 말해주겠는데, 당신과 당신의 카메라맨이 얼쩡거리면서 신경을 거슬리게 하지 않으면 좋을 것 같기는 해."

"그럼 됐네. 그리고 어젯밤에 걸었던 내 전화번호 있지?"

보슈가 고개를 끄덕였다.

"그래, 그게 뭐…."

"잊어버려."

계단을 내려간 그녀는 화난 손가락질로 카메라맨을 부르더니 자신의 관용차가 있는 곳으로 걸어갔다. 보슈는 그녀가 떠나는 걸 지켜보았다.

보슈가 피크닉 테이블로 돌아왔을 땐, 브래셔와 에드거만 남아 있었다. 두 번째로 가져온 닭튀김을 다 먹은 에드가의 접시에는 뼈만 남아 있었다. 그는 만족스러운 듯 히죽거리며 앉아 있었다.

보슈는 화장실 문고리에서 빼낸 닭 뼈를 에드거의 접시에 던졌다.

"대성공이군."

보슈가 말했다.

보슈는 그런 짓을 한 사람이 에드거라는 걸 다 알고 있다는 표정으로 그를 바라보았다. 그러나 에드거는 태연하게 말했다.

"콧대가 높은 사람이 넘어지면 더 심하게 다치지. 카메라맨이 저 장면도 잘 찍어두셨나 몰라."

"코라존을 계속 친구로 남겨두는 게 나았을 거야. 우리가 좀 참아줬으면, 필요할 때 도움을 줬을 테니까."

보슈가 말했다.

에드거가 접시를 들고 피크닉 테이블에서 거구를 빼내려고 애를 썼다.

"언덕에서 보자고."

에드거가 말했다.

보슈는 브래셔를 쳐다보았다. 그녀가 눈썹을 치켜 올렸다.

"에드거 형사님이 그런 거예요?"

보슈는 아무 말도 하지 않았다.

## 07 한때는 이 세상의 사람

유골의 도시에서의 유해발굴작업은 이틀 만에 끝이 났다. 콜이 예상했던 대로, 유골의 대부분은 첫날 아카시아 숲 속에서 발굴되어 수거되었다. 근처 덤불에서 추가로 발견된 뼈들은 먹이를 찾아 헤매던 동물들이 오랜 세월에 걸쳐 뼈를 이리저리 흩뜨려 놓았을 가능성을 시사했다. 발굴 이틀째인 금요일에는 새로 파견된 경찰대학 실습생들이 언덕을 샅샅이 수색했고 발굴팀이 경계망 안의 주요 블록을 또 한 번 이 잡듯이 뒤졌지만, 추가로 발견된 것은 없었다. 남아 있는 블록에도 증기 탐지기 조사와 표본추출 작업을 실시했지만 유골이 발견되지 않았고, 아카시아 나무 아래에 다른 사체가 암매장되었음을 보여주는 단서도 발견되지 않았다.

콜은 유골의 60퍼센트 정도가 수거가 되었다고 추산했다. 금요일 해질 녘쯤 콜의 권고와 테레사 코라존의 승인 하에 발굴 및 수색 작업은 다른 상황이 발생할 때까지 잠정 중단되었다.

보슈는 이 일에 반대하지 않았다. 엄청난 물적, 인적 자원의 투입에도 불구하고 성과가 지지부진해지는 단계에 이르렀음을 그도 잘 알고 있었기 때문에 전문가의 의견을 순순히 따랐다. 또한 그는 유골의 신원 확인과 수사를 진행하고 싶어 안달이 날 지경이었다. 지난 이틀 동안 보슈와 에드거는 신원확인 같은 건 엄두도 내지 못한 채, 증거물 수거를 감독하고 주민들을 탐문수사하고 1차 조서를 작성하느라고 원더랜드 대로에 붙잡혀 있어야 했다. 전부 필요한 작업이었지만 보슈는 어서 빨리 다음 단계로 넘어가고 싶었다.

토요일 아침 보슈와 에드거는 법의국 로비에서 만나 접수 직원에게 법의국 고문으로 있는 UCLA의 법인류학 교수 윌리엄 골리어 박사와 약속이 되어 있다고 말했다.

"A호 검시실에서 기다리고 계세요. 어느 쪽인지는 아시죠?"

접수 직원이 확인 전화를 하고 나서 말했다.

보슈가 고개를 끄덕였고, 둘은 버저 소리와 함께 열린 출입구를 통과했다. 엘리베이터를 타고 지하로 내려가자 검시실이 늘어선 복도의 냄새가 기다렸다는 듯 그들을 맞이했다. 화학약품 냄새와 부패의 냄새가 섞여 있는 아주 고약한 냄새였다. 에드거는 즉시 벽에 걸린 마스크 지급기에서 종이 마스크를 꺼내 착용했다. 보슈는 그러지 않았다.

"자네도 껴야 해, 해리. 모든 냄새가 미립자라는 거 알고 있어?"

복도를 걸어가면서 에드거가 말했다.

보슈가 그를 바라보았다.

"알려줘서 더럽게 고맙군, 제리."

한 검시실에서 바퀴달린 침상이 나와 그들은 복도에서 잠시 걸음을 멈춰야했다. 침상 위에는 두꺼운 비닐에 쌓인 시신 한 구가 놓여 있었다.

"해리, 여기선 시신을 타코 벨에서 부리토(고기 · 치즈 등을 얇게 구운 빵으로 싸서 구운 멕시코 요리-옮긴이)를 싸듯 돌돌 말아 놓는 거 알아?"

보슈가 침상을 밀고 가는 남자에게 목례를 했다.

"그래서 난 부리토 안 먹잖아."

"정말?"

보슈는 대답 없이 다시 걸음을 옮기기 시작했다.

A호 검시실은 드물긴 하지만 테레사 코라존이 LA 카운티 법의국장으로서의 행정적인 업무를 접어두고 직접 검시를 할 때 사용하는 전용 검시실이었다. 이 사건은 처음에는 코라존이 직접 나서서 지휘할 만큼 그녀의 관심을 끌었기 때문에, 골리어 박사가 자신의 검시실을 사용하도록 해 준 것이 분명했다. 이동식 화장실 사건 이후로 코라존은 원더랜드 대로의 범죄현장에 나타나지 않았다.

검시실의 이중문을 통과해 들어가자 하와이안 셔츠에 청바지를 입은 남자가 그들을 맞았다.

"빌이라고 불러주세요. 굉장히 긴 이틀이었겠군요."

골리어가 말했다.

"용하시네요."

에드거가 말했다.

골리어가 웃음기 띤 얼굴로 고개를 끄덕였다. 50세쯤 되어 보이는 남자로 머리와 눈은 검정색이었고 여러모로 호감이 가는 태도를 갖추고 있었다. 그는 검시실 중앙에 있는 검시대를 향해 손짓을 해보였다. 스테인리스 검시대 위에는 아카시아 숲 속에서 수거된 유골들이 펼쳐져 있었다.

골리어가 말했다.

"자, 우선 이곳 상황을 말씀드리죠. 발굴팀이 현장에서 증거물을 수거하는 동안, 나는 이곳에서 유골을 육안검사하고 방사선 사진을 찍으면서, 이 퍼즐 조각들을 맞추어 보고 있었어요."

보슈가 검시대로 다가갔다. 뼈들이 부분적이나마 인간의 골격 구조에 맞는 자리에 놓여 있었다. 왼팔뼈와 왼다리뼈, 아래턱뼈가 빠져 있었다. 얕은 무덤을 파헤친 동물들이 멀리까지 물고 가 흩어 놓았기 때문인 것 같았다.

뼈마다 표식이 붙어 있었는데, 비교적 큰 뼈에는 스티커가 붙어 있었고 작은 뼈에는 줄로 된 꼬리표가 달려 있었다. 표식에는 발굴 첫날 콜이 경계망 도표에 뼈가 발견된 지점마다 표시한 것과 같은 알파벳 문자가 적혀 있었다.

"유골은 한 인간의 생애와 죽음에 대해 많은 것을 알려주죠. 아동학대의 경우에는 뼈는 거짓말을 하지 않아요. 뼈가 결정적인 증거가 되는 거죠."

골리어가 침울한 목소리로 말했다.

골리어를 바라보던 보슈는 그의 눈이 검은색이 아니라는 것을 깨달았다. 실은 푸른색이고 깊어 보이는 눈이었는데 무슨 생각엔가 사로잡혀 있는 것 같았다. 그는 보슈 너머로 검시대에 있는 유골을 노려보고 있었다. 잠시 후 그는 백일몽에서 깨어나 보슈를 바라보았다.

"우선 우리는 수거된 유골에서 많은 사실을 알아내고 있다는 말부터 해야겠군요. 그리고 그동안 수도 없이 많은 사체를 검시해왔지만 이번 경우엔 정말로 괴롭다는 얘기도 해야 할 것 같고요. 이 유골들을 살펴보고 기록하는 일을 반복하다가 어느 순간엔가 공책을 봤더니 얼룩이 져 있더군요. 울고 있었던 거예요. 울고 있는 것도 모른 채 말이죠."

골리어가 말했다.

골리어는 부드러움과 연민이 어린 표정으로 검시대 위에 나열되어 있는 유골들을 바라보았다. 보슈는 이 인류학자가 한때 이 세상에 살았었던 사람을 보고 있다는 것을 깨달았다.

"이 사건은 끔찍해요. 아주 끔찍해요."

"그러면 박사님이 알아낸 사실을 말씀해주세요. 우리가 나가서 범인을 잡을 수 있도록 말이에요."

보슈가 정중한 목소리로 속삭였다.

골리어가 고개를 끄덕이더니 옆에 있는 준비대로 가서 스프링 달린 공책 한 권을 가져왔다.

"좋아요. 기본적인 사항부터 시작하죠. 이중 일부는 두 분도 이미 알고 있는 것일지 모르겠지만, 괜찮다면 내가 알아낸 것들을 모두 말씀드리고 싶군요."

"괜찮습니다."

"좋아요. 그럼 시작합시다. 여기 있는 건 어린 백인 남자의 유골이에요. 마레시 성장 표준 지수와 비교해보니 나이는 대략 열 살쯤으로 추정되고요. 하지만, 곧 이야기가 나오겠지만, 이 아이는 가혹하고 장기적인 신체학대의 피해자였어요. 조직학적으로 볼 때, 만성적인 학대의 피해자들은 이른바 성장장애를 겪는 경우가 자주 있어요. 이와 같이 학대와 관련된 성장장애는 연령 추정을 어렵게 만들고요. 그런 학대를 겪은 유골은 실제 나이보다 어려보이는 경우가 많아요. 그러니까 내 말은 이 사내아이가 열 살 정도로 보이긴 하지만 실제로는 열두 살이나 열세 살 정도일 가능성이 높다는 말이에요."

보슈는 에드거를 돌아보았다. 그는 다음에 무슨 말이 나올지 알고 대비라도 하는 것처럼 가슴에 팔짱을 끼고 서 있었다. 보슈는 재킷 주머니에서 수첩을 꺼내 속기로 메모를 하기 시작했다.

골리어가 말했다.

"다음으로는 사망시점 문젠데요. 이게 꽤 까다로워요. 이 문제와 관련해선 방사선 검사의 정확도가 많이 떨어지거든요. 다행히도 우리에겐 1975년에 주조된 동전이 있죠. 그게 도움이 됐어요. 난 이 아이가 땅에 묻혀 있었던 기간이 대략 20~25년 정도일 거라고 추정하고 있어요. 그런 추정을 뒷받침할 수술 자국이 있어서 어느 정도 자신을 하고 있고요. 수술 자국 문제는 조금 있다가 이야기하기로 하죠."

"그러니까 20~25년 전에 10~13세의 아이가 살해당한 거군요."

요약을 하는 에드거의 목소리에서 좌절감이 느껴졌다.

"내가 제시하는 범위가 좀 넓다는 건 나도 잘 알고 있어요, 형사. 하지만 현재로선 그게 과학이 제공할 수 있는 최선이에요."

"박사님 잘못이 아니죠."

보슈는 들은 내용을 전부 기록했다. 골리어 박사가 추정한 사망시점 범위가 대단히 폭넓긴 했지만, 수사를 위한 시간대를 설정하는 데는 무척 중요했다. 골리어의 추정에 따르면 이 사내아이는 1970년대 말에서 1980년대 초반에 사망한 것이었다. 보슈는 잠시 그 시대의 로럴 캐니언의 모습을 떠올려보았다. 그 당시의 로럴 캐니언은 집시와 중산층 사람들이 섞여 사는 지저분한 시골 동네였고, 거리마다 코카인 판매자와 사용자, 포르노 잡지 판매상, 술에 취해 로큰롤을 흥얼거리며 돌아다니는 쾌락주의자로 넘쳐났었다. 그런 로럴 캐니언에서 이런 살인사건이 일어날 수 있었을까?

골리어가 말했다.

"다음은 사망원인인데요. 사인에 대해서는 끝에 가서 이야기합시다. 우선 이 소년이 짧은 생애 동안 어떤 일을 견뎌야 했는지 상상해볼 수 있게 팔다리와 몸통 상태에 대한 이야기부터 할게요."

골리어의 눈이 잠시 보슈에게 머물다가 유골 쪽으로 옮겨갔다. 보슈가 깊이 숨을 들이마시자 다친 갈비뼈에서 격한 통증이 느껴졌다. 그는 언덕에서 작은 뼈들을 발견했던 바로 그 순간에 느꼈던 두려움이 이제 현실로 나타날 것이라는 걸 알고 있었다. 이런 이야기를 듣게 될 거라는 것도 직감하고 있었다. 파헤쳐진 흙에서 끔찍한 사연이 튀어 나올 거라는 사실을.

골리어가 이야기를 계속하는 동안 보슈는 볼펜을 꽉 잡고 들은 내용을 갈겨썼다.

"먼저 여기 수거된 유골은 전체의 60퍼센트 정도밖에 안 된다는 말부터 해야겠군요. 하지만 여기에서만 해도 극심한 외상과 만성적 학대를 보여주는 반박할 수 없는 증거를 많이 발견했어요. 두 분의 인류학적 지식이 어느 정도인지는 모르겠지만 처음 듣는 이야기가 많을 것 같아서 쉽게 설명할게요. 뼈는 자연치유력을 가지고 있어요. 그래서 뼈의 재생 상태를 조사해보면 학대의 역사를 밝혀낼 수가 있죠. 여기 있는 뼈에서는 치유의 단계가 각기 다른 손상의 흔적이 다수 발견되었어요. 오래된 골절도 있고 새로운 골절도 있죠. 수거된 팔다리뼈는 두 군데 것들뿐이지만, 여기에서도 외상의 흔적이 상당히 많이 발견됐어요. 간단히 말하면, 이 아이는 생애의 대부분을 부상을 당하거나 치유가 되면서 보냈다는 말이에요."

골리어가 말했다.

보슈는 볼펜을 꽉 잡고 수첩을 내려다보았다. 손이 서서히 하얘지고 있었다.

"월요일까지는 내가 작성한 서면보고서를 받아볼 수 있겠지만, 지금 당장 구체적인 숫자를 알고 싶을 것 같아서 말씀드리죠. 난 각기 다른 치유 단계에 있는 외상의 흔적을 마흔네 군데에서 발견했어요. 그리고 이건 뼈에 드러난 흔적만 말하는 거예요, 형사님들. 중요 장기와 신체조직에 가해졌을 손상은 포함이 되어 있지 않아요. 하지만 이 아이가 거의 매일 엄청난 고통을 느끼며 살았다는 것에는 의심의 여지가 전혀 없어요."

보슈는 수첩에 '44'라는 숫자를 적었다. 쓸데없는 짓 같았다.

"대체적으로, 내가 주목한 뼈의 손상은 골막하 병변(骨膜下 病變)이었어요. 외상이나 출혈이 있었던 곳의 표면 아래에서 자라는 새로운 뼈의 얇은 층들을 말하죠."

"골막하…. 다시 불러주실래요?"

보슈가 물었다.

"굳이 알 필요 없어요. 어차피 보고서에 나와 있을 건데요."

보슈가 고개를 끄덕였다.

"이걸 좀 보세요."

골리어가 말했다. 그러더니 벽에 붙은 엑스레이 판독기로 가서 불을 켰다. 판독기에는 필름이 붙어 있었다. 가늘고 긴 유골 한 개를 찍은 것이었다. 그는 손가락으로 뼈를 훑어 내리다가 색깔이 약간 다른 부분을 가리켰다.

"이건 수거된 대퇴골이에요. 넓적다리뼈죠. 여기 색깔이 변한 이 선이 그런 병변들 중 하나예요. 이건 아이가 사망하기 몇 주 전에 이곳에 상당히 강한 타격이 가해졌다는 뜻이에요. 뼈를 부러뜨릴 수 있을 만큼 강한 타격이죠. 다행히 뼈가 부러지진 않았지만, 심각한 손상을 입혔죠. 이 정도로 가격을 당했다면 넓적다리 표면에 멍이 시퍼렇게 들었을 것이고, 아이의 걸음걸이에도 영향을 미쳤을 거예요. 내 말은, 이런 부상을 아무도 모르고 넘어가진 않았을 거란 뜻이죠."

골리어가 말했다.

보슈는 판독기 앞으로 다가가 필름을 관찰했다. 에드거는 움직이지 않고 있었다. 보슈가 다 보았다고 판단되자 골리어는 그 필름을 빼내고 다른 필름 세 장을 붙였다. 이젠 판독기 전체가 필름에 덮여 버렸다.

“뿐만 아니라 팔과 다리뼈 모두에서 골막 전단이 발견되었어요. 골막 전단이란 뼈의 표면막이 벗겨지는 것을 말하는데, 아동학대 사례에서 주로 볼 수 있는 현상이죠. 어른의 손이나 다른 도구로 심하게 맞았을 때 나타나는 증상이에요. 이 유골들의 회복 유형을 보면 이렇게 특정한 형태의 외상이 수년에 걸쳐 반복적으로 발생했음을 알 수 있어요.”

골리어는 잠시 말을 멈추고 기록을 보다가 검시대에 있는 유골들을 흘끗 보았다. 그러고는 위팔뼈를 들고 기록을 보면서 말했다. 장갑을 끼고 있지 않았다.

“이건 오른팔의 상박골이에요. 여기에는 두 개의 치유된 골절이 있어요. 세로로 생긴 골절이고요. 이건 엄청난 힘으로 팔을 비틀어서 골절이 생겼다는 뜻이에요. 그런 식으로 한 차례 골절이 있었고, 그다음에 똑같은 일이 또 벌어졌던 거죠.”

골리어는 위팔뼈를 내려놓더니 아래팔뼈 한 개를 집어 들었다.

“이 척골에는 치유된 가로 골절이 있어요. 골절로 인해 뼈가 약간 탈구되었고요. 탈구가 된 건 골절이 된 다음에 그 상태로 치유가 되었기 때문이고요.”

“그럼 바로잡아 주지 않았다는 뜻입니까? 의사에게 진료를 받거나 응급실에 가지 않았다고요?”

에드거가 물었다.

“바로 그거예요. 이런 종류의 부상은 일반적으로는 사고에 의한 것일 경우가 많고 병원 응급실에서 날마다 보게 되는 것이지만 방어로 인한 부상일 수도 있어요. 공격을 막기 위해 팔을 들어 올리니까 팔뚝에 타격이 가해지는 거죠. 그래서 골절이 되는 거고요. 의학적 치료의 흔적이 하나도 발견되지 않은 것으로 보아, 이건 우연한 사고에 의한 손상이 아니라 학대로 인한 것이라는 게 내 생각이에요."

골리어는 조심스럽게 뼈를 제자리에 갖다놓고 나서 검시대 위로 몸을 굽히고 흉곽을 내려다보았다. 갈비뼈 상당수가 분리된 상태로 수거가 되었고 지금 검시대 위에 따로 떨어진 상태로 놓여 있었다.

"갈비뼈에는 치유 단계가 각기 다른 골절이 스물네 개나 있었어요. 12번 갈비뼈에 있는 치유된 골절은 아이가 겨우 두세 살 정도였을 때 생긴 것으로 보이고요. 9번 갈비뼈에는 사망하기 2~3주 전에 입었던 외상에 의한 것으로 보이는 가골(假骨)이 있죠. 골절은 주로 갈비뼈 모서리 근처에 모여 있어요. 이건 유아인 경우에는 심하게 흔들었다는 뜻이고요. 좀 더 나이를 먹은 아이들의 경우에는 보통 등을 가격당해서 생기죠."

보슈는 다친 갈비뼈의 통증으로 잠도 잘 자지 못했다는 사실을 떠올렸다. 그리고 그 짧은 평생 동안 날마다 이런 고통을 느끼며 살았을 어린 소년을 생각했다.

갑자기 보슈가 말했다.

"세수 좀 하고 올게요. 계속 하셔도 되요."

그는 문으로 걸어가다가 수첩과 펜을 에드거의 손에 쥐어주었다. 복도로 나오자 오른쪽으로 방향을 잡았다. 검시실 복도의 구조를 잘 알고 있었고 다음 모퉁이를 돌아가면 화장실이 있다는 것도 알고 있었다.

그는 화장실에 들어가 열린 칸으로 곧장 걸어갔다. 토할 것 같아서 기다렸지만 토하진 않았다. 한참 있으니 욕지기가 가셨다.

보슈가 화장실 문을 열고 나오는데 복도 쪽 문이 열리더니 테레사 코라존의 카메라맨이 들어왔다. 둘은 잠깐 동안 경계하는 표정으로 서로를 바라보았다.

"나가요. 좀 있다가 와요."

보슈가 말했다.

남자가 조용히 돌아서서 걸어 나갔다.

보슈는 세면대로 가서 거울 속에 비친 자신의 모습을 바라보았다. 얼굴이 붉게 상기되어 있었다. 그는 몸을 숙이고 차가운 물로 세수를 했다. 그러면서 세례와 두 번째 기회와 새로운 시작에 대해 생각했다. 그리고 고개를 들고 다시 자신을 바라보았다.

'네놈을 잡고 말겠어.'

거의 소리를 내어 말할 뻔했다.

보슈가 A호 검시실로 돌아오니 두 남자가 동시에 그를 바라보았다. 에드거가 그에게 수첩과 펜을 돌려주었고 골리어는 괜찮냐고 물었다.

"네, 괜찮아요."

"도움이 될지 괜한 말인지 모르겠지만, 난 전 세계에서 별별 사건들을 다 다뤄봤어요. 칠레, 코소보, 세계 무역 센터까지도요. 그런데 이번 사건은…."

골리어가 고개를 젓더니 말을 이었다.

"이해하기가 참 힘이 드네요. 아이가 이 세상을 떠난 게 오히려 잘된 일일지 모른다는 생각이 드는 그런 사건이에요. 신을 믿고 이 세상보다 나은 세상이 있다는 사실을 믿는다는 걸 전제로 할 때 말이지만요."

보슈는 준비대로 가서 종이수건 지급기에서 수건 한 장을 꺼냈다. 그러고는 다시 얼굴을 닦으며 물었다.

"그런 믿음이 없다면요?"

골리어가 그에게로 걸어왔다.

"그래서 믿음을 가져야 한다는 거예요. 이 아이가 이 세상보다 더 높은 곳, 더 좋은 곳으로 가지 않았다면, 그러면… 그러면 우리는 모두 길을 잃은 거라는 생각이 들어요."

"세계 무역 센터에서 사체를 발굴할 때에도 그런 생각이 도움이 되던가요?"

보슈는 가시 돋친 말을 해놓고 금방 후회했다. 그러나 골리어는 조금도 동요하지 않는 것 같았다. 보슈가 사과를 하기도 전에 그가 대답했다.

"그래요, 도움이 되었죠. 그토록 많은 사람들의 죽음을 보면서 너무도 두렵고 불공평하다는 생각에 분노했을 때에도 내 믿음은 흔들리지 않았어요. 오히려 더 강해졌죠. 내가 그 모든 걸 견뎌낼 수 있었던 것은 다 믿음 덕분이었어요."

보슈는 고개를 끄덕인 후 페달을 발로 밟아 여는 쓰레기통에 종이수건을 던져 넣었다. 그가 페달에서 발을 떼자 쓰레기통 뚜껑이 쾅 소리를 내며 닫혔다.

보슈는 본론으로 돌아가기로 했다.

"사인(死因)은요?"

"그럼 속도를 좀 내볼까요? 모든 손상은, 지금 여기서 언급이 되든 안 되든, 보고서에는 다 나와 있을 거예요."

골리어가 말했다. 그러고는 검시대로 걸어가 두개골을 집어 들고 보슈 앞으로 가져와 한 손에 들고 서서 말을 이었다.

"이 두개골과 관련해서는 나쁜 소식도 있고 좋은 소식도 있어요. 두개골은 세 개의 뚜렷한 두개골 골절을 보여주고 있어요. 치유의 단계도 각기 다르고요. 이것이 첫 번째 골절이에요."

골리어가 두개골의 뒷목덜미 부분을 가리켰다.

"이 골절은 작고 치유가 된 상태예요. 여기 병변들이 전부 굳어져 있잖아요. 그리고 두 번째 골절은 앞머리뼈로 이어지는 우측 정수리뼈에 난 것으로, 정도가 처음 것보다 훨씬 더 심한 손상이에요. 수술을 받았는데, 경막하혈종(硬膜下血腫: 경막하 출혈이라고도 불리며, 뇌혈관이 터지면서 혈액이 새어 나와 뇌와 뇌의 질긴 바깥쪽 막 사이에 쌓이게 되는 것–옮긴이) 때문이었을 가능성이 커요."

그는 손가락으로 손상 부분을 훑었고, 두개골의 이마 부분에 동그라미를 그렸다. 그러고 나서 작고 매끈한 구멍 다섯 개가 원형으로 나 있는 것을 가리켜 보였다.

"이건 관상톱 자국이에요. 관상톱은 수술을 위해 두개골을 절개할 때나 뇌부종으로 인한 두개강내압을 줄일 때 사용하는 수술용 톱이죠. 이 경우에는 혈종으로 인한 뇌부종 때문에 썼던 것 같아요. 골절 자체와 수술 자국은 병변들이 연결되기 시작하는 것을 보여주고 있고요. 새로운 뼈 조직이 생겨난 거죠. 이 골절상과 수술은 아이가 사망하기 6개월 전쯤에 일어났던 것으로 판단되고요."

"이 손상이 직접적인 사인이 아니란 말씀이세요?"

보슈가 물었다.

"아니에요. 사인은 이거죠."

골리어는 다시 한 번 두개골을 돌려 왼쪽 뒷목덜미의 다른 골절을 보여주었다.

"팽팽한 거미줄 같은 모양의 골절이고 연결이나 경화의 흔적이 보이지 않죠. 이 골절은 사망할 때 발생한 거예요. 골절선이 팽팽한 거미줄 모양인 것은 대단히 단단한 물체에 굉장한 힘을 실어 가격을 했다는 뜻이에요. 야구 방망이 같은 걸로 말이죠."

보슈는 고개를 끄덕이고 두개골을 바라보았다. 골리어가 두개골을 돌리자 이젠 두개골의 텅 빈 눈이 보슈를 향하고 있었다.

"다른 손상들도 있긴 하지만, 치명적인 것은 아니에요. 코뼈들과 관골돌기는 외상 후 새로운 뼈가 생성되었음을 보여주고 있고요."

골리어는 검시대로 돌아가 조심스럽게 두개골을 내려놓았다.

"두 분을 위해 요약을 할 필요는 없다고 생각하지만, 그래도 간단히 말하자면, 누군가가 이 사내아이를 정기적으로 무지하게 두들겨 팬 거죠. 결국에는 도를 넘었고요. 이런 내 의견은 보고서에 다 들어 있을 거예요."

그가 검시대에서 돌아서서 그들을 바라보았다.

"지금까지 내가 말한 것 중에 한 가닥 희망의 빛이 들어 있어요. 수사에 도움이 될 수 있는 사실이요."

"수술이죠."

보슈가 말했다.

"바로 그거예요. 두개골을 여는 건 대수술이에요. 어딘가에 기록이 남아 있을 거예요. 추적치료가 있었을 테니까요. 수술 후에는 절개된 원형의 두피를 금속 클립으로 고정해 제자리에 붙여놓죠. 그런데 두개골에서 클립이 전혀 발견되지 않았어요. 난 그것들이 2차 치료 과정에서 제거가 되었다고 생각해요. 다시 말하지만, 분명히 기록이 있을 거예요. 이 수술 흔적이 유골의 연대를 추적하는 데도 도움이 되죠. 관상톱으로 생겨난 천공이 오늘날의 기준으로 볼 때 너무 커요. 1980년대 중반쯤부터는 여기에 쓰인 것보다 더 좋아진 관상톱이 쓰이기 시작하면서 천공의 크기가 더 작아졌죠. 이런 사실들이 도움이 되었으면 좋겠군요."

보슈가 고개를 끄덕이고 나서 물었다.

"치아는 어때요? 뭐 주목할 거라도 있어요?"

"아래턱뼈는 발굴이 안 됐어요. 여기 수거된 윗니들을 보면 아이가 살아 있었을 때 충치가 있었음에도 불구하고 치과 치료의 흔적이 전혀 없어요. 이것도 단서가 되죠. 이 아이가 사회적으로 하층 계급의 아이일 가능성이 높다고 추측해볼 수 있어요. 치과 치료를 받지 못했잖아요."

골리어가 말했다.

언제부턴지 에드거는 마스크를 목 부분까지 내린 채, 괴로운 표정을 짓고 있었다. 그가 물었다.

"아이가 혈종으로 입원했을 때 자신에게 벌어지고 있는 일을 왜 의사한테 말하지 않았을까요? 선생님이나 친구들한테는요?"

"거기에 대한 대답은 당신도 나만큼이나 잘 알고 있을 텐데요. 아이들은 부모에게 의존하죠. 부모를 두려워하면서도 동시에 부모를 사랑하고, 부모를 잃고 싶어 하지 않아요. 아이들이 도움을 요청하지 않는 이유는 굳이 설명할 필요가 없을 때가 많죠."

"이런 골절들은요? 왜 의사들은 이런 것들을 보고서도 아무런 조치도 취하지 않았을까요?"

"그게 바로 내 직업의 한계죠. 역사와 비극은 너무도 분명하게 볼 수 있으면서도, 살아 있는 환자일 경우엔 제대로 보지 못하고 넘어갈 수도 있거든요. 부모가 아이의 부상에 대해서 그럴 듯한 변명을 하면, 의사가 굳이 아이의 팔이나 다리나 가슴을 엑스레이로 찍어보려고 하겠어요? 아니죠. 그렇게 해서 악몽은 들키지 않고 계속되어 온 거에요."

에드거는 만족하지 못한 표정으로 고개를 젓더니 방 한쪽 구석으로 걸어갔다.

"더 하실 말은요, 박사님?"

보슈가 물었다.

골리어가 기록을 살펴본 후 팔짱을 꼈다.

"과학적인 측면에서는 이게 전부예요. 나중에 보고서를 받아볼 수 있을 거예요. 순전히 개인적인 차원에서 한마디 하자면, 여러분이 반드시 범인을 잡았으면 좋겠어요. 천벌을 받아 마땅한 놈이에요."

보슈가 고개를 끄덕였다.

"잡을 겁니다. 그건 걱정하지 마세요."

에드거가 말했다.

보슈와 에드거는 건물을 걸어 나와 보슈의 차에 탔다. 보슈는 시동을 켜지 않은 채 한동안 잠자코 앉아 있었다. 그러다가 손바닥 아랫부분으로 운전대를 세게 쳤고, 그 충격이 다친 가슴까지 전달되었다.

에드거가 말했다.

"난 이런 일을 겪는다고 골리어처럼 신을 믿게 되진 않아. 차라리 외계인을 믿겠어. 외계에서 온 초록색 난쟁이들을 말이야."

보슈가 그를 바라보았다. 에드거는 옆 창문에 머리를 기댄 채 차 바닥을 내려다보고 있었다.

"왜?"

"인간이라면 자기 자식한테 그런 일을 할 수가 없을 테니까. 우주선이 내려와 아이를 납치해가서 그런 짓을 한 게 틀림없어. 그렇게밖에 설명할 수가 없잖아."

"그래, 그랬으면 좋겠다, 제리. 그럼 그냥 집에 가서 발 닦고 자면 되잖아."

보슈가 차를 움직이기 시작했다.

"한잔 마셔야 할 것 같아."

보슈가 말했다. 차가 주차장을 빠져나오고 있었다.

"난 아냐. 난 집에 가서 아들 녀석을 꽉 끌어안고 있고 싶어. 기분이 좀 나아질 때까지 말이야."

에드거가 말했다.

그들은 파커 센터에 도착할 때까지 아무 말도 하지 않았다.

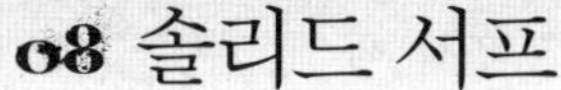

# 08 솔리드 서프

보슈와 에드거는 엘리베이터를 타고 5층에서 내려 과학수사대 감식실로 걸어갔다. 그곳에서 이번 유골 사건을 담당한 수석 범죄학자인 앤트완 제스퍼와 만나기로 되어 있었다. 제스퍼는 보안검색대에서 그들을 만나 데리고 들어갔다. 회색 눈에 매끄러운 피부를 가진 젊은 흑인 남자였다. 성큼성큼 걸을 때마다 입고 있는 흰 실험복이 펄럭였고, 쉬지 않고 팔을 움직이고 있었다.

"이쪽으로요, 여러분. 성과가 그다지 많진 않지만 기꺼이 알려드리죠."

제스퍼가 말했다.

그는 범죄학자 대여섯 명이 작업을 하고 있는 주 감식실을 통과해 건조실로 그들을 데려갔다. 건조실은 실내온도가 조절되는 커다란 방이었고, 몇 개의 스테인리스 건조대 위에 의류 조각과 다른 증거품이 펼쳐져 있었다. 이곳은 썩는 냄새의 강도 면에서 법의국 검시실 복도에 필적할 수 있는 유일한 곳인 것 같았다.

제스퍼는 그들을 두 개의 건조대로 데려갔고, 그곳에서 보슈는 열려 있는 배낭과 흙과 세균으로 인해 검게 변한 옷 조각 몇 개를 보았다. 부패해서 형체를 알아볼 수 없는 검정색 덩어리가 들어 있는 플라스틱 도시락도 있었다.

제스퍼가 말했다.

"물과 진흙이 배낭 속으로 들어갔어요. 오랜 시간을 두고 침출해서 들어간 것 같아요."

제스퍼는 실험복 주머니에서 펜을 꺼내 늘여서 지시봉을 만들었다. 그러고는 지시봉을 들고 설명을 하기 시작했다.

"여기 있는 배낭에는 의류품 세 세트와 샌드위치 같은 음식물이 들어 있었어요. 좀 더 구체적으로 말하면, 티셔츠 조각 세 개, 속옷 조각 세 개, 양말 조각 세 개였어요. 그리고 음식물 하고. 그 외에도 편지 봉투, 혹은 편지 봉투의 잔존물 같은 것이 들어 있었고요. 문서감식실로 넘겨서 지금 여기에는 없어요. 하지만 큰 기대는 하지 마세요. 여기 있는 샌드위치보다 더 형편없는 상태였으니까요. 이게 샌드위치가 맞는지도 모르겠지만."

보슈가 고개를 끄덕였다. 그는 수첩에 배낭의 내용물 목록을 받아 적었다.

"신원을 밝힐 수 있는 단서는요?"

보슈가 물었다.

제스퍼가 고개를 저었다.

"옷이나 가방 안에 피해자의 신원을 확인할 수 있는 식별자는 없었어요. 하지만 주목할 점이 두 가지 있었죠. 첫째는, 셔츠에 상표 식별자가 있어요. '솔리드 서프' 라고요. 가슴 부분에 가로로 씌어 있죠. 육안으로는 보이지 않지만, 비가시광선으로 비춰보니 나타나더군요. 도움이 될 수도 있고 안 될 수도 있어요. '솔리드 서프'라는 말을 알고 계신지 모르겠는데, 스케이트 보딩과 관련된 말이죠."

"그렇군요."

"다음은 배낭의 바깥쪽 덮개예요."

제스퍼가 지시봉으로 덮개 위를 톡톡 치며 말을 이었다.

"이걸 좀 세척했더니 이런 게 나타났어요."

보슈는 건조대 위로 몸을 숙이고 배낭을 내려다보았다. 배낭은 푸른색 무명천으로 만들어진 것이었다. 덮개의 중앙에 확연히 채도가 다른 부분이 있었는데 커다란 'B'자 모양이었다.

제스퍼가 말했다.

"한때 배낭에 접착제 같은 게 붙어 있었던 것 같아요. 지금은 사라지고 없는데, 이게 땅에 묻히기 전에 사라진 건지 묻히고 나서 사라진 건지는 잘 모르겠어요. 내 추측으로는 묻히기 전인 것 같지만요. 뭔가로 긁어낸 것 같아요."

보슈는 건조대에서 몇 걸음 물러서서 수첩에 메모를 몇 줄 했다. 그러고 나서 제스퍼를 바라보며 물었다.

"좋아요, 앤트완, 좋은 정보군요. 또 다른 건요?"

"여기 있는 것들과 관련해서는 이게 전부예요."

"그러면 문서감식실로 갑시다."

제스퍼는 다시 그들을 데리고 주 감식실을 통과해 작은 문서감식실로 향했다. 일련의 숫자를 돌려 맞춰 자물쇠를 열고 들어가야 하는 곳이었다.

문서감식실에는 책상이 두 줄로 늘어서 있었는데 책상마다 놓인 평면 라이트박스 한 개와 추축에 장착된 확대경 외에는 비어 있는 상태였다. 제스퍼는 둘째 줄 가운데 책상으로 걸어갔다. 책상 위에는 버나뎃

포니어라는 이름표가 붙어 있었다. 보슈가 아는 여자였다. 전에 자살자의 유서 위조 사건을 함께 수사한 적이 있었는데, 실력이 꽤 좋았다.

제스퍼는 책상 한가운데에 놓여 있던 증거품이 든 비닐 주머니를 들어올렸다. 그러고는 주머니를 열고 기다란 시험관처럼 생긴 비닐 주머니 두 개를 꺼냈다. 그 중 하나에는 접힌 것을 펴 놓은 편지 봉투 하나가 들어 있었는데, 빛바랜 갈색에 검정색 균으로 군데군데 얼룩이 져 있는 상태였다. 다른 주머니에는 너덜너덜해진 직사각형의 종이 한 장이 들어 있었다. 접은 부분을 따라 세 조각으로 찢어진 이 종이 역시 부패와 균의 작용으로 심하게 색깔이 변해 있었다.

"종이가 물에 젖으면 이렇게 되죠. 버나뎃이 편지봉투를 펴고 그 안에 든 편지지를 분리해내는 데에 꼬박 하루가 걸렸어요. 보시다시피, 접은 부분에서 조각이 나버렸죠. 그리고 편지 내용을 알아낼 수 있을 가능성은 그다지 높지 않아요."

제스퍼가 말했다.

보슈는 라이트박스를 켜고 기다란 비닐 주머니 두 개를 그 위에 올려놓았다. 그러고는 확대경을 끌어다 그 위에 올려놓고 편지 봉투와 편지지를 관찰했다. 조금이라도 알아볼 수 있는 글자 같은 건 어디에서도 보이지 않았다. 한 가지 주목할 만한 건 봉투에 우표가 붙어 있지 않았던 것 같다는 사실이었다.

"빌어먹을."

보슈가 말했다.

그는 비닐 주머니를 돌려서 계속 살펴보았다. 에드거가 뻔한 일이겠지만 확인이나 하자는 듯 그의 곁으로 다가와 내려다보고 있었다.

"상태 좋군."

에드거가 비꼬았다.

보슈가 제스퍼에게 물었다.

"버나뎃은 이제 어떻게 할 거래요?"

"글쎄요. 염색약과 조명을 바꿔볼 거예요. 약품에 반응하는 것이 있으면 뭔가 나타나겠죠. 하지만 어제까지는 버나뎃도 그렇게 낙관하지 않았어요. 아까도 말했지만, 나도 이것에는 그렇게 기대를 걸지 않을 거예요."

보슈는 고개를 끄덕이고 라이트박스를 껐다.

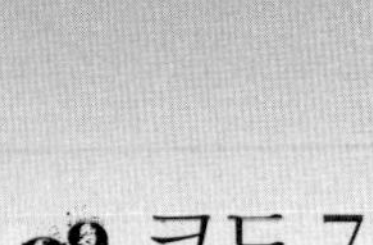

# 09 코드 7

할리우드 경찰서의 후문 옆에는 모래를 채운 커다란 재떨이가 양옆으로 놓여 있는 벤치가 하나 있었다. 경찰들은 공무 수행 중이 아니거나 휴식 시간이라는 의미의 무전 신호를 따서 그 벤치를 '코드 7'이라고 부르곤 했다. 토요일 밤 11시 15분, 보슈는 그 코드 7 벤치에 혼자 앉아 있었다. 담배를 끊었지만, 한 대 피웠으면 하는 생각이 들었다. 그는 기다리고 있었다. 벤치는 경찰서 후문에서 새어나오는 희미한 빛을 받고 있었고, 거기 앉아 있으면 경찰서와 소방서가 공동으로 사용하는 시청 건물 뒤편의 주차장이 보였다.

보슈는 3~11시 조 순찰대가 들어오고 순경들이 순찰차에서 내려 경찰서 안으로 들어가는 모습을 지켜보았다. 다른 일이 발생하지 않는다면, 샤워를 하고 옷을 갈아입고 퇴근을 할 것이었다. 두 손으로 붙잡고 있는 맥라이트를 내려다보며 뚜껑 부분을 엄지손가락으로 비볐더니 줄리아 브래셔가 자신의 배지 번호를 새겨 놓은 긁힌 자국이 느껴졌다.

그는 손전등을 들어 올려 휙 돌리면서 무게를 가늠해 보았다. 소년을 살해한 흉기에 대해 골리어가 했던 말이 떠올랐다. 손전등도 흉기 목록에 추가할 수 있을 것 같았다.

그때 순찰차 한 대가 주차장으로 들어오더니 관용차 차고 옆에 섰다. 줄리아 브래셔의 동료인 에지우드 순경이 조수석에서 내리더니 자동차 속도 측정 장치를 들고 경찰서로 들어갔다. 그 모습을 바라보고 있던 보슈는 갑자기 자신의 계획에 대한 확신이 사라지면서 그냥 포기하고 조용히 경찰서로 들어가 버릴까 하는 생각이 들었다.

보슈가 결정을 내리기 전에 브래셔가 운전석에서 내리더니 경찰서 후문을 향해 걸어갔다. 고개를 숙이고 걸었는데, 긴 하루 일에 지칠대로 지친 사람의 모습이었다. 보슈는 그 느낌을 알았다. 한편으로는 무슨 일이 있나 하는 생각도 들었다. 별것 아니긴 했지만, 에지우드가 먼저 내려 그녀를 기다리지 않고 혼자 들어가 버린 것이 마음에 걸렸다. 에지우드는 브래셔보다 적어도 다섯 살은 어린데도 불구하고 신참인 그녀의 사부일 터였다. 어쩌면 나이와 성별의 차이 때문에 잠시 어색한 상황이 생긴 건지도 몰랐다. 아니면 다른 무슨 일이 있을 수도 있었다.

브래셔는 벤치에 앉아 있는 보슈를 보지 못했다. 그녀가 경찰서 후문에 거의 다다랐을 때 보슈가 입을 열었다.

"저기, 뒷좌석에서 토사물을 씻어내는 일을 잊은 것 같은데."

계속 걸어가면서 뒤를 돌아본 그녀는 보슈를 알아보고는 걸음을 멈추었다. 그리고 방향을 바꿔 벤치로 걸어왔다.

보슈가 말했다.

"선물을 가져왔어."

그가 손전등을 들어보였다. 그녀는 그것을 받아들며 힘없이 미소를 지어보였다.

"고마워요, 선배님. 굳이 여기서 기다릴 것까지는…."

"이러고 싶었어."

잠시 어색한 침묵이 흘렀다.

"오늘 밤에도 수사 중이었어요?"

그녀가 물었다.

"그렇다고 해야겠지. 서류 작업을 시작했어. 그리고 검시 결과가 오늘 좀 일찍 나왔어. 그걸 검시라고 부를 수 있을지 모르겠지만."

"표정을 보니 별로 안 좋은 소식이었나 보네요."

보슈가 고개를 끄덕였다. 왠지 어색한 느낌이 들었다. 자신은 아직 벤치에 앉아 있었고 그녀는 서 있었다.

"당신 표정을 보니 당신도 힘든 하루를 보냈나 본데?"

"다들 그렇지 않나요?"

보슈가 대답을 하려는데, 샤워를 마치고 사복으로 갈아입은 순경 두 명이 건물에서 나와 자기들 자동차가 있는 곳으로 걸어갔다.

"기운 내, 줄리아. 거기서 보자고."

그들 중 한 명이 말했다.

"그래, 키코."

그녀가 대답했다.

그녀가 고개를 돌려 보슈를 내려다보며 미소를 지었다.

"같은 근무 조 사람들 몇 명이 보드너즈에서 모이기로 했어요. 같이 가실래요?"

"으음…."

"괜찮아요. 한잔해도 되지 않아요?"

"그래도 되지. 하고 싶기도 하고. 사실은 그래서 당신을 기다리고 있었어. 근데 여러 사람이 모이는 자리는 좀…."

"그래요? 그럼 어쩔 계획이었어요?"

보슈가 손목시계를 보았다. 11시 30분이었다.

"당신이 라커룸에서 얼마나 있을지 모르겠지만, 잘하면 머소즈 문 닫기 전에 가서 마티니 한 잔 정도는 할 수 있을 것 같은데."

브래셔가 활짝 웃었다.

"거기 좋아해요. 15분만 기다려주세요."

그녀는 그의 대답을 기다리지도 않고 문을 향해 걸어갔다.

"여기서 기다릴게."

보슈가 그녀의 등에 대고 외쳤다.

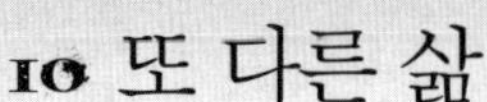

# 10 또 다른 삶

머소 앤드 프랭스는 지난 1세기 동안 유명인과 무명인을 막론하고 모든 할리우드 사람들에게 마티니를 팔아온 유서 깊은 술집이었다. 문을 열고 들어서면 앞쪽에는 빨간색 가죽으로 된 칸막이 좌석이 줄지어 있었고 고풍스러운 반코트 차림의 웨이터들이 조용한 대화가 오가는 칸막이 사이를 천천히 돌아다니고 있었다. 그 뒤로는 기다란 바가 있었는데, 거의 밤마다 술꾼들로 붐벼서 자리를 잡고 앉기가 힘들었다. 지금도 단골들이 웨이터들의 아버지 연배는 될 법한 바텐더들의 관심을 끌려고 애를 쓰고 있었다. 보슈와 브래셔가 바 쪽으로 걸어가는데 마침 손님 두 명이 나가려고 의자에서 일어섰다. 보슈와 브래셔는 검정색 옷을 입은 예술가 타입의 경쟁자 두 명을 제치고 재빨리 엉덩이를 들이밀고 앉았다. 보슈를 알아본 바텐더가 다가오자 그들은 보드카 마티니를 약간 진하게 만들어달라고 주문했다.

보슈는 벌써부터 브래셔와 함께 있는 것이 편하게 느껴졌다. 둘은 지난 이틀 동안 범죄현장의 피크닉 테이블에서 함께 점심을 먹었고, 언덕을 수색하는 동안에도 그녀는 그의 시야를 벗어난 적이 없었다. 오늘 밤에도 그의 차를 함께 타고 머소즈로 왔던 터라, 벌써 데이트를 두세 번은 한 사이 같은 느낌이 들었다. 둘은 경찰서 사람들에 대해서, 그리고 보슈가 이번 사건에 대해 그녀에게 알려줘도 괜찮다고 판단한 사실들에 대해서 이야기를 나누었다. 바텐더가 마티니가 든 유리병과 함께 잔을 가져와 내려놓았을 때, 보슈는 잠시라도 유골과 골절과 야구방망이를 기꺼이 잊을 준비가 되어 있었다.

둘은 잔을 부딪쳤고 브래셔가 말했다.

"삶을 위해 건배."

"그래. 또 하루 견뎌낸 것을 축하하며."

보슈가 말했다.

"아주 가까스로 말이죠."

보슈는 지금이 그녀를 괴롭히고 있는 문제에 대해 이야기를 나눌 때라는 걸 알고 있었다. 그러나 그녀가 말하고 싶어 하지 않는다면, 강요는 하지 않을 것이었다.

"아까 주차장에서 봤던 키코라는 남자 말이야. 왜 당신한테 기운 내라고 한 거야?"

브래셔는 약간 고개를 숙였고 처음에는 아무 대답도 하지 않았다.

"얘기하고 싶지 않으면…."

"아뇨, 그런 게 아니고요. 그 일에 대해서 생각하고 싶지가 않아요."

"그런 느낌 알아. 내 말은 그냥 잊어버려."

"아뇨, 괜찮아요. 내 동료가 내 행동을 상부에 보고하려고 하고 있어요. 난 아직 수습기간이기 때문에 내게 불리하게 작용할 것 같고요."

"뭘 보고한다는 말이야?"

"총구 앞을 걸어갔다고요."

'총구 앞을 걷는다'는 말은 동료 경찰이 들고 있는 산탄총이나 다른 무기의 총구 앞을 걷는다는 직접적인 뜻 외에도 알짱대서 일을 방해한다는 뜻으로 경찰들끼리 즐겨 쓰는 표현이었다.

"뭐가 어떻게 된 거야? 아니 내 말은, 이야기를 하고 싶으면 해보라는 거야."

그녀가 어깨를 으쓱했고, 둘은 마티니를 길게 한 모금씩 마셨다.

"가정쟁의 사건이었는데요. 난 가정쟁의 정말 싫어요. 어쨌든 남자가 총을 가지고 침실로 들어가 문을 잠갔어요. 그가 자신에게 총을 쏠지, 아니면 자기 부인이나 우리에게 쏠지 알 수가 없었죠. 우리는 지원 인력이 올 때까지 기다렸고, 그다음에 안으로 들어갈 준비를 했어요."

그녀가 마티니를 한 모금 더 마셨다. 보슈는 그녀를 바라보고 있었다. 마음속의 괴로움이 그녀의 눈에 고스란히 담겨 있었다.

"에지우드가 산탄총을 가지고 있었어요. 키코가 문을 차서 여는 일을 맡았고요. 키코의 동료인 펜넬과 내가 들어가는 일을 맡았죠. 일은 계획대로 됐어요. 키코는 덩치가 크거든요. 한 번 차니까 문이 열렸어요. 펜넬과 내가 들어갔죠. 남자는 곤드레가 되어 침대에 쓰러져 있었어요. 아무 문제없는 것 같았는데, 에지우드가 내게 불같이 화를 냈어요. 내가 총구 앞을 걸었다면서요."

"정말로 그랬어?"

"아뇨. 하지만 내가 그랬다고 해도, 펜넬도 마찬가지였는데, 에지우드는 펜넬한테는 한마디도 하지 않았어요."

"당신이 신참이라서 그래. 수습이라서."

"알아요, 그리고 아주 넌덜머리가 나요. 선배는 어떻게 견뎌냈어요? 이제 선배는 변화를 가져오는 일을 하고 있잖아요. 하지만 나는 무전

명령에 따라 밤낮으로 뛰어다니고 쓰레기 같은 일 하나 처리하고 나면 또다시 처리할 쓰레기가 나오고, 마치 불난 집에 침을 뱉어 끄려고 하는 기분이에요. 뭐 하나 제대로 해결되는 건 없고, 게다가 보수적이기 짝이 없는 상관 새끼는 시시때때로 내가 일을 망쳤다고 난리를 치고요."

보슈는 그녀의 느낌을 알고 있었다. 경찰관은 누구나 그런 일을 겪는다. 날마다 시궁창을 휘적거리며 걷다보면 곧 세상에는 시궁창밖에 없다는 생각이 들게 된다. 절망의 나락. 다시는 순찰대로 돌아가고 싶지 않은 이유가 바로 그것이었다. 순찰임무는 총탄 구멍에 반창고 하나 붙여놓는 일과 같았다.

"다를 거라고 생각했어? 경찰대학 다닐 때 말이야."

"그땐 내가 무슨 생각을 했는지 모르겠어요. 그리고 내가 이런 모든 일을 견뎌내고 선배처럼 변화를 가져오는 일을 할 수 있을지 자신도 없고요."

"당신이라면 할 수 있어. 경찰이 되면 처음 1~2년이 힘들어. 하지만 계속 파고들다보면 멀리 보게 돼. 당신이 원하는 싸움을 선택하고 당신이 원하는 길을 선택하게 되는 거야. 당신이라면 잘 해낼 거야."

그도 확신을 가지고 한 말은 아니었다. 그 자신도 선택한 길을 놓고 우왕좌왕해 왔었다. 그런데 그녀에게 끝까지 견뎌내라고 말하다니, 자신이 좀 위선적인 것 같았다.

"우리, 다른 이야기해요."

그녀가 말했다.

"좋아."

보슈는 어떻게 대화를 다른 방향으로 돌릴까 궁리하며 마티니를 길게 한 모금 마셨다. 그러고는 탁자에 잔을 내려놓고 그녀를 바라보며 미소를 지었다.

"그러니까 당신은 안데스 산맥을 오르다가 멈춰 서서 '그래 결심했어. 난 경찰이 될 거야.' 그랬던 거군."

그녀가 웃음을 터뜨리는 걸 보니 우울한 기분을 떨쳐낸 것 같았다.

"꼭 그런 건 아니고요. 그리고 안데스 산맥에는 못 가봤어요."

"그래? 경찰 배지를 달기 전에 누렸던 그 풍요로운 삶에 대해서 이야기 좀 해 봐. 세계 곳곳을 돌아다녔다고 했잖아."

"남미에는 못 가봤어요."

"안데스 산맥이 남미에 있어? 플로리다에 있는 줄 알았는데."

브래셔가 다시 웃음을 터뜨렸고 보슈는 화제를 바꾸는 데 성공해서 기분이 좋았다. 웃을 때 드러나는 그녀의 이를 바라보는 게 좋았다. 약간 삐뚤빼뚤했지만 그래서 더 완벽해 보였다.

"아니, 진짜로 뭘 했어?"

그녀가 의자에서 몸을 돌려 앞을 보고 앉았다. 둘은 어깨를 맞댄 채 바의 뒤쪽 벽을 따라 늘어선 형형색색의 술병들 뒤 거울을 통해 서로를 바라보았다.

"한동안은 변호사였어요. 형사사건 변호사는 아니었으니까 흥분하지 마세요. 민사소송 전문이었죠. 그러다가 참 엿 같은 직업이다 싶어서 그만두고 여행을 시작했어요. 여행하면서도 일을 했죠. 이탈리아의 베니스에서는 도자기를 구웠고요. 스위스 알프스 산맥에서는 한동안 승마 가이드로 일했죠. 하와이에선 1일 관광보트에서 요리사로 일했고요. 이런저런 일을 하며 돌아다니면서 세상 구경 많이 했죠. 안데스 산맥은 빼고요. 그러다가 고향으로 돌아왔어요."

"LA로?"

"여기서 나고 자란 걸요. 선배는요?"

"마찬가지야. 퀸 오브 에인절스 출신이지."

"난 시다즈요."

그녀가 잔을 내밀었고 둘은 건배를 했다.

"소수의 사람들, 자부심이 강한 사람들, 용감한 사람들을 위해 건배."

그녀가 말했다.

보슈는 잔을 비우고 유리병에 든 마티니를 한 잔 더 따랐다. 브래셔보다 앞서 가고 있었지만 상관없었다. 몸과 마음이 한층 느슨해지고 있었다. 잠시라도 일을 잊고 있으니 좋았다. 사건과 직접적인 관련이 없는 사람과 함께 있으니 좋았다.

"시다즈에서 태어났다고? 자라긴 어디서 자랐는데?"

그가 물었다.

"웃지 마세요. 벨 에어요."

"벨 에어? 누구 아버지는 딸이 경찰이 되겠다고 했을 때 별로 달가워하지 않았을 것 같은데."

"그 딸이 어느 날 갑자기 뛰쳐나간 직장이 아버지의 법률 법인이었고, 그 후로 2년 동안 연락 한 번 없었기 때문에 더 그랬죠."

보슈가 미소를 지으며 잔을 들어 올렸다. 그녀가 자기 잔을 들어 맞부딪쳤다.

"용감무쌍한 여자로군."

둘이 잔을 내려놓고 난 후, 그녀가 말했다.

"이제 질의응답은 그만하죠."

"좋아. 그럼 뭘 할까?"

보슈가 물었다.

"나를 집으로 데려가줘요, 선배. 선배 집으로요."

그는 잠깐 동안 아무 말 없이 그녀의 반짝이는 푸른 눈을 바라보았다. 알코올의 힘을 입어 일이 정말 빠르게 진행되고 있었다. 그러나 이런 일은 경찰들 사이에서, 폐쇄된 사회의 일원이라는 유대감을 느끼는 사람들 사이에서, 본능에 의지해 살아가면서 자신의 직업이 자기를 죽일 수도 있다는 생각을 하며 일하러 가는 사람들 사이에서 종종 있는 일이었다.

"그래. 나도 같은 생각을 하고 있었어."

마침내 그가 말했다. 그러고는 브래셔에게로 몸을 기울여 그녀의 입술에 키스를 했다.

# 11 잃어버린 빛

줄리아 브래셔는 보슈의 집 거실에 서서 스테레오 옆 수납함에 꽂혀 있는 시디들을 훑어보았다.

"나도 재즈 정말 좋아해요."

부엌에 있던 보슈는 그녀의 말을 듣고 미소를 지었다. 칵테일 셰이커에서 마티니 두 잔을 따라 거실로 와서 그녀에게 한 잔을 건넸다.

"누굴 좋아하는데?"

"음, 요즘에는 빌 에반스(재즈계의 쇼팽이라 일컬어지는 재즈피아니스트-옮긴이)요."

보슈가 고개를 끄덕이고는 수납함으로 가서 〈카인드 오브 블루〉(재즈의 거장 마일즈 데이비스의 명반-옮긴이)를 꺼내 스테레오에 넣었다.

"빌과 마일즈야. 콜트레인과 다른 친구들의 연주도 들어 있고. 정말 최고지."

그가 말했다.

음악이 시작되고 그가 마티니 잔을 들자 그녀가 다가와서 잔을 맞부딪쳤다. 둘은 술은 마시지 않고 키스를 했다. 키스하는 도중에 그녀가 소리를 내어 웃기 시작했다.

"왜?"

그가 물었다.

"아무것도 아니에요. 갑자기 무모해진 느낌이 드네요. 그리고 행복하고요."

"나도 그래."

"선배가 손전등을 내 입에다 들이민 줄 알았어요."

보슈는 어리둥절한 표정을 지었다.

"무슨 뜻이야?"

"갑자기 불을 확 당겼잖아요."

그녀는 보슈의 표정을 보고 다시 웃음을 터뜨리다가 마티니를 바닥에 흘리기까지 했다.

얼마 후, 브래셔가 그의 침대 위에 엎드려 있는 동안, 보슈는 그녀의 허리에 그려진 이글거리는 태양 문신을 손으로 쓰다듬으며 그녀가 참 편안하고도 낯설게 느껴진다고 생각했다. 그녀에 대해서는 아는 게 거의 없었다. 문신이 그렇듯, 그녀를 볼 때마다 새롭고 놀라운 게 보였다.

"무슨 생각해요?"

그녀가 물었다.

"별것 아니야. 당신 허리에 이걸 그려 넣은 놈을 질투하고 있었어. 그게 나였으면 좋았을 텐데."

"왜요?"

"그의 일부가 항상 당신과 함께 있잖아."

그녀가 옆으로 돌아눕자 가슴이 드러났다. 그녀는 미소를 짓고 있었다. 땋은 머리가 풀어져 머리카락이 어깨를 덮고 있었다. 그 모습도 아름다웠다. 그녀가 손을 들어 그를 끌어당겼고 둘은 오랫동안 키스를 나눴다. 키스가 끝나자 그녀가 말했다.

"당신이 좀 전에 한 말은 정말로 오랜만에 들어보는 최고의 찬사였어요."

그는 그녀의 베개를 함께 베고 누웠다. 향수와 섹스와 땀의 달콤한 냄새가 났다.

그녀가 말했다.

"벽에 그림이 하나도 없네요. 아니, 내 말은, 사진이요."

그가 어깨를 으쓱했다.

그녀가 그에게 등을 보이며 돌아누웠다. 보슈는 그녀의 팔 아래로 손을 넣어 가슴 한 쪽을 움켜쥐고는 그녀의 몸을 자신에게로 잡아끌었다.

"아침까지 있을래?"

그가 물었다.

"글쎄요…. 남편이 내가 어디 있는지 궁금해할 것 같은데, 전화를 걸면 되겠죠, 뭐."

보슈가 얼어붙었다. 그러자 그녀가 웃음을 터뜨렸다.

"놀랐잖아."

"내가 임자가 있는 몸인지 한 번도 물어보지 않았잖아요."

"당신도 안 물어봤잖아."

"뻔한 걸 왜 물어요. 외로운 형사 타입인데요."

그러고 나서 그녀는 굵은 남자 목소리를 흉내 내며 말을 이었다.

"아가씨, 난 사건에만 관심이 있어요. 여자들하고 노닥거릴 시간은 없어요. 난 강력반 형사거든요. 할 일이 있어서 이제 그만…."

그가 엄지손가락으로 그녀의 옆구리와 갈비뼈 사이의 움푹 팬 곳을 쓸어내렸다. 그녀는 간지러워 웃음을 터뜨리느라고 말을 멈췄다.

"당신이 손전등을 빌려줬잖아. 임자가 있는 여자가 그런 짓을 하진 않았을 거라고 생각했지."

"빅뉴스가 있어요, 형사님. 그때 차 트렁크에서 맥라이트 봤어요. 상자에 있었는데 당신이 뭔가로 덮어버렸잖아요. 내가 모르는 줄 알았죠?"

보슈는 창피해서 다른 베개 위로 굴러가 누웠다. 얼굴이 달아오르는 것 같았다. 그는 두 손을 들어 얼굴을 가렸다.

"어머나 세상에…. 이제 보니 완전 순진남이네요."

그녀가 그에게로 굴러와 그의 두 손을 얼굴에서 떼어냈다. 그러고는 그의 턱에 입을 맞췄다.

"당신 덕분에 기분이 좋았어요. 칭찬받는 느낌이었고, 기다릴 일도 생겼으니까요."

말을 마친 그녀가 그의 두 손을 돌리더니 손가락 마디마다 있는 흉터를 바라보았다. 오래전에 생긴 거라서 별로 눈에 띄지 않는 흉터였다.

"이건 뭐예요?"

"흉터."

"흉터인 건 아는 데요, 어쩌다가 생긴 거냐고요."

"나도 문신이 있었어. 그걸 지우다가 생긴 거야. 옛날에."

"왜요?"

"군대에 갔더니 지우라더군."

브래셔가 웃음을 터뜨렸다.

"왜요? 뭐라고 씌어 있었는데요? '군대야, 엿 먹어라' 같은 말이라도 씌어 있었어요?"

"아니, 그런 건 아니고."

"그럼 뭐요? 빨리요. 궁금하잖아요."

"한 손에는 '단단히', 다른 손에는 '붙잡아'가 씌어 있었지."

"단단히 붙잡아? '단단히 붙잡아'가 무슨 뜻이에요?"

"글쎄, 얘기하자면 긴데…."

"나 시간 많아요. 남편도 괜찮대요."

그녀가 미소를 지었다.

"빨리요. 궁금해요."

"별것 아니야. 어렸을 때 몇 번 가출을 한 적이 있었는데 한번은 산페드로까지 내려갔었어. 거기 어촌 선창가에 갔더니, 참치잡이 어부들 상당수가 손에 이 말을 새겨 넣었더라고. 단단히 붙잡아. 어부 한 명한테 무슨 뜻이냐고 물었더니 자기들의 좌우명, 철학 같은 거래. 배를 타고 바다로 나가면, 몇 주 동안이나 거센 파도가 넘실대며 위협하는 바다에 나가 있으면, 단단히 붙잡고 있어야 한다는 뜻이랬어."

보슈가 두 주먹을 불끈 쥐어 보이며 말을 이었다.

"삶을, 네가 가진 모든 것을 단단히 붙잡아라, 그 말이지."

"그래서 그 말을 새겨 넣은 거군요. 몇 살 때였어요?"

"잘 기억이 안 나. 열여섯 살인가, 그쯤 됐을 거야."

그가 고개를 끄덕이더니 미소를 지으며 말을 이었다.

"문제는 그 참치잡이 어부들이 그 말을 해군들한테서 빌려 온 거란 사실을 내가 몰랐다는 거야. 1년 후에 '단단히 붙잡아'를 두 손에 새긴 상태로 육군에 입대했더니 하사관이 내뱉은 첫마디가 그걸 지우라는 거였어. 자기 쫄병 손에 해군의 문신이 있는 걸 참아줄 수 없었던 거지."

그녀가 그의 두 손을 잡고 손가락 마디를 자세히 들여다보았다.

"레이저로 지운 것 같지는 않은데요?"

보슈가 고개를 저었다.

"그 당시엔 레이저가 없었어."

"그러면 어떻게 했어요?"

"로저라는 그 하사관이 나를 막사에서 데리고 나와 행정관 뒤편으로 데려갔어. 거기 벽돌로 된 벽이 있더군. 그 벽을 주먹으로 치랬어. 내 손가락 마디 전부가 찢어질 때까지 말이야. 그러고 나서 1주일쯤 지나 상처에 딱지가 앉으면 또 벽을 치라고 시켰고."

"오, 하느님 맙소사, 너무 야만적이네요."

"아니, 그게 군대야."

보슈는 그때의 기억이 되살아나자 미소를 지었다. 실제로는 이야기로 듣는 것만큼 끔찍하지는 않았다. 그는 자신의 두 손을 내려다보았다. 그때 음악이 멈췄고 그는 자리에서 일어나 시디를 갈기 위해 벌거벗은 채 거실로 나갔다. 그가 침실로 돌아오자, 그녀가 음악을 알아맞혔다.

"클리포드 브라운(재즈 역사상 가장 뛰어난 트럼펫 연주가로 불리는 재즈뮤지션 – 옮긴이)이죠?"

그는 고개를 끄덕이고 침대로 향했다. 이렇게 금방 재즈곡을 알아맞히는 여자를 만날 거라곤 생각도 못 했었다.

"거기 서 봐요."

"뭐라고?"

"구경 좀 하자고요. 거기 다른 흉터들은 뭐예요?"

욕실에서 새어나오는 불빛만이 희미하게 방을 밝히는 정도였지만, 그래도 보슈는 벌거벗고 서 있는 것이 민망했다. 몸집은 괜찮았지만, 그녀보다 적어도 열다섯 살은 더 많았다. 브래셔가 이전에도 이렇게 늙은 남자와 자본 적이 있을까 궁금했다.

"해리, 너무 멋져요. 완전히 후끈 달아오르게 하는군요. 다른 흉터들은 뭐냐니까요?"

그는 왼쪽 엉덩이 위에 난 굵은 밧줄 같은 흉터를 만졌다.

"이거? 칼이었어."

"어디서요?"

"터널."

"그럼 어깨는요?"

"총알."

"어디서요?"

그가 미소를 지었다.

"터널."

"저런. 앞으로는 터널에는 가지 마세요."

"그러려고 노력하고 있어."

그는 침대 속으로 들어가 시트를 끌어당겼다. 그녀는 그의 어깨를 만져보더니 엄지손가락으로 굳은살이 되어버린 흉터를 쓰다듬었다.

"바로 뼈 속이네요."

"맞아. 운이 좋았지. 영구적인 손상은 없었으니까. 겨울철이나 비가 올 때 쑤시고 아픈 정도고."

"어떤 느낌이었어요? 총에 맞는 거요."

보슈가 어깨를 으쓱거렸다.

"졸라 아프더니 곧 온몸이 마비가 된 것 같았어."

"얼마나 누워 있었어요?"

"석 달 정도."

"의병제대 하지 않았어요?"

"그러라는 권유는 받았는데 거절했어."

"왜요?"

"모르겠어. 군대가 마음에 들었나보지. 그리고 끝까지 버티고 있으면 언젠가는 내가 가진 모든 흉터에 감동을 받는 아름다운 여자 경찰관을 만나게 될 거라고 생각했던 것 같아."

그녀가 그의 갈비뼈를 툭 치자 그는 아파서 얼굴을 찡그렸다.

"이런, 불쌍한 우리 아기."

그녀가 조롱하는 목소리로 말했다.

"진짜 아팠어."

그녀가 그의 어깨 위에 그려진 문신을 만졌다.

"이건 또 뭐예요? 약 먹은 미키 마우스인가요?"

"비슷해. 터널 쥐(베트남 전쟁 당시 베트콩이 파놓은 길고 복잡한 미로 같은 터널에 들어가 베트콩을 사살하고 터널을 파괴하는 임무를 맡았던 미군 병사들을 비유적으로 부르는 말. 여기서는 터널 안 쥐를 그린 그림 - 옮긴이)."

그녀의 얼굴에서 웃음기가 싹 가셨다.

"왜?"

"베트남에 있었군요. 나도 그런 터널 안에 들어가 봤어요."

"들어가 봤다니 무슨 말이야?"

"여행 다닐 때요. 베트남에서 한 달 반을 있었거든요. 그런 터널들이 이젠 관광명소가 되었어요. 돈을 내면 터널로 내려가 볼 수 있어요. 그건 정말…. 당신이 해야 했던 일은 정말 너무 끔찍한 일이었을 것 같군요."

"나중이 더 무서웠어. 그곳 일을 떠올릴 때가 말이야."

"어느 정도까지만 관광객의 출입을 허용하고 그 너머는 밧줄로 막아 놓고 출입을 금지시켰어요. 하지만 감시하는 사람은 없었어요. 그래서 난 밧줄 밑으로 기어들어가서 터널 속으로 더 들어가 봤어요. 그 속은 정말 어두웠어요, 해리."

보슈가 그녀의 눈을 바라보았다.

"그러면 당신도 봤어? 잃어버린 빛을?"

보슈가 조용히 물었다.

브래셔도 한동안 그의 눈을 바라보더니 고개를 끄덕였다.

"봤어요. 눈이 어둠에 적응이 되니까 빛이 보이더군요. 작은 속삭임처럼 희미했었죠. 하지만 길을 찾아 나오기에는 충분한 빛이었어요."

"잃어버린 빛. 우린 그걸 잃어버린 빛이라고 불렀어. 어디에서 나온 건지는 알 수 없었어. 그냥 거기 터널 안에 있었지. 어둠 속에 걸려 있는 연기처럼 말이야. 그건 빛이 아니고, 그 안에서 죽은 양쪽 전사자들의 혼(魂)이라고 말하는 사람들도 있었어."

그들은 더 이상 아무 말도 하지 않았다. 서로를 끌어안고 있다가 그녀가 먼저 잠이 들었다.

보슈는 세 시간 이상이나 사건에 대해 생각하지 않고 있었음을 깨달았다. 처음에는 죄책감이 느껴졌지만 그냥 잊기로 하고 금방 잠이 들었다. 꿈을 꾸었는데 터널 속을 움직이고 있었다. 그런데 기어가고 있지 않았다. 마치 물속에 있는 느낌이었고, 미로 속을 헤엄쳐가는 뱀장어처럼 움직였다. 이윽고 막다른 곳에 다다랐는데, 터널 벽 모퉁이에 사내아이 하나가 앉아 있었다. 무릎을 올려 세우고 앉아 얼굴을 팔짱 낀 두 팔에 묻고 있었다.

"같이 가자."

보슈가 말했다.

소년이 옆으로 고개를 살짝 들고 보슈를 올려다보았다. 아이의 입에서 공기방울 한 개가 튀어나왔다. 아이는 보슈 뒤에 누가 따라오고 있기라도 한 것처럼 보슈의 뒤를 바라보았다. 보슈가 고개를 돌렸지만 뒤에는 어두운 터널만 있을 뿐이었다.

그가 다시 고개를 돌렸을 땐 소년은 사라지고 없었다.

# 12 통찰력

일요일 오전 보슈는 브래셔를 태우고 할리우드 경찰서로 갔다. 브래셔는 자기 차를 가지고 집으로 갈 예정이었고 그는 유골 사건 업무를 처리할 생각이었다. 브래셔는 일요일과 월요일에는 근무가 없었다. 둘은 그날 밤 베니스에 있는 그녀의 집에서 만나 함께 저녁을 먹기로 했다. 보슈가 브래셔의 차 옆에 그녀를 내려주었을 때 주차장에는 순경 몇 명이 있었다. 보슈는 둘이 밤을 함께 보낸 것 같다는 소문이 순식간에 퍼질 것임을 직감했다.

보슈가 말했다.

"미안해. 어젯밤에 내 차로만 움직이는 게 아니었는데."

"신경 안 써요, 해리. 이따가 밤에 봐요."

"줄리아, 신경 써야 돼. 경찰은 잔혹해질 수 있어."

그녀가 얼굴을 찌푸렸다.

"아, 경찰의 잔혹성에 대해선 나도 많이 들어봤어요."

"농담 아니야. 이건 규정 위반이야. 내 쪽에서 말이지. 난 형사 3급이야. 관리자급이지."

그녀가 잠깐 동안 그를 바라보았다.

"그럼 그건 당신 문제네요. 이따가 밤에 봐요. 괜찮다면."

그녀가 차에서 내려 문을 닫았다. 보슈는 자신의 지정된 주차공간으로 차를 몰아가 주차하고 나서 강력반으로 걸어가면서, 자신이 불러들인 골칫거리에 대해서는 생각하지 않으려고 애를 썼다.

형사과 사무실은 그가 바라던 대로 비어 있었다. 혼자서 조용히 사건에 대해 생각할 시간이 필요했다. 처리할 사무가 많이 있었지만 그런 건 잠깐 제쳐두고 유골이 발견된 이후로 모아들인 모든 증거와 정보에 대해 생각을 정리해보고 싶었다.

가장 먼저 할 일은 앞으로 해야 할 일의 목록을 만드는 것이었다. 이번 사건과 관련된 모든 서면 보고서를 보관하는 사건 파일을 만들어야 했다. 지역 내 모든 병원에 뇌수술 의료기록을 요구하는 압수수색영장도 작성해야 했다. 뿐만 아니라 컴퓨터 데이터베이스를 이용하여 원더랜드의 현장 주변에 살고 있는 주민 모두의 신원을 확인할 필요도 있었다. 그 외에 언론 보도 덕분에 밀려들고 있는 제보전화 내용도 확인해야 했고, 실종신고서와 가출신고서를 훑어보면서 이번 사건의 희생자일 가능성이 있는 사람이 있는지도 찾아봐야 했다.

이 모든 일을 혼자 처리하자면 하루 가지고는 어림도 없었지만, 동료를 하루 쉬게 해주기로 한 결정을 끝까지 밀고 나가기로 결심했다. 열세 살짜리 아들이 있는 에드거는 골리어의 보고를 듣고 굉장히 흥분한 상태라 보슈는 그가 하루 정도는 쉬기를 바랐다. 앞으로도 긴 하루하루가, 이제까지와 마찬가지로 감정을 다스리기 어렵게 만드는 일들이 그들을 기다리고 있을 터였다.

할 일 목록 작성을 끝낸 보슈는 서랍에서 컵을 꺼내 들고 커피를 가지러 상황실로 갔다. 마침 잔돈은 5달러짜리 지폐 한 장뿐이었지만, 그는 5달러를 커피 요금함에 넣고 거스름돈은 챙기지 않았다. 요즘 커피를 너무 마신다는 생각이 들었다.

"사람들이 뭐라는지 알아?"

커피를 따르고 있는데 뒤에서 누군가가 말했다.

보슈가 돌아보았다. 상황실 팀장 맨키비츠 경사였다.

"뭐에 대해서?"

"직장이라는 부둣가에서 낚시질 하는 것에 대해서."

"몰라. 뭐라는데?"

"나도 몰라. 그래서 물어본 거야."

맨키비츠가 싱긋 웃더니 컵을 데우기 위해 기계 앞으로 걸어갔다.

그러니까 벌써부터 말이 돌기 시작한 것이었다. 소문은, 특히 성적인 내용의 소문은 8월의 산야를 휩쓰는 산불처럼 순식간에 경찰서를 휩쓸었다.

"나중에 알게 되면 가르쳐줘. 알아두면 도움이 될 것 같은데."

보슈가 상황실 문을 향해 걸어가며 말했다.

"그럴게. 아, 그리고 한 가지 더, 해리."

보슈는 돌아서면서 맨키비츠에게서 한 소리 더 들을 준비를 했다.

"뭐?"

"장난은 그만하고 사건을 빨리 종결해. 내 애들이 전화 받느라고 고생하는 거 딱해서 못 보겠어."

농담조였다. 그러나 유머와 빈정거림 속에는 부하직원들이 하루 종일 책상 앞에 앉아 이 사건과 관련된 제보전화 받는 데만 매달리고 있어야 하는 것에 대한 합당한 불만이 숨어 있었다.

"그러게 말이야. 오늘 뭐 괜찮은 거라도 있었어?"

"내 판단으로는 없는 거 같지만, 당신이 기록을 훑어보고 수사관의 예리한 통찰력으로 판단하는 게 좋을 것 같은데."

"통찰력?"

"그래, 통찰력. 그것도 예리한. 참, 오늘 아침엔 CNN이 별다른 뉴스거리가 없었는지 이 사건 뉴스를 내보냈더라고. 화면 좋던데. 용감한 우리 경찰 친구들이 임시변통으로 계단을 만들고 유골이 든 작은 상자들을 갖고 언덕을 내려오는 모습을 잘 찍었더라고. 그 덕분에 이젠 장거리 전화도 걸려오고 있어. 지금까진 토피카(미국 캔자스 주의 주도-옮긴이)와 프로비던스(미국 로드아일랜드 주의 주도-옮긴이) 정도지만. 당신들이 사건을 종결하기 전까진 계속 걸려올 거야, 해리. 여기 있는 우린 모두 당신들 등만 바라보고 있어."

이번에도 역시 웃는 얼굴과 농담 같은 말 속에 숨은 뜻이 있었다.

"알았어. 통찰력을 전부 쏟아부어볼게. 약속해, 맨키."

"당신만 믿어."

자기 자리로 돌아온 보슈는 커피를 마시며 사건의 주요 사실들을 생각했다. 뭔가 이례적인 것들이, 모순되는 점들이 있었다. 캐시 콜이 지적한 대로 암매장 장소 선택과 암매장 방법이 앞뒤가 맞지 않았다. 게다가 골리어가 내린 결론은 의문을 증폭시켰다. 골리어는 이 사건을 아동학대 사건으로 보았다. 그러나 옷이 가득 들어 있는 배낭은 피해자인 이 소년이 가출을 했을 가능성을 보여주고 있었다.

그 전날 과학수사대 감식실을 나와 경찰서로 돌아오면서 보슈는 에드거에게 이런 모순에 대해 이야기했었다. 에드거는 이 모순을 보슈만큼 크게 생각하지 않았고, 어쩌면 아이가 부모로부터뿐만 아니라 제3자인 살인범으로부터도 학대를 받았을지 모른다는 가능성을 제시했다. 아동

학대 피해자들 상당수가 가출을 하지만 결국에는 또 다른 가해자를 만나 학대받게 된다는 사실을 지적한 것이었다. 보슈는 그 이론이 합리적이라고 생각했지만 골리어가 내놓은 시나리오보다 더 암울했기 때문에 그 이론을 받아들이지는 않으려고 노력했다.

직통 전화가 울려서 보슈는 에드거나 빌리츠 경위일 거라고 생각하고 받았다. 〈LA 타임스〉의 조쉬 메이어라는 기자였다. 얼굴과 이름 정도 아는 사이였고, 직통 전화번호를 알려준 적이 없었다. 그러나 보슈는 기분 나쁜 내색을 하지 않았다. 그에게 경찰은 이제 토피카와 프로비던스까지 단서를 추적하고 있다고 말해주고 싶은 생각이 잠깐 들었지만, 금요일 홍보실의 브리핑이 있은 후로 새로 밝혀진 사실은 없다고만 말했다.

보슈는 전화를 끊고 커피를 마저 마신 후 일을 시작했다. 수사에서 보슈가 제일 좋아하지 않는 일은 컴퓨터 작업이었다. 그는 가능하면 컴퓨터 관련 업무를 모두 에드거에게 맡겼다. 그래서 그는 컴퓨터 작업을 할 일 목록의 맨 뒤로 미루고, 상황실에서 가져온 제보전화 기록을 훑어보기 시작했다.

지난 금요일에 마지막으로 봤을 때보다 제보전화 기록 쪽지가 40여 장 정도나 늘어나 있었다. 도움이 될 만한 정보가 있거나 다시 확인해 볼 가치가 있는 건 하나도 없었다. 모두가 실종자의 부모나 형제, 친구에게서 걸려온 전화였다. 모두들 지칠 대로 지치고 절망해서 자기 인생의 가장 큰 의혹을 어떤 식으로든 매듭을 지으려고 하고 있었다.

보슈는 갑자기 무슨 생각이 떠올라 구닥다리 IBM 실렉트릭 타자기 앞으로 의자를 굴려가 앉았다. 그러고는 종이 한 장을 끼워 넣고 질문 네 가지를 타이핑했다.

1. 당신의 가족이나 친구가 실종되기 전 수개월 이내에 어떤 종류든 외과 수술을 받은 적이 있습니까?
2. 그렇다면, 어느 병원에서 수술을 받았습니까?
3. 어떤 부상 때문이었습니까?
4. 담당의사가 누구였습니까?

그는 종이를 꺼내 들고 상황실로 갔다. 그러고는 맨키비츠에게 주면서 유골 사건과 관련하여 제보전화를 걸어오는 사람 모두에게 물어봐 달라고 부탁했다.

"이 정도의 통찰력이면 될까?"

보슈가 물었다.

"약하지. 그래도 괜찮은 시작이군."

보슈는 플라스틱 컵에 커피를 따라서 강력반으로 가져와 자기 컵에 부었다. 월요일에 빌리츠 경위에게 인력지원 요청을 해서 지난 며칠간 제보전화를 한 사람 모두에게 연락해 같은 질문을 해봐야 한다고 메모를 했다. 줄리아 브래셔가 떠올랐다. 월요일엔 근무가 없으니까 필요하다면 기꺼이 도와줄 것이었다. 그러나 월요일이 되면 경찰서 전체에 둘의 관계에 대한 소문이 퍼질 것이고, 그녀를 수사에 끼어 들이면 상황이 악화될 것이라는 생각이 들어, 그 생각은 금방 지워버렸다.

다음으로 그는 압수수색영장 작성 작업을 시작했다. 살인사건 수사도중 의료기록이 필요한 일은 다반사로 있었다. 이런 기록들은 주로 외과 의사와 치과 의사에게 요청해 받았지만, 병원을 대상으로 압수수색영장을 발부하는 일도 종종 있었다. 보슈는 병원에 대한 압수수색영장 견본과 로스앤젤레스 지역에 있는 29개 병원 명단, 그리고 각 병원 법무 대리인의 명단을 가지고 있었다. 이런 것들을 모아놓고 나니 압수수색영장을 29장이나 작성하는 일도 한 시간 정도밖에 걸리지 않았다. 영장에서 보슈는 1975년에서 1985년 사이에 관상톱을 사용한 뇌수술을 받은 16세 미만의 모든 남자 환자 기록을 요구했다.

그는 영장을 출력하고 나서 서류가방에 넣었다. 주말에는 해당 판사의 집으로 팩스를 보내 영장 승인과 서명을 받는 것이 보통이었지만, 판사가 일요일 오후에 영장 신청서를 29장이나 한꺼번에 받으면 굉장히 황당해할 것 같았다. 게다가 어차피 일요일에는 병원 측 변호사들에게도 연락을 할 수가 없을 것이었다. 보슈는 월요일 아침 일찍 영장을 가지고 판사를 찾아가 승인을 받고, 그다음에는 에드거와 반씩 나눠서 병원에 돌리며, 변호사들을 직접 만나 긴급 사안임을 강조할 계획이었다. 일이 계획대로 진행된다고 해도, 의무 기록은 다음 주 중반이나 주말쯤 되어야 받아보기 시작할 것 같았다.

보슈는 골리어에게서 들은 법인류학적 정보를 요약하고 수사일지를 타이핑했다. 이것들을 사건 파일에 넣고 난 후에는 배낭에 대한 과학수사대의 1차 감식결과를 상세히 기록한 증거 조서를 작성했다.

일이 끝나자 보슈는 의자에 등을 기대고 앉아 배낭에서 발견된 읽기가 불가능한 편지에 대해 생각했다. 문서감식실이 그걸 읽어낼 수 있을 거라는 기대는 없었다. 영원히 의혹 속의 또 다른 의혹으로 남게 될 가능성이 컸다. 그는 남아 있던 커피를 마저 마시고 나서 사건 파일에서 범죄현장 스케치와 도표 사본이 담긴 페이지를 펼쳤다. 도표를 관찰하던 그는 배낭이 사체가 원래 매장된 장소일 것이라고 콜이 표시를 해놓은 지점 바로 옆에서 발견됐다는 사실에 주목했다.

그것이 무슨 의미인지 지금은 정확히 알 수 없었다. 그러나 보슈는 앞으로 새로운 증거물과 단서를 모으는 동안에도 지금 그가 가지고 있는 사건에 대한 의문들을 늘 염두에 두고 있어야 한다는 사실을 직감했다. 이런 의문들이 진짜 단서와 허위 단서를 걸러내 가려줄 체의 역할을 할 것이었다.

그는 스케치와 도표 사본을 사건 파일에 다시 집어넣고 나서, 시간대별로 근무 내용을 기록하게 되어 있는 형사근무일지에 지금까지 한 일을 기록함으로써 서류 작업을 마무리했다. 그리고 사건 파일을 서류가방에 넣었다.

보슈는 커피 컵을 화장실 세면대로 가져가 씻었다. 그러고는 컵을 책상 서랍에 집어넣고 서류가방을 들고는 후문을 나와 자동차를 향해 걸어갔다.

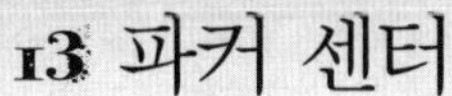

# 13 파커 센터

로스앤젤레스 경찰국 본부인 파커 센터의 지하층은 현대에 들어 경찰국이 하나라도 보고서를 받은 바 있는 모든 사건에 대한 기록을 보관하는 공문서 보관소로 이용되고 있었다. 1990년대 중반까지는 기록이 종이 문서 형태 그대로 8년간 보관되었다가 그 후에야 영구 보존을 위해 마이크로필름으로 전환되었다. 현재는 컴퓨터를 사용해 처음부터 영구 보존을 하고 있고, 또한 시대를 거슬러 올라가며 예전 기록을 컴퓨터에 입력해 데이터베이스를 만드는 작업을 하고 있었다. 그러나 진행 속도가 느려서, 이제 겨우 1980년대 후반까지 거슬러 올라갔을 뿐이었다.

보슈는 오후 1시 정각에 기록보관소 접수대에 도착했다. 그는 필립스에서 사온 테이크아웃 용기에 담긴 커피 두 잔과 로스트비프 샌드위치 두 개가 든 종이봉투를 들고 있었다. 그는 접수대에 앉은 직원을 바라보며 미소를 지었다.

"놀라지 마세요. 1975년에서 1985년까지의 실종신고서 마이크로필

름을 보러 왔어요."

지하실에 처박혀 살아 혈색이 창백해진 듯한 늙은 직원이 휘파람을 불더니 말했다.

"조심해, 크리스틴, 그들이 왔어."

보슈는 웃으면서 고개를 끄덕였지만 그가 도대체 무슨 말을 하는지 알 수가 없었다. 접수대 뒤에는 그 직원 외에는 아무도 없는 것 같았다.

"좋은 소식은 그들이 나뉜다는 거죠. 내 말은, 난 그게 좋은 소식이라고 생각한다는 거예요. 성인 기록이요, 아니면 청소년 기록이요?"

직원이 말했다.

"청소년이요."

"그러면 좀 더 쪼개지겠구만."

"고마워요."

"별말씀을."

직원이 접수대에서 사라졌고 보슈는 기다렸다. 4분 후에 직원은 보슈가 요청한 기간의 마이크로필름 시트가 든 작은 봉투 열 개를 가지고 돌아왔다. 필름을 모두 쌓으면 두께가 10센티미터는 될 것 같았다.

보슈는 마이크로필름 판독복사기가 있는 곳으로 걸어가 샌드위치 한 개와 커피 두 잔을 내려놓고 남은 샌드위치 한 개를 접수대로 가져갔다. 직원은 처음에는 사양했지만 필립스에서 사온 거라고 하자 받았다.

보슈는 판독복사기로 돌아가 1985년 것부터 판독을 시작했다. 그는 피해자 연령대의 남자 어린이 실종신고서와 가출신고서를 찾고 있었다. 기계 사용이 익숙해지면서부터는 검색에 속도가 붙었다. 먼저 실종자가 집으로 돌아왔거나 행방을 알아냈다는 사실을 의미하는 '종결' 도장이 찍힌 신고서부터 걸러냈다. 도장이 없으면 즉시 연령 및 성별 칸을 확인했다. 연령과 성별이 이번 사건 피해자의 프로필과 맞으면, 개요를 읽고 복사 버튼을 눌러 가져갈 사본을 복사했다.

마이크로필름에는 실종자가 LA로 갔을 가능성이 있다고 판단한 타 지역 경찰국이 LA 경찰국으로 전송한 실종신고서 기록도 들어 있었다.

꽤 빠른 속도로 일을 했음에도 불구하고, 11년간의 신고서를 모두 훑어보는 데 세 시간 이상이 걸렸다. 판독이 끝났을 땐 판독복사기 선반에 신고서 사본이 300장 이상 쌓여 있었다. 이렇게 시간과 공을 들일 가치가 있는 일이었는지 알 수 없었다.

보슈는 두 눈을 비비고 콧날을 어루만졌다. 오랜 시간 판독기의 화면을 노려보며 부모의 고통과 청소년의 불안이 담긴 사연을 읽고 또 읽어서 그런지 머리가 아팠다. 주변을 둘러보던 그는 샌드위치에 손도 대지 않았다는 사실을 깨달았다.

그는 마이크로필름이 든 봉투 더미를 직원에게 돌려주었고, 할리우드 경찰서로 돌아가지 않고 파커 센터에서 컴퓨터 작업을 하기로 했다. 파커 센터에서 10번 고속도로를 타면 베니스로 총알 같이 달려가 늦지 않고 줄리아 브래셔의 집에 도착해 함께 저녁을 먹을 수 있을 것이다. 그렇게 하는 편이 나을 것 같았다.

경찰국 강력계 사무실에는 당직 형사 두 명만 텔레비전 앞에 앉아 미식축구 경기를 보고 있었다. 둘 중 한 명은 보슈의 예전 동료 키즈민 라이더였고, 다른 한 명은 모르는 사람이었다. 보슈를 본 라이더가 미소를 지으며 일어났다.

"선배, 여긴 어쩐 일이에요?"

"수사 때문이지, 뭐. 컴퓨터를 쓰고 싶은데, 괜찮을까?"

"그 유골 사건이요?"

그가 고개를 끄덕였다.

"뉴스에서 봤어요. 선배, 이쪽은 내 동료 릭 손튼 형사예요."

보슈는 그와 악수를 하고 자기소개를 했다.

"이 친구 옆에 있으면 나까지 덩달아 잘나가는 형사로 보였는데, 당신도 그런 것 같은데요."

보슈가 말했다.

손튼이 웃음 띤 얼굴로 고개를 끄덕였고, 라이더는 민망하다는 표정을 짓고 있었다.

"내 책상으로 오세요. 내 컴퓨터를 쓰면 돼요."

라이더가 말했다.

그녀는 자신의 책상으로 그를 데려가 자기 의자에 앉게 했다.

"우린 여기서 그냥 노닥거리는 중이에요. 아무 일도 없거든요. 난 미식축구를 좋아하지도 않는데."

"한가한 날에 대해 불평하지 말라. 어디서 들어본 적 없어?"

"있죠. 옛 동료한테서요. 그가 한 말 중에 괜찮은 말은 그거 하나뿐이었죠."

"그랬을 거야."

"내가 뭐 도울 일이라도 있어요?"

"신원조회나 하려는 건데, 뭐. 늘 하는 일."

그는 서류가방을 열고 사건 파일을 꺼냈다. 그러고는 주민 탐문수사 때 만났던 원더랜드 주민들의 성명과 주소, 생년월일을 적어놓은 페이지를 폈다. 수사 중에 만난 모든 사람들의 이름을 컴퓨터에 입력하고 데이터베이스를 돌려 신원을 확인하는 것이 통례였다.

라이더가 물었다.

"커피라도 한잔하실래요?"

"아니, 됐어. 고마워, 키즈."

그는 방 저편에서 등을 보이고 앉아 있는 손튼을 향해 고갯짓을 해보이며 물었다.

"여기 일은 어때?"

그녀가 어깨를 으쓱거렸다.

"이따금씩 진짜 형사 일을 하게 해줘요."

그녀가 속삭였다.

"그렇군. 오고 싶으면 언제라도 할리우드로 돌아와."

그도 미소를 지으며 속삭였다.

보슈는 국가범죄정보센터로 들어가기 위해 명령어를 입력하기 시작했다. 이 모습을 본 라이더가 코웃음을 쳤다.

"선배, 아직도 독수리 타법이에요?"

"늘 그렇지, 뭐. 이렇게 견뎌온 세월이 30년이야. 어느 날 갑자기 열 손가락을 다 써서 자판을 두드릴 수 있게 될 거라고 기대했어? 난 아직도 스페인어는 젬병이고, 몸치인 것도 여전해. 얼마나 떨어져 있었다고 그래. 이제 겨우 1년인데."

"일어나세요, 공룡 아저씨. 내가 할게요. 이러다가 밤새겠어요."

보슈는 항복의 표시로 두 손을 들어보이고는 자리에서 일어섰다. 라이더가 의자에 앉아 자판을 두드리기 시작했다. 보슈는 그녀의 등 뒤에서 몰래 미소를 지었다.

"옛날 생각나네."

"그런 말 마세요. 나한텐 항상 남의 똥 닦아주는 일만 걸린단 말이에요. 그리고 웃지 마세요."

그녀는 고개 한 번 들지 않고 타이핑했다. 손가락들이 자판 위를 날아다녔다. 보슈는 감탄하며 그 모습을 지켜보았다.

"어이, 이건 내 계획이 아니야. 당신이 여기 있는 줄도 몰랐다고."

"그래요. 톰 소여가 울타리에 페인트칠을 해야 한다는 걸 몰랐듯이 말이죠."

"뭐?"

"아니에요. 신참 아가씨 얘기나 해줘 봐요."

보슈는 깜짝 놀랐다.

"뭐?"

"그 말밖에 할 줄 몰라요? 못 들었어요? 신참이요, 선배가 어, 그러니까… 만나고 있는 여자 말이에요."

"도대체 어떻게 알았어?"

"난 일급 정보수집가예요. 그리고 아직도 할리우드에 정보원이 많고요."

보슈는 뒤로 물러서서 고개를 저었다.

"괜찮은 여자예요? 내가 알고 싶은 건 그것뿐이에요. 꼬치꼬치 캐묻고 싶지는 않아요."

보슈가 다시 그녀에게로 다가섰다.

"그래, 괜찮은 여자야. 실은 그녀에 대해서 아는 게 별로 없어. 그녀와 나에 대해서는 당신이 나보다 더 많이 알고 있는 것 같은데."

"오늘 밤에 같이 저녁 먹기로 했어요?"

"그래, 같이 먹기로 했지."

"어머나! 선배!"

라이더의 목소리에서 농담조가 사라졌다.

"뭐야?"

"꽤 괜찮은 게 걸렸는데요."

보슈가 몸을 숙이고 모니터를 바라보았다. 그가 정보를 다 읽고 나서 말했다.

"오늘 밤 약속은 취소해야겠는데."

# 14 첫 번째 용의자

보슈는 집 앞에 차를 세우고 불이 꺼진 창문들과 현관을 관찰했다.

"내 생각엔 집에 없을 것 같은데. 벌써 튀었을지도 몰라."

에드거가 말했다.

에드거는 보슈에게 짜증이 나 있었다. 집에 있던 그를 불러냈기 때문이었다. 유골들이 땅 속에 20년이나 묻혀 있었는데, 월요일 아침까지 기다렸다가 이 남자를 만나본다고 해서 무슨 문제가 있겠냐는 게 그의 생각이었다. 그러나 보슈는 에드거가 나오지 않으면 혼자서라도 가겠다고 말했다.

결국 에드거가 나왔다.

"아냐, 집에 있어."

보슈가 말했다.

"어떻게 알아?"

"그냥 알아."

보슈는 시계를 보고 나서 수첩의 깨끗한 페이지에 시각과 주소를 적었다. 바로 그때, 지금 그들이 서 있는 이 집이 이곳에 출동한 첫날 저녁 창 뒤에서 재빨리 커튼이 닫혔던 바로 그 집이라는 생각이 들었다.

"자, 가자고. 그 친구를 처음 탐문한 게 자네였으니까, 자네가 앞장서. 난 이때다 싶으면 끼어들게."

보슈가 말했다.

그들은 차에서 내려 집으로 이어지는 진입로를 걸어 들어갔다. 그들은 니콜라스 트렌트라는 남자를 만나러 왔다. 그는 유골이 발견된 언덕에서 길 건너 세 번째 집에 혼자 살고 있었다. 나이는 57세였다. 에드거가 1차 탐문수사를 했을 때 그는 자신이 버뱅크의 한 영화촬영소에서 일하는 무대 장식가라고 했다. 독신이었고 자녀도 없었다. 언덕에서 발견된 유골에 대해서는 아무것도 모르고, 따라서 도움이 될 만한 단서를 주거나 증언을 해줄 수가 없다고 말했다.

에드거가 현관문을 세게 두드리고 나서 기다렸다.

"트렌트 씨, 경찰입니다. 에드거 형삽니다. 문을 열어 주세요."

그가 큰 소리로 외쳤다.

그가 다시 두드리려고 주먹을 드는데 현관 등이 켜졌다. 그러고 나서 문이 열렸고, 머리를 빡빡 깎은 백인 남자가 집 안 어둠 속에 서 있었다. 현관 등 불빛이 그의 얼굴을 사선으로 비추고 있었다.

"트렌트 씨? 에드거 형삽니다. 이쪽은 제 동료 보슈 형사고요. 몇 가지 더 물어볼 게 있어서 왔는데요. 괜찮으시죠?"

보슈는 소개를 받고서 목례를 했지만 악수를 청하지는 않았다. 트렌트는 아무 말도 하지 않았고, 에드거는 한 손으로 문을 밀어 열면서 강경한 태도를 보였다.

"들어가도 괜찮죠?"

그가 벌써 문지방을 넘어가며 물었다.

"아뇨. 안 괜찮아요."

트렌트가 재빨리 대답했다.

에드거가 걸음을 멈추고는 당혹스러운 표정을 지어 보였다.

"트렌트 씨, 몇 가지만 더 물어보려는 겁니다."

"웃기지 말아요. 거짓말인 거 다 알아요!"

"네?"

"당신들이 왜 여기 다시 왔는지는 나도 잘 알고 있어요. 벌써 변호사한테 다 알아봤어요. 당신들이 하는 짓거리는 그냥 연기예요. 형편없는 연기."

보슈는 '떡 하나 주면 안 잡아먹지' 전략으로는 아무것도 얻을 수 없겠다는 생각이 들었다. 그래서 앞으로 나서서 에드거의 팔을 잡아끌었다. 에드거가 문지방에서 비켜주자, 그가 트렌트를 바라보며 말했다.

"트렌트 씨, 우리가 다시 올 거라는 걸 알았다면, 우리가 당신의 과거에 대해서 알아냈다는 사실도 알고 있겠군요. 왜 지난번에 에드거 형사한테 말해주지 않았죠? 그랬다면 시간을 상당히 절약할 수 있었을 텐데요. 당신의 침묵이 오히려 의혹만 불러일으켰어요. 무슨 말인지 아실 것 같은데요."

"과거는 그냥 과거이기 때문이에요. 그래서 말 안 했어요. 난 과거를 묻고 살았어요. 그냥 잊고 살았다고요."

"그 과거 속에 뼈들이 묻혀 있을 땐 그럴 수가 없죠."

에드거가 비난조로 말했다.

보슈는 제발 말 좀 가려서 하라는 경고를 담은 표정으로 에드거를 바라보았다.

트렌트가 말했다.

"봤죠? 이래서 그냥 가라는 거예요. 당신들 같은 사람들한텐 해줄 말이 없어요. 하나도. 그 일에 대해서는 아무것도 몰라요."

보슈가 말했다.

"트렌트 씨, 아홉 살 난 사내아이를 성추행하셨더군요."

"그건 1966년의 일이었고, 난 그 일로 처벌을 받았어요. 가혹하게요. 그게 과거예요. 그 후로는 완벽한 시민으로 살아왔어요. 난 저 위에 있는 뼈들과는 아무 관련이 없어요."

보슈는 잠깐 기다렸다가 침착하고 조용한 목소리로 말했다.

"그 말이 사실이라면, 우리가 안으로 들어가서 신문을 하게 해주세요. 당신을 용의선상에서 빨리 제외시키면, 다른 가능성으로 옮겨가는 일도 빨라질 테니까요. 하지만 당신이 이해해 줘야 할 일이 있습니다. 어린 사내아이의 유골이 1966년에 어린 사내아이를 성추행했던 남자의 집에서 채 100미터도 떨어지지 않은 곳에서 발견되었다는 사실이죠. 그 후로 당신이 어떤 시민의 모습으로 살아왔는가에 대해서는 관심없어요. 단지 우리는 당신에게 몇 가지 물어보고 싶을 뿐입니다. 그리고 반드시 대답을 하게 될 겁니다. 당신은 선택권이 없어요. 지금 당장 당신 집 안에서 할 것이냐, 밖에 뉴스 카메라들이 기다리고 있는 가운데 경찰서에서 당신 변호사가 입회한 자리에서 할 것이냐는, 순전히 당신의 선택에 달렸죠."

보슈가 잠시 말을 멈췄다. 트렌트는 두려움이 가득한 눈으로 그를 보고 있었다.

"그러니까 트렌트 씨, 당신이 우리 입장을 이해해주시면 우리도 당신의 입장을 이해해드리죠. 우리는 신속하고도 신중하게 움직이고 싶은데, 당신의 협조가 없이는 그럴 수가 없어요."

트렌트는 고개를 흔들었다. 어떤 선택을 하더라도 지금까지의 자신의 삶은 위험에 빠졌고 앞으로 완전히 바뀌게 될 것이라는 사실을 알고 있는 것 같았다. 마침내 그가 뒤로 물러서더니 보슈와 에드거에게 들어오라고 손짓을 했다.

트렌트는 맨발에 검정색의 헐렁하고 짧은 반바지를 입고 있어서 야위고 털 하나 없는 허연 다리가 다 드러나 보였다. 마른 윗몸에는 매끄러운 실크 셔츠를 입고 있었다. 뼈만 앙상한 모습이 꼭 사다리 같았다. 그는 보슈와 에드거를 오래된 물건들이 널려 있는 거실로 안내했다. 그는 소파 중앙에 앉았다. 보슈와 에드거는 맞은편에 있는 가죽 안락의자에 앉았다. 보슈는 자신이 나서기로 결심했다. 에드거가 현관 앞에서 보여준 태도가 마음에 들지 않았다.

"신중을 기하기 위해, 우선 당신이 갖고 있는 헌법상의 권리를 읽어드리죠. 그다음엔 이의제기 포기각서에 서명을 해주셔야 합니다. 이렇게 해야 우리 모두가 보호를 받을 수 있으니까요. 그리고 뒷말이 나오지 않게 대화 내용을 녹음할 겁니다. 녹음테이프를 원하시면 나중에 한 개 복사해서 드릴게요."

트렌트가 어깨를 으쓱거렸고 보슈는 그것을 마지못해 동의한 것으로 이해했다. 트렌트가 이의제기 포기각서에 서명을 하자, 보슈는 그것을 서류가방에 집어넣고 소형 녹음기를 꺼냈다. 보슈는 녹음기를 켜고 신문 날짜와 시각과 참석자의 신원을 밝히고 나서, 에드거에게 신문을 맡으라고 고갯짓을 해보였다. 지금은 트렌트와 집 안을 관찰하는 것이 그의 대답을 듣는 것보다 더 중요하다고 판단했기 때문이었다.

"트렌트 씨, 언제부터 이 집에서 사셨습니까?"

"1984년부터요."

대답을 마친 트렌트가 웃음을 터뜨렸다.

"뭐가 그렇게 재밌죠?"

에드거가 물었다.

"1984년이요. 모르겠어요? 조지 오웰의 빅 브라더?"

그는 보슈와 에드거가 빅 브라더의 대리인이기라도 한 것처럼 그들에게 머리를 조아리는 시늉을 했다. 에드거는 그의 말뜻을 이해하지 못했는지 그냥 신문을 계속했다.

"임대입니까, 자택입니까?"

"자택이요. 아, 처음에는 세 들어 살다가 1987년에 아예 사버렸죠."

"알겠습니다. 그리고 직업이 연예계의 무대 디자이너라고 하셨죠?"

"무대 장식가요. 차이가 있어요."

"어떤 차이가 있죠?"

"디자이너는 무대를 설계하고, 무대를 세우는 일을 감독하죠. 그다음에야 장식가가 들어가서 세부적인 것들을 집어넣는 거예요. 무대 소품이나 등장인물의 소지품, 도구 같은 것들을 적재적소에 배치하는 거죠."

"그 일을 한 지 얼마나 됐습니까?"

"26년이요."

"당신이 이번 사건의 피해자인 소년을 언덕에 암매장했습니까?"

트렌트는 화를 내며 벌떡 일어섰다.

"절대 아니에요. 난 저 언덕에 발을 들인 적도 없어요. 그리고 그 불쌍한 아이를 죽인 놈이 아직도 버젓이 돌아다니고 있는데 나한테 이렇게 시간을 허비하고 있으니, 당신들 정말 큰 실수를 저지르고 있는 거예요."

보슈가 의자에서 몸을 앞으로 내밀며 말했다.

"앉으세요, 트렌트 씨."

보슈는 트렌트가 길길이 뛰는 것을 보면서 그가 정말로 결백하거나 아니면 이제까지 자신이 직업상 만나본 사람들 중에서 연기가 가장 뛰어난 사람이라고 생각했다. 트렌트가 천천히 소파에 앉았다.

보슈는 대화에 끼어들기로 결심했다.

"당신은 똑똑한 사람입니다. 우리가 왜 여기 왔는지 잘 알고 있죠. 우리는 당신을 옭아매거나 풀어주거나 둘 중에 하나를 선택해야 해요. 아주 단순한 일이죠. 그러니까 우리를 도와주는 게 어때요? 그렇게 길길이 뛰지 말고, 당신을 풀어줄 방법을 알려주는 게 어떠냔 말입니다."

트렌트가 두 손을 번쩍 치켜들었다.

"그런 방법을 내가 어떻게 알아요? 난 그 사건에 대해서는 아무것도 모른다고요! 사건 자체를 알지 못하는데 어떻게 도울 수가 있겠어요?"

"그럼 먼저 우리가 집 안을 둘러보게 해주세요. 당신과의 분위기가 좀 편안해지기 시작하면, 당신의 시각에서 사건을 볼 수 있게 될 겁니다, 트렌트 씨. 하지만 지금으로선…. 아까도 말했지만 당신은 전과가 있고 길 건너에선 유골들이 나왔죠."

보슈는 그 두 가지를 손에 넣기라도 한 것처럼 두 손을 맞잡았다.

"내 시각에서 보면 상황이 별로 좋아 보이지 않아요."

트렌트가 일어서더니 한 팔로 집 안을 휘휘 둘러보였다.

"좋아요! 마음대로 해요. 마음대로 한번 뒤져 봐요. 그래도 아무것도 찾아내지 못할 거요. 난 그 사건과는 아무 관련이 없으니까. 전혀!"

보슈는 에드거를 바라보며 고개를 끄덕였다. 자기가 집 안을 둘러보는 동안 트렌트를 붙잡아놓고 있으라는 신호였다.

"감사합니다, 트렌트 씨."

보슈가 말을 하고 나서 일어섰다.

그가 집 뒤편으로 이어지는 복도를 향해 가고 있는데, 에드거가 트렌트에게 유골이 발견된 언덕에서 이상한 움직임을 본 적이 있는지 묻는 소리가 들렸다.

"아이들이 자주 그 위에서 놀았다는 것만 기억…."

그가 말을 멈췄다. 아이들에 대해 어떤 언급이라도 하면 자신에 대한 의심이 더 커질 것이라는 데 생각이 미친 것 같았다. 보슈는 뒤를 돌아보며 녹음기의 빨간 불이 켜져 있는 걸 확인했다.

"트렌트 씨, 아이들이 저 위 숲 속에서 노는 것을 종종 보셨습니까?"

에드거가 물었다.

보슈는 복도에 서 있었다. 두 사람 시야에서 벗어난 곳에 서서 트렌트의 대답을 기다리고 있었다.

"아뇨. 아이들이 산에 올라가 있을 땐 보이지 않았죠. 가끔씩 차를 몰거나, 개를 산책시키러 나갔을 때, 개가 살아 있었을 때 말이죠, 그때 아이들이 산으로 올라가는 걸 볼 수 있었어요. 길 건너편에 사는 여자애랑 옆집 포스터네 애들이랑, 하여튼 이 동네에 사는 애들 전부를요. 거긴 시 소유 땅이고 곧 도로가 날 거라는 소문이 돌았죠. 이 동네에서 유일하게 개발이 안 된 부지고요. 그래서 애들이 거기로 올라가 놀았어요. 나이가 좀 든 애들은 거기 올라가서 담배를 핀다는 소문도 돌아서, 그러다가 산에 불이라도 낼까 봐 걱정이었죠."

"그게 언제 얘기죠?"

"내가 여기로 이사 오고 난 직후요. 난 아무 관심 없었어요. 오래전부터 여기 살았던 주민들이나 신경 썼죠."

보슈는 복도를 걸어갔다. 보슈 자신의 집만 한 크기의 작은 집이었다. 복도가 끝나는 곳에 문 세 개가 있었다. 서로 마주 보고 있는 왼쪽과 오른쪽 문은 침실이었고, 복도 끝에 정면으로 보이는 가운데 문은 이불장이었다. 그는 이불장부터 살펴봤지만, 이상한 건 하나도 없었다. 그래서 오른쪽에 있는 침실로 들어갔다. 트렌트의 침실이었다. 정돈이 잘 되어 있었지만 쌍둥이 서랍장 위와 침대 협탁 위에는 자질구레한 물건들이 널려 있었다. 트렌트가 카메라에 비친 무대를 현실적인 공간으로 보이게 하기 위해 사용했던 소품들인 것 같았다.

보슈는 벽장을 열어보았다. 위쪽 선반에 신발 상자 몇 개가 놓여 있었다. 일일이 열어보니 헌 신발이 들어 있었다. 트렌트는 새 신발을 사더라도 신던 신발을 버리지 않고 상자에 담아 보관하는 습관이 있는 것 같았다. 언젠가는 무대 소품으로 유용하게 쓰일지 몰라서 모아두는 모양이었다. 상자 하나를 여니 워크부츠 한 켤레가 나왔다. 부츠 바닥에 흙이 말라붙어 있었다. 보슈의 머릿속에서 유골이 발견된 곳의 검붉은 흙이 떠올랐다. 흙을 증거품으로 채취해놓았었다.

그는 부츠를 다시 넣어두고 수색영장을 가지고 돌아왔을 때 압수하자고 생각했다. 지금은 그냥 둘러보는 정도였다. 다음 단계로 넘어가 트렌트가 확실한 피의자가 되면 수색영장을 가지고 돌아와 그가 유골 사건의 범인임을 입증하는 증거품을 찾아 온 집 안을 뒤집어놓을 것이었다. 그때 워크부츠부터 챙기는 게 좋을 것 같았다. 트렌트는 이미 녹음기에 대고 자신은 그 산에 올라간 적이 한 번도 없다고 말했다. 부츠 바닥에 붙은 흙이 범죄현장에서 채취한 흙과 일치하는 것으로 판명되면, 트렌트에게 위증죄를 물을 수 있었다. 용의자를 신문할 때는 보통 먼저 그의 진술을 받아놓고, 수사를 통해 거짓말이 있는지 확인하는 작업을 거쳤다.

벽장 안에는 워크부츠 외에 보슈의 관심을 끄는 것은 더 없었다. 침실과 침실에 딸려 있는 욕실에서도 마찬가지였다. 물론 트렌트에게는 범행흔적을 지울 수 있는 수십 년이라는 시간적 여유가 있었다. 뿐만 아니라 에드거가 처음 탐문수사를 하고 나서 사흘이 흘렀으니 그동안 집 안을 다시 점검하고 만반의 준비를 할 수 있었을 것이었다.

왼쪽의 침실은 트렌트의 작업공간이자 창고로 쓰이고 있었다. 벽에는 영화 포스터 액자가 여러 개 걸려 있었는데, 트렌트가 참여한 영화들인 것 같았다. 보슈는 그 중 몇 개는 TV로 본 적이 있었지만, 영화를 보겠다고 극장을 찾아가는 일은 거의 없었다. 〈아트 오브 케이프〉라는 영화 포스터가 눈에 띄었다. 몇 년 전 보슈는 그 영화 제작자 살인사건을 수사한 적이 있었다. 제작자가 살해된 후로, 할리우드의 영화광들이 그 영화의 포스터를 앞다투어 수집했다고 들었다.

집 안 뒤쪽을 다 둘러본 보슈는 부엌문을 열고 나가 차고로 들어갔다. 차 두 대가 들어갈 정도의 공간이었는데, 한쪽에는 트렌트의 미니밴이 서 있었다. 다른 쪽에는 상자가 쌓여 있었는데 상자마다 집 안에 있는 방 이름이 적혀 있었다. 보슈는 트렌트가 이 집으로 이사 온 지 20년이 다 되어 가도록 아직도 짐정리를 끝내지 못했다는 사실에 내심 놀랐다. 그러나 곧 상자들이 그의 직업과 관련된 소품일 거라는 생각이 들었다.

차고 안을 둘러보는데 한쪽 벽 전체에 야생 엽조류의 머리가 걸려 있었다. 반들반들한 검은 눈들이 그를 노려보았다. 등골이 오싹해졌다. 이유를 알 수는 없었지만 보슈는 이런 걸 보는 게 너무 싫었다.

그는 차고 안에 몇 분 더 머물면서, '소년의 방 9-12'라고 적혀 있는 상자를 뒤져보았다. 상자 안에는 장난감과 모형비행기 여러 개, 스케이트보드 한 개, 미식축구공 한 개가 들어 있었다. 그는 배낭에서 발견된 셔츠에 적혀 있었다는 '솔리드 서프'라는 말이 떠올라, 스케이트보드를 꺼내 잠깐 살펴보았다. 그리고 얼마 후 스케이트보드를 상자에 집어넣고 뚜껑을 닫았다.

차고에 옆문이 한 개 있어 열어보니 뒷마당으로 이어지는 길이 나왔다. 수영장이 뒷마당의 대부분을 차지했고, 바로 옆에서부터 경사가 가파른 언덕이 시작되어 산으로 이어졌다. 어두워서 잘 보이지가 않았기 때문에 보슈는 나중에 낮에 찾아와 바깥을 살펴봐야겠다고 생각했다.

집 안을 둘러보겠다고 거실을 나선 지 20분 후, 보슈는 빈손으로 거실로 돌아왔다. 트렌트가 기대에 찬 눈으로 그를 올려다보았다.

"만족해요?"

"현재로서는요. 트렌트 씨, 협조해주셔서 감사…."

"내 그럴 줄 알았다니까. 이게 끝이 아닌 줄 알았다니까. 현재로서는 만족한다고요? 당신 같은 사람들은 뭘 그냥 놔주는 법이 없죠, 안 그래요? 내가 마약상이나 은행 강도였다면, 죗값을 치르고 나면 날 가만 내버려두겠죠. 하지만 난 거의 40년 전에 사내애를 건드린 전과가 있기 때문에, 평생 동안 죄인 취급을 받으며 살고 있어요."

"그냥 건드린 정도가 아닌 것 같은데요. 어쨌든 자세한 기록은 우리가 곧 찾아볼 테니까, 걱정 마세요."

에드거가 말했다.

트렌트는 두 손에 얼굴을 묻고 뭐라고 중얼거렸다. 수사에 협조를 한 게 실수였다는 말인 것 같았다. 보슈가 에드거를 바라보자, 에드거는 신문이 끝났으니 이제 그만 가자는 뜻으로 고개를 끄덕였다. 보슈가 다가가 녹음기를 집어 들었다. 녹음기를 재킷 가슴주머니에 넣었지만 녹음기를 끄지는 않았다. 1년 전에 맡았던 한 사건에서 가장 중요한 단서나 결정적인 진술은 신문이 끝났다고 생각되는 순간에 나온다는 값진 교훈을 얻은 바 있었다.

"트렌트 씨, 협조해주셔서 감사합니다. 가보겠습니다. 하지만 내일 다시 이야기를 나눌 필요가 있을지도 모르겠네요. 내일 출근하세요?"

"오, 하느님! 안 돼요, 직장으로 전화하지 말아요! 그러면 직장에서 쫓겨날 거예요. 날 완전히 파멸시키려고 드는군요."

트렌트가 보슈에게 호출기 번호를 불러주었다. 보슈는 번호를 받아 적고 나서 에드거와 함께 현관을 향해 걸어가면서 물었다.

"여행에 대해서는 물어봤어? 어디 갈 계획이 있는 건 아니라지?"

에드거가 트렌트를 돌아보았다.

"트렌트 씨, 영화 일을 하신다니 이미 잘 알고 계시겠군요. 타 지역에 갈 계획이 있으면 연락주세요. 연락 없이 가버리면 우리가 당신을 찾아내야 할 거고요. 그러면 당신은 대단히 곤란한 상황에 처하게 될 거니까요."

트렌트는 그들 너머 어딘가를 바라보며 독백하듯 대답했다.

"어디 안 가요. 그러니 당장 나가줘요. 혼자 있게 해달라고요."

그들이 현관을 나서자 트렌트가 뒤에서 문을 쾅 닫았다. 진입로 아래쪽으로 흐드러지게 핀 부겐빌레아 꽃밭이 있었다. 그 꽃밭이 길의 왼편을 가리고 있어서, 그쪽으로 다가갈 때까지 보슈는 아무것도 보지 못했다.

갑자기 밝은 불빛이 보슈의 면전에서 번쩍거렸다. 기자 한 명이 카메라맨과 함께 보슈와 에드거에게로 다가왔다. 보슈는 잠깐 동안 눈앞이 보이지 않았지만 곧 눈이 불빛에 적응을 하기 시작했다.

"안녕하세요, 형사님들. 채널4 뉴스의 주디 서튼이에요. 유골 사건에 돌파구가 생겼나요?"

"노코멘트요. 노코멘트니까 그 빌어먹을 불 좀 꺼요."

에드거가 으르렁거렸다.

마침내 보슈는 강렬한 카메라 불빛 속에서 그녀의 얼굴을 볼 수 있게 되었다. TV에서 본 적이 있었고, 주초에 이곳 현장에 나와 있던 기자들 속에서도 본 적이 있었다. 그는 '노코멘트'가 이 상황에서 벗어날 해결책이 아니라고 생각했다. 언론의 관심이 트렌트에게 쏠리지 않게 둘러댈 필요가 있었다.

"아뇨. 돌파구 같은 건 없어요. 우린 그냥 통상적인 절차를 따르고 있을 뿐입니다."

서튼이 갖고 있던 마이크를 보슈의 얼굴에 들이밀었다.

"왜 이곳에 다시 오셨어요?"

"이곳 주민들에 대한 통상적인 탐문수사를 마무리하고 있을 뿐입니다. 여기 사는 주민과 이야기를 나눌 기회가 없었기 때문에 다시 온 거고요. 이제 다 끝났어요. 그뿐입니다."

보슈는 따분해 죽겠다는 듯한 목소리로 말했다. 그녀에게 자신의 말이 먹히기를 바랐다.

"미안해요. 오늘 밤엔 뉴스거리가 없군요."

그가 덧붙였다.

"그럼, 이 집 주인이나 아니면 어떤 주민이라도 경찰 수사에 도움을 주었나요?"

"이곳 주민들 모두가 우리에게 대단히 협조적이었지만, 수사에 단서가 될 만한 건 얻을 수가 없었어요. 여기 사람들 대부분이 시신이 암매장되었을 당시엔 이곳에 살고 있지 않았거든요. 그래서 일이 어렵게 된 거죠."

보슈가 트렌트의 집을 가리키며 말을 이었다.

"여기 사는 남성도 마찬가집니다. 조금 전에야 알게 된 사실이지만 이 집을 산 게 1984년이었다고 하더군요. 그땐 이미 시신이 저 위에 묻혀 있는 상태였던 게 거의 확실하거든요."

"그러면 수사를 처음부터 다시 시작해야겠군요?"

"그렇겠죠. 그리고 지금으로선 내가 할 수 있는 대답은 이게 전붑니다. 그럼 안녕히."

보슈는 그녀 옆을 지나쳐 차를 향해 걸어갔다. 잠시 후 서튼이 차문 앞까지 따라왔다. 카메라맨은 따라오지 않았다.

"형사님, 성함을 좀 알려주세요."

보슈는 지갑을 열어 명함을 꺼냈다. 경찰서 대표전화번호가 인쇄된 명함이었다. 그는 명함을 그녀에게 건네고 다시 인사를 했다.

"저기요, 혹시 제게 말씀해주실 게 있으면 말씀해주세요. 물론 비공식적으로요. 형사님 신원은 밝히지 않을게요. 지금처럼 이렇게 카메라 없이 말씀하시면 되잖아요."

서튼이 말했다.

"아뇨, 말해줄 게 없네요. 안녕히 가세요."

보슈가 차문을 열며 말했다.

차문이 닫히자 에드거가 욕을 했다.

"우리가 여기 있는 건 어떻게 알았지?"

"주민이 알려줬겠지. 저 여자는 발굴이 진행되던 이틀 동안 줄곧 여기 있었잖아. 유명인이고. 주민들한테도 아주 잘했지. 친구를 많이 만들어놨을 거야. 게다가 지금 우린 빌어먹을 범고래(돌고래 중 몸집이 가장 큰 고래. 검은색이나 복부, 양쪽 눈 위, 양쪽 옆구리는 흰색이다. 여기서는 검은색과 흰색으로 칠한 형사들의 관용차를 비유적으로 이르는 말–옮긴이) 안에 앉아 있잖아. 기자회견 안 한 게 다행이지."

보슈는 검은색과 흰색 페인트칠을 한 관용차를 타고 돌아다니며 수사를 하는 게 얼마나 어리석은 일인가 다시 한 번 깨달았다. 경찰국은 경찰에 대한 홍보와 업무 효율성 제고를 위해 일선 경찰서 형사들에게 비상등은 없지만 누구나 쉽게 알아볼 수 있는 검은색과 흰색 페인트칠을 한 공무수행 차량을 배정해주었다.

밖을 살펴보니 기자와 카메라맨이 니콜라스 트렌트 집 현관문 앞에 서 있었다.

"만나볼 건가 본데?"

에드거가 말했다.

보슈는 재빨리 서류가방에서 휴대전화기를 꺼냈다. 트렌트에게 전화해서 기자들에게 아무 말도 하지 말라고 할 참이었다. 그런데 휴대전화가 터지질 않았다.

"빌어먹을."

그가 투덜거렸다.

"어차피 너무 늦었어. 똑똑하게 처신하기나 바라자고."

에드거가 말했다.

트렌트는 카메라의 강렬한 불빛을 받으며 현관 앞에 서 있었다. 몇 마디 하더니 손을 내젓고 문을 닫았다.

"잘했어, 친구."

에드거가 말했다.

보슈는 자동차를 출발시키고, U턴 지점을 돌아 로럴 캐니언을 통과해 경찰서로 향했다.

"그래, 이젠 뭘 하지?"

에드거가 물었다.

"트렌트의 전과기록을 찾아봐야지."

"내일 그 일부터 시작해야겠군."

"아니. 우선 병원에 압수수색영장부터 전달해야 돼. 트렌트가 그림에 들어맞든 아니든, 아이를 트렌트와 연결시키자면, 아이의 신원부터 알아낼 필요가 있어. 내일 아침 8시에 밴나이스 법정에서 만나서 판사 서명받고 반씩 나눠 돌리자고."

보슈가 밴나이스 법정을 선택한 것은 에드거의 집에서 가까워서 아침에 판사에게서 영장을 승인받고 나면 반씩 나누어 병원을 돌아다니기가 쉬웠기 때문이었다.

"트렌트 집 가택수색영장은 어쩔 거야? 둘러보는 동안 뭐 건진 거라도 있어?"

에드거가 물었다.

"뭐, 별로. 차고에 있는 상자 속에 스케이트보드가 한 개 있었어. 직업과 관련된 물건인 것 같았어. 무대 소품 말이야. 그걸 보니까 피해자의 셔츠에 적힌 상표가 떠올랐어. 그리고 신발 바닥에 흙이 묻어 있는 워크부츠도 있었어. 그 흙이 언덕에서 채취한 흙 표본과 일치하는 것일지도 몰라. 하지만 수색에 대해 큰 기대는 안 해. 트렌트에게는 증거를 인멸할 시간이 무려 20년이나 있었으니까 말이야. 트렌트가 범인이라면 말이지만."

"아닌 것 같아?"

보슈가 고개를 저었다.

"시기가 맞지 않아. 1984년은 뒤쪽이잖아. 우리가 찾고 있는 시간대의 끄트머리라고."

"1975년에서 1985년까지라며."

"대체적으로 볼 때 그렇단 얘기지. 자네도 골리어의 말을 들었잖아. 20년에서 25년 전이라고 했지. 그렇다면 1980년대 초반이라는 얘기잖아. 그런데 1984년을 1980년대 초반이라고 할 수 있는지 잘 모르겠단 말이지."

"어쩌면 시체 때문에 그 집으로 이사를 온 건지도 모르지. 그전에 거기 아이를 암매장하고, 그 근처에 있고 싶어서 이사를 온 건지도 모르잖아. 해리, 이런 친구들은 아주 골 때리는 놈들이라고."

보슈가 고개를 끄덕였다.

"그래, 알아. 그런데, 트렌트한테선 느낌이 안 와. 그 사람 말이 다 사실인 것 같았어."

"해리, 자네 느낌은 전에도 틀린 적이 있었잖아."

"그건 그렇지만…."

"내 생각엔 트렌트 같아. 트렌트가 범인이라고. '사내애를 건드린 전과가 있기 때문'이라고 했던 거 자네도 들었지? 그에게는 아홉 살짜리 사내애를 성추행하는 게 다가가서 건드린 정도밖에 안 되는 거야."

에드거가 지나치게 감성적인 반응을 보였지만, 보슈는 아무 말도 하지 않았다. 에드거는 아버지였고, 그는 아니었다.

"전과 기록을 살펴보자고. 그리고 국가문서보관소에 가서 거꾸로 책도 살펴봐야 해. 그 당시에 누가 그곳에 살았는지 알아봐야 하니까."

'거꾸로 책'은 주민들의 이름이 아니라 주소별로 모아둔 전화번호부였다. 해마다 개편된 주소별 전화번호부가 국가문서보관소에 보관되어 있었다. 그 전화번호부를 찾아보면 소년의 사망시기로 추정되는 1975년에서 1985년까지 그 동네에 누가 살았는지 알 수 있을 것이었다.

"굉장히 재미있을 것 같은데."

에드거가 말했다.

"그러게 말이야. 생각만 해도 가슴이 뛰어."

보슈가 맞장구를 쳤다.

그 후로 그들은 경찰서에 도착할 때까지 더 이상 대화를 나누지 않았다. 보슈는 우울해졌다. 지금까지 해온 자신의 수사 방식에 실망했다. 수요일에 유골이 발견되었고, 목요일에 전면적인 수사가 시작되었다. 초동 수사의 한 단계인 주민들의 신원정보 조회를 좀 더 일찍 했어야 했다. 그것을 일요일까지 미루는 바람에, 트렌트의 편의를 봐준 게 되어버렸다. 형사들의 신문을 예상하고 답변을 준비할 시간을 사흘이나 주었다. 그동안 트렌트는 변호사의 조력을 받기까지 했다. 거울을 보며 대답과 표정을 연습했을지도 몰랐다. 보슈는 자기 마음속 거짓말탐지기가 트렌트는 범인이 아니라고 하는 것을 똑똑히 들었다. 그러나 훌륭한 연기자는 거짓말탐지기쯤 가뿐하게 속여 넘길 수 있다는 사실도 알고 있었다.

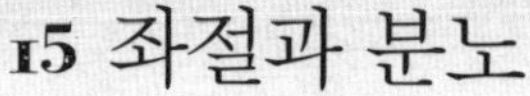

# 15 좌절과 분노

보슈는 스테레오에서 흘러나오는 클리포드 브라운의 연주곡을 들을 수 있도록 미닫이문을 열어놓고 베란다에서 맥주를 마셨다. 50년 전쯤, 그 트럼펫 연주자는 겨우 다섯 장의 음반을 세상에 내놓고는 자동차 추락 사고로 사망했다. 보슈는 그의 죽음으로 잃어버린 음악에 대해 생각했다. 땅에 묻힌 그 젊은이의 뼈와 그로 인해 잃은 것들을 생각했다. 그러고는 자기 자신과, 자신이 잃어버린 것에 대해 생각했다. 재즈와 맥주, 사건으로 인해 우울해진 감정이 한데 섞여버렸다. 그는 불안하고 초조했다. 바로 앞에 있는 무언가를 놓치고 있는 듯한 느낌이 들었다. 형사에게 이런 느낌은 정말 최악의 것이었다.

밤 11시, 그는 안으로 들어와 채널4 뉴스를 보려고 음악 볼륨을 줄였다. 주디 서튼의 보도는 처음 휴식이 끝나고 난 후 세 번째 뉴스였다. 뉴스진행자가 말했다.

"로럴 캐니언 유골 사건과 관련하여 새로운 소식이 들어왔습니다. 현

장에 나가 있는 주디 서튼 기자를 불러봅니다."

"빌어먹을."

보슈가 투덜거렸다. 진행자의 말이 불길하게 들렸다.

원더랜드 대로에 있는 서튼의 모습이 화면에 잡혔는데, 보슈는 그녀가 트렌트의 집 앞 길에 서 있는 것을 알아차렸다.

"지금 제가 서 있는 이곳은 로럴 캐니언의 원더랜드 대로입니다. 나흘 전 이곳에서는 산책나간 개 한 마리가 뼈 한 개를 물고 집으로 돌아왔고, 전문가들은 이것이 인골임을 확인했습니다. 이후로 대대적인 수색작업이 벌어졌고 유골이 추가로 발견되었습니다. 경찰은 이 유골이 20여 년 전에 살해되어 암매장된 어린 남자아이의 뼈라고 믿고 있습니다."

전화벨이 울리기 시작했다. 보슈는 1인용 가죽소파 팔걸이에서 전화기를 집어 들었다.

"잠깐만 기다리세요."

보슈는 이렇게 말하고 나서 전화기를 옆에 내려놓은 채 뉴스를 마저 보았다.

서튼이 말했다.

"오늘 밤 담당 형사들이 이곳으로 돌아와 소년의 시체가 발견된 곳에서 채 100미터도 떨어지지 않은 곳에 살고 있는 한 주민을 신문했습니다. 그 주민은 니콜라스 트렌트라는 57세의 할리우드 무대 장식가로 밝혀졌습니다."

화면이 바뀌고 서튼의 질문에 대답하는 보슈의 모습이 보였다. 그러나 목소리는 없이 화면으로만 처리되었고, 대신 서튼의 목소리가 보도를 계속하고 있었다.

"형사들은 트렌트를 신문한 사실에 대해 언급을 거부했습니다만, 채널4 뉴스는…."

보슈는 의자에 털썩 주저앉아 마음을 다잡았다.

"트렌트가 과거에 어린 사내아이를 성추행한 혐의로 유죄평결을 받은 전과가 있다는 정보를 입수했습니다."

서튼이 말했다.

서튼이 이 말을 하고 있는 동안 화면에서는 보슈가 말하는 장면이 음성 없이 처리되어 나오고 있었고, 서튼의 말이 끝나자 갑자기 보슈의 말이 이어졌다.

"지금으로선 내가 할 수 있는 대답은 이게 전붑니다."

화면에는 트렌트가 현관 앞에 서 있다가 카메라를 향해 손을 내젓고는 문을 닫는 모습이 잡혔다.

"트렌트는 이번 유골 사건과의 관련 여부에 대해서는 언급을 거부했습니다. 그러나 이곳 조용한 산골 마을 주민들은 트렌트의 전력이 드러나자 충격을 감추지 못했습니다."

이제 화면과 음성이 주민과의 인터뷰로 넘어갔는데, 빅터 울리히를 인터뷰한 것 같았다. 그의 모습이 보이자 보슈는 리모컨으로 소리를 죽이고 전화기를 집어 들었다. 에드거였다.

"보고 있어?"

에드거가 물었다.

"응."

"우리 완전 좆됐어. 우리가 기자한테 다 분 것 같이 나오잖아. 자네 말을 맥락 없이 따다 써서 말이야. 이것 때문에 물 좀 먹을 것 같은데."

"자네가 말한 건 아니지?"

"해리, 자넨 나를 그럴 사람으로…."

"아니, 그렇게 생각 안 해. 그냥 확인해 본 거야. 자네가 얘기한 게 아니군, 그렇지?"

"그래."

"그리고 나도 아니야. 그러니까, 우리가 이 일로 물은 좀 먹겠지만, 결백하기는 한 거로군."

"그건 그렇고, 또 누가 이걸 알고 있었어? 트렌트가 얘기했을 것 같지는 않은데. 자기가 아동 성추행범이라고 온 세상에 자랑하고 다닐 리야 없고."

이 사실을 알고 있는 또 다른 사람은 컴퓨터로 신원조회를 해준 키즈민 라이더와, 저녁 식사 약속을 지키지 못하겠다고 전화해서 이유를 설명해준 줄리아 브래셔 단 두 명뿐이었다. 갑자기 원더랜드의 바리케이드 근처에 서 있던 서튼의 모습이 떠올랐다. 브래셔는 수색과 발굴이 진행되던 이틀 동안 돕겠다고 자청하고 나섰었다. 그녀가 어떤 식으로든 서튼과 접촉했을 가능성은 충분히 있었다. 그녀가 서튼 기자의 취재원이었을까?

보슈가 에드거에게 말했다.

"취재원이 없을 수도 있을 것 같은데. 트렌트의 이름만 알면 됐을 테니까. 알고 있는 경찰관 아무나 한 명 붙잡고 이름을 넣고 조회를 해봐 달라고 하면 됐을 테니까 말이야. 아니면 성범죄 전과자 명단을 열람해 봤을 수도 있겠지. 누구나 열람할 수 있게 되어 있잖아. 잠깐만."

수화기에서 통화대기음이 울렸다. 버튼을 누르고 확인해보니 빌리츠 경위였다. 그는 빌리츠에게 다른 전화를 끊을 때까지 기다려달라고 하고, 다시 에드거에게 돌아왔다.

"제리, 불리츠('총알들*bullets*', 혹은 '단단한 젖꼭지*bullets*'라는 뜻으로, 여기선 빌리츠에서 따온 별명임 - 옮긴이)한테서 전화 왔어. 나중에 다시 전화할게."

"아직도 나야, 해리."

빌리츠가 말했다.

"어, 이런, 미안해요. 잠깐만요."

그는 다시 버튼을 눌러 에드거에게 돌아왔다. 빌리츠가 중요한 말을 하면 다시 전화해주겠다고 말했다.

"전화가 없으면, 계획대로 하는 거야. 내일 아침 8시에 밴나이스 법정에서 보자고."

보슈가 덧붙였다.

그는 빌리츠에게로 돌아갔다.

"불리츠? 날 그렇게 부른단 말이야?"

빌리츠가 물었다.

"네?"

"'불리츠'라며. 내가 에드거인 줄 알고 날 불리츠라고 불렀잖아."

"지금 말이에요?"

"그래, 지금, 조금 전."

"모르겠는데요. 지금 무슨 말씀을 하시는지 모르겠네요. 그러니까 내가 전화를 바꾸려…."

"됐어, 신경 쓰지 마. 그건 그렇고, 채널4 뉴스 봤겠지?"

"네, 봤어요. 그리고 지금으로선 내가 할 수 있는 대답은 나도 아니고 에드거도 아니란 말뿐이에요. 그 여자는 우리가 거기 떴다는 이야기를 어디서 들었는지 짠 하고 나타났더라고요. 우린 '노코멘트'라고만 하고 빠져나왔죠. 트렌트의 전과에 대해서 어떻게 알게 되었…."

"해리, '노코멘트'라고만 하고 빠져나온 게 아니던데. 당신은 화면 속에서 무슨 말인가 계속 하고 있었고, 나중에는 목소리까지 들렸잖아. '지금으로선 내가 할 수 있는 대답은 이게 전붑니다.' 그랬잖아. '이게 전부'라고 말할 땐, 그전에 뭔가 던져줬다는 뜻이고, 안 그래?"

보슈는 빌리츠가 볼 수 없는데도 고개를 저으며 대답했다.

"아무것도 안 불었다니까 그러시네. 그냥 적당히 둘러댔어요. 통상적인 탐문수사를 마무리하고 있을 뿐이라고 했고, 그전에는 트렌트를 만나보지 못해서 지금 왔을 뿐이라고 했어요."

"그게 사실이야?"

"물론 아니죠. 하지만 그 친구가 아동 성추행범이기 때문에 다시 찾아간 거라고 말할 수는 없잖아요. 그리고요, 서튼이 우리를 만났을 땐 트렌트의 전과에 대해서 모르고 있었어요. 알았다면, 나한테 그 이야기를 물어봤겠죠. 나중에야 알게 된 게 분명해요. 어떻게 알게 됐는지는 나도 모르겠어요. 방금 전 제리하고도 그 이야기를 하고 있었어요."

잠깐 침묵이 흐른 후 빌리츠가 말했다.

"내일 경위서를 제출해, 상부에 올릴 수 있게 말이야. 채널4에서 그 보도가 끝나기도 전에 르밸리 경감이 전화를 했더라고. 자긴 어빙 부국장한테서 전화를 받고 나한테 하는 거라던데."

"네, 네, 그러시겠죠. 먹이 사슬대로 쭉쭉 내려오는 거죠."

"이것 봐, 시민의 전과 누설은 경찰관 직무규칙에 위배된다는 사실을 당신도 잘 알고 있을 거야. 그 시민이 수사 대상이든 아니든 말이야. 나도 당신이 한 말이 모두 사실이었으면 좋겠어. 경찰국 내에 당신이 실수하기만을 기다리는 사람들이 있어. 당신이 실수만 하면 당장 달려들어 물어뜯고 싶어 하는 사람들이 있다는 건 굳이 말 안 해도 잘 알고 있을텐데."

"트렌트의 전과가 누설된 걸 별일 아니라고 생각하는 게 아니에요. 그건 분명히 일어나서는 안 될 일이었죠. 하지만 난 지금 살인사건을 수사하고 있어요, 경위님. 그런데 넘어야할 새로운 장벽이 하나 더 생겼군요. 뭐, 그다지 새롭지도 않아요. 늘 산 넘어 산이니까 말이죠."

"그러니까 다음부터는 좀 더 조심하라는 말이야."

"뭘 조심해요? 내가 뭘 잘못했는데요? 난 단서들이 이끄는 대로 따라가고 있을 뿐이라고요."

보슈는 좌절감과 분노를 표출한 것을 금방 후회했다. 빌리츠는 분명히 그가 자멸하기를 기다리는 경찰국 내 사람들의 명단에 올라가 있지 않았다. 그녀는 전달자일 뿐이었다. 보슈는 자신의 분노가 자신을 향한 것이기도 하다는 사실을 깨달았다. 빌리츠의 말이 맞다는 걸 알고 있었기 때문이었다. 서튼을 다른 식으로 다루었어야 했다.

"미안해요. 사건 때문에 좀 예민해져서요. 꽤 까다로운 사건이네요."

그가 낮고 침착한 목소리로 말했다.

"알 것 같아. 그리고 사건 이야기가 나왔으니 말인데, 도대체 지금 상황이 어떻게 돌아가고 있는 거야? 트렌트 이야기는 왜 갑자기 튀어나온 거냐고. 새로운 상황이 발생할 때마다 보고를 해야 할 것 아냐."

"오늘 일어난 일이었어요. 늦게, 저녁 때 말이죠. 경위님껜 내일 아침에 보고할 생각이었어요. 채널4 뉴스가 나를 대신해서 보고해줄 줄은 몰랐죠. 르밸리 경감님과 어빙 부국장님한테까지 보고를 할 줄은 나도 전혀 몰랐다고요."

"그분들에 대해서는 잠깐 신경 끄고. 트렌트에 대해서 말해 봐."

# 16 운 좋은 사내

보슈가 베니스에 도착했을 땐 자정이 훨씬 지나 있었다. 운하 옆의 좁은 도로에는 주차할 공간이 전혀 없었다. 그는 10분이나 차 댈 곳을 찾아 돌아다니다가 결국에는 베니스 대로에 있는 도서관 옆에 차를 세워놓고 걸어서 돌아왔다.

로스앤젤레스를 찾은 몽상가들 모두가 영화를 만들기 위해 온 것은 아니었다. 베니스는 100년 전에 살았던 애벗 키니라는 남자의 꿈이 담긴 도시였다. 키니는 할리우드와 영화산업이 태동하기 전에 태평양을 따라 이어진 습지대인 이곳에 정착했다. 그는 여러 개의 운하와 아치형의 다리가 놓인 도시, 이탈리아 문화의 중심지를 꿈꾸었다. 이곳을 문화예술의 중심지로 꽃피울 생각이었다. 그래서 그는 이곳을 '미국의 베니스'라고 불렀다.

그러나 로스앤젤레스를 찾은 몽상가들 대부분이 경험했듯, 그의 이상은 다수의 공감을 얻지 못했고 실현되지도 못했다. 대부분의 자본가

들과 도시설계자들은 그의 이상에 회의적인 태도를 보였고, 미국의 베니스를 건설할 기회를 그냥 흘려보냈으며, 자본을 키니의 이상보다는 덜 웅대한 프로젝트에 쏟아 부었다. 결국 미국의 베니스는 '키니의 실수'라는 별명을 얻게 되었다.

그러나 1세기가 지난 지금, 키니가 건설한 운하와 아치형 다리들은 여전히 아름다운 자태를 뽐내고 있었지만, 자본가들과 회의론자들과 그들이 세운 건물들은 세월에 휩쓸려 자취를 감추었다. 보슈는 키니의 실수가 그들 모두를 이겨내고 살아남은 것이 마음에 들었다.

보슈는 베트남에서 알게 된 남자 세 명과 함께 이곳의 방갈로에서 잠깐 살았던 적이 있었지만, 그 후로는 한 번도 이곳에 온 적이 없었다. 그가 떠난 후 대부분의 방갈로가 철거되었고, 수백만 달러를 들인 현대식 2~3층 주택들이 들어섰다.

줄리아 브래셔는 하우랜드 운하와 이스턴 운하가 만나는 곳에 있는 집에 살았다. 보슈는 그 집이 새로 지은 건물들 중 하나일 거라고 예상했다. 변호사 생활을 하며 번 돈으로 집을 사거나 직접 지었을 거라고 추측했다. 그러나 그 주소지에 가까워지자 그는 자신의 예상이 빗나갔음을 깨달았다. 그녀가 사는 집은 흰색 물막이 판자로 만든 방갈로였고, 앞쪽의 개방된 베란다는 두 운하가 만나는 곳을 내려다보고 있었다.

그녀의 집 창문에 불이 켜져 있었다. 늦은 시각이었지만 너무 늦은 시각은 아니었다. 그녀가 3~11시 조 근무라면 새벽 2시나 되어야 잠자리에 들 것이었다.

보슈는 현관으로 올라갔지만 문을 두드리지 못하고 망설였다. 그녀에 대해 의심이 들기 시작한 조금 전까지만 해도 그는 그녀에 대해, 그리고 이제 싹이 트기 시작하는 둘의 관계에 대해 좋은 감정만을 갖고 있었다. 그러나 의심이 들기 시작한 이상 신중해야 했다. 여기서 발을 잘못 디디면 모든 것을 망칠 수도 있었다.

마침내 그가 손을 들어 문을 두드렸다. 브래셔가 금방 문을 열었다.

"노크를 할 건지 밤새도록 그렇게 서 있기만 할 건지 궁금해하던 참이었어요."

"내가 여기 서 있는 걸 알았어?"

"현관 계단이 낡았거든요. 삐걱거리는 소리를 들었어요."

"도착하고 나서 보니까 너무 늦은 것 같아서. 미리 전화를 하고 왔어야 했는데."

"들어오세요. 무슨 일 있어요?"

보슈는 아무 대답 없이 집 안으로 들어가 주위를 둘러보았다.

거실 안에 있는 대나무와 등나무로 만든 가구들과 한쪽 구석에 비스듬히 선 서프보드를 보니 해변의 정취가 물씬 풍겼다. 어울리지 않는 것이 하나 있다면 문 옆 벽에 붙은 옷걸이에 권총집이 달린 경찰용 허리띠가 걸려 있는 것이었다. 저런 걸 저렇게 걸어놓고 있는 건 신입 경찰관의 실수라고 볼 수도 있었지만, 보슈는 그녀가 새로 선택한 직업에 자부심을 느끼고 있고 경찰 세계 바깥의 친구들에게 자랑하고 싶은 마음이 있기 때문일 거라고 생각했다.

"앉으세요. 마침 따놓은 포도주가 한 병 있는데요. 한잔하실래요?"

그녀가 말했다.

보슈는 한 시간 전에 이미 맥주를 마셨는데 또 포도주를 마시면 정신을 집중해야 할 다음 날 아침에 머리가 아프지 않을까 생각하며 잠시 망설였다.

"적포도주예요."

"어, 그러면 조금만 마실게."

"내일 아침에 멀쩡한 정신이어야 되나 보죠?"

"아마도."

그녀는 부엌으로 들어갔고 그는 소파에 앉았다. 거실을 둘러보니 흰색 벽돌로 만든 벽난로 위에 주둥이가 길고 뾰족한 박제 물고기 한 마리가 걸려 있었다. 몸통 윗부분은 검푸른 색깔이었고 아래쪽은 흰색과 노란색이 섞여 있었다. 박제 물고기는 박제 새만큼은 혐오스럽지 않았지만, 그래도 노려보고 있는 물고기의 눈이 썩 마음에 들진 않았다.

"이거 당신이 잡은 거야?"

보슈가 큰 소리로 물었다.

"네. 카보에서요. 잡는 데 무려 세 시간 반이나 걸렸어요."

이윽고 그녀가 포도주 잔 두 개를 들고 나타났다.

"50파운드 테스트 라인(미국이나 유럽 등지에서는 일정 길이의 낚시줄을 강도측정기에 걸고, 힘을 가해 당겨서 끊어질 때의 힘이 얼마나 되는지를 파운드로 나타내는 파운드테스트에 의해서 낚시줄을 분류한다 – 옮긴이)으로요. 엄청 힘들었어요."

"어종이 뭐야?"

"흑새치요."

그녀는 물고기를 향해 잔을 들어 보이더니 다시 보슈를 바라보고 건배를 하며 말했다.

"단단히 붙잡아."

보슈가 그녀를 바라보았다.

"새로운 건배 인사예요. 단단히 붙잡아. 어떤 자리에서나 잘 어울리는 말인 것 같아서요."

그녀가 말했다.

브래셔는 보슈 바로 옆에 있는 의자에 앉았다. 그녀의 뒤에 서프보드가 있었다. 보드 날을 따라 가장자리로 무지개 모양이 그려져 있는 흰색 숏보드였다.

“파도타기도 하나보네.”

그녀가 서프보드를 돌아보더니 다시 보슈를 바라보며 미소 지었다.

“해보려고요. 저건 하와이에서 샀어요.”

“존 버로우스를 알아?”

그녀가 고개를 저었다.

“하와이에는 서핑 하는 사람들이 굉장히 많아요. 그 사람은 어느 해변에서 타는데요?”

“아니, 여기 사람이야. 퍼시픽 경찰서 강력반 형사지. 해변가 보행로 근처에 살아. 여기서 그리 멀지 않은 곳이고. 그 친구가 서핑을 하거든. 그 친구는 보드에 ‘안전 서핑 만만세’라고 적어놨대.”

그녀가 소리 내어 웃었다.

“멋지네요. 마음에 들어요. 내 거에도 그렇게 적어야 되겠는데요.”

보슈가 고개를 끄덕였다.

“존 버로우스라고요? 사부로 모셔야겠네요.”

그녀가 장난기 어린 목소리로 말했다.

“안 그러고 싶을 수도 있는데.”

보슈가 미소를 지으며 말했다.

그는 그녀가 이런 식으로 농담을 하는 것이 좋았다. 너무 기분이 좋아서, 여기 찾아온 이유를 생각하니 더욱더 불안해졌다. 그는 자신의 포도주 잔을 바라보았다.

“나도 하루 종일 낚시질을 했는데 하나도 못 잡았어. 주로 마이크로필름이었지만.”

“오늘 밤 뉴스에서 당신을 봤어요. 그 아동 성추행범을 압박해 보려고 하는 거예요?”

보슈는 생각할 시간을 벌기 위해 포도주를 홀짝였다. 방금 그녀가 문을 열었다. 지금부터는 아주 신중하게 발을 들여놓아야 했다.

"무슨 뜻이지?"

"그 기자에게 그의 전과를 알려줬잖아요. 당신이 무슨 속셈이 있어서 그랬을 거라고 생각했어요. 그를 압박하려고 말이죠. 입을 열게 하려고요. 근데 좀 위험해보이긴 해요."

"왜?"

"첫째, 기자를 믿는 것은 항상 위험이 따르는 일이죠. 예전에 변호사로 일할 때 호되게 당해 봐서 잘 알아요. 그리고… 그리고 두 번째로는, 자신의 비밀이 더 이상 비밀이 아니게 되었을 때 어떤 반응을 보일지는 아무도 모르는 일이거든요."

보슈는 잠시 그녀를 바라보다가 고개를 저었다.

"내가 말한 게 아니야. 다른 누군가가 했지."

그가 말했다.

보슈는 힌트라도 얻기 위해 그녀의 눈을 바라보았다. 아무것도 없었다. 그가 덧붙였다.

"그 일 때문에 문제가 생길 것 같아."

그녀가 놀라서 눈을 치켜떴다. 아직도 아무런 낌새가 없었다.

"왜요? 당신이 정보를 준 게 아니라면, 왜 문제가…."

그녀가 갑자기 말을 멈췄고, 보슈는 그녀가 상황을 종합해보고 있다는 걸 알 수 있었다. 그녀의 눈에 실망한 기색이 떠오르기 시작했다.

"아, 해리…."

그는 뒤로 물러서기로 했다.

"왜? 걱정하지 마. 난 괜찮을 거야."

"난 아니에요, 해리. 그래서 여기 온 거예요? 내가 정보를 누설한 게 아닌가 알아보려고?"

브래셔가 갑자기 포도주 잔을 탁자에 내려놓았다. 포도주가 넘쳐 탁자로 흘러내렸지만, 그녀는 거들떠보지도 않았다. 보슈는 이제 와서 발뺌을 해봤자 아무 소용이 없다는 걸 알았다. 결국 일을 망쳐버렸다.

"저기, 이 일에 대해 아는 사람은 네 명뿐인데…."

"내가 그 네 명 중에 한 명이겠죠. 그래서 내가 그랬는지 알아보려고 온 거잖아요."

그녀가 대답을 기다리고 있었다. 보슈가 할 수 있는 일이라고는 고개를 끄덕이는 것뿐이었다.

"어쨌든 난 아니에요. 그리고 이제 가주셨으면 좋겠어요."

보슈가 고개를 끄덕이고 잔을 내려놓았다. 그러고는 소파에서 일어섰다.

"저기, 기분을 상하게 해서 미안해. 난 당신과 나 사이를 망치지 않는 최선의 방법은…."

그는 하는 수 없다는 듯 두 손을 들어보이고는 문을 향해 걷기 시작했다. 그러면서 말을 이었다.

"당신이 눈치채지 못하게 넌지시 알아보는 거라고 생각했어. 난 정말 우리 관계를 망치고 싶지 않았어. 그뿐이야. 하지만 사실을 알아야 했어. 당신이 내 입장이었더라도 같은 생각을 했을 거라고 생각해."

보슈는 문을 열고나서 그녀를 돌아보았다.

"미안해, 줄리아. 포도주 고마워."

그가 나가려고 고개를 돌렸다.

"해리."

그가 돌아섰다. 그녀가 다가오더니 발끝을 세워 서서 두 손으로 그의 재킷 옷깃을 움켜쥐었다. 그러고는 느린 동작으로 용의자의 멱살을 잡고 흔들듯, 천천히 그를 앞으로 당겼다가 다시 뒤로 밀쳤다. 그러면서 눈을 그의 가슴께로 내려뜨리고 고민을 하는 눈치더니 곧 결론에 도달한 것 같았다.

그를 잡고 흔드는 건 멈췄지만 옷깃은 계속 움켜쥐고 있었다. 그녀가 말했다.

“이 일은 눈감아줄 수 있을 것 같아요.”

그녀가 그를 올려다보며 잡아끌었다. 그러고는 거칠게 그의 입에 키스를 하더니 한참 후에야 그를 밀쳐냈다. 그녀가 말했다.

“그럴 수 있었으면 좋겠어요. 내일 전화해줘요.”

보슈가 고개를 끄덕이고는 걸어 나갔고, 그녀가 문을 닫았다.

보슈는 현관 계단을 내려가 운하 옆 인도에 섰다. 그러고는 이웃집들에서 나오는 불빛이 물에 반사되어 비치는 모습을 바라보았다. 20미터에 걸쳐 운하를 가로지르고 있는 아치형의 인도교가 달빛을 받아 물 속에서 빛나고 있는 모습이 아름다웠다. 그는 다시 돌아서서 그녀의 집 현관으로 올라갔다. 이번에도 문 앞에서 망설이고 있는데, 브래셔가 금방 문을 열었다.

“계단이 삐걱거린다고 했죠?”

보슈가 고개를 끄덕였고, 그녀는 그의 말을 기다리고 있었다. 그는 어떻게 말을 꺼내야 할지 몰라 망설이다가 마침내 입을 열었다.

“어젯밤 얘기했던 베트남의 그 터널 속에 있었을 때, 한 남자와 정면으로 맞닥뜨린 적이 있었어. 베트콩이었지. 헐렁한 검정색 바지에 얼굴은 검댕으로 위장을 하고 있었어. 한 1초쯤 서로를 바라보다가, 둘 다 본능이 시키는 대로 했어. 팔을 들고 동시에 총을 쏘았지. 그러고 나서는 돌아서서 각자 왔던 길로 뛰어갔어. 둘 다 겁을 잔뜩 집어먹고 어둠 속에서 소리를 질러대면서 말이야.”

그는 그때 일을 생각하며 잠시 말을 멈췄다. 그때 일이 바로 눈앞에 펼쳐지는 것 같았다.

"어쨌든, 난 놈의 총에 맞았다고 생각했어. 바로 코앞에서 정면으로 쏘았거든. 내 총은 역발을 했거나 고장이 난 거라고 생각했지. 발사 후 총이 반동으로 어깨를 칠 때의 느낌이 영 아니었거든. 한참 달아나다가 한숨을 돌릴 때 먼저 몸을 살펴봤어. 피도 없었고, 아프지도 않았어. 옷을 홀딱 벗고 살펴봤는데도 멀쩡했어. 놈이 나를 맞히질 못한 거야. 정면에 대고 쐈는데도 말이야."

브래셔가 현관문의 문지방을 넘어와 현관 등 아래 벽에 기대섰다. 그녀가 아무 말이 없자 그가 말을 이었다.

"어쨌든, 그러고 나서 뭐가 끼여서 고장이 났나 싶어 45구경 권총을 열어봤어. 놈이 왜 나를 맞히지 못했는지 알겠더군. 놈의 총알이 내 권총의 총신에 박혀 있었어. 내 총알들과 함께 말이야. 우리는 서로를 향해 총을 겨눴고 놈의 총알이 내 총의 총신에 들어가 박힌 거였어. 그런 일이 일어날 가능성이 얼마나 될까? 100만분의 1? 10억분의 1?"

보슈는 이야기를 하면서 손을 들어 자기 가슴 앞에 대고 그녀를 향해 총을 겨누는 시늉을 했다. 그날 터널 속에서 날아온 총알은 그의 심장을 향해 날아가고 있던 것이었다.

"난 그냥 그날 밤처럼 오늘 밤에도 내가 얼마나 운이 좋았는지 잘 알고 있다는 말을 하고 싶었어."

그는 고개를 끄덕이고는 돌아서서 계단을 내려갔다.

# 17 함정

살인사건 수사는 막다른 골목과 장애물이 수도 없이 나타나고 시간과 정력 낭비가 막대한 일이다. 보슈는 경찰 일을 시작한 첫날부터 이런 사실을 잘 알고 있었지만, 월요일 정오가 되기 직전 강력반으로 들어갔을 때 또 한 번 절감했다. 오전 내내 그가 들인 시간과 노력이 헛수고가 된 것 같았고, 새로운 장애물까지 기다리는 중이었다.

강력반은 형사과 뒤편 한구석에 자리하고 있었다. 강력반에서는 세 명으로 구성된 수사팀 세 조가 활동했다. 팀마다 책상 두 개를 맞대어 붙여놓고 다른 면으로 책상 한 개가 직각으로 붙어 있었는데 보슈가 속한 팀 자리에서 키즈민 라이더가 떠나고 나서 비어 있는 책상 앞에, 정장을 입은 젊은 여자 한 명이 앉아 있었다. 머리는 검정색이었고 눈은 더 짙은 검정색이었다. 눈매는 노려보는 것만으로 호두라도 깔 수 있을 것처럼 매서웠는데, 그 눈이 자기 자리로 걸어오고 있는 보슈를 줄곧 따라오고 있었다.

자기 책상 앞에 다다른 보슈가 물었다.

"무엇을 도와드릴까요?"

"해리 보슈 형삽니까?"

"네, 그런데요."

"감찰계에서 나온 캐롤 브래들리 형사예요. 당신의 진술을 받으러 왔어요."

보슈는 사무실 안을 둘러보았다. 형사 몇 명이 열심히 일하는 척하면서 훔쳐보고 있었다.

"무슨 진술이요?"

"어빙 부국장님이 감찰계에 연락을 하셔서 니콜라스 트렌트의 전과가 부적절한 방식으로 언론에 노출이 되었는지의 여부를 가려달라고 요청하셨어요."

보슈는 아직 의자에 앉지 않은 상태였다. 두 손을 자기 의자 등받이 위에 올려놓고 그 뒤에 서 있었다. 그가 고개를 저었다.

"그 정보가 부적절하게 노출이 되었다고 추정해도 무리가 없을 것 같은데요."

"그러면 누가 그런 짓을 했는지 알아내야겠죠."

보슈가 고개를 끄덕였다.

"난 여기서 수사를 진행하려고 애를 쓰고 있는데 다들 관심은…."

"저기요, 난 당신이 이 일을 같잖게 생각하고 있다는 거 알아요. 그리고 내 자신도 그렇게 생각하는 것 같고요. 하지만 지시가 내려왔으니 어쩌겠어요. 그러니 조용한 방으로 가서 당신의 진술을 녹음해야겠어요. 오래 걸리지 않을 거예요. 그러고 나서 당신은 다시 일을 시작하면 되잖아요."

보슈는 책상에 서류 가방을 내려놓고 가방을 열었다. 그러고는 녹음기를 꺼냈다. 오전에 지역 내 병원으로 압수수색영장을 전달하러 돌아다니는 동안 녹음기가 생각났었다.

"녹음 이야기가 나왔으니 말인데, 먼저 이걸 가지고 어디 조용한 방으로 들어가서 들어보시죠. 어젯밤에 녹음한 겁니다. 이걸 들으면 나의 관련여부가 상당히 빨리 판가름 날 겁니다."

그녀는 마지못해 녹음기를 받아들었고, 보슈는 취조실 세 개가 나란히 있는 복도를 가리켰다.

"그래도 진술은 받아야 하…."

"알았어요. 우선 녹음테이프부터 듣고, 그다음에 이야기하죠."

"당신의 동료도요."

"곧 들어올 겁니다."

브래들리는 녹음기를 들고 복도로 걸어갔다. 보슈는 자리에 털썩 주저앉았고 다른 형사들을 거들떠보지도 않았다.

아직 정오도 되지 않았는데 피로를 느꼈다. 아침 일찍부터 밴나이스 법정으로 가서 의료 기록 압수수색영장에 판사의 서명을 받았고, 그다음에는 차를 몰고 시내를 돌아다니며 19개 병원의 법무실에 영장을 전달했다. 에드거는 영장 10장을 챙겨 따로 돌아다녔다. 전달할 영장이 적었기 때문에 일이 끝나면 그는 니콜라스 트렌트의 전과기록을 확인하고 원더랜드 대로 주택들의 주소별 전화번호부와 부동산등기부등본을 살펴보기로 했다.

보슈의 책상 위에는 전화 메시지 쪽지 10여 장과 상황실로 걸려온 최신 제보전화 쪽지들이 쌓여 있었다. 보슈는 우선 전화 메시지 쪽지부터 집어 들었다. 열두 장 중 아홉 장은 기자들에게서 온 것이었는데, 전날 밤 채널4가 내보낸 트렌트에 관한 보도에 대해 확인하고 자기들의 아침 뉴스 시간에 내보내기 위해 전화한 것이 분명했다. 다른 세 장은 에드워드 모튼이라는 트렌트의 변호사에게서 온 것이었다. 그는 아침 8시에서 9시 30분 사이에 세 번 전화를 했다.

보슈는 모튼을 알지 못했지만 트렌트의 전과가 언론에 공개된 것을 항의하기 위해 전화를 했을 거라고 추측했다. 보통 때 같으면 서둘러서 변호사에게 다시 전화를 걸지 않았지만, 이번에는 모튼에게 정보가 형사들의 입에서 새나간 것이 아님을 알려줘야겠다는 생각이 들었다. 모튼이 그의 말을 믿어 줄 것 같지는 않았지만, 어쨌든 전화기를 들고 모튼의 사무실로 전화를 걸었다. 비서가 받더니 모튼은 심리 때문에 법정에 갔는데 돌아올 때가 다 되었다고 말했다. 보슈는 들어오면 전화해달라고 말했다.

전화를 끊고 나서 보슈는 기자들의 전화번호가 적힌 분홍색 메모지들을 책상 옆 쓰레기통으로 던졌다. 그러고 나서 제보전화 쪽지를 살펴보던 보슈는 상황실 경찰관들이 그가 그 전날 타이핑해서 맨키비츠 경사에게 전해준 질문들을 물어보고 있다는 사실을 깨달았다.

열한 번째 쪽지를 살펴보던 그는 눈이 번쩍 뜨였다. 쉴러 들라크루아라는 여자가 그날 아침 8시 41분에 전화를 걸어 아침에 채널4 뉴스를 보고 전화를 걸었다고 하면서, 자신의 남동생 아서 들라크루아가 1980년 로스앤젤레스에서 행방불명이 되었다고 말했다. 그 당시 아서는 열두 살이었고 그 후로 아무런 소식이 없다고 했다.

의학 관련 질문에 대해서는 그녀는 남동생이 행방불명되기 두세 달 전 스케이트보드를 타다가 넘어져 다쳤다고 말했다. 뇌손상을 입어 병원에 입원했고 신경외과 수술을 받았다고도 했다. 정확한 병명이나 다른 세부적인 사실들은 기억하지 못했지만 퀸 오브 에인절스 병원이었다는 것은 확실히 기억하고 있었다. 동생을 치료한 의사 이름은 하나도 기억하지 못했다. 쉴러 들라크루아의 주소와 연락전화번호를 제외하면 그게 전부였다.

보슈는 쪽지에 적힌 '스케이트보드'라는 단어에 동그라미를 쳤다. 그러고는 서류가방을 열고 빌 골리어에게서 받은 명함을 꺼냈다. 첫 번째 번호로 전화를 걸었더니 UCLA의 그의 연구실에서 자동응답기가 전화를 받았다. 두 번째 번호로 걸었더니 골리어가 받았다. 웨스트우드 빌리지에서 점심 식사를 하고 있던 중이라고 했다.

"급하게 좀 물어볼 게 있어서요. 두개골에서 수술이 필요했던 손상 말이에요."

"혈종이요?"

"네, 그거요. 스케이트보드를 타다가 넘어져도 그런 게 생길 수 있을까요?"

골리어가 대답이 없자 보슈는 생각할 시간을 주기 위해 잠자코 있었다. 형사과 사무실에서 일반전화를 받는 직원이 강력반으로 걸어오더니 보슈에게 엄지손가락과 새끼손가락을 펼쳐 귀에 대며 전화가 왔다는 시늉을 해보였다. 보슈가 수화기를 막고 물었다.

"누구야?"

"키즈민 라이더 형사요."

"잠깐 기다리라고 해줘."

그가 수화기를 막았던 손을 뗐다.

"여보세요? 박사님?"

"네. 지금 생각 중이에요. 어디에 부딪쳤느냐에 따라 다르겠지만, 가능할 것 같네요. 하지만 그냥 땅에 넘어져서는 생길 것 같지 않아요. 골절선이 촘촘하게 나 있는데, 그건 부딪친 면적이 작다는 뜻이거든요. 그리고 손상의 위치도 문젠데, 두개골 윗부분이잖아요. 뒷부분이 아니라. 보통 넘어지면 머리 뒷부분을 다치는데 말이죠."

보슈는 풍선에서 바람이 빠지는 것 같은 기분이 들었다. 이제 피해자의 신원을 파악할 수 있게 될지 모른다고 잔뜩 기대를 했었다.

"지금 특정한 사람을 두고 묻는 겁니까?"

골리어가 물었다.

"네, 제보전화가 들어왔어요."

"엑스레이와 수술 기록은 있어요?"

"병원에 압수수색영장을 돌려놨어요."

"그걸 보면서 유골과 비교를 해봤으면 좋겠군요."

"입수되는 대로 가져갈게요. 다른 손상들은 어때요? 스케이트보드를 타다가 생길 수 있는 건가요?"

"물론 일부는 그럴 수 있을 거예요. 하지만 전부 다는 아니에요. 갈비뼈에 난 골절과 팔을 비틀어서 생긴 골절 같은 건 스케이트보드를 타다가 생겼다고 보기 어렵죠. 게다가 이런 손상들 중 일부는 영유아기 때 생긴 거예요. 세 살짜리가 스케이트보드를 타는 일은 그리 흔하지 않을 것 같은데요."

보슈는 고개를 끄덕였고, 더 물어볼 게 있는지 머리를 굴려보았다.

"보슈 형사, 아동학대 사건에서는 기록이 된 손상 원인과 실제 원인이 같지 않을 때도 많다는 사실을 알고 있겠죠?"

"네. 아이를 응급실에 데려온 사람이 누구든 자신이 손전등이나 뭐 그런 둔기로 아이를 때렸다고 사실대로 털어놓진 않겠죠."

"맞아요. 이야기를 지어낼 거예요. 아이는 그 이야기를 그대로 옮길 거고요."

"스케이트보드 사고라고요."

"그럴 가능성이 있어요."



"알겠습니다, 박사님. 끊어야겠어요. 엑스레이가 들어오는 대로 전해드리죠. 감사합니다."

그는 전화기에서 2번을 눌렀다.

"키즈?"

"선배, 안녕하세요. 어떻게 지내세요?"

"바쁘게 지내지, 뭐. 무슨 일로?"

"괴로워죽겠어요, 선배. 내가 사고 친 것 같아요."

보슈는 의자에 등을 기댔다. 키즈민일 거라고는 한 번도 생각해 보지 않았다.

"채널4?"

"네. 그러니까, 어… 어제 선배가 파커 센터를 떠나고 나서 동료가 미식축구 경기를 보다말고, 선배가 여긴 무슨 일로 온 거냐고 묻더라고요. 그래서 말해줬죠. 아직도 그와 동료로서 좀 더 잘 지내보려고 애를 쓰는 중이었거든요. 내 말 무슨 뜻인지 이해하시죠, 선배? 선배를 위해 주민들 신원조회를 해줬는데 큰 게 하나 걸렸다고 말했어요. 주민 중 한 명이 아동성추행 전과가 있다고요. 그게 전부예요, 선배. 정말 맹세해요."

보슈가 무겁게 한숨을 쉬었다. 사실 기분이 좀 나아졌다. 라이더에 대한 그의 판단은 틀리지 않았다. 그녀가 정보를 유출한 것이 아니었다. 단지 믿어야 할 사람을 믿었을 뿐이었다.

"사무실에 들어오니까 감찰계에서 나와서 내 진술을 받는다고 기다리고 있더라고. 손튼이 채널4에 정보를 줬다는 건 어떻게 알았어?"

"오늘 아침에 출근 준비를 하면서 TV에서 그 뉴스를 봤어요. 손튼이 그 서튼이라는 기자와 아는 사이예요. 몇 달 전에 손튼과 난 웨스트사이드에서 일어난 보험금을 노린 살인사건 수사를 맡은 적이 있어요. 그 사건에 언론이 관심을 보였고, 손튼은 그 여기자에게 비공식적으로 정보를 제공했어요. 둘이 함께 있는 걸 봤어요. 그리고 어제, 한 건 낚았다는 내 얘기를 듣고 난 후에 그가 화장실에 간다고 그랬어요. 신문 스포츠란을 집어 들고 나갔죠. 하지만 화장실엔 가지 않았어요. 출동 명령이 떨어져서 내가 남자화장실로 가서 문을 두드리며 출동해야 한다고 소리를 쳤거든요. 아무 대답이 없더라고요. 그땐 별로 이상하게 생각하지 않았는데, 오늘 아침에 뉴스를 보고 나니까 감이 잡히더라고요. 화장실에 간 게 아니라 다른 사무실이나 로비로 가서 서튼에게 전화를 걸었던 거죠."

"그렇게 된 거로군."

"정말 미안해요, 선배. 뉴스를 보니까 선배 상황이 안 좋아질 것 같더라고요. 내가 감찰계에 진술할게요."

"아니, 좀 기다려 봐, 키즈. 당분간만. 당신 진술이 필요할 것 같으면 연락할게. 그건 그렇고 키즈, 당신은 어떻게 할 거야?"

"새 동료를 찾아봐야죠. 이 친구하고는 같이 일 못하겠어요."

"신중해야 돼. 자꾸 동료를 갈아치우다 보면 조만간 혼자 남게 될 거야."

"믿을 수 없는 놈이랑 일을 하느니 혼자 하는 게 낫겠어요."

"그건 그렇지만."

"선배는 어때요? 언제든 다시 오라고 했던 말, 아직도 유효해요?"

"뭐? 그럼 나는 당신이 믿을 수 있는 놈이란 말인가?"

"내 말뜻 잘 아시면서 왜 그래요."

"아직 유효해. 당신이 할 일은…."

"저기요, 선배, 그만 끊을게요. 놈이 오고 있어요."

"알았어. 안녕."

보슈는 전화를 끊고 나서 한 손으로 입술을 비비며 손튼을 어떻게 손봐 줄까 생각했다. 키즈의 이야기를 캐롤 브래들리에게 전할 수 있었다. 하지만 아직도 뭔가 석연찮은 구석이 많았다. 100퍼센트 확실한 상태가 아니라면 감찰계 앞에 나서기가 불안할 것 같았다. 사실 감찰계에 불려간다는 생각만 해도 불쾌했지만, 이번 경우에는 손튼이 보슈의 수사를 방해하고 있었다. 이건 그냥 넘길 수 없는 문제였다.

몇 분 후 보슈에게 한 가지 생각이 떠올랐다. 손목시계를 보니 11시 50분이었다. 그는 키즈민 라이더에게 전화를 걸었다.

"나야. 손튼이 거기 있어?"

"네. 왜요?"

"내 말을 따라해, 좀 흥분한 목소리로. '그래요, 선배? 정말 잘됐네요! 누구로 밝혀졌어요?'"

"그래요, 선배? 정말 잘됐네요! 누구로 밝혀졌어요?"

"잘했어. 자, 이제 내 이야기를 듣고 있는 거야, 듣고, 또 듣고. 자 이제 따라해. '열 살짜리가 뉴올리언스에서 여기까지 어떻게 왔을까요?'"

"열 살짜리가 뉴올리언스에서 이렇게 먼 곳까지 어떻게 왔을까요?"

"아주 좋았어. 이제 전화를 끊고 아무 말 하지 마. 손튼이 무슨 일이냐고 물으면, 우리가 치아기록 덕분에 피해자의 신원을 파악했다고 말해줘. 뉴올리언스에서 가출한 열 살짜리 사내아이고, 가족들이 그 아이의 모습을 마지막으로 본 게 1975년이었다고 말해줘. 아이의 부모가 지금 이리로 날아오고 있는 중이라고도 말해. 그리고 경찰서장이 오늘 오후 4시에 기자회견을 열고 이 사실을 밝힐 거라고 하고."

"알았어요, 선배. 행운을 빌어요."

"당신도."

보슈는 전화를 끊고 고개를 들었다. 에드거가 책상 건너편에 서 있었다. 통화 내용의 마지막 부분을 들었는지 눈을 치켜뜨고 있었다.

"아냐. 다 뻥이야. 정보를 누설한 놈한테 함정을 놓은 거야. 그리고 그 기자한테도."

보슈가 말했다.

"누설한 놈? 그게 누군데?"

"키즈의 동료. 아직까지는 추측일 뿐이지만."

에드거는 자기 의자에 앉아 고개를 끄덕였다.

"그건 그렇고 유골의 신원이 밝혀질 것 같아."

보슈가 말했다.

그는 에드거에게 아서 들라크루아에 대한 제보전화 내용과 빌 골리어와 나눈 이야기를 들려주었다.

"1980년? 그러면 트렌트하고는 맞지 않는데. 거꾸로 책하고 부동산 등기부등본을 찾아봤거든. 트렌트는 1984년부터 거기에 살기 시작했어. 어젯밤에 말했던 그대로였어."

"트렌트는 아닌 것 같아."

보슈는 다시 스케이트보드를 떠올렸다. 자신의 육감을 바꾸기에는 충분한 단서가 되지 못했다.

"그럼 채널4에 그렇게 말해."

에드거가 말했다.

보슈의 전화가 울렸다. 키즈민 라이더였다.

"손튼이 조금 전에 화장실에 갔어요."

"기자회견 얘기했어?"

"다 말해줬어요. 계속 물어보더라고요, 그 개새끼가."

"손튼이 서튼 기자한테 4시가 되면 다들 알게 될 거라고 말하면, 서튼은 정오 뉴스에 독점보도를 내보낼 거야. 가서 봐야겠군."

"일이 어떻게 진행되는지 알려주세요."

보슈는 전화를 끊고 손목시계를 보았다. 아직 몇 분이 남아 있었다. 그가 에드거를 바라보았다.

"그건 그렇고, 감찰계 형사가 지금 취조실에 와 있어. 우리를 조사하러 왔대."

에드거의 입이 떡 벌어졌다. 대부분의 형사들이 그렇듯 그도 감찰계를 싫어했다. 일을 훌륭히 적법하게 하고 있을 때라도 감찰계는 별별 걸 다 가지고 물고 늘어질 수 있기 때문이었다. 하는 짓이 꼭 국세청 같았다. 편지 봉투 한구석 발신지 주소에 찍힌 국세청이란 말만 보고도 간이 쪼그라드는 것처럼 감찰계라는 말만 들어도 가슴이 덜컥 내려앉았다.

"긴장 풀어. 채널4 사건 때문이야. 몇 분 있으면 혐의를 벗을 텐데, 뭘. 같이 가자고."

그들은 소형 텔레비전이 있는 빌리츠 경위의 사무실로 갔다. 빌리츠 경위는 책상 앞에 앉아 서류 처리를 하고 있었다.

"채널4 정오 뉴스 좀 봐도 될까요?"

보슈가 물었다.

"되고말고. 르벨리 경감하고 어빙 부국장도 볼 텐데."

정오 뉴스는 아침 안개가 자욱한 산타모니카 고속도로에서 발생한 16중 추돌사고 소식을 제일 먼저 내보냈다. 사망자가 나오지 않아 빅뉴스는 아니었지만, 영상이 좋아서 헤드라인으로 나온 것 같았다. 소위 '개뼉다귀' 사건은 두 번째 뉴스로 밀려났다. 뉴스진행자는 채널4 뉴스가 독점 보도하는 또 하나의 특종이라며 주디 서튼 기자를 연결한다고 말했다.

이제 화면에는 채널4 뉴스 보도국 책상 앞에 앉아 있는 주디 서튼이 잡혔다.

"채널4는 로럴 캐니언에서 발견된 유골이 뉴올리언스에 살던 10세 가출아동의 것으로 밝혀졌다는 소식을 입수했습니다."

보슈는 에드거와 빌리츠 경위를 바라보았다. 빌리츠는 놀란 표정으로 의자에서 일어서고 있었다. 보슈는 손을 들어 잠깐 기다리라는 신호를 보냈다.

"25년 전 소년의 실종신고를 냈던 소년의 부모는 현재 경찰을 만나기 위해 로스앤젤레스로 오고 있습니다. 유골의 신원은 치아기록을 통해 밝혀졌습니다. 오늘 오후에는 할리우드 경찰서장이 기자회견을 열어 피해자의 신원과 수사진행상황을 밝힐 예정입니다. 어젯밤 채널4 뉴스가 보도한 바와 같이 경찰은 현재…."

보슈가 TV를 껐다.

빌리츠 경위가 급히 물었다.

"해리, 제리, 어떻게 된 거야?"

"다 거짓말이에요. 취재원을 밝혀내기 위해 연막을 좀 피웠죠."

"그게 누군데?"

"키즈민 라이더의 새 동료요. 릭 손튼이라는 형사죠."

보슈는 조금 전 라이더에게서 들은 얘기를 해주었다. 그러고는 자신이 판 함정에 대해 설명했다.

"감찰계 형사는 어디 있어?"

빌리츠가 물었다.

"취조실에요. 어젯밤 나와 서튼 기자와의 대화 내용이 녹음된 테이프를 듣고 있어요."

"테이프? 어젯밤엔 왜 그 이야기 안 했어?"

"잊고 있었죠."

"알았어. 지금부턴 내가 알아서 할게. 키즈는 이 문제에 관련이 없는 게 확실해?"

보슈가 고개를 끄덕였다.

"키즈는 동료를 믿고 묻는 말에 대답을 했을 뿐이에요. 그런데 손튼이 그 믿음을 이용해 얻은 정보를 기자한테 넘긴 거죠. 대가로 뭘 받는지는 모르겠지만, 그런 건 중요하지 않아요. 손튼이 내 수사를 엉망으로 만들었다는 게 중요하죠."

"알았어, 해리. 이 문젠 내가 처리할게. 수사에만 전념해. 내가 알아야 할 새로운 사실이라도 있어?"

"피해자의 신원이 밝혀질 것 같아요. 물론 합법적인 방법으로요. 좀 더 수사를 해봐야 확실해지겠지만요."

"트렌트는 어떻게 됐어?"

"피해자의 신원이 확인될 때까지 잠자코 있으려고요. 우리가 생각하는 아이가 맞다면, 시기가 맞질 않아요. 아이는 1980년에 실종됐거든요. 트렌트는 그로부터 4년이 지난 후에야 로럴 캐니언으로 이사를 왔고요."

"좋아. 그건 그렇고, 우리가 트렌트의 숨겨진 과거를 TV에 대고 까발렸잖아. 순찰대로부터 보고를 받았는데, 기자들이 트렌트의 집 앞에 쫙 깔렸대."

보슈가 고개를 끄덕이고는 말했다.

"손튼하고 의논해보세요."

"당연히 그래야지."

빌리츠 경위가 다시 의자에 앉아 전화기를 집어 들었다. 나가달라는 신호였다. 자리로 돌아오면서 보슈는 에드거에게 트렌트의 재판 기록을 가져왔느냐고 물었다.

"응, 가져왔어. 별것 아니더라고. 요즘 같으면 검사가 공소제기도 하지 않을 거야."

둘은 각자의 자리로 돌아왔고 보슈는 자신이 자리를 비운 동안 트렌트의 변호사한테서 전화가 왔었다는 메시지를 보았다. 전화기를 향해 손을 뻗다가 말고 에드거의 이야기가 끝날 때까지 기다렸다.

"산타모니카의 한 초등학교 선생이었더라고. 화장실 소변기 앞에서 오줌을 누고 있는 아홉 살짜리 사내애의 고추를 잡고 있는 걸 다른 선생이 발견했대. 트렌트는 아이가 자꾸만 바닥에 오줌을 흘려서 조준하는 방법을 가르치고 있었다고 주장했어. 하지만 아이의 이야기는 트렌트의 주장과 달랐고, 다들 아이의 이야기를 믿었대. 그리고 그 애 부모는 아이가 네 살 무렵부터 오줌을 조준하는 방법을 이미 알고 있었다고 말했다는 거야. 트렌트는 유죄평결을 받았고 3년형을 선고받았어. 웨이사이드 교도소에서 15개월을 복역했더라고."

보슈는 아직도 전화기에 손을 올려놓은 채 생각에 빠졌다.

"사내애의 고추를 잡고 있다가 걸린 사람이 야구방망이로 아이를 두들겨 패 죽였다, 장족의 발전이군."

"그래, 해리. 갈수록 자네의 육감을 믿게 되는군."

"나도 그랬으면 좋겠어."

보슈는 전화기를 들고 트렌트의 변호사 에드워드 모튼의 사무실 번호를 눌렀다. 전화가 변호사의 휴대전화로 연결되었다. 점심 먹으러 가는 길 같았다.

"여보세요?"

"보슈 형삽니다."

"네, 보슈 형사. 그가 어디 있는지 알고 싶군요."

"누구요?"

"지금 농담할 기분 아니에요, 형사. 로스앤젤레스 카운티 안에 있는 모든 유치장에 전화를 걸어봤어요. 난 내 의뢰인을 접견할 수 있기를 바랍니다. 지금 당장이요."

"니콜라스 트렌트를 말씀하시나 본데, 직장에는 연락해봤어요?"

"집과 직장에 다 연락해봤는데, 받질 않았어요. 호출기도요. 당신들이 그를 검거해 가둬놓고 있다면, 그는 당연히 변호사의 도움을 받을 권리가 있어요. 그리고 난 내 의뢰인의 상황을 알 권리가 있고요. 잘 들어요. 이렇게 나를 물 먹이면, 곧장 판사를 찾아가겠어요. 그리고 언론에도 퍼뜨리고요."

"우린 당신의 의뢰인을 검거하지 않았습니다. 어젯밤 이후로 그를 본 적도 없고요."

"그러시겠죠. 당신들이 떠난 후에 그가 전화를 했더군요. 그리고 뉴스를 보고 나서 또 전화를 했고요. 당신들이 그의 인생을 완전히 망쳐놨어요. 부끄러운 줄 아세요."

보슈는 모튼 변호사의 비난에 얼굴이 벌개졌지만, 아무 대답도 하지 않았다. 보슈 개인이 그런 비난을 받을 이유는 전혀 없었지만, 경찰조직은 비난받아 마땅했다. 지금은 그가 경찰조직을 대표해 화살을 맞아야 하는 것이었다.

"모튼 변호사, 그가 도주했다고 생각해요?"

"결백한데 왜 도주를 해요?"

"그건 나도 모르죠. O. J. 심슨(1970년대 미식축구 스타, 영화배우. 1995년 아내와 아내의 남자친구 살해 혐의로 체포되었으나 형사재판에서는 무죄평결을 받고 민사재판에는 유죄평결을 받았다. 그 후에도 무기소지강도죄 등 여러 가지 강력범죄 혐의로 유죄평결을 받고 현재 복역 중이다-옮긴이)에게 물어봐요."

갑자기 끔찍한 생각이 떠올라 보슈의 가슴이 철렁 내려앉았다. 그는 전화기를 귀에 갖다 댄 채로 벌떡 일어섰다.

"지금 어디예요, 모튼 씨?"

"선셋 대로예요. 서쪽으로 가고 있죠. 북 수프 근처구요."

"U턴해서 돌아와요. 트렌트의 집에서 만납시다."

"점심 약속이 있어서 못 가…."

"트렌트의 집에서 만나자고요. 난 지금 출발합니다."

그는 전화기를 내려놓고 에드거에게 나가자고 말했다. 이유는 가면서 설명할 것이었다.

# 18 친절한 자살자

니콜라스 트렌트의 집 앞 거리에는 텔레비전 방송국 기자 몇 명이 모여 있었다. 보슈는 채널2 중계차 뒤에 주차하고 에드거와 함께 차에서 내렸다. 에드워드 모튼을 본 적이 없었지만, 모여 있는 사람들 중에 변호사처럼 보이는 사람은 없었다. 25년 넘게 형사 생활을 하다 보니 직감적으로 변호사와 기자를 알아보았고, 그의 추측은 틀리는 법이 없었다. 보슈는 기자들이 다가오기 전에 차 지붕을 사이에 두고 에드거를 바라보며 말했다.

"안으로 들어가야 할 상황이 되면, 집 뒤쪽으로 가서 들어가자고. 관객들이 없게 말이야."

"알았어."

보슈와 에드거가 집 진입로를 향해 걸어가자 기자들이 달려와 마이크를 들이대고 질문을 던져댔지만 그들은 아무 대답도 하지 않았다. 채널4의 주디 서튼 기자는 보이지 않았다.

"트렌트를 체포하러 오신 겁니까?"

"뉴올리언스 소년에 대해서 말씀해주시죠?"

"기자회견은 어떻게 된 거죠? 홍보실에서는 기자회견에 대해서는 아는 바가 없다던데요?"

"트렌트가 용의잡니까, 아닙니까?"

기자들 속을 뚫고 걸어가 트렌트의 집 진입로에 선 보슈는 갑자기 돌아서서 카메라를 바라보았다. 그는 생각을 정리하듯 잠깐 망설였다. 기자들에게 사실에 집중해 취재할 시간을 주고 싶었다. 누구라도 거짓에 시간을 낭비하는 건 원하지 않았다.

보슈가 말했다.

"예정된 기자회견은 없습니다. 아직은 유골의 신원이 밝혀지지 않았고요. 이 집에 사는 남자가 어젯밤 신문을 받은 건 사실이지만, 그건 이곳 주민 모두에게 행해진 탐문수사의 일부였을 뿐입니다. 그가 사건담당 형사들로부터 용의자로 불린 적은 단 한 번도 없습니다. 수사반 외부의 누군가가 언론에 흘린 거짓 정보가 담당형사들의 확인도 받지 않은 채 방송이 된 건 분명한 잘못이었고, 수사에 막대한 피해를 주었습니다. 드릴 말씀은 이게 전부입니다. 공개할 정확한 정보가 있으면 홍보실을 통해 여러분에게 알리겠습니다."

그는 다시 돌아서서 에드거와 함께 진입로를 걸어갔다. 기자들이 질문을 몇 개 더 던졌지만 보슈는 들은 척도 하지 않았다.

현관 앞에 다다르자 에드거가 문을 세게 두드리고 나서 경찰이라고 소리쳤다. 잠시 후 그는 다시 문을 두드렸고 같은 말을 반복했다. 그리고 또 기다렸지만 아무런 기척이 없었다.

"뒤로?"

에드거가 물었다.

"응. 아니면 차고에 옆문이 있는데."

그들은 진입로를 가로질러 집 옆쪽으로 걸어가기 시작했다. 기자들이 질문을 더 던졌다. 보슈는 그들이 질문을 던져도 대답을 듣지 못하는 것에 익숙해져서 대답을 기대하지도 않으면서 무의식적으로 질문을 던지는 것일 거라고 생각했다. 집 주인이 출근하고 난 후에도 오랫동안 뒷마당에서 짖어대는 개처럼.

그들은 차고 옆문을 지나갔고, 보슈는 열쇠구멍이 있는 문손잡이만 있었다는 자신의 기억이 맞았음을 확인했다. 그들은 계속 걸어가 뒷마당으로 갔다. 거기에 부엌문이 있었는데 열쇠구멍이 있는 문손잡이와 함께 데드볼트(스프링 작용이 없이 열쇠나 손잡이를 돌려야만 움직이는 걸쇠-옮긴이) 자물쇠도 있었다. 그리고 미닫이문도 하나 있었는데, 밀면 쉽게 열릴 것 같았다. 에드거가 미닫이문 앞으로 걸어가 유리를 통해 안에 있는 미닫이문틀을 들여다보더니 문이 밖에서 열리는 걸 막기 위해 못을 박아 놓았다고 했다.

"이건 안 되겠는데, 해리."

그가 말했다.

보슈의 호주머니 속에는 열쇠 따는 도구가 담긴 조그만 주머니가 있었다. 그는 부엌문의 데드볼트를 열어야 하는 일이 없기를 바랐었다.

"이걸로 안 되면, 차고로 가자고."

보슈는 부엌문 앞으로 걸어가 손잡이를 돌려보았다. 문이 잠겨 있지 않았다. 그가 문을 열었다. 바로 그 순간 그는 집 안에서 트렌트가 죽어 있는 것을 발견하게 되리라고 직감했다. 트렌트는 친절한 자살자였다. 사람들이 침입할 필요가 없도록 문을 열어놓는 사람.

"빌어먹을."

에드거가 걸어 들어가며 권총을 꺼내 들었다.

"필요 없을 거야."

보슈가 말했다.

그도 에드거를 따라 집 안으로 들어갔고 둘은 부엌을 걸어갔다.

"트렌트 씨? 경찰입니다! 경찰이 집 안에 있어요! 안에 있습니까, 트렌트 씨?"

"앞쪽을 맡아."

보슈가 말했다.

둘은 갈라졌고 보슈는 짧은 복도를 걸어 뒤편에 있는 침실로 갔다. 그는 안방 욕실의 칸막이 샤워장 안에서 트렌트를 발견했다. 트렌트는 철사 옷걸이 두 개로 올가미를 만들어 목에 걸고 샤워기의 파이프에 올가미를 걸었다. 그러고 나서 타일로 된 벽에 등을 기대고 몸에서 힘을 빼 질식사했다. 전날 밤 옷차림 그대로였다. 맨발이 바닥 타일에 닿아 있었다. 트렌트가 자살하려는 마음을 바꾼 흔적은 전혀 없었다. 높은 곳에 매달려 죽는 것이 아니기 때문에 원한다면 언제라도 그만둘 수 있었을 것이었다. 그러나 그러지 않았다.

법의관이 도착할 때까지 시체를 그대로 놔두어야 하겠지만, 입에서 튀어나온 혀의 변색 정도로 볼 때 트렌트는 적어도 12시간 전에 사망한 것 같았다. 그렇다면 사망시점이 아주 이른 새벽이 되고, 채널4 뉴스가 처음으로 그의 숨겨진 과거를 세상에 알리고 그를 유골 사건의 용의자로 지목한 후 얼마 지나지 않아서라는 말이었다.

"해리?"

보슈는 펄쩍 뛸 뻔했다. 돌아보니 에드거였다.

"놀랐잖아. 뭐야?"

에드거가 시체를 노려보면서 말했다.

"탁자에 세 장짜리 유서가 있어."

보슈는 샤워장에서 나와 에드거를 지나쳐 갔다. 거실을 향해 걸어가면서 주머니에서 라텍스 장갑을 꺼내 바람을 불어넣은 후 손에 꼈다.

"읽어봤어?"

"응. 자기는 아이를 죽이지 않았다고 써놨어. 경찰과 기자들이 자기를 파멸시켰고 더 이상 살아갈 수가 없어서 자살한다고 썼고. 그리고 좀 이상한 말도 있어."

보슈가 거실로 들어갔다. 에드거는 몇 걸음 뒤에 서 있었다. 보슈는 자필로 쓴 유서 세 장이 탁자 위에 나란히 펼쳐져 있는 것을 보았다. 그는 유서 바로 앞 소파에 앉았다.

"이거 원래 있던 그대로야?"

"응. 안 건드렸어."

보슈는 유서를 읽기 시작했다. 그는 트렌트의 마지막 말이 언덕 위 소년을 살해한 사실을 부인하고 자신에게 일어난 일에 대해 분노를 표출하는 내용일 거라고 추측했다.

> 이제 **모두가** 알게 될 것이다! 당신들이 나를 파멸시켰다. 나를 **죽였다.** 피는 내가 아니라, 당신들 손에 묻어 있다! 난 죽이지 않았어, 난 죽이지 않았다고, 아냐, 아냐, **아냐!** 난 누구도 해친 적이 없다. 절대로, 절대로, 절대로! 이 세상에 있는 단 하나의 영혼도. 난 어린이를 사랑한다. **사랑한다고!** 당신들이 나를 해쳤다. 당신들이. 그런데 나는 당신들이 저지른 무자비한 만행의 고통을 짊어지고 살아갈 수가 없다. 그럴 수가 없다.

같은 말이 반복되고 있었고, 누군가가 펜과 종이를 들고 책상 앞에 앉아 자신의 생각을 써내려갔다기보다는 즉석에서 거침없이 내뱉는 독설을 받아 적은 것 같은 느낌이었다. 둘째 장 중간에 네모 칸이 그려져 있었고 그 안에는 '나를 죽인 놈들'이란 제목 아래 이름들이 적혀 있었다. 주디 서튼부터 시작해서 채널4 자정 뉴스의 뉴스진행자와 보슈와 에드거의 이름이 적혀 있었고, 보슈가 모르는 이름도 세 개 있었다. 캘빈 스텀보, 맥스 레브너, 앨리샤 펠저.

"스텀보는 트렌트의 아동성추행 사건의 담당 형사였고 레브너는 그 사건 검사였어. 1960년대 얘기지."

에드거가 말했다.

보슈가 고개를 끄덕였다.

"펠저는?"

"그건 모르겠는데."

유서를 쓸 때 사용한 것으로 보이는 펜이 마지막 장 옆에 놓여 있었다. 보슈는 그 펜에서 트렌트의 지문을 찾아볼 생각이었기 때문에 펜을 만지지 않았다.

읽다보니 세 장 모두 하단에 트렌트의 서명이 있는 것이 눈에 띄었다. 그리고 마지막 장에서 트렌트는 보슈가 쉽게 이해할 수 없는 이상한 부탁을 했다.

> 한 가지 걱정은 내 아이들이다. 누가 내 아이들을 돌볼 것인가? 그 애들에게는 먹을 것과 입을 것이 필요하다. 내게 돈이 좀 있다. 그 돈을 아이들에게 남긴다. 내가 가진 유산 전부를. 이게 내 마지막 유언이고 내가 서명한 유서다.
>
> 돈을 아이들에게 주기 바란다. 모튼이 이 일을 실행해주기 바라고, 내겐 한 푼도 청구하지 말기 바란다. 아이들을 위해 기꺼이 해주리라 믿는다.



"내 아이들?"

보슈가 물었다.

"그러게. 좀 이상하지?"

에드거가 대답했다.

"여기서 뭐하는 겁니까? 트렌트는 어디 있어요?"

그들은 부엌과 거실 사이의 공간을 돌아보았다. 정장을 입은 땅딸막한 남자가 서 있었다. 보슈가 보기에 변호사가 틀림없었고 그렇다면 모튼일 것이었다. 보슈가 소파에서 일어섰다.

"죽었어요. 자살 같아요."

"어디서요?"

"안방 욕실에서요. 안 보는 게 좋…."

모튼은 벌써 침실을 향해 걸어가고 있었다. 보슈가 그의 등 뒤에 대고 말했다.

"아무것도 건드리지 말아요."

보슈는 에드거에게 따라가 보라고 고갯짓을 했다. 그러고는 소파에 앉아 유서를 다시 읽었다. 트렌트가 자살을 결심하고 유서를 세 장씩이나 쓰기까지 시간이 얼마나 걸렸을까 궁금했다. 이제까지 본 자살자의 유서 중에 가장 긴 유서였다.

모튼이 거실로 돌아왔고 에드거가 바로 뒤에서 따라오고 있었다. 모튼의 얼굴은 창백했고 눈은 바닥을 내려다보고 있었다.

"거기 가지 말라고 말하려고 했는데."

보슈가 말했다.

변호사는 고개를 들어 보슈를 노려보았다. 분노가 가득한 눈 때문에 얼굴에 혈색이 돌아오는 것처럼 보였다.

"이제 만족해요? 당신들이 트렌트를 죽음으로 몰고 갔어요. 당신들이 한 남자의 비밀을 독수리 같은 놈들한테 던져줬고, 그들이 그걸 방송에 내보냈죠. 그래서 얻게 된 결과가 이겁니다."

그가 한 손으로 침실 쪽을 가리켰다.

"모튼 씨, 당신이 잘못 알고 있는 사실이 많지만, 근본적으로는 당신 말이 맞는 것 같군요. 내가 당신 생각에 얼마나 공감하는지 알면 놀랄 거예요."

"그가 죽고 없으니 그런 얘기를 잘도 하는군요. 저게 유선가요? 유서를 남겼어요?"

보슈가 일어서더니 자기가 앉았던 자리에 앉으라고 손짓을 하며 자리를 비켜주었다.

"만지지는 말아요."

모튼은 소파에 앉아 돋보기안경을 끼고 유서를 읽기 시작했다.

보슈가 에드거에게로 다가가 속삭였다.

"난 부엌에 있는 전화로 전화를 걸게."

에드거가 고개를 끄덕였다.

"홍보실에서 알아서 하라고 해. 이 일이 알려지면 골치깨나 썩겠군."

"그러게."

보슈가 부엌 벽에 붙은 전화기를 드니 재다이얼 버튼이 보였다. 그는 그 버튼을 누르고 기다렸다. 모튼의 목소리가 전화를 받았다. 모튼 집의 자동응답기였다. 자신은 지금 외출 중이니 메시지를 남겨달라고 했다.

보슈는 빌리츠 경위의 직통전화로 전화를 걸었다. 그녀는 금방 전화를 받았는데 점심을 먹고 있는 것 같았다.

"식사 중에 방해해서 미안해요. 우린 지금 트렌트의 집에 와 있는데요. 자살한 것 같아요."

그녀는 한참 동안 아무 말이 없다가 자살이 확실하냐고 물었다.

"죽은 게 확실하고 스스로 목숨을 끊은 것도 거의 확실해요. 철사 옷걸이 두 개로 샤워기에 목을 맸어요. 세 장짜리 유서도 있어요. 유골 사건과 전혀 관련이 없다고 주장하고 있고요. 자기 죽음의 책임을 채널4와 경찰에게 돌리고 있어요. 특히 나하고 에드거한테요. 제일 먼저 경위님께 전화를 건 거고요."

"당신에게 책임이 없다는 건 우리 모두가 다 알…."

"괜찮아요, 경위님. 면죄부는 필요 없어요. 이제 어떡할까요?"

"통상적인 출동지시는 당신이 처리해. 난 어빙 부국장한테 전화해서 보고할게. 펄쩍 뛰겠는데."

"알았어요. 홍보실은 어떻게 하죠? 벌써 여기 거리에 기자들이 많이 모여 있어요."

"내가 전화할게."

"손튼 문제는 어떻게 됐어요?"

"감찰계에 알려놨어. 감찰계의 브래들리 형사가 조사 중이야. 트렌트의 자살 사건이 터졌으니 손튼에게 공무상 기밀누설죄뿐만 아니라 다른 혐의까지 물으려 할 거야."

보슈는 고개를 끄덕였다. 손튼은 그런 일을 당해 마땅했다. 보슈는 함정을 판 것을 후회하지 않았다.

"알았어요. 우린 여기 있을 거예요. 적어도 한두 시간 정도는요."

"거기서 트렌트를 유골 사건과 연관시키는 증거가 발견되면 알려줘."

보슈는 바닥에 흙이 묻은 워크부츠와 스케이트보드를 떠올렸다.

"알았어요."

그가 대답했다.

보슈는 전화를 끊고 곧장 법의국과 과학수사대에 전화를 걸었다.

거실에서는 모튼이 유서를 다 읽고 난 상태였다.

"모튼 변호사, 트렌트 씨와 마지막으로 대화를 나눈 게 언제였죠?"

보슈가 물었다.

"어젯밤이요. 채널4 뉴스가 끝난 뒤에 집으로 전화를 했더군요. 뉴스를 본 직장 상사한테서 전화가 왔었대요."

보슈는 고개를 끄덕였다. 재다이얼 버튼에 남아 있던 번호는 그때 전화를 한 것이었다.

"상사의 이름을 알아요?"

모튼이 탁자 위에 놓인 유서의 둘째 장을 가리켰다.

"여기 명단에 있잖아요. 앨리샤 펠저. 그를 해고하겠다고 말했대요. 그들이 일하는 스튜디오는 어린이 영화를 만들거든요. 그를 어린이가 있는 무대에서 계속 일하게 내버려둘 순 없었겠죠. 이제 알겠어요? 당신들이 언론에 그의 전과를 폭로해서 그를 파멸시켰어요. 당신들의 부주의가 한 남자의 생계를 위협했고 죽음으로까지…."

"내 질문에 대답부터 해줘요, 모튼 씨. 분노는 밖으로 나가 기자들하고 이야기할 때를 위해 남겨두고요. 그럴 거잖아요. 마지막 장에 나온 이야기는 뭐죠? 아이들 이야기를 하고 있잖아요. 자신의 아이들. 그게 무슨 말이죠?"

"나도 모르겠어요. 유서를 쓸 때 감정적으로 혼돈을 겪고 있었겠죠. 아무 의미 없는 이야기일 수도 있어요."

보슈는 잠자코 서서 변호사의 표정을 관찰했다.

"그가 어젯밤에 당신에게 전화를 건 이유는 뭐죠?"

"뭘 것 같아요? 당신들이 찾아왔고, 전과가 뉴스를 통해 세상에 알려졌고, 상사가 뉴스를 보고 해고하겠다고 했다는 사실을 알리기 위해서죠."

"자기가 소년을 저 위 산에 암매장했다는 얘기도 했어요?"

모튼은 지을 수 있는 최고로 분노한 표정을 지어보였다.

"자기는 그 일과는 아무 관련이 없다는 말은 했어요. 자신이 과거의 잘못 때문에 그것도 아주 오래전 과거의 잘못 때문에 박해를 받고 있다고 믿고 있었어요. 그리고 그 점에 대해서는 나도 그의 생각이 옳았다고 믿고요."

보슈가 고개를 끄덕였다.

"알겠습니다, 모튼 변호사. 이제 가셔도 됩니다."

"무슨 소리예요? 난 어디도 가지…."

"이 집은 이제 사건 현장이에요. 우리는 당신 의뢰인의 죽음이 자살인지 타살인지를 조사할 거고요. 당신은 이제 이곳에 있을 필요가 없어요. 제리?"

에드거가 소파로 다가가 모튼에게 일어서라고 손짓을 하며 말했다.

"자, 어서요. 이제 밖으로 나가 TV 출연을 할 시간이에요. 사업에 도움이 될 거예요, 안 그래요?"

모튼은 발끈 화를 내며 일어서더니 집을 나갔다. 보슈는 앞쪽 창가로 걸어가 커튼을 살짝 젖혔다. 모튼은 진입로를 걸어 나가 곧장 기자들에게로 가더니 화가 나서 이야기를 하기 시작했다. 무슨 말을 하는지는 들리지 않았다. 들을 필요도 없었다.

에드거가 거실로 돌아오자 보슈는 그에게 상황실로 전화해서 원더랜드대로로 순찰대를 보내 군중통제를 해달라고 요청하라고 말했다. 그는 이제 곧 기자들 무리가 스스로를 복제하는 바이러스처럼 덩치가 커지고 허기를 채우려고 달려들 것임을 알고 있었다.

## 19 속죄와 구원

그들은 니콜라스 트렌트의 시신을 수송한 후 집 안을 수색하면서 그의 아이들을 찾아냈다. 거실에 작은 책상이 한 개 있었는데 보슈는 전날 밤에 집 안을 수색할 때는 그 책상을 살펴보지 못했었다. 그 책상의 서랍 두 개 안에 파일과 사진, 지불완료 수표를 담은 두꺼운 은행 봉투들이 가득 들어 있었다. 트렌트는 불우아동에게 음식과 옷을 제공하는 수많은 자선단체에 매달 정기적으로 소액을 기부해오고 있었다. 지난 몇 년 동안 그는 애팔래치아 산맥에서 브라질의 열대우림, 코소보에 이르기까지 세계 곳곳의 자선단체로 수표를 보냈다. 보슈는 20달러 이상의 수표는 한 장도 발견하지 못했다. 그는 트렌트의 도움을 받고 있는 아이들인 것 같은 어린이 사진 수십 장과 함께 아이들에게서 온 손으로 직접 쓴 편지와 카드도 발견했다.

늦은 밤 텔레비전을 틀면 자선단체를 위한 공익 광고를 자주 볼 수 있었다. 보슈는 그런 걸 볼 때마다 의심스러웠다. 단돈 몇 달러로 아이들이 굶주림과 헐벗음을 면할 수 있을까 의심스러운 것이 아니라, 그 몇 달러가 정말로 아이들에게 전해질까 의심스러웠다. 트렌트가 책상 서랍에 보관해둔 사진들이 기부자 모두에게 일괄적으로 보내는 사진들이 아닐까 하는 의심이 들었다. 아이들의 필체로 적힌 감사 편지가 가짜일지 모른다는 생각도 들었다.

보슈와 함께 서랍에 든 것을 살펴보던 에드거가 말했다.

"이 친구, 가진 돈을 전부 자선단체에 보내면서 속죄를 하고 있었나 보군."

"뭐에 대한 속죄?"

"그야 모르지."

에드거는 트렌트가 작업실로 쓰고 있던 침실을 살펴보러 갔다. 보슈는 책상 위에 펼쳐놓은 사진들을 살펴보았다. 전부가 열 살을 넘지 않을 것 같은 소년 소녀들이었다. 전쟁과 기아와 무관심 속에 버려진 아이들의 허기지고 쑥 들어간 눈들을 보고서 나이를 정확하게 가늠하기는 어려웠다. 그는 어린 백인 사내아이의 사진을 집어 들고 뒷면을 보았다. 코소보 전투에서 고아가 된 아이라는 설명이 적혀 있었다. 박격포 공격으로 부모는 죽고 아이는 부상을 당했다고 했다. 아이의 이름은 밀로스 피도르였고 나이는 열 살이었다.

보슈는 열한 살 때 고아가 되었다. 아이의 눈을 들여다보니 자신의 눈이 거기 있었다.

오후 4시, 그들은 트렌트의 집을 봉쇄하고 수거한 증거품이 든 상자 세 개를 차로 가져갔다. 그날 사건에 대한 보도 자료는 경찰국 본부에서 배포가 될 것이라는 홍보실의 발표가 있었지만, 기자 몇 명은 오후 내내 밖에서 서성이고 있었다.

기자들이 질문을 던지러 다가왔지만 보슈는 재빨리 수사에 관해 언급해도 된다는 허락을 받지 못했다고 말했다. 보슈와 에드거는 증거품 상자들을 트렁크에 넣고 경찰국 본부가 있는 파커 센터를 향해 차를 몰았다. 그곳에서 어빈 어빙 부국장이 소집한 회의가 열릴 예정이었다.

운전을 하는 동안 보슈는 내내 마음이 불편했다. 트렌트의 자살로—이제 그는 자살이라고 확신하고 있었다—유골 사건 수사가 중단되었기 때문이었다. 피해자의 신원을 파악하고 제보전화 기록에서 얻은 단서를 추적해보고 싶었는데, 하루 종일 트렌트에게 붙잡혀 그의 집 안을 뒤지고 있어야 했다.

"왜 그래, 해리?"

파커 센터를 향해 가는 동안 에드거가 물었다.

"뭐?"

"하루 종일 뚱해 있잖아. 원래 그런 성격인 건 알지만, 겉으로 드러내는 편은 아닌데 말이야."

에드거가 미소를 지었지만 보슈는 웃지 않았다.

"별별 생각이 다 들어서 그래. 우리가 일을 다르게 처리했더라면 트렌트가 지금도 살아 있을 텐데 하는, 뭐 그런 생각."

"무슨 소리야, 해리. 우리가 신문하지 않았다면 죽지 않았을 거란 뜻이야? 그럴 수는 없었잖아. 우린 해야 할 일을 했고, 일은 저절로 이렇게 풀리고 말았다고. 우리가 막을 수 있는 일이 아니었어. 누군가 책임을 져야 한다면 손튼이겠지. 그놈이 대가를 치러야 해. 하지만 난 트렌트 같은 인간은 없어져 주는 게 세상을 위해 더 잘된 일이라고 생각해. 이렇게 말해도 양심에 하나도 거리낌이 없어. 정말로."

"좋겠네."

보슈는 일요일에 에드거를 쉬게 해준 것을 후회하고 있었다. 그러지 않았다면, 에드거가 컴퓨터로 주민 신원 조회하는 일을 맡았을 것이었다. 그러면 키즈민 라이더가 이 일에 끼어들지 않았을 것이고, 트렌트에 관한 정보가 손튼에게로 새나가는 일도 없었을 것이었다.

보슈는 한숨을 쉬었다. 모든 일이 항상 도미노 이론에 따라 일어나는 것 같았다. 말 하나가 쓰러지면 그다음 말이 쓰러지고, 그다음 말이 쓰러지면 또 그다음 다음 말이 쓰러지고, 그다음 다음 말이 쓰러지면 또 그다음 다음 다음 말이 쓰러지고.

"자네의 육감은 이 친구에 대해 무슨 말을 하고 있어?"

보슈가 에드거에게 물었다.

"그가 언덕 위의 아이를 죽였다고 생각하느냐 아니냐 그 말이야?"

보슈가 고개를 끄덕였다.

"모르겠어. 신발에 붙은 흙에 관한 과학수사대의 판단과 스케이트보드에 관한 그 누나의 증언을 들어봐야겠지. 우선 피살자의 신원부터 확인이 되야겠지만."

보슈는 아무 말도 하지 않았다. 그는 늘 과학수사대의 감식결과에 의존해 수사 방향을 결정해야하는 게 내키지 않았다.

"자네 생각은 어때, 해리?"

보슈는 트렌트가 자신이 돌보고 있다고 믿었던 아이들 사진을 떠올렸다. 그의 속죄 행위와 구원 가능성에 대해 생각해보고는 말했다.

"우리가 잘못 짚은 것 같아. 트렌트는 범인이 아니야."

# 20 두 개의 보도 자료

어빈 어빙 경찰국 부국장은 파커 센터 6층에 있는 널찍한 개인 사무실의 책상 뒤에 앉아 있었다. 방 안에는 그레이스 빌리츠 경위와 보슈, 에드거, 그리고 홍보실의 서지오 메디나 경관이 자리하고 있었다. 어빙의 부관인 사이먼턴이라는 여자 경위는 어빙이 부를 경우를 대비해 사무실 문 앞에 서 있었다.

유리로 덮인 어빙의 책상 상판 위에는 무언가가 인쇄된 종이 두 장만 달랑 놓여 있었다. 어빙의 책상 앞 왼쪽에 있는 보슈의 자리에서는 내용을 읽을 수가 없었다.

어빙이 말문을 열었다.

"자, 그럼 트렌트에 관해 우리가 알고 있는 사실이 뭐지? 우선 그가 아동을 성추행한 전과가 있는 아동성애자였다는 것. 둘째, 살해당한 다른 아동의 암매장 장소에서 엎어지면 코 닿을 거리에 살았다는 것. 그리고 마지막으로, 방금 말한 두 가지 사실에 대해서 형사들로부터 신문을 받은 날 밤에 자살했다는 것."

어빙은 책상에서 종이 한 장을 집어 들고 다른 사람들에게는 보여주지 않은 채 혼자 읽었다. 다 읽고 나서 그가 말했다.

"여기 보도 자료가 있는데, 먼저 방금 말한 세 가지 사실을 열거한 후에 다음과 같이 말하고 있어. '트렌트 씨는 현재 진행 중인 살인사건의 수사대상이다. 과학수사대의 감식결과와 추가 수사 결과에 따라 그가 그의 자택 근처에서 암매장된 상태로 발견된 피살자의 죽음에 관련이 있는지의 여부가 밝혀질 것이다.'"

그는 조용히 보도 자료를 한 번 더 읽고 나서 책상에 내려놓았다.

"간결하고 무난하군. 하지만 이건 이 사건에 대한 언론의 갈증을 풀어주지는 못할 거야. 경찰에 쏟아지는 비난을 막아주지도 못할 거고."

보슈가 목소리를 가다듬었다. 어빙은 처음에는 모른 척하고 있다가 보슈를 쳐다보지도 않은 채 마지못해 말했다.

"할 말 있나, 보슈 형사?"

"저기, 부국장님은 그 보도 자료에 만족하시지 못하는 걸로 느껴지는데요. 문제는 보도 자료 내용이 우리의 현재 상황을 정확하게 짚어주고 있다는 겁니다. 저도 부국장님께 트렌트가 유골 사건의 범인이라고 생각한다고 말씀드릴 수 있었으면 좋겠습니다. 그가 범인이라는 걸 안다고 말씀드릴 수 있었으면 좋겠고요. 하지만 절대로 그럴 수 있는 상황이 아니고, 결국에는 그 반대로 결론이 날 것이라고 생각합니다."

"그렇게 말하는 근거는?"

어빙이 신경질적으로 반문했다.

보슈는 이 회의의 목적이 무엇인지 서서히 이해가 가기 시작했다. 어빙의 책상 위에 놓인 다른 종이는 부국장이 내보내고 싶은 내용의 보도 자료일 것 같았다. 아마도 모든 책임을 트렌트에게 전가하고 자신의 범행이 밝혀질까 봐 두려워서 자살한 것으로 몰아가고 있을 것이었다. 그렇게 되면 경찰국은 공무상기밀을 누설한 손튼을 언론의 확대경이 닿지 않는 곳에서 조용히 처리할 수 있을 터였다. 경찰조직의 일원이 저지른 기밀 누설이 결백할 수도 있는 한 시민을 자살로 몰아갔다는 사실을 인정하는 수치를 면하게 해줄 것이고 더 나아가 로럴 캐니언의 유골 사건 수사를 종결지을 수 있게 해줄 것이었다.

이 방 안에 앉아 있는 사람들 모두가 이런 종류의 사건은 종결할 가능성이 참으로 희박하다는 사실을 알고 있었다. 사건에 대한 언론의 관심이 갈수록 커져만 가는 때에, 고맙게도 트렌트가 자살을 해줌으로써 경찰에게 탈출구를 마련해준 셈이었다. 모든 의혹은 사망한 아동성추행범에게 돌리고, 경찰은 사건을 종결하고 다음 사건으로, 이왕이면 해결할 가능성이 좀 더 높은 사건으로 옮겨갈 수 있을 것이었다.

보슈는 이런 생각을 이해는 할 수 있었지만 받아들일 수는 없었다. 그는 유골들을 직접 보았다. 유골에 드러난 손상에 대한 골리어의 장황한 설명을 직접 들었다. 그 검시실에서 보슈는 반드시 살인범을 잡고 나서 사건을 종결하겠다고 결심했었다. 경찰국의 이해관계와 이미지 관리는 나중 문제였다.

그는 재킷 주머니에서 수첩을 꺼냈다. 그러고는 모퉁이를 접어놓은 페이지를 펴서 마치 한가득 적어놓은 내용을 읽고 있기라도 하듯 그 페이지를 바라보았다. 그러나 그 페이지에는 지난 토요일 검시실에서 적어놓은 메모 단 한 줄뿐이었다.

외상 흔적 44군데



어빙이 다시 말문을 열 때까지 보슈는 자신이 적어놓은 숫자를 노려보고 있었다.

"보슈 형사? 그렇게 말하는 근거가 뭐냐고 물었는데?"

보슈는 수첩을 덮고 고개를 들었다.

"시기가 맞질 않습니다. 소년이 숲 속에 묻히고 나서야 트렌트가 그 동네로 이사를 갔거든요. 또 다른 근거는 유골에 대한 분석 자료죠. 이 아이는 오랜 세월에 걸쳐 신체적으로 학대를 당했어요. 아주 어렸을 때부터 말이죠. 그렇다면 트렌트와는 앞뒤가 맞지 않습니다."

"시기와 유골 분석이 결정적인 근거는 될 수 없어. 어떤 결과가 나왔든 간에, 니콜라스 트렌트가 이번 사건의 범인일 가능성은 여전히 있는 거잖아. 그 가능성이 아무리 희박하더라도 말이야."

어빙이 말했다.

"가능성이 대단히 희박합니다."

"오늘 트렌트의 집을 수색한 건 어떻게 됐나?"

"밑창에 진흙이 말라붙어 있는 낡은 워크부츠를 압수했습니다. 유골이 발견된 곳에서 채취한 토양 샘플과 비교해볼 겁니다. 하지만 그것도 결정적인 증거는 되지 못할 겁니다. 두 군데의 흙이 토질이 일치하는 것으로 결론이 난다고 해도, 트렌트가 자기 집 뒷마당을 걸어 다니다가 흙을 묻혔을 수도 있으니까요. 지질학적으로 볼 때, 그곳의 흙도 같은 토질이랍니다."

"다른 건?"

"별로 없어요. 스케이트보드 한 개를 압수한 정돕니다."

"스케이트보드?"

보슈는 트렌트의 자살 때문에 추가 조사를 할 시간이 없었던 제보전화 내용에 대해 설명했다. 그의 이야기를 듣는 동안 어빙은 트렌트가 소유한 스케이트보드가 산 위의 유골과 연결될 수 있다는 가능성 때문에 새로이 활기가 도는 것 같았다.

"그걸 최우선적으로 조사해 봐. 확인이 끝나는 즉시 내게 보고하고."

어빙이 말했다.

보슈는 고개를 끄덕이기만 했다.

"알겠습니다, 부국장님."

빌리츠가 대신 대답해주었다.

어빙은 조용히 책상 위에 놓인 종이 두 장을 바라보았다. 마침내 그는 소리 내어 읽지 않은 종이—트렌트를 범인으로 몰고 사건을 종결하려는 내용의 보도 자료일 거라고 보슈가 추측했던 종이—를 집어 들고 의자를 옆으로 돌렸다. 그가 종이를 문서분쇄기에 밀어 넣자, 분쇄기는 시끄러운 기계음을 내며 종이를 산산조각 냈다. 그는 다시 책상 앞으로 돌아 앉아 남아 있는 종이를 집어 들었다.

"메디나 경관, 이걸 언론에 넘겨."

어빙이 문서를 건네자 메디나가 일어서서 받았다. 그는 손목시계를 보았다.

"6시 뉴스 할 시각이군."

어빙이 말했다.

"부국장님?"

메디나가 그를 불렀다.

"왜?"

"저기, 채널4의 오보에 대해서 질의가 많이 들어와서요. 저희가…."

"내부 수사에 대해서는 언급하지 않는 것이 규정이라고 말해. 경찰은 수사기밀이 언론에 누설된 것을 묵과하거나 용인하지 않을 것이라고 덧붙이는 것도 좋겠군. 그게 전부야, 메디나 경관."

메디나는 물어볼 것이 또 있는 것 같았지만 아무 말 없이 고개를 끄덕이고는 사무실을 나갔다.

어빙이 부관에게 고개를 끄덕이자, 부관은 밖의 대기실로 나가고 사무실 문을 닫아주었다. 그러자 어빙이 빌리츠와 에드거와 보슈를 둘러보았다.

"지금은 아주 민감한 상황이야. 일을 어떻게 처리할 건지는 다들 이해했겠지?"

어빙이 말했다.

"네."

빌리츠와 에드거가 동시에 대답했다.

보슈는 대답하지 않았다. 어빙이 그를 바라보았다.

"무슨 할 말이라도 있나, 형사?"

보슈는 잠깐 생각하다가 대답했다.

"전 그냥 그 아이를 살해하고 그 구덩이에 파묻은 범인이 누군지 밝혀내겠다는 말씀을 드리고 싶습니다. 범인이 트렌트라면, 그걸 안 것으로 끝내야죠. 하지만 트렌트가 아니라면, 수사를 계속할 겁니다."

어빙은 책상에서 뭔가를 보았다. 머리카락이나 먼지 같은 작은 것이었다. 보슈의 눈에는 보이지 않았다. 어빙은 두 손가락으로 그것을 집어 뒤에 있는 쓰레기통에 던져 넣었다. 그러고는 문서분쇄기 위에서 두 손가락을 비볐다. 보슈는 그런 동작이 자기를 향한 은근한 협박이 아닐까 생각했다.

"모든 사건이 해결이 되는 건 아니야, 형사. 모든 사건이 다 해결할 수 있는 성질의 것도 아니고. 어느 단계에 도달하면 좀 더 긴급한 사건으로 옮겨가는 게 우리의 의무지."

어빙이 말했다.

"최종 기한을 주시는 겁니까?"

"아냐, 형사. 자넬 이해한다고 말하고 있는 거야. 그리고 자네도 나를 이해해주길 바라네."

"손튼은 어떻게 되는 겁니까?"

"내사 중이야. 지금으로선 아무 말도 해줄 수가 없군."

보슈는 실망해서 고개를 저었다.

"경거망동 하지 말게, 보슈 형사. 이제까지 자네에게 인내심을 많이 보여줬어. 이 사건과 관련해서도 그렇고 그전의 여러 사건과 관련해서도 그렇고."

어빙이 퉁명스럽게 말했다.

"손튼이 한 짓 때문에 수사가 꼬여버렸어요. 그러니 마땅히…."

"손튼에게 책임이 있다면 응분의 대가를 치르게 될 거야. 하지만 그가 진공상태에서 그런 짓을 한 게 아니라는 사실을 명심해. 정보를 누설하기 위해서는 정보를 얻을 필요가 있었겠지. 그 부분에 대해서도 수사가 진행 중이야."

보슈가 어빙을 노려보았다. 메시지는 분명했다. 보슈가 어빙과 보조를 맞추지 않으면 키즈민 라이더도 손튼과 함께 징계를 받게 될 것이라는 뜻이었다.

"내 말 뜻을 알겠나, 보슈 형사?"

"네, 아주 분명히 알았습니다."

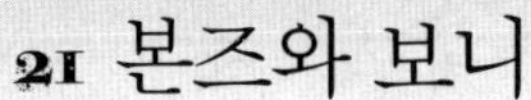

# 21 본즈와 보니

보슈는 에드거를 할리우드 경찰서로 데려다 주고 자신은 베니스에 있는 브래셔의 집으로 가기 전에, 스케이트보드가 담긴 증거품 상자를 트렁크에서 꺼내 다시 파커 센터로 들어가 과학수사대 감식실로 갔다. 접수대에서 앤트완 제스퍼를 찾았다. 기다리는 동안 스케이트보드를 살펴보았다. 얇은 합판을 겹쳐 만든 것 같았다. 래커로 마무리 칠이 되어 있었고, 그 위에 전사(轉寫)한 그림 몇 장이 붙어 있었다. 가장 눈에 띄는 것은 보드 윗면 중앙에 붙어 있는 두개골과 두개골 아래쪽을 가로지르는 대퇴골로 이루어진 해적 표시였다.

제스퍼가 나타나자 보슈는 증거품 상자를 그에게 건넸다.

"이걸 누가 만들었는지, 언제 만들어진 건지, 그리고 어디에서 팔렸는지 알아봐줘요. 급한 거예요. 6층에서 내 목을 조르고 있어요."

보슈가 말했다.

"문제없어요. 제조업체는 지금 당장 말해줄 수 있어요. 이건 보니 사

(社)에서 만든 보드예요. 지금은 문을 닫았죠. 사장이 회사를 팔아치우고 하와이로 이사 갔죠, 아마?"

"그런 걸 어떻게 알아요?"

"나도 어렸을 때 스케이트보드 좀 탔거든요. 이걸 갖고 싶었는데, 돈이 없었어요. 그것 참 아이러니네요, 안 그래요?"

"뭐가요?"

"보니 보드와 유골 사건이요. 본즈(보니*Boney*라는 회사 이름과 유골이라는 뜻의 본즈*bones*가 같은 어원에서 나온 말임을 깨닫고 하는 말－옮긴이) 사건."

보슈가 고개를 끄덕였다.

"어찌 됐든지요. 뭐가 됐든지 알아낼 수 있는 대로 다 알아봐줘요, 내일까지요."

"음, 노력은 해보겠지만 내일까지는 좀 …."

"내일이에요, 앤트완. 6층이 목을 조른다니까요. 내일 다시 올게요."

제스퍼가 고개를 끄덕였다.

"적어도 내일 오전까지는 시간을 줘요."

"알았어요. 문서는 진전이 좀 있어요?"

제스퍼가 고개를 저었다.

"아직까지는 전혀 없어요. 버나뎃이 염색약을 여러 번 바꿔가며 시도해봤지만 아무것도 나타나지 않았어요. 거기에 기대를 걸지 않는 게 좋을 것 같아요, 해리."

"알았어요, 앤트완."

보슈는 상자를 들고 있는 제스퍼를 뒤로 하고 걸어 나왔다.

할리우드 경찰서로 돌아오는 길에는 에드거에게 운전을 시켰고 보슈는 서류가방에서 제보전화 쪽지를 꺼내 휴대전화로 쉴러 들라크루아에게 전화를 걸었다. 그녀는 즉시 전화를 받았다. 보슈는 자기소개를 하고 나서 그녀의 제보전화가 담당 형사인 자기에게로 전달되었다고 말했다.

"아서가 맞아요?"

그녀가 다급하게 물었다.

"아직은 모릅니다. 그래서 전화 드린 거고요."

"아, 네."

"내일 아침 저와 제 동료가 찾아뵙고 아서에 대해 이야기를 나누고 정보를 좀 얻고 싶은데, 괜찮으시겠습니까? 유골이 동생 것인지 아닌지 확인하는 데 도움이 될 것 같아서요."

"그렇겠네요. 좋아요. 편하시면 이쪽으로 오세요."

"이쪽이 어디죠?"

"아, 제 집이요. 미라클 마일 지역 윌셔 근처예요."

보슈는 제보전화 쪽지에 적힌 주소를 보았다.

"오렌지 그로브군요."

"맞아요."

"8시 30분이면 너무 이른 시각인가요?"

"괜찮아요, 형사님. 도움이 된다면 기꺼이 돕겠어요. 그 남자가 그런 짓을 저지른 후에도 그곳에서 그토록 오랜 세월을 살았다니 생각만 해도 몸서리가 쳐지네요. 피해자가 내 동생이 아니더라도 말이에요."

보슈는 트렌트가 유골 사건에 대해서는 완전히 결백할 가능성이 아주 높다는 사실을 그녀에게 알려줄 필요가 없다고 생각했다. 이 세상에는 텔레비전에서 본 것을 전부 그대로 믿어버리는 사람들이 너무도 많았다.

대신, 보슈는 그녀에게 자신의 휴대전화 번호를 알려주면서 혹시 무슨 일이 있거나 다음 날 아침 8시 30분이 어려울 것 같으면 연락해달라고 말했다.

"어려울 것 같지 않네요. 돕고 싶어요. 유골이 아서가 맞는지 알고 싶고요. 내 안에는 아서이기를 바라는 마음이 있어요. 그러면 일이 끝나는 거니까요. 하지만 또 한편으로는 다른 사람이기를 바라는 마음도 있어요. 그러면 아서가 어딘가에 살아 있을 거라고 생각하며 살 수 있을 테니까요. 이젠 결혼해서 가정을 꾸리고 살고 있겠죠."

"이해합니다. 내일 아침에 뵙겠습니다."

보슈가 말했다.

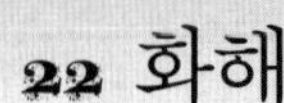

# 화해

보슈는 베니스를 향해 쏜살같이 달렸지만 30분이나 늦게 도착했다. 게다가 주차공간을 찾을 수가 없어 돌아다니느라고 더 늦어버렸고 결국에는 전날 밤에 주차했던 도서관 앞에 차를 댈 수 밖에 없었다. 그러나 줄리아 브래셔는 그가 늦은 것에 신경을 쓰지 않았다. 부엌에서 요리를 하느라고 정신이 없었다. 그녀는 보슈에게 스테레오로 가서 음악을 틀고, 이미 마개를 따 탁자에 놓아둔 포도주 병에서 한 잔 따라 마시라고 지시했다. 그를 포옹하거나 키스를 하러 다가오지는 않았지만, 아주 부드러운 태도였다. 그는 상황이 좋은 것 같다고, 전날 밤의 실수를 용서받은 것 같다고 생각했다.

보슈는 뉴욕의 재즈 클럽 빌리지 뱅가드에서 있은 빌 에반스 트리오의 실황 녹음 시디를 골랐다. 그에게도 그 시디가 있었고, 조용히 저녁식사를 하기에 어울리는 음악이라는 것을 알고 있었다. 그는 적포도주 한 잔을 따라 들고 거실을 돌아다니며 그녀가 진열해놓은 물건을 구경

하기 시작했다.

흰 벽돌로 만든 벽난로 위 선반에는 어젯밤 구경할 기회가 없었던 작은 사진 액자가 가득 늘어서 있었다. 어떤 사진은 지지대에 받쳐져 다른 사진들보다 앞으로 나와 있었다. 전부가 인물 사진은 아니었다. 아마도 그녀가 여행했던 곳을 찍은 것 같은 풍경 사진도 몇 장 있었다. 연기와 용암을 하늘로 내뿜고 있는 활화산을 찍은 사진이 있었다. 상어의 떡 벌린 주둥이와 날카로운 이를 찍은 수중 사진도 보였다. 상어가 카메라를 향해, 아니 카메라를 들고 있는 사람을 향해 돌진하고 있는 모습이었다. 사진 가장자리에 사진사—아마도 브래셔일 것 같았다—를 보호해주고 있는 울타리의 철책 한 개가 눈에 띄었다.

호주의 어느 오지인 것 같은 곳에서 원주민 남자 두 명 가운데에 서 있는 브래셔를 찍은 사진도 보였다. 다른 배낭여행객들과 함께 찍은 사진도 몇 장 있었는데, 사진마다 보슈가 쉽게 알아볼 수 없는 이국적이거나 험한 지역 풍경이 배경으로 보였다. 사진 속의 줄리아는 카메라를 바라보고 있지 않았다. 먼 곳을 응시하고 있거나, 함께 사진을 찍는 사람들 중 누군가를 바라보고 있었다.

선반 뒤쪽 다른 액자들 뒤로 훨씬 젊어 보이는 줄리아와 그녀보다 약간 나이가 많아 보이는 남자를 찍은 작은 사진이 담긴 금테 액자가 숨어 있었다. 보슈는 사진들 속으로 손을 뻗어 액자를 들어올렸다. 둘은 식당이나 결혼식 피로연장 같은 곳에 앉아 있었다. 줄리아는 목둘레가 깊이 파인 베이지 색 드레스를 입고 있었고, 남자는 턱시도를 입고 있었다.

"이 사람은 일본에서는 신과 같은 존재래요."

줄리아가 부엌에서 말했다.



보슈는 액자를 제자리에 내려놓고 부엌으로 걸어갔다. 줄리아는 머리를 풀어 늘어뜨리고 있었는데, 그는 땋은 쪽이 나은지 푼 쪽이 나은지 알 수 없었다.

"빌 에반스?"

"네. 일본에는 그의 음악만을 틀어주는 라디오 채널도 꽤 있어요."

"설마 일본에도 가봤다는 말은 아니겠지."

"두 달쯤 있었어요. 매력적인 곳이에요."

그녀는 닭고기와 아스파라거스를 넣은 리조또를 만들고 있는 것 같았다.

"냄새 좋군."

"고마워요. 맛도 좋았으면 좋겠는데."

"그래, 뭣 때문에 도망 다닌 거야?"

그녀는 가스레인지 앞에서 일하다 말고 고개를 돌려 그를 바라보았다. 손에는 재료를 휘젓던 주걱이 들려 있었다.

"네?"

"여행 말이야. 아버지의 법률 법인을 나와서 상어랑 수영하고 화산을 보러 가고 그랬잖아. 아버지가 문제였어, 아니면 아버지가 운영하던 회사가 문제였어?"

"어쩌면 도망친 게 아니라 뭔가를 찾아 다녔던 건지도 모르죠."

"턱시도 입은 남자는 누구야?"

"해리, 총 내려놔요. 배지를 문 앞에 갖다 두고요. 난 항상 그렇게 하거든요."

"미안해."

그녀는 요리를 계속하기 위해 돌아섰고, 보슈는 그녀의 등 뒤로 다가갔다. 두 손을 그녀의 양어깨에 올려놓고 엄지손가락으로 등뼈의 움푹 들어간 곳을 어루만졌다. 그녀는 저항하지 않았다. 곧 그녀의 근육이 긴장을 푸는 것이 느껴졌다. 조리대 위에 놓인 그녀의 포도주잔이 비어 있는 것이 눈에 띄었다.

"포도주를 가져올게."

그는 자기 포도주잔과 포도주병을 들고 돌아와 그녀의 잔을 채웠다. 줄리아는 잔을 들고 그의 잔과 부딪쳤다.

"무언가를 향해 달려가는 것과 무언가로부터 도망쳐 달려가는 것 어느 쪽에 건배할까요? 그냥 달려가는 것에 하죠. 달려가는 것을 위해 건배."

그녀가 말했다.

"'단단히 붙잡아'는 어떻게 됐어?"

"그럼 그것도 하죠."

"용서와 화해를 위해 건배."

그들은 다시 잔을 맞부딪쳤다. 그는 그녀의 등 뒤로 돌아가 다시 그녀의 목을 어루만지기 시작했다.

"어젯밤 당신이 가고 나서 당신 이야기에 대해 많이 생각해 봤어요."

그녀가 말했다.

"내 이야기?"

"총알과 터널 이야기요."

"그래서?"

그녀가 어깨를 으쓱했다.

"그냥요. 놀라워요. 그뿐이에요."

"그날 이후로 난 어둠 속에서 쓰러져도 두렵지가 않았어. 다시 일어서서 이겨낼 거라는 걸 알았거든. 이유를 설명할 순 없지만 그냥 그런 생각이 들었어. 물론 어리석은 생각이지. 그때 거기서도 그리고 다른 어느 곳에서도 내가 그렇게 운 좋게 살아남을 거라는 보장은 없으니까 말이야. 그런 당치도 않은 확신 때문에 내가 좀 경솔해졌나 봐."

보슈는 잠시 어루만지던 손을 멈추고 가만히 있었다. 그러고는 말을 이었다.

"지나치게 경솔한 건 안 좋아. 너무 자주 총구 앞을 걸어가면 결국에는 총알을 맞게 될 테니까."

"이런, 지금 날 가르치는 거예요, 해리? 내 사부가 되고 싶어요?"

"아냐. 총이랑 배지는 문간 앞에 놔뒀어. 잊었어?"

"그렇다면 좋아요."

그의 손이 아직도 그녀의 목을 만지고 있는데 그녀가 돌아서더니 그에게 키스를 했다. 그러고는 다시 뒤로 물러섰다.

"리조또는 나중에 먹고 싶을 때까지 오븐에 쭉 놔두면 되기 때문에 좋은 것 같아요."

보슈가 미소를 지었다.

둘이 사랑을 나눈 후, 보슈는 침대에서 일어나 거실로 나갔다.

"어디 가요?"

그녀가 그의 등에 대고 물었다.

보슈가 대답을 하지 않자 그녀는 오븐의 온도를 올려달라고 부탁했다. 그는 금테 두른 액자를 가지고 돌아왔다. 그러고는 침대로 올라가 침대 옆 탁자에 놓인 전등을 켰다. 두꺼운 갓을 쓰고 있는 전등에서 희미한 불빛이 흘러나왔다. 아직도 방 안은 어스름했다.

"해리, 뭐하는 거예요? 오븐 온도는 올렸어요?"

줄리아는 자기 마음속으로 너무 깊이 들어오지 말라는 경고를 담은 말투로 물었다.

"응. 350으로. 이 친구 얘기 좀 해 봐."

"왜요?"

"그냥, 알고 싶어서."

"사적인 얘긴데요."

"알아. 그래도 얘기는 해줄 수 있잖아."

줄리아가 사진을 뺏으려 하자 그는 그녀의 손이 닿지 않게 팔을 길게 뻗었다.

"이 남자야? 이 남자한테 실연당해서 도망쳤던 거야?"

"해리, 배지를 뗐다고 생각했는데요."

"그랬지. 그리고 옷도. 몽땅 벗었잖아."

그녀가 미소를 지었다.

"아무 말도 안 해줄 거예요."

그녀는 베개를 베고 반듯하게 누워 있었다. 보슈는 사진을 탁자 위에 올려놓고 그녀 옆으로 기어들어가 누웠다. 시트 속에서 팔을 뻗어 그녀의 몸을 끌어당겨 안았다.

"흉터 거래를 또 해볼까? 난 한 여자한테서 두 번이나 실연을 당했어. 그런데 어땠는 줄 알아? 오랫동안 거실 책장 위에 그 여자 사진을 올려놓고 있었어. 그러다가 새해 첫날 이제 충분히 세월이 흘렀다는 생각이 들어서 사진을 치웠어. 그다음에 출동 명령이 떨어져서 나갔다가 당신을 만난 거야."

그녀는 보슈의 얼굴에서 뭔가를, 거짓말이라는 작은 힌트를 찾고 있기라도 하듯 약간씩 눈을 굴리며 그를 바라보았다.

"그래요. 그 남자한테 실연을 당했어요. 됐어요?"

마침내 그녀가 말했다.

"아니, 안 됐어. 그 새끼 누구야?"

줄리아가 웃음을 터뜨렸다.

"해리, 당신은 녹슨 갑옷을 입고 나를 구하러 와준 기사군요, 아무래도 그런 것 같아요."

그녀가 침대에서 일어나 앉자 시트가 가슴에서 미끄러져 내렸다. 그녀는 맨 가슴에 팔짱을 꼈다.

"아버지 회사에서 같이 근무했어요. 난 그를 진심으로 사랑했어요. 그런데 그는… 얼마 사귀다가 갑자기 헤어지자고 하더군요. 그러고는 나를 배신하고 아버지에게 내 비밀을 모두 알려줬어요."

"무슨 비밀?"

그녀가 고개를 저었다.

"이젠 어떤 남자한테라도 절대로 이야기하지 않을 비밀들이요."

"저 사진은 어디서 찍은 거야?"

"아, 그건 회사 행사에서요. 신년축하 모임이었던 것 같은데, 정확히는 기억이 안 나요. 그런 행사가 많이 있거든요."

보슈는 그녀의 등 뒤로 몸을 구부리고 누워 있었다. 그는 그녀의 허리에, 문신 바로 윗부분에 입을 맞췄다.

"난 더 이상은 그 남자와 같은 곳에서 일을 할 수 없었어요. 그래서 그만 뒀죠. 여행을 하고 싶다고 말했어요. 아버지는 서른 살이 된 내가 중년의 위기를 맞고 있다고 생각했죠. 맘대로 생각하라고 내버려뒀어요. 그렇지만 내가 하고 싶다고 했던 일을 하긴 해야 했죠. 여행 말이에요. 처음엔 호주로 갔어요. 내가 생각할 수 있는 가장 먼 곳이었거든요."

보슈도 일어나 앉아 등 뒤에 베개 두 개를 받쳤다. 그러고는 그녀의 등을 끌어당겨 자기 가슴에 댔다. 그는 그녀의 머리에 입을 맞추고는 코를 그녀의 머리카락 속에 묻었다.

"회사에서 돈을 많이 벌었어요. 그래서 돈 걱정은 없었죠. 그냥 계속 돌아다녔어요. 가고 싶은 곳이면 어디라도 갔죠. 그러다가 하고 싶은 일이 있으면 하고요. 거의 4년 동안을 돌아다녔어요. 집으로 돌아오고 나서 곧장 경찰대학에 들어갔고요. 어느 날 길을 걷다가 베니스 지역봉사

활동 사무소를 봤어요. 들어가서 경찰대학 안내책자가 보이기에 집어 들었죠. 그 후론 일이 일사천리로 진행되더군요."

"이야기를 들어보니 의사결정과정이 충동적이고 다소 경솔하기까지 하군. 그런 점이 어떻게 입학사정관들에게 걸리지 않았을까?"

줄리아가 팔꿈치로 그의 옆구리를 툭 찌르자 갈비뼈에서 타는 듯한 통증이 느껴졌다. 보슈가 신음소리를 냈다.

"아, 해리, 미안해요. 깜박했어요."

"괜찮아."

그녀가 소리를 내어 웃었다.

"아시겠지만 몇 년 전부터 경찰대학은 25세 이상의 '성숙한' 여성 생도 지원자를 우대해왔어요. 경찰조직 내에 넘쳐나는 거친 남성 호르몬을 좀 약화시키고 싶은 거였겠죠."

그녀는 자기 말을 강조하기 위해 엉덩이를 뒤로 밀어 보슈의 성기를 툭 쳤다.

"남성 호르몬 이야기가 나왔으니 하는 말인데, 오늘 있었던 고집불통 부국장님과의 회의는 어땠어요?"

그녀가 물었다.

보슈는 신음소리만 내고 대답은 하지 않았다.

그녀가 말했다.

"언젠가 어빙 부국장이 경찰대학에 와서 경찰의 도덕적 책임에 관해 강연을 했어요. 강당에 앉아 있던 학생들 모두 그가 6층 사무실에 앉아 뒷거래를 하는 횟수가 1년 365일이라는 숫자보다 많을 거라고 생각하고 있었죠. 그 사람 아주 전형적인 중개자 타입이에요. 그런 사람이 도덕적 책임을 운운했으니, 아이러니 아닌가요?"

그녀에게서 '아이러니'라는 말을 들으니 앤트완 제스퍼가 언덕 위 유골을 스케이트보드 제작사의 이름과 관련시키며 아이러니라고 했던 말이 퍼뜩 생각났다. 잠시 수사에 대해서는 잊어버리고 있었는데 다시 생각이 나자 온몸의 근육이 긴장되기 시작했다.

그녀도 그의 변화를 알아차렸다.

"왜 그래요?"

"아무것도 아니야."

"왜 갑자기 굳어지고 그러는데요?"

"사건 생각이 나서."

그녀는 잠깐 동안 말이 없다가 다시 말했다.

"생각해보면 놀라운 일이에요. 수십 년을 땅속에 묻혀 있던 유골이 어느 날 갑자기 툭 튀어나오다니. 유령처럼 말이에요."

"거긴 유골의 도시야. 뼈들이 모두 튀어나오려고 기다리고 있는 도시 말이야."

그는 잠시 말을 멈췄다가 다시 말했다.

"어빙이나 유골이나 사건이나 뭐 그런 얘긴 지금 안 하고 싶은데."

"그럼 뭘 하고 싶어요?"

보슈는 대답하지 않았다. 그녀가 그를 향해 몸을 돌리더니 그가 받쳐놓은 베개 두 개를 끄집어냈고, 마침내 그는 침대에 반듯이 누운 상태가 되었다.

"성숙한 여성이 한 번 더 그 거친 남성 호르몬을 약화시켜주는 건 어때요?"

보슈의 입가에 저절로 미소가 떠올랐다.

## 23 도넛 한 상자

보슈는 동이 트기 전에 길을 나섰다. 자고 있는 줄리아 브래셔를 가만 내버려두고 집을 나와 애버츠 해빗에서 커피 한 잔을 사서 자기 집을 향해 차를 몰았다. 거리마다 아침 안개가 자욱하게 깔려 있어 베니스는 유령의 마을 같았다. 그러나 할리우드에 가까워질수록 달리는 차들의 불빛이 늘어났고, 보슈는 유골의 도시가 24시간 불이 꺼지지 않는 도시라는 사실을 새삼 느꼈다.

집으로 돌아온 보슈는 샤워를 하고 옷을 갈아입었다. 그러고는 다시 차를 타고 언덕을 내려와 할리우드 경찰서로 갔다. 도착했을 때는 7시 30분이었다. 놀랍게도 형사들 상당수가 벌써 출근해 서류작업을 하고 사건을 쫓아다니고 있었다. 에드거의 모습은 보이지 않았다. 보슈는 서류가방을 내려놓고 커피를 가지러 그리고 시민이 갖다 준 도넛이 있나 살펴보러 상황실로 갔다. 아직도 경찰에 대한 믿음을 간직하고 있는 이름 모를 시민들이 거의 날마다 도넛을 가져다주곤 했다. 아직도 저 바깥세상에는 경찰의 어려움을 알고 있거나 적어도 이해하고 있는 사람들이 있다는 것을 보여주는 징표였다. 시민들이 경찰을 이해해주지 않고 더 나아가 경찰을 싫어하고 많은 경우에는 공공연하게 경찰을 멸시하는 곳에서, 날마다 모든 경찰서의 모든 경찰들이 최선을 다해 공무를 수행하려고 애쓰고 있었다. 보슈는 도넛 한 상자가 그런 경찰들의 다친 마음을 얼마나 많이 어루만져줄 수 있는가를 생각하며 놀라워했다.

보슈는 커피를 한 잔 따르고 바구니에 1달러를 집어넣었다. 그러고는 카운터에 있는 도넛 상자에서 설탕 묻힌 도넛을 한 개 꺼내들었다. 늘 그렇듯 순경들이 먼저 집어가서 도넛이 많이 줄어 있었다. 놀라운 일도 아니었다. 농산물 직판장 안에 있는 밥스 도넛 가게에서 사온 것이었으니 어쩌면 당연한 일이었다. 맨키비츠 경사는 책상 뒤에 앉아 짙은 눈썹을 치켜세워 V자형 주름살이 진 얼굴로 순찰대 배치표 같은 것을 들여다보고 있었다.

"여어, 맨키. 제보전화 쪽지에서 1급 단서를 얻어낸 것 같아. 알고 싶어 할 것 같아서."

맨키비츠는 고개도 들지 않고 대답했다.

"잘됐네. 내 애들이 그 일을 그만해도 될 때가 되면 즉시 알려줘. 앞으로 며칠간은 책상 앞에 앉는 친구들이 딸릴 것 같아."

보슈는 그 말이 그가 인원 배치를 놓고 골머리를 앓고 있다는 뜻이라는 걸 알았다. 휴가나 법정 출두, 병가 등으로 순찰차에 태울 경찰관이 부족할 때, 상황실 팀장인 맨키비츠 경사는 사무담당 경찰관을 빼내 순찰차에 태웠다.

"알았어."

보슈가 형사과로 돌아왔을 때에도 에드거는 아직 출근 전이었다. 보슈는 커피와 도넛을 실렉트릭 타자기 옆에 놓고 공문서 서랍에서 압수수색영장 신청서 한 장을 꺼내왔다. 그 후 15분 동안 그는 이미 퀸 오브 에인절스 법무담당에게 전달한 압수수색영장에 대한 추가 영장을 타이핑했다. 거기에서 그는 1975년경부터 1985년까지 아서 들라크루아에 대한 의료기록을 전부 요청했다.

영장 작성이 끝나자 그는 영장을 들고 팩스기로 가서 그 전날 모든 병원에 대한 압수수색영장을 발부해준 존 A. 휴턴 판사 사무실로 보냈다. 그는 판사에게 이 영장이 있어야 유골의 신원파악이 가능하고 수사력을 집중할 수 있기 때문에 최대한 빨리 검토해줄 것을 요구하는 메모를 덧붙였다.

보슈는 책상으로 돌아가 기록보관소에서 마이크로필름을 확인하며 모아온 실종신고서 사본 뭉치를 꺼냈다. 그러고는 실종자 성명란만 확인하며 재빨리 신고서를 훑어보았다. 10분 만에 일이 끝났다. 아서 들라크루아의 실종신고서는 없었다. 이게 어찌된 영문인지 아서의 누나를 만나서 물어봐야겠다고 생각했다.

벌써 8시였고, 보슈는 아서의 누나를 만나러 갈 준비가 끝났다. 하지만 아직도 에드거가 나타나지 않았다. 보슈는 남은 도넛을 다 먹었고 10분만 더 기다렸다가 출발하기로 결심했다. 에드거와 함께 일한 지 10년이 넘었지만 그가 시간개념이 없는 것은 아직도 짜증이 났다. 저녁 식사 자리에 늦는 것은 괜찮지만 수사에 늦는 것은 문제였다. 그는 항상 에드거가 지각하는 건 강력반 형사로서의 의무감이 부족하기 때문이라고 생각했다.

직통전화가 울리자 보슈는 에드거가 늦는다는 말을 하려고 전화한 것이라고 생각하고 퉁명스럽게 전화를 받았다. 그런데 에드거가 아니라 줄리아 브래셔였다.

“어떻게 여자를 침대에 홀로 남겨두고 갈 수가 있어요, 네?”

보슈가 미소를 지었다. 에드거 때문에 난 짜증이 싹 사라졌다.

"일이 좀 많아서 어쩔 수가 없었어."

"알아요, 하지만 작별 인사는 하고 갔어야죠."

그때 에드거가 형사과로 들어오는 것이 보였다. 보슈는 에드거가 커피와 도넛을 먹으며 신문의 스포츠란을 읽는 일상을 시작하기 전에 출발하고 싶었다.

"그러면 지금 할게. 안녕. 됐지? 지금 일 때문에 나가봐야 해."

"해리…."

"왜?"

"전화를 끊은 줄 알았잖아요."

"아냐, 하지만 이제 끊어야 돼. 저기, 출근하기 전에 들러. 그때까지는 들어와 있을 거야."

"알았어요. 그때 봐요."

보슈가 전화를 끊고 일어서는데 에드거가 자기 자리로 와 접은 신문을 책상 위로 던졌다.

"준비됐어?"

"응, 그런데 우선…."

"가자고. 여자를 계속 기다리게 하고 싶진 않아. 그리고 그 집에도 커피는 있을 거고."

사무실을 나서는 길에 보슈는 팩스기의 수신문서 선반을 확인했다. 휴턴 판사가 그가 보낸 추가 압수수색영장에 서명해 돌려보낸 것이 들어와 있었다.

차로 걸어가는 동안 보슈는 에드거에게 영장을 보여주며 말했다.

"우린 지금 일을 하고 있는 거야. 봤지? 일찍 나오니까 벌써 하나 처리했잖아."

"그게 무슨 뜻이야? 지금 나를 씹는 거야?"

"무슨 뜻이긴, 말 그대로지."

"커피나 한잔 마셨으면 좋겠다."

## 24 들라크루아 가(家)

쉴러 들라크루아는 미라클 마일이라는 지역에 살고 있었다. 윌셔 남쪽에 있는 곳으로 근처의 핸콕 파크의 수준에는 못 미치지만 손질이 잘 된 단독주택과 개성을 살리기 위해 약간씩 개조를 한 연립주택이 늘어서 있었다.

들라크루아의 집은 모조예술작품 같은 외관을 가진 연립주택의 2층이었다. 그녀는 친절하게 형사들을 맞아들였지만, 에드거가 커피 좀 마실 수 있겠냐는 말부터 꺼내자, 커피는 종교적인 이유로 마시지 않는다고 대답했다. 대신 차를 권했고 에드거는 마지못해 받아들였다. 보슈는 마시지 않겠다고 했다. 어떤 종교가 커피를 금하는지 궁금했다.

그녀가 부엌에서 에드거에게 줄 차를 끓이는 동안 그들은 거실 소파에 앉아 있었다. 그녀는 시간이 한 시간밖에 없고 그 후엔 출근해야 한다고 큰 소리로 말했다.

"무슨 일을 하십니까?"

그녀가 티백 꼬리가 옆에 걸쳐 있는 김이 모락모락 나는 머그컵을 들고 다가오자 보슈가 물었다. 그녀는 에드거 옆에 있는 탁자 위 받침접시에 머그컵을 내려놓았다. 키가 컸고 짧은 커트 금발머리에 약간 뚱뚱했다. 보슈는 그녀가 화장을 너무 진하게 했다고 생각했다.

그녀가 소파에 앉으면서 말했다.

"캐스팅 감독이에요. 주로 독립영화를 하고 가끔 TV 단편 드라마도 맡죠. 이번 주에는 경찰 드라마 캐스팅을 하고 있어요."

보슈는 에드거가 차를 조금 마시더니 얼굴을 찌푸리는 것을 보았다. 에드거는 티백 꼬리표를 읽으려고 머그컵을 쳐들었다.

"딸기와 다즐링 혼합차예요. 맛이 괜찮아요?"

들라크루아가 말했다.

에드거는 머그컵을 받침접시 위에 내려놓았다.

"좋네요."

"들라크루아 씨? 연예계에 종사하신다니 혹시 니콜라스 트렌트를 알고 계셨나요?"

"그냥 쉴러라고 불러주세요. 그리고 그 이름, 니콜라스 트렌트요. 어디서 많이 들어본 것 같기는 한데, 어디서인지는 모르겠네요. 배우인가요? 아니면 캐스팅 쪽에서 일하나요?"

"둘 다 아닙니다. 원더랜드에 살았던 사람이에요. 무대 디자이너, 아니 무대 장식가였죠."

"아, TV에 나왔던 사람, 자살한 남자 말이죠? 어쩐지 익숙하더라니."

"그러니까 업계에서 알았던 사람은 아니군요, 그렇죠?"

"아니에요."

"알겠습니다. 이 질문은 나중에 했어야 했는데. 순서가 좀 잘못됐군요. 남동생 얘기를 시작하죠. 아서에 대해 말씀해주세요. 그의 사진이 있나요?"

"있죠."

그녀가 말하더니 일어서서 보슈의 의자 뒤로 걸어갔다.

"여기 있어요."

보슈 뒤에는 허리 높이의 캐비닛이 있었는데 보슈는 그녀가 거기로 갈 때까지 있는 줄도 몰랐었다. 그 위에는 줄리아 브래셔의 집 벽난로 선반에 놓여 있던 것처럼 사진 액자가 늘어서 있었다. 들라크루아는 액자 한 개를 집어 들고 돌아서서 보슈에게 건네주었다.

액자에는 계단 위에 앉아 있는 남자아이와 여자아이의 사진이 들어 있었다. 보슈는 그 계단이 조금 전 그들이 올라온 계단이라는 걸 알아보았다. 남자아이는 여자아이보다 많이 작았다. 둘은 카메라를 향해 웃고 있었지만 웃으라는 지시에 따라 웃는 억지웃음이었다. 이가 많이 드러나 있었지만 입 꼬리가 올라가 있지 않았다.

보슈는 사진을 에드거에게 건네고, 소파로 돌아와 앉아 있는 들라크루아를 바라보았다.

"사진 속의 계단 말인데요. 이 사진 여기서 찍은 겁니까?"

"네. 이곳이 우리가 자란 집이에요."

"아서가 사라졌을 때, 여기에서 사라졌다는 거네요?"

"네."

"집 안에 아직도 그의 소지품이 남아 있습니까?"

들라크루아는 슬픈 미소를 지으며 고개를 저었다.

"아뇨. 전부 다 처분했어요. 교회의 자선바자행사에 기부했어요. 오래 전에요."

"어떤 교회죠?"

"월셔 자연 교회요."

보슈가 고개를 끄덕였다.

"그 교회에서 커피를 못 마시게 하는 건가요?"

에드거가 물었다.

"카페인이 든 것은 어떤 것도요."

에드거는 사진 액자를 머그컵 옆에 내려놓고 나서 물었다.

"아서를 찍은 다른 사진도 있어요?"

"물론이죠. 옛날 사진은 다 상자에 담아뒀어요."

"봐도 될까요? 이야기를 나누는 동안 말이죠."

들라크루아는 왜 그러는지 모르겠다는 듯 양미간을 찌푸렸다.

보슈가 말했다.

"쉴러. 유골과 함께 옷 조각도 몇 개 발견되었어요. 사진을 보면서 그 옷과 일치하는 것이 있는지 찾아보고 싶어요. 수사에 도움이 될 것 같아서요."

그녀가 고개를 끄덕였다.

"알았어요. 뭐 그렇다면 금방 가져올게요. 복도 벽장 속에 있거든요."

"도와드릴까요?"

"아뇨, 혼자 할 수 있어요."

그녀가 자리를 뜨자 에드거가 보슈에게로 몸을 기울이며 속삭였다.

"이 자연 교회 차는 꼭 오줌 맛이 나는데."

보슈도 속삭이는 목소리로 되물었다.

"오줌 맛이 어떤지는 어떻게 아는데?"

에드거는 자기가 판 구덩이에 자기가 빠졌다는 것을 깨닫고 민망한지 눈에 힘을 주었다. 그가 대답을 하기 전에 쉴러 들라크루아가 낡은 구두 상자 한 개를 들고 거실로 돌아왔다. 그녀는 상자를 탁자 위에 놓고 뚜껑을 열었다. 상자 안에는 낱장 사진이 가득 들어 있었다.

"뒤죽박죽이에요. 하지만 아서가 나온 사진이 많이 있을 거예요."

보슈가 에드거에게 고개를 끄덕여보이자 에드거는 상자 속에서 사진 한 뭉치를 꺼냈다.

"동료가 사진을 훑어보는 동안, 남동생에 대해서 말씀해주시겠어요? 그리고 실종 당시의 상황에 대해서도요."

쉴러는 고개를 끄덕이고 잠시 생각을 정리하더니 말문을 열었다.

"1980년 5월 4일이었어요. 아서가 학교에서 집으로 돌아오지 않았어요. 그게 끝이에요. 그게 전부예요. 우리는 아서가 가출했다고 생각했어요. 유골과 함께 옷도 발견됐다고 하셨죠? 아버지는 아서의 서랍을 열어보더니 아서가 옷을 몇 벌 가져갔다고 했어요. 그래서 우리는 아서가 가출했다고 생각했죠."

보슈는 재킷 주머니에서 꺼낸 수첩에 몇 가지를 메모했다.

"아서가 실종되기 몇 달 전에 스케이트보드를 타다가 다쳤다고 하셨는데요."

"맞아요. 머리를 부딪쳐서 수술을 받았어요."

"사라졌을 때, 스케이트보드를 가져갔습니까?"

그녀는 오랫동안 기억을 더듬었다.

"너무 오래전 일이라…. 내가 아는 건 아서가 그 보드를 굉장히 좋아했었다는 것뿐이에요. 그러니까 아마 가져갔을 거예요. 하지만 옷은 분명히 기억나요. 아버지는 아서의 옷 몇 벌이 사라졌다고 했어요."

"실종신고를 했습니까?"

"그때 난 열여섯 살이었어요. 그래서 내가 직접 하진 않았죠. 하지만 아버지가 경찰과 이야기를 나눴어요. 네, 분명히 그랬어요."

"아서의 실종신고서를 찾을 수가 없었어요. 아버지가 실종신고를 하셨다는 게 확실합니까?"

"아버지가 경찰서에 갈 때 나도 따라갔었어요."

"월셔 경찰서였나요?"

"그럴 거라고 생각하지만, 솔직히 기억이 잘 나질 않네요."

"쉴러, 아버지는 어디 계세요? 아직 살아 계십니까?"

"살아 계세요. 밸리에 살고 있죠. 하지만 요즘엔 좀 편찮으세요."

"밸리 어디요?"

"밴나이스요. 맨체스터 트레일러 파크에요."

보슈가 받아 적는 동안 침묵이 흘렀다. 예전에 수사를 위해 맨체스터 트레일러 파크에 가본 적이 있었다. 살기에 쾌적한 곳은 아니었다.

"알코올 중독이에요."

보슈가 그녀를 바라보았다.

"아서가 사라지고 난 후부터…."

보슈는 이해한다는 의미로 고개를 끄덕였다. 에드거가 그에게 사진 한 장을 건넸다. 누렇게 변한 3×5 크기의 사진이었다. 사진 속에는 어린 소년이 균형을 잡기 위해 두 팔을 벌리고 스케이트보드를 타고 인도를 미끄러져 가고 있었다. 사진의 각도 때문에 스케이트보드는 옆면 밖에 잘 보이질 않았다. 보슈는 그 사진만 가지고는 보드에 해적 표시 그림이 있는지 없는지 알 수 없었다.

"잘 안 보이는데."

보슈가 에드거에게 사진을 건네주며 말했다.

"아니, 옷, 셔츠 말이야."

보슈는 다시 사진을 보았다. 그랬다. 사진 속의 소년은 가슴에 '솔리드 서프'라고 인쇄된 회색 티셔츠를 입고 있었다.

보슈는 사진을 쉴러에게 보여주었다.

"이 아이가 당신 남동생 맞죠?"

그녀가 앞으로 몸을 숙여 사진을 보았다.

“맞아요, 분명해요.”

“아서가 입고 있는 셔츠요, 당신 아버지가 사라졌다고 했던 옷들 중에 하나였는지 아닌지 기억하세요?”

들라크루아는 고개를 저었다.

“기억 안 나요. 굉장히 오래…. 아서가 이 셔츠를 굉장히 좋아했다는 사실만 생각나네요.”

보슈는 고개를 끄덕이고는 사진을 에드거에게 돌려주었다. 엑스레이와 유골 비교를 통해 얻을 수 있는 것과 같은 확실한 증거는 아니었지만, 중요한 단서를 하나 더 얻은 셈이었다. 보슈의 마음속에서는 유골의 신원을 곧 확인하게 될 것 같다는 느낌이 점점 더 강해졌다. 그는 에드거가 쉴러에게서 빌려가려고 모아둔 사진들 속에 이 사진을 끼워 넣는 것을 바라보았다.

보슈는 손목시계를 보고 나서 다시 쉴러를 바라보았다.

“어머니는요?”

쉴러는 즉시 고개를 저었다.

“없어요. 이 일이 일어나기 전에, 오래전에 떠났어요.”

“돌아가셨다는 말인가요?”

“사는 게 힘들어지자마자 집을 나갔다는 뜻이에요. 아서는 힘든 아이였어요. 태어났을 때부터 그랬죠. 많은 관심이 필요한 아이였고 그 책임은 어머니에게 떨어졌죠. 얼마 못 가서 어머니는 더는 견딜 수 없게 된 거죠. 어느 날 밤 약국에 약을 사러 간다고 나갔는데 돌아오지 않았어요. 우리 베개 밑에서 어머니가 써놓은 짧은 편지를 발견했죠.”

보슈는 고개를 숙이고 수첩을 보았다. 쉴러 들라크루아를 계속 쳐다보면서 이야기를 듣고 있기가 힘들었다.

"그때 당신은 몇 살이었죠? 아서는요?"

"내가 여섯 살이었으니까 아서는 두 살 때였겠네요."

보슈가 고개를 끄덕였다.

"어머니가 써놓은 편지를 가지고 있었나요?"

"아뇨. 그럴 필요가 없었어요. 난 어머니가 우리를 많이 사랑했지만 우리와 함께 살 만큼 많이는 아니었다는 사실을 자꾸 생각나게 하는 건 갖고 있고 싶지 않았어요."

"아서는요? 아서는 가지고 있었나요?"

"글쎄요, 아서는 겨우 두 살이어서, 아버지가 대신 가지고 있었죠. 나중에 아서가 좀 더 컸을 때 주었어요. 가지고 있었을지도 모르죠. 잘 모르겠네요. 아서는 어머니를 본 기억이 전혀 없기 때문에 어머니에 대해 관심이 많았어요. 제게 어머니에 대해 많이 물어봤었죠. 어머니 사진은 한 장도 남아 있지 않았어요. 어머니의 흔적을 없애려고 아버지가 다 없애 버렸거든요."

"그 후로 어머니가 어떻게 사시는지 알아요? 아직 살아 계신지 아닌지는 알아요?"

"전혀 몰라요. 그리고 솔직히 말해서 어머니가 살았든 죽었든 관심 없어요."

"어머니의 성함이 뭐죠?"

"크리스틴 도셋 들라크루아. 도셋은 처녀 때 성(姓)이죠."

"어머니의 생년월일이나 사회보장번호를 알고 있어요?"

쉴러가 고개를 저었다.

"당신의 출생증명서는 가지고 있어요?"

"서류 놓는 곳 어딘가에 있을 거예요. 찾아볼게요."

그녀가 일어서려고 했다.

"아니, 잠깐만요, 그건 좀 있다가 찾아봐도 됩니다. 그것보다는 이야기를 계속하고 싶은데요."

"좋아요."

"어머니가 가출한 후 아버지는 재혼을 하셨나요?"

"아뇨, 안 했어요. 지금도 혼자 살아요."

"혹시 여자 친구는 있었어요? 동거한 여자라도?"

그녀는 힘없이 보슈를 바라보며 대답했다.

"아뇨. 전혀."

보슈는 그녀가 좀 덜 껄끄러워할 질문으로 옮겨가기로 결심했다.

"아서는 어느 학교에 다녔죠?"

"사라지기 전에는 브레드린 초등학교에 다녔어요."

보슈는 아무 말도 하지 않았다. 수첩에 학교 이름을 받아 적고 그 밑에 대문자 B를 적었다. 그러고는 대문자에 동그라미를 쳤다. 배낭 덮개가 떠올랐다. 쉴러는 자발적으로 술술 이야기를 풀어냈다.

"문제아들을 위한 사립학교였어요. 아버지가 학비를 냈죠. 피코 근처 크레센트 하이츠에 있어요. 아직도 거기 있고요."

"왜 거길 다녔죠? 아서가 문제아였나요?"

"그전에 다니던 몇 군데 학교에서 싸움 때문에 퇴학을 당했거든요."

"싸움이요?"

에드거가 되물었다.

"네."

에드거가 빌려가려고 모아둔 사진 뭉치에서 맨 위에 놓인 사진을 집어 들더니 잠깐 살펴보았다.

"이 아이는 꼭 연기처럼 가벼워 보이는데요. 먼저 싸움을 거는 쪽이었어요?"

"대체로요. 친구들과 잘 어울리질 못했어요. 그저 스케이트보드나 타고 싶어 했죠. 요즘 같으면 주의력 결핍 장애 같은 진단을 받지 않을까 싶네요. 항상 혼자 있고 싶어 했어요."

"싸움을 하다가 다치기도 했나요?"

보슈가 물었다.

"가끔은요. 대체로 멍이 든 정도였지만요."

"뼈가 부러진 적은요?"

"내 기억으론 없어요. 학교 운동장에서 애들끼리 툭탁거리는 정도였거든요."

보슈는 초조해졌다. 쉴러 들라크루아를 만나면 확실한 길이 열릴 것이라고 기대했는데 지금 얻고 있는 정보는 각기 다른 방향을 가리키고 있었다.

"아버지가 남동생 방의 서랍을 살펴봤고 옷이 몇 벌 사라진 걸 발견했다고 하셨죠?"

"네, 맞아요. 많이는 아니고요. 두세 벌 정도라고 했어요."

"사라진 옷 중에 구체적으로 기억나는 것은 없어요?"

그녀가 고개를 저었다.

"기억이 안 나요."

"옷을 어디에 넣어 갔죠? 트렁크 같은 것에 넣어갔나요?"

"책가방을 가져간 것 같아요. 책을 꺼내고 옷을 집어넣었던 거죠."

"책가방이 어떻게 생겼는지 기억하세요?"

"아뇨. 보통 배낭이었어요. 브레드린 초등학교 학생 모두가 같은 가방을 썼죠. 지금도 피코에서 덮개에 대문자 B가 적힌 배낭을 메고 다니는 학생들 많이 봐요."



보슈는 에드거를 바라보다가 들라크루아에게로 눈길을 돌렸다.

"스케이트보드 이야기로 돌아가죠. 아서가 그걸 가지고 나간 게 확실합니까?"

그녀는 잠시 기억을 더듬는 눈치더니 이윽고 고개를 끄덕였다.

"그래요, 확실해요."

보슈는 신문은 이쯤에서 멈추고 신원확인에 집중하기로 결심했다. 유골이 아서 들라크루아의 것으로 확인이 되면, 그의 누나에게는 다시 와서 물어볼 수 있을 것이었다.

그는 유골에 드러난 손상에 관한 골리어의 생각을 떠올려보았다. 만성적 아동학대. 그 모든 손상이 친구들과의 주먹다짐과 스케이트보드 사고로 생길 수 있을까? 아서가 학대를 당했는지 물어볼 필요가 있다는 건 알고 있었지만 지금은 때가 적절치 않은 것 같았다. 그리고 쉴러에게 이 문제를 물어보고 싶지도 않았다. 아버지에게 알릴 수 있기 때문이었다. 지금은 그냥 물러섰다가 나중에 사건에 대해 좀 더 확신이 생기고 수사방향이 확고해졌을 때 다시 돌아오고 싶었다.

"알겠습니다. 이제 곧 끝날 거예요, 쉴러. 몇 가지만 더 물어보고요. 아서에게 친구가 있었나요? 비밀을 털어놓을 수 있을 만큼 친한 친구가 있었어요?"

그녀가 고개를 저었다.

"없었던 것 같아요. 하루 온종일 혼자 있었거든요."

보슈가 고개를 끄덕이고 수첩을 덮으려는데 그녀가 말을 계속했다.

"스케이트보드를 같이 타던 친구가 한 명 있었어요. 이름이 조니 스톡스였죠. 피코 근처 어딘가에 살았어요. 아서보다 덩치가 크고 나이도 좀 많았지만 브레드린에서 같은 반이었죠. 아버지는 조니가 마리화나를 피운다고 확신했어요. 그래서 우린 아서가 조니와 어울리는 걸 좋아하지 않았죠."

"우리라면 아버지와 당신을 말하는 건가요?"

"그래요, 아버지와 나요. 아버지는 아서가 조니와 어울려다닌다고 화를 냈어요."

"당신이든 아버지든 아서가 사라진 후에 조니 스톡스와 이야기해봤어요?"

"네. 아서가 들어오지 않은 날 밤에 아버지가 조니에게 전화했는데, 조니는 아서를 못 봤다고 했대요. 그다음 날 아버지가 아서에 대해 물으러 학교로 찾아갔을 때, 조니를 다시 만나 물어봤다고 하더군요."

"조니가 뭐랬대요?"

"아서를 보지 못했다고요."

보슈는 수첩에 친구의 이름을 적고 밑줄을 쳤다.

"또 생각나는 다른 친구들은 없어요?"

"네, 없어요."

"아버지의 성함은 뭐죠?"

"새뮤얼이요. 만나보실 건가요?"

"그렇게 되겠죠."

그녀는 깍지 껴 무릎에 올려놓은 손을 내려다보았다.

"우리가 아버지를 만나는 게 싫으세요?"

"아뇨, 그런 건 아니고. 그냥 좀 편찮으셔서요. 유골이 아서의 것으로 밝혀지면…. 모르는 게 나을 거라는 생각이 드네요."

"그분을 만날 때 말씀하신 걸 염두에 둘게요. 하지만 정말 아서의 것으로 밝혀지기 전에는 만나지 않을 거예요."

"여러분이 찾아가면, 금방 알아차릴 텐데요."

"그건 어쩔 수가 없어요, 쉴러."

에드거가 보슈에게 다른 사진을 건넸다. 아서가 금발의 키 큰 남자 옆에 서 있었는데, 남자가 어쩐지 낯이 익었다. 그가 사진을 쉴러에게 보여주었다.

"이분이 아버집니까?"

"그래요."

"낯이 익군요. 혹시…."

"배우예요. 아니 예전에 배우였죠. 1960년대에 텔레비전 드라마 몇 편에 출연했었고, 그 후에도 영화에 몇 번 출연했죠."

"생활이 가능할 정도가 아니었나보죠?"

"그래요. 그래서 다른 일도 해야 했죠. 먹고 살기 위해서 말이에요."

보슈는 고개를 끄덕이고 사진을 다시 에드거에게 건넸지만 쉴러가 탁자 위로 팔을 뻗어 사진을 가로챘다.

"이 사진은 가지고 가지 말았으면 좋겠어요. 아버지 사진이 별로 없거든요."

"알겠습니다. 이제 출생증명서를 찾아볼까요?"

보슈가 말했다.

"내가 찾아올게요. 여기 계세요."

그녀가 다시 거실을 나가자, 에드거는 모아둔 다른 사진들 중에서 몇 장을 보슈에게 보여주었다.

"아서가 맞아, 해리. 확실해."

에드거가 속삭였다.

그는 보슈에게 학교에 내기 위해 찍은 것 같은 아서 들라크루아의 사진을 보여주었다. 머리를 단정하게 빗었고 파란색 재킷을 입고 넥타이를 매고 있었다. 보슈는 소년의 눈을 바라보았다. 니콜라스 트렌트의 집에서 보았던 사진 속의 코소보 어린이가 떠올랐다. 저 먼 곳을 바라보고 있던 소년.

“찾았어요.”

쉴러가 봉투 한 개를 가지고 돌아와 누렇게 변한 문서를 폈다. 보슈는 잠깐 살펴보다가 그녀의 부모의 이름과 생년월일과 사회보장번호를 베껴 적었다.

“감사합니다. 당신과 아서의 부모님은 같은 분들이죠?”

그가 물었다.

“물론이죠.”

“알았어요, 쉴러, 감사합니다. 이제 가야겠어요. 뭔가 확실한 단서가 잡히는 대로 연락드릴게요.”

그가 자리에서 일어서자 에드거도 따라 일어섰다.

“이 사진들을 빌려가도 되겠죠? 나중에 반드시 돌려드릴게요.”

에드거가 말했다.

“필요하다면 그렇게 하세요.”

그들은 현관을 향해 걸어갔고, 쉴러가 문을 열어주었다. 보슈는 문지방 앞에 서서 마지막 질문을 던졌다.

“쉴러, 줄곧 여기 살았어요?”

그녀가 고개를 끄덕였다.

“평생 동안요. 아서가 돌아올까 봐 떠나지 못하고 있어요. 돌아왔는데 아무도 없으면 안 되잖아요.”

그녀가 슬픈 미소를 지었다. 보슈는 고개를 끄덕이고 에드거를 따라 집을 나섰다.

# 25 소년의 진실

보슈는 자연사 박물관 매표소로 걸어가 창구 안에 앉아 있는 여직원에게 자기 이름을 말한 후 인류학 실험실의 윌리엄 골리어 박사와 만나기로 했다고 말했다. 여직원은 어딘가로 전화를 걸었다. 몇 분 후 그녀가 결혼반지를 낀 손으로 창문을 톡톡 두드리자 근처에 서 있던 경비가 돌아보았다. 경비가 다가오자 그녀는 보슈를 인류학 실험실로 데려다주라고 지시했다. 보슈는 입장료를 낼 필요가 없었다.

조명이 희미한 박물관 안을 걸어 매머드 뼈 전시실과 늑대의 두개골이 걸려 있는 벽 옆을 지나가는 동안 경비는 아무 말도 하지 않았다. 보슈는 어렸을 때 종종 라브리아 타르 채굴장(로스앤젤레스의 핸콕 공원에 있는 타르 채굴장. 이곳에서는 화석화된 선사시대 인간과 동물의 두개골, 뼈, 식물 등이 많이 발견되었다–옮긴이)으로 소풍을 간 적은 있었지만, 자연사 박물관 안에 들어와 보기는 이번이 처음이었다. 이 박물관은 채굴장에서 발견된 선사시대의 모든 화석을 보관, 전시하고 있었다.

보슈가 아서 들라크루아에 대한 의료기록을 입수하고 나서 골리어의 휴대전화로 전화를 걸었을 때, 인류학자는 지금 다른 사건을 맡고 있어서 다음 날까지는 시내의 법의국으로 갈 수가 없다고 말했다. 보슈가 그때까지 기다릴 수 없다고 하자, 골리어는 마침 원더랜드 사건 유골의 엑스레이와 사진을 가지고 있다고 했다. 자기가 있는 곳으로 오면 비교를 해보고 비공식적인 답변은 해줄 수 있다고 했다.

보슈는 타협안을 받아들이고 채굴장으로 향했고, 그동안 에드거는 할리우드 경찰서에 남아 아서의 친구인 조니 스톡스의 거주지와, 아서와 쉴러 들라크루아의 어머니 거주지를 컴퓨터로 조회해보기로 했다.

보슈는 골리어가 맡고 있다는 새 사건이 어떤 것인지 궁금했다. 채굴장은 수 세기에 걸친 선사시대의 동물들이 묻혀 있는 블랙홀이었다. 냉혹한 연쇄반응이 일어났던 그곳에서는 타르의 독기(毒氣)에 희생된 동물들이 다른 동물들의 먹이가 되었고, 그 다른 동물들도 독성물질에 중독되어 서서히 블랙홀 속으로 빠져들었다. 자연의 평형 작용이 일어나 이제 유골 화석들이 검은 타르 속에서 얼굴을 내밀었고 현대인들은 연구를 위해 화석을 채취했다. 이 모든 일이 로스앤젤레스에서 가장 번화한 거리 바로 옆에서 일어나, 무정한 세월의 흐름을 실감하게 만들었다.

보슈는 문 두 개를 통과해 유골의 정체를 확인하고 분류하고 연대를 측정하고 세척하는 작업이 진행되고 있는 실험실로 들어갔다. 사방에 유골을 담은 상자가 널려 있었다. 흰 실험복을 입은 연구원 대여섯 명이 각자 맡은 자리에서 유골을 세척하고 검사하고 있었다.

실험복을 입지 않은 사람은 골리어뿐이었다. 그는 지난번에 보았던 것과는 다른, 앵무새가 그려진 하와이안 셔츠를 입고 있었다. 그는 실험실 한구석에 있는 작업대 앞에서 일을 하는 중이었다. 보슈가 다가가면서 보니 작업대 위에는 나무로 만든 유골 상자 두 개가 놓여 있었다. 그

중 한 개에는 두개골이 한 개 들어 있었다.

"보슈 형사, 안녕하세요?"

"안녕하세요. 이건 뭐죠?"

"보시다시피 인간의 두개골이에요. 이틀 전에 아스팔트 밑에서 이 두개골을 비롯해 인골 몇 개가 발견됐어요. 30년 전에 이 박물관을 짓기 위해 파헤치고 아스팔트를 깔아 도로를 만들었던 곳에서요. 여기 관계자들이 공식적으로 발표를 하기 전에 확인 좀 해달라고 해서요."

"이해가 잘 안가네요. 그러니까 이 유골은… 오래된 건가요, 아니면 30년 전 건가요?"

"아, 꽤 오래된 거죠. 방사성 탄소 연대 측정법을 사용해보니 9천 년 전의 것으로 밝혀졌어요."

보슈는 고개를 끄덕였다. 두개골과 다른 상자에 든 유골들이 마호가니 목재처럼 보였다.

골리어가 상자에서 두개골을 집어 들며 말했다.

"한번 보세요."

골리어는 두개골을 돌려 뒷면이 보슈를 향하게 했다. 그러고는 손가락으로 두개골의 정수리 근처에 있는 별모양의 골절 주위에 동그라미를 그렸다.

"어디서 본 듯하죠?"

"둔기에 의한 골절입니까?"

"바로 맞혔어요. 당신 사건과 상당히 비슷하죠. 새삼 절감하게 되죠?"

골리어가 조심스럽게 두개골을 나무 상자 안에 담았다.

"뭘 말씀이에요?"

"인간의 본성은 바뀌지 않는다는 사실을요. 이 여자는, 우리는 이 두개골이 여자의 것이라고 판단하고 있어요, 9천 년 전에 살해당했고, 사체는 범죄를 은닉하기 위해 타르 구덩이로 던져진 것 같아요. 인간의 본성은 변하질 않는군요."

보슈가 두개골을 노려보았다.

"이 여자가 처음이 아니에요."

골리어가 말했다.

보슈가 고개를 들어 골리어를 바라보았다.

"1914년에 또 다른 여자의 유골이 타르 구덩이에서 발견됐죠. 그녀의 두개골은 이것보다 완전한 형태를 갖추고 있었고요. 그 두개골 정수리의 같은 자리에 똑같은 별모양의 골절이 있었어요. 방사성 탄소로 연대 측정을 해보니 9천 년 전의 것이더군요. 지금 보고 있는 이 여자와 동일한 시대죠."

골리어가 상자 속의 두개골을 향해 고갯짓을 해보였다.

"그러니까, 박사님 말씀은 9천 년 전에 이곳에 연쇄살인범이 살았었단 말씀인가요?"

"그건 판단하기가 불가능한 문제예요, 보슈 형사. 지금 우리에게 있는 건 유골뿐이니까요."

보슈는 다시 두개골을 내려다보았다. 줄리아 브래셔가 그의 직업에 대해 했던 말이, 그가 세상에서 악을 몰아내고 있다고 했던 말이 생각났다. 그가 아주 오래전부터 알고 있던 사실을, 진정한 악은 세상에서 몰아낼 수 없다는 사실을, 그녀는 모르고 있었다. 그는 기껏해야 양손에 물이 새는 양동이를 하나씩 쥐고 절망의 어두운 시궁창 속을 허우적거리고 다니며 물을 퍼내려 하고 있을 뿐이었다.

"참, 다른 용무 때문에 왔죠? 의료기록은 가져왔어요?"

골리어의 질문에 보슈의 생각이 끊어졌다.

보슈는 서류가방을 작업대 위에 올려놓고 열었다. 골리어에게 병원

의료기록 파일을 건네주었다. 그러고는 주머니에서 쉴러 들라크루아에게서 빌려온 사진들을 꺼냈다.

"이 사진들이 도움이 될지 어떨진 모르겠는데요. 바로 이 아입니다."

보슈가 말했다.

골리어가 사진을 집어 들었다. 그는 재빨리 사진을 넘기다가 재킷에 넥타이를 매고 찍은 아서 들라크루아의 사진, 그러니까 보슈가 학교 제출용으로 찍은 것 같다고 생각했던 사진에서 손길을 멈추고 한참을 들여다보았다. 그는 팔걸이에 배낭이 걸려 있는 의자로 걸어가서 자신의 파일을 꺼내 작업대로 돌아왔다. 그러고는 파일을 열어 원더랜드 대로에서 발견된 두개골을 찍은 8×10 크기의 사진을 꺼냈다. 그는 아서 들라크루아의 사진과 두개골 사진을 나란히 들고 한참을 살펴보았다.

마침내 골리어가 말했다.

"광대뼈와 눈 주위 뼈의 형태가 유사해 보이는군요."

"난 인류학자가 아닙니다, 박사님."

골리어는 사진들을 작업대에 내려놓았다. 그러고는 손가락으로 소년의 왼쪽 눈썹 위로 선을 그리다가 눈 둘레로 동그라미를 그렸다.

"발굴된 두개골을 보면 눈썹 위의 돌출된 뼈와 눈구멍의 크기가 보통 사람들 것보다 커요. 이 소년의 사진을 보면, 아이의 얼굴 골격이 두개골의 것과 많이 유사해보이잖아요."

보슈가 고개를 끄덕였다.

"엑스레이를 살펴봅시다. 이 뒤쪽에 판독기가 있어요."

골리어는 파일들을 모아들고 보슈를 데리고 다른 작업대로 갔다. 작업대 위에는 엑스레이 판독기가 장착되어 있었다. 골리어는 병원 파일을 펼쳐 엑스레이 사진들을 집어 들고 환자의 병력 기록을 읽기 시작했다.

보슈는 이미 그 기록을 읽었다. 병원 측은 소년이 1980년 2월 11일 오후 5시 40분 아버지와 함께 응급실을 찾았고, 아버지는 소년이 스케이트보드를 타다가 넘어져 머리를 부딪치고 쓰러져 있는 상태에서 발견되었으며 발견 당시 멍한 상태였고 아무 반응을 보이지 않았다고 말한 것으로 기록해 놓았다. 뇌부종으로 인해 커진 두개골 내 압력을 완화하기 위해 신경외과 수술이 시행되었다. 소년은 열흘간 입원했다가 퇴원해 아버지에게로 돌아갔다. 그로부터 2주 후에 재입원해 뇌수술 후 두개골을 고정해놓았던 클립을 제거하는 추가 수술을 받았다.

파일 어디에서도 소년이 아버지나 다른 누군가에게 학대당했다고 진술한 기록은 찾아볼 수 없었다. 1차 수술 후 입원해 있는 동안 현장에 파견된 사회복지사가 소년을 정기적으로 상담했다. 사회복지사의 보고서는 반 페이지도 채 되지 않았다. 보고서에는 소년이 스케이트보드를 타다가 다쳤다고 진술했다고 씌어 있었다. 추가 상담이 이루어졌다거나 아동청소년담당 공무원이나 경찰에게 이 아이 문제를 의뢰했다는 기록도 전혀 없었다.

골리어는 재빨리 기록을 훑어보더니 고개를 저었다.

"왜 그러세요?"

보슈가 물었다.

"아무것도 아니에요. 그리고 그게 문제고요. 수사가 전혀 이루어지지 않았군요. 다들 아이의 말을 그대로 믿었어요. 아이가 상담을 받을 때 아이 아버지가 방 안에 같이 있었을 거예요. 그런 상황에서 진실을 이야기하기가 얼마나 힘들지 상상이 가죠? 아이가 아무 말 안하니까 대강대강 꿰매가지고 아이를 학대하던 사람에게 그냥 넘겨준 거네요."

"박사님, 좀 앞서 가시는 것 같은데요. 우선 신원 확인부터 하고 봐야죠. 그다음에 누가 아이를 학대했는지를 알아내야 할 거고요."

"좋아요. 어차피 당신 사건이니까. 그런데 난 이런 경우를 수십 번도 넘게 봐왔어요."

골리어는 기록을 내려놓고 엑스레이를 집어 들었다. 보슈는 애매한 미소를 지으며 그를 바라보고 있었다. 골리어는 보슈가 자신과 같은 속력으로 같은 결론에 도달하지 않아서 기분이 상한 것 같았다.

골리어는 엑스레이 사진 두 장을 판독기 위에 올려놓았다. 그러고는 자신의 파일에서 원더랜드 두개골을 찍은 엑스레이 사진 한 장을 꺼내 올려놓았다. 판독기를 켜자 엑스레이 사진 세 장이 빛을 발했다. 골리어는 자기 파일에서 꺼내온 엑스레이 사진을 가리켰다.

"이건 두개골 뼈의 내부를 보려고 찍은 엑스레이예요. 하지만 여기선 비교 용도로 사용할 수 있을 것 같군요. 내일 법의국으로 돌아가면 두개골을 직접 보고 비교해볼 거고요."

골리어는 판독기 쪽으로 허리를 굽히고는 근처 선반에 놓여 있던 작은 유리 접안경을 집어 들었다. 접안렌즈를 눈에 대고 다른 쪽 대물렌즈는 엑스레이 사진에 댔다. 얼마 후 병원에서 가져온 엑스레이 사진 하나로 옮겨가 두개골의 똑같은 자리에 대물렌즈를 대고 살펴보았다. 이렇게 몇 번이고 왔다 갔다 하며 비교를 하고 또 했다.

작업이 끝나자 골리어는 허리를 펴더니 옆의 작업대에 등을 기대고 서서 가슴 위로 팔짱을 꼈다.

"퀸 오브 에인절스는 정부 지원을 받는 병원이었어요. 그래서 항상 예산이 빠듯했죠. 이 아이의 두개골 엑스레이를 달랑 두 장이 아니라 더 찍었어야 했는데. 더 찍었으면 다른 손상들을 발견할 수도 있었을 텐데 말이죠."

"그런데 그러지 않았군요."

"맞아요, 그러지 않았죠. 하지만 그들이 찍은 사진과 여기 원더랜드 두개골의 사진을 비교해보니, 원반모양의 수술자국과 골절 유형과 편

평상피 봉합선에서 유사점을 몇 가지 발견할 수 있었어요. 의심의 여지가 없군요."

그는 아직도 판독기 위에서 빛을 발하고 있는 엑스레이 사진들을 가리켜 보이며 말했다.

"아서 들라크루아가 확실해요."

보슈가 고개를 끄덕였다.

"그렇군요."

골리어가 판독기 앞으로 걸어가 엑스레이 사진들을 하나씩 모으기 시작했다.

"얼마나 확신하시죠?"

"말했잖아요, 의심의 여지가 없다고. 내일 법의국에 가서 두개골을 직접 살펴보겠지만, 지금 당장이라도 확실하다고 단언할 수 있어요. 아서 들라크루아예요. 동일인물이에요."

"그러니까 우리가 범인을 잡아 법정으로 간다고 해도, 놀라운 반전 같은 건 없겠군요, 그렇죠?"

골리어가 보슈를 바라보았다.

"없어요. 이 결과에 대해서는 반박할 수가 없을 거예요. 하지만 손상의 해석을 놓고 반론이 있을 수 있겠죠. 나는 이 소년이 아주 부당하고 끔찍한 학대를 받았다고 생각해요. 그리고 그런 사실을 증언할 거예요. 기꺼이. 하지만 여기 병원 측의 공식 기록이 문제죠."

그는 경멸하는 눈길로 병원 기록을 바라보았다.

"병원은 스케이트보드 사고라고 기록해놨군요. 바로 그 점을 놓고 논쟁이 벌어질 거예요."

보슈는 고개를 끄덕였다. 골리어가 병원 측 엑스레이 사진 두 장을 다시 파일에 집어넣어 건네자, 그는 그것을 받아 서류가방에 집어넣었다.

"박사님, 이렇게 시간을 내주셔서 감사합니다. 내 생각엔…."

"보슈 형사?"

"네?"

"요전 날 내가 우리 같은 일을 하는 사람들은 믿음을 가질 필요가 있다고 했을 때 굉장히 불편해보였어요. 그때 당신은 화제를 딴 데로 돌렸죠."

"사실 그런 건 편안히 이야기할 수 있는 주제가 아니라서요."

"난 당신 같은 직업을 가진 사람들은 영적인 건강을 유지하는 것이 매우 중요하다고 생각해요."

"난 잘 모르겠어요. 내 동료는 잘못된 모든 일은 외계에서 온 우주인의 짓이라고 덮어씌우길 좋아하죠. 그것도 영적인 건강에 도움이 되는 생각인 것 같은데요."

"이야기를 회피하고 있군요."

보슈의 마음속에서 짜증이 점점 커지더니 분노로 바뀌었다.

"뭘 알고 싶으세요, 박사님? 왜 그렇게 나와 내가 믿는 것 혹은 믿지 않는 것에 대해서 신경을 쓰시죠?"

"그것이 내게도 중요한 문제라서 그래요. 난 유골을, 생명체의 틀을 연구하는 사람이에요. 그리고 난 인간에게는 피와 세포조직과 뼈 이상의 무언가가 있다고 믿고 있어요. 우리를 잡아주고 지탱해주는 무언가가요. 내 안에는 나를 잡아주고 지탱해주고 일을 계속하게 만드는 무언가가 있어요. 엑스레이로는 절대로 볼 수 없는 무언가가요. 그래서 내 마음속 믿음이 자리한 바로 그 자리가 비어 있는 사람을 만나면 걱정이 되어 죽겠어요."

보슈는 오래도록 그를 바라보았다.

"그건 박사님 생각이 틀렸어요. 난 믿음과 소명의식을 가지고 있어요.

그걸 푸른 종교라고 불러도 좋고 다른 뭐라고 불러도 상관없어요. 그건 이 사건을 이대로 놔두진 않겠다는 믿음이에요. 그 유골들이 땅에서 튀어나왔을 때는 뭔가 이유가 있을 거라는 믿음이죠. 내가 찾아내도록, 내가 뭔가 바로잡아주도록 하기 위해서 튀어나온 거라는 믿음이에요. 그리고 그 믿음이 나를 잡아주고 지탱해주고 일을 계속하게 만들고 있고요. 그리고 이것도 엑스레이로는 절대로 볼 수가 없죠. 아시겠어요?"

그는 골리어를 노려보며 대답을 기다렸다. 그러나 인류학자는 아무 말도 하지 않았다.

마침내 보슈가 말했다.

"가야겠습니다, 박사님. 도와주셔서 감사합니다. 상황을 대단히 명확하게 만들어주셨어요."

그는 골리어를 그곳에, 이 도시가 세워진 바탕인 검붉은 뼈들에 둘러싸여 있는 그곳에 남겨두고 떠났다.

# 26 기다림의 시간

보슈가 형사과로 돌아왔을 때 에드거는 자리에 없었다.

"해리?"

보슈가 고개를 드니 빌리츠 경위가 자기 사무실 문 앞에 서 있었고 유리 창문 너머 그녀의 책상 앞에 앉아 있는 에드거의 모습이 보였다. 보슈는 서류가방을 내려놓고 그리로 향했다.

"무슨 일이에요?"

보슈가 사무실로 들어가자마자 물었다.

"그건 내가 할 질문인데. 신원은 밝혀졌어?"

빌리츠가 문을 닫으며 말했다.

그녀는 책상 뒤로 돌아가 앉았고 보슈는 에드거 옆에 앉았다.

"네, 확인했어요. 아서 들라크루아, 1980년 5월 4일 실종."

"법의국에서 확인해줬어?"

"법인류학자가 의심의 여지가 없다고 하던데요."

"사망시점에는 얼마나 가까이 갔지?"

"상당히요. 유골 발견 직후에 법인류학자는 직접적인 사인이 된 치명적인 두개골 골절은 아이가 그보다 앞서 다른 두개골 골절상을 입고 수술을 받은 후 3개월 후에 생겼다고 말했어요. 수술 기록은 오늘 입수했고요. 퀸 오브 에인절스에서 1980년 2월 11일에 수술을 받았더군요. 거기에 3개월을 더하면 얼추 맞아떨어져요. 그 누나의 진술에 따르면 아서 들라크루아는 5월 4일에 실종됐어요. 문제는 니콜라스 트렌트가 로럴 캐니언으로 이사 간 것보다 4년이나 앞서 사망했다는 거죠. 바로 그 점 때문에 난 트렌트가 결백하다고 생각해요."

빌리츠가 마지못해 고개를 끄덕였다.

"오늘 하루 종일 이 문제로 어빙 부국장하고 홍보실 사람들한테 들들 볶였어. 이 사실을 전하면 안 좋아할 것 같은데."

"안됐군요. 하지만 결론이 그렇게 난 걸 어떡해요."

보슈가 말했다.

"알았어. 그러니까 1980년에는 트렌트가 그곳에 살지 않았단 말이군. 그때 어디 살았는지 알아냈어?"

보슈가 크게 한숨을 내쉬고 고개를 저었다.

"트렌트는 이제 그만 넘어가죠? 우린 이 아이에게 수사력을 집중해야 해요."

"위에서 안 넘어가는데 내가 어떻게 넘어가? 오늘 아침엔 어빙 부국장이 직접 전화를 했더라고. 직접적으로 말은 하지 않았지만 뜻은 분명히 알 수 있었어. 경찰이 무고한 시민의 개인정보를 언론에 넘겨 공개적으로 망신을 주었기 때문에 그 시민이 자살한 것으로 결론이 난다면, 경찰은 또 한 번 시퍼렇게 멍이 들도록 얻어맞을 거야. 지난 10년 동안 얻어맞은 것으로 충분하지 않을까?"

보슈는 애매한 미소를 지어보였다.

"어빙 부국장하고 똑같이 말씀하시네요, 경위님. 아주 좋았어요."

보슈는 말을 하자마자 실수했다는 것을 알았다. 빌리츠 경위가 상처를 받았다는 것을 금방 알 수 있었다.

"그래, 내가 어빙 부국장하고 똑같이 말하는 건 아마도 내가 그 의견에 동의하고 있기 때문일 거야. 이 경찰국 안에서는 스캔들만 줄줄이 이어지고 있잖아. 정신이 똑바로 박힌 대다수의 경찰들처럼 나도 이제 지쳤어."

"그건 나도 마찬가지예요. 하지만 우리의 필요에 맞게 사건을 조작하는 건 올바른 해결책이 아니죠. 이건 살인사건이라고요."

"나도 알아, 해리. 뭘 조작하라는 얘기가 아니야. 뭐든 확실히 하고 넘어가야 한다는 얘기지."

"확실히 했어요. 확실히 했다고요."

세 사람은 서로의 눈을 피한 채 오래도록 침묵을 지켰다.

마침내 에드거가 말문을 열었다.

"키즈는 어떻게 됐어요?"

보슈가 코웃음을 쳤다.

"어빙 부국장이 키즈를 건드리진 않을 거야. 건드리면 상황이 악화될 거라는 걸 알고 있을 테니까. 게다가 키즈는 경찰국 내 강력계 형사로는 최고일걸."

보슈가 말했다.

"항상 그렇게 자신감이 넘치는군, 해리. 좋겠어."

빌리츠가 말했다.

"항상은 아니지만 그 문제에 대해서만큼은 자신감이 있어요."

그가 일어서며 말을 이었다.

"이제 일하러 가야겠어요. 처리할 게 많거든요."

"나도 다 알고 있어. 지금 제리한테 듣고 있었거든. 어쨌든 앉아. 잠깐만 더 이야기하자고, 알겠어?"

보슈가 다시 자리에 앉았다.

빌리츠가 말했다.

"난 당신이 내게 말하듯 그런 식으로 어빙 부국장한테 말을 할 수가 없어. 그래서 이렇게 하려고 해. 우선 유골의 신원과 다른 모든 사실을 보고할 거야. 당신의 수사 방향에 대해서도 보고할 거고. 그러고 나서 그에게 트렌트에 관한 수사는 감찰계에 맡기도록 유도할 거야. 그가 피해자와 트렌트의 연관성에 대해 계속 의문을 갖고 있다면, 감찰계든 다른 누구든 시켜서 트렌트가 1980년에 어디 있었는지를 알아보라고 말이야."

보슈는 빌리츠의 계획에 찬성하는지 반대하는지를 알려주지 않는 무표정한 얼굴로 그녀를 바라보기만 했다.

"이제 가도 됩니까?"

"그래, 가도 돼."

강력반으로 돌아와 앉자 에드거가 보슈에게 트렌트가 아이를 살해해 언덕에 묻고 나서 그곳으로 이사했을지도 모른다는 가능성은 왜 언급하지 않았느냐고 물었다.

"자네의 '변태' 이론은 지금으로선 너무 무리한 추측이라 선을 넘어가면 안 되기 때문이었어. 그 얘기가 어빙의 귀에 들어가면, 그다음엔 보도 자료에 나오고 경찰의 공식 입장이 될 거 아냐. 그건 그렇고 컴퓨터에선 뭐 좀 건졌어?"

"응, 좀 건졌지."

"뭔데?"

"우선 새뮤얼 들라크루아의 주소를 확인해봤는데 맨체스터 트레일러 파크가 맞더라고. 그러니까 보러 가려면 그리로 가면 되는 거야. 지난 10년 동안 음주운전 전과가 두 개나 있더군. 그래서 현재는 제한된 면허증을 발급받은 상태고. 또 그의 사회보장번호를 조회해봤더니 놀라운 사실이 뜨더라고. 시청 소속 공무원인 것 있지?"

보슈의 얼굴에 놀라운 기색이 떠올랐다.

"무슨 일을 하는데?"

"트레일러 파크 바로 옆에 있는 시립 골프장 내 골프연습장에서 파트타임으로 일하더군. 시설관리 공단에 전화해서 조심스럽게 물어봤지. 들라크루아는 카트를 끌고 다니면서 공을 모으는 일을 한대. 연습장 필드 안을 돌아다니면서 말이야. 연습장 필드에 나가 있으면 다들 공으로 한번 맞혀 보려고 하는 그런 사람 말이야. 하루에 한두 번씩 트레일러 파크에서 건너와서 그 일을 하는 모양이야."

"그렇군."

"다음은 크리스틴 도셋 들라크루안데. 쉴러의 출생증명서에 기재되어 있는 어머니 이름 말이야. 사회보장번호를 조회해봤더니 지금은 크리스틴 도셋 워터스로 이름이 바뀌었더군. 주소는 팜 스프링스로 되어 있고. 거기로 가서 새로 태어났나 봐. 새 이름으로 새 삶을 산 것 같아."

보슈가 고개를 끄덕였다.

"이혼 기록은?"

"살펴봤어. 그녀가 1973년에 새뮤얼 들라크루아를 상대로 이혼소송을 냈더라고. 아들이 다섯 살 정도 되었을 때겠지. 정신적 신체적 학대를 이유로 들었고. 구체적인 학대 내용은 나와 있지 않았어. 재판까지 가지 않아서, 구체적인 내용이 드러나지 않았지."

"재판까지 안 갔다고?"

"소송을 냈지만 조정이 된 것 같아. 남편이 두 자녀의 양육권을 맡았고,

재판으로 가지 않았어. 깔끔하게 정리한 거지. 소송 서류가 12장 정도 되더라고. 120장이 넘는 것도 종종 봤는데. 예를 들면 내 것도 말이야."

"아서가 다섯 살이었다…. 인류학자 말로는 손상 중 일부는 그전에 생긴 것들이라는데."

에드거가 고개를 저었다.

"발췌문에는 결혼생활이 소송이 제기되기 3년 전에 끝났고 부부가 별거 중이었다고 되어 있어. 그러니까 아들이 두 살 때쯤 갈라선 거지. 쉴러가 말한 것처럼 말이야. 그건 그렇고 해리, 자넨 보통 피해자의 이름을 부르지 않는데."

"근데?"

"아냐, 아서라고 부르기에 그냥 말해본 거야."

"지적해줘서 고마워. 또 다른 건?"

"그 정도야. 보고 싶어할까 봐 복사를 해놨어."

"잘했어. 스케이트보드 친구는 어떻게 됐어?"

"그 친구도 찾아냈어. 아직 살아 있고, 아직 이곳에 살고 있더라고. 근데 문제가 있어. 데이터뱅크를 돌려보니까 연령대가 맞는 존 스톡스가 LA에만도 세 명이더라고. 둘은 밸리에 살고 있고, 전과가 없어. 세 번째가 아주 꼴통이야. 좀도둑질, 자동차 절도, 강도, 마약 소지 등으로 체포되어 소년원을 뻔질나게 드나들었더라고. 5년 전엔 크게 한 건 해서 5년형을 받고 코코란 교도소에 갔고. 2년 6개월을 살다가 가석방으로 출소했어."

"보호관찰관하고는 얘기해봤어? 스톡스가 아직도 보호관찰대상이래?"

"얘기해봤어. 근데 스톡스는 관찰대상에서 졸업했대. 두 달 전에 잔기를 마쳤다는군. 지금은 어디 있는지 모른대."

"빌어먹을."

"내 말이. 근데 보호관찰대상 약력에서 놈의 약력을 살펴봤거든. 주로 미드 윌셔에서 자랐더라고. 위탁가정 여러 군데를 들락날락했고, 말썽을 피우다 안 피우다를 반복했고. 그 스톡스가 우리가 찾고 있는 놈일 것 같아."

"보호관찰관은 스톡스가 아직도 LA에 있다고 생각한대?"

"응, 그렇게 생각한대. 가서 찾기만 하면 되는 거야. 벌써 놈의 마지막 주소지로 순찰대를 보내봤어. 그런데 잔기를 채우자마자 그곳을 떴더라고. 도주의 달인인 것 같아."

"그러니까 지금 잠수를 타고 있는 거네. 환상이야."

에드거가 고개를 끄덕였다.

"공조조회(용의자나 피의자의 수사, 소재파악, 체포 등을 위해 타 수사기관이나 부서에 협조를 요청하는 것－옮긴이)를 요청해야겠어. 우선…."

보슈가 말했다.

"벌써 했어. 순찰대 점호 시간에 읽을 소재파악 지시령을 작성해서 좀 전에 맨키비츠에게 넘겼어. 점호 때마다 읽히겠다고 약속했어. 차광판에 붙일 사진도 만들게 해놨어."

에드거가 말했다.

"잘했어."

보슈는 감명을 받았다. 스톡스의 사진을 모든 순찰차의 차광판에 붙이게 하는 건 보통 때 같으면 에드거가 신경도 쓰지 않았을 추가 조치였다.

"찾아야 해, 해리. 놈이 우리에게 어떤 도움을 줄진 모르겠지만, 하여튼 찾아야 한다고."

"결정적인 증인이 될 수 있어. 아서가, 그러니까 내 말은 피해자가, 스톡스에게 아버지가 때린다고 말을 했다면, 그러면 우린 월척을 낚은 거지."

보슈는 손목시계를 보았다. 2시가 다 되어가고 있었다. 그는 수사를 계속하고 싶었다. 수사력을 집중해서 달려들고 싶었다. 그에게 있어 가장 힘든 시간은 기다릴 때였다. 감식결과가 나오기를 기다리든, 다른 경찰들이 조치를 취하기를 기다리든 간에, 기다릴 때면 굉장히 초조해졌다.

"오늘 밤 무슨 일 있어?"

그가 에드거에게 물었다.

"오늘 밤? 뭐 별로."

"아들이 오는 날인가, 오늘이?"

"아니, 목요일에 오지. 왜?"

"팜 스프링스에 가볼까 싶어서."

"지금?"

"응. 그 전 부인을 만나보려고."

에드거가 손목시계를 보았다. 보슈는 그들이 당장 출발한다고 해도 밤이 깊어질 때까지 돌아오지 못할 것임을 알고 있었다.

"괜찮아. 나 혼자 갈 수 있어. 주소나 알려줘."

"아니. 같이 가."

"진심이야? 꼭 그럴 필요는 없어. 난 그냥 가만히 앉아서 기다리고 있는 게 싫어서 그래."

"그래, 해리, 알아."

에드거가 일어서더니 의자 등받이에 걸쳐놓은 재킷을 집어 들었다.

"그럼 난 가서 불리츠에게 말하고 올게."

보슈가 말했다.

# 27 귀족 부인

팜 스프링스를 향해 사막을 가로질러 반 이상을 갈 때까지 둘 다 말이 없었다.

"해리, 말이 없군."

에드거가 말했다.

"그래."

보슈가 말했다.

둘은 오랫동안 함께 일을 하다 보니 오랜 침묵에도 불편해하지 않게 되었다. 보슈는 에드거가 침묵을 깨고 불쑥 한마디 던지는 건 하고 싶은 말이 있어서라는 걸 알고 있었다.

"뭐야, 에드거?"

"아무것도 아냐."

"사건?"

"아냐, 아무것도 아니라니까."

"그렇다면 됐고."

그들은 풍력발전소를 지나고 있었다. 바람 한 점 없어 돌아가고 있는 터빈이 한 개도 없었다.

"자네 부모님은 함께 사셨어?"

보슈가 물었다.

"응, 줄곧."

에드거가 대답하더니 웃음을 터뜨렸다. 그러고는 말을 이었다.

"가끔은 갈라서고 싶어 하신 것 같은데, 그래도 끝까지 버티셨어. 세상 일이 다 그런가 봐. 강자들만 살아남는 거지."

보슈는 고개를 끄덕였다. 보슈와 에드거 둘 다 이혼을 했지만, 자기들의 실패한 결혼생활에 대해서는 거의 말을 하지 않았다.

"해리, 자네와 신병 얘기 들었어. 소문이 돌던데."

보슈는 고개를 끄덕였다. 에드거가 하고 싶은 이야기가 이것이었다. 신입경찰관은 흔히 '신병'이라고 불렸다. 그 표현의 유래에 대해서는 의견이 분분했다. 해군이나 해병대의 신병 훈련소에서 따온 말이라는 주장도 있었고, 신입경찰관이 파시스트 제국의 말단 병사라는 냉소적인 뜻으로 그렇게 부른다는 주장도 있었다.

"내가 하고 싶은 말은, 조심하라는 것뿐이야, 친구. 자넨 그녀보다 계급이 한참 위잖아, 안 그래?"

"그래, 알아. 해결책을 찾아내야지."

"소문으로 들은 거나 내가 본 걸로 볼 때, 그녀는 위험을 무릅쓸 가치가 충분히 있어. 하지만 그래도 조심해야 해."

보슈는 아무 말도 하지 않았다. 몇 분 후 그들은 팜 스프링스까지 15킬로미터 남았다는 도로 표지판을 지나갔다. 어느덧 해가 지려 하고 있었다. 보슈는 어두워지기 전에 크리스틴 워터스가 사는 집 문을 두드리고 싶었다.

“해리, 거기 가면 자네가 신문을 주도할 거지?”

“응, 내가 맡을게. 자넨 딴지 거는 역할을 맡으라고.”

“그거야 쉽지.”

시 경계를 넘어 팜 스프링스로 들어간 그들은 주유소에서 지도 한 장을 집어 들고 시내로 들어가 프랭크 시나트라 대로를 타고 산을 향한 오르막길을 달려갔다. 보슈는 마운틴게이트 단지라는 곳의 경비실 앞에 차를 세웠다. 지도에 따르면 크리스틴 워터스가 사는 거리는 마운틴게이트 안에 있었다.

제복을 입은 경비원이 경비실에서 걸어 나오더니 그들이 앉아 있는 차를 들여다보며 미소를 지었다.

“길을 잘못 드신 것 같은데요.”

경비원이 말했다.

보슈는 고개를 끄덕이면서 유쾌한 미소를 지어 보이려고 했지만 떨떠름한 표정이 되어 버렸다.

“글쎄요, 그럴지도 모르겠네요.”

보슈가 말했다.

“무슨 일이십니까?”

“딥 워터스 드라이브 312번지에 사는 크리스틴 워터스를 만나러 왔어요.”

“워터스 부인께선 당신들이 올 거라는 걸 알고 계십니까?”

“그녀가 점쟁이거나 당신이 지금부터 얘기해 줄 거라면 몰라도, 아마 모르고 있을 거예요.”

“알리는 게 제 일이죠. 잠깐만 기다리세요.”

그는 경비실로 들어가 전화기를 집어 들었다.

"크리스틴 들라크루아가 상당히 높으신 분이 된 것 같은데."

에드거가 말했다.

에드거는 차 앞 유리를 통해 주택들을 구경하고 있었다. 전부 대저택이었고 터치풋볼(미식축구를 위험이 적게 고친 경기. 골대를 사용하지 않고 공도 미식축구에 쓰는 공에 비하여 작으며, 한 팀은 11명으로 구성-옮긴이)을 해도 될 만큼 널찍하고 손질이 잘 된 잔디밭이 있었다.

경비가 나오더니 두 손을 자동차 창턱에 올려놓고 몸을 숙여 보슈를 들여다보았다.

"부인께서 무슨 일인지 물으시는데요."

"집에 가서 직접 말씀드리겠다고 해줘요. 그리고 법원명령서를 가지고 있다고 전해주고요."

경비는 맘대로 하라는 듯 어깨를 으쓱하더니 다시 경비실로 들어갔다. 보슈는 그가 전화를 하는 모습을 지켜보았다. 그는 금방 전화를 끊었고 철문이 서서히 열리기 시작했다. 경비는 열린 경비실 문 앞에 서서 안으로 들어가라고 손짓을 했다. 그러면서 마지막 인사도 잊지 않았다.

"터프 가이 흉내가 LA에서는 잘 통하는지 모르겠는데, 사막 한가운데인 이곳에서는…."

보슈는 끝까지 듣지 않았다. 그는 창문을 올리며 철문을 통과해 그대로 달렸다.

딥 워터스 드라이브는 마운틴게이트 단지의 맨 끝에 있었다. 여기 주택들은 마운틴게이트 입구 근처에 있는 집들보다 200만 달러는 더 나갈 것처럼 보였다.

"세상에 누가 사막 한가운데 거리에 딥 워터스 드라이브란 이름을 붙였을까?"

에드거가 생각에 잠기며 말했다.

"워터스란 이름을 가진 사람이 그랬겠지, 뭐."

에드거는 그때서야 깨달은 것 같았다.

"빌어먹을. 그런 거야? 그럼 이 아줌마는 정말 높으신 분이 된 거네."

에드거가 찾아낸 크리스틴 워터스의 주소는 마운틴게이트 단지의 맨 끝이었고 스페인풍의 현대식 저택이 자리하고 있었다. 단지 내에서 가장 좋은 부지인 것 같았다. 저택은 벼랑 위에 자리하고 있어서 단지 내의 다른 저택 전부와 단지를 둘러싸고 펼쳐진 골프 코스가 한눈에 내려다 보였다.

저택의 진입로 앞에도 차단문이 있었는데 문이 열려 있었다. 보슈는 항상 그렇게 열어놓는지 아니면 그들을 위해 이 순간만 열어놓은 것인지 궁금했다.

"오늘 만남이 재미있을 것 같은데."

에드거가 포석을 맞물려 만들어놓은 둥근 주차공간에 차를 대며 말했다.

"잊지 마. 인간은 주소는 바꿀 수 있어도 본성은 바꿀 수 없다는 거."

보슈가 말했다.

"알아. 강력사건 수사 기본 원칙."

그들은 차에서 내려 주랑현관 아래를 걸어 보통보다 두 배는 넓은 현관문을 향해 갔다. 그들이 문 앞에 다다르기도 전에 검정색과 흰색이 섞인 하녀복을 입은 여자가 문을 열었다. 그녀는 스페인어 억양이 강한 말투로 워터스 부인이 거실에서 기다리고 계신다고 말했다.

거실은 작은 성당 정도의 크기에 성당 같은 분위기였다. 천장까지는 높이가 8미터는 족히 되어보였고 대들보가 다 드러나 있었다. 동쪽 벽 높은 곳에는 커다란 스테인드글라스 창문 세 개가 나란히 붙어 있었고, 일출과 정원, 월출을 묘사하는 3부작 그림이 그려져 있었다. 반대편 벽에는 유리 미닫이문 여섯 개가 나란히 나 있었고 골프 코스의 퍼팅 그린이 내려다보였다. 거실 안에는 서로 다른 풍의 가구가 두 개조로 나뉘어 배치되어 있어, 동시에 두 개의 모임을 열어도 될 것 같았다.

첫 번째 가구 조에 있는 크림색 소파 중앙에 금발의 여자가 굳은 표정으로 앉아 있었다. 그들이 거실로 들어와 방 안을 둘러보는 동안 그녀의 연한 푸른색 눈이 그들을 따라다녔다.

"워터스 부인? 전 보슈 형사이고 이쪽은 에드거 형삽니다. LA 경찰국 소속이죠."

보슈가 말했다.

보슈가 손을 내밀자 그녀는 손을 잡긴 했지만 흔들지는 않았다. 잠깐 잡고 있다가 에드거가 내민 손으로 옮겨갔다. 보슈는 출생증명서를 통해 그녀가 56세라는 사실을 알고 있었다. 그러나 그녀는 그보다 10년은 더 젊어보였고, 매끄럽고 탱탱한 얼굴은 현대의학의 발전을 증명하는 듯했다.

그녀가 말했다.

"앉으세요. 경찰차가 내 집 앞에 서 있는 걸 보니 얼마나 당혹스러운지 모르겠군요. 신중함이 용맹함보다 낫다는 말이 LA 경찰들한테는 통하지 않나 보죠?"

보슈가 미소를 지었다.

"네, 워터스 부인, 실은 우리도 당혹스럽습니다. 하지만 위에서 저 차를 쓰라는 지시가 있어서요. 어쩔 수 없이 끌고 다니고 있죠."

"무슨 일이죠? 경비 말로는 법원명령서를 갖고 있다던데요. 어디 한번 볼까요?"

보슈는 표면에 금으로 상감세공을 한 그림이 있는 검정색 탁자를 앞에 두고 그녀의 맞은편에 있는 소파에 앉았다.

"이런, 경비가 제 말을 잘못 이해했나보군요. 전 부인이 우릴 만나기를 거부하면 법원명령서를 받아오겠다고 했는데요."

"그랬나보군요."

그녀가 대답했지만, 그의 말을 믿지 않는다는 어조였다. 그녀가 말을 이었다.

"무슨 일로 나를 보자고 했죠?"

"부인 남편에 대해서 물어보고 싶은 것이 있어서요."

"남편은 5년 전에 죽었어요. 게다가 로스앤젤레스에 간 일도 별로 없고요. 그런데 무슨 일로 남편에…."

"전 남편 말입니다, 워터스 부인. 새뮤얼 들라크루아 씨요. 그리고 부인의 자녀에 대해서도 이야기를 나누고 싶습니다만."

보슈는 그녀의 눈에 경계의 빛이 떠오르는 것을 놓치지 않았다.

"난… 난 아주 오랫동안 그들을 만난 적도 없고 이야기를 나눈 적도 없어요. 거의 30년 동안이나요."

"아드님 약을 사러간다고 나가서 돌아오지 않은 후로 말인가요?"

에드거가 물었다.

그녀는 뺨을 한 대 얻어맞은 것 같은 표정으로 에드거를 바라보았다. 보슈는 에드거가 딴지 거는 역할을 하더라도 좀 더 교묘하게 해주기를 바랐었다.

"누구한테 들었어요?"

"워터스 부인. 제가 먼저 질문을 하고요, 그다음에 부인의 질문에 대답해드리겠습니다."

보슈가 말했다.

"이해가 안 가는군요. 날 어떻게 찾아냈죠? 지금 뭐하고 있는 거예요? 여긴 왜 왔죠?"

감정이 격해져 목소리가 점점 더 커졌다. 30년 전에 내팽개친 삶이 조심스럽게 설계한 현재의 삶 속으로 불쑥 끼어들려고 하고 있는 것이었다.

"우린 강력반 형삽니다, 부인. 우린 지금 부인의 남편이 관계되었을지도 모르는 사건을 수사하고 있어요. 우린…."

"남편이 아니래도 그러네요. 25년쯤 전에 이혼했어요. 웃기는 일이군요. 날 찾아와서 더 이상 알지도 못하는 남자에 대해, 살았는지 죽었는지조차 모르는 남자에 대해 묻고 있다니 말이죠. 이제 그만 가주세요. 어서요."

그녀가 일어서서 그들이 들어왔던 방향으로 손을 뻗어 보였다.

보슈는 에드거를 바라보다가 다시 그녀에게로 고개를 돌렸다. 화를 내니까 얼굴색이 고르지 않게 되었다. 여기저기 검버섯이 나타나기 시작하는 것을 보니 성형수술을 받은 것이 틀림없었다.

보슈가 엄격한 목소리로 말했다.

"워터스 부인, 앉으세요. 진정하세요."

"진정하라고요? 내가 누군줄 알고 이래요? 내 남편이 이곳을 건설했어요. 주택들이랑 골프장이랑 전부 다요. 당신들이 이런 식으로 불쑥 들어올 수 있는 곳이 아니에요. 전화 한 통화만 하면 경찰서장이 부리나케 달려와서…."

에드거가 말을 끊고 날카로운 목소리로 맞받았다.

"당신 아들이 죽었어요. 당신이 30년 전에 버린 아들이요. 그러니까 앉아서 우리 질문에 대답해줘요."

그녀는 정강이를 걷어차이기라도 한 것처럼 소파에 풀썩 주저앉았다. 입이 벌어졌다가 닫혔다. 그녀의 눈은 더 이상 그들을 보고 있지 않았고, 아주 먼 옛날의 기억을 더듬고 있는 것 같았다.

"아서…."

"맞아요. 아서. 이름이라도 기억하고 있으니 다행이군요."

에드거가 말했다.

그들은 잠깐 동안 아무 말 없이 그녀를 지켜보았다. 그토록 오랜 세월을 그토록 멀리 도망쳤는데도 충분하지 않은 것 같았다. 그녀는 아들의 사망 소식에 충격을 받았다. 아주 큰 충격을 받았다. 보슈는 예전에도 이런 모습을 본 적이 있었다. 과거는 갑자기 툭 튀어나오는 요상한 재주를 가지고 있었다. 항상 바로 발밑에서 툭 튀어 나오곤 했다.

보슈는 주머니에서 수첩을 꺼내 깨끗한 페이지를 펼쳐서 '냉정해'라고 쓰고 나서 수첩을 에드거에게 건넸다.

"제리, 자네가 메모를 좀 해주겠어? 내 생각엔 워터스 부인이 협조해주실 것 같은데."

그의 말에 크리스턴 워터스는 백일몽에서 깨어난 것 같았다. 그녀가 보슈를 바라보았다.

"어떻게 된 거예요? 샘이 그랬어요?"

"아직은 모릅니다. 그래서 여기 온 거고요. 아서는 아주 오래전에 살해당했습니다. 그런데 유골은 지난주에야 발견됐고요."

그녀는 천천히 한 손을 들어 주먹을 쥐어 입으로 가져갔다. 그러고는 가볍게 입을 때리기 시작했다.

"얼마나 오래전에요?"

"20년이나 묻혀 있었어요. 따님의 전화 덕분에 아서라는 걸 확인할 수 있었죠."

"쉴러."

그 이름을 너무 오랫동안 불러보지 않아서 부르는 연습을 하는 것 같았다.

"워터스 부인, 아서는 1980년에 실종이 됐습니다. 그 사실을 알고 계셨습니까?"

그녀가 고개를 저었다.

"그 집을 나온 후였어요. 그보다 거의 10년쯤 전에 떠났죠."

"그 후로는 가족과 전혀 연락을 하지 않았습니까?"

"난…."

그녀는 말을 잇지 못했다. 보슈는 기다렸다.

"워터스 부인?"

"아이들을 데리고 나올 수가 없었어요. 난 젊었고, 견딜 수가 없었어요…. 그 책임을요. 도망쳤어요. 인정해요. 도망쳤어요. 가족들이 내 소식을 듣지 않는 게, 나에 대해 아예 모르고 사는 게 제일 좋을 거라고 생각했어요."

보슈는 자신도 이해하고 공감한다는 것을 보여주기를 바라며 고개를 끄덕였다. 사실은 이해하지 못했지만, 그건 중요하지 않았다. 보슈의 어머니도 너무 빨리 아이가 생겨 힘들어했고 생활도 어려웠지만 끝까지 아들 곁에 있으면서 최선을 다해 아들을 보호해주었다는 사실도 지금으로서는 중요한 일이 아니었다.

"떠나기 전에 편지를 쓰셨습니까? 자녀에게 말이에요."

"그건 어떻게 알았죠?"

"쉴러가 말해줬어요. 아서에게 보낸 편지에서 뭐라고 하셨어요?"

"난 그냥… 난 그냥 사랑한다고, 영원히 잊지 않을 거라고, 그렇지만 옆에 있어줄 수는 없다고 했어요. 전부 다 기억나진 않아요. 그게 중요한가요?"

보슈가 어깨를 으쓱해 보였다.



"글쎄요. 아드님이 편지를 가지고 실종이 되었습니다. 부인이 쓴 편지였을지도 몰라서요. 편지가 발견되긴 했는데 완전히 썩어버려서 알아볼 수가 없어요. 어쩌면 영원히 모르고 넘어갈 것 같군요. 가출하고 몇 년 후에 제기한 이혼소송에서 신체적 학대를 이유로 밝히셨는데요. 그 이야기 좀 해주시죠. 신체적 학대가 구체적으로 어떤 거였죠?"

그녀가 다시 고개를 저었다. 질문이 불쾌하거나 어리석다고 생각한다는 표시인 것 같았다.

"어떤 거 같아요? 샘은 나를 두들겨 패는 걸 좋아했어요. 그가 술만 마시면 난 마치 살얼음판을 걷는 것처럼 가슴이 두근거렸어요. 어떤 거라도 그를 화나게 할 수 있었어요. 아기가 울거나, 쉴러가 소리를 지르거나, 어떤 거라도요. 그럴 때면 난 항상 얻어맞았어요."

"부인을 때렸다고요?"

"그래요, 때렸어요. 그럴 때면 완전히 괴물로 변했어요. 그게 내가 집을 나온 이유 중에 하나였어요."

"하지만 아이들은 괴물 옆에 버려두고 나온 거고요."

에드거가 말했다.

그녀는 이번에는 한 대 얻어맞은 것 같은 반응을 보이지 않았다. 에드거를 조용히 노려보고만 있자 결국에는 에드거가 분노에 찬 눈을 다른 데로 돌렸다. 그녀가 대단히 침착한 목소리로 에드거에게 말했다.

"당신이 뭔데 다른 사람을 판단하는 거예요? 난 살아남아야 했고, 아이들을 데리고 나올 수가 없었어요. 데리고 나오려고 했다면 결국에는 아무도 살아남지 못했을 거예요."

"자녀들도 당신의 그런 마음을 이해할 수 있었을까요?"

에드거가 반문했다.

그녀가 다시 일어섰다.

"당신들하고는 더 이상 말하지 않겠어요. 나가는 길은 아시죠?"

그녀는 거실 끝에 있는 아치형 문간을 향해 걸어갔다.

"워터스 부인. 지금 우리에게 협조해주시지 않으면, 법원명령서를 받아 오겠습니다."

보슈가 말했다.

"좋아요. 그렇게 해요. 난 내 변호사들 중 한 명에게 처리하게 할게요."

"그러면 법원에 공식 기록으로 남게 되겠군요."

도박이었지만 보슈는 그녀의 마음을 돌릴 수 있을지 모른다고 생각했다. 그는 팜 스프링스에서의 그녀의 삶이 과거라는 비밀 위에 세워진 집 같은 것일 거라고 추측했다. 그리고 그녀는 누구라도 그 비밀이 숨겨진 지하실로 내려가는 걸 원치 않을 거라고 추측했다. 세상 사람들은 에드거처럼 그녀의 사정이나 동기에 대해서는 신경도 쓰지 않고 행동만 보고 떠들어댈 것이었다. 그리고 그녀 자신도 그토록 오랜 세월이 흘렀지만 자신의 행동에 대한 죄책감에서 벗어나지 못하고 있었다.

그녀는 아치형 문간 아래에서 걸음을 멈추고 숨을 고르더니 소파로 돌아왔다. 그녀가 보슈를 보며 말했다.

"당신하고만 이야기하겠어요. 저 사람은 나가라고 해요."

보슈가 고개를 저었다.

"에드거 형사는 제 동룝니다. 우리 둘이 함께 맡은 사건이고요. 에드거도 자리를 지킬 겁니다, 워터스 부인."

"그럼 당신의 질문에만 대답하겠어요."

"좋습니다. 앉으시죠."

그녀는 보슈와 가까운 자리에 앉았다. 에드거와는 멀찌감치 떨어진 자리였다.

"부인이 아드님의 살인범을 잡는 걸 돕고 싶어 하신다는 걸 압니다. 가능한 한 빨리 끝내고 가겠습니다."

그녀가 고개를 한 번 끄덕였다.

"부인의 전 남편에 대해서 말씀해주시죠."

"그 끔찍한 이야기를 전부 다요?"

그녀가 기가 막힌다는 듯 물었다. 그러고는 말을 이었다.

"간략하게 얘기하죠. 연기 수업에서 그를 만났어요. 난 열여덟 살이었죠. 그는 나보다 일곱 살이 많았고, 벌써 영화를 몇 편 찍은 상태였고요. 무엇보다 굉장히, 굉장히 잘생겼었죠. 예상하시겠지만, 난 금방 그에게 빠져버렸어요. 그리고 열아홉 살이 되기 전에 임신을 했죠."

보슈는 에드거가 잘 받아 적고 있는지 돌아보았다. 에드거는 그 눈길을 의식하고 그제야 받아 적기 시작했다.

"우린 결혼을 했고 쉴러가 태어났죠. 난 직업을 가져보지도 못했어요. 솔직히 그렇게까지 연기를 하고 싶지도 않았고요. 연기는 그냥 재미삼아 해볼 만한 일로 생각했어요. 난 꽤 괜찮은 미모였지만, 할리우드의 아가씨들 모두가 그 정도의 미모는 된다는 사실을 금방 깨달았죠. 난 집에 있는 게 행복했어요."

"남편의 연기 생활은 어땠습니까?"

"처음에는 꽤 잘나갔죠. 〈제1연대〉에서 고정 역할을 맡았어요. 본 적 있어요?"

보슈는 고개를 끄덕였다. 제2차 세계대전을 다룬 텔레비전 드라마로 1960년대 중반에서 후반까지 방영이 되다가, 베트남 전쟁과 전쟁 자체에 대한 국민 여론이 반전으로 흐르게 되자 시청률이 떨어져서 종영되었다. 매주 독일군 전선 배후에서 활동하는 육군 소대의 이야기를 다루었다. 보슈는 어렸을 때 그 드라마를 아주 좋아해서 위탁 가정에 있을 때든 청소년 보호소에 있을 때든 항상 그 드라마를 챙겨보곤 했었다.

"샘은 독일군 역할을 했어요. 금발에 아리아 민족의 외모 때문이었죠. 마지막 2년 동안 출연했어요. 내가 아서를 임신할 때까지요."

그녀는 잠시 말을 멈췄다가 다시 이었다.

"그때 그 어리석은 베트남 전쟁 때문에 갑자기 드라마가 종영이 되었죠. 드라마가 끝난 후 샘은 다른 일을 찾기가 어려웠어요. 그 독일군 이미지로 고정이 되어버렸거든요. 그때부터 술을 마시기 시작했죠. 그리고 나를 때리기 시작했어요. 날이면 날마다 오디션에 갔다가 빈손으로 돌아오곤 했어요. 그리고 밤이면 술을 마시고 내게 분노를 쏟아냈고요."

"왜 부인한테요?"

"내가 임신을 했으니까요. 처음에는 쉴러를, 다음에는 아서를요. 둘 다 계획에 없던 임신이었고, 그에게는 너무 큰 짐이 되었죠. 그는 가까이 있는 사람에게 그 화를 풀었어요."

"그래서 부인을 폭행했군요."

"폭행이요? 너무 객관적인 표현으로 들리네요. 어쨌든 맞아요, 나를 폭행했죠. 수도 없이요."

"그가 자녀를 때리는 건 본 적이 있습니까?"

이게 핵심 질문이었다. 다른 모든 건 부차적인 질문에 불과했다.

"아뇨. 아니, 엄밀히 따지면 한 번 있네요. 내가 아서를 임신했을 때 나를 때린 적이 있었어요. 배를 걷어찼죠. 그래서 양수가 터졌어요. 난 출산 예정일보다 6주나 빨리 아이를 낳았어요. 아서는 태어났을 때 2.5킬로그램도 나가지 않았어요."

보슈는 기다렸다. 부추기지 않고 내버려두면 그녀가 이야기를 술술 풀어낼 것 같았다. 보슈는 그녀 뒤에 있는 미닫이문 너머로 펼쳐진 골프 코스를 바라보았다. 퍼팅 그린 옆에 깊은 모래 벙커가 있었다. 빨간색 셔츠에 체크무늬 모직바지를 입은 남자 하나가 벙커 속에 서서 보이지 않는 공을 향해 골프채를 휘두르고 있었다. 모래가 사방으로 튀었지만 공은 보이지 않았다.

저 멀리 퍼팅 그린 다른 쪽에 서 있는 카트 두 대에서 골프객 세 명이 내리고 있었다. 빨간 셔츠를 입은 남자는 모래 바람 때문에 그들의 모습을 보지 못한 것 같았다. 그는 보는 사람이 있나 페어웨이를 위아래로 살피더니 허리를 굽히고 골프공을 집어 들었다. 그러고는 그린을 향해 공을 던졌다. 공은 완벽하게 잘 맞은 공처럼 멋진 아치를 그리며 날아갔다. 그러자 그는 모래벙커에서 올라왔는데, 두 손으로 골프채를 맞잡고 있는 것이, 마치 방금 전에 공을 쳐낸 것 같은 모습이었다.

마침내 크리스틴 워터스가 다시 이야기를 시작했고, 보슈는 그녀에게로 고개를 돌렸다.

"아서는 2.5킬로그램도 안 되게 태어났다고요. 돌이 될 때까지 그렇게 작고 병치레가 아주 잦았죠. 우리가 그 문제에 대해 이야기를 나눈 적은 없지만 둘 다 샘이 내 배를 차서 아이가 그렇게 된 거라는 걸 알고 있었어요. 샘이 아주 몹쓸 짓을 한 거죠."

"그 일 말고, 그가 아서나 쉴러를 때리는 걸 본 적은 없어요?"

"한두 번 쉴러의 엉덩이를 찰싹 때렸을지는 모르죠. 솔직히 기억이 잘 나질 않는군요. 어쨌든 샘은 아이들을 때리지는 않았어요. 내가, 맞을 사람이 옆에 있었으니까요."

보슈는 고개를 끄덕였다. 그녀가 떠나고 난 후 누가 그 대상이 되었을지는 알 수 없는 일이란 생각이 들었다. 검시대 위에 놓인 유골들이 떠올랐고 손상에 관한 골리어 박사의 설명이 떠올랐다.

"내 남… 샘이 체포됐나요?"

보슈가 그녀를 보았다.

"아뇨. 아직은 사실 확인 단곕니다. 아드님의 유골에는 만성적인 신체 학대의 흔적이 많이 있어요. 그래서 지금 사실을 밝혀내려고 하는 거고요."

"그러면 쉴러는요? 그 애도?"

"아직 구체적으로 물어보지는 않았어요. 곧 물어봐야죠. 그건 그렇고, 워터스 부인, 남편이 구타를 할 때 항상 손으로 때렸습니까?"

"물건을 집어 들고 때릴 때도 있었어요. 한번은 신발짝으로 때리더군요. 바닥에 쓰러진 나를 발로 누르고 신발로 때렸어요. 그리고 서류가방을 던진 적도 한 번 있어요. 옆구리를 맞았죠."

그녀가 고개를 저었다.

"왜요?"

"별것 아니에요. 그냥 서류가방 생각이 나서요. 그는 오디션에 갈 때마다 서류가방을 들고 다녔죠. 자기가 아주 중요한 인물이나 되는 것처럼, 스케줄이 꽉 짜여 있는 유명 연예인이라도 되는 것처럼 말이에요. 그 안에 든 건 얼굴 사진 몇 장하고 보온병 한 개가 전부였지만요."

그렇게 오랜 세월이 흘렀는데도 크리스틴 워터스의 말투에선 신랄함이 묻어나왔다.

"병원에 치료를 받으러 가거나 응급실로 실려 간 적이 있으세요? 폭행에 관한 구체적인 기록이 있습니까?"

그녀가 고개를 저었다.

"병원에 가야할 정도로 때리지는 않았어요. 아서를 임신했을 때를 빼면요. 그땐 내가 거짓말을 했죠. 넘어져서 양수가 터졌다고 했어요. 그런 일을 남들한테 알리고 싶진 않았어요."

보슈가 고개를 끄덕였다.

"가출을 할 때, 미리 계획하고 한 겁니까? 아니면 그냥 충동적으로?"

그녀는 마음속 화면으로 그때 일을 보고 있는지 꽤 오랫동안 말이 없었다.

"떠나기 오래전에 아이들 앞으로 편지를 써뒀어요. 편지를 지갑에 넣어가지고 다니면서 때를 기다렸죠. 떠나던 날 밤, 나는 편지를 아이들 베개 밑에 넣어두고, 입던 옷 그대로 지갑 하나 달랑 들고 나왔어요. 그리고 친정아버지가 결혼 선물로 주신 차를 가지고 왔고요. 그뿐이었어요. 참을 만큼 참았어요. 난 샘에게 아서에게 먹일 약을 사러 가야겠다고 말했어요. 그는 술을 마시고 있었죠. 가서 사오라고 하더군요."

"그리고는 돌아가지 않았군요."

"그래요. 그리고 1년쯤 후에, 스프링스로 오기 전에, 밤에 차를 몰고 그 집 앞을 지나간 적이 있었죠. 불이 켜져 있더군요. 난 차를 세우지 않았어요."

보슈는 고개를 끄덕였다. 더 물어볼 것이 생각나지 않았다. 그녀는 자신의 힘들었던 시기에 대해 비교적 상세하게 기억하고 있었지만, 그녀가 기억하는 사실이 그녀의 전남편을 그로부터 10년 뒤에 자행된 살인사건의 범인으로 몰 수 있을 정도는 아니었다. 어쩌면 보슈는 여기 오기 전부터 그녀가 이 사건의 주요 등장인물이 아니라는 사실을 알고 있었는지도 몰랐다. 어쩌면 그냥 자기 자식들을 버리고, 괴물이라고 생각했던 남자 옆에 내버려두고 떠난 몰인정한 어머니의 얼굴을 한번 보고 싶었던 것 같기도 했다.

"어떻게 생겼던가요?"

잠시 딴 생각에 잠겨 있던 보슈는 그녀의 질문에 퍼뜩 정신이 들었다.

"내 딸 말이에요."

"어, 부인처럼 금발머리고요. 키는 약간 더 크고, 덩치도 더 크고요. 미혼이고, 자식도 없습니다."

"아서의 장례식은 언제죠?"

"모르겠습니다. 법의국으로 전화해보시죠. 아니면 따님에게 직접 연락해서….”

그는 말을 멈췄다. 다른 사람들의 삶에서 30년이라는 격차를 좁히는 일에 끼어들 수는 없었다.

“이제 끝난 것 같군요, 워터스 부인. 협조해주셔서 감사합니다.”

“대단히요.”

에드거가 신랄한 말투로 덧붙였다.

“몇 개 안되는 질문을 하려고 이렇게 멀리까지 찾아오셨군요.”

“그게 아니라 부인이 몇 개 안되는 대답만을 해주신 것 같은데요.”

에드거가 말했다.

그들은 현관문을 향해 걸어갔고 그녀는 몇 걸음 뒤에서 따라왔다. 보슈는 밖으로 나와 열린 현관문 안에 서 있는 여자를 돌아보았다. 잠시 서로의 눈이 마주쳤다. 그는 뭔가 할 말을 생각해내려고 애를 썼다. 그러나 아무 말도 생각나지 않았다. 그녀는 문을 닫았다.

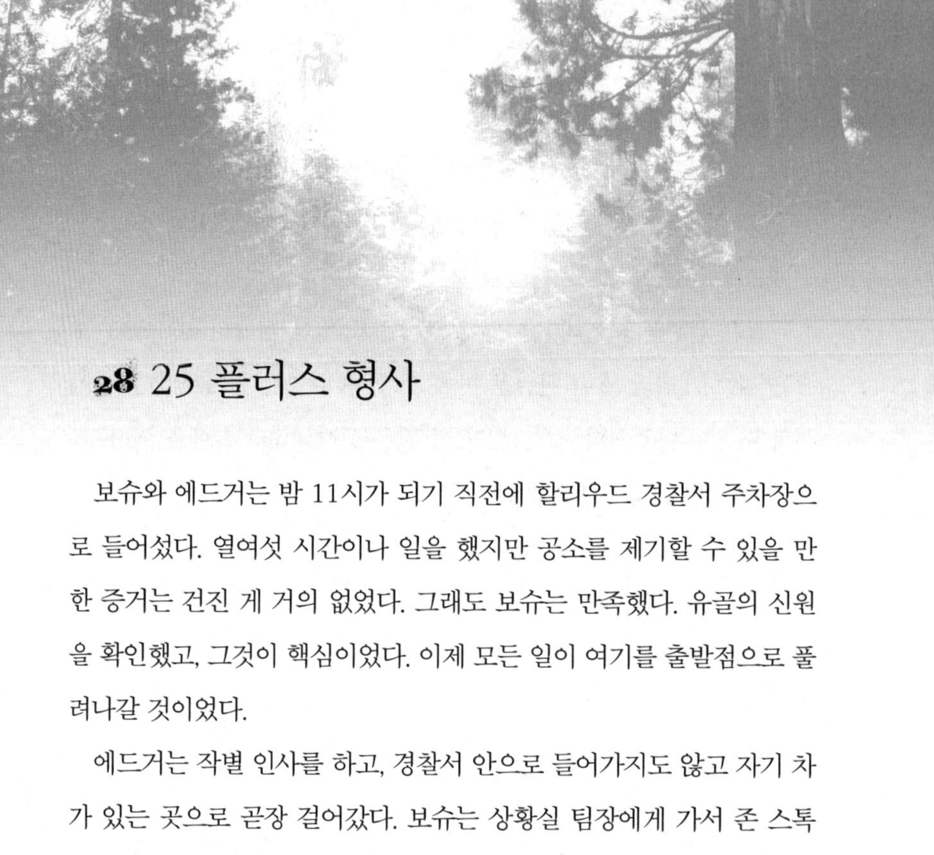

# 28 25 플러스 형사

보슈와 에드거는 밤 11시가 되기 직전에 할리우드 경찰서 주차장으로 들어섰다. 열여섯 시간이나 일을 했지만 공소를 제기할 수 있을 만한 증거는 건진 게 거의 없었다. 그래도 보슈는 만족했다. 유골의 신원을 확인했고, 그것이 핵심이었다. 이제 모든 일이 여기를 출발점으로 풀려나갈 것이었다.

에드거는 작별 인사를 하고, 경찰서 안으로 들어가지도 않고 자기 차가 있는 곳으로 곧장 걸어갔다. 보슈는 상황실 팀장에게 가서 존 스톡스에 관해 뭐라도 건진 게 있는지 알아보고 싶었다. 메시지도 확인하고 싶었고, 또 11시까지 얼쩡거리고 있으면 근무를 끝내고 나오는 줄리아 브래셔를 만날 수 있을 것도 같았다. 그녀를 보고 싶었다.

경찰서는 조용했다. 야간조 순경들이 점호를 받고 있었다. 출근하는 상황실 팀장과 퇴근하는 팀장도 거기 있을 것이었다. 보슈는 형사과를 향해 복도를 걸어갔다. 형사과 사무실 안은 불이 꺼져 있었다. 이것은 경찰국장의 지시를 위반한 것이었다. 경찰국장은 경찰국 본부가 있는 파커 센터를 비롯해 모든 경찰서의 전등을 소등하지 말라고 지시했다. 범죄와의 전쟁은 밤에도 잠들지 않는다는 메시지를 국민들에게 전하려는 목적이었다. 그 결과 시내 전역 경찰서의 빈 사무실들까지도 매일 밤 훤하게 불을 밝히고 있게 되었다.

보슈는 강력반 자리 위에 있는 전등을 모두 켜고 자기 자리로 갔다. 전화 메시지를 적은 분홍색 쪽지들이 많이 있어서 훑어보았지만, 전부가 기자들한테서 온 것이거나 계류 중인 다른 사건과 관련된 것이었다. 그는 기자들 쪽지는 쓰레기통에 던져놓고 나머지는 다음 날 처리할 심산으로 책상 맨 위 서랍에 넣었다.

책상 위에는 경찰국 내부송달봉투 두 개가 놓여 있었다. 하나는 골리어의 보고서를 담고 있었는데 보슈는 나중에 읽어보기로 하고 옆으로 밀어두었다. 두 번째 봉투를 집어 들고 보니 과학수사대에서 온 것이었다. 스케이트보드에 대한 조사 결과를 물어보러 앤트완 제스퍼에게 전화하기로 해놓고 잊고 있었다.

보슈는 봉투를 열려다가 그 봉투가 그의 달력 메모지를 반으로 접은 것 위에 던져져 있었다는 사실을 깨달았다. 그는 메모지를 펴고 짧은 메시지를 읽었다. 서명은 없었지만 줄리아가 썼다는 걸 금방 알 수 있었다.

어디 있어요, 터프 가이?

보슈는 그녀가 근무를 시작하기 전에 형사과로 돌아와 있을 거라고 말했던 사실을 잊고 있었다. 메모를 보니 저절로 미소가 피어올랐지만 약속을 잊고 있었던 것 때문에 미안한 마음이 들었다. 조심하라던 에드거의 충고도 떠올랐다.

그는 메모지를 다시 접어 서랍 안에 넣었다. 그가 들려주는 이야기에 줄리아가 어떤 반응을 보일지 궁금했다. 긴 하루를 보내고 피곤해 죽을 지경이었지만 다음 날까지 기다리고 싶지는 않았다.

과학수사대에서 온 송달봉투에는 제스퍼가 작성한 증거품 분석 보고서 한 장이 들어 있었다. 보슈는 재빨리 보고서를 읽었다. 제스퍼는 그 스케이트보드가 헌팅턴 비치에 있는 보드 제조업체인 보니 보드 사가 만든 것이라고 확인해주었다. 모델명은 '보니 보드'였다. 이 특정 모델은 1978년 2월부터 1986년 6월까지 생산되었고, 그동안 디자인이 몇 번 바뀌면서 보드의 앞쪽 끝부분에 약간의 변화가 있었다.

스케이트보드와 사건 발생 시기가 들어맞는다는 사실에 흥분을 느끼며 마지막 문단을 읽은 그는 들어맞지 않을 수도 있다는 사실을 알게 되었다.

> 트럭(스케이트보드에서 휠과 데크를 연결하면서 방향전환도 가능하게 해주는 T자 모양의 부품 – 옮긴이)은 1984년 5월 보니 보드 사가 처음 출시한 디자인이다. 그래파이트 휠도 이 보드가 후기 제품임을 시사하고 있다. 그래파이트 휠은 1980년대 중반까지는 상용화되지 않았다. 그러나 트럭과 휠은 교환이 가능하고, 보더들이 새 상품으로 재조립하는 일이 흔히 있으므로, 증거품인 스케이트보드의 정확한 제조일자를 파악하기는 불가능하다. 추가 증거가 나올 때까지는 이 스케이트보드가 1978년 2월에서 1986년 6월 사이에 생산된 것이라고 추정하는 것이 가장 안전할 것이다.

보슈는 보고서를 송달봉투에 집어넣고 책상 위로 던졌다. 보고서는 확실한 결론을 내리지 않았지만, 보슈는 제스퍼가 제시한 사실들은 니콜라스 트렌트의 집에서 압수한 스케이트보드가 아서 들라크루아의 것이 아닌 쪽으로 기울고 있다고 생각했다. 보고서는 아서의 죽음에 니콜라스 트렌트를 끌어들이기보다는 놓아주는 쪽으로 기울고 있었다. 그는 다음 날 아침에 자신의 결론을 담은 조서를 작성하여 빌리츠 경위에게 전해 지휘계통을 따라 올라가 어빙 부국장에게 도달하도록 해야겠다고 생각했다.

트렌트의 관련에 관한 수사의 종결을 강조하기라도 하듯 경찰서 뒷문이 쾅 하고 열리는 소리가 복도 안을 울려 퍼졌다. 시끄러운 남자 목소리 몇 개가 뒤이어 들렸고 모두 밤 속으로 사라지듯 서서히 줄어들었다. 점호가 끝나고 새 군대가 현장으로 나가고 있는 것이었다. 그들의 목소리에선 한판 붙어보자는 식의 충천한 사기가 느껴졌다.

경찰국장의 지시에도 불구하고, 보슈는 전등을 끄고 복도로 나가 상황실로 갔다. 작은 사무실 안에 팀장인 경사 둘만 남아 있었다. 렌코브는 근무가 끝났고, 렌쇼는 이제 시작한 상태였다. 둘은 보슈가 야심한 시각에 나타나자 놀라는 기색이 역력했지만 이 시각에 뭐하고 있는 거냐고 묻지는 않았다.

"그래, 내 친구 존 스톡스에 관해 뭐 새로운 소식이라도 있어?"

보슈가 물었다.

렌코브가 말했다.

"아직은. 하지만 찾고 있어. 점호 때마다 소재파악 지시를 내리고 있고 순찰차마다 사진을 붙여놨어. 그러니까…."

"소식이 있으면 알려줘."

"그럴게."

렌쇼도 그러겠다고 고개를 끄덕였다.

보슈는 줄리아 브래셔가 근무를 끝내고 들어왔는지 물어볼까 하다가 그만두었다. 그들에게 고맙다고 말하고 복도로 나왔다. 이야기를 나누는 동안 왠지 어색한 분위기였다. 그가 빨리 나가줬으면 하고 바라는 것 같았다. 그와 줄리아에 대해 돌고 있는 소문 때문일 것 같았다. 어쩌면 그들은 줄리아가 근무를 끝내고 들어올 것임을 알고 있고, 둘이 함께 있는 것을 보게 되는 걸 피하고 싶은 건지도 몰랐다. 관리자인 그들이 경찰국 규칙 위반을 목격하게 되는 것을 피하고 싶었을 수도 있다. 비록 사소하고 시행되는 일이 거의 없었던 규칙이었지만, 위반 행위를 보지 않는 것이 더 좋을 거라고 생각한 것 같기도 했다.

보슈는 뒷문으로 나와 주차장으로 걸어갔다. 줄리아가 경찰서 라커룸에 있는지, 아니면 아직도 순찰 중인지, 그것도 아니면 벌써 들어왔다가 나갔는지 알 수가 없었다. 순찰조의 인수인계 시간은 유동적이었다. 상황실 팀장이 교대 조를 내보내주어야 들어올 수 있었다.

그는 주차장에서 그녀의 차를 보고 그녀를 놓치지 않았음을 깨달았다. 코드 7 벤치에 앉아 기다리려고 다시 경찰서 쪽으로 걸어갔다. 그런데 벤치에 가보니 줄리아가 벌써 와서 앉아 있었다. 라커룸에서 샤워를 하고 나와서 머리카락이 약간 젖어 있었다. 빛바랜 청바지에 긴팔 폴라 스웨터 차림이었다.

"들어왔다는 이야기를 들었어요. 그래서 살펴봤더니 불이 꺼져 있더라고요. 놓쳤다고 생각했어요."

줄리아가 말했다.

"불 껐다고 경찰국장한테 이르지 마."

그녀가 미소를 지었고 보슈는 그녀 옆에 앉았다. 그녀를 만지고 싶었지만 그러지 않았다.

"우리 얘기도 이르지 말고."

그가 말했다.

그녀가 고개를 끄덕였다.

"네. 아는 사람들이 많죠?"

"응. 그 이야기를 하고 싶었어. 한잔할까?"

"좋죠."

"캣앤피들까지 걸어가자. 오늘은 운전이라면 신물이 나."

그들은 함께 경찰서로 들어가 앞문으로 나오는 길이 아니라 주차장을 통과한 후 다시 경찰서 건물을 돌아가는 먼 길을 택했다. 선셋까지 두 블록을 걸어 올라가 거기서 다시 술집까지 두 블록을 걸어 내려왔다. 걸어가는 동안 보슈는 근무시작 전에 형사과에서 만나기로 한 약속을 지키지 못한 것을 사과했고, 팜 스프링스에 갔었다고 이유를 설명했다. 걸어가는 동안 그녀는 별말 없이 그의 이야기에 고개를 끄덕이기만 했다. 그들은 술집에 도착해 벽난로 옆 칸막이 좌석에 앉을 때까지 둘 사이의 현안에 대해서는 이야기하지 않았다.

둘은 기네스 맥주 한 잔씩을 주문했고, 줄리아 브래셔는 탁자 위에 팔을 올려 팔짱을 낀 채 보슈를 노려보았다.

"자, 이제 술 시켜놨으니까, 기다리는 동안 솔직히 말해 봐요. 하지만 먼저 경고하는데, 그냥 친구로 지내자고 할 생각이라면 말도 꺼내지 말아요. 친구는 지금도 많으니까요."

보슈는 저절로 미소가 피어오르는 걸 어쩔 수가 없었다. 그녀의 솔직함이 마음에 들었다. 그는 고개를 저었다.

"아니, 난 당신 친구가 되고 싶지 않아, 줄리아. 전혀."

그는 탁자 위로 손을 뻗어 그녀의 팔을 꼭 잡았다. 그러고는 퇴근길에 한잔하려고 들른 경찰이 있나 확인하기 위해 본능적으로 술집 안을 둘러보았다. 아무도 없다는 걸 확인한 보슈는 다시 줄리아에게로 고개를 돌렸다.

"내가 원하는 건 당신과 함께 있는 거야. 지금처럼."

"좋아요. 나도 그래요."

"하지만 둘 다 조심해야해. 당신은 경찰에 몸담은 지 얼마 되지 않았지만, 난 오래됐어. 그래서 조직의 생리를 잘 알고 있고. 다 내 잘못이야. 그 첫날 밤에 당신 차를 경찰서 주차장에 놔두는 게 아니었어."

"엿 먹으라 그러세요, 남의 일에 코 들이미는 인간들 전부."

"아니, 이건 그런 문제가…."

그는 여종업원이 기네스 상표가 붙은 종이 받침접시에 맥주를 내려놓는 동안 말을 멈추고 기다렸다.

다시 둘만 남게 되자 그가 말했다.

"이건 그런 문제가 아니야, 줄리아. 계속 이렇게 지내고 싶으면 좀 더 조심할 필요가 있어. 지하로 들어가야 해. 벤치에서 만나는 것도 안 되고, 메모를 남기는 것도 안 되고, 하여튼 남들 눈에 띄는 행동은 하면 안 돼. 여긴 경찰들이 잘 드나드는 곳이니까 여기도 오면 안 되고. 완전히 지하로 들어가야 돼. 경찰서 밖에서 만나고, 경찰서 밖에서 이야기해야 돼."

"당신 말을 들으니 꼭 스파이가 된 것 같네요."

보슈는 잔을 들고 그녀의 잔과 부딪친 후 쭉 들이켰다. 너무도 긴 하루를 보내고 나서 마시니 정말 시원했다. 그는 하품이 나오는 걸 억지로 참아야했고, 줄리아도 전염이 되었는지 하품이 나오는 걸 참았다.

"스파이라고? 완전히 틀린 이야기는 아닌데. 당신은 잊고 있는 것 같은데, 난 경찰에 몸담은 지 25년이 넘었어. 당신은 신병이고. 당신이 체포한 사람들 수보다 조직 내에 있는 내 정적의 숫자가 더 많을 거야. 그 중에는 기회만 생기면 나를 쫓아내려 하는 놈들도 많아. 이렇게 말하니까 꼭 나 자신의 안위만 걱정하는 것으로 들릴 것 같은데, 사실 그들은 나를 잡기 위해서 신참을 먼저 잡을 필요가 있다면, 눈 한 번 깜짝할 새도 없이 덤벼들 거야. 정말로. 눈 한 번 깜짝할 새도 없이."

그녀가 고개를 움츠리고 술집 안을 둘러보았다.

"알았어요, 해리, 아니 비밀요원 0045."

보슈가 미소를 지으며 고개를 저었다.

"그래, 그래, 농담으로 생각한다 이거지? 감찰계로부터 첫 소환장을 받을 때까지 기다려 봐. 그때 가면 생각이 달라질걸."

"왜 그래요, 농담이라고 생각 안 해요. 그냥 장난 좀 치는 거죠."

둘은 맥주를 마셨고 보슈는 의자에 등을 기대고 편히 앉았다. 벽난로에서 나오는 열기가 기분 좋게 느껴졌다. 술집까지 걸어올 땐 꽤 쌀쌀했었다. 줄리아를 바라보니 그의 비밀을 알고 있다는 듯 웃고 있었다.

"뭐야?"

"아무것도 아니에요. 굉장히 신경이 날카로워진 것 같네요."

"당신을 보호하려는 것뿐이야. 난 25 플러스니까, 내게는 그렇게 중요한 문제가 아니거든."

"그게 뭐예요? 사람들이 25 플러스라고 하는 걸 종종 들었는데, 마치 자기들은 절대로 건드릴 수 없는 귀하신 몸이라는 뜻으로 들렸거든요."

보슈가 고개를 저었다.

"절대로 건드릴 수 없는 사람이 어디 있어. 하지만 경찰근무연수가 25년이 지나면 연금지급액이 상한선에 도달하거든. 그러니까 25년차에 그만두든 35년차에 그만두든 받는 연금액수는 똑같단 얘기야. 그래서 '25 플러스'는 여차하면 깽판치고 튀어나갈 수 있다는 여유를 주는 거지. 직장에서의 대우가 마음에 안 들면, 그날이라도 사표 쓰고 걸어나갈 수 있는 거야. 이젠 연봉이나 다른 혜택 때문에 어쩔 수 없이 몸담고 있어야 하는 게 아니니까 말이지."

여종업원이 다가와 팝콘 그릇을 내려놓았다. 줄리아는 그녀가 갈 때까지 기다렸다가 탁자 위로 몸을 수그렸다. 그녀의 턱이 맥주잔에 닿을

락 말락 했다.

"그러면 무엇 때문에 있는 거예요?"

보슈는 어깨를 으쓱해 보이고 나서 잔을 내려다보았다.

"일 때문이겠지. 뭐 거창할 것도 영웅적인 것도 없어. 그래도 이 거지 같은 세상에서 가끔씩이라도 잘못을 바로잡을 수 있다는 매력이 있는 직업이니까."

그는 엄지손가락으로 서리 낀 유리잔에 그림을 그리면서 유리잔에서 눈을 떼지 않은 채 말을 이었다.

"예를 들면, 이번 사건 같은 거…."

"그게 뭐요?"

"우리가 찾아낸 단서를 종합해 제대로 끼워 맞춘다면, 그 아이에게 무슨 일이 있었는지를 조금이라도 알아낼 수 있을 것 같아. 글쎄, 잘 모르겠어. 그 일이 세상 사람들에게는 아주 작은 일로 여겨질 수도 있겠지."

그는 아침에 골리어가 들어보였던 두개골을 떠올렸다. 9천 년 동안 타르 속에 묻혀 있었던 피살자. 유골의 도시. 유골들이 모두 땅속에서 튀어나오려고 차례를 기다리고 있었다. 무엇 때문에? 이젠 아무도 그런 문제에 신경을 쓰지 않을지도 모른다.

그가 말했다.

"모르겠어. 장기적으로 봐서는 이 사건이 아무런 의미도 없을지 몰라. 자살테러범들이 뉴욕을 공격해서 3천 명이나 되는 사람들이 모닝커피도 다 마시기 전에 죽어나간 마당이야. 오랫동안 묻혀 있던 유골 몇 개가 튀어나온 일이 뭐 그렇게 중요하겠어?"

줄리아가 부드럽게 미소를 지으며 고개를 저었다.

"그렇게 회의적으로 생각하지 말아요, 해리. 중요한 건 그게 당신에게는 의미가 있는 일이라는 거죠. 그리고 당신에게 의미 있는 일이라면 할 수 있는 데까지 해봐야 되지 않겠어요? 세상이 어떻게 돌아가든, 항상 영웅이 필요하죠. 언젠가는 내게도 영웅이 될 기회가 왔으면 좋겠어요."

"그럴지도 모르지."

보슈는 고개를 끄덕였지만 계속 그녀의 눈을 피하고 있었다. 그러면서 맥주잔에 그림 그리기를 계속했다. 그가 다시 말했다.

"TV 광곤데 할머니가 땅에 쓰러져서 '넘어졌는데 일어날 수가 없어요'라고 하니까 주변에 있던 사람들이 모두 놀려댔던 광고 기억해?"

"기억나요. 베니스 해변에선 그 말이 씌어진 티셔츠를 팔죠."

"그래…. 가끔 나도 그런 느낌이 들 때가 있어. 25 플러스가 될 때까지 가끔은 넘어지기도 하고 실패하기도 하며 살아왔어. 그렇게 넘어질 때 다시는 일어날 수 없을 것 같은 느낌이 들 때가 있지."

그가 고개를 끄덕이며 말을 이었다.

"그런데 운이 좋아서 어떤 사건이 걸렸는데 이거다 싶은 생각이 드는 거야. 느낌으로 알지. 이걸 통해 다시 일어날 수 있겠다는 걸 말이야."

"그런 걸 구원이라고 하죠. 노래 가사에도 있잖아요, '누구나 구원받을 기회를 원해.'"

"그런 거야. 맞아."

"그리고 이 사건이 당신에겐 그런 기회인 거네요?"

"그래, 그런 것 같아. 그랬으면 좋겠고."

"자, 구원을 위해 건배."

그녀가 잔을 들었다.

"단단히 붙잡아."

그가 말했다.

줄리아가 잔을 부딪쳤다. 그녀가 들고 있는 잔의 맥주가 거의 빈 상태인 보슈의 잔으로 조금 흘러내렸다.

"미안해요. 이것도 연습이 필요한가 봐요."

"괜찮아. 더 마시고 싶었어."

그가 잔을 비운 후 내려놓고 손등으로 입을 닦았다.

"오늘 밤 나랑 같이 집에 갈 거야?"

그가 물었다.

그녀가 고개를 저었다.

"아뇨, 당신과 함께는 안 가요."

그는 얼굴을 찌푸리며 노골적인 말에 그녀가 화가 난 걸까 생각했다.

그녀가 말했다.

"당신을 따라갈 거예요. 차를 경찰서에 놔둘 수 없다는 것, 잊었어요? 모든 게 1급 비밀이에요, 쉬쉬. 지금부터는 눈으로만 얘기해요."

그가 미소를 지었다. 맥주와 그녀의 미소가 그에게는 마법 같았다.

"내가 졌어. 대단하군."

"다른 일에서도 대단하고 싶어요."

# 29 회의

보슈는 빌리츠 경위의 사무실에서 열리는 회의에 늦게 들어갔다. 홍보실의 메디나 경관뿐만 아니라 놀랍게도 에드거까지 벌써 와 있었다. 빌리츠는 들고 있던 연필로 그에게 앉을 자리를 가리켜 보인 후 전화기를 집어 들고 숫자 하나를 눌렀다.

상대방이 전화를 받자 그녀가 말했다.

"빌리츠 경윈데, 부국장님한테 여기 다 모여 있고 시작할 준비가 되었다고 말씀드려줘."

보슈는 에드거를 바라보며 눈을 치켜떴다. 어빙 부국장이 아직도 이 사건에 관여를 하고 있는 것이었다.

빌리츠가 전화를 끊고 나서 말했다.

"부국장이 전화를 걸면 스피커로 연결할 거야."

"들으려고 하는 거예요, 아니면 말을 하려고 하는 거예요?"

보슈가 물었다.

"누가 알겠어?"

빌리츠가 반문했다.

메디나가 말했다.

"기다리는 동안 물어볼 게 있는데요. 여러분이 공조조회를 요청한 존 스톡스라는 남자에 대해 묻는 기자들 전화가 슬슬 걸려오기 시작했어요. 이 문제를 어떻게 처리할까요? 스톡스가 새로운 용의잡니까?"

보슈는 짜증이 났다. 점호 때마다 나눠준 스톡스에 관한 전단이 결국에는 언론에도 새어나갈 거라는 건 알고 있었지만 이렇게 빨리 퍼질 줄은 몰랐다.

보슈가 메디나에게 말했다.

"아뇨, 절대로 용의자가 아니에요. 그리고 기자들이 트렌트 때처럼 이 일을 망쳐버리면 절대로 그를 찾지 못할 거예요. 스톡스는 그냥 우리가 만나보고 싶은 참고인이에요. 피해자의 친구였죠. 아주 오래전에."

"그러면 피해자의 신원이 확인됐단 말인가요?"

보슈가 대답하기 전에 전화벨이 울렸다. 빌리츠가 전화를 받더니 어빙 부국장을 스피커로 연결했다.

"부국장님, 지금 제 방에 보슈 형사와 에드거 형사, 그리고 홍보실의 메디나 경관이 모여 있습니다."

"아주 좋아. 자, 무슨 얘기를 하던 중이지?"

어빙의 목소리가 전화기 스피커를 타고 쩌렁쩌렁 울려 퍼졌다.

빌리츠가 전화기 볼륨 버튼을 눌러대면서 말했다.

"어, 해리, 당신부터 시작하지?"

보슈는 천천히 뜸을 들이며 재킷 안주머니에서 수첩을 꺼냈다. 어빙이 자기 사무실의 먼지 하나 없는 책상 뒤에 앉아 전화기에서 얘기가 흘러나오길 기다리고 있게 하는 게 좋았다. 그는 줄리아와 아침을 먹으며 적어놓은 메모가 가득한 페이지를 펼쳤다.

"보슈 형사, 거기 있나?"

어빙이 물었다.

"네, 부국장님, 여기 있습니다. 지금 메모한 걸 훑어보는 중이었어요. 음, 보고드릴 요점은 피해자의 신원을 확인했다는 것입니다. 이름은 아서 들라크루아. 1980년 5월 4일에 미라클 마일 지역에 있는 자기 집에서 실종되었습니다. 실종 당시 나이는 열두 살이었습니다."

보슈는 질문을 예상하고 여기에서 말을 멈췄다. 메디나가 이름을 받아 적고 있었다.

"아직까진 이 사실을 공개해야 될지 잘 모르겠습니다."

보슈가 말했다.

"그건 왜지? 신원이 확실하지 않다는 말인가?"

어빙이 물었다.

"아뇨, 확실합니다. 다만 지금 피해자의 신원을 공개하면 앞으로의 수사 방향을 널리 선전하는 게 될 것 같아서요."

"그 말은?"

"니콜라스 트렌트는 이 사건과 관련이 없는 게 거의 확실합니다. 그래서 지금 다른 쪽을 찾아보고 있습니다. 유골에 드러난 손상을 검사한 법의관이 영유아기 때부터 시작된 만성적인 아동 학대의 가능성을 제시했어요. 피해자의 어머니는 관계가 없었고, 그래서 지금 아버지를 수사하고 있는 중입니다. 아직 직접 만나지는 못했습니다. 단서를 모으고 있는 중이죠. 그런데 피살자의 신원이 밝혀졌다고 공개를 하면 그 아버지가 방송을 볼 테고, 그러면 그를 수사할 거라고 예고를 하는 꼴이 되는 거라서요."

"그가 아이를 그곳에 암매장했다면, 벌써 알고 있지 않을까?"

"어느 정도는요. 하지만 그는 우리가 유골의 신원을 파악하지 못하면 자기에게 화살이 돌아오지는 않을 거라고 생각하고 있겠죠. 신원확인이 안 된 상태라고 알고 있다면 자신이 안전하다고 생각할 겁니다. 그렇게 되면 그를 살펴볼 시간을 벌 수 있고요."

"알았어."

어빙이 말했다.

모두가 잠시 말없이 앉아 있었다. 보슈는 어빙이 무슨 말이라도 더 할 거라고 생각했는데, 어빙도 말이 없었다. 보슈가 빌리츠를 바라보며 이제 어쩌냐는 표정으로 두 손을 펼쳐 보였다. 그녀는 어깨를 으쓱해 보였다.

보슈가 말했다.

"그래서, 그러니까… 지금은 공개를 하지 않으실 거죠?"

잠시 침묵이 흐른 후 어빙이 대답했다.

"그게 신중한 방법일 것 같군."

메디나가 자기 수첩에서 메모한 페이지를 찢어 구기더니 방 한구석에 있는 쓰레기통으로 던졌다.

"공개할 수 있는 사실은 없을까요?"

메디나가 물었다.

보슈가 재빨리 대답했다.

"있죠. 트렌트가 혐의가 없는 것으로 밝혀졌다는 사실이요."

어빙이 재빨리 끼어들었다.

"그건 안 돼. 그건 막판에 하자고. 수사의 확실한 가닥이 잡히면 그때 가서 하잔 말이야."

보슈는 에드거와 빌리츠를 바라보았다.

"부국장님, 그러면 수사에 방해가 될 수 있습니다."

보슈가 말했다.

"어째서 그렇지?"

"이건 오래전에 발생한 사건입니다. 오래된 사건일수록 종결가능성은 낮아지죠. 기회를 잡을 수가 없을 겁니다. 지금 나가서 트렌트에게 혐의가 없다고 밝히지 않으면, 나중에 범인을 검거했을 때 그에게 방패막을 주게 될 겁니다. 범인이 트렌트를 지목하면서 성추행 전과가 있는 트렌트가 진짜 범인이라고 덮어씌울 수 있게 되겠죠."

"하지만 우리가 지금 트렌트의 혐의를 벗겨주든 나중에 벗겨주든, 그렇게 할 수 있지 않겠어?"

보슈가 고개를 끄덕였다.

"맞는 말씀입니다. 하지만 저는 법정에서 증언할 때를 대비해서 드리는 말씀입니다. 제가 법정에 선다면 경찰이 트렌트의 무혐의를 확인하자마자 재빨리 그를 용의선상에서 제외했다고 증언하고 싶습니다. 피고측 변호사로부터 그렇게 빨리 용의선상에서 제외시켰다면서 발표는 왜 한두 주 더 기다렸다가 했느냐는 질문을 받고 싶지 않습니다. 부국장님, 그렇게 되면 경찰이 뭔가 숨기고 있었다는 인상을 주게 될 겁니다. 은근한 인상일 테지만 분명히 재판에 영향을 미칠 거예요. 배심원들은 경찰 전체를, 특히 LA 경찰국을 믿을 수가 없다고 생각하게 될 거…."

"알았어, 보슈 형사, 무슨 뜻인지 알겠다고. 하지만 내 결정은 그대로야. 트렌트에 대한 발표는 없을 거야. 이번엔 안 돼. 내세울 확실한 피의자가 생길 때까지는."

보슈는 고개를 저으며 의자에 털썩 등을 기대앉았다.

"또 다른 건? 2분 후에 국장님께 보고하러 가야돼."

보슈는 빌리츠를 바라보며 다시 고개를 저었다. 공유하고 싶은 정보가 없었다. 빌리츠가 말문을 열었다.

"부국장님, 지금으로선 이게 전부인 것 같습니다."

"그 아버지한테는 언제 접근해볼 계획인가?"

보슈는 턱으로 에드거를 가리켜보였다.

"부국장님, 에드거 형삽니다. 우린 지금 아버지를 만나보기 전에 만나봐야 할 증인을 찾고 있습니다. 피해자의 어릴 적 친군데요. 피해자가 어떤 학대를 받았는지 알고 있을 거라고 생각하고 있습니다. 오늘 하루는 그 친구에게 할애하려고요. 그가 여기 할리우드에 있고 또 전 지역 경찰관에게 공조조회를 요청해…."

"알았어, 에드거 형사. 내일 아침에 다시 얘기하자고."

"네, 알겠습니다, 부국장님. 내일도 9시 30분입니까?"

빌리츠가 말했다. 대답이 없었다. 어빙이 벌써 전화를 끊은 것이었다.

## 30 위장

보슈와 에드거는 오전 내내 사무실에 앉아 사건 조서와 사건 파일에 새로운 내용을 추가하고 지역 내 모든 병원에 전화를 걸어 월요일 아침에 전달한 압수수색영장에서 요청한 의료기록 제출 요구를 취소한다고 알렸다. 정오가 되자 보슈는 사무실에 앉아 있는 게 진력이 나서 밖으로 나가야겠다고 에드거에게 말했다.

"어디 가게?"

에드거가 물었다.

"여기서 기다리고만 있는 게 싫어. 가서 아서의 아버지를 한번 살펴보고 오자고."

보슈가 말했다.

그들은 에드거의 개인차를 사용했다. 경찰 표식이 없었고, 또 관용차 주차장에는 경찰 표식이나 관용차 표식이 없는 차가 한 대도 남아 있지 않았기 때문이었다. 그들은 101번 고속도로를 타고 밸리로 가서 405번 고속도로를 타고 북쪽으로 달리다가 밴나이스로 빠졌다. 맨체스터 트레일러 파크는 빅토리 근처 세풀베다 대로에 위치해 있었다. 그들은 처음엔 그냥 지나쳐 갔다가 다시 돌아와 공원 안으로 들어갔다.

공원 입구에는 경비실이 없었고, 노란색 줄무늬가 그려진 과속방지턱만 있었다. 공원 도로는 공원을 둘러싸고 원형으로 나 있었고, 새뮤얼 들라크루아의 트레일러는 공원 뒤편에 있었는데, 고속도로 옆에 세워진 6미터 높이의 소음방지벽에 붙어 있었다. 소음방지벽은 24시간 내내 들려오는 고속도로의 소음을 없애기 위해 설계되었지만, 그 방향과 크기만을 바꾸었을 뿐 소음은 여전히 들려오고 있었다.

새뮤얼 들라크루아의 트레일러는 독신자용 이동식 주택이었다. 알루미늄 외장에서 강철 대갈못이 박혀 있는 자리마다 녹물이 똑똑 떨어지고 있었다. 트레일러 앞에 차양이 쳐진 피크닉 테이블과 숯을 사용하는 그릴이 보였고 차양 지지대 한 개와 옆에 있는 다른 트레일러 모퉁이 사이에 빨랫줄이 쳐져 있었다. 좁은 마당 뒤쪽 소음방지벽 바로 옆에는 이동식 화장실 크기의 알루미늄으로 만든 창고가 세워져 있었다.

트레일러의 창문과 문은 모두 닫힌 상태였다. 자동차 한 대만 겨우 들어가는 주차 공간에도 차가 없었다. 에드거는 시속 10킬로미터로 차를 몰며 말했다.

"아무도 없는 것 같은데."

"골프연습장에 가보자. 들라크루아가 거기 있으면 자네가 공 한 박스 치면서 살펴볼 수 있잖겠어?"

보슈가 말했다.

"오랜만에 몸 좀 풀게 생겼군."

그들이 도착했을 땐 골프연습장 안에 손님이 거의 없었지만 오전에는 꽤나 북적댔던 것 같았다. 길이가 족히 300미터는 되어 보이는 연습장 안 사방에 골프공이 널려 있었다. 연습장 한쪽 끝은 트레일러 파크 뒤편에 세워져 있는 바로 그 소음방지벽이었고, 연습장 정면으로 보이는 제일 먼 쪽 끝에는 고속도로 운전자들이 멀리 날아온 공에 맞지 않도록 높은 전신주 위에 그물망을 쳐 놓았다. 뒤에 골프공 자동수거기를 장착한 작은 트랙터 한 대가 그 앞을 가로지르고 있었고, 운전자는 안전망으로 덮인 운전석 안에 앉아 있었다.

보슈는 에드거가 차 트렁크 안에서 골프가방을 꺼내 들고 구내매점으로 가서 골프공 반 양동이를 사올 때까지 트랙터를 바라보고 있었다.

"저 사람인 것 같은데."

에드거가 말했다.

"응."

보슈는 벤치에 앉아서 에드거가 인조 잔디 골프 매트 위에서 공을 치는 것을 구경했다. 에드거는 재킷을 벗고 넥타이를 풀고 있어서 그다지 장소에 어울리지 않는 차림 같아 보이지는 않았다. 그에게서 두 자리 떨어진 매트에서는 와이셔츠에 정장 바지를 입은 남자 둘이 공을 치고 있었다. 사무직원이 점심시간을 이용해 연습을 하고 있는 것 같았다.

에드거는 골프가방을 나무 지지대에 받쳐놓고 아이언 하나를 골랐다. 골프가방에서 꺼낸 장갑을 끼고 몇 번 스윙 연습을 하더니 공을 치기 시작했다. 처음 몇 번은 바운드가 큰 땅볼을 치고는 투덜거렸다. 그러다가 공이 점점 더 높이 뜨기 시작하자 기분이 좋아지는 것 같았다.

보슈는 재미있게 구경을 하고 있었다. 평생 동안 단 한 번도 골프를 쳐본 적이 없는 그는 왜 그렇게 많은 사람들이 골프에 미쳐 있는지 이해할 수가 없었다. 사실 형사들 대부분이 광적으로 골프를 쳤고, 캘리포니아 주 경찰 전체를 대상으로 한 골프 대회와 동호회도 많았다. 그는 에드거가 연습장에서 치는 공에도 예민하게 구는 것을 보는 게 재미있었다.

에드거가 완전히 몸이 풀리고 제 실력을 발휘하는 것 같다는 생각이 들자 보슈가 말했다.

"저 남자를 맞혀 봐."

"해리, 자네가 골프를 안 친다는 건 아는데 그래도 너무 무식하잖아? 골프에서는 핀, 다시 말해 깃대를 향해 공을 치는 거야. 움직이는 과녁을 맞히는 게 아니고."

"그런데 전직 대통령들은 왜 항상 사람을 맞히지?"

"그래도 안 혼나니까."

"모두들 카트를 몰고 공 주우러 다니는 사람을 맞히려고 한다고 그랬잖아. 한번 쳐 봐."

"진정한 골퍼들을 제외한 모두들이란 얘기지."

그러나 그가 몸의 각도를 조절하는 것을 보니 교차로 끝에 다다라 다른 길로 돌아가려고 U턴을 하고 있는 트랙터를 향해 공을 치려고 하는 것 같았다. 거리 표시물로 판단컨대 트랙터는 130미터쯤 떨어진 곳에 있었다.

에드거가 스윙을 했는데 이번에도 땅볼이었다.

"빌어먹을! 봤지, 해리? 괜히 게임만 망치잖아."

보슈가 웃음을 터뜨렸다.

"왜 웃어?"

"골프연습장에서 하는 게임가지고 뭘 그래. 한 번 더 쳐 봐."

"됐어. 유치하게시리."

"쳐보라니까."

에드거는 아무 말도 하지 않았다. 그가 다시 연습장 중앙에 와 있는 트랙터를 향해 몸의 각도를 조정했다. 스윙과 함께 공이 딱 소리를 내며 날아올라 트랙터를 향해 날아갔지만, 트랙터를 넘어 6미터는 더 날아가 떨어졌다.

"나이스 샷. 트랙터를 조준했었다는 것만 빼면."

보슈가 말했다.

에드거는 말없이 그를 노려보았다. 그다음 5분간 그는 트랙터를 향해 계속 공을 쳐댔지만 한 번도 10미터 안으로 접근을 하지 못했다. 보슈는 아무 말 하지 않았지만 에드거의 좌절감은 점점 더 커졌고 마침내 그를 돌아보며 화난 목소리로 물었다.

"자네가 한번 쳐볼래?"

보슈는 혼란스럽다는 표정을 지어보였다.

"아니, 아직도 그를 맞히려고 하고 있었던 거야? 몰랐는데."

"자, 이제 그만 가지."

"공이 반도 더 남았잖아."

"괜찮아. 이러다간 한 달은 슬럼프에 빠질 것 같아."

"한 달만?"

에드거는 화를 내며 골프채를 가방에 밀어 넣더니 보슈를 죽일 듯이 노려보았다. 보슈는 가까스로 웃음을 참고 있었다.

"이러지 마, 제리. 저 남자를 한번 보고 싶어. 공 좀 더 쳐주면 안 되겠어? 저 남자도 곧 일이 끝날 것 같은데."

에드거가 연습장을 둘러보았다. 이제 트랙터는 45미터를 가리키는 거리 표시물 근처에 와 있었다. 남자가 소음방지벽이 있는 곳에서부터 일을 시작했다면, 곧 일이 끝날 것 같았다. 새로 나온 공들도 연습장 전체를 다시 돌아다닐 만큼 많지 않았다. 에드거와 사무직원 두 명이 치는 공이 전부였다.



에드거는 마음이 누그러졌는지 우드 하나를 꺼내 골프매트로 돌아갔다. 그는 소음방지벽 근처까지 날아가는 멋진 샷을 터뜨렸다.

"타이거 우즈, 덤벼."

에드거가 말했다.

다음 공은 티(공을 올려놓는 자리, 혹은 그 자리에 꽂는 갓 모양의 표적-옮긴이)에서 불과 3미터를 날아가 떨어졌다.

"제기랄."

"실제로 칠 때도 인조 잔디 매트 위에서 치는 거야?"

"아냐, 해리. 여긴 연습장이라서 그렇지."

"그러니까 연습장에서는 진짜 실력이 안 나오겠군."

"그렇지."

트랙터는 연습장을 벗어나 에드거가 공을 샀던 구내매점 뒤에 있는 창고를 향해 갔다. 운전석 문이 열리고 60대 초반으로 보이는 남자가 내렸다. 그는 자동수거기에서 공이 가득 든 철망 바구니들을 끌어내리더니 창고로 가져갔다. 보슈는 에드거에게 수상하게 보이지 않게 계속 공을 치고 있으라고 말했다. 그러고 나서 그는 태연하게 구내매점으로 걸어가 공 반 양동이를 더 샀다. 트랙터를 운전했던 남자와는 채 5미터도 떨어지지 않은 곳에 서 있었다.

새뮤얼 들라크루아였다. 에드거가 출력해온 운전면허증 사진을 봤기 때문에 쉽게 알아볼 수 있었다. 한때 푸른 눈에 금발의 독일군 병사를 연기했고 18세 소녀를 매혹시켰던 그였지만 지금은 조금도 드러나 보이지 않는 외모로 변해 있었다. 여전히 금발이었지만 알코올 중독 때문인지 머리 가운데가 대머리였다. 손질 안 된 구레나룻이 햇빛을 받아 하얗게 빛났다. 코는 세월과 알코올의 영향으로 부어 있었고, 잘 맞지 않는 안경 때문에 양 콧날에 눌린 자국이 있었다. 배는 올챙이배였는데, 청년이었다면 그 배 덕분에 군대도 못 갈 것 같았다.

"2달러 50센트요."

보슈는 금전등록기 뒤에 서 있는 여자를 바라보았다.

"공 값이요."

여자가 다시 말했다.

"아, 예."

그는 돈을 내고 양동이 손잡이를 잡아들었다. 마지막으로 한 번 더 보려고 들라크루아 쪽으로 고개를 돌렸더니 마침 그도 보슈 쪽을 바라보았다. 둘의 눈이 잠깐 동안 마주쳤고 보슈는 태연하게 고개를 돌렸다. 그러고는 에드거에게로 걸어갔다. 바로 그때 그의 휴대전화가 울리기 시작했다.

그는 재빨리 양동이를 에드거에게 건네고 바지 뒷주머니에서 휴대전화기를 꺼냈다. 주간 상황실 팀장 맨키비츠 경사였다.

"여어, 보슈, 뭐해?"

"공 좀 치고 있어."

"얼씨구. 우린 좆 빠지게 뺑이치고 있는데 공을 치고 있다고?"

"내 친군 찾았어?"

"그런 것 같아."

"어디야?"

"워셔테리아에서 일하고 있던데. 팁이랑 잔돈푼을 챙기고 있는 거지."

워셔테리아는 라브리아에 있는 세차장이었다. 거기에선 일용직 근로자들이 자동차를 진공청소기로 청소하고 걸레로 닦는 일을 했다. 그들 대다수가 팁과, 자동차 안에서 들키지 않고 훔쳐내는 물건을 바라보고 일을 했다.

"누가 찾았어?"

"우범지역 순찰조가. 80퍼센트 정도 확신한다는데. 자기네가 덮칠지,

아니면 당신이 현장에 올 건지 알려 달래."

"우리가 갈 테니 준비하고 있으라고 해줘. 그리고 맨키, 놈은 도주의 달인인 것 같아. 도주할 경우를 대비해 지원조가 왔으면 좋겠는데 될까?"

"음…."

침묵이 흘렀다. 맨키비츠가 배치표를 살펴보고 있을 것이었다.

"운 좋은 줄 알아. 3~11시 1개조가 오늘은 좀 일찍 시작하거든. 15분 후면 점호가 끝날 거야. 이 정도면 되겠어?"

"아주 좋아. 그 친구들한테 라브리아와 선셋 모퉁이에 있는 체커스 주차장에서 보자고 해줘. 우범지역 친구들도 그곳에서 보자고 해주고."

보슈는 에드거에게 출동 신호를 보냈다.

"어, 그런데 말이야."

맨키비츠가 말했다.

"뭔데?"

"지원조 중에 한 명이 브래셔야. 괜찮겠어?"

보슈는 잠시 침묵했다. 맨키비츠에게 다른 사람을 넣어달라고 하고 싶었지만 자신의 권한 밖의 일이라는 걸 알고 있었다. 브래셔와의 사적인 관계를 바탕으로 순찰조 배치나 다른 어떤 일에라도 영향력을 행사하려는 건 비난과 감찰계의 조사를 자초하는 일이 될 것이었다.

"응, 괜찮아."

"저기, 이러고 싶진 않은데, 브래셔가 신참이라서 말이야. 이제까지 실수를 몇 번 했고, 또 이런 경험도 필요해서 보내는 거야."

"괜찮다고 했잖아."

# 31 총격 사건

그들은 존 스톡스가 에드거의 차 보닛을 닦고 있을 때 덮치기로 했다. 우범지역 순찰대의 아이먼과 레이비 순경이 황색 괘선지에 워셔테리아의 구조도를 그리고 그들이 왁싱 차양 아래에서 일하고 있던 스톡스를 발견한 지점에 동그라미를 쳤다. 세차장은 3면이 콘크리트 벽과 다른 구조물에 둘러싸여 있었다. 라브리아 거리와 맞닿은 곳은 그 길이가 45미터 정도였고, 양 끝에 입구와 출구를 제외하고는 가장자리를 따라 1.5미터 정도 높이의 유지벽이 서 있었다. 스톡스가 도주를 시도한다면, 그 벽을 타넘고 갈 수도 있겠지만, 개방된 입구나 출구 중 하나를 택할 가능성이 더 높았다.

계획은 간단했다. 아이먼과 레이비가 세차장 입구를 맡고, 브래셔와 에지우드가 출구를 맡기로 했다. 보슈와 에드거는 손님을 가장해 에드거의 차를 몰고 들어가 스톡스에게 접근할 것이었다. 그들은 무전기를 현장 채널에 맞추고, 암호를 짰다. 적색은 스톡스가 도주했다는 뜻이었고, 녹색은 순조롭게 신병(身柄)을 확보했다는 뜻이었다.

보슈가 말했다.

"명심해요. 저 세차장에 있는 직원들은 와이퍼 담당, 타이어 담당, 비누칠 담당, 진공청소 담당 가릴 것 없이 거의 모두가 무언가로부터 도망쳐 온 사람들입니다. 국경 순찰대를 피해 도망 온 사람들도 있을 거고요. 그러니까 별 문제 없이 스톡스의 신병을 확보한다고 해도, 다른 놈들이 소란을 피울 수도 있어요. 경찰이 세차장에 나타나는 건 극장에 대고 '불이야!'라고 외치는 것과 마찬가지니까요. 다들 누가 누군지, 누구를 잡으러 왔는지 살펴볼 겨를도 없이 흩어질 거예요."

모두가 고개를 끄덕였고 보슈는 날카로운 눈으로 신참인 브래셔를 바라보았다. 그들은 전날 밤 함께 세운 계획대로 동료 경찰 이상으로 서로를 알고 지낸다는 내색을 전혀 하지 않았다. 하지만 지금 보슈는 그녀가 이와 같은 기습작전에는 얼마나 다양한 변수가 있는지를 이해했는지 확인하고 싶었다.

"알겠어요, 신병(新兵)?"

보슈가 물었다.

브래셔가 미소를 지었다.

"네, 알았습니다."

"좋아요, 이제부터 집중합시다. 갑시다."

에지우드와 함께 순찰차로 향하는 브래셔의 얼굴에 미소가 머물고 있었다.

보슈와 에드거는 에드거의 렉서스로 걸어갔다. 차 앞에 다다르자 보슈가 걸음을 멈췄다. 렉서스가 금방 세차를 하고 나온 것처럼 반짝반짝 윤이 났다.

"빌어먹을."

“뭐 어쩌라고, 해리? 난 내 차를 아들처럼 돌본다고.”

보슈는 주위를 둘러보았다. 체커스 패스트푸드 식당 뒤 콘크리트 바닥 위에 금속제 대형 쓰레기통이 뚜껑이 열린 채 놓여 있었다. 최근에 쓰레기통을 씻었는지 보도 위에 시커먼 물웅덩이가 있었다.

“저 웅덩이 위를 몇 번 왔다 갔다 하자고. 차에 물을 묻혀.”

보슈가 말했다.

“해리, 저 똥물을 내 차에 묻히라고? 안 될 말이지.”

“생각해 봐, 제리. 세차할 차처럼 보여야지 안 그러면 눈치챈단 말이야. 놈이 도주의 달인이라고 자네 입으로 말했잖아. 놈이 눈치채지 않게 하자고.”

“하지만 진짜로 세차를 할 건 아니잖아. 저 똥물을 튀기면, 그대로 남을 텐데.”

“제리, 놈을 잡으면 아이먼과 레이비한테 놈을 서로 데리고 가게 할게. 우린 남아서 자네 차를 세차하고. 세차비도 내가 낼게.”

“빌어먹을.”

“자, 빨리 웅덩이로 들어가. 이러고 있을 시간이 없어.”

에드거의 차를 더럽힌 후 그들은 침묵 속에 세차장으로 달려갔다. 입구에 가까워지자 우범지역 순찰차가 세차장 입구에서 차 두세 대 정도의 공간이 떨어진 모퉁이에 서 있는 것이 보였다. 저 앞 세차장 출구에서 조금 떨어진 곳에는 브래셔의 순찰차가 주차선에 서 있었다. 보슈가 무전기를 들었다.

“다들 준비됐습니까?”

우범지역 순찰차에선 마이크를 두 번 두드리는 소리로 신호를 보냈다. 브래셔는 직접 대답했다.

“준비됐어요.”

“좋아요. 들어갑니다.”

에드거는 입구로 들어가 손님들이 진공청소 공간으로 차를 넘겨주고 자기들이 원하는 워셔액과 왁스를 주문하는 서비스 차선으로 들어갔다. 보슈는 재빨리 직원들을 훑어보았다. 모두가 상하가 붙은 주황색 작업복에 야구 모자를 눌러쓰고 있었다. 그래서 좀 더디긴 했지만 보슈는 얼마 안 가 푸른색 왁싱 차양 아래서 존 스톡스를 찾아냈다.

“저기 있어. 검정색 BMW 앞에.”

보슈가 에드거에게 말했다.

보슈는 그들이 차에서 내리자마자 세차장 안에 있는 전과자들 대부분이 경찰임을 알아볼 것임을 알고 있었다. 보슈가 전과자의 98퍼센트를 알아볼 수 있듯이, 그들도 경찰을 금방 알아볼 수 있었다. 그러므로 신속하게 스톡스를 덮쳐야 했다.

그가 에드거를 바라보았다.

“준비됐어?”

“그래. 가자.”

둘은 동시에 문을 열고 나왔다. 보슈는 20미터쯤 떨어진 곳에서 등을 보이고 쭈그리고 앉아 있는 스톡스를 향해 걸어갔다. 검정색 BMW 바퀴에 뭔가를 뿌리고 있었다. 에드거가 직원에게 진공청소는 하지 말고 잠깐 기다리라고 말하는 소리가 들렸다.

보슈와 에드거가 목표물에 반 정도 가까워졌을 때 주차장 안에 있던 다른 직원들이 그들의 정체를 알아차린 것 같았다. 보슈의 뒤쪽 어딘가에서 다급한 외침이 들렸다.

“5, 0, 5, 0, 5, 0.”

신호를 받은 스톡스가 즉시 일어서서 뒤를 돌아다보았다. 보슈는 달리기 시작했다.

보슈가 5미터 떨어진 곳까지 달려갔을 때 스톡스는 자신이 표적임을 알아차렸다. 그는 세차장 입구를 통해 도망가려고 왼쪽으로 돌아섰지만 BMW가 가로막고 있었다. 그래서 오른쪽으로 돌아섰지만 벽으로 막혀 있다는 것을 깨닫고 주춤거리는 것 같았다.

"아냐, 아냐! 그냥 이야기를 나누려고 왔어. 이야기만 나누려고."

보슈가 소리를 질렀다.

스톡스는 체념한 것 같았다. 보슈가 그에게로 걸어가는 동안 에드거는 그가 도주하려고 할 경우를 대비해 오른쪽으로 접근하고 있었다.

보슈는 다가가면서 걸음 속도를 늦추고 양 팔을 벌렸다. 한 손에는 무전기를 들고 있었다.

"LA 경찰이야. 자네한테 몇 가지 물어보고 싶은 게 있어. 그뿐이야."

"제기랄. 뭘요?"

"뭐냐면…."

스톡스가 갑자기 팔을 들고 보슈의 얼굴에 타이어 세척제를 뿌렸다. 그러고는 오른쪽으로, 막다른 골목으로 뛰어갔다. 그곳은 세차장의 높은 뒷벽과 3층짜리 아파트 건물의 측벽이 만나 막혀 있는 것 같았다.

보슈는 본능적으로 두 손을 들어 눈을 막았다. 에드거가 스톡스에게 지르는 소리와 함께 추격을 하는지 급하게 뛰어가는 발자국 소리가 들렸다. 보슈는 눈을 뜰 수 없었다. 그는 무전기를 입에 대고 소리쳤다.

"적색경보! 적색경보! 적색경보! 놈이 후방 모퉁이를 향해 도주하고 있다."

그는 무전기를 떨어뜨렸지만 급히 발을 내밀어 콘크리트 바닥으로 떨어지는 건 막았다. 재킷 소매로 타들어가는 것처럼 따가운 눈을 닦았다. 마침내 잠깐씩이나마 눈을 뜰 수 있었다. BMW 뒤쪽으로 수도꼭지에 호스가 말려 있는 것이 눈에 띄었다. 그는 거기로 가서 수도를 틀고 옷이야 젖든 말든 얼굴과 눈에 물을 뿌렸다. 눈이 끓는 물에 던져진 것 같은 느낌이었다.

얼마간 물을 뿌리자 따가운 느낌이 좀 약해졌다. 그는 호스를 집어던지고 수도는 잠그지도 않고 무전기를 주우러 돌아갔다. 시야의 가장자리가 흐릿했지만 움직일 수 있을 정도로는 볼 수 있었다. 무전기를 주우려고 몸을 숙이는데 주황색 작업복을 입은 사람들에게서 웃음소리가 터져 나왔다.

보슈는 그 소리를 무시했다. 무전기를 할리우드 순찰대 채널로 돌리고 말했다.

"할리우드 순찰대, 지금 경찰이 라브리아와 산타모니카에서 폭행 피의자를 추격중이다. 피의자는 35세의 백인 남성으로, 검은색 머리에, 상하가 붙은 주황색 작업복을 입고 있다. 피의자는 현재 할리우드 워셔테리아 근처에 있는 것으로 추정된다."

그는 세차장의 정확한 주소가 기억나지 않았지만 개의치 않았다. 순경이라면 누구나 알고 있을 것이었다. 그는 무전기 채널을 경찰국 종합관제실로 돌려 부상당한 경찰 치료를 위해 구급대를 보내줄 것을 요청했다. 놈이 눈에 무엇을 뿌렸는지 알 수 없었다. 좀 나아진 것 같긴 했지만 그냥 내버려뒀다가 장기적인 손상이 되게 할 수는 없었다.

그리고 즉시 현장 채널로 돌려 다른 경찰들의 위치를 물었다. 에드거만 대답을 했다.

"뒷모퉁이 벽에 구멍이 하나 있었어. 놈은 그리로 들어가서 골목길로 사라졌어. 지금 세차장 북쪽에 있는 아파트 단지에 들어가 있어."

"다른 경찰들은 어디 있어?"

에드거의 대답이 끊어졌다 들렸다를 반복했다. 난수신지역으로 들어가고 있는 것 같았다.

"흩어져서… 격하고 있어. 내 생각엔… 차고로 들어간 것 같아. 자넨… 찮아, 해리?"

"괜찮을 거야. 지원조가 오고 있어."

에드거가 그 말을 들었는지는 알 수 없었다. 보슈는 무전기를 주머니에 넣고 급히 세차장 뒤편 모퉁이로 갔다. 그곳에서 스톡스가 빠져나간 개구멍을 찾아냈다. 액상 비누가 든 200리터짜리 드럼통들이 두 개씩 쌓여 있는 곳 뒤로 콘크리트 벽에 구멍이 나 있었다. 언젠가 세차장 반대편 골목길에서 자동차가 벽을 들이받아서 생긴 것 같았다. 의도적으로 만든 것이든 아니든, 그 개구멍은 세차장에서 일하는 수배자들 모두가 잘 알고 있는 도피구임이 분명했다.

보슈는 몸을 쭈그리고 구멍으로 들어갔다. 부서진 벽에서 삐져나온 철근에 잠깐 재킷이 걸렸다. 나와 보니 아파트 건물 뒤편으로 나 있는 골목길이었다.

보슈가 서 있는 지점에서 35미터쯤 떨어진 곳 모퉁이에 순찰차가 서 있었다. 차 안은 빈 상태였고 양쪽 앞문이 열려 있었다. 계기반에 장착된 라디오에서 종합관제실의 방송이 흘러나오고 있었다. 그 길로 더 내려가 아파트 단지가 끝나는 곳에는 우범지역 순찰차가 길을 가로막고 서 있었다.

보슈는 재빨리 중간에 서 있는 순찰차를 향해 걸어가면서 이리저리 살피고 귀를 기울여보았다. 차에 다다른 그는 무전기를 다시 꺼내 현장조는 응답하라고 불렀다. 그러나 아무도 응답하지 않았다.

이제 보니 순찰차는 아파트 건물 지하주차장으로 내려가는 진입로 앞에 세워져 있었다. 스톡스의 전과 중에 자동차 절도가 있다는 에드거의 말이 떠오르면서 스톡스가 그 주차장으로 내려갔을 거라는 확신이 들었다. 유일한 도주 방법은 차를 타고 튀는 것이었다.

보슈는 진입로를 걸어 어둠 속으로 내려갔다.

주차장은 위에 있는 건물의 크기에 걸맞게 대단히 넓었다. 주차 공간이 길게 세 줄 있었고 지하 2층으로 내려가는 진입로도 있었다. 아무도 보이지 않았다. 머리 위 파이프에서 물이 똑똑 떨어지는 소리만 들렸다. 그는 빠른 걸음으로 중앙의 주차 공간을 따라 걸으며 처음으로 총을 꺼내 들었다. 이미 스톡스는 스프레이 병을 무기로 사용했다. 주차장 안에서 무엇을 찾아내 무기로 사용할지 알 수 없는 일이었다.

보슈는 걸어가면서 주차되어 있는 몇 대 안되는 자동차에서—다들 일하러 간 모양이라고 그는 생각했다—침입의 흔적이 있는지 살펴보았다. 아무것도 발견하지 못했다. 무전기를 입에 대는데 지하 2층 주차장 진입로 아래에서 달리는 발자국 소리가 울려 퍼졌다. 그는 재빨리 진입로로 걸어가 신발 고무 밑창에서 소리가 나지 않게 하려고 조심을 하며 진입로를 따라 내려갔다.

지하 2층 주차장은 자연광이 거의 들어오지 못해서인지 지하 1층보다 훨씬 더 어두웠다. 경사로가 끝나고 평지에 다다르자 눈이 어둠에 익숙해졌다. 아무도 보이지 않았다. 진입로 차단막 때문에 시야가 가려져 있기도 했다. 차단막을 돌아가는데 맞은편 맨 끝에서 높은 음조의 긴장된 목소리가 들렸다. 브래셔였다.

"거기 서! 거기 서! 움직이지 마!"

보슈는 권총을 들고 재빨리 진입로 한쪽 벽에 붙어 서서 소리가 나는 곳을 눈으로 따라갔다. 원칙대로라면 이런 상황에선 상대편 경찰관에게 소리를 질러 자기가 와 있음을 알려야 했다. 그러나 브래셔 혼자 스톡스와 대치하고 있는 상황이라면 그녀가 그의 외침에 정신이 팔릴 수 있고 그러면 스톡스에게 도주하거나 공격할 기회를 주게 될지도 몰랐다.

보슈가 진입로 차단막 아래로 기어들어가면서 보니 그들이 15미터쯤 떨어진 맞은편 벽에 서 있었다. 브래셔가 스톡스를 돌아 세워 두 팔과 두 다리를 벌리고 벽에 붙어 서 있게 했다. 한 손으로는 스톡스의 등을 누르고 있었다. 그녀의 손전등은 오른발 옆 바닥에 놓여 있었고, 불빛이 스톡스가 붙어서 있는 벽을 비추고 있었다.

완벽했다. 보슈는 온몸에 안도감이 흐르는 것을 느꼈고, 그것이 그녀가 다치지 않았다는 사실을 확인한 데서 오는 안도감임을 즉시 깨달았다. 그는 쭈그리고 있던 자세에서 몸을 일으켜 세우고 권총을 내린 채 그들을 향해 걸어가기 시작했다.

보슈는 그들 바로 뒤에 있었다. 보슈가 두세 걸음 옮겼을 때, 브래셔가 스톡스에게서 손을 떼고 뒤로 물러서면서 양쪽을 살피는 것이 보였다. 그 순간 보슈는 브래셔가 해서는 안 될 일을 하고 있다고 생각했다. 교육받은 내용과는 완전히 다르게 행동하고 있었다. 그렇게 하면 스톡스에게 도주할 기회를 한 번 더 주게 될 수도 있었다.

그때부터는 슬로우 비디오를 보는 것처럼 일이 벌어졌다. 보슈가 그녀에게 소리를 지르기 시작한 순간 갑자기 엄청난 섬광과 함께 귀가 찢어질 듯한 총성이 주차장 안을 채웠다. 브래셔가 쓰러졌고 스톡스는 그대로 서 있었다. 총성의 메아리가 콘크리트 벽에 반사되어 울려 퍼져 소리의 출처가 불분명했다.

보슈는 '총이 어디 있지?' 하는 생각만 들었다.

그는 권총을 들고 몸을 숙여 전투자세를 취했다. 발포한 총을 찾기 위해 고개를 돌리는 순간 스톡스도 벽에서 돌아서기 시작하는 것이 보였다. 그리고 브래셔의 팔이 땅에서 올라오더니 그녀의 총이 돌아서는 스톡스의 몸을 겨눴다.

보슈 역시 스톡스를 향해 자신의 글록 권총을 겨눴다.

"꼼짝 마! 꼼짝 마! 꼼짝 마! 꼼짝 마!"

보슈가 소리쳤다.

잠시 후 그는 그들 바로 앞에 서 있었다.

"쏘지 말아요. 쏘지 말라고요!"

스톡스가 외쳤다.

보슈는 눈 한 번 깜짝하지 않고 스톡스를 노려보았다. 아직도 눈이 따가웠고 휴식이 필요했지만, 눈 한 번 깜짝하는 것이 치명적인 실수가 될 수 있다는 걸 알고 있었다.

"엎드려! 땅에 엎드리라고. 지금 당장!"

스톡스는 바닥에 엎드렸고 두 팔을 90도 각도로 벌렸다. 보슈는 그의 몸 위로 다리를 벌려 서서 그동안 천 번도 넘게 해온 대로 재빨리 그의 팔목을 등 뒤로 비틀어 수갑을 채웠다.

그는 권총을 권총집에 넣고 브래셔에게로 고개를 돌렸다. 그녀의 눈은 동공이 확대된 상태였고 눈동자가 앞뒤로 움직이고 있었다. 피가 목을 타고 흘러내려 경찰복 셔츠의 앞면이 완전히 젖어 있었다. 그는 그녀 옆에 무릎을 구부리고 앉아 그녀의 셔츠를 찢었다. 출혈이 너무 심해 상처를 찾기가 쉽지 않았다. 총알은 그녀의 왼쪽 어깨를, 방탄조끼의 찍찍이 어깨끈에서 3센티미터쯤 벗어난 곳을 관통했다.

상처에서 피가 줄줄 흘러나왔고 브래셔의 얼굴은 급속히 창백해졌다. 입술은 움직이고 있었지만 아무 소리도 흘러나오지 않았다. 보슈는 주변을 둘러보다가 스톡스의 뒷주머니에서 세차할 때 쓰는 헝겊이 삐죽 나와 있는 것을 보았다. 그는 헝겊을 획 잡아당겨 상처에 대고 눌렀다. 브래셔가 고통스럽게 신음을 했다.

"줄리아, 아플 거야, 하지만 출혈을 막아야 돼."

그는 한 손으로 매고 있던 넥타이를 풀어 그녀의 어깨 밑으로 밀어넣어 위로 올렸다. 그러고는 헝겊이 상처를 압박할 수 있을 정도로 세게 매듭을 맸다.

"됐어, 줄리아, 정신 차려."

그는 땅에서 무전기를 집어 들고 주파수 다이얼을 종합관제실 채널로 돌렸다.

"CDC(The Center for Disease Control: 질병통제센터-옮긴이), 경찰관이 쓰러졌다, 라브리아와 산타모니카에 있는 라브리아 파크 아파트 지하 2층 주차장이다. 구급대가 필요하다, 지금 당장! 피의자는 체포했다. 응답하라, CDC."

영원처럼 느껴지는 시간을 기다린 후에야 질병통제센터 상황실 직원이 응답하면서 말이 끊어졌다 들렸다 하더니 다시 한 번 말해달라고 했다. 보슈는 통화 버튼을 누르고 소리쳤다.

"구급대는 어디 있나? 경찰관이 쓰러졌다!"

그는 무전기를 현장조 채널로 돌렸다.

"에드거, 에지우드, 우리는 지하 2층 주차장에 있다. 브래셔가 쓰러졌다. 스톡스는 체포했다. 반복한다, 브래셔가 쓰러졌다."

그는 무전기를 던지고 에드거의 이름을 목청껏 외쳤다. 그러고는 재킷을 벗어 둘둘 말았다.

"형사님, 내가 안 그랬어요. 나도 몰라요, 도대체 어떻게…."

스톡스가 소리쳤다.

"닥쳐! 그 입 닥쳐!"

보슈는 재킷을 브래셔의 머리 밑에 넣어 괴었다. 그녀는 고통으로 이를 악물고 있었고 턱은 위로 쳐들고 있었다. 입술은 하얗게 질린 상태였다.

"구급대가 오고 있어, 줄리아. 이 일이 일어나기도 전에 불러놨어. 점쟁인가 봐, 내가. 정신을 잃으면 안 돼, 줄리아, 단단히 붙잡아."

그녀가 입을 벌렸다. 그렇게 하는 것만으로도 힘겨운 것 같았다. 그러나 그녀가 무슨 말을 하기도 전에 스톡스가 두렵다 못해 발작을 일으키는 것 같은 목소리로 외쳤다.

"난 안 그랬어요, 형사님. 날 죽게 만들지 말아요. 내가 안 했다고요!"

보슈는 스톡스의 몸을 타고 앉아 등을 눌렀다. 그러고는 고개를 숙이고 스톡스의 귀에 대고 큰 소리로 외쳤다.

"그 입 안 닥치면 내가 널 죽일 거야!"

그는 다시 브래셔를 바라보았다. 아직 눈을 뜨고 있었다. 눈물이 뺨을 타고 흘러내리고 있었다.

"줄리아, 몇 분만 더 기다려. 단단히 붙잡아야 해."

그는 그녀의 오른손에서 권총을 빼내 스톡스에게서 멀찍이 떨어진 곳에 놓았다. 그러고는 두 손으로 그녀의 손을 잡았다.

"어떻게 된 거야? 도대체 어떻게 된 거야?"

그녀가 입을 열었다가 다시 다물었다. 진입로에서 뛰어오는 소리가 들렸다. 에드거가 그의 이름을 불렀다.

"여기야!"

보슈가 외쳤다.

잠시 후 에드거와 에지우드가 나타났다.

"줄리아! 아, 빌어먹을!"

에지우드가 소리쳤다.

갑자기 에지우드가 스톡스에게 다가가더니 그의 옆구리를 있는 힘껏 걷어찼다.

"이 개새끼!"

에지우드가 다시 발길질을 하려는 순간 보슈가 소리쳤다.

"안 돼! 뒤로 물러서! 놈에게서 떨어져!"

에드거가 에지우드를 붙잡고 스톡스에게서 떼어냈다. 스톡스는 걷어차인 충격으로 다친 짐승처럼 울부짖었고 두려움에 찬 신음소리를 내다가 무슨 말인가 중얼거렸다.

보슈가 에드거에게 말했다.

"에지우드를 데리고 올라가고 구급대를 내려 보내. 여기선 빌어먹을 무전기가 잘 안 터져."

에드거와 에지우드는 얼어붙은 것처럼 서 있었다.

"가라고! 지금 당장!"

그 말이 신호인 듯 멀리서 사이렌 소리가 들려왔다.

보슈가 다시 말했다.

"브래셔를 돕고 싶어? 가서 구급대를 데려와!"

에드거가 에지우드를 돌려세웠고 곧 둘은 진입로를 향해 달려갔다.

보슈는 다시 브래셔에게로 고개를 돌렸다. 이제 그녀의 얼굴은 죽은 사람의 얼굴 같았다. 쇼크에 빠진 것이었다. 보슈는 이해가 되지 않았다. 어깨 총상이었다. 갑자기 총성이 두 번 들렸던 것은 아닐까 하는 생각이 들었다. 첫 번째 총성과 메아리 때문에 두 번째 총성이 묻혀버린 것은 아닐까? 그는 다시 그녀의 몸을 살펴봤지만 다른 상처는 없었다. 부상을 악화시킬까 두려워 등을 돌려볼 순 없었다. 그러나 그녀의 등 밑에서는 피가 흐르지 않았다.

"기운 내, 줄리아, 정신 차려. 할 수 있어. 저 소리 들려? 구급대가 왔어. 그러니까 제발 정신 차려."

그녀가 다시 입을 벌리고 턱을 들고는 말문을 열었다.

"저놈이… 저놈이 붙잡아… 저놈이 덤벼들어…."

그녀가 이를 악물며 그의 재킷 위에서 머리를 앞뒤로 흔들다가 다시 말을 하기 시작했다.

"이건 아니… 난 절대로…."

보슈는 그녀의 얼굴에 자신의 얼굴을 갖다 대고 낮은 목소리로 빠르게 속삭였다.

"쉬쉬쉬. 말하지 마. 그냥 살아만 있어줘. 정신 차려, 줄리아. 단단히 붙잡아. 살아 있어줘. 제발 살아 있어 달라고."

굉장한 소음과 진동으로 주차장이 흔들리는 것 같았다. 잠시 후 벽에 빨간 불빛이 비치더니 구급차 한 대가 그들 곁으로 다가와 섰다. 순찰차 한 대가 그 뒤를 따라왔고, 아이먼과 레이비를 비롯해 정복을 입은 순경 몇 명이 진입로를 달려 내려와 그들이 있는 곳으로 달려왔다.

"오, 하느님, 오, 제발. 어떻게 이런 일이…."

스톡스가 중얼거렸다.

구급대원 한 명이 다가와 보슈의 어깨를 잡고 부드럽게 뒤로 밀쳤다. 보슈는 자신이 지금 일에 방해가 되고 있다는 걸 깨닫고 순순히 자리를 비켜줬다. 그가 브래셔에게서 떨어져 뒤로 물러서려는 순간, 갑자기 그녀의 오른손이 그의 팔을 잡아끌었다. 이제 그녀의 목소리는 모기 소리만큼 작았다.

"해리, 저들에게 기회를 주지 말…."

구급대원이 그녀의 얼굴에 산소마스크를 씌우는 바람에 뒷부분이 들리지 않았다.

"경관, 뒤로 물러나 주세요."

구급대원이 단호하게 말했다.

보슈는 두 손과 무릎으로 기어 뒤로 물러나다가 잠깐 브래셔의 발목을 꽉 잡았다.

"줄리아, 다 잘될 거야."

"줄리아요?"

두 번째 구급대원이 커다란 구급장비 상자를 들고 그녀의 옆에 쭈그리고 앉으며 되물었다.

"그래요, 줄리아."

"좋아요, 줄리아. 난 에디고 여기 이 사람은 찰리예요. 지금부터 당신을 고정시킬 거예요. 방금 당신 친구가 말했던 것처럼, 다 잘될 거예요. 하지만 우리를 위해서 힘을 내줘야 해요. 힘을 내야 한다고요, 줄리아. 싸워야 해요."

그녀가 무슨 말인가 했지만 산소마스크 때문에 잘 알아들을 수가 없었다. 그러나 보슈는 한 단어는 제대로 들은 것 같았다. '마비.'

구급대원들이 고정 작업을 시작했고, 에디라는 대원이 그녀에게 계속 말을 했다. 보슈는 일어서서 스톡스에게로 걸어갔다. 그러고는 그를 일으켜 세우고 구조 현장에서 밀쳐냈다.

"내 갈비뼈도 부러졌어요. 나도 구급대가 필요하다고요."

스톡스가 불평을 했다.

"내 말 잘 들어, 스톡스. 저들이 너한테 해줄 수 있는 일은 아무것도 없어. 그러니까 그 입 닥쳐."

정복 경찰관 두 명이 그들에게 다가왔다. 보슈는 그들이 언젠가 줄리아에게 보드너즈에서 만나자고 했던 순경들임을 알아보았다. 줄리아의 친구들이었다.

"우리가 놈을 서로 데려갈게요."

보슈는 스톡스의 등을 밀며 그들 곁을 지나쳐 걸어가며 말했다.

"아니, 내가 하죠."

"당신은 여기서 OIS(The Officer Involved Shooting: 경찰 연루 총격사건 수사팀 – 옮긴이)를 기다려야 해요, 보슈 형사."

그들 말이 맞았다. 이제 곧 경찰 연루 총격사건 수사팀이 현장에 나타날 것이고 보슈는 주요 증인으로서 신문을 받아야 했다. 그러나 그는 완전히 믿지 못하는 사람들 손에 스톡스를 맡길 수는 없었다.

그는 스톡스의 등을 밀며 진입로를 올라갔다.

"스톡스, 살고 싶어?"

스톡스는 대답하지 않았다. 그는 갈비뼈 부상 때문에 상체를 앞으로 구부리고 걷고 있었다. 보슈는 에지우드가 걷어찬 곳을 가볍게 톡톡 쳤다. 스톡스가 큰 소리로 신음을 했다.

"내 말 못 들었어? 살고 싶냐고."

"그래요! 살고 싶어요."

"그렇다면 내 말 잘 들어. 널 방에 가둘 거야. 넌 나를 제외한 어느 누구에게도 말을 해서는 안 돼. 알겠어?"

"알았어요. 제발 날 다치게 하지 말아요. 난 아무 짓도 안 했어요. 나도 어떻게 된 일인지 몰라요, 형사님. 그 여순경이 돌아서서 벽을 잡고 있으라고 해서 그렇게 했어요. 하느님께 맹세해요. 난 정말…."

"입 닥쳐!"

다른 경찰관들이 진입로를 내려오고 있었고, 보슈는 스톡스를 어서 빨리 그곳에서 데리고 나가고 싶었다.

밖으로 나오니 에드거가 인도에 서서 휴대전화로 통화를 하면서 다른 한 손으로는 수송용 앰뷸런스를 향해 지하 주차장으로 내려가라고 손짓을 하고 있었다. 보슈는 그에게로 스톡스를 밀고 갔다. 그들이 다가가자 에드거가 휴대전화를 닫았다.

"빌리츠 경위와 통화했어. 여기로 오고 있는 중이야."

"잘됐군. 자네 차는 어디 있어?"

"아직 세차장에 있어."

"가서 가져와. 스톡스를 서로 데려가야 하니까."

"우리, 우린 현장을 떠날 수가 없…."

"에지우드가 하는 짓 봤잖아. 이 개새끼를 안전한 곳에 데려다 놔야 해. 가서 차를 가져와. 이 일 때문에 징계를 받더라도 내가 받을 거야."

"알았어."

에드거가 세차장 방향으로 뛰기 시작했다.

보슈는 아파트 건물 모퉁이 근처에 서 있는 전신주를 보았다. 그는 스톡스를 거기로 데려가 두 팔로 전신주를 안게 하고 다시 수갑을 채웠다.

"여기서 기다려."

그가 말했다.

그리고 뒤로 물러서서 머리카락 속으로 손을 집어넣어 쓸어내렸다.

"도대체 무슨 일이 있었던 거야?"

그는 스톡스가 자기는 아무 짓도 하지 않았다고 중얼거릴 때까지 자신이 소리를 내어 말을 했다는 사실을 깨닫지 못하고 있었다.

"닥쳐. 너한테 한 말 아니야."

# 32 안개 속의 진실

보슈와 에드거는 스톡스를 앞세우고 형사과 사무실을 통과해 취조실로 이어지는 짧은 복도를 걸어갔다. 스톡스를 3호실에 넣고 탁자 중앙에 달린 철제 고리에 수갑을 연결시켰다.

"나갔다가 올 거야."

보슈가 말했다.

"저기요, 형사님, 나를 여기에 혼자 내버려두지 말아요. 그들이 들어올 거예요."

스톡스가 말했다.

"나 말고는 아무도 못 들어와. 꼼짝 말고 앉아 있어."

보슈가 말했다.

그들은 취조실을 나와 문을 잠갔다. 보슈는 강력반 자리로 갔다. 형사과 사무실은 텅텅 비어 있었다. 경찰관이 쓰러지면 같은 경찰서의 경찰 모두가 출동했다. 푸른 종교의 신앙 고백 같은 것이었다. 내가 쓰러졌다면, 모두가 달려오기를 바랄 것이다. 그러므로 다른 사람이 쓰러졌어도 똑같이 행동해야 했다.

보슈는 담배가 필요했고 생각할 시간이 필요했고 해답이 필요했다. 줄리아의 상태에 관한 생각과 걱정 때문에 머릿속이 복잡했다. 그러나 그 일은 그의 손을 떠나 있었고, 그의 생각을 통제할 수 있는 최선의 방법은 아직도 그의 손안에 남아 있는 일에 집중하는 것이었다.

보슈는 시간이 얼마 없다는 것을, 이제 곧 OIS가 그와 스톡스를 쫓아올 것임을 알고 있었다. 그는 전화기를 들고 상황실을 눌렀다. 맨키비츠가 전화를 받았다. 경찰서 안에 남아 있는 유일한 경찰일 것 같았다.

"최신 소식이 뭐야? 브래셔는 어떻대?"

보슈가 물었다.

"나도 몰라. 중태라고 들었어. 당신은 어디 있어?"

"형사실에. 놈을 이리로 데려왔어."

"뭐라고, 해리? 이건 OIS 담당이잖아. 당신들은 지금 현장에 있어야지. 둘 다."

"상황이 더 안 좋아질까 봐 겁이 났다고 해두지. 맨키, 줄리아에 대해 무슨 소식이라도 들어오면 즉시 알려줘야 해, 알겠어?"

"알았어."

보슈가 전화를 끊으려는데 갑자기 어떤 생각이 떠올랐다.

"그리고 맨키, 당신 부하 에지우드가 피의자를 심하게 걷어찼어. 당시 놈은 수갑이 채워진 채 바닥에 엎어져 있었거든. 갈비뼈가 너덧 개 부러진 것 같아."

보슈는 맨키비츠의 대답을 기다렸지만, 그는 아무 말도 하지 않았다.

"당신이 결정해. 내가 이걸 직접 상부에 보고해도 되고, 당신이 알아서 처리하게 할 수도 있어."

"내가 처리할게."

"알았어. 줄리아 소식 알려주기로 한 거, 잊지 마."

보슈는 전화를 끊고 에드거를 바라보았다. 에드거는 그가 에지우드 문제를 잘 처리했다는 뜻으로 고개를 끄덕여보였다.

"스톡스는 어떡할 거야? 해리, 도대체 어떻게 된 거야?"

"모르겠어. 에드거, 난 취조실로 가서 아서 들라크루아에 대해 물어볼 거야. OIS가 튀어 들어와서 놈을 데려가기 전에 알아낼 건 최대한 알아내야겠어. 그들이 오면 끝까지 버티면서 시간을 벌어 봐."

"그래, 알았어. 그리고 이번 주말엔 리베라 골프장에서 타이거 우즈랑 한판 붙어야겠어."

"그래, 그러든지."

뒤편 복도를 걸어 3호 취조실로 들어가려던 보슈는 감찰계의 브래들리 형사에게서 녹음기를 돌려받지 못했다는 사실이 기억났다. 스톡스 취조를 녹음하고 싶었다. 그는 3호실 문을 지나쳐 옆에 있는 비디오 방으로 들어갔다. 그는 3호실 카메라와 보조 녹음기를 켜고 나서 3호실로 돌아갔다.

보슈는 스톡스의 맞은편에 앉았다. 스톡스의 눈에선 생기가 다 빠져나간 것 같았다. 불과 한 시간 전만 해도 그는 BMW에 왁스칠을 하며 잔돈푼을 벌고 있었다. 그런데 지금은 감옥으로 돌아갈 운명에 처했다. 그것도 운이 좋다면 말이었다. 보슈는 바다 속 경찰의 피가 푸른 상어들을 불러 모은다는 것을 알고 있었다. 도주하려다가 총에 맞아 죽거나 이런 취조실에서 목매달아 자살한 피의자가 많았다. 아니 적어도 언론에는 그렇게 발표가 되었다.

보슈가 말했다.

"네 자신을 위해 좋은 일 하나 해. 침착해. 그리고 어리석은 짓 하지

마. 널 죽이려 드는 사람들과는 아무 말도 하지 마. 내 말 알겠어?"

스톡스가 고개를 끄덕였다.

보슈는 스톡스의 작업복 가슴주머니 속에 말보로 한 갑이 들어 있는 것을 보았다. 그가 테이블 너머로 팔을 뻗자 스톡스가 움찔했다.

"긴장 풀어."

그는 담뱃갑을 가져와 한 개비를 꺼내 셀로판 포장지 속에 끼어 있는 납작한 성냥갑에서 성냥 한 개비를 떼어내 불을 붙였다. 그러고는 구석에서 작은 쓰레기통을 가져와 자기 의자 옆에 놓고 불이 꺼진 성냥을 던져 넣었다.

"널 해치고 싶었다면 주차장에서 그렇게 했을 거야. 담배 고마워."

보슈는 오랜만에 피우는 담배를 즐겼다. 마지막으로 피운 게 적어도 두 달은 된 것 같았다.

"나도 한 대 줄래요?"

스톡스가 물었다.

"안 돼, 넌 피울 자격 없어. 눈곱만큼도. 하지만 너와 작은 거래를 할까 하는데."

스톡스가 눈을 치켜뜨고 보슈를 바라보았다.

"주차장에서 갈비뼈를 걷어차인 것 말이야. 거래를 하자고. 네가 그 일을 잊어주고 남자답게 비밀을 지켜주면, 나도 네가 내 얼굴에 스프레이를 뿌려댄 걸 잊어줄게."

"난 갈비뼈가 부러졌다고요, 형사님."

"난 아직도 눈이 타들어가는 것 같아. 그거 공업용 세척제였지? 검사가 널 경찰관 폭행혐의로 기소할 거야. 코코란 교도소로 돌아가고 싶어? 옛날이 그리워?"

보슈는 자기 말이 먹혀들도록 한동안 뜸을 들였다.

"거래를 할 거야?"

스톡스는 고개를 끄덕이면서도 망설이는 눈치였다.

"그렇다고 뭐가 달라지겠어요? 그들은 내가 여순경을 쐈다고 할 텐데요. 난…."

"네가 그러지 않았다는 건 나도 알아."

보슈는 스톡스의 눈이 희망으로 반짝이는 걸 보았다.

"그리고 난 그들에게 내가 본 걸 있는 그대로 얘기할 거야."

"좋아요."

스톡스가 속삭이는 목소리로 말했다.

"그럼 처음부터 시작하자고. 왜 도망을 쳤지?"

스톡스가 고개를 저었다.

"그게 내가 할 일이니까요, 형사님. 난 도망자잖아요. 난 전과자고 당신은 형사고. 그러니 튀어야죠."

보슈는 다들 정신이 빠져 있어서 이제까지 아무도 스톡스의 몸수색을 하지 않았다는 사실을 깨달았다. 스톡스에게 일어서라고 하자 그는 수갑 때문에 탁자 위로 엉거주춤 몸을 구부리고 섰다. 보슈는 그의 뒤로 가서 주머니들을 뒤지기 시작했다.

"바늘 같은 거 가지고 있어?"

"아뇨, 형사님, 없는데요."

"좋아, 찔리고 싶진 않으니까. 찔리면 거래고 뭐고 없어."

보슈는 담배를 입에 문 채 몸수색을 했다. 연기 때문에 안 그래도 따끔거리는 눈이 더 아팠다. 보슈는 지갑 한 개와, 열쇠 꾸러미 한 개, 그리고 돌돌 만 지폐뭉치를 꺼냈다. 현금은 1달러짜리로 모두 27장이었다. 그날 받은 팁인 것 같았다. 다른 것은 없었다. 스톡스가 판매나 사용을 목적으로 마약을 지니고 있었더라도, 달아나면서 어디엔가 던져버렸을 것이었다.

보슈가 말했다.

"그들은 현장에 경찰견을 풀 거야. 네가 뭔가 숨기고 있다가 어디엔가 버렸다면 그들이 찾아낼 것이고 그러면 내가 해줄 수 있는 일은 아무것도 없을 거야."

"아무것도 버리지 않았어요. 그들이 뭔가를 찾아낸다면, 그건 그들이 일부러 심어놓은 거예요."

"O. J. 심슨하고 똑같은 말을 하네."

보슈가 다시 자리에 앉았다.

"내가 맨 처음에 뭐라고 말했어? 이야기만 나누고 싶다고 그랬잖아. 정말이었어. 이 모든 걸…."

그는 손으로 비질하는 시늉을 하며 말을 이었다.

"네가 내 말을 잘 들었더라면 이 모든 걸 피할 수 있었을 거야."

"이야기만 나누고 싶어 하는 경찰이 대체 어딨어요. 항상 뭔가를 더 원하죠."

보슈는 고개를 끄덕였다. 전과자들의 현장 지식이 이렇게나 정확할 줄은 몰랐다.

"아서 들라크루아에 대해서 말해줘."

스톡스의 눈이 어리둥절해졌다.

"뭐요? 누구요?"

"아서 들라크루아. 스케이트보드 같이 탔던 친구. 미라클 마일 지역에 살 때. 기억나?"

"원 세상에, 그게 언제적 일…."

"오래전 일이지. 나도 알아. 그래서 물어보는 거야."

"아서에 대해 뭘요? 오래전에 행방불명 됐어요, 형사님."

"그에 대해 말해줘. 그가 실종되었을 때 일을 이야기해 달라고."

스톡스는 수갑 찬 손을 내려다보며 천천히 고개를 저었다.

"아주 오래전 일이에요. 당연히 기억이 안 나죠."

"기억하려고 애를 써 봐. 아서가 왜 사라진 거지?"

"나도 모르죠. 좆 같은 일을 더는 견딜 수가 없어서 그냥 가출을 한 거겠죠."

"가출할 거라는 얘기를 너한테 했어?"

"아뇨, 그냥 떠났어요. 어느 날 갑자기 사라졌어요. 그 후로는 한 번도 아서를 보지 못했어요."

"어떤 좆 같은 일?"

"네?"

"아서가 좆 같은 일을 더는 견딜 수가 없어서 가출했다며. 좆 같은 일이 뭐냐고."

"아, 아서가 살면서 겪었던 좆 같은 일이죠, 뭐."

"걔네 집에 문제가 있었어?"

스톡스가 웃음을 터뜨렸다. 그러고는 보슈의 말을 그대로 흉내 냈다.

"'걔네 집에 문제가 있었어?' 그럼, 문제가 없는 집도 있어요?"

"내 말은 집에서 학대를, 신체적으로 학대를 당했냐는 거야."

스톡스는 또다시 웃음을 터뜨렸다.

"안 당한 사람도 있어요? 우리 노친네는 나와 이야기를 하느니 총으로 날 쏴 죽이려 들 걸요. 내가 열두 살 때 노친네가 방 저편에서 따지 않은 맥주 캔을 던져서 날 맞혔죠. 노친네가 먹으려던 타코를 내가 먹었다는 게 이유였어요. 그 일로 경찰이 날 노친네에게서 격리시켰죠."

"그건 정말 유감이야. 하지만 지금 우리는 아서 들라크루아 이야기를 하고 있는 거야. 아서가 자기 아버지한테 맞았다는 말을 너한테 한 적이 있어?"

"말이 무슨 필요가 있어요. 온몸이 멍투성인 것을 내가 봤는데요, 뭘. 내 기억으론 항상 눈에 시퍼렇게 멍이 들어 있었어요."

"그건 스케이트보드 타다가 다친 거고. 많이 넘어졌잖아."

스톡스가 고개를 저었다.

"말도 안 돼요. 아서는 최고였어요. 맨날 스케이트보드만 탔는데요. 얼마나 기가 막히게 잘 탔는데 다치긴 어딜 다쳐요."

바닥에 닿아 있던 보슈의 발에서 갑자기 진동이 느껴졌다. 형사과에 사람들이 들어온 것이 틀림없었다. 그는 문으로 걸어가 손잡이에 있는 단추를 눌러 문을 잠갔다.

"아서가 병원에 입원했던 거 기억나? 머리를 다쳤었잖아. 아서가 스케이트보드 사고 때문이라고 말하지 않았어?"

스톡스는 이맛살을 찌푸리며 고개를 숙였다. 보슈가 구체적인 기억을 되살리게 한 것이 분명했다.

"머리를 빡빡 밀고 지퍼처럼 꿰맨 자국이 나 있었던 게 생각나요. 하지만 뭐하다 다쳐…."

누군가 밖에서 문을 열려다가 안 되니까 문을 세게 두드렸다. 그리고 문 덕분에 목소리가 작게 들려왔다.

"보슈 형사, OIS의 길모어 경위야. 문 열어."

갑자기 스톡스가 의자를 뒤로 뺐다. 공포에 질린 눈빛이었다.

"안 돼요! 저들이 날…."

"입 닥쳐!"

보슈는 탁자 너머로 팔을 뻗어 스톡스의 멱살을 잡았다.

"내 말 잘 들어, 이건 중요한 일이야."



문에서 또다시 두드리는 소리가 들렸다.

"그러니까 네 말은 아서가 아버지에게 맞았다는 말을 한 번도 한 적이 없다는 거야?"

"제발요, 형사님, 지금 나를 보호해주면 뭐든 하라는 대로 말할게요. 됐어요? 아서의 아버지는 개자식이었어요. 아서가 아버지한테 빗자루로 맞았다고 말했다고 하라면 그렇게 할게요. 야구방망이로 맞았다고 하라면, 좋아요, 그렇게 말할 게…."

"진실을 얘기해달란 말이야, 개새끼야. 아서가 아버지에게 맞았다고 말했어, 안 했어?"

그 순간 문이 열렸다. 접수대 서랍에서 열쇠를 가져온 것이었다. 정장을 입은 남자 두 명이 들어왔는데, 한 명은 보슈와 안면이 있는 길모어 경위였고, 다른 한 명은 모르는 사람이었다.

"자, 취조는 끝났어. 보슈, 도대체 뭐하는 거야?"

길모어가 물었다.

"말했어, 안 했어?"

보슈가 스톡스에게 물었다.

다른 형사가 주머니에서 열쇠 꾸러미를 꺼내더니 스톡스의 팔목에 채운 수갑을 풀기 시작했다.

스톡스가 반항을 하기 시작했다.

"난 아무 짓도 하지 않았어요. 난 정말…."

"아서가 그렇게 말했어, 안 했어?"

보슈가 소리를 질렀다.

"놈을 여기서 데리고 나가. 다른 방에 넣어둬."

길모어가 다른 형사에게 말했다.

다른 형사가 스톡스를 일으켜 세워 반은 질질 끌고 반은 등을 떠밀며 방을 나갔다. 보슈의 수갑은 탁자 위에 남아 있었다. 보슈는 그들을 노려보며 스톡스의 대답을 생각해보았다. 모든 것이 막다른 골목에 부딪혔다는 결론이 내려지자 마음이 너무도 무거웠다. 스톡스는 아무런 보탬이 되지 못했다. 줄리아는 헛되이 총에 맞은 것이었다.

마침내 보슈가 고개를 들어 길모어를 바라보니, 그는 문을 닫고 보슈에게로 돌아서고 있었다.

"자, 말해 봐, 도대체 뭐하고 있었던 거야, 보슈?"

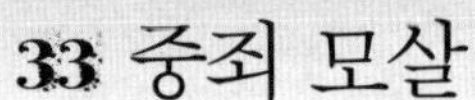

# 33 중죄 모살

길모어 경위는 연필을 휘휘 돌리기도 하고 지우개로 탁자를 톡톡 치기도 했다. 보슈는 연필로 메모를 하는 수사관을 절대로 믿지 않았다. 하지만 진술과 사실을 경찰국이 국민에게 보여주고 싶어 하는 그림에 맞게 고치는 것이 경찰 연루 총격사건 수사팀(OIS)이 하는 일이었다. 그래서 '연필 팀'이라고 불리기도 했다. 그들은 펜과 녹음기는 결코 사용하지 않았고 연필과 지우개만 사용했다.

"다시 한 번 가자고. 한 번 더 말해줘. 브래셔 순경이 어떻게 했다고?"

길모어가 말했다.

보슈는 길모어 너머로 거울을 바라보았다. 그는 이제 취조실의 피의자 자리로 옮겨 앉아 있었다. 일방 투시 유리 뒤에는 적어도 대여섯 명의 수사관이 모여 있을 것이었고, 어빙 부국장도 와 있을 것이 틀림없었다. 누구라도 비디오가 켜져 있는 것을 알아챘는지 궁금했다. 그랬다면 즉시 꺼버렸을 것이다.

"어찌된 영문인지 모르지만 브래셔가 자신에게 총을 쐈습니다."

"그리고 자넨 그 장면을 봤고."

"엄밀히 따지자면 아닙니다. 전 뒤에서 그 장면을 봤어요. 그녀는 제게 등을 보인 채 서 있었고요."

"그렇다면 브래셔가 자신에게 총을 쐈다는 건 어떻게 알았어?"

"거기에는 그녀와 저와 스톡스를 빼고는 아무도 없었으니까요. 제가 그녀를 쏘지 않았고 스톡스도 쏘지 않았습니다. 그럼 그녀가 쏜 거죠."

"스톡스와 격투를 벌이다가 말이지."

보슈가 고개를 저었다.

"아뇨, 총을 쏜 당시에는 격투가 없었습니다. 제가 그곳에 도착하기 전에는 어떤 일이 있었는지 모르지만, 발포 당시에는 스톡스가 그녀에게 등을 보이고 벽을 향해 서서 두 손을 벽에 대고 있었습니다. 브래셔 순경이 한 손으로 그의 등을 누르고 있었고요. 그러다가 그녀가 뒤로 한 발 물러서면서 그 손을 내렸어요. 총은 보지 못했어요. 그리고 그 순간 총성이 들렸고 그녀의 앞쪽에서 섬광이 일었죠. 그러고는 그녀가 쓰러졌습니다."

길모어가 연필로 탁자를 탕탕 두드렸다.

"그러면 녹음에 잡음이 들어갈 텐데요. 아, 맞다, OIS는 절대로 녹취를 하지 않죠."

보슈가 말했다.

"남의 일에 신경 쓰지 마. 그래서 어떻게 됐지?"

"전 그들에게로 뛰어가기 시작했어요. 스톡스는 무슨 일인가 보려고 돌아서고 있었고요. 바닥에 쓰러진 브래셔 순경이 오른팔을 들더니 총으로 스톡스를 겨냥했어요."

"하지만 총을 쏘진 않았지, 그렇지?"

"네. 제가 꼼짝 말라고 외치니까 스톡스는 움직이지 않았고 브래셔는 총을 쏘지 않았습니다. 저는 곧 현장에 도착해서 스톡스를 바닥에 엎드리게 했죠. 수갑을 채웠고요. 그러고 나서 무전기로 지원요청을 하고, 브래셔 순경의 상처에 최선을 다해 응급처치를 했습니다."

길모어는 껌까지 짝짝 소리를 내며 씹고 있어서 보슈의 신경을 건드렸다. 그는 몇 번을 씹고 나더니 말했다.

"이해가 안 가는 게 있는데, 대체 왜 브래셔 순경이 자신을 향해 총을 쐈을까?"

"직접 물어보시죠. 전 그냥 제가 본 걸 말할 뿐입니다."

"알아, 하지만 자네한테 물어보고 싶군. 자네가 현장에 있었잖아. 자네 생각은 어때?"

보슈는 한참 동안 잠자코 있었다. 일이 너무 빠르게 일어났다. 그는 주차장에서 있었던 사건에 대해서는 나중에 생각해보기로 하고 스톡스 취조에만 집중했다. 이제 주차장에서 본 일들이 마음속에서 차례차례 펼쳐지고 있었다. 마침내 그가 어깨를 으쓱해 보였다.

"모르겠습니다."

"자, 그러면, 잠깐만 자네 생각대로 가 보자고. 브래셔 순경이 권총을 다시 권총집에 넣고 있었다고 가정해 보자고. 그렇게 하는 건 규칙에 어긋나는 일이긴 하지만, 어쨌든 그랬다고 가정해 보지. 스톡스에게 수갑을 채우기 위해 권총을 다시 권총집에 넣고 있었어. 권총집은 그녀의 오른쪽 엉덩이에 있는데, 총상은 왼쪽 어깨에 났어. 어찌된 일일까?"

보슈는 며칠 전날 밤 브래셔가 그의 왼쪽 어깨에 난 총상 흉터에 대해, 총에 맞은 후 어떤 느낌이었는지에 대해 물어봤던 것이 기억났다. 취조실 벽들이 그를 향해 점점 더 좁혀 들어오는 것 같았다. 땀이 나기 시작했다.

"모르겠습니다."

보슈가 대답했다.

"모르는 게 상당히 많군, 안 그런가, 보슈 형사?"

"전 제가 본 것만 알 뿐입니다. 제가 본 건 다 말씀드렸고요."

보슈는 그들이 스톡스의 담배를 가져가 버린 것이 아쉬웠다.

"브래셔 순경과는 어떤 관계였나?"

보슈는 탁자를 내려다보았다.

"무슨 뜻이죠?"

"둘이 사귀었다는 말이 들려서. 그걸 물어보는 거야."

"그게 이 일과 관계가 있습니까?"

"모르지. 자네가 말해줘야지."

보슈는 대답하지 않았다. 마음속에서 끓어오르는 분노를 겉으로 드러내지 않으려고 애를 썼다.

"우선, 당신 둘의 사적인 관계는 경찰 규정 위반이야. 그건 당연히 알고 있겠지?"

길모어가 말했다.

"그녀는 순찰대 소속이고, 전 형사과 소속입니다."

"그게 중요하다고 생각해? 그렇지 않아. 자넨 형사 3급이야. 관리자급이지. 그녀는 말단 순경에다 신참이고. 여기가 군대였다면 자넨 당장 불명예제대를 당했을 거야. 뿐만 아니라 징역형까지 각오해야 했을 거고."

"하지만 여긴 LA 경찰국이죠. 그럼 여기선 제게 어떤 조치를 취할까요? 승진?"

이것은 보슈가 처음으로 단행한 공격이었다. 길모어에게 딴 길로 가라고 경고한 것이었다. 경찰국 내 고위간부와 말단 경찰관 사이의 몇 건의 잘 알려진, 그리고 좀 덜 알려진 성희롱 사건들을 은근히 꼬집는 말이었다. 말단 순경에서부터 경사계급까지를 대표하는 경찰 노조가 경찰국의 성희롱 규정에 따라 취해진 어떠한 징계조치에도 이의를 제기하려고 증거를 확보하고 기다리고 있다는 것은 꽤 잘 알려진 사실이었다.

"모나게 굴지 마. 그리고 자넨 지금 수사 대상이라는 사실도 잊지 말고."

길모어가 말했다.

말을 마친 길모어는 연필로 계속 탁자를 톡톡 치며 수첩에 적어놓은 메모를 읽고 있었다. 보슈는 지금 그가 '거꾸로 수사'를 하고 있다는 사실을 알았다. 먼저 결론을 지어놓고 결론을 뒷받침하는 사실들만 모아들이고 있는 것이었다.

"눈은 좀 어때?"

길모어가 고개도 들지 않은 채 물었다.

"한 쪽은 아직도 끔찍하게 따가워요. 양쪽 다 계란 반숙이 된 것 같은 느낌이고요."

"그러니까 자넨 스톡스가 세척제 스프레이를 얼굴에 대고 뿌렸다는 거지?"

"네."

"그래서 잠깐 동안 눈이 보이지 않았고."

"맞습니다."

이제 길모어는 일어서서 의자 뒤의 좁은 공간을 서성이기 시작했다.

"잠깐 눈이 보이지 않았을 때부터 그 어두운 주차장으로 내려가 그녀가 자신에게 총을 쏘는 걸 볼 때까지 시간이 얼마나 걸렸지?"

보슈가 잠깐 생각에 잠겼다.

"글쎄요, 수돗물로 눈을 씻고 나서 쫓아갔으니까, 길어야 5분 정도였을 겁니다. 하지만 그보다 훨씬 짧지는 않았을 거고요."

“그러니까 자넨 단 5분 만에 맹인에서 독수리눈의 형사가 되어 모든 걸 볼 수 있었던 거군.”

“그런 식의 표현은 마음에 안 들지만 시간은 맞습니다.”

“이런, 내가 적어도 한 개는 바로 맞혔군. 고마워.”

“무슨 말씀을요, 경위님.”

“그러니까 자넨 총성이 나기 전에 브래셔 순경의 권총을 놓고 격투가 벌어졌던 것은 보지 못했다는 말이군. 맞나?”

길모어는 뒷짐을 지고 있으면서 연필을 담배처럼 손가락 사이에 끼고 있었다. 보슈는 탁자 위로 몸을 기울였다. 길모어의 유도신문의 뜻을 깨달았다.

“말장난하지 마십시오, 경위님. 격투는 없었습니다. 제가 격투 장면을 보지 못했던 건 그런 격투가 없었기 때문이었죠. 벌어졌다면 봤을 겁니다. 이제 분명히 아시겠습니까?”

길모어는 대답하지 않고 계속 서성거리고 있었다.

보슈가 말했다.

“스톡스에게 총기발사잔여물 검사를 해보는 건 어떻습니까? 손과 작업복에요. 아무것도 발견하지 못할 겁니다. 그러면 이렇게 시간 낭비 하지 않아도 될 텐데요.”

길모어는 자기 의자로 돌아와 등받이를 잡고 몸을 기댔다. 그러고는 보슈를 바라보며 고개를 저었다.

“나도 그러고 싶어, 보슈 형사. 보통 이런 상황에서는 총기발사잔여물부터 찾아보지. 문제는 자네가 산통을 다 깼다는 거야. 자네가 중뿔나게 나서서 스톡스를 범죄현장에서 빼내 이리로 데려오는 바람에 증거의 연결고리가 끊어진 거야, 알겠어? 스톡스가 손을 씻었을 수도 있고 옷을 갈아입었을 수도 있어. 또 무슨 짓을 했을지 누가 알겠어? 이게 다 자네가 놈을 현장에서 데리고 나왔기 때문이야."

보슈는 이런 비난에 맞설 준비가 되어 있었다.

"거기선 스톡스의 안전에 문제가 있다고 판단했습니다. 그 일에 대해서는 제 동료가 증언을 해줄 겁니다. 스톡스도 마찬가지고요. 그리고 스톡스는 경위님이 이곳으로 쳐들어오실 때까지 단 한순간도 제 통제를 벗어난 적이 없습니다."

"그렇다고 해서 자네는 자네 사건이 우리의 경찰관 총격 사건에 관한 수사보다 더 중요하다고 생각했다는 사실이 바뀌진 않지, 안 그래?"

보슈는 그 질문에는 할 말이 없었다. 그러나 길모어의 의도를 완전히 이해할 수 있게 되었다. 경찰국은 브래셔가 총을 지키기 위해 격투를 벌이다가 총에 맞았다고 결론을 짓고 발표를 하려고 하고 있었다. 그렇게 해야 영웅적으로 보일 것이었다. 그렇게 해야 대국민 홍보에도 도움이 될 것이었다. 국민들에게 경찰이 참으로 숭고하면서도 위험한 일을 하고 있다는 메시지를 전하는데 있어서, 선한 경찰이 그것도 신입 여자 경찰관이 공무 수행 중에 총에 맞았다는 사실보다 더 효과적인 일은 없을 터였다.

하지만 브래셔가 우발적으로 자신에게 총을 쏘았다고 발표하는 것은 경찰을 당혹하게 만들 것이었다. 오랫동안 실추되어온 경찰의 이미지에 또 한 번 먹칠을 하게 되는 것이었다.

그런데 스톡스는 물론 보슈까지 길모어와 어빙 부국장과 경찰 수뇌부가 원하는 결론을 가로막고 있었다. 스톡스는 문제가 되지 않았다. 경찰을 쏜 혐의로 징역형에 처해질 위기에 있는 전과자가 무슨 말을 하든 그것은 발뺌을 하려는 의도로밖에 보이지 않을 것이었다. 그러나 보슈는 현직 경찰관이라는 신분의 목격자였다. 길모어는 보슈의 진술을 바꾸거나 그게 안 된다면 진술의 신빙성을 낮추어야 했다. 그래서 먼저 찔러본 것이 보슈의 신체적 상태였다. 눈에 스프레이 공격을 받았던 그가 자신이 주장하는 것과 같은 광경을 실제로 볼 수 있었을까 의문을 제기하는 것이었다. 두 번째는 강력반 형사인 보슈의 의도를 시험대에 올리는 것이었다. 스톡스를 자신이 맡은 살인사건의 증인으로 확보하기 위해, 스톡스가 경찰을 쏜 사실을 감추고 거짓말을 했을지도 모른다는 의혹을 제기하는 것이었다.

보슈에게는 길모어의 의도가 어처구니가 없고 부당하게 느껴졌다. 그러나 지난 수십 년 동안 그는 경찰에 대한 대국민 이미지를 창조하는 일을 방해한 경찰관들이 어떤 일을 당하는지 종종 목격해왔다.

"잠깐만, 이…."

보슈는 상관에게 욕이 터져 나오는 것을 가까스로 참았다. 잠시 숨을 고른 후 다시 말을 시작했다.

"스톡스가 줄리아를, 아니, 브래셔 순경을 쏜 것을 알면서도 제가 거짓말을 하는 거라고 말씀하시려는 거라면, 그를 제 사건의 증인으로 확보하기 위해 그의 범죄를 눈감아주는 거라고 말씀하시려는 거라면, 경위님은 분명히 제정신이 아니군요."

"보슈 형사, 난 지금 모든 가능성을 다 타진해보는 거야. 그게 내가 할 일이니까."

"그럼, 저를 빼고 혼자 타진해보시죠."

보슈가 일어서서 문 앞으로 걸어갔다.

"어디 가는 건가?"

"더 할 말이 없습니다."

그는 거울을 흘끗 보고는 문을 열었고, 길모어를 돌아보았다.

"뉴스 속보 하나 알려드리죠, 경위님. 경위님이 생각하시는 가능성은 전혀 없습니다. 스톡스는 제 사건과 아무 관련이 없거든요. 전혀요. 줄리아는 헛되이 총에 맞았어요."

"하지만 자넨 스톡스를 이리로 데려올 때까지는 그 사실을 몰랐잖아, 안 그래?"

보슈가 그를 바라보다가 천천히 고개를 저었다.

"좋은 하루 되세요, 경위님."

보슈는 고개를 돌리고 문을 나서다가 어빙과 부딪칠 뻔했다. 어빙 부국장이 문밖에 꼿꼿한 자세로 서 있었다.

"잠깐만 다시 들어가지, 형사."

어빙이 침착한 목소리로 말했다.

보슈는 다시 방으로 들어갔다. 어빙이 따라 들어왔다.

"경위, 잠깐 자리를 비켜주게. 그리고 비디오 방에 있는 사람들도 전부 나가줬으면 좋겠어."

어빙이 길모어에게 말한 후 거울을 돌아보며 말했다.

"네, 부국장님."

길모어는 대답한 후 방을 나갔다.

"다시 자리에 앉아."

어빙이 말했다.

보슈는 거울이 정면으로 보이는 자리로 돌아가 앉았다. 어빙은 그대로 서 있었다. 얼마 후 어빙도 거울 앞을 서성이기 시작했다. 보슈는 실제의 어빙과 거울 속의 그의 모습을 번갈아 쳐다보았다.

어빙이 보슈를 보지 않은 채 말문을 열었다.

"우리는 이번 총격 사건을 우발적 사고라고 규정지을 거야. 브래셔 순경이 용의자를 체포했고 권총을 다시 권총집에 넣는 과정에서 우발적으로 총을 발사했다고 말이지."

"그녀가 그렇게 말했습니까?"

보슈가 물었다.

어빙은 잠시 어리둥절한 표정이더니 이윽고 고개를 저었다.

"내가 아는 한, 브래셔 순경은 자네한테만 말을 했고, 자네는 그녀가 총격에 관해서는 구체적으로 어떤 말도 하지 않았다고 말했지."

보슈가 고개를 끄덕였다.

"그래서 그게 끝입니까?"

"그게 끝이면 안 되는 이유라도 있나?"

보슈의 머릿속에 줄리아의 집 벽난로 선반에 놓여 있던 상어 사진이 떠올랐다. 그녀와의 짧은 만남 동안 그녀에 대해 알게 된 사실들도 기억이 났다. 그리고 주차장에서 본 일들이 또다시 슬로우 비디오 화면으로 펼쳐지기 시작했다. 일이 어떻게 된 건지 도무지 종잡을 수가 없었다.

"우리들끼리도 정직하지 못하면, 어떻게 국민들에게 진실을 말할 수 있겠습니까?"

어빙이 목소리를 가다듬더니 대답했다.

"자네와 논쟁을 벌일 생각은 없어, 보슈 형사. 결정은 이미 내려졌어."

"부국장님이 내리신 거겠죠."

"그래, 내가 내린 거지."

"스톡스는 어떻게 되는 겁니까?"

"검찰이 알아서 하겠지. 중죄 모살(강도 등 중죄를 범한 순간, 살의[殺意] 없이 범한 살인–옮긴이) 혐의로 기소될 거야. 도주 행위가 결과적으로 총격을 가져왔으니까. 법 해석을 놓고 말이 많겠지. 치명적인 발포가 있었을 때 그가 이미 제압되어 있는 상황이었다고 결론이 난다면, 그는…."

보슈가 자리에서 벌떡 일어서며 외쳤다.

"잠깐만요, 잠깐만요. 중죄 모살 혐의요? 치명적인 발포요?"

어빙이 고개를 돌려 그를 바라보았다.

"길모어 경위가 얘기 안 했나?"

보슈는 의자에 주저앉아 팔꿈치를 탁자 위에 괴고 두 손에 얼굴을 묻었다.

"총알이 어깨뼈를 관통해 들어가 몸속을 튀면서 돌아다닌 것 같다더군. 가슴을 뚫고 들어가 심장을 관통했대. 응급실에 도착하자마자 사망했어."

보슈는 고개를 숙이고 두 손으로 정수리를 덮었다. 갑자기 현기증이 나서 의자에서 떨어질 것 같았다. 그는 현기증이 가라앉을 때까지 깊이 심호흡을 했다. 잠시 후 어빙의 말이 그의 암흑 같은 마음속으로 뚫고 들어왔다.

"보슈 형사, 경찰들 중에는 소위 말해 '재수 옴 붙은 사람'들이 있어. 자네도 그런 말 들어봤을 거야. 개인적으로 난 그런 표현을 싫어하지. 하지만 정말로 어떤 일들이, 나쁜 일들이, 반복해서 항상 이 특정한 경찰관들에게 일어나는 것 같기는 해."

보슈는 어둠 속에서 다음 말을 기다렸다.

"불행히도, 보슈 형사, 자네가 그런 경찰관들 중에 한 명인 것 같군."

보슈는 저도 모르게 고개를 끄덕였다. 지금 그는 구급대원이 줄리아의 입에 산소마스크를 씌울 때 그녀가 했던 말을 생각하고 있었다.

'저들에게 기회를 주지 말….'

무슨 말을 하려던 거였을까? 무슨 기회를 주지 말라는 거였을까? 그녀가 하려고 했던 말이 이제야 이해가 되기 시작했다.

어빙의 단호한 목소리가 보슈의 생각을 비집고 들어왔다.

"보슈 형사, 난 지난 수십 년 동안 여러 사건과 관련해서 자네에게 엄청난 인내심을 보여줬어. 하지만 나도 이젠 지쳤어. 경찰국도 마찬가지고. 퇴직에 대해 진지하게 생각해보기 바라네. 그것도 빨리 말이야, 보슈 형사, 빨리."

보슈는 계속 고개를 숙이고 있었고 아무 대답도 하지 않았다. 잠시 후 문이 열렸다 닫히는 소리가 들렸다.

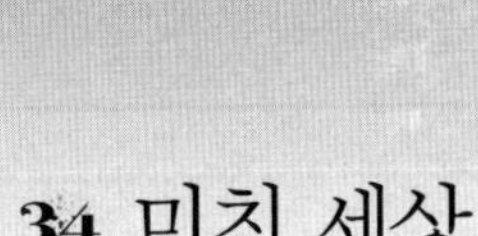

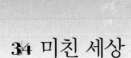

# 34 미친 세상

줄리아 브래셔의 장례를 경찰장(警察葬)으로 치르고 싶다는 유족의 바람에 따라 다음 날 아침 할리우드 공원묘지에서 장례식이 거행되었다. 그녀가 공무 수행 도중에 사고로 사망했기 때문에 오토바이 행렬과 의장대, 21발의 조포(弔砲), 경찰 고위간부들의 참석이 요구되는 완전한 경찰장 의식이 거행될 수 있었다. 뿐만 아니라 경찰 소속 헬기 다섯 대가 '실종자 대형(공군 조종사나 기타 군인, 경찰의 죽음을 애도하기 위한 비행 대형 – 옮긴이)'으로 묘지 상공을 날고 있었다.

그러나 줄리아가 사망한 지 만 하루도 지나지 않아 치러지는 장례식이어서 참석자가 그리 많지 않았다. 일반적으로 공무 수행 중 사망한 경찰관의 장례식에는 주 전역과 남서부 지역의 모든 경찰서에서 조문단을 파견했다. 그러나 줄리아 브래셔의 경우는 아니었다. 신속한 장례식과 사망 경위 때문에 경찰장 기준으로 볼 때 규모가 상대적으로 축소된 행사가 되어 버렸다. 총격전 중 사망한 경우에는 푸른 종교의 예복

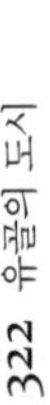

을 입은 신도들이 좁은 묘지 안을 가득 채우곤 했다. 그러나 권총을 권총집에 넣다가 자신을 쏘아 사망한 경찰관은 경찰의 노고를 국민들에게 전달하지도, 영웅 신화를 불러일으키지도 못했다. 그래서 그녀의 장례식은 조촐한 행사가 되어버렸다.

보슈는 조문객들 뒤에서 장례식을 지켜보았다. 전날 밤 죄책감과 고통을 잊으려고 술을 퍼 마신 탓에 머리가 깨질 듯이 아팠다. 어느 날 갑자기 땅속에서 유골이 튀어나오더니 말도 안 되는 이유로 두 명이 죽었다. 눈은 심하게 충혈이 되고 부어 있었지만, 누가 물으면 스톡스가 뿌린 세척제 때문이라고 넘어갈 수 있을 것이었다.

보슈는 소수의 경찰 고위간부와 외부 인사들이 앉아 있는 앞줄에서 테레사 코라존을 발견했다. 웬일로 비디오 기사의 모습이 보이지 않았다. 그녀는 선글라스를 쓰고 있었지만 보슈를 알아봤을 것이 분명했다. 입을 굳게 다물고 장례식에 어울리는 슬픈 미소를 완벽하게 머금고 있었다.

보슈가 먼저 고개를 돌렸다.

장례식을 하기에 더없이 화창한 날씨였다. 밤사이 태평양에서 불어온 서늘한 바람이 스모그를 씻어가 버렸다. 그날 아침 보슈의 집에서는 밸리의 전경이 보일 정도로 하늘이 청명했다. 하늘 높이 하얀 뭉게구름이 두둥실 떠다니고 있었고 묘지 상공을 나는 헬기들의 움직임에 따라 기다란 비행운이 그려졌다. 보슈가 서 있는 곳에서는 카후엥가 산 높이 서 있는 할리우드 간판이 장례식을 주재하는 것처럼 보였다.

여느 때와는 달리 경찰국장이 조사(弔辭)를 낭독하지 않았다. 대신 경찰대학장이 조사를 읽었는데, 경찰 공무 수행 중에는 항상 예기치 않았던 곳에서 위험한 상황이 발생한다고 강조하고는 브래셔 순경의 죽음은 한시라도 경계심을 늦춰서는 안 된다는 사실을 동료들에게 일깨워

주는 계기가 되었다고 말했다. 10분이나 추도사를 낭독하면서도 단 한 번도 그녀를 브래셔 순경이라는 표현 이외에 다른 표현으로 부르지 않아 민망할 정도로 냉정하게 느껴졌다.

보슈는 조사를 듣는 동안 입을 벌리고 달려드는 상어와 용암을 뿜어내는 화산 사진을 생각했다. 그녀가 마침내 그렇게도 바라던 영웅이 된 것인지 그녀에게 물어보고 싶었다.

은으로 만든 관을 둘러싼 푸른색 제복 차림의 경찰관들 사이에 회색 양복을 입은 남자들이 섞여 있었다. 변호사들이었다. 브래셔의 아버지와, 그의 법률 법인에서 나온 조문단일 것이었다. 보슈는 브래셔의 아버지 뒷줄에서 그녀의 집 벽난로 선반에 놓여 있던 사진 속의 남자를 발견했다. 잠깐 동안 보슈는 그에게로 다가가 뺨을 한 대 갈기거나 사타구니를 걷어차 줄까 생각했다. 장례식이 거행되는 와중에 모두가 보는 앞에서 한 방 날려주고는 관을 가리키며 네놈 때문에 줄리아가 여기 누워 있게 된 거라고 소리쳐주고 싶었다.

하지만 참았다. 보슈는 그렇게 그녀의 죽음을 규정하고 그를 비난하는 것은 너무 유치하고 그릇된 주장이라는 것을 알고 있었다. 궁극적으로 인간은 누구나 자신의 길을 자기가 선택한다. 다른 사람이 길을 가르쳐주기도 하고 손을 잡고 다른 데로 이끌기도 하지만, 언제나 최종 선택은 자신의 몫이다. 누구에게나 상어를 막아주는 울타리가 있다. 그런데 그 울타리 문을 열고 상어 속으로 뛰어드는 사람들은 위험을 알면서도 무릅쓰고 그렇게 하는 것이다.

브래셔의 동기 일곱 명이 조포를 쏘도록 선택되었다. 그들이 푸른 하늘을 향해 소총을 높이 들고 각기 세 발씩 연달아 쏘자, 튀어나온 놋쇠 탄피들이 섬광과 함께 커다란 호(弧)를 그리며 날아가 눈물처럼 땅에 떨어졌다. 조포의 메아리가 남아 있는 동안, 헬기들이 장례식장 상공을 지나갔고, 그것으로 장례식은 끝이 났다.

보슈는 장례식장을 나오는 사람들을 지나쳐 무덤을 향해 천천히 걸어갔다. 누군가가 뒤에서 그의 팔꿈치를 잡아서 돌아보니, 브래셔의 동료였던 에지우드 순경이었다.

"저기, 어제 일에 대해서, 어제 제가 한 짓에 대해서 사과를 드리고 싶습니다. 다시는 그런 일이 없도록 하겠습니다."

에지우드가 말했다.

보슈는 그가 자기 눈을 바라볼 때까지 기다렸다가 고개를 끄덕였다. 그에게 할 말이 없었다.

"OIS한테 그 이야기를 안 하신 것 같아서요, 감사하다고 말씀드리고 싶었습니다."

보슈는 그를 바라보기만 했다. 어색해진 에지우드는 목례를 하더니 자리를 떴다. 그가 떠나자 그의 바로 뒤에 서 있던 여자를 마주 보게 되었다. 은발의 라틴계 여성이었다. 보슈가 그녀를 알아보기까지 잠깐 시간이 걸렸다.

"히노조스 박사님."

"보슈 형사, 안녕하세요?"

머리 때문이었다. 7년 전쯤 보슈가 히노조스의 상담실로 정기적으로 상담을 받으러 다녔을 땐, 그녀의 머리카락은 새치 하나 없는 짙은 갈색이었다. 머리가 백발이든 갈색이든 여전히 매력적인 모습이었지만, 변화는 충격적이었다.

"잘 지내죠. 상담실은 잘 되세요?"

그녀가 미소를 지었다.

"그런대로요."

"이제 최고 책임자가 되셨다는 말은 들었어요."

그녀가 고개를 끄덕였다. 보슈는 점점 불안해지기 시작했다. 예전에 스트레스로 인한 강제 휴직 중이었을 때 그녀를 처음 만났다. 1주일에 두 번씩 상담을 받으러 가서 살면서 누구에게도 말하지 않았던 일들을 그녀에게 털어놓곤 했었다. 그러다가 직장에 복귀하고 나서는 한 번도 그녀를 만난 적이 없었다.

지금까지는.

"줄리아 브래셔와 아는 사이였어요?"

보슈가 물었다.

경찰국 소속 정신과 의사가 경찰관의 장례식에 참석하는 건 그리 이례적인 일이 아니었다. 고인과의 친분 외에도 고인과 가까웠던 사람들에게 현장에서 상담을 해주기 위해서도 올 수 있었다.

"아뇨, 개인적으로는 잘 몰라요. 경찰국 소속 정신과전문의로서 브래셔의 경찰대학 지원서를 살펴보고 면담 시험에 참석했었죠. 합격점을 주었고 서명을 했어요."

그녀는 잠시 말을 멈추고 보슈의 반응을 살폈다.

"그녀와 가까운 사이였다고 들었어요. 당신이 현장에 있었고 그 일을 목격했다는 것도요."

보슈가 고개를 끄덕였다. 장례식장을 떠나는 조문객들이 옆을 지나가고 있었다. 히노조스는 다른 사람들이 듣지 못하도록 그에게로 한 걸음 다가섰다.

"해리, 지금은 때나 장소가 적절치 않은 것 같지만, 브래셔에 대해 이야기를 나누고 싶군요."

"무슨 이야기요?"

"사건에 대해서요. 그리고 이유에 대해서도요."

"사고였어요. 어빙 부국장과 말씀 나눠 보시죠."

"얘기해봤어요. 만족스럽진 못했죠. 당신도 그럴 것 같은데요."

"박사님, 브래셔는 죽었어요, 맞죠? 난 더 이상…."

"내가 그녀를 경찰대학에 합격시켰어요. 내 서명이 그녀에게 경찰 배지를 달게 해줬죠. 우리가, 아니 내가 뭔가 놓친 게 있다면, 그게 뭔지 알고 싶어요. 징후가 있었다면, 봤었어야 했어요."

보슈는 고개를 끄덕이고 발밑의 잔디밭을 내려다보았다.

"박사님만 그런 게 아닙니다. 내가 봤었어야 할 징후들이 있었어요. 하지만 나도 그걸 제대로 파악하지 못했죠."

히노조스가 한 걸음 더 다가섰다. 더 이상 다른 데로 눈길을 돌릴 수가 없어서 보슈는 그녀를 똑바로 볼 수 밖에 없었다.

"그렇다면 내 생각이 맞군요. 이 일에는 다른 뭔가가 있어요."

그가 고개를 끄덕이고 나서 말했다.

"확실한 건 아무것도 없어요. 단지 그녀가 벼랑가를 걷듯 아슬아슬하게 살았다는 것뿐이죠. 위험을 무릅쓰고 총구 앞을 걸었어요. 뭔가를 보여주려고 애를 썼죠. 난 그녀가 정말로 경찰관이 되고 싶다는 확신을 가지고 있었는지조차 잘 모르겠어요."

"누구에게 보여주려고 했다는 거죠?"

"그건 모르죠. 어쩌면 자기 자신에게, 아니면 다른 누군가에게겠죠."

"해리, 난 당신이 직관력이 대단한 사람이라는 걸 알고 있어요. 또 다른 건요?"

보슈가 어깨를 으쓱해 보였다.

"그냥 그녀가 했던 행동이나 말 같은 것들이요…. 내 어깨에 총상 흉터가 있거든요. 그것에 대해 물었어요. 며칠 전에요. 어쩌다가 총상을 입었냐고 묻기에 너무나 다행히도 총알이 뼈에 가 박혔다고 말해줬죠. 그러고 나서… 그녀가 총을 쏜 자리를 보니까 똑같은 자리더군요. 문제는 그녀의 총알은… 뼈를 관통해 몸속을 헤집고 돌아다녔다는 거고요. 그녀는 그걸 예상하지 못했던 거죠."

히노조스가 고개를 끄덕이고는 그의 다음 말을 기다렸다.

"그동안 계속 내 머릿속을 떠나지 않고 있는 걸, 이제는 더 이상 견딜 수가 없어요. 내 말이 무슨 뜻인지 아시겠어요?"

"말해 봐요, 해리."

"내 머릿속에서는 내가 본 것들이, 그리고 내가 알고 있는 것들이 계속 펼쳐지고 있어요. 그녀는 스톡스를 향해 총을 겨눴어요. 그리고 난 내가 거기서 꼼짝 말라고 소리치지 않았다면, 그녀가 그를 쐈을 거라고 생각해요. 그가 쓰러지면 그녀는 그의 손에 총을 쥐어주고 천장이나 자동차 같은 걸 쐈을 거예요. 아니면 그를 쐈을지도 모르고요. 그가 두 손에 파라핀을 묻힌 채 죽어 있고 그가 자신의 총을 뺏어갔다고 그녀가 주장한다면 큰 문제없이 넘어갔을 거예요."

"무슨 말이에요? 그녀가 그를 죽이고 영웅이 되기 위해 자기 자신을 쐈다는 말이에요?"

"나도 잘 모르겠어요. 그녀는 세상이 영웅을 필요로 하고 있다고 말했어요. 특히 요즘 같은 때는요. 언젠가는 자기에게도 영웅이 될 기회가 찾아왔으면 좋겠다는 말도 했죠. 하지만 난 이 일에는 그런 것 말고 다른 뭔가가 더 있었다고 생각해요. 어쩌면 그녀는 흉터를, 혹은 총상의 경험을 원한 건지도 모르죠."

"그리고 그것을 위해서 살인도 불사하려고 했다고요?"

"모르겠어요. 지금 내가 한 말 중에 하나라도 맞는 게 있는지 어떤지도 모르겠어요. 내가 아는 건 그녀가 겉으로는 신입 경찰관이었는지 모르겠지만 속으로는 세상을 우리와 그들의 대립 관계로 보는, 경찰 배지를 달지 않은 사람들을 모두 불한당으로 보는 그런 마음 상태에 도달했었다는 것뿐이에요. 그녀는 그런 적의 공격이 자신에게 가해지는 것을 본 거죠. 그래서 그냥 탈출구를 찾고 있었던 건지도…."

보슈는 고개를 흔들고는 옆으로 돌려버렸다. 묘지 안은 거의 비어 있었다.

"모르겠어요. 말을 하고 나니까 꼭 미…. 몰라요. 미친 세상이에요."

그가 히노조스에게서 한 걸음 뒤로 물러섰다. 그러고는 말을 이었다.

"누구나 자기 아닌 다른 사람을 다 알지는 못할 거예요. 알고 있다고 생각할 수는 있죠. 누군가와 함께 잠을 잘 만큼 그렇게 가까운 사이라고 생각할 수는 있겠죠. 하지만 그 사람이 어떤 생각을 하고 있는지는 절대로 알지 못해요."

"그래요, 절대로 알지 못하죠. 누구에게나 비밀이 있는 거니까."

보슈가 고개를 끄덕이고는 자리를 뜨려고 했다.

"잠깐만요, 해리."

히노조스가 지갑을 열더니 안을 뒤지기 시작했다. 그리고는 명함을 한 장 꺼내 그에게 건네며 말했다.

"이 일에 대해 더 이야기를 나누고 싶어요. 전화주세요. 완전히 비공식적으로, 우리 둘만 아는 일로 하고요. 경찰국을 위해서 말이죠."

보슈는 웃음을 터뜨릴 뻔했다.

"경찰국은 이런 일에 신경도 안 써요. 이미지에만 신경 쓰죠. 진실이 아니라요. 그리고 진실이 이미지를 위험에 빠뜨리면, 진실을 죽여 버리는 거예요."

"글쎄요. 어쨌든 난 신경이 쓰이네요. 해리, 당신도 아마 그런 것 같은데요."

보슈는 명함을 내려다보고는 고개를 끄덕인 후 주머니에 넣었다.

"알았어요. 나중에 전화할게요."

"거기에 내 휴대전화 번호도 있어요. 휴대전화는 항상 갖고 다녀요."

보슈가 고개를 끄덕였다. 그녀가 다가와 팔을 뻗어 그의 팔을 꼭 잡았다.

"당신은 어때요, 해리? 괜찮아요?"

"글쎄요, 브래셔를 잃은 것하고 어빙 부국장한테서 퇴직을 생각해보라는 말을 들은 것 빼고는, 괜찮은 것 같아요."

히노조스가 얼굴을 찌푸렸다.

"꼭 붙잡고 있어요, 해리."

보슈가 고개를 끄덕였다. 줄리아를 마지막으로 본 순간에 자신도 그런 말을 했던 것이 기억났다.

히노조스는 자리를 떴고 보슈는 무덤을 향해 다시 발걸음을 옮겼다. 이제 이곳에는 자기 혼자뿐인 것 같았다. 그는 무덤을 덮을 흙더미에서 흙 한줌을 집어 들고 무덤가로 걸어가 내려다보았다. 꽃다발 한 개와 꽃 몇 송이가 관 위에 놓여 있었다. 불과 이틀 전날 밤만 해도 자신의 침대에서 줄리아를 안고 있었다는 사실이 떠올랐다. 그때 앞으로 벌어질 일을 알았다면 얼마나 좋았을까 싶었다. 징후들을 알아보고 그것들을 종합해 그녀가 무슨 일을 하려는지, 어디로 가려는지를 분명히 알아낼 수 있었다면 얼마나 좋았을까 싶었다.

보슈는 천천히 손을 내밀고 흙이 손가락 사이로 미끄러져 관 위에 떨어지게 했다.

"유골의 도시."

그가 속삭였다.

보슈는 꿈이 사라지듯 흙이 무덤 속으로 떨어지는 것을 지켜보았다.

"줄리아를 알았던 분인 것 같군요."

보슈가 재빨리 돌아보았다. 줄리아의 아버지가 슬픈 미소를 짓고 있었다. 묘지 안에는 두 사람만 남은 것 같았다. 보슈가 고개를 끄덕였다.

"최근에요. 최근에 줄리아를 알게 됐죠. 딸을 잃으신 것에 애도를 표합니다."

"프레더릭 브래셔예요."

그가 손을 내밀었다. 보슈는 손을 잡으려다가 멈췄다.

"제 손이 더러워서요."

"걱정 말아요. 내 손도 그래요."

둘은 악수를 했다.

"해리 보슈입니다."

브래셔는 그의 이름을 듣는 순간 손을 흔들던 것을 멈췄다.

"형사군요. 어제 현장에 있었던."

그가 말했다.

"네. 전 노력했어요…. 줄리아를 돕기 위해 최선을 다했어요. 전…."

보슈는 말을 멈췄다. 더 할 말이 떠오르지 않았다.

"그랬을 거라고 믿어요. 거기 있는 건 끔찍한 일이었을 거예요."

보슈는 고개를 끄덕였다. 엑스레이가 뼈를 비추듯 죄책감이 순식간에 온몸을 휩쓸었다. 그녀가 괜찮을 거라고 생각하며 그녀 곁을 떠났었다. 그 사실이 그녀가 죽었다는 사실만큼이나 죄책감이 들게 만들었다.

브래셔가 말했다.

"어떻게 그런 일이 있을 수 있었는지 이해가 안 가요. 실수로 자신에게 총을 쐈다고요? 그래서 죽었다고요? 게다가 오늘 아침에 검찰은 스톡스라는 남자를 총격 사건과 관련해서 기소하지 않겠다고 발표했죠. 난 변호사예요, 그런데도 이해가 안 되는군요. 놈을 그냥 놔준다는 느낌이 들어요."

보슈는 노인의 눈에서 고통을 읽었다.

"죄송합니다, 선생님. 속 시원하게 대답해 드릴 수 있었으면 좋겠는데, 저도 선생님과 같은 의혹을 가지고 있어서요."

보슈가 고개를 끄덕이고는 무덤 속을 들여다보았다.

잠시 후 브래셔가 말했다.

"가야겠어요. 와주셔서 감사합니다, 보슈 형사."

보슈는 고개를 끄덕였다. 둘은 다시 악수를 했고 브래셔가 걸어가기 시작했다.

"선생님?"

보슈가 불렀다.

브래셔가 돌아섰다.

"유족 중 누가 줄리아의 집에 가실 건가요? 언제 가실 거죠?"

"오늘 아침에 내가 그 아이 집 열쇠를 받았어요. 지금 가려고요. 둘러보려요. 그 아이의 삶을 느껴봐야죠. 지난 몇 년 동안 우리는…."

그는 말을 끝맺지 못했다. 보슈가 그에게로 다가갔다.

"줄리아의 유품들 중에 액자가 하나 있는데요. 괜찮으시다면 제가 가지고 싶은데요."

브래셔가 고개를 끄덕였다.

"함께 가겠어요? 거기서 만납시다. 어떤 액잔지 보고 싶군요."

보슈는 손목시계를 보았다. 빌리츠 경위가 1시 30분에 수사 진행 상황을 검토하기 위해 회의를 연다고 했다. 빡빡하긴 하지만 베니스에 갔다가 경찰서로 돌아갈 시간은 될 것 같았다. 점심을 먹을 시간은 없겠지만, 어차피 식욕도 없었다.

"그러죠, 가겠습니다."

그들은 헤어져서 각자의 차를 향해 걸어갔다. 가는 길에 보슈는 조포가 발사된 지점에서 걸음을 멈췄다. 발로 잔디를 뒤적이던 그는 반짝이는 놋쇠 탄피 한 개를 발견하고 주워들었다. 그러고는 손바닥 위에 놓인 탄피를 한참이나 바라보다가 재킷 주머니에 넣었다. 이제까지 경찰관의 장례식에 참석할 때마다 조포의 탄피를 주워왔다. 벌써 한 항아리 가득 모였다.

그는 돌아서서 묘지를 빠져나왔다.

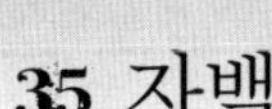

# 35 자백

제리 에드거가 영장을 집행하기 위해 문을 두드릴 때는 보슈가 이제까지 들어본 것과는 사뭇 다른 힘이 넘치는 소리가 들렸다. 뛰어난 운동선수가 온몸의 힘을 실어 야구방망이를 휘두르거나 덩크슛을 하는 것처럼, 에드거는 190센티미터가 넘는 키와 체중을 실어 문을 두드렸다. 그는 커다란 왼쪽 주먹에 정의와 분노의 힘을 한데 모은 것 같았다. 에드거는 문 옆으로 살짝 비켜서 당당하게 서 있었다. 그러고는 왼팔을 들고 팔꿈치를 30도가 안 되게 구부린 후 살이 많은 손등으로 문을 두드렸다. 이 근육 조합의 피스톤을 얼마나 빨리 발사하는지 기관총 발사음이 스타카토로 들리는 것 같았다. 이 노크 소리는 최후 심판의 날이 되었음을 알려주는 소리처럼 들렸다.

목요일 오후 3시 30분 에드거가 주먹으로 새뮤얼 들라크루아의 트레일러 문을 두드리자 알루미늄으로 만든 주택 전체가 흔들리는 듯한 진동이 느껴졌다. 에드거는 몇 초쯤 기다리다가 다시 문을 두드리며 이번에는 "경찰입니다!"라고 외쳤고, 그러고 나서는 콘크리트 블록을 쌓아 만든 층층대에서 한 칸 아래로 내려섰다.

그들은 기다렸다. 둘 다 총을 꺼내진 않았지만 보슈는 재킷 속으로 손을 넣어 권총집에 든 총을 쥐고 있었다. 위험인물로 판단되지 않는 사람에게 영장을 집행할 때는 이렇게 했다.

보슈는 안에서의 인기척에 귀를 기울였지만 근처 고속도로에서 들려오는 소음이 너무 컸다. 창문을 살펴봤지만 닫힌 커튼은 전혀 움직이지 않았다.

보슈가 에드거에게 속삭였다.

"자네가 문을 두드리고 나서 경찰이라고 외쳐서 다들 안심했을 거야. 적어도 지진이 아니라는 건 알게 됐으니까 말이야."

에드거는 대답하지 않았다. 보슈가 긴장감 속에 던진 농담이라는 것을 아는 것 같았다. 보슈는 노크 소리가 너무 커서 긴장한 것이 아니었다. 그는 들라크루아가 제압하기 쉬운 상대일 거라고 확신하고 있었다. 그가 긴장한 것은 들라크루아를 만나 신문을 하는 몇 시간이 수사의 사활을 가늠하는 중요한 순간이라고 생각했기 때문이었다. 그들은 트레일러 안을 수색하고, 둘이서 암호로 이야기를 주고받으며 새뮤얼 들라크루아를 아들을 살해한 혐의로 체포할 것인가의 여부를 결정할 것이었다. 그러는 동안에 대체로 추측에 바탕을 둔 사건을 변호인의 방어를 물리칠 수 있는 확실한 사실에 근거한 사건으로 바꿔놓을 수 있는 결정적인 증거를 찾아내거나 자백을 끌어내야 했다.

그래서 보슈의 마음속에서는 그들이 진실의 순간에 바싹 다가왔다는 생각이 들었고, 그럴 때면 항상 긴장이 되었다.

두 시간 전에 있은 빌리츠 경위와의 상황점검 회의에서 이젠 새뮤얼 들라크루아를 만나볼 때가 되었다는 결론이 내려졌다. 그는 피해자의 아버지이자, 주요 용의자였다. 이제까지 수집한 몇 안 되는 증거가 여전히 그를 지목하고 있었다. 회의가 끝난 후 그들은 들라크루아의 트레일러에 대한 수색영장을 작성해서 시내 형사법원으로 가 영장 심사가 그다지 엄격하지 않은 것으로 알려진 판사에게 제출했다.

그러나 이 판사조차도 영장 발부에 회의적인 태도를 보였다. 이 사건이 오래전에 발생한 사건이고, 용의자가 직접적으로 관련이 된 증거가 희박하며, 보슈와 에드거가 수색하려는 장소가 실제로 살인이 일어났을 가능성이 적고 피해자의 사망 당시 용의자가 그곳에 살고 있지도 않았다는 사실 때문이었다.

형사들에게 이롭게 작용한 점은 피해자인 소년이 짧은 생애 동안 겪었던 학대의 증거인 뼈의 손상들을 영장에 기술했는데, 판사가 그것을 보고 충격을 받았다는 것이었다. 결국에는 판사가 영장에 서명을 해주었다.

형사들은 먼저 골프연습장에 갔지만 들라크루아는 그날 일을 끝내고 퇴근했다는 이야기를 들었다.

트레일러 밖에서 보슈가 에드거에게 말했다.

"한 번 더 두드려 봐."

"문 앞으로 걸어오는 소리가 들리는 것 같은데."

"상관없어. 한 번 더 경기를 일으키게 하자고."

에드거는 다시 층층대 맨 위 칸으로 올라가 문을 두드렸다. 콘크리트 블록이 흔들거렸지만 그가 다리를 굳게 디디고 두드리지 못해서인지 노크 소리는 처음에 두 번 두드릴 때만큼 크지 않았다.

에드거는 다시 한 칸 내려섰다.

"그게 경찰이 두드리는 소리야? 이웃 사람이 개 소리가 시끄럽다고 불평하러 와서 두드리는 소리지."

보슈가 속삭였다.

“미안해, 근데….”

그 순간 문이 열렸고 에드거는 입을 다물었다. 보슈는 최고의 경계 태세를 취했다. 트레일러는 위험했다. 다른 건물들처럼 문이 안쪽으로 열리지 않고 바깥쪽으로 열리기 때문이었다. 보슈는 문에 가려져 보이지 않는 곳에 있어서, 문을 연 사람은 에드거만 볼 수 있고 보슈는 볼 수 없었다. 문제는 보슈도 그 사람을 볼 수 없다는 것이었다. 문제가 생기면 에드거가 보슈에게 경고를 하고 뒤로 빠져주기로 했다. 그러면 보슈가 망설임 없이 나서서 문에 대고 총을 쏘아댈 것이고, 총알들이 알루미늄 문과 그 반대편에 서 있는 사람을 뚫고 들어가 박힐 것이었다.

“뭡니까?”

남자가 물었다.

에드거가 경찰 배지를 들어보였다. 보슈는 에드거가 경고의 신호를 보내는지 그를 주시하고 있었다.

“들라크루아 씨, 경찰입니다.”

경고의 신호가 보이지 않자 보슈는 한 발 앞으로 나서서 문손잡이를 잡고 문을 활짝 열었다. 그는 재킷 자락을 뒤로 제치고 권총집에 든 총을 쥐었다.

전날 골프연습장에서 보았던 남자가 거기 서 있었다. 낡은 체크무늬 반바지에 많이 빨아서 색이 바랜 갈색 티셔츠 차림이었다. 티셔츠 옆구리 쪽에는 빨아도 지지 않는 얼룩이 묻어 있었다.

“이 트레일러에 대한 가택수색영장을 가지고 왔습니다. 들어가도 될까요?”

보슈가 말했다.

“당신들, 당신들 어제 연습장에 왔던 사람들이군요.”

들라크루아가 말했다.

보슈가 단호한 목소리로 말했다.

"들라크루아 씨, 이 트레일러에 대한 가택수색영장을 가지고 왔다고 말씀드렸습니다. 들어가서 수색을 실시해도 되겠습니까?"

보슈는 주머니에서 접은 가택수색영장을 꺼내 들라크루아의 손이 닿지 않게 멀찌감치 들어보였다. 이것은 고지 선점 게임이었다. 영장을 발부받기 위해서는 판사에게 가지고 있는 카드를 모두 보여주어야 했다. 그러나 들라크루아에게는 카드를 보여주고 싶지 않았다. 아직은 아니었다. 들라크루아에게는 형사들을 집 안으로 들이기 전에 영장을 살펴볼 권리가 분명히 있었지만, 보슈는 그런 절차 없이 안으로 들어가고 싶었다. 이제 곧 들라크루아도 사실을 알게 될 것이긴 했다. 그러나 보슈는 정보를 들었을 때 그의 반응을 살피고 판단하기 위해 정보의 전달 시각과 방법을 자신이 정하고 싶었다.

보슈는 영장을 다시 주머니에 집어넣었다.

"무슨 일 때문에 그러시죠? 적어도 내가 그걸 봐야하지 않겠어요?"

들라크루아가 낮은 목소리로 저항을 했다.

보슈가 재빨리 되물었다.

"당신이 새뮤얼 들라크루아 씨 맞습니까?"

"그래요."

"여기가 당신이 사는 트레일러가 맞고요?"

"그래요, 내 집이에요. 세 들어 살고 있죠. 그 영장이란 걸 보고 싶…."

에드거가 끼어들었다.

"들라크루아 씨, 이웃들이 보는 앞에서 이렇게 서서 이야기하고 싶진 않은데요. 당신도 그건 원치 않을 거 같고요. 들어가서 합법적으로 수색영장을 집행하게 해줄 겁니까, 말 겁니까?"

들라크루아가 보슈에게서 눈을 들어 에드거를 바라보더니 다시 보슈를 바라보았다. 그러고는 고개를 끄덕였다.

"들어오세요."

보슈가 먼저 층계를 올라갔다. 들라크루아와 몸을 부딪치며 문지방을 넘어서는데 버번 위스키 냄새와 입 냄새와 고양이 오줌 냄새가 한꺼번에 몰아쳤다.

"일찍 시작하셨군요, 들라크루아 씨?"

"그래요, 한잔했어요. 일도 끝났고, 한잔 마실 권리가 있잖아요."

들라크루아가 그래서 뭐 어떻다는 거냐는 뜻과 자기혐오를 담은 목소리로 말했다.

그때 에드거가 들어왔는데, 큰 덩치 때문에 들라크루아를 더 심하게 누르며 들어와야 했다. 그와 보슈는 어둠침침한 트레일러 안을 둘러보았다. 문에서 오른쪽으로 거실이 있었다. 합판이 깔린 바닥 위에 초록색 소파가 놓여 있었고 옆에는 바닥과 같은 합판으로 만든 탁자가 있었는데, 합판의 겉켜가 군데군데 뜯겨져 나가 속이 드러나 보였다. 그 옆에는 전등 탁자가 있었지만 전등은 없었고, 비디오 위에 텔레비전 한 대가 어울리지 않게 놓여 있었다. 텔레비전 위에는 비디오테이프 몇 개가 쌓여 있었다. 탁자 맞은편에는 낡은 안락의자가 있었는데, 고양이가 물어뜯었는지 어깨 가죽이 찢어져 속이 비어져 나온 상태였다. 탁자 밑에 잔뜩 쌓인 종이들은 대부분 헤드라인이 대문짝만 한 선정적인 타블로이드판 신문이었다.

문간에서 왼쪽으로는 배나 항공기의 간이주방처럼 생긴 부엌이 있었다. 한쪽에는 싱크대와 캐비닛, 가스레인지, 오븐, 냉장고 등이 모여 있었고, 다른 쪽에는 4인용 식탁이 놓여 있었다. 식탁 위에 에인션트 에이지 버번 위스키 한 병이 보였다. 식탁 아래 바닥에는 고양이 사료 부스러기가 담긴 접시 한 개와 물이 반쯤 든 마가린 통 한 개가 있었다. 오줌 냄새는 나는데 고양이는 보이지 않았다.

부엌 너머로 좁은 복도가 보였고 그 뒤로 침실 한두 개와 욕실이 있는 것 같았다.

"문은 그대로 열어두고 창문도 몇 개 열죠. 들라크루아 씨, 거기 소파에 앉으세요."

보슈가 말했다.

들라크루아가 소파로 걸어가며 말했다.

"저기, 굳이 수색할 필요 없어요. 당신들이 여기 온 이유를 알고 있으니까."

보슈는 에드거를 흘끗 보고 들라크루아를 바라보았다.

"그래요? 우리가 여기 왜 온 거죠?"

에드거가 물었다.

들라크루아는 소파 중간에 풀썩 주저앉았다. 스프링이 낡아 소파의 양쪽 쿠션 끝이 물에 가라앉는 타이타닉 호의 뱃머리처럼 위로 불쑥 솟아올랐다.

들라크루아가 말했다.

"기름 때문이겠죠. 하지만 별로 안 썼어요. 골프장까지 왔다 갔다 한 것 외에는 어디 간 적이 없으니까요. 음주운전 때문에 제한된 면허증을 받았거든요."

에드거가 물었다.

"기름이요? 도대체 무슨…."

보슈가 끼어들었다.

"들라크루아 씨, 당신이 기름을 훔친 일 때문에 온 게 아닙니다."

보슈는 텔레비전 위에 쌓여 있는 비디오테이프 중에서 한 개를 집어 들었다. 테이프 등에 제목이 적힌 라벨이 붙어 있었다. '〈제1연대〉, 46회.' 그는 비디오를 내려놓고 다른 비디오테이프에 붙어 있는 제목을 훑어보았다. 모두가 들라크루아가 30여 년 전에 출연했던 텔레비전 드라마를 녹화한 것이었다.

"기름 때문이 아닙니다."

보슈가 들라크루아를 쳐다보지도 않은 채 다시 말했다.

"그럼 뭐죠? 뭘 원해요?"

이제 보슈가 그를 바라보았다.

"우리가 여기 온 것은 아드님 때문입니다."

들라크루아가 그를 노려보는 한참 동안 입이 천천히 벌어지면서 누렇게 변한 이가 드러났다.

마침내 들라크루아가 물었다.

"아서요?"

"네. 아서를 찾았습니다."

들라크루아의 눈이 보슈에게서 떨어져 내려왔고, 트레일러를 떠나 멀고 먼 옛날로 달려가는 것 같았다. 표정을 보니 그는 이미 알고 있었다. 보슈는 그 사실을 직감했다. 그들이 들라크루아에게 무슨 말을 할지 그는 이미 알고 있다는 생각이 들었다. 보슈가 에드거도 그것을 봤는지 묻기 위해 에드거를 흘끗 보았다. 에드거는 고개를 한 번 끄덕였다.

보슈가 소파에 앉아 있는 들라크루아를 바라보며 말했다.

"20년 이상이나 아들의 생사를 모르고 살아온 아버지치고는 별로 놀라시는 것 같지 않은데요."

들라크루아가 그를 바라보았다.

"아들이 죽었다는 걸 알고 있어서 그렇겠죠."

보슈는 숨 쉬는 것조차 멈춘 채 한동안 그를 관찰했다.

"왜 그런 말씀을 하시죠? 무엇 때문에 그렇게 생각하시는 겁니까?"

"알고 있으니까요. 그동안 쭉 알고 있었으니까요."

"뭘 알고 계셨습니까?"

"아서가 돌아오지 않을 거라는 걸요."

이것은 보슈가 상상했던 어떤 시나리오에도 맞지 않았다. 들라크루아는 몇 년 동안이나 그들이 올 것임을 예상하고 있었고 기다리고 있었던 것처럼 보였다. 보슈는 전략을 바꿔 들라크루아를 체포하고 미란다 원칙을 고지해야겠다고 결심했다.

"날 체포하는 겁니까?"

들라크루아가 보슈의 생각을 읽고 있었던 것처럼 물었다.

보슈는 다시 에드거를 바라보았다. 그들의 계획이 어그러지고 있다는 걸 그도 느꼈는지 궁금했다.

"먼저 이야기를 나눠보려고 생각했어요. 비공식적으로 말이죠."

"날 체포하는 게 나을 거예요."

들라크루아가 조용히 말했다.

"그렇게 생각하세요? 그 말은 우리와 대화를 나누지 않겠다는 뜻입니까?"

들라크루아는 천천히 고개를 저었고 또다시 초점 없이 먼 곳을 바라보았다.

"아뇨, 말할게요. 그 일에 대해서 다 말할게요."

"무슨 일에 대해서 말씀하신다는 거죠?"

"어떻게 그런 일이 일어나게 되었나에 대해서요."

"무슨 일이 어떻게 일어나게 되었다는 말씀이죠?"

"내 아들이요."

"어떻게 된 일인지 알고 계십니까?"

"물론 알고 있죠. 내가 그랬으니까."

보슈는 욕을 내뱉을 뻔했다. 진술거부권을 비롯한 피의자의 권리를 고지하기도 전에 용의자가 죄를 자백해버린 것이었다.

"들라크루아 씨, 잠깐만요. 우선 당신의 권리에 대해 알려드리겠습니다."

"난 그냥…."

"아뇨, 들라크루아 씨, 더 이상 말씀하지 마세요. 아직은 안 됩니다. 우선 피의자의 권리 고지부터 하고요, 그러고 나선 무슨 말씀을 하시든 기꺼이 들을게요."

들라크루아는 그런 일은 중요하지 않다는 듯, 아무것도 중요하지 않다는 듯, 손을 내저었다.

"제리, 자네 녹음기는 어디 있어? 내 건 감찰계에서 돌려받지 못했어."

"어, 차에. 배터리가 충분한지는 잘 모르겠는데."

"가서 가지고 와."

에드거는 밖으로 나갔고 보슈는 조용히 기다렸다. 들라크루아는 무릎에 팔꿈치를 괴고 두 손으로 얼굴을 감쌌다. 보슈는 그의 모습을 지켜보았다. 용의자의 첫 신문 중에 자백을 얻어내는 일이 자주 있는 건 아니었지만 이번이 처음은 아니었다.

녹음기를 가지고 돌아온 에드거가 고개를 저었다.

"배터리가 없어. 난 자네가 가져온 줄 알았지."

"빌어먹을. 그러면 받아 적자고."

보슈는 경찰 배지가 든 지갑에서 자신의 명함을 한 장 꺼냈다. 명함 뒷면에 미란다 원칙을 인쇄해 놓았고 그 밑에는 서명란도 마련해놓았다. 보슈는 미란다 원칙을 읽은 후 들라크루아에게 자신의 권리를 이해했느냐고 물었다. 들라크루아가 고개를 끄덕였다.

"그건 이해했다는 뜻입니까?"

"그래요, 이해했다는 뜻이에요."

"그럼 제가 방금 읽어드린 내용 밑에 있는 서명란에 서명해주시죠."

보슈는 들라크루아에게 명함과 펜을 건넸다. 서명을 받은 후 그는 명함을 지갑에 집어넣었다. 그러고는 안락의자로 걸어가 끄트머리에 걸터앉았다.

"자, 들라크루아 씨, 몇 분 전에 하신 말씀을 다시 해주시겠습니까?"

들라크루아는 별것 아니라는 듯 어깨를 으쓱해 보였다.

"내가 내 아들 아서를 죽였어요. 내가 죽였다고요. 언젠가는 당신들이 나타날 줄 알았어요. 굉장히 오랜 시간이 걸렸군요."

보슈는 에드거를 바라보았다. 그는 공책에 진술을 받아 적고 있었다. 들라크루아의 자백을 기록으로 남겨야 했다. 보슈는 다시 피의자를 바라보면서 자신의 침묵이 들라크루아로 하여금 말을 계속하도록 유도하기를 기대하며 잠자코 기다렸다. 그러나 들라크루아는 더 이상 말을 하지 않았다. 대신 또다시 두 손에 얼굴을 묻었다. 그러고는 어깨를 들썩이며 울기 시작했다.

"오, 하느님…. 내가 그랬어요."

보슈가 다시 에드거를 바라보며 눈을 치켜떴다. 그의 동료는 재빨리 엄지손가락을 들어보였다. 그들은 다음 단계로, 경찰서 취조실이라는 통제되고 녹화와 녹음이 되는 공간으로 옮겨가기에 충분하고도 넘치는 자백을 확보했다.

"들라크루아 씨, 고양이를 키우시죠? 어디 있죠?"

보슈가 물었다.

들라크루아가 손가락 사이로 젖은 눈을 살짝 보였다.

"집 안 어딘가에 있을 거예요. 아마 침대에서 자고 있을 거예요. 고양이는 왜요?"

"동물관리국에 전화해서 고양이를 데려가게 해야겠어요. 당신은 우리와 함께 가주셔야 하겠습니다. 지금 당신을 체포할 겁니다. 그리고 취조는 경찰서에 가서 하도록 하고요."

들라크루아가 갑자기 얼굴을 들었는데 화가 난 표정이었다.

"아뇨, 동물관리국은 안 돼요. 내가 돌아오지 않을 거라는 사실을 아는 순간 고양이를 안락사 시킬 거예요."

"그렇지만 여기 혼자 놔둘 수는 없잖아요."

"크레스키 부인이 돌봐줄 거예요. 옆집에 살죠. 여기 와서 먹이를 줄 수 있을 거예요."

보슈가 단호하게 고개를 저었다. 고양이 한 마리 때문에 일이 지체되고 있었다.

"그럴 순 없어요. 우리가 수색할 때까지 이 집은 봉쇄될 겁니다."

들라크루아가 화난 목소리로 말했다.

"뭐 하러 집은 수색한단 말이에요? 당신들이 알 필요가 있는 사실은 내가 다 말해주는데. 내가 아들을 죽였어요. 사고였어요. 너무 심하게 때렸나 봐요. 난…."

들라크루아가 다시 두 손에 얼굴을 묻고 울음 섞인 목소리로 중얼거렸다.

"오, 하느님…. 내가 무슨 짓을 한 거죠?"

보슈는 에드거를 바라보았다. 그는 진술을 받아 적고 있었다. 보슈는 자리에서 일어섰다. 들라크루아를 경찰서 취조실로 데려가고 싶었다. 이젠 긴장감이 사라지고 대신 긴박감이 자리를 잡았다. 양심과 죄책감의 공격은 오래 가지 않았다. 들라크루아가 변호사를 선임하기로 결정하기 전에, 그리고 자신의 자백이 자신을 평생 동안 한 평도 안 되는 독방에서 지내도록 밀어 넣고 있다는 사실을 깨닫기 전에, 그의 진술을 비디오와 오디오로 모두 담아두고 싶었다.

“좋아요. 고양이 문제는 나중에 해결하기로 하고요. 지금은 사료를 충분히 놓고 가죠. 일어서세요, 들라크루아 씨. 갑시다.”

들라크루아가 일어섰다.

“좀 괜찮은 옷으로 갈아입어도 되겠어요? 오래 입고 돌아다녔던 옷이라.”

“아뇨, 그런 걱정은 마세요. 나중에 옷을 가져다 드리죠.”

보슈가 말했다.

보슈는 그 옷이 그의 옷이 아닐 거라는 말은 굳이 하지 않았다. 들라크루아는 등에 수감번호가 적힌 교도소 죄수복을 입게 될 것이고 죄수복 색깔은 살인범을 상징하는 노란색이 될 것이었다.

들라크루아가 물었다.

“수갑을 채울 거예요?”

“규정이라서 어쩔 수가 없습니다.”

보슈가 대답했다.

그는 탁자를 돌아가 들라크루아를 돌려세우고 두 손을 등 뒤로 해서 수갑을 채웠다.

“난 배우였어요. 언젠가는 〈도망자〉(1963년에서 1967년까지 ABC에서 방송된 TV 드라마 시리즈물－옮긴이)에 죄수로 출연한 적도 있었죠. 데이빗 잰슨이 주연을 맡았던 첫 번째 시리즈에서요. 단역이었어요. 벤치에서 잰슨 옆에 앉아 있었죠. 그게 전부였어요. 마약중독인 상태를 연기해야 했었죠.”

보슈는 아무 말도 하지 않았다. 그는 트레일러의 좁은 문을 향해 들라크루아의 등을 부드럽게 밀었다.

"왜 갑자기 그 생각이 났는지 모르겠네요."

들라크루아가 말했다.

"괜찮아요. 사람들은 이런 때 정말 황당한 것들을 기억해내곤 하죠."

에드거가 말했다.

"계단 조심하세요."

보슈가 말했다.

에드거가 앞장을 서고 보슈가 들라크루아의 뒤에 서서 그를 데리고 나왔다.

"열쇠 있어요?"

보슈가 물었다.

"부엌 조리대 위에요."

들라크루아가 대답했다.

보슈는 다시 집 안으로 들어가 열쇠를 찾아냈다. 그러고는 부엌 캐비닛을 뒤져 고양이 사료 상자를 찾아냈다. 상자를 열어 식탁 밑에 있는 종이 접시에 사료를 쏟아 부었다. 사료가 얼마 없었다. 보슈는 나중에 고양이 문제를 처리해야겠다고 생각했다.

보슈가 문밖으로 나왔을 땐 에드거가 이미 들라크루아를 범고래 경찰차 뒷좌석에 태운 뒤였다. 근처에 있는 트레일러의 열린 현관문 앞에서 이웃 사람이 그를 보고 있었다. 보슈는 돌아서서 들라크루아의 집 현관문을 닫고 열쇠로 잠갔다.

# 36 가책

보슈는 빌리츠 경위의 사무실 안으로 고개를 삐죽 들이밀었다. 그녀는 책상에서 옆으로 비스듬히 돌아앉아 보조 책상 위에 놓인 컴퓨터로 작업을 하고 있었다. 책상은 말끔히 치워져 있었다. 곧 퇴근을 하려는 모양이었다.

"네?"

그녀는 누군지 돌아보지도 않은 채 말했다.

"우리에게 운이 좀 따라준 것 같아요."

보슈가 말했다.

빌리츠가 컴퓨터에서 고개를 돌려 보슈를 바라보았다.

"뭔지 맞혀볼까? 들라크루아가 당신들을 안으로 들인 후에 의자에 앉아서 자백을 했군."

보슈가 고개를 끄덕이며 대답했다.

"용하네요."

그녀의 눈이 휘둥그레졌다.

"지금 농담하는 거지?"

"자기가 죽였다고 자백했어요. 여기로 데려와서 테이프에 담으려고 말을 계속하려는 걸 못하게 막았어요. 우리가 나타나기를 기다려온 것 같아요."

빌리츠가 몇 가지를 더 물어봐서, 결국 보슈는 들라크루아의 트레일러에서 일어난 일을 전부 요약해서 설명했다. 그러면서 들라크루아의 자백을 녹음할 녹음기가 없어서 고생했다는 이야기도 빼놓지 않았다. 빌리츠는 보슈와 에드거에 대해서는 준비를 철저히 하지 않았다고 화를 냈고, 감찰계의 브래들리에 대해서는 보슈의 녹음기를 돌려주지 않았다고 화를 냈다.

"다 된 밥에 코 빠뜨리면 어떡하려고 그래."

그녀가 말했다. 들라크루아의 최초 자백을 녹음해두지 않아 자백의 신빙성을 두고 법정 공방이 있을 경우를 걱정하는 것이었다.

"우리 쪽이 개판 친 것 때문에 재판에서 지면…."

그녀가 말을 끝맺지 않았지만 말할 필요도 없었다.

"저기, 그건 걱정 안 해도 될 것 같아요. 에드거가 자백을 속기로 다 받아 적어놨어요. 그를 체포하기에 충분할 만큼 진술을 확보하자마자 말을 중단시켰어요. 이제 여기 취조실에서 녹화하려고요."

빌리츠는 그제야 좀 안심을 하는 것 같았다.

"그리고 미란다는 어떻게 됐어? 미란다 상황이 발생하지 않는다고 자신하지?"

그녀가 말했다. 뒷부분은 질문이 아니라 명령이었다.

"네, 자신해요. 그는 우리가 미란다 원칙을 고지하기도 전에 자기가 범인이라고 털어놓기 시작했어요. 고지 후에도 계속 그렇게 말했고요.

이런 일이 일어날 때가 가끔 있죠. 문을 두들겨 부술 각오를 하고 갔는데 쉽게 문을 열어주는 거예요. 그가 선임하는 변호사가 이 사실을 알면 놀라 자빠지겠죠. 하지만 문제될 건 없어요. 다 해결해놨으니까."

빌리츠가 고개를 끄덕였다.

"다른 일도 이렇게 쉬우면 좋을 텐데. 검찰은 어떻게 됐어?"

그녀가 물었다.

"이제 전화하려고요."

"알았어. 그를 한번 봐야겠는데 어느 방이야?"

"3호실이요."

"알았어, 해리, 가서 마저 취조해 봐."

그녀는 다시 컴퓨터로 고개를 돌렸다. 보슈는 그녀에게 경례를 하고 들이민 머리를 빼고 나가려다가 멈췄다. 그녀는 그가 자리를 뜨지 않은 것을 느끼고 다시 돌아보았다.

"왜?"

보슈는 어깨를 으쓱거렸다.

"그냥요. 단서를 모은다고 돌아다니지 않고 곧장 들라크루아를 쳤다면 어떤 일들은 피할 수도 있지 않았을까 하는 생각이 드네요."

"해리, 그 마음은 이해가 가지만, 이 남자가 20여 년이 흐른 지금 형사들이 자기 집 문을 두드리기를 기다리고 있었다는 사실을 누가 어떻게 알 수 있었겠어? 당신은 일을 제대로 처리한 거야. 또다시 그 일을 하라고 해도 같은 식으로 처리했을 거야. 먹잇감 주위를 빙빙 돌면서 기회를 엿보다가 치는 거지. 브래셔 순경에게 일어난 일은 당신의 수사 방식과는 아무 관련이 없어."

보슈는 잠깐 동안 그녀를 바라보다가 고개를 끄덕였다. 그녀의 말이 양심의 가책을 줄여줄 수 있을 것 같았다.

빌리츠가 다시 컴퓨터를 향해 돌아앉았다.

"말했지? 가서 취조 마저 하라고."

보슈는 강력반 자리로 돌아와 검찰청에 전화를 걸어 살인사건 피의자를 체포했고 자백을 받았다고 알렸다. 전화를 받은 오브라이언이라는 사무관에게 그날 저녁 퇴근시간 전까지 보슈 자신이나 에드거가 검찰청에 들어가 사건을 송치하겠다고 말했다. 언론보도를 통해서만 이 사건을 알고 있었던 오브라이언은 검사를 경찰서로 보내 자백 과정을 감독하고 추후 기소절차를 추진하도록 하겠다고 말했다.

차가 밀리는 시간에 검사가 시내에서 여기까지 오려면 적어도 45분은 걸릴 것이었다. 보슈는 오브라이언에게 검사를 환영하지만 피의자의 자백을 받지 않고 기다리고 있지는 않겠다고 말했다. 오브라이언은 기다려야 한다고 주장했다.

보슈가 말했다.

"이것 봐요, 피의자는 지금 자백을 하려고 해요. 45분에서 한 시간 정도가 지난 후에는 얘기가 달라질 수도 있어요. 기다릴 수가 없어요. 검사한테 도착하면 3호 취조실 문을 두드리라고 해줘요. 그러면 바로 불러들일게요."

원칙대로라면 검사가 피의자 취조에 참석해야 하지만 수십 년 동안 수도 없이 많은 사건을 다루어본 보슈는 죄책감이 오래 지속되지는 않는다는 사실을 알고 있었다. 그러므로 누군가가 살인을 했다고 자백하려 한다면 기다리지 말아야 한다. 녹음기를 켜고 다 털어놔 보라고 말해야 한다.

오브라이언은 자신의 경험을 이야기하면서도 마지못해 보슈의 뜻에 따르기로 했고, 곧 전화를 끊었다. 보슈는 전화를 끊자마자 다시 수화기를 들고 감찰계를 눌러 캐롤 브래들리를 찾았다. 곧 그녀와 연결이 되었다.

"할리우드 경찰서의 보슈 형삽니다. 빌어먹을 내 녹음기는 대체 어디 있죠?"

아무 응답이 없었다.

"브래들리 형사? 여보세요? 여보세…."

"여기 있어요. 당신 녹음기는 내가 갖고 있어요."

"녹음기는 왜 가져갔죠? 테이프를 들어보라고 했지 녹음기를 가져가라고는 안 했는데요. 이젠 필요도 없지만."

"다시 들으면서 연속해서 녹음이 된 건지 확인해보고 싶었어요."

"그러면 녹음기를 열고 테이프를 가져가면 되지 왜 녹음기까지 가져가요?"

"보슈 형사, 테이프의 조작여부를 확인하기 위해서는 원래의 녹음기가 필요한 경우도 있어요."

보슈는 불쾌해서 고개를 저었다.

"세상에, 왜 그런 일을 하는 건데요? 정보누설자가 누군지 밝혀진 마당에 왜 그런 일에 시간을 허비하고 있죠?"

또다시 잠깐 동안 침묵이 흐른 뒤 그녀가 대답했다.

"모든 가능성을 다 확인해봐야 하니까요. 보슈 형사, 난 내가 합리적이라고 생각하는 방식으로 수사를 해요."

이젠 보슈가 잠시 침묵하며 혹시 뭔가 놓치고 있지는 않은지, 자신이 모르는 다른 일이 있는 건 아닌지 생각했다. 그러나 그런 걸 걱정하고 있을 시간이 없었다. 자신의 전리품에, 검거한 피의자에게 총력을 기울여야 했다.

보슈가 말했다.

"모든 가능성을 확인한다, 훌륭해요. 하지만 오늘 녹음기가 없어서 중요한 자백을 놓칠 뻔했어요. 다시 돌려주면 고맙겠어요."

"이제 끝났으니까 지금 당장 내부 송달로 보낼게요."

"고마워요. 그럼 이만."

그가 전화를 끊었다. 마침 에드거가 커피 세 잔을 들고 나타났다. 그 모습을 보자 해야 할 일이 생각났다.

"상황실엔 누가 있어?"

보슈가 물었다.

"맨키비츠. 그리고 영도 있었고."

에드거가 대답했다.

보슈는 스티로폼 컵에 담긴 커피를 서랍에서 꺼낸 자기 머그컵에 따랐다. 그러고는 전화기를 들고 상황실을 눌렀다. 맨키비츠가 전화를 받았다.

"박쥐 동굴에 누가 있어?"

"해리? 좀 쉴 줄 알았는데."

"잘못 안 거야. 박쥐 동굴에는?"

"아무도 없어. 오늘 밤 8시 전에는 아무도 없을 거야. 왜 그래?"

"피의자의 자백을 받으려고 하는데, 실컷 받아놓은 자백이 변호사에게 공격을 당할까 봐. 피의자한테서 에인션트 에이지 냄새가 나는데 보기에는 멀쩡하거든. 가서 검사를 해보고 싶어."

"유골 사건이야?"

"응."

"데리고 내려와, 내가 할게. 나도 자격증이 있어."

"고마워, 맨키."

그는 전화를 끊고 에드거를 보았다.

"동굴로 데리고 내려가서 먼저 검사를 해보자고. 만일의 경우를 대비해서."

"좋은 생각이야."

그들은 커피를 들고 들라크루아를 채운 수갑을 탁자 중앙 고리에 연결시켜놓고 나왔던 3호 취조실로 갔다. 그의 수갑을 풀어주고 커피를 몇 모금 마시게 한 후 그의 등을 떠밀며 뒤편 복도를 걸어 유치장으로 갔다. 경찰서 안에는 난동을 부린 취객들과 매춘부들을 수용하는 커다란 유치장이 두 개 있었다. 좀 더 중대한 사건으로 체포된 피의자들은 보통 시나 군의 구치소로 이송이 되었다. 그리고 박쥐 동굴이라고 불리는 작은 유치장이 한 개 더 있는데, 혈중 알코올 농도 검사실로 이용되었다.

그들은 복도에서 맨키비츠를 만나 그를 따라 동굴로 들어갔다. 맨키비츠는 음주 측정기를 켠 후 들라크루아에게 기계에 붙은 깨끗한 플라스틱 튜브에 대고 후 불어보라고 지시했다. 보슈는 맨키비츠의 가슴에 붙은 경찰 배지 위에 검정색 근조리본이 달려 있는 것을 보았다.

몇 분 만에 결과가 나왔다. 들라크루아의 혈중 알코올 농도는 0.003으로 면허정지 수준에는 훨씬 못 미쳤다. 살인 자백을 위한 기준치라는 것은 마련되어 있지 않았다.

들라크루아를 데리고 방을 나가려는데 맨키비츠가 뒤에서 보슈의 팔을 툭 쳤다. 보슈가 돌아보았다. 에드거는 들라크루아와 함께 복도로 나간 후였다.

맨키비츠가 고개를 끄덕였다.

"해리, 미안하다는 말을 하고 싶었어. 그런 일이 생겨서 말이야."

보슈는 그가 브래셔 이야기를 하고 있다는 것을 알았다. 그도 고개를 끄덕여 보였다.

"그래, 고마워. 안타까운 일이었어."

"그땐 그녀를 그곳으로 내보낼 수 밖에 없었어. 신참인 걸 알았지만 그래도…."

"맨키, 당신은 옳은 일을 한 거야. 뒤돌아보고 후회하지 마."

맨키비츠가 고개를 끄덕였다.

"갈게."

보슈가 말했다.

에드거가 들라크루아를 취조실로 데려갔다. 보슈는 옆에 있는 비디오 방으로 가서 일방 투시 유리 너머로 취조 탁자가 잘 보이도록 카메라 방향을 조정하고는 비품 캐비닛에서 새 녹화 테이프를 꺼내 비디오에 넣었다. 그러고 나선 카메라와 보조 녹음기를 켰다. 준비가 다 끝났다. 그는 들라크루아를 만나러 취조실로 갔다.

# 37 슬램덩크

보슈는 취조실에 있는 세 사람의 신원을 확인하고 날짜와 시각을 말했다. 날짜와 시각은 취조의 전 과정을 녹화하고 있는 비디오를 재생하면 화면 하단에 나타나긴 했다. 그는 탁자 위에 권리포기각서를 올려놓고 들라크루아에게 피의자의 권리에 대해 다시 한 번 말해주겠다고 했다. 그 일이 끝나자 들라크루아에게 각서에 서명을 하라고 요구했고, 서명이 끝나자 각서를 탁자 한쪽으로 밀어놓았다. 그러고 나서 커피를 한 모금 마신 후 취조를 시작했다.

"들라크루아 씨, 오늘 오후에 당신은 1980년에 당신의 아들 아서 들라크루아에게 일어난 일에 대해 이야기하고 싶다는 바람을 우리에게 표명했습니다. 아직도 말할 용의가 있습니까?"

"네."

"우선 기본적인 질문부터 시작합시다. 그러고 나서 다시 돌아가서 세부적인 이야기를 하도록 하죠. 당신이 당신의 아들 아서 들라크루아를 사망에 이르게 했습니까?"

"네, 그랬어요."

그는 망설임이나 감정의 동요 없이 대답했다.

"당신이 아서 들라크루아를 죽였습니까?"

"네, 내가 죽였습니다. 죽일 의도는 아니었지만, 결과적으로 그렇게 됐어요. 내가 죽였어요."

"언제 그 일이 일어났죠?"

"1980년 5월쯤이요. 그때쯤인 것 같아요. 이런 건 나보다 당신들이 더 잘 알고 있을 텐데요."

"언제쯤인 것 같다고 추정하지 마세요. 질문마다 최선을 다해 기억을 되살려 정확히 대답해주세요."

"노력할게요."

"어디에서 아들을 살해했습니까?"

"당시 우리가 살았던 집에서요. 아서의 방에서요."

"어떻게 살해했습니까? 구타를 했습니까?"

"어, 네, 그래요, 내가…."

취조에 응하던 들라크루아의 담담한 태도가 무너지더니 얼굴이 어두워지기 시작했다. 이윽고 그는 손바닥 끝으로 눈가에 흐르는 눈물을 닦았다.

"아서를 때렸습니까?"

"그래요."

"어디를요?"

"아무 데나요."

"머리도요?"

"네."

"아서의 방에서 때렸다고요?"

"그래요, 그 애 방에서요."

"무엇으로 때렸습니까?"

"무슨 뜻이죠?"

"주먹을 사용했습니까, 아니면 다른 물건을 사용했습니까?"

"둘 다요. 주먹으로도 때렸고 물건으로도 때렸어요."

"어떤 물건으로 때렸습니까?"

"잘 기억이 안 나요. 글쎄, 그게… 그 애가 갖고 있던 거였어요. 그 애 방에 있던 거요. 한참 생각을 해봐야 할 것 같네요."

"그 문제는 나중에 다시 이야기하기로 하죠. 들라크루아 씨, 그날은 왜 아들을 때리기 시작했습니까? 그리고 하루 중 언제였죠?"

"아침이었어요. 쉴러가, 쉴러는 내 딸입니다, 학교에 간 후였어요. 그것만 정확히 기억이 나네요. 쉴러가 학교 가고 없을 때였어요."

"부인은요, 아서의 어머니는요?"

"아, 그 여자는 오래전에 집을 나갔어요. 난 그 여자 때문에 술을…."

그가 말을 멈췄다. 보슈는 그가 알코올 중독이 된 책임을 아내에게 덮어씌우려 한다고 생각했다. 알코올 중독 때문에 생긴 모든 일을 심지어 살인까지도 아내 때문이라고 주장하려는 것이었다.

"부인과 마지막으로 이야기를 나눈 게 언제였죠?"

"전처죠. 그 여자가 집을 나간 후로는 한 번도 이야기를 나눈 적이 없어요. 그러니까…."

그는 말을 끝맺지 못했다. 얼마나 오래전인지 기억이 나지 않는 것이었다.

"딸은요? 딸과 마지막으로 이야기를 나눈 건 언제였죠?"

들라크루아는 보슈에게서 고개를 돌려 탁자 위에 놓인 자신의 두 손을 내려다보았다.

"오래됐어요."

그가 말했다.

"얼마나 오래됐습니까?"

"기억이 안 나요. 우린 연락을 끊고 살았어요. 지금 살고 있는 트레일러를 빌릴 때 그 아이가 도와줬어요. 5, 6년 전에요."

"이번 주에 딸한테서 연락이 오지 않았습니까?"

들라크루아가 고개를 들어 보슈를 바라보는데, 이건 또 무슨 말이냐는 듯한 표정이었다.

"이번 주요? 아뇨. 새삼스레 왜 연락을…."

"질문은 내가 하겠습니다. 뉴스는요? 지난 2주 동안 신문을 읽거나 텔레비전 뉴스를 봤습니까?"

들라크루아가 고개를 저었다.

"이젠 텔레비전을 좋아하지 않아요. 비디오를 보는 걸 좋아하죠."

보슈는 이야기가 옆길로 샜음을 깨닫고, 다시 본론으로 돌아가기로 했다. 지금은 새뮤얼 들라크루아로부터 아들 아서 들라크루아를 살해했다는 단순 명료한 자백을 받아내는 것이 중요했다. 들라크루아는 변호사를 선임한 후 어느 시점엔가는 자백을 철회할 것이 분명했다. 다들 그랬다. 또 자백을 받아낸 절차에서부터 피의자의 정신 상태에 이르기까지 모든 면에서 공격이 들어올 것이었다. 그러므로 자백을 받아내는 것뿐만 아니라 그 자백이 끝까지 유효한 증거로 받아들여져 열두 명의 배심원에게 전달될 수 있도록 하는 것이 보슈의 의무였다.

"아들 이야기로 돌아가죠. 아서가 사망한 날 무엇으로 아서를 때렸는지 기억합니까?"

"그 애가 가지고 있던 작은 야구방망이였던 것 같아요. 야구경기장에서 기념품으로 파는 것 같은 소형 야구방망이요."

보슈는 고개를 끄덕였다. 어떤 건지 알고 있었다. 야구경기장 기념품 가게에서는 요즘에는 금속으로 바뀌었지만 예전에 경찰들이 갖고 다녔던 나무 경찰봉처럼 생긴 소형 야구방망이를 팔았다. 충분히 흉기가 될 수 있었다.

"왜 때렸죠?"

들라크루아는 자신의 손을 내려다보았다. 손톱이 다 빠져 있었다. 아플 것 같았다.

"아아, 기억이 안 나요. 아마 술을 마셨을 거예요. 난…."

다시 울음이 복받치자 그는 두 손에 얼굴을 묻었다. 보슈는 그가 손을 내리고 말을 이을 때까지 기다렸다.

"아서는… 아서는 학교에 갔어야 할 시간이었는데 가지 않았어요. 그 애 방에 들어갔더니 있더라고요. 그걸 보고 확 돌아버렸죠. 돈도 없는데 아서를 그 학교에 보내려고 얼마나 고생을 했는데요. 난 소리를 지르기 시작했죠. 그리고 아서를 패기 시작했어요. 그러다가… 그러다가 야구방망이를 집어 들고 때렸어요. 그런데 너무 세게 때렸나 봐요. 그럴 의도는 아니었어요."

보슈는 다시 기다렸지만 들라크루아는 말을 잇지 않았다.

"아서가 그때 사망했습니까?"

들라크루아가 고개를 끄덕였다.

"그건 그렇다는 뜻인가요?"

"그래요. 그래요."

문에서 작은 노크 소리가 들렸다. 보슈가 에드거에게 고개를 끄덕여 보이자 에드거가 일어서서 밖으로 나갔다. 보슈는 검사일 거라고 생각했지만 인사를 나누려고 취조를 중단할 생각은 없었다. 그는 질문을 계속했다.

"그래서 어떻게 했습니까? 아서가 죽은 다음에요."

"아서를 들쳐 업고 계단을 내려와 차고로 갔어요. 나를 본 사람은 아무도 없었고요. 아서를 차 트렁크에 넣었죠. 그러고는 그 애 방으로 돌아가서 방을 치우고 나서 옷가지 몇 개를 가방에 넣었어요."

"어떤 가방이었죠?"

"책가방이요. 배낭."

"어떤 옷을 넣었죠?"

"기억이 안 나요. 서랍에서 닥치는 대로 꺼내 넣었던 것 같아요."

"알겠습니다. 그 배낭에 대해 자세히 설명해 주시겠습니까?"

들라크루아는 어깨를 으쓱해 보였다.

"기억이 안 나요. 그냥 평범한 배낭이었어요."

"좋습니다. 옷을 배낭에 넣고 나서는 어떻게 했죠?"

"배낭을 트렁크에 넣었어요. 그리고 트렁크 문을 닫았죠."

"차종은 뭐였죠?"

"72년형 시보레 임팔라였어요."

"아직도 갖고 있습니까?"

"그랬으면 좋았게요. 클래식이었거든요. 그런데 부숴버렸죠. 그게 내 첫 음주운전 전과였어요."

"부숴버렸다는 건 무슨 뜻이죠?"

"전파시켰어요. 비벌리 힐스에서 야자나무를 들이받았죠. 폐차장으로 끌려갔어요."

출시된 지 30년이 지난 자동차를 추적한다는 것은 대단히 어려운 일일 것임을 알고 있었지만, 차를 찾아내 물적 증거가 있는지 트렁크를 살펴볼 수 있다는 희망이 완전히 물거품이 되자 보슈는 좀 허탈해졌다.

"본론으로 돌아가죠. 트렁크에 시신을 넣어뒀다고 했죠. 그러면 언제 사체를 처리했습니까?"

"그날 밤 늦게요. 아서가 학교에서 집으로 돌아오지 않자 우리는 아서를 찾기 시작했어요."

"우리요?"

"쉘러와 나요. 우리는 차를 타고 돌아다니면서 아서를 찾아봤어요. 스케이트보드장도 전부 가봤고요."

"그러는 동안 아서의 시신이 당신들이 타고 있던 차의 트렁크 안에 있었고요?"

"그래요. 난 쉘러에게 내가 한 짓을 알리고 싶지 않았어요. 그 아이를 보호하고 싶었어요."

"이해합니다. 경찰에 실종신고를 했습니까?"

들라크루아는 고개를 저었다.

"아뇨. 윌셔 경찰서에 가서 아들이 실종됐다고 말했죠. 경찰서 문을 열고 들어가면 바로 보이는 책상에 앉아 있던 경찰한테요. 그는 아서가 십중팔구는 가출을 했을 것이고 곧 돌아올 거라고 하더군요. 며칠 기다려보라고요. 그래서 신고서를 작성하지 않았어요."

보슈는 들라크루아와 그의 변호사가 자백을 철회하고 부인할 경우 자백이 진실임을 입증해줄 사실 증거들을 가능한 한 많이 확보하려고 애를 쓰고 있었다. 자백이 진실임을 입증하는 최선의 방법은 구체적인 물적 증거나 과학적 사실 증거를 확보하는 것이었다. 그러나 진술 대조도 중요한 방법이었다. 쉘러 들라크루아는 이미 보슈와 에드거에게 아서가 집으로 돌아오지 않은 날 밤 자신과 아버지가 경찰서에 갔었다고 진술했다. 자기는 차에서 기다리고 있고 아버지가 들어갔었다고 했다. 그러나 보슈는 실종신고 기록을 발견하지 못했다. 이제야 이야기가 맞아떨어졌다. 그는 자백의 진실성을 입증해줄 사실 증거 하나를 확보한 셈이었다.

"들라크루아 씨, 지금 편안한 상태로 진술을 하고 있습니까?"

"네."

"어떤 식으로든 강요나 협박을 받고 있다는 느낌은 없고요?"

"없어요. 편안해요."

"들라크루아 씨 자유 의지로 진술하고 있는 겁니까?"

"그래요."

"좋습니다. 언제 아들의 시신을 트렁크에서 꺼냈습니까?"

"그날 밤 늦게요. 쉴러가 자러 간 다음에 난 차로 가서 시체를 숨길 수 있는 곳으로 가져갔어요."

"거기가 어디였죠?"

"로럴 캐니언의 산 속이요."

"장소를 좀 더 구체적으로 말씀해주시겠습니까?"

"기억나는 게 별로 없어요. 아서가 다니던 학교를 지나 룩아웃 산을 올라갔어요. 산길을 빙빙 돌아 계속 올라갔어요. 아주 어두웠고, 난… 난 그 사고 때문에 너무 충격을 받아서 술을 많이 마신 상태였죠."

"사고요?"

"아서를 너무 심하게 때린 것 말이에요."

"아, 예. 그래서 학교를 지나서 어떤 도로를 달렸는지 기억합니까?"

"원더랜드 대로요."

"원더랜드 대로요? 확실합니까?"

"아뇨, 확실하진 않지만 거긴 것 같아요. 난 그 후 오랜 세월을…. 난 이 일을 잊으려고 애를 쓰면서 살았어요."

"그러니까 당신은 사체를 암매장할 당시 술에 취해 있었다고 말하는 겁니까?"

"그래요, 취해 있었어요. 술을 마시지 않고 견딜 수 있었을 거라고 생각해요?"

"내 생각은 중요하지 않습니다."

보슈는 첫 번째 위험 신호가 울리는 것을 느꼈다. 들라크루아가 모든 사실을 순순히 털어놓고 있었지만, 보슈는 원고 측에 해가 될 수도 있는 정보를 방금 끌어낸 것이었다. 들라크루아가 술에 취한 상태였다는 사실은 사체가 숲 속 얕은 구덩이에 서둘러 매장되었고 표토와 솔방울로 아무렇게나 덮어놓은 이유가 될 수 있었다. 그러나 보슈는 자신이 산을 오를 때 얼마나 힘들었는지를 기억했고, 술 취한 남자가 자기 아들의 시체를 업거나 끌고 그 험한 산을 올랐다는 것은 쉽게 납득이 되지 않았다.

배낭은 말할 것도 없었다. 들라크루아는 배낭을 아들의 시체와 함께 한꺼번에 가지고 올라갔을까, 아니면 나중에 배낭을 가지고 다시 올라가 술 취한 상태에서 어둠 속에서 사체를 암매장한 지점을 찾아내 함께 묻었던 것일까?

보슈는 들라크루아를 바라보며 어느 방향으로 갈까 고민했다. 대단히 신중해야 했다. 나중에 피고 측 변호인이 법정에서 몇날 며칠을 물고 늘어질 수 있는 대답을 이끌어내는 건 자살행위나 다름없었다.

갑자기 들라크루아가 자발적으로 말을 했다.

"시간이 오래 걸렸다는 게 기억나네요. 거의 밤새도록 거기 있었죠. 그리고 아서를 구덩이에 묻기 전에 있는 힘껏 안아줬던 게 기억나요. 내 나름대로 아서의 장례식을 치른 것이었죠."

들라크루아는 고개를 끄덕이더니 잘했다는 칭찬이라도 받고 싶은 표정으로 보슈의 눈을 살폈다. 보슈는 아무런 내색도 하지 않았다.

"이제 무덤 이야기를 해볼까요? 당신이 팠다는 구덩이는 깊이가 어느 정도였죠?"

보슈가 물었다.

"그다지 깊지 않았어요. 깊어봤자 1미터 정도나 되었을까."

"어떻게 팠어요? 도구를 가지고 있었나요?"

"아뇨, 그런 건 생각 못 했어요. 그래서 손으로 파야했죠. 그래서 더 깊이 파지 못한 거였어요."

"배낭은요?"

"어, 그것도 거기 넣었어요. 구덩이에요. 하지만 확실히는 기억나지 않아요."

보슈가 고개를 끄덕였다.

"알겠습니다. 그 암매장 장소에 대해서 더 기억나는 게 있습니까? 그곳은 경사가 가팔랐나요, 평평했나요, 땅이 질퍽했나요?"

들라크루아는 고개를 저었다.

"기억 안 나요."

"그곳에 집들이 있었습니까?"

"바로 그 근처에 몇 채가 있었는데, 날 본 사람은 없었어요, 이걸 묻는 건지 모르겠지만."

보슈는 법정에서의 위험을 자초하는 길로 너무 많이 와 있음을 깨달았다. 여기서 멈추고 돌아가 몇 가지 세부적인 사실을 확인해야 했다.

"아들의 스케이트보드는요?"

"그게 뭐요?"

"그건 어떻게 했어요?"

들라크루아는 몸을 앞으로 숙이며 생각에 잠겼다.

"잘 기억이 안 나요."

"아서와 함께 묻었습니까?"

"기억이… 기억이 안 나요."

보슈는 뭔가 더 말이 나올 것 같아 오랫동안 기다렸다. 그러나 들라크루아는 더 말이 없었다.

"좋습니다, 들라크루아 씨. 내가 동료에게 갔다 오는 동안 잠깐 쉬기로 하죠. 그동안 우리가 나눈 이야기에 대해 더 생각해보세요. 당신이 아들을 묻었던 장소에 대해서요. 더 많은 것을 기억해내야 할 겁니다. 그리고 스케이트보드에 대해서도."

"알았어요. 노력해보죠."

"커피를 더 가져다줄게요."

"고마워요."

보슈는 자리에서 일어나 빈 컵들을 가지고 방을 나왔다. 그러고는 곧장 비디오 방으로 가서 문을 열었다. 방 안에는 에드거와 모르는 남자 한 명이 있었다. 남자는 일방 투시 유리를 통해 들라크루아를 지켜보고 있었다. 에드거가 비디오를 끄려고 팔을 뻗었다.

"끄지 마."

보슈가 재빨리 말했다.

에드거가 팔을 거둬들였다.

"그냥 계속 돌리자고. 그가 더 많은 사실을 기억해내기 시작하면, 우리가 그 사실을 주입시켰다고 주장하는 사람들이 있을지도 모르잖아."

에드거가 고개를 끄덕였다. 다른 남자가 창문에서 돌아서더니 손을 내밀었다. 기껏해야 서른을 넘지 않을 것 같았다. 검은색 머리는 기름을 발라 반듯하게 빗어 넘겼고 피부가 아주 하얬다. 얼굴에는 활짝 미소를 짓고 있었다.

"안녕하세요, 조지 포르투갈 검사입니다."

보슈는 빈 컵들을 탁자 위에 내려놓고 악수를 했다.

"재미있는 사건을 맡으신 것 같군요."

포르투갈이 말했다.

"갈수록 재미가 커지고 있죠."

보슈가 말했다.

"내가 10분간 지켜본 바에 따르면, 걱정할 게 하나도 없는 것 같은데요. 슬램덩크예요."

보슈는 고개를 끄덕였지만 미소로 화답하지는 않았다. 솔직히 말해서 포르투갈의 지각 없는 말을 비웃어주고 싶었다. 그는 젊은 검사의 직감 따위는 절대로 믿지 않았다. 보슈는 들라크루아를 취조실에 가두기 전에 일어난 모든 일들을 생각했다. 세상에 슬램덩크 같은 건 없다는 사실을 그는 알고 있었다.

# 38 첫 번째 지진

저녁 7시, 보슈와 에드거는 새뮤얼 들라크루아를 경찰국으로 데려가 비속살해혐의로 구속시켰다. 포르투갈이 취조에 참여한 후로 그들은 한 시간 더 들라크루아를 조사했지만, 살인과 관련하여 세부적인 사실 몇 가지만 새로 알아냈을 뿐이었다. 아들을 죽인 일에 대한 아버지의 기억은 20여 년을 죄책감 속에 술로 살아오면서 많이 희미해져 있었다.

포르투갈은 취조실을 나가면서도 이 사건은 슬램덩크라고 믿고 있었다. 그러나 보슈는 그렇게 확신할 수 없었다. 그는 다른 형사들이나 검사들처럼 자발적인 자백을 환영하지 않았다. 보슈는 진정으로 참회하는 사람은 드물다고 믿었다. 그래서 그는 예상치도 않았던 자백을 대단히 조심스럽게 받아들였고, 말 속에 무슨 꿍꿍이가 숨어 있는 건 아닌지 찾아보려 했다. 그에게 있어 모든 사건은 건설 중인 집과 같았다. 자백은 집의 토대가 되는 콘크리트 슬래브였다. 콘크리트 배합이 잘못 되거나 틀에 잘못 부으면, 집은 첫 번째 지진조차 견디지 못할 것이었다.

들라크루아를 경찰국으로 데려가는 동안 보슈는 이 집의 토대에 보이지 않는 균열이 있다는 생각과 그 첫 번째 지진이 다가오고 있다는 생각을 지울 수가 없었다.

휴대전화가 울려 보슈의 생각이 끊어졌다. 빌리츠 경위였다.

"말도 안 하고 사라지면 어떡해?"

"지금 수감하러 데려가고 있어요."

"기분이 좋은 것 같은데?"

"글쎄요…. 지금은 말하기 좀 곤란해요."

"피의자와 함께 차 안에 있는 거야?"

"네."

"심각한 상황이라 직접 데려가는 거야, 아니면 암탉 놀이를 하고 있는 거야?"

"글쎄요."

"어빙 부국장과 홍보실에서 전화가 왔어. 검찰청 홍보실에서 기소가 임박했다는 말이 나온 모양이야. 어떻게 처리했으면 좋겠어?"

보슈는 손목시계를 보았다. 들라크루아를 수감하고 나서 8시까지는 쉴러 들라크루아의 집에 갈 수 있을 것 같았다. 그러나 언론에 발표가 나가고 나면 그전에 기자들이 그녀에게로 몰려들 것 같았다.

"우리가 먼저 딸을 만나보고 싶어요. 검찰청에 연락해서 9시까지 발표를 미뤄줄래요? 경찰 홍보실도 마찬가지고요."

"그럴게. 그리고 놈을 던져놓고 나서 통화가 가능할 때 전화해줘. 집으로. 문제가 있으면 내가 알아야하지 않겠어?"

"알았어요."

그는 휴대전화를 덮고 나서 에드거를 바라보았다.

"포르투갈이 취조를 끝내고 제일 먼저 한 일이 검찰청 홍보실에 전화를 한 거였나 봐."

"그렇겠지. 아마 이렇게 큰 사건은 처음 맡았을걸. 최대한 이용하고 싶겠지."

"그러게."

그들은 몇 분 동안 아무 말 없이 달렸다. 보슈는 자신이 빌리츠 경위에게 어떤 암시를 주었나 생각해보았다. 왜 이렇게 찜찜한지 이유를 알 수가 없었다. 이제 사건은 경찰수사의 영역에서 사법제도의 영역으로 옮겨가고 있었다. 아직도 수사할 게 많이 남아 있었지만, 피의자가 구속되고 검찰의 기소절차가 시작되면 사건은 통상적으로 경찰의 손을 벗어난 게 된다. 그래서 대개의 경우 보슈는 살인범을 구속시키고 나면 안도감과 성취감을 맛보았다. 마치 도시의 왕자가 된 듯한 느낌이었고 자신이 세상을 바꿨다는 뿌듯함이 있었다. 그런데 이번에는 아니었고, 그는 그 이유를 알 수가 없었다.

결국 보슈는 그런 찜찜한 느낌이 자신의 실수와 사건 수사 및 처리 과정의 걷잡을 수 없는 속도 때문이라고 생각하기로 했다. 이렇게 엄청난 대가를 치른 사건을 해결했다고 기뻐하거나 성취감을 느낄 수는 없다고 생각했다. 물론 그들은 지금 아들을 살해했다고 자백한 피의자를 차에 태워 구치소로 데려가고 있었다. 그러나 니콜라스 트렌트와 줄리아 브래셔가 죽었다. 그가 사건으로 지은 집에는 이 원혼들을 위한 방이 있을 것이었다. 그들의 원혼이 항상 그를 따라다닐 것이었다.

"아까 말한 딸이 내 딸 말인가요? 내 딸을 만날 거예요?"

보슈는 고개를 들어 백미러를 보았다. 들라크루아는 뒷짐을 진 채 수갑이 채워져 있어 몸을 앞으로 숙이고 있었다. 보슈는 그의 눈을 보기 위해 백미러를 조정하고 차내등을 켰다.

"그래요. 당신 딸을 만나서 이 소식을 전할 거예요."

"그럴 필요가 있나요? 그 아이를 이 일에 끼어 들일 필요가 있어요?"

보슈는 잠깐 동안 백미러로 그를 바라보았다. 들라크루아의 눈은 보슈의 눈을 피한 채 이리저리 움직이고 있었다.

"어쩔 수 없어요. 남동생 일이고, 아버지 일이니까요."

보슈가 말했다.

차는 이제 로스앤젤레스 스트리트 출구로 들어섰다. 5분 후면 파커 센터 뒤편에 있는 구치소 정문에 도착할 것이었다.

"뭐라고 할 건데요?"

"당신이 한 말 그대로요. 당신이 아서를 살해했다고요. 기자들이 모여들거나 텔레비전 뉴스에서 보기 전에 우리가 직접 전해주고 싶어요."

보슈는 백미러로 들라크루아를 살폈다. 들라크루아는 천천히 고개를 끄덕였다. 그러고 나서 그가 눈을 들더니 백미러 속의 보슈의 눈을 바라보았다.

"내 말 좀 전해줄래요?"

"뭘요?"

보슈는 녹음기를 꺼내려고 재킷 주머니 속으로 손을 넣다가 녹음기가 수중에 없다는 것을 깨달았다. 속으로 브래들리와, 감찰계 수사에 협조하기로 한 자신을 욕했다.

들라크루아는 한동안 말이 없었다. 딸에게 하고 싶은 말을 찾는 것처럼 고개를 좌우로 돌렸다. 그러더니 다시 백미러를 쳐다보며 말했다.

"전부 다 미안하다고 말해줘요. 그냥 그렇게만요. 전부 다 미안하다고요. 그렇게 말해줘요."

"전부 다 미안하다. 알았어요. 다른 말은요?"

"없어요. 그렇게만요."

에드거가 몸을 돌려 들라크루아를 바라보며 물었다.

"미안하다고요? 20년이나 지난 후에 미안하다니, 좀 늦은 것 같지 않아요?"

보슈는 우회전을 해서 로스앤젤레스 스트리트로 들어섰다. 그러느라고 들라크루아의 반응을 살필 수가 없었다.

"당신들은 아무것도 몰라요. 난 20년을 울면서 살았어요."

들라크루아가 화난 목소리로 쏘아붙였다.

에드거가 맞받았다.

"그렇겠죠. 위스키를 앞에 놓고 울면서 살았겠죠. 하지만 우리가 나타날 때까지는 아무 일도 하지 않았어요. 그 정도까지 미안하진 않았던 거죠. 술병에서 기어 나와 자수를 하고 아들의 몸이 아직 완전히 썩지 않았을 때 그래서 그나마 장례 같은 장례를 치러줄 수 있었을 때 아들을 흙에서 끌어내지 않았어요. 그 정도로 미안하진 않았던 거죠. 우리가 발견한 것은 아들의 유골뿐이었어요. 뼈요."

보슈는 백미러를 살폈다. 들라크루아는 고개를 흔들더니 몸을 더 앞으로 숙였다. 그의 머리가 앞좌석 등받이에 닿았다.

"그럴 수가 없었어요. 난…."

들라크루아가 말을 멈췄다. 그의 어깨가 들썩이기 시작했다. 울고 있었다.

"난 뭐요?"

보슈가 물었다.

들라크루아는 대답하지 않았다.

"난 뭐냐니까요?"

보슈가 좀 더 큰 소리로 물었다.

그때 들라크루아가 뒷좌석 앞 공간에 대고 토하는 소리가 들렸다.

"아, 빌어먹을! 내 이럴 줄 알았다니까."

에드거가 소리를 질렀다.

차 안은 주정뱅이를 잡아두는 유치장에서 나는 시큼한 냄새로 가득 찼다. 토사물에서 술 냄새가 진동을 했다. 보슈는 1월이라 쌀쌀했지만 자기 쪽 창문을 끝까지 내렸다. 에드거도 옆의 창문을 끝까지 내렸다. 보슈는 파커 센터 안으로 들어갔다.

"자네 차례야. 지난번엔 내가 했잖아. 말마운트 술집에서 끌어낸 놈이 토했을 때 말이야."

보슈가 말했다.

"그래, 그래. 저녁 먹기 전에 참 잘됐네."

에드거가 말했다.

보슈는 수감자용 출입구 근처에 있는 죄수 호송 차량용 주차공간에 차를 댔다. 문 옆에 서 있던 구치소 직원이 차를 향해 걸어오기 시작했다.

보슈는 순찰차 뒷좌석에서 토사물을 치워내는 일을 불평하던 줄리아 브래셔를 떠올렸다. 그녀가 그의 다친 갈비뼈를 또 툭 쳐서 아픈 와중에도 미소를 짓게 만드는 것 같았다.

# 39 부정(否定)

쉴러 들라크루아는 남동생과 함께 살았다가 결국에는 혼자 성장해서 살고 있는 집 문을 열어주었다. 검정색 레깅스에 발목까지 내려오는 긴 티셔츠를 입고 있었다. 화장을 지운 상태였는데 보슈는 분과 색조화장으로 가리지 않은 그녀의 맨 얼굴이 예쁘다는 것을 처음으로 깨달았다. 보슈와 에드거를 알아본 그녀의 눈이 휘둥그레졌다.

"웬일이세요? 형사 분들이 오실 줄은 몰랐는데요."

그녀는 그들을 안으로 들이려고도 하지 않았다. 보슈가 말했다.

"쉴러, 우리는 로럴 캐니언에서 발견된 유골이 당신의 남동생 아서의 것임을 확인했어요. 이런 말을 하게 되어 유감이군요. 잠깐 안으로 들어가도 될까요?"

그녀는 보슈의 말을 들으면서 고개를 끄덕였고 잠깐 동안 문에 몸을 기댔다. 보슈는 아서가 돌아오지 않을 것임을 알았으니 이제 그녀가 이곳을 떠날 것인지 궁금했다.

그녀가 옆으로 비켜서더니 들어오라고 손짓을 했다.

거실로 들어가자 그녀가 말했다.

"앉으세요."

모두가 전에 앉았던 자리에 앉았다. 보슈는 전에 왔을 때 그녀가 가져온 사진들이 든 구두 상자가 아직도 탁자 위에 놓여 있는 것을 보았다. 지금은 사진들이 차곡차곡 정리되어 있었다. 쉴러가 그의 시선을 눈치챘다.

"정리 좀 했어요. 그동안 계속 미뤄뒀었거든요."

보슈는 고개를 끄덕였다. 그는 그녀가 자리에 앉을 때까지 기다렸다가 마지막으로 앉았다. 그와 에드거는 그녀를 만나면 어떤 식으로 이야기를 풀어갈지 미리 의논을 해두었다. 쉴러 들라크루아는 이 사건의 중요 인물이었다. 아버지의 자백이 있었고 유골이라는 물증이 있었다. 그러나 그 모든 것을 하나로 묶어주는 것은 그녀의 진술일 터였다. 그녀에게서 성장 과정 이야기를 들을 필요가 있었다.

"아, 그리고 한 가지 더요, 쉴러. 뉴스에서 보기 전에 말해주고 싶어요. 오늘 좀 전에 당신 아버지가 아서를 살해한 혐의로 구속 수감되었어요."

"오, 하느님."

그녀는 몸을 숙이고 양 팔꿈치를 무릎 위에 올려놓더니 주먹을 불끈 쥐고는 두 주먹으로 입을 막았다. 눈을 감았고 머리카락이 앞으로 흘러내려 얼굴이 가려졌다.

"내일 기소인부절차(공소가 제기된 뒤 심리[審理]에 앞서 피고인을 공판정에 출석시키고 공소사실을 고지하는 소송절차-옮긴이)와 보석 심리가 있을 때까지 경찰국 구치소에 수감될 거예요. 아버지의 형편으로 볼 때 법원이 정하는 보석금을 마련할 수 있을 것 같지는 않지만요."

그녀가 눈을 떴다.

"뭔가 착오가 있는 것 같아요. 그 남자는, 원더랜드 길가에 살았다는 남자는 어떻게 됐어요? 자살했잖아요. 그 사람이 범인일 거예요."

"우린 그렇게 생각하지 않아요, 쉴러."

"아버지가 그런 짓을 했을 리가 없어요."

"사실, 당신 아버지가 자백을 했어요."

에드거가 부드럽게 말했다.

그녀는 깜짝 놀란 얼굴로 몸을 똑바로 세워 앉았다. 보슈는 그녀의 반응에 놀랐다. 그는 그녀가 아버지가 그랬을지도 모른다는 의혹을 품고 있었을 것이라고 생각했었다.

보슈가 말했다.

"당신 아버지는 아서가 학교를 빠졌다고 야구방망이로 아서를 때렸다고 진술했어요. 그때 술을 마시고 있었고, 화가 나서 제정신이 아니어서 아서를 너무 세게 때렸다고 했어요. 우발적 사고였다고요."

쉴러는 그를 노려보며 그의 말을 이해하려고 애를 쓰고 있었다.

"그러고 나서 동생의 시신을 자동차 트렁크에 넣었다고 했어요. 그날 밤 당신들 둘이서 아서를 찾아 돌아다닐 때, 아서의 시신은 트렁크 속에 있었다고 했죠."

그녀는 다시 눈을 감았다.

에드거가 보슈의 말을 이어받았다.

"그리고 그날 밤 늦게, 당신이 자고 있을 때, 몰래 집을 빠져나와 산으로 가서 시신을 암매장했고요."

그녀는 그 말들을 털어내려는 듯 고개를 흔들기 시작했다.

"아뇨, 아니에요, 아버지는…."

"당신 아버지가 아서를 때리는 걸 본 적이 있어요?"

보슈가 물었다.

그녀가 멍한 눈을 들어 그를 바라보았다.

"아뇨, 전혀요."

"확실해요?"

그녀가 고개를 저었다.

"아서가 어렸을 때 못된 장난을 쳤다고 궁둥이를 찰싹 때려준 것 빼고는 한 번도 없었어요. 한 번도."

보슈는 에드거를 쳐다보다가 다시 쉴러를 바라보았다. 그녀는 다시 몸을 앞으로 숙이고 발밑의 거실바닥을 내려다보고 있었다.

"쉴러, 이건 당신 아버지 일이기도 하지만 당신 남동생의 일이기도 해요. 아서는 너무 어린 나이에 아깝게 죽었어요, 안 그래요?"

보슈는 그녀의 말을 기다렸지만, 한참이 흐른 후 그녀는 숙이고 있는 고개를 흔들기만 했다.

"우리에겐 당신 아버지의 자백이 있고 증거도 있어요. 아서의 유골이 우리에게 이야기를 해주고 있어요, 쉴러. 유골에 손상의 흔적이 있어요. 그것도 아주 많이요. 평생을 통해 얻은 손상들이요."

그녀가 고개를 끄덕였다.

"지금 우리에게 필요한 건 또 다른 진술이에요. 아서가 이 집에서 어떻게 성장했는지를 말해줄 수 있는 사람의 진술이요."

"'성장하려고 애를 썼는지'라고 해야 맞겠지."

에드거가 덧붙였다.

쉴러는 허리를 펴고 앉아 양 손바닥으로 뺨을 타고 흐르는 눈물을 닦았다.

"내가 말할 수 있는 건 난 아버지가 아서를 때리는 걸 본 적이 없다는 것뿐이에요. 단 한 번도요."

그녀는 또다시 눈물을 닦았다. 일그러진 얼굴이 눈물로 번들거리고 있었다.

그녀가 말을 이었다.

"믿을 수가 없어요. 나는… 난 그냥 그 산에서 발견된 유골이 아서의 것인지 아닌지를 확인해보고 싶었을 뿐이에요. 이럴 줄 알았다면… 절대로 당신들한테 전화를 하지 않았을 거예요. 차라리…."

그녀는 말을 끝맺지 못했다. 눈물을 막으려는 듯 콧날을 꾹꾹 누르기만 했다.

"쉴러, 당신 아버지가 아서를 살해하지 않았다면, 왜 우리에게 살해했다고 자백을 했겠어요?"

에드거가 물었다.

그녀는 화가 난 표정으로 강하게 고개를 흔들었다.

"왜 우리에게 당신한테 가서 미안하다고 전해달라고 했겠어요?"

"몰라요. 아픈 사람이에요. 알코올 중독자고요. 관심을 끌고 싶은 건지도 모르죠. 배우였잖아요."

보슈는 탁자 위에 놓인 사진 상자를 끌어와 사진 한 줄을 넘겨보았다. 다섯 살쯤으로 보이는 아서의 사진이 보였다. 그는 사진을 꺼내 자세히 살펴보았다. 소년이 불행하게 살고 있다는 흔적이나 살 속의 뼈들이 벌써부터 손상을 입었다는 것을 보여주는 흔적은 어디에도 없었다.

그는 사진을 제자리에 끼워 넣고 고개를 들어 여자를 바라보았다. 둘의 눈이 마주쳤다.

"쉴러, 도와줄래요?"

그녀가 고개를 돌렸다.

"그럴 수 없어요."

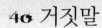

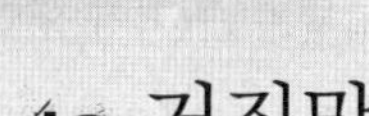

# 거짓말

보슈는 배수관 앞에 차를 세우고 재빨리 시동을 껐다. 원더랜드 대로변에 사는 주민들의 관심을 끌고 싶지 않았다. 범고래 경찰차를 타고 있어서 그의 신분이 노출이 되었다. 그러나 야심한 시각이라 창가에 전부 커튼이 쳐져 있기를 바랐다.

에드거는 퇴근을 했고 차 안에는 보슈 혼자 앉아 있었다. 그는 팔을 내려 트렁크 버튼을 눌렀다. 그러고는 옆 창문에 머리를 기대고 어둠에 잠긴 산을 올려다보았다. 이미 특별지원반이 범죄현장으로 가는 임시 보행로와 계단을 철거했을 것이었다. 그게 보슈가 원하는 것이었다. 그는 새뮤얼 들라크루아가 캄캄한 밤에 아들의 시체를 끌고 산을 오르던 그때와 상황이 최대한 비슷하기를 바랐다.

갑자기 손전등이 켜져 보슈는 깜짝 놀랐다. 손전등 버튼에 엄지손가락을 대고 있었다는 것을 깨닫지 못하고 있었다. 얼른 손전등을 끄고 U턴 지점에 있는 침묵에 잠긴 집들을 바라보았다. 그는 본능이 시키는 대로 모든 일이 시작된 곳으로 되돌아왔다. 20여 년 전에 일어난 살인사건의 범인을 구속했지만, 느낌이 좋지 않았다. 뭔가 잘못된 것 같았다. 그래서 여기서부터 다시 시작해볼 생각이었다.

그는 팔을 뻗어 차내등을 껐다. 그러고는 손전등을 들고 재빨리 문을 열고 나왔다.

보슈는 차 뒤쪽에 서서 다시 한 번 주변을 살핀 후 트렁크 뚜껑을 열었다. 트렁크 안에는 과학수사대 감식실의 제스퍼에게서 빌린 마네킹이 들어 있었다. 범행을 재현할 때, 특히 의문의 여지가 있는 투신자살이나 뺑소니 사고를 재현할 때, 마네킹이 자주 사용되었다. 과학수사대에는 마네킹이 영아에서부터 성인에 이르기까지 크기별로 구비가 되어 있었다. 각 마네킹의 무게는 몸통과 팔다리 부분에 있는 지퍼 달린 주머니에 500그램짜리 모래주머니를 보태거나 빼서 조절할 수 있었다.

보슈의 트렁크 안에 있는 마네킹의 가슴에는 '과학수사대'라는 스텐실 도장이 찍혀 있었다. 머리는 없었다. 실험실에서 보슈와 제스퍼는 모래주머니를 사용하여 마네킹의 무게를 골리어가 유골의 크기와 사진을 근거로 아서 들라크루아의 몸무게라고 추정한 대로 31킬로그램으로 만들었다. 마네킹은 유골과 함께 발굴된 배낭과 유사한 것으로 시중에서 구입한 배낭을 매고 있었다. 배낭 속에는 차 트렁크에 있던 낡은 헝겊들을 넣었는데, 그것도 유골과 함께 발견된 옷가지들의 무게와 유사하게 맞췄다.

보슈는 손전등을 내려놓고 마네킹의 윗팔뚝을 잡고 트렁크에서 꺼냈다. 그러고는 마네킹을 세우고 왼쪽 어깨에 둘러맸다. 비틀거려서 엉덩방아를 찧지 않으려고 한 걸음 뒤로 물러섰다가 다시 트렁크 앞으로 다가가 손전등을 찾아들었다. 새뮤얼 들라크루아가 아들을 암매장한 그 날 밤에 사용했다고 진술한 것과 같은, 슈퍼에서 산 싸구려 손전등이었다. 보슈는 손전등을 켜고 길모퉁이로 걸어가 언덕을 향해 출발했다.

보슈는 언덕을 오르기 시작하자마자 경사진 비탈길을 오르기 위해서는 두 손으로 양옆의 나뭇가지들을 잡고 올라가야 한다는 사실을 깨달았다. 손전등을 재킷 앞주머니에 집어넣었더니 불빛은 대체로 나무의 윗부분을 비추어서 그에게는 별 소용이 없었다.

그는 첫 5분 동안 두 번이나 넘어졌고 가파른 비탈길을 채 10미터도 오르지 못하고 완전히 지쳐버렸다. 손전등이 길을 비추고 있지 않아서 옆에 있던 나뭇잎 하나 없는 나뭇가지를 보지 못했고 그가 지나치는 순간 나뭇가지가 뺨을 할퀴어 생채기가 났다. 보슈는 투덜거리면서도 계속 올라갔다.

보슈는 15미터를 올라가 처음으로 쉬었다. 마네킹을 몬터레이 소나무 밑동 근처에 던지고 그 가슴 위에 걸터앉았다. 바지에서 티셔츠 자락을 꺼내 뺨에서 흐르는 피를 꾹꾹 눌러 지혈을 했다. 뺨을 타고 비 오듯이 쏟아지는 땀 때문에 생채기가 난 곳이 따가웠다.

"좋아, 마네킹, 이제 가자."

한숨 돌리고 나서 그가 말했다.

그다음 6미터 정도는 마네킹을 끌고 비탈길을 올라갔다. 속도가 아까보다 더 느렸지만 매고 가는 것보다 쉬웠고, 들라크루아도 아서의 시체를 그렇게 끌고 갔던 것으로 기억한다고 진술했었다.

한 번 더 쉬고 나서 마지막 10미터를 올라가 평지에 다다른 후 마네킹을 아카시아 나무들 아래의 공터로 끌고 갔다. 그는 무릎을 꿇고 앉았다.

"말도 안 돼. 이건 말도 안 돼."

보슈가 숨을 헐떡이며 말했다.

들라크루아가 이 일을 해냈다는 것을 도저히 믿을 수 없었다. 보슈는 이 일을 해냈을 때의 들라크루아보다 열 살은 더 많았지만, 같은 연령대의 남자들 중에서도 체격이 좋은 편이었다. 뿐만 아니라 들라크루아는 그때 술에 취해 있었다지만 보슈는 멀쩡한 정신이었다.

보슈가 마네킹을 끌고 암매장 지점까지 올라올 수는 있었지만, 들라크루아가 거짓말을 했다는 것을 직감적으로 깨달았다. 아서의 시체를 끌고 올라왔다는 들라크루아의 주장은 거짓이었다. 그가 끌고 올라오지 않았거나, 그를 도와준 공범이 있었던 것이다. 아니면 아서 들라크루아가 살아서 혼자 힘으로 언덕을 올라왔을 가능성도 있었다.

마침내 호흡이 정상으로 돌아왔다. 보슈는 고개를 젖히고 나무 그늘 사이로 드러난 밤하늘을 올려다보았다. 구름 뒤에 숨은 달이 조금 보였다. 아래쪽 어느 집의 벽난로에서 장작 타는 냄새가 올라오고 있었다.

그는 주머니에서 손전등을 꺼내 켜고 마네킹의 등에 달려 있는 가죽끈을 찾았다. 마네킹을 언덕 아래로 가지고 내려가는 것은 실험의 일부가 아니었기 때문에 그는 가죽끈을 잡고 마네킹을 끌고 내려갈 작정이었다. 그가 자리에서 일어서려고 하는데 왼쪽으로 10미터쯤 떨어진 곳의 잡초 속에서 무언가 움직이는 소리가 들렸다.

소리가 난 방향으로 즉시 손전등을 비춰보니 코요테 한 마리가 관목 속을 움직이고 있었다. 코요테는 재빨리 빛 속에서 사라져 도망쳤다. 보슈는 손전등으로 주변을 비춰보았지만 코요테는 사라지고 없었다. 그는 일어서서 비탈이 시작되는 곳을 향해 마네킹을 끌고 가기 시작했다.

중력의 법칙 때문에 언덕을 내려오는 건 훨씬 쉬웠지만 험하기는 마찬가지였다. 보슈는 조심스럽게 천천히 걸음을 내디디며 코요테를 생각했다. 코요테가 언제부터 여기 살았는지, 그리고 그가 오늘 밤에 본 그놈이 20여 년 전 다른 남자가 아까 그 지점에 시체를 묻는 것을 보았는지 궁금했다.

보슈는 넘어지지 않고 언덕을 내려왔다. 마네킹을 끌고 길모퉁이를 향해 걸어가는데 그의 차 옆에 기요 박사와 그의 개가 서 있는 것이 보였다. 개는 개줄에 묶여 있었다. 보슈는 재빨리 트렁크로 가서 마네킹을 던져놓고 트렁크 문을 닫았다. 기요가 차 뒤쪽으로 다가왔다.

"보슈 형사."

그는 보슈에게 뭐하고 있었느냐고 묻지 않을 정도의 센스는 있는 것 같았다.

"기요 박사님. 안녕하세요?"

"당신보다는 안녕한 것 같네요. 또 다쳤군요. 심하게 찢어진 것 같은데요."

보슈가 뺨을 만졌다. 아직도 따가웠다.

"괜찮아요. 그냥 좀 긁혔을 뿐이에요. 재난이를 계속 개줄에 묶어두시는 게 좋을 것 같아요. 저 위에서 코요테 한 마리를 봤거든요."

"알고 있어요. 그래서 밤에는 절대로 개줄을 풀어주지 않죠. 언덕에는 배회하는 코요테가 많이 있어요. 밤이면 울음소리가 들리죠. 우리 집으로 갑시다. 상처를 소독하고 밴드를 붙여줄게요. 그냥 놔두면 흉터가 남을 거예요."

줄리아 브래셔가 그의 흉터에 대해 묻던 일이 기억났다. 그는 기요를 바라보며 대답했다.

"감사합니다."

그들은 보슈의 차를 U턴 지점에 그대로 놔두고 걸어서 기요의 집으로 갔다. 서재에서 보슈가 책상 위에 앉아 있는 동안 의사는 뺨에 난 상처를 소독하고 버터플라이 밴드로 상처를 봉합했다.

"괜찮아질 거예요. 당신 셔츠는 괜찮아질지 모르겠지만."

기요가 응급처치상자를 닫으며 말했다.

보슈는 티셔츠를 내려다보았다. 아랫부분이 피로 얼룩져 있었다.

"감사합니다, 박사님. 이건 얼마나 붙이고 있어야 하죠?"

"며칠은요. 참을 수 있으면 말이죠."

보슈는 뺨을 살짝 만져보았다. 조금 부어 있었지만 따갑지는 않았다. 기요가 응급처치상자에서 고개를 들어 그를 바라보았다. 보슈는 그가 무슨 말인가 하고 싶어 한다는 것을 알았다. 마네킹에 대해 물어보려는 것 같았다.

"왜요, 박사님?"

"그 첫날 밤에 우리 집에 왔던 순경 말이에요. 여순경. 죽은 사람이 그 여순경이었나요?"

보슈가 고개를 끄덕였다.

"네, 그녀였어요."

기요가 진심어린 슬픈 얼굴로 고개를 저었다. 그러고는 천천히 책상을 돌아가 의자에 풀썩 주저앉았다.

"가끔은 세상 돌아가는 게 참 재미있어요. 연쇄 반응이죠. 길 건너에 살던 트렌트 씨가 죽더니, 그 순경도 죽었군요. 둘 다 개가 뼈를 물고 왔기 때문에 말이에요. 대단히 자연스러운 일 때문에 말이죠."

기요가 말했다.

보슈가 할 수 있는 일이라고는 고개를 끄덕이는 것뿐이었다. 그는 피가 묻은 부분을 가려줄 수 있을까 생각하며 셔츠를 바지 속으로 집어넣기 시작했다.

기요는 의자 옆에 누워 있는 개를 내려다보았다.

"그때 재난이의 개줄을 풀어주지 말았어야 했어요. 정말로 그랬어야 했어요."

그가 말했다.

보슈는 책상에서 내려와 섰다. 배 부분을 내려다보았다. 피 얼룩은 보이지 않았지만 셔츠는 땀으로 얼룩져 있어서 더럽긴 마찬가지였다.

"그건 잘 모르겠네요, 기요 박사님. 박사님이 그런 식으로 생각하기 시작하면 다시는 문을 열고 밖으로 나갈 수가 없을 겁니다."

둘은 서로를 바라보며 고개를 끄덕였다. 보슈가 자신의 뺨을 가리키며 말했다.

"치료 감사합니다. 나가는 길은 제가 알아요."

보슈가 문을 향해 돌아섰다. 기요가 그를 불렀다.

"텔레비전에서 뉴스 예고편을 봤어요. 경찰이 유골 사건의 피의자를 구속했다고 하더군요. 11시 뉴스를 보려고 해요."

보슈는 문간에 서서 그를 돌아보았다.

"텔레비전에서 하는 말을 전부 다 믿진 마세요."

## 41 의심

보슈가 새뮤얼 들라크루아의 자백 녹화테이프의 처음 부분을 거의 다 봤을 때쯤 전화벨이 울렸다. 리모컨을 들어 소리를 죽이고 나서 전화를 받았다. 빌리츠 경위였다.

"전화하랬잖아."

보슈는 들고 있던 맥주를 한 모금 마시고 안락의자 옆에 있는 탁자에 내려놓았다.

"미안해요. 잊었어요."

"아직도 찜찜해?"

"더 찜찜해졌어요."

"왜 그러는 거야, 해리? 자백을 받아놓고 이렇게 찜찜해하는 형사는 처음 봤어."

"일이 많아요. 뭔가 일이 벌어지고 있어요."

"무슨 말이야?"

"새뮤얼 들라크루아가 범인이 아닐 수도 있다는 생각이 들기 시작했어요. 그에게 무슨 꿍꿍이가 있는 것 같은데 그게 뭔지 모르겠어요."

빌리츠는 한참 동안이나 말이 없었다. 무슨 말을 해야 할지 난감해하는 것 같았다.

마침내 그녀가 물었다.

"제리는 뭐래?"

"얘기 안 했어요. 수사를 종결했다고 좋아하고 있죠."

"다들 그래, 해리. 그런데 놈이 범인이 아닐 수도 있단 말이야? 구체적인 증거가 있어? 당신이 가진 의혹을 뒷받침해줄 수 있는 단서라도 있냐고."

보슈는 조심스럽게 뺨을 만졌다. 부기는 가라앉았지만 만지니까 아직도 쓰라렸다. 그런데도 계속 손이 갔다.

"오늘 밤에 사건현장으로 올라가봤어요. 과학수사대에서 빌린 31킬로그램짜리 마네킹을 끌고서요. 가까스로 올라가긴 했는데, 정말 힘들었어요."

"좋았어. 그러니까 어쨌든 그게 가능하다는 건 입증된 거군. 근데 뭐가 문제야?"

"난 마네킹을 끌고 올라갔어요. 들라크루아는 아들의 시체를 끌고 올라갔죠. 난 멀쩡한 정신이었어요. 들라크루아는 술에 취해 있었다고 진술했죠. 난 전에도 그곳에 올라가본 적이 있어요. 그는 처음이었죠. 그는 그 일을 해낼 수 없었을 거예요. 적어도 혼자서는요."

"공범이 있었다는 말이야? 그럼 딸일까?"

"공범이 있었을 수도 있겠지만, 그곳에 오른 건 그때가 처음이었을 거예요. 모르겠어요. 아까 그 딸을 만나봤는데 아버지를 범인으로 모는 말은 한마디도 하지 않았어요. 처음에는 아버지와 딸이 함께 한 일이 아닐까 생각했지만, 그것도 아닌 것 같아요. 딸이 공범이었다면, 왜 경찰에 전화해서 유골의 신원을 파악할 수 있게 해주었겠어요? 말이 안 되잖아요."

빌리츠는 아무 대답도 하지 않았다. 보슈가 시계를 보니 11시였다. 뉴스를 할 시각이었다. 그는 리모컨으로 비디오를 끄고 텔레비전을 틀어 채널을 4번으로 맞췄다.

"뉴스 볼 거예요?"

그가 빌리츠에게 물었다.

"응. 4번."

이 사건이 헤드라인으로 나왔다. 아버지가 아들을 살해한 후 암매장했고, 20여 년이 흐른 후 개 한 마리 때문에 체포가 되었다고 전하고 있었다. 완벽한 LA 이야기였다. 보슈와 빌리츠는 조용히 뉴스를 봤다. 주디 서튼의 보도는 정확해서 아무런 흠도 잡을 수 없었다. 놀라웠다.

보도가 끝나자 보슈가 말했다.

"나쁘지 않군요. 드디어 사실을 정확하게 짚어냈네요."

뉴스진행자가 다음 뉴스로 넘어가자 그는 다시 음소거 버튼을 눌렀다. 그러고 나서도 한동안 화면을 바라보고 있었다. 다음 뉴스는 라브리아 타르 채굴장에서 발견된 선사시대 사람의 유골에 관한 소식이었다. 화면에는 골리어가 기자회견장에서 수많은 마이크 앞에 서 있는 모습이 잡혔다.

빌리츠가 말했다.

"해리, 왜 그래? 또 뭐가 문제야? 그가 혼자서 그 일을 할 수 없었을 거라는 직감 외에도 다른 뭐가 또 있는 것 같은데? 근데 그 딸이 경찰에 전화를 걸어 신원을 확인시켜줬다는 건 별 문제가 안 될 것 같아. 뉴스를 봤을 거 아냐, 안 그래? 트렌트에 대한 보도 말이야. 이제 이 일을 트렌트에게 덮어씌울 수 있겠다고 생각했겠지. 불안과 초조 속에서 20여 년을 살아온 끝에 마침내 다른 사람에게 범행을 뒤집어씌울 기회를 잡은 거잖아."

보슈는 빌리츠가 자신의 모습을 볼 수 없다는 걸 알면서도 고개를 저었다. 쉴러가 동생의 죽음에 관련이 있었다면 절대로 제보를 하지 않았을 것이었다.

"모르겠어요. 완전히 납득이 안돼요."

그가 말했다.

"그러면 이제 어쩔 거야?"

"모든 걸 다시 수사해야겠어요. 처음부터요."

"기소인부절차는 언제지, 내일인가?"

"네."

"시간이 얼마 없어, 해리."

"알아요. 하지만 벌써 일을 시작했어요. 벌써 전에는 보지 못했던 모순을 발견했어요."

"뭔데?"

"들라크루아는 아침에 아서가 학교에 가지 않은 것을 보고 살해했다고 진술했어요. 그런데 그 딸은 아서가 학교가 파하고 나서도 집에 오지 않았다고 했죠. 진술이 다르잖아요."

빌리츠가 깔깔 웃었다.

"해리, 그건 사소한 문제야. 20년도 훨씬 전의 일이고, 들라크루아는 술에 취해 있었다며. 그래서 학교 출석부라도 확인할 거야?"

"내일이요."

"확인해 봐. 하지만 동생이 학교에 갔는지 안 갔는지 누나가 어떻게 확실히 알 수 있겠어? 그녀가 아는 건 동생이 나중에 집에 돌아오지 않았다는 것뿐이지. 당신 말은 설득력이 전혀 없는데."

"알아요. 설득하려는 것도 아니고요. 그냥 내 눈에 보이는 문제들을 말해줬을 뿐이에요."

"들라크루아의 트레일러를 수색했을 때 뭐라도 찾아냈어?"

"아직 안 했어요. 우리가 들어가자마자 자백을 하기 시작했거든요. 내일 기소인부절차가 끝나고 나서 가보려고요."

"영장 시한은?"

"48시간이요. 그 정도면 충분해요."

트레일러 이야기가 나오자 들라크루아의 고양이가 퍼뜩 떠올랐다. 피의자의 자백에만 정신이 팔린 나머지 고양이를 잊고 있었다.

"빌어먹을."

"왜?"

"아무것도 아니에요. 들라크루아의 고양이를 잊고 있었어요. 고양이를 기르더군요. 이웃에게 돌봐주라고 부탁하겠다고 해놓고 잊고 있었어요."

"동물관리국에 전화를 걸지 그랬어."

"들라크루아가 반대했어요. 저기, 경위님도 고양이를 키우죠, 맞죠?"

"그래, 하지만 그 친구 고양이는 집에 들이지 않을 거야."

"아니, 그런 뜻이 아니고요. 묻고 싶은 게 있어서요. 고양이는 음식과 물 없이 얼마나 버틸 수 있죠?"

"사료를 놔두지 않았단 말이야?"

"놔두긴 했는데, 지금쯤이면 다 먹어치웠을 것 같은데요."

"오늘 사료를 먹었다면 아마 내일 늦게까지는 버틸 수 있을 거야. 물론 기분이 좋은 상태는 아니겠지. 집 안을 좀 뒤집어 놓을걸."

"벌써 뒤집어 놓은 것 같던데요. 저기, 이제 끊어야겠어요. 녹화테이프를 마저 보고 어떻게 할 건지 생각 좀 해봐야겠어요."

"알았어, 끊자고. 하지만 해리, 선물을 갖고 트집을 잡으면 안 돼. 내 말 무슨 뜻인지 알겠어?"

"알 것 같아요."

보슈는 전화를 끊고 나서 다시 들라크루아의 자백을 담은 비디오테이프를 틀었다. 그러나 금방 꺼버렸다. 계속 고양이가 걸렸다. 고양이를 누가 어떻게 돌볼지 처리를 해놨어야 했었다. 그는 당장 가보기로 했다.

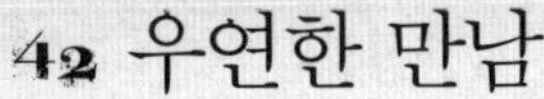

# 42 우연한 만남

보슈가 도착했을 때 들라크루아의 트레일러 창문마다 쳐진 커튼 뒤에서 불빛이 새어나오고 있었다. 열두 시간 전 들라크루아를 데리고 나올 때는 불이 켜져 있지 않았다. 그는 그 집을 지나쳐 트레일러 몇 개 뒤에 있는 주차장에 차를 세웠다. 고양이 사료는 차에 그대로 두고 들라크루아의 집으로 걸어가 오후에 에드거가 수색영장을 집행하기 위해 문을 두드렸을 때 자신이 서 있었던 자리에 서서 집을 바라보았다. 야심한 시각이었지만 고속도로의 소음은 여전해서 집 안에서 나는 소리를 들을 수가 없었다.

보슈는 권총을 빼내 들고 문으로 걸어갔다. 소리를 내지 않고 조심스럽게 콘크리트 블록 층층대를 올라가 문손잡이를 돌려보았다. 돌아갔다. 그는 문에 몸을 기대고 귀를 기울여보았지만 안에서는 인기척이 전혀 없었다. 그는 잠깐 더 기다렸다가 총을 가슴께로 들어 올린 채 천천히 그리고 조용히 손잡이를 돌려 문을 열었다.

거실은 비어 있었다. 보슈는 안으로 들어가서 재빨리 집 안을 살폈다. 아무도 없었다. 그는 소리가 나지 않게 문을 닫았다.

보슈는 부엌 뒤로 나 있는 복도 끝 침실을 바라보았다. 문이 약간 열려 있었고, 사람의 모습은 보이지 않았지만 안에서 서랍을 여닫는 것 같은 소리가 들렸다. 그는 부엌으로 걸어갔다. 고양이 오줌 냄새가 코를 찔렀다. 식탁 아래 바닥에 놓아둔 접시는 깨끗했고, 물 사발도 거의 비어 있었다. 복도를 걸어가 침실 문에서 2미터 정도 떨어진 곳에 이르렀을 때 문이 열리더니 누군가가 고개를 숙이고 걸어 나왔다.

쉴러 들라크루아는 고개를 들어 보슈를 보고 비명을 질렀다. 보슈는 총을 들었다가 그녀임을 알아보고 즉시 내렸다. 쉴러는 가슴에 한 손을 대었고 눈은 휘둥그레져 있었다.

"여기서 뭐하세요?"

그녀가 물었다.

보슈는 권총을 권총집에 넣었다.

"내가 물어보고 싶은 말인데요."

"내 아버지 집이잖아요. 내게도 열쇠가 있어요."

"그리고요?"

그녀가 어깨를 으쓱해 보이고는 고개를 저었다.

"난… 난 고양이가 걱정되어서요. 고양이를 찾고 있었어요. 얼굴은 왜 그래요?"

보슈는 좁은 복도에서 그녀를 스치고 지나가 침실로 들어갔다.

"좀 다쳤어요."

방 안을 둘러보았지만 고양이나 그의 관심을 끌 만한 건 아무것도 보이지 않았다.

"침대 밑에 있는 것 같아요."

보슈는 쉴러의 말에 고개를 돌려 그녀를 바라보았다. 그녀가 말을 이었다.

"고양이 말이에요. 밖으로 나오게 할 수가 없었어요."

보슈가 문 앞으로 걸어가 그녀의 어깨를 살며시 잡고 거실을 향해 돌려세웠다.

"가서 좀 앉읍시다."

거실에서 그녀는 안락의자에 앉았고 보슈는 그대로 서 있었다.

"뭘 찾고 있었죠?"

"말했잖아요, 고양이라고."

"당신이 서랍을 열고 닫는 소리를 들었어요. 고양이가 서랍 속에 숨는 걸 좋아하나보죠?"

그녀는 그가 별것 아닌 것 가지고 신경을 쓴다고 말하고 싶은 듯 고개를 저었다.

"그냥, 아버지가 어떻게 살았나 궁금했어요. 여기 온 김에 좀 둘러봤죠. 그뿐이에요."

"그런데 차는 어디 있어요?"

"관리실 옆에 세워뒀어요. 여기 주차할 공간이 있는지 몰랐거든요. 그래서 거기 세워놓고 걸어들어 왔어요."

"그러면 고양이를 고양이 목걸이 같은 걸로 묶어가지고 걷게 해서 데려가려고 했어요?"

"아뇨, 데려갈 생각은 없었어요. 왜 그런 걸 물어보는 거죠?"

보슈는 그녀를 관찰했다. 그녀가 거짓말을 하고 있다는 건 알 수 있었지만 어떻게 대응을 해야 할지 알 수가 없었다. 결국 그는 정곡을 찔러보기로 했다.

"쉴러, 내 말 잘 들어요. 당신이 어떤 식으로든 남동생의 죽음에 관련이 있다면, 지금이야말로 내게 다 털어놓고 거래를 할 적기예요."

"무슨 말을 하는 거예요?"

"그날 밤 당신이 아버지를 도왔어요? 아버지가 아서의 시체를 끌고 언덕을 올라가 암매장하는 걸 도왔어요?"

그녀는 보슈가 자기 눈에 황산을 뿌리기라도 한 것처럼 재빨리 두 손을 들어 얼굴을 가렸다. 그러고는 소리쳤다.

"오, 하느님… 오, 하느님… 이런 말을 듣다니 믿을 수가 없어요! 도대체 무슨 말…."

그녀는 갑자기 두 손을 내리고 놀라 어쩔 줄 모르는 눈으로 그를 노려보았다.

"내가 그 일과 관련이 있다고 생각해요? 내가요? 어떻게 그런 생각을 할 수가 있어요?"

보슈는 그녀가 진정할 때까지 기다렸다가 대답했다.

"당신이 지금 여기서 무얼 하고 있었냐는 내 질문에 진실을 말하고 있지 않은 것 같아서요. 그래서 의심이 들었어요. 난 모든 가능성을 염두에 두어야 하거든요."

그녀가 갑자기 의자에서 일어섰다.

"날 체포할 건가요?"

보슈가 고개를 저었다.

"아뇨, 쉴러, 그러진 않을 거예요. 하지만 당신이 진실을 말해준다면 고맙겠…."

"그렇다면 난 이만 가볼게요."

그녀는 탁자를 돌아가 문을 향해 보란 듯이 성큼성큼 걸어갔다.

"고양이는 어쩌고요?"

보슈가 물었다.

그녀는 걸음을 멈추지 않았고 문을 나가 어둠 속으로 사라졌다. 밖에서 대답이 들려왔다.

"당신이 알아서 해요."

보슈는 문가로 걸어가 그녀가 공원 진입로를 따라 차를 세워뒀다는 관리실을 향해 걸어가는 모습을 지켜보았다.

"그러죠."

그가 혼잣말을 했다.

보슈는 문에 기대서서 밖의 신선한 공기를 들이마셨다. 쉴러가 여기서 뭘 하고 있었을까 궁금했다. 잠시 후 시계를 보고 집 안을 돌아보았다. 자정이 넘어 있었고 피곤했다. 그러나 좀 더 머물면서 그녀가 찾고 있었던 것을 찾아보기로 결심했다.

무언가가 다리를 간질이는 것 같은 느낌이 들어 내려다보니 검은 고양이 한 마리가 그의 다리에 대고 몸을 비비고 있었다. 그는 고양이를 발로 살짝 밀어버렸다. 고양이는 그다지 좋아하지 않았다.

고양이가 다시 다가와 보슈의 다리에 머리를 비벼댔다. 보슈가 집 안으로 걸어 들어가자 고양이는 경계하듯 조금 뒤로 물러섰다.

보슈가 말했다.

"여기서 기다려. 먹을 게 차에 있어."

# 43 판도라의 상자

기소인부절차가 진행되는 법정은 동물원처럼 시끌벅적했다. 보슈는 금요일 오전 절차가 시작되는 9시보다 10분 일찍 법정에 도착했지만 판사는 나와 있지 않았고, 변호사들만이 언덕을 기어오르는 개미처럼 법정 앞을 왔다 갔다 하며 이야기를 나누고 있었다. 법정 출입이 잦은 경험자나 되어야 지금 법정이 어떻게 돌아가고 있는지 알 수 있을 것 같았다.

보슈는 쉴러 들라크루아가 있나 방청석을 둘러보았지만 그녀의 모습은 보이지 않았다. 동료 에드거와 포르투갈 검사를 찾아보았지만 그들도 보이지 않았다. 법정 정리(廷吏)석 옆에서는 카메라 기자 두 명이 카메라를 설치하고 있었다. 그곳에서는 유리로 막힌 피고석이 잘 보일 것이었다.

보슈는 앞으로 걸어갔다. 그러고는 컴퓨터로 인쇄한 당일 기소인부절차 일정표를 들여다보고 있는 정리에게 경찰 배지를 들어보였다.

"새뮤얼 들라크루아라는 피고인이 나와 있습니까?"

보슈가 물었다.

"언제 구속됐죠? 수요일이요, 목요일이요?"

"목요일, 어제요."

정리는 첫 장을 넘기더니 손가락으로 명단을 훑어 내리다가 들라크루아라는 이름에서 멈췄다.

"여기 있네요."

"언제 출두하죠?"

"아직 수요일 건이 몇 개 남았어요. 목요일 건도 변호인이 누구냐에 따라 다르죠. 개인이에요, 국선이에요?"

"국선일 걸요."

"그러면 이름 순서대로 갈 거예요. 적어도 한 시간쯤 기다려야 되겠는데요. 판사가 9시 정각에 시작한다면 말이지만. 근데 아직 출근 전이라고 들었어요."

"감사합니다."

보슈는 판사를 기다리는 동안 사건 이야기를 주고받고 있는 변호사들 두 무리를 비집고 걸어가 검사석으로 갔다. 검사석에는 보슈가 모르는 여자가 앉아 있었다. 기소인부절차 담당 공판검사일 것이었다. 대개의 사건이 경미한 사건이고 아직 검사가 배정되지 않았기 때문에 일반적으로 공판검사가 기소인부절차의 80퍼센트 정도를 처리하곤 했다. 그녀 앞의 탁자 위에는 오전 기소인부절차 사건 파일이 15센티미터 정도나 쌓여 있었다. 보슈는 그녀에게도 배지를 보여주었다.

"들라크루아 사건 기소인부절차에 조지 포르투갈 검사가 나옵니까? 목요일 건인데요."

그녀가 고개를 들지도 않은 채 대답했다.

"네. 조금 전에 그를 만났어요."

그녀는 그제서야 고개를 들었고 보슈는 그녀의 눈길이 그의 뺨에 난 상처에 머무는 것을 느꼈다. 아침에 샤워를 하기 전에 버터플라이 밴드를 떼었지만 아직도 상처는 눈에 띌 정도였다.

"한 시간 이상 기다려야 될 거예요. 들라크루아는 국선변호인이 맡았거든요. 그거 아프겠는데요."

"웃을 때만 그래요. 전화 좀 빌려도 될까요?"

"판사가 들어오기 전까지만 돼요."

보슈는 전화기를 들고 이 건물 4층에 있는 지방검찰청으로 전화를 걸었다. 포르투갈을 바꿔 달랬더니 곧 연결이 되었다.

"보슈 형삽니다. 잠깐 올라가도 될까요? 이야기할 게 있는데요."

"난 기소인부절차에 내려오라고 호출이 올 때까지 계속 여기 있을 거예요."

"5분 후에 보죠."

나가는 길에 보슈는 정리에게 에드거라는 형사가 들어오면 포르투갈 검사실로 올라오라고 전해달라고 부탁했다. 정리는 그러겠다고 했다.

법정 밖 복도는 법정에 볼일이 있어 온 변호사들과 시민들로 넘쳐났다. 다들 휴대전화에 대고 떠들어대고 있었다. 대리석 바닥과 높은 천장이 그 모든 소리를 흡수 확대시켜 복도는 귀가 떨어져 나갈 것 같은 백색 소음으로 가득 찬 상태였다. 보슈는 간이매점에 들러 5분 이상이나 줄을 서서 기다렸다가 겨우 커피 한 잔을 샀다. 매점을 나온 그는 비상계단으로 올라갔다. 기가 막힐 정도로 느린 엘리베이터를 기다리며 또다시 5분 이상을 소요하고 싶지 않았다.

포르투갈 검사실로 들어가 보니 에드거가 이미 와 있었다.

"어디 가셨나 궁금해지던 참이었어요."

포르투갈이 말했다.

보슈의 뺨에 난 상처를 본 에드거가 물었다.

"그건 또 뭐야?"

"이야기가 길어. 지금 그 이야기를 하려고 온 거고."

그는 포르투갈의 책상 앞에 앉아 있는 에드거 옆 의자에 앉아 커피를 내려놓았다. 두 사람 것도 사왔어야 했는데 그러지 못해 그들 앞에서는 마시지 않을 작정이었다.

보슈는 무릎 위에 놓은 서류가방을 열어 접어놓은 〈로스앤젤레스 타임스〉를 꺼냈다. 그러고는 서류가방을 닫아 바닥에 내려놓았다.

"그래, 무슨 일입니까?"

포르투갈이 물었다. 보슈가 회의를 소집한 이유가 몹시 궁금한 모양이었다.

보슈가 신문을 펼쳤다.

"우리가 무고한 사람을 기소했으니까 기소인부절차에 들어가기 전에 기소를 취하해야 할 것 같아요."

"이런 빌어먹을. 그런 말이 나올 줄 알았어요. 얘기를 더 들을 필요가 있을지 모르겠네요. 좋은 사건을 망치고 있군요, 보슈 형사."

포르투갈이 말했다.

"망치든 말든 신경 안 써요. 그가 범행을 저지르지 않았다면 범인이 아닌 거니까."

"하지만 자기가 죽였다고 자백했잖아요. 그것도 몇 번씩이나요."

"저기요, 보슈 형사의 말을 끝까지 들어봅시다. 사건을 망치고 싶지 않은 건 우리도 마찬가지예요."

에드거가 말했다.

"보슈 형사, 그런 이야기를 하기에는 너무 늦은 것 같은데요."

"해리, 계속 해 봐. 왜 그런 생각을 하게 된 거야?"

보슈는 그들에게 원더랜드 대로로 가서 들라크루아가 진술한 대로 마네킹을 끌고 산을 올라가 본 이야기를 들려주었다.

"올라가긴 했어요, 아주 가까스로."

보슈가 뺨을 부드럽게 어루만지며 말했다. 그러고는 말을 이었다.

"그런데 문제는, 들라…."

포르투갈이 끼어들었다.

"그렇군요, 올라갔군요. 그러면 들라크루아도 올라갈 수 있었겠네요. 근데 뭐가 문제죠?"

"문제는 난 멀쩡한 정신으로 올라간 반면 들라크루아는 술에 취해 있었다는 거죠. 그리고 난 목적지를 알고 있었고, 얼마만큼 올라가면 평지가 나오는지 알고 있었어요. 하지만 그는 아니었죠."

"그런 건 사소한 문제예요."

"아뇨. 사소한 문제가 아니에요. 들라크루아는 허위자백을 했어요. 누구도 아이의 시체를 끌고 산으로 올라가지 않았어요. 산에 올라갔을 때까지 아이는 살아 있었어요. 누군가가 그곳에서 아이를 죽인 거예요."

포르투갈은 지친 표정으로 고개를 저었다.

"보슈 형사, 그건 순전히 억측에 불과해요. 난 그런 억측을 근거로 기소를 취하하지는 않…."

"추측인 건 맞지만, 억측은 아니에요."

보슈는 에드거를 바라보았지만 에드거는 그에게 눈길을 주지 않았다. 침울한 표정이었다. 보슈는 다시 포르투갈을 바라보았다.

"들어봐요. 이야기가 거기서 끝이 아니에요. 더 있어요. 어젯밤 집에 들어가 있는데 들라크루아의 고양이가 생각이 났어요. 그의 트레일러에 고양이를 놔두고 왔는데 우리가 돌보겠다고 약속해놓고선 잊고 있었죠. 그래서 그의 집으로 되돌아갔어요."

보슈는 에드거가 크게 한숨을 쉬자 왜 그러는지 알 것 같았다. 에드거는 또다시 동료에게서 따돌림을 받은 것이었다. 이런 정보를 검사와 함께 듣는 건 그로서는 기분 나쁜 일일 터였다. 보슈는 검사를 만나기 전에 마땅히 동료에게 먼저 알렸어야 했지만, 그럴 시간이 없었다.

"그냥 고양이에게 먹이만 주고 올 생각이었어. 그런데 집에 들어가니까 벌써 다른 사람이 와 있었어. 그의 딸이었어."

보슈가 에드거에게 말했다.

"쉴러? 쉴러가 거긴 왜?"

에드거가 물었다.

그 소식이 너무도 놀라워서 에드거는 자신이 가장 최근 수사에서 제외된 사실을 포르투갈이 알게 된 것에도 더 이상 신경이 쓰이지 않는 것 같았다.

"집 안을 뒤지고 있었어. 자기도 고양이 때문에 왔다고 주장했지만, 내가 도착했을 때 쉴러는 분명히 집 안을 뒤지고 있었어."

"왜?"

에드거가 물었다.

"말해주지 않았어. 뭘 찾고 있었던 게 아니라고 주장했어. 하지만 그녀가 떠난 뒤에도 나는 남아서 찾아봤지. 몇 가지를 찾아냈어."

보슈가 신문을 들어 보였다.

"이건 일요일자 메트로 판이에요. 이번 사건에 관한 기사가 꽤 크게 났죠. 이번 사건과 같은 사건들의 과학수사기법을 소개한 특집 기사긴 한데, 익명의 취재원을 인용해서 우리 사건 수사 내용을 자세하게 실었더군요. 대체로 범죄현장과 관련된 것들이었어요."

보슈는 전날 밤 들라크루아의 트레일러에서 이 기사를 처음 읽었을 때 그 익명의 취재원이 테레사 코라존일 것이라고 생각했다. 유골이 발견된 사건들에 관한 개괄적인 정보를 소개한 부분에서 그녀를 취재원이라고 밝혀놓았기 때문이었다. 그는 기자와 취재원 사이의 거래를 익히 알고 있었다. 어떤 정보에 대해서는 출처를 분명히 밝히기로 하지만 좀 더 민감한 비밀 정보에 대해서는 출처를 밝히지 않기로 합의하고 기사를 쓰는 것이었다. 하지만 현재의 토론에서는 취재원이 누군가는 중요한 문제가 아니었기 때문에 그 이야기는 꺼내지 않았다.

"그래요, 기사가 났는데, 그래서 어쨌다는 거죠?"

포르투갈이 물었다.

"기사는 유골이 얕게 묻혀 있었고, 도구를 사용하여 암매장한 것 같이 보이지는 않았다고 밝히고 있어요. 또한 유골 옆에서 배낭이 함께 발견되었다는 사실도 적혀 있고요. 그 밖에 세부적인 사실이 많이 나와 있어요. 하지만 빠진 것들도 있었죠. 예를 들자면, 소년의 스케이트보드에 관한 건 전혀 언급이 없었죠."

"요점이 뭡니까?"

포르투갈이 지루하다는 투로 물었다.

"요점은, 허위 자백을 하는 데 필요한 사실의 상당수가 기사에 나와 있다는 거죠."

"아, 도대체 왜 그래요, 보슈 형사? 들라크루아는 범죄현장에 관한 사실들 말고도 우리에게 훨씬 더 많은 걸 자백했어요. 살해 당시의 정황과 사체를 끌고 돌아다닌 일들 같은 것들을요, 전부 다 말이죠."

"그런 건 입증할 수도, 반박할 수도 없는 내용들이잖아요. 목격자도 없었고요. 그의 자동차는 밸리의 어느 폐차장에서 이미 폐차 처리가 되었기 때문에 찾아낼 수도 없어요. 우리가 확보한 건 그의 자백뿐이죠. 그리고 그의 자백을 물적 증거와 비교해볼 수 있는 건 범행현장이 유일하고요. 그런데 그가 자백한 모든 사실들은 다 여기에 나와 있는 내용이었단 말이에요."

보슈가 책상 위로 신문을 던졌지만 포르투갈은 거들떠도 보지 않았다. 그는 양 팔꿈치를 책상 위에 올려놓고 두 손의 손바닥을 펴 맞잡은 채 손가락 사이를 넓게 벌리고 있었다. 보슈는 그의 셔츠 소매 속에서 근육이 씰룩이는 것을 보고 그가 맨손 운동을 하고 있는 것을 알아차렸다. 포르투갈이 손바닥 밀기를 하면서 말했다.

"이런 식으로 긴장을 풀고 있죠."

마침내 그는 운동을 멈추고 크게 숨을 내쉬더니 의자에 등을 기댔다.

"좋아요, 그가 원한다면 허위 자백을 할 수 있는 여건이 마련되어 있었다고 칩시다. 하지만 왜 허위 자백을 했겠어요? 자기 아들을 살해한 혐의예요. 왜 죽이지도 않아놓고 죽였다고 했겠어요?"

"이것 때문이죠."

보슈가 말했다.

그는 재킷 안주머니에서 반으로 접은 서류 봉투 한 개를 꺼냈다. 그러고는 포르투갈의 책상에 펼쳐두었던 신문 위에 봉투를 조심스럽게 올려놓았다.

포르투갈이 봉투를 집어 들어 여는 동안 보슈가 말했다.

"어젯밤에 쉴러가 찾고 있던 것도 이거였을 거예요. 침대 옆에 있는 협탁에서 찾아냈죠. 맨 아래 서랍 밑에 들어 있었어요. 숨겨놓은 거죠. 서랍을 빼내니까 보이더군요. 쉴러는 서랍을 빼보지 않았던 거죠."

포르투갈은 봉투에서 폴라로이드 사진 한 뭉치를 꺼냈다. 그러고는 한 장 한 장 넘겨가며 살펴보기 시작했다. 몇 장 넘기지도 않고서 그가 말했다.

"오, 하느님. 이게 그녀예요? 그 딸이요? 이런 건 보고 싶지 않군요."

그는 남은 사진을 재빨리 넘겨보더니 책상 위에 내려놓았다. 에드거가 일어서서 책상 위로 몸을 숙였다. 그러고는 한 손가락으로 사진들을 쭉 펼쳐놓았다. 사진들을 보는 순간 얼굴이 굳어졌지만 아무 말도 하지 않았다.

오래된 사진들이었다. 긴 세월 때문에 가장자리의 흰 여백이 누렇게 변해 있었고 색상도 바래 있었다. 보슈는 직업상 항상 폴라로이드 사진을 사용했다. 그래서 색상의 퇴색 정도를 보고 어떤 사진들은 적어도 10년 전에 찍은 것들이고, 그보다 더 오래전에 찍은 것들도 있다는 사실을 알 수 있었다. 전부 합해 열네 장이었다. 사진마다 벌거벗은 소녀의 모습이 있었다. 소녀의 체형과 머리카락의 길이 등의 변화를 근거로 판단하건데 적어도 5년간에 걸쳐 찍은 사진들이었다. 어떤 사진 속에서는 소녀가 해맑게 웃고 있었다. 다른 사진들 속에서는 슬픈 눈으로, 혹은 분노에 가득 찬 눈으로 카메라를 보고 있었다. 보슈는 사진들을 처음 본 순간 사진 속의 소녀가 쉴러 들라크루아임을 알아차렸다.

에드거가 의자에 풀썩 주저앉았다. 보슈는 이젠 그가 수사에서 제외되어 화가 난 건지 사진을 보고 화가 난 건지 판단할 수가 없었다.

포르투갈이 말했다.

"어제는 슬램덩크더니 오늘은 판도라의 상자가 됐네요. 보슈 형사, 이것들에 관한 당신의 시나리오를 듣고 싶은데요?"

보슈가 고개를 끄덕이고 나서 말했다.

"가족 이야기부터 하죠."

보슈는 말을 하면서 몸을 앞으로 숙이고 사진들을 모아 가장자리를 가지런히 해서 다시 봉투에 집어넣었다. 이런 사진들을 널어놓고 싶진 않았다. 그는 봉투를 손에 들고 말을 이었다.

"쉴러와 아서의 어머니는 나약한 여자였어요. 한두 가지 이유 때문에요. 너무 일찍 결혼을 했고 너무 일찍 아이를 낳았죠. 게다가 아들은 돌보기가 힘든 아기였어요. 그녀는 자신의 삶이 어디를 향해 가고 있는지 보게 되었고, 그곳으로 가고 싶지 않다는 결론을 내렸어요. 그래서 집을 나갔죠. 어린 남동생을 돌보고 아버지와 함께 살림을 꾸려가는 책임을 어린 딸한테 지워놓고 말이에요."

보슈는 포르투갈과 에드거를 바라보며 반응을 살폈다. 둘 다 그의 이야기에 빠져든 것 같았다. 보슈는 사진이 든 봉투를 들어 보이며 말을 이었다.

"쉴러에게는 분명히 지옥 같은 삶이었을 거예요. 하지만 어쩌겠어요? 어머니, 아버지, 어린 남동생을 증오하며 살았겠죠. 그런데 그 분노를 어디에다 풀었을까요? 어머니는 가출했고, 아버지는 덩치가 크고 힘도 센 어른이었죠. 통제할 수 있으면서, 마음대로 화풀이를 할 수 있는 대상은 누구였을까요? 아서밖에 없었을 거예요."

이때 에드거가 살짝 고개를 젓는 것이 보였다.

"지금 무슨 말을 하는 거야? 쉴러가 아서를 죽였다는 거야? 말도 안 돼. 우리에게 전화를 해서 신원을 확인시켜준 사람이 바로 쉴러였잖아."

"알아. 하지만 쉴러의 아버지는 그녀가 우리에게 전화를 했다는 사실을 몰랐지."

에드거가 얼굴을 찌푸렸다. 포르투갈은 책상 앞으로 몸을 숙이고 다시 손 운동을 시작하며 말했다.

"이해가 잘 안 가는데요. 이 일이 새뮤얼 들라크루아가 아들을 살해한 일과 어떤 관련이 있다는 거죠?"

보슈도 몸을 앞으로 숙이며 마치 사진이 든 봉투가 모든 의문에 대한 해답이기라도 한 듯 봉투를 다시 들어 보이며 열띤 목소리로 말했다.

"모르겠어요? 유골이요. 유골에 있는 손상의 흔적들이요. 우리가 그걸 잘못 짚은 거였어요. 아서를 구타한 사람은 아버지가 아니었어요. 누나인 쉴러였죠. 그녀는 아버지로부터 학대를 당한 피해자였고, 돌아서서는 가해자로 돌변했죠. 아서를 학대한 거죠."

포르투갈은 두 손을 책상 위로 떨어뜨리고 고개를 저었다.

"그러니까 지금 그녀가 남동생을 살해했고, 20년이 흐른 후에는 경찰에 전화를 걸어 수사의 중요 단서를 제공했다는 말을 하는 거예요? 설마 그녀가 기억상실증에 걸려 동생을 살해한 사실을 잊은 거라고 말하려는 건 아니겠죠?"

보슈는 그의 빈정거림을 그냥 넘어가기로 했다.

"아뇨, 난 그녀가 아서를 죽이지 않았다고 말하고 있는 거예요. 하지만 그녀가 동생을 학대한 걸 알고 있었던 아버지는 그녀가 동생을 죽였다고 믿게 되었죠. 아서가 사라진 후 20여 년의 세월 동안 아버지는 그녀가 아서를 죽였다고 생각해왔어요. 그리고 그 이유도 알고 있었죠."

보슈는 다시 사진 봉투를 들어보였다.

"그리고 그는 자신이 쉴러를 성폭행한 일이 그 모든 일을 야기한 것이라고 생각하고 죄책감에 빠져 살았어요. 그러다가 유골이 발견되었다는 기사를 신문에서 읽고는 모든 걸 짜맞추게 된 거죠. 우리가 나타나니까 집 안에 다 들어서기도 전에 자백을 하기 시작한 거고요."

포르투갈이 두 손을 활짝 펴 들어 보이며 물었다.

"왜죠?"

보슈 역시 사진을 발견한 후부터 줄곧 그 이유에 대해 생각했다.

"속죄죠."

"농담하지 말고요."

"농담이 아니에요. 그는 늙어가고 있고 삶이 피폐해져 가고 있어요. 누구나 살날보다 살아온 날이 많아지면, 과거를 돌아보게 되죠. 그리고 잘못을 만회하려고 애를 쓰게 되죠. 그는 자신의 행동 때문에 자기 딸이 자기 아들을 살해했다고 믿고 있어요. 그래서 딸을 위해 기꺼이 죄를 덮어쓰려고 하는 거죠. 게다가 그에게 더 잃을 게 뭐가 있겠어요? 고속도로 옆에 있는 트레일러에 살면서 골프연습장에서 공을 줍는 일이나 하고 있는 처진데요. 한때는 부와 명성을 누리던 배우였지만, 지금은 어떤 모습이에요? 그는 이 일을 죄를 갚을 마지막 기회로 보고 있을 거예요."

"그리고 딸에 대해서는 잘못 알고 있으면서도 그 사실을 모르고 있는 거고요."

"그렇죠."

포르투갈은 의자를 박차고 일어섰다. 바퀴가 달린 의자여서 책상 뒤로 굴러가 벽에 쿵 하고 부딪쳤다.

"유죄평결을 받아내기가 식은 죽 먹기보다 쉬운 피고인이 걸렸는데, 갑자기 들어와서는 그놈을 놔주란 말이죠, 지금."

보슈가 고개를 끄덕였다.

"내 생각이 틀리다면, 언제고 다시 기소할 수 있잖아요. 하지만 내 생각이 맞다면, 그는 유죄를 인정할 거예요. 그러면 재판이고 변호인이고 뭐고 없죠. 유죄를 인정하고, 판사가 그 주장을 받아들인다면, 그것으로 끝이죠. 아서를 죽인 진짜 범인이 누구든 발 뻗고 한평생 살게 되는 거죠."

보슈가 에드거를 바라보았다.

"자네 생각은 어때?"

"자네 육감이 맞는 것 같아."

포르투갈이 미소를 지었지만 이 상황이 재미있어서 짓는 웃음은 아니었다.

"2대 1이군요. 불공평해요."

보슈가 말했다.

"내 직감이 맞는지 확인하기 위해서 두 가지를 시도해볼 수 있을 것 같아요. 지금쯤 들라크루아는 법정 안 피고인 유치장에 있을 거예요. 내려가서 우리에게 신원을 확인시켜준 사람이 쉴러였다고 말하고 그가 쉴러를 덮어주려고 하고 있는 건 아닌지 단도직입적으로 묻는 거죠."

"그러고 나서는요?"

"거짓말탐지기 검사를 받게 하는 거죠."

"해보나 마나예요. 그걸 증거로 채택되게 할 수도…."

"진짜로 해보자는 얘기가 아니에요. 검사를 시키겠다고 속여 보는 거죠. 그가 거짓말을 하고 있는 거라면, 검사를 받지 않으려 할 거예요."

포르투갈은 의자를 책상 앞으로 바싹 당겨 앉았다. 그러고는 신문을 들고 잠깐 기사를 훑어보았다. 그러고 나서는 한동안 컴퓨터 모니터를 노려보고 있더니 이윽고 결론을 내린 것 같았다. 마침내 그가 말했다.

"좋아요. 가서 생각대로 하세요. 기소를 취하할게요. 당분간은요."

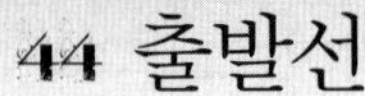

# 44 출발선

보슈와 에드거는 엘리베이터 타는 곳으로 걸어갔고 에드거가 내려가는 버튼을 누른 후 잠자코 서 있었다.

보슈는 엘리베이터의 강철문에 반사된 흐릿한 자신의 모습을 바라보았다. 그러다가 문에 비친 에드거의 모습을 보았고, 이윽고 옆에 서 있는 에드거를 돌아보았다.

"그래, 얼마나 열 받은 거야?"

보슈가 물었다.

"아주와 그다지 사이."

보슈는 고개를 끄덕였다.

"저 안에서 내가 얼마나 쪽팔렸는지 알아?"

"알아. 미안해. 계단으로 내려갈까?"

"좀 참아, 해리. 어젯밤에 자네 휴대전화는 어떻게 된 거야? 고장이라도 났었어?"

보슈가 고개를 저었다.

"아니, 난 그냥… 내 생각에 확신이 없어서 먼저 혼자 조사해보고 싶었어. 게다가 자넨 목요일 밤엔 아들이랑 함께 있잖아. 그래서 들라크루아의 집엔 혼자 갔는데, 거기서 갑자기 쉴러 들라크루아를 맞닥뜨린 거야."

"그 집 안을 수색하기 시작할 땐 왜 전화 안 했어? 그때쯤이면 아들 놈도 잠들어 있을 시간인데."

"그래, 알아. 했어야 했는데, 미안해, 제리."

에드거가 고개를 끄덕였고, 그것으로 끝이었다.

"자네 생각대로라면 우린 다시 출발선으로 돌아가게 되는 거야."

에드거가 말했다.

"알아. 처음부터 모든 걸 다시 시작해야겠지."

"이번 주말에 일할 거야?"

"아마도 그렇겠지."

"그땐 꼭 전화해줘야 해."

"그럴게."

마침내 보슈의 인내심이 바닥을 드러냈다.

"제기랄. 난 계단으로 내려갈게. 밑에서 보자고."

그는 에드거를 떠나 비상계단이 있는 곳으로 걸어갔다.

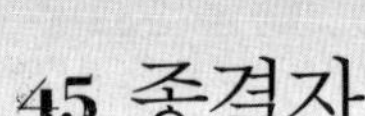

# 45 종결자

보슈와 에드거는 쉴러 들라크루아의 비서를 통해 쉴러가 웨스트사이드에 있는 기획사 임시 사무실에서 파일럿 프로그램(미리 시범방송을 한 다음 시청자의 반응을 보고 프로그램을 계속할지를 결정하는 프로그램－옮긴이)으로 제작되는 〈종결자〉라는 텔레비전 드라마를 위한 캐스팅 작업을 하고 있다는 사실을 알게 되었다.

보슈와 에드거는 재규어와 BMW가 가득 찬 건물 주차장에 주차하고 나서 2층짜리 사무실로 개조한 벽돌로 만든 창고 건물로 들어갔다. 벽에는 '캐스팅'이라는 말과 함께 방향을 표시하는 화살표가 그려진 표지가 곳곳에 붙어 있었다. 그들은 표지를 따라 긴 복도를 걸어가 건물 뒤쪽에 난 계단을 올라갔다.

2층으로 올라가 또 다른 긴 복도로 들어서자 짙은색의 구겨진 구식 양복을 입은 남자들이 줄을 지어 서 있는 것이 보였다. 몇 명은 레인코트를 입고 중절모를 쓰고 있었다. 복도를 서성이며 혼잣말을 중얼거리고 손동작을 연습하는 남자들도 있었다.

보슈와 에드거는 화살표를 따라가 커다란 방으로 들어갔다. 그곳에는 의자가 줄지어 놓여 있었고 의자에는 구식 양복을 입은 남자들이 앉아 있었다. 그들의 시선을 받으며 보슈와 에드거는 방 맨 끝에 있는 책상으로 걸어갔다. 책상 뒤에는 젊은 여자 하나가 앉아서 클립보드에 있는 이름들을 살펴보고 있었다. 책상 위에는 8×10 크기의 사진과 대본 종이가 쌓여 있었다. 여자 뒤쪽에 있는 닫힌 문 너머로 긴장된 목소리들이 작게 들려왔다.

보슈와 에드거는 여자가 클립보드에서 눈을 들 때까지 기다렸다.

"쉴러 들라크루아 씨를 만나러 왔습니다."

보슈가 말했다.

"성함은요?"

"보슈 형사와 에드거 형삽니다."

그녀가 미소를 짓자 보슈는 경찰 배지를 꺼내 보여주었다.

"잘하시네요. 대본은 받았어요?"

"네?"

"대본이요. 그리고 얼굴 사진은 어딨어요?"

보슈는 그제야 무슨 말인지 이해가 갔다.

"우린 배우가 아니에요. 진짜 경찰이에요. 쉴러에게 지금 당장 만나자고 전해주겠어요?"

여자는 계속 웃고 있었다.

"그거, 뺨에 난 상처, 진짜예요? 진짜 같은데요."

그녀가 말했다.

보슈는 에드거를 바라보며 문을 향해 고갯짓을 해보였다. 둘은 동시에 그녀의 책상 양옆을 돌아가 문을 향해 걸어갔다.

"저기요! 지금 대사 시험 중이에요! 그렇게 들어가면…."

보슈는 문을 열고 작은 방 안으로 들어갔다. 쉴러는 책상 뒤에 앉아서 방 중앙에 놓인 간이 의자에 앉아 있는 남자를 보고 있었다. 남자는 대본을 읽는 중이었다. 방 한구석에는 젊은 여자 한 명이 삼각대에 놓인 비디오카메라 뒤에 서 있었고 다른 구석에는 남자 두 명이 간이 의자에 앉아 대사 시험을 지켜보고 있었다.

대본을 읽고 있는 남자는 보슈와 에드거가 들어갔을 때도 읽기를 멈추지 않았다.

남자가 대본을 읽었다.

"증거가 쫙 깔렸어, 이 얼간아! 현장 곳곳에다 DNA를 남겼잖아. 자, 이제 그만 일어나서…."

"좋아요, 좋아요. 그만 하죠, 프랭크."

들라크루아가 말했다.

그녀가 고개를 들어 보슈와 에드거를 바라보았다.

"웬일이시죠?"

방 밖 책상 앞에 앉아 있던 여자가 거칠게 보슈를 밀치고 방으로 들어왔다.

"죄송해요, 감독님. 이 남자들이 진짜 형사라도 되는 것처럼 마구 밀고 들어오지 뭐예요."

"이야기 좀 해야겠어요, 쉴러. 지금 당장이요."

보슈가 말했다.

"지금 난 대사 시험 중이에요. 지금 당장은 안…."

"우린 살인사건 수사 중이에요. 잊었어요?"

그녀는 펜을 책상 위로 던지고 두 손을 머리카락 속으로 집어넣었다. 그러고는 이제 보슈와 에드거를 향하고 있는 카메라 뒤에 서 있는 여자를 돌아보며 말했다.

"제니퍼, 카메라 꺼. 자, 여러분, 몇 분만 쉴게요. 프랭크, 정말 미안해요. 지금 잘하고 있었어요. 몇 분만 기다려줄래요? 돌아오면 당신부터 다시 시작할게요."

프랭크가 자리에서 일어서서 환하게 웃었다.

"괜찮아요, 감독님. 밖에서 기다리고 있을게요."

모두들 방을 나가고, 보슈와 에드거와 쉴러만 남았다.

문이 닫히자 쉴러가 말했다.

"그런 식으로 쳐들어오다니 배우 해도 되겠어요."

그녀는 웃으려고 했지만 잘 되지 않았다. 보슈가 책상 앞으로 걸어가 섰다. 에드거는 문에 등을 기대고 서 있었다. 둘은 보슈가 쉴러와의 면담을 주도하기로 결정을 해놓은 상태였다.

쉴러가 말했다.

"지금 캐스팅 중인 드라마는 '종결자'라고 불리는 두 형사 이야기예요. 다른 형사들은 해결할 수 없는 사건들을 전부 종결시킨 출중한 형사들이죠. 현실에서는 그런 형사들이 있을 수 없겠죠, 안 그래요?"

"완벽한 사람은 아무도 없죠. 완벽에 가까운 사람도 없고요."

보슈가 말했다.

"무슨 중대한 문제이기에 이렇게 쳐들어와서 당황하게 만든 거죠?"

"두 가지 일 때문에요. 어젯밤 당신이 찾고 있었던 것을 내가 찾아냈다는 사실을 알고 싶어 할 것 같았어요. 그리고…."

"말했잖아요, 난 뭘 찾고 있었던 게 아니…."

"그리고 한 시간 전에 당신 아버지가 석방되었다는 사실을 알고 싶어 할지도 모른다고 생각했어요."

"석방이라니 무슨 소리예요? 어젯밤에는 보석금을 낼 수 없을 거라고 했잖아요."

"낼 수 없었을 거예요. 그런 게 아니고 살인 혐의가 풀렸어요."

"자백했다면서요. 당신이 그랬잖아요, 아버지가…."

"오늘 아침에 자백을 철회했어요. 거짓말탐지기 검사를 받게 하겠다면서, 경찰에 제보전화를 걸어 유골이 아서의 것이라고 확인하게 해준 사람이 당신이었다고 말했더니 자신이 거짓 자백을 했다고 실토하더군요."

그녀가 약간 고개를 저었다.

"이해가 안 가네요."

"아니, 당신은 다 이해하고 있어요, 쉴러. 당신 아버지는 당신이 아서를 죽였다고 생각했어요. 아서를 상습적으로 구타하고 부상을 입히고, 야구방망이로 때려서 수술까지 받게 한 사람이 바로 당신이었으니까요. 아서가 사라지자 당신 아버지는 결국 당신이 아서를 때려죽이고는 시체를 숨겼다고 생각했죠. 그래서 그는 당신이 또다시 야구방망이를 사용했을지도 모른다고 생각하고 아서의 방으로 가서 야구방망이를 없애버리기까지 했어요."

쉴러는 책상 위에 양 팔꿈치를 괴고 두 손에 얼굴을 묻었다.

"그래서 우리가 나타나자마자 자백을 하기 시작했죠. 자기가 당신에게 한 짓을 속죄하기 위해 당신의 죄를 덮어쓰려고 한 거예요. 이것 때문에 말이죠."

보슈는 주머니에서 사진이 든 봉투를 꺼내 쉴러의 양 팔꿈치 사이에 내려놓았다. 그녀는 천천히 두 손을 내려 봉투를 집어 들었다. 그러나 봉투를 열지는 않았다. 그럴 필요가 없었다.

"어때요, 쉴러?"

"당신들은… 당신들이 하는 일이 이런 건가요? 이렇게 사람들의 삶을 침범하는 거예요? 그들의 비밀을, 모든 걸 파헤치는 게 당신들이 하는 일이에요?"

"우린 종결자예요, 쉴러. 때로는 그런 일을 할 수 밖에 없어요."

쉴러의 책상 옆 바닥에 생수 한 상자가 있었다. 보슈는 허리를 굽혀 한 병을 집어 들고 마개를 따 쉴러에게 건넸다. 에드거를 바라보니 그는 고개를 저었다. 보슈는 자신이 마실 생수도 한 병 집어 들고 프랭크가 앉았던 의자를 책상 가까이로 끌어와 앉았다.

"쉴러, 내 말 잘 들어요. 당신은 피해자였어요. 어린이였죠. 그는 당신 아버지였고, 강하고 상황을 통제할 수 있는 어른이었죠. 피해자가 된 것을 부끄러워할 필요가 전혀 없어요."

쉴러는 아무 말도 하지 않았다.

"이젠 당신이 지고 있는 짐을 내려놓아요. 무슨 일이 있었는지 말해 줘요. 전부 다요. 지난번에 얘기한 것보다 더 많은 이야기가 있다는 거 알아요. 우린 수사를 처음부터 다시 시작할 거고, 당신의 도움이 필요해요. 이건 당신 남동생의 일이에요."

보슈는 생수병 마개를 따고 길게 한 모금 마셨다. 이제야 방 안이 아주 후덥지근하다는 생각이 들었다. 그가 또다시 물을 들이켜고 있는데 그녀가 말문을 열었다.

"이제야 이해가 가는군요."

"뭐가요?"

그녀는 고개를 숙이고 자신의 두 손을 노려보고 있었다. 그리고는 혼잣말처럼 말을 하기 시작했다.

"아서가 사라지고 나서, 아버지는 다시는 나를 건드리지 않았어요. 한 번도…. 난 내가 매력이 없어져서 그런 줄 알았죠. 뚱뚱하고 못생겨서요. 이제 생각하니 그건… 아버지는 내가 그 일을 저질렀다고 생각했고 내가 또 무슨 짓을 저지를지 몰라 두려워서였던 것 같네요."

그녀가 봉투를 책상 위에 내려놓았다. 보슈는 몸을 숙였다.

"쉴러, 그때에 대해서, 그 마지막 날에 대해서, 지난번에는 말하지 않았던 다른 일이 있어요? 우리에게 도움이 될 수 있는 어떤 작은 사실이라도?"

그녀는 아주 약하게 고개를 끄덕이고는 고개를 숙이고 주먹으로 얼굴을 가렸다. 그러고는 천천히 말했다.

"난 아서가 가출할 거라는 걸 알고 있었어요. 하지만 막지 않았어요."

보슈는 몸을 앞으로 움직여 의자 끝에 걸터앉았다. 그가 부드럽게 말했다.

"쉴러, 자세히 얘기해줄래요?"

오랜 침묵이 흐른 후 그녀가 대답했다.

"그날 학교에서 돌아와 보니 아서가 집에 있었어요. 자기 방에요."

"그러니까 아서가 집에 온 거네요?"

"그래요. 잠깐 들른 거죠. 그 애 방문이 약간 열려 있어서 문틈으로 들여다보았어요. 아서는 나를 보지 못했어요. 책가방에 뭘 넣고 있더군요. 옷가지 같은 것들을요. 아서가 뭐하는 건지 금방 알아차렸어요. 짐을 싸서 집을 나갈 생각이라는 걸 알았죠. 난 그냥… 난 내 방으로 들어가서 문을 닫았어요. 아서가 집을 나가길 바랐어요. 아서를 증오했던 것 같기도 하고, 잘 모르겠어요. 어쨌든 난 아서가 사라지길 바랐어요. 난 아서가 모든 불행의 원인이라고 생각했죠. 그래서 제발 사라져달라는 마음이 들었어요. 현관문이 닫히는 소리가 들릴 때까지 난 내 방에 있었어요."

그녀가 고개를 들어 보슈를 보았다. 그녀의 눈은 젖어 있었지만, 보슈는 죄책감과 진실을 토해내는 순간 힘도 따라 생긴다는 사실을 경험으로 알고 있었다. 지금도 그녀의 눈에서 그 힘을 발견할 수 있었다.

"아서를 잡을 수 있었지만 그러지 않았어요. 그리고 평생 동안 그 일을 후회하며 살아야 했어요. 이제 아서에게 무슨 일이 일어났는지 알게 되었으니까 더더욱…."

그녀의 눈이 보슈의 어깨 너머를 바라보고 있었다. 죄책감의 물결이 거기서부터 그녀에게로 몰려오는 것을 보고 있는 것 같았다.

보슈가 부드럽게 말했다.

"고마워요, 쉴러. 우리에게 도움이 될 만한 다른 사실이 또 있나요?"

그녀가 고개를 저었다.

"그럼 이만 갈게요."

보슈는 일어서서 의자를 원래 있던 방 한가운데의 자리로 기져다 놓았다. 그러고는 책상 앞으로 돌아와 폴라로이드 사진이 든 봉투를 집어 들었다. 그가 문으로 걸어가자 에드거가 문을 열었다.

"이제 어떻게 되는 거죠?"

쉴러가 물었다.

둘은 뒤를 돌아보았다. 에드거가 다시 문을 닫았다. 보슈는 그녀가 아버지 이야기를 하고 있다는 걸 알았다.

"아무 일도 없을 거예요. 당신에게 한 짓은 오래전에 공소시효가 지났거든요. 트레일러로 돌아가겠죠."

그녀는 보슈를 올려다보지도 않은 채 고개를 끄덕였다.

"쉴러, 한때 당신 아버지는 가해자였어요. 하지만 세월은 모든 것을 바꿔놓죠. 돌고 도는 거예요. 세월은 가해자가 가지고 있던 힘을 빼앗아 한때 아무런 힘도 없었던 피해자에게 주죠. 이제 당신 아버지는 더 이상 가해자가 아니에요. 더 이상 당신을 해칠 수가 없어요. 아무 힘도 없는 노인네에 불과하니까요."

"사진은 어떻게 할 거예요?"

보슈는 들고 있는 봉투를 내려다보다가 다시 고개를 들어 그녀를 바라보았다.

"사건 파일에 보관해야 해요. 아무도 보지 못할 거예요."

"태워버렸으면 좋겠어요."

"기억을 태워버려요."

그녀가 고개를 끄덕였다. 보슈가 돌아서는데 그녀의 웃음소리가 들려 다시 그녀를 돌아보았다. 그녀가 고개를 젓고 있었다.

"왜요?"

"아무것도 아네요. 그냥, 난 하루 종일 여기 앉아서 배우들이 당신들 진짜 형사들처럼 말하려고 애를 쓰는 걸 보고 듣고 있죠. 그런데 이제야 알겠네요. 누구도 근접하지 못할 거라는 걸요. 누구도 진짜 형사처럼 하지는 못할 거라는 걸요."

"그게 연기와 현실의 차이겠죠."

보슈가 말했다.

보슈와 에드거는 계단을 향해 복도를 걸어가면서 다시 배우들을 지나쳐 갔다. 계단통에서 프랭크라는 남자가 큰 소리로 대사 연습을 하고 있었다. 진짜 형사들이 지나가자 그가 미소를 지으며 말했다.

"저기요, 당신들은 진짜 형사죠, 맞죠? 내 대사 연기 어땠어요?"

보슈는 아무 대답도 하지 않았다.

에드거가 말했다.

"아주 잘했어요, 프랭크. 당신이야말로 종결자예요. 증거가 사방에 쫙 깔렸죠."

## 46 1980. A.D.

금요일 오후 2시, 보슈와 에드거는 형사과 사무실 안의 강력반 자리로 돌아왔다. 웨스트사이드에서 돌아오는 동안 둘은 아무 말도 하지 않았다. 수사가 시작된 지 벌써 열흘째였다. 아서 들라크루아의 유골이 원더랜드 대로 위의 언덕에 조용히 묻혀 있었던 세월 동안 그러했듯, 그들은 그 열흘 동안에도 아서의 살인범에게 한 걸음도 다가가지 못했다. 열흘 동안 얻은 거라곤 경찰관 한 명의 죽음과 개과천선한 것으로 보이는 아동성애자의 자살뿐이었다.

보슈의 책상 위에는 여느 때처럼 분홍색 전화 메모 쪽지들이 쌓여 있었다. 그 옆에는 내부송달봉투도 한 개 있었다. 보슈는 뭔지 알겠다고 생각하며 봉투부터 집어 들었다.

"올 때가 됐지."

그가 혼잣말을 했다.

그는 봉투를 뜯어 자신의 소형 녹음기를 꺼내고는 배터리를 확인하기 위해 재생 버튼을 눌렀다. 곧바로 자신의 목소리가 흘러나왔다. 그는 볼륨을 줄였다가 아예 녹음기를 꺼버렸다. 그러고는 녹음기를 재킷 주머니에 집어넣고 봉투는 발 옆에 있는 쓰레기통에 던졌다.

보슈는 전화 메시지 쪽지를 뒤적였다. 거의가 기자들한테서 온 것이었다. 언론 때문에 살고 언론 때문에 죽는다는 생각이 들었다. 살인을 자백하고 기소된 남자가 그다음 날 혐의가 풀려 석방된 경위를 세상에 알리는 건 홍보실에 맡길 작정이었다.

보슈가 에드거에게 말했다.

"있잖아, 캐나다에서는 경찰은 사건 수사가 끝날 때까지 언론에 알릴 의무가 없대. 모든 사건에 대해 언론에 접근금지를 시키는 거지."

"근데 우리는 뭐하는 거냐고."

법의국의 유족 상담자에게서 온 메시지가 한 개 있었다. 아서 들라크루아의 유해가 일요일에 장례를 치르기 위해 유족에게 인도되었다는 내용이었다. 보슈는 전화를 걸어 장례식 장소와 시각 등을 물어보고, 유족 중 누가 유해를 인도해갔는지 물어보려고 그 쪽지를 옆으로 밀어두었다.

그는 다시 메시지 쪽지를 뒤적이다가 한 장을 보고 손길을 멈췄다. 메시지를 읽는 동안 뒷머리가 뻣뻣해졌다. 10시 35분에 인사계의 볼렌바흐 경위한테서 온 전화였다. 인사계는 경찰국 소속 모든 경찰관의 인사 전반을 관할하는 부서였다. 10년 전 보슈가 할리우드 경찰서로 전근 발령이 났을 때에도 인사계로부터 연락을 받았다. 1년 전 키즈민 라이더가 경찰국 강력계로 발령이 났을 때에도 마찬가지였다.

사흘 전 취조실에서 어빙 부국장이 했던 말이 떠올랐다. 이제 인사계는 보슈의 퇴직을 바라는 어빙 부국장의 뜻을 실행에 옮기려는 것 같았다. 보슈는 이 전화가 전근 발령 통보일 거라고 생각했다. 집에서 멀리 있고 출퇴근 시간이 오래 걸리는 곳으로, 고속도로 순찰대 같은 곳으로 발령이 날 것 같았다. 배지를 반납하고 다른 일을 찾아보는 게 낫겠다는 생각을 유도하기 위해 종종 이용되는 방법이었다.

보슈는 에드거를 바라보았다. 에드거도 자기에게 온 전화 메시지 쪽지들을 훑어보고 있었는데, 지금 보슈가 손에 들고 있는 것처럼 눈길을 끄는 메시지는 하나도 없는 것 같았다. 보슈는 인사계에 전화를 걸지 않기로, 그리고 에드거에게 이 사실을 말하지 않기로 결심했다. 형사들이 바쁘게 움직이고 있는 사무실 안을 둘러보았다. 새 근무지가 여기처럼 아드레날린이 솟구치는 곳이 아니라면 이곳을 그리워하게 될 것 같았다. 고속도로 순찰대에 떨어진다고 해도 상관없었다. 위에서 날리는 가장 강력한 펀치를 맞고도 아무렇지도 않을 자신이 있었다. 걱정인 건 이 일, 이 임무였다. 이 일을 하지 못하게 되면 완전히 길을 잃어버리게 될지도 몰랐다.

그는 다시 남은 메시지를 확인하기 시작했다. 맨 마지막에 나온 건 제일 처음 걸려온 전화라는 뜻으로, 과학수사대의 앤트완 제스퍼에게서 온 것이었다. 오전 10시에 전화가 왔었다.

"빌어먹을."

"왜?"

"파커 센터로 들어가 봐야 할 것 같아. 어젯밤에 빌린 마네킹이 아직도 내 트렁크 안에 있거든. 제스퍼가 돌려받고 싶은가 봐."

보슈가 전화기를 들고 과학수사대를 누르려는데 형사실 저편에서 그와 에드거의 이름을 부르는 소리가 들렸다. 빌리츠 경위였다. 그녀는 그들에게 자기 사무실로 오라고 손짓을 했다.

에드거가 자리에서 일어서며 말했다.

"올 것이 왔군. 해리, 영광스러운 임무는 자네가 맡아. 빌리츠에게 우리 수사가 얼마만큼 진척됐는지 알려주라고. 아니 얼마만큼 퇴보했는지가 맞는 말이겠군."

보슈가 임무를 수행했다. 그는 5분 동안 빌리츠에게 최근에 일어난 반전과 수사진전, 아니 수사 퇴보 상황을 보고했다.

"그럼 이제 어떻게 해야 하는 거지?"

보슈의 보고가 끝나자 빌리츠가 물었다.

"처음부터 다시 시작해야죠. 이제까지 얻은 단서들을 다시 살펴보고 빠진 것을 보충해야죠. 아서가 다니던 학교에 가서 기록을 살펴보고 앨범도 찾아보고 반 친구들에게 연락해보고, 그런 일들을 해야겠죠."

빌리츠가 고개를 끄덕였다. 인사계에서 보슈에게 전화를 했던 사실을 알고 있는지는 모르겠지만, 겉으로는 전혀 내색을 하지 않았다.

"하지만 사건현장 재수사가 제일 중요해요."

보슈가 덧붙였다.

"어째서 그렇지?"

"내 생각엔 아서가 그 언덕에 올라갈 때까진 살아 있었어요. 거기서 살해를 당한 거죠. 누가 아서를 그리로 데리고 올라갔는지 알아내야 해요. 그 지역 전체를 다시 조사해봐야 하고요. 주민들 전체에 대한 탐문수사도 다시 해봐야 해요. 시간이 좀 걸릴 거예요."

그녀가 고개를 저었다.

"그 일에만 매달려 있을 시간이 없어. 당신들은 열흘간이나 순환근무에서 빠져 있었잖아. 여긴 경찰국 강력계가 아니라고. 내가 여기 온 후로 한 팀을 이렇게 오래 빼내 준 건 이번이 처음이야."

"그럼 다른 사건을 맡으라고요?"

그녀가 고개를 끄덕였다.

"이제 당신들 차례야. 다음에 터지는 사건은 당신들이 맡아야 해."

보슈가 고개를 끄덕였다. 그럴 거라고 생각했었다. 보슈와 에드거가 유골 사건에만 매달려있던 지난 열흘 동안 할리우드 경찰서 강력반의 다른 두 팀이 다른 사건들을 맡아 처리해왔다. 이제 그들 차례였다. 경찰서 차원의 사건 수사에 이렇게 오랜 시간을 들이는 일은 드물었다. 과분한 일이었다. 그동안 사건을 검찰로 송치하지 못한 게 유감이었다.

보슈는 빌리츠 경위가 그들에게 다시 순환근무를 맡김으로써 유골 사건이 종결되리라고 기대하지 않는다는 것을 암묵적으로 보여주고 있다고 생각했다. 수사가 진행 중인 사건은 날이 갈수록 종결 가능성이 현저하게 떨어졌다. 강력반 형사들이라면 누구나 아는 사실이었고, 또 누구한테나 해당되는 이야기였다. 종결자 같은 건 없었다.

"좋아. 더 하고 싶은 말 있어?"

빌리츠가 물었다.

그녀가 눈을 치켜뜨고 보슈를 바라보았다. 갑자기 보슈는 그녀가 인사계에서 온 전화에 대해 뭔가 알고 있다는 생각이 들었다. 그는 잠시 망설이다가, 에드거와 함께 고개를 저었다.

"알았어. 그럼 이만."

둘은 강력반 자리로 돌아왔고 보슈는 제스퍼에게 전화를 걸었다.

범죄학자가 전화를 받자 보슈가 말했다.

"마네킹은 잘 있어요. 좀 있다가 갖다 줄게요."

"알았어요. 근데 그것 때문에 전화를 한 게 아니에요. 요전에 내가 보낸 스케이트보드에 관한 보고서에 새로 덧붙일 사실 몇 가지가 있어서 알려주고 싶었어요. 아직도 그게 중요한 문제라면 말이죠."

보슈는 잠시 망설였다.

"그렇지는 않지만, 어쨌든 뭘 덧붙이고 싶은데요, 앤트완?"

보슈는 앞에 놓인 사건 파일을 펼쳐 과학수사대 보고서를 찾았다. 그러고는 보고서를 보며 제스퍼의 이야기를 들었다.

"그 보고서에서는 스케이트보드의 제조연월일을 1978년 2월에서 1986년 6월 사이라고 했죠?"

"맞아요, 지금 보고 있어요."

"좋아요, 근데 그 시기를 반 이상 좁힐 수 있겠어요. 이 특정 스케이트보드는 1978년에서 1980년 사이에 제조되었어요. 2년 사이에 말이죠. 이 사실이 수사에 도움이 될지 어떨지는 모르겠지만."

보슈는 보고서를 훑어보았다. 이미 트렌트는 용의선상에서 제외시켰고, 그가 갖고 있던 스케이트보드와 아서 들라크루아를 관련지을 만한 단서가 전혀 없었기 때문에, 제스퍼가 수정한 사실은 그다지 중요하지 않았다. 그러나 보슈는 호기심에서 물어보았다.

"어떻게 시기를 줄일 수 있었죠? 보고서에서는 그와 같은 디자인이 1986년까지 생산되었다고 했잖아요."

"그랬죠. 그런데 이 특정 보드에는 연도가 적혀 있더군요. 1980년이라고."

보슈는 어리둥절해졌다.

"잠깐만요. 어디에요? 난 전혀 보지 못…."

"바퀴와 연결된 트럭 부분을 떼어봤어요. 가끔 시간이 남을 때가 있어서, 보드 어딘가에 제조연월일을 알 수 있는 표지가 있나 살펴보려고 뜯어봤죠. 특허나 등록상표 코드 같은 게 있나 보려고요. 그런 건 없었어요. 그런데 누군가가 나무에 날짜를 새겨놓은 걸 발견했어요. 보드 아랫면에 끌 같은 것으로 긁어서 새겨놨는데 다시 트럭을 조립하면서 가려진 거죠."

"그게 보드의 생산년도라는 뜻인가요?"

"아뇨, 그런 것 같지는 않아요. 전문가의 솜씨가 아니거든요. 사실 읽기가 힘들었어요. 확대경에 각도를 조절한 빛을 비추고 나서야 읽을 수 있었죠. 내 생각에는 원 소유주가 소유권을 놓고 다툼이 있을 경우를 대비해서, 누군가가 자기 것을 훔쳐갔거나 했을 경우 말이죠, 비밀스럽게 자기 것임을 표시해놓은 것 같아요. 보고서에도 적어놓았지만, 그 당시에 보니 보드는 소위 말하는 명품이었어요. 구하기가 힘들었죠. 상점에서 그걸 찾아내는 것보다 남의 것을 훔치는 게 더 쉬웠을 거예요. 그래서 이 보드 주인이었던 소년은 트럭을 뜯어내고, 근데 이건 원래 보드에 달려 있었던 것 같아요, 요즘엔 이런 트럭이 쓰이지 않거든요, 뒷면에다 연도를 새겨 넣었던 것 같아요. '1980. A.D.'라고 말이에요."

보슈는 에드거를 바라보았다. 에드거는 통화 중이었는데, 한 손으로 송화구를 덮고 말을 하고 있었다. 사적인 전화였다.

"A.D.라고요?"

"그래요. 서기(西紀)라는 뜻의 라틴어요. 그리스도의 탄생 이후란 뜻이고요. 사전에서 찾아봤어요."

"아뇨, 그건 아서 들라크루아라는 뜻이에요."

"뭐요? 누구라고요?"

"피해자의 이름이에요. 아서 들라크루아. A.D.는 아서 들라크루아의 첫 글자라고요."

"빌어먹을! 보슈 형사, 여긴 피해자의 이름이 없었어요. 피해자의 신원이 밝혀지지 않았을 때 증거들을 보내놓곤 한 번도 수정을 하지 않았잖아요. 신원이 확인된 줄도 모르고 있었어요."

보슈는 그의 말을 듣고 있지 않았다. 아드레날린이 솟구치고 맥박이 빨라졌다.

"앤트완, 거기 꼼짝 말고 있어요. 지금 갈 테니까요."

"그러죠."

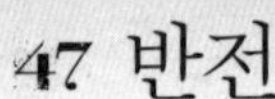

## 47 반전

고속도로는 일찍부터 주말을 즐기려는 사람들로 붐볐다. 보슈는 시내로 향하는 동안 속도를 일정하게 유지할 수가 없었다. 자꾸만 마음이 다급해졌다. 제스퍼가 발견한 사실과 인사계에서 온 전화 때문이었다.

그는 운전대를 잡고 있는 손목을 돌려 손목시계에서 날짜를 확인했다. 전근 발령은 보통 급여지급 기간 끝에 났다. 한 달에 급여지급 기간이 두 번 있었고, 매달 1일과 15일에 시작되었다. 인사계에서 곧장 그에게 전근발령을 내려 한다면, 사건을 종결할 수 있는 시간이 사나흘밖에 남지 않았다. 그는 중간에서 손을 떼고, 사건을 에드거나 다른 누군가에게 맡기고 떠나고 싶지 않았다. 자신이 끝을 내고 싶었다.

보슈는 주머니에 손을 넣어 전화 메시지 쪽지를 꺼냈다. 두 손의 손바닥 끝으로 운전대를 잡고 운전을 하면서 쪽지를 펼쳐 잠깐 바라보다가 휴대전화기를 꺼냈다. 쪽지에 적힌 번호를 누른 후 기다렸다.

"인사계 볼렌바흐 경위입니다."

보슈는 전화를 끊었다. 얼굴이 달아오르는 것이 느껴졌다. 볼렌바흐의 전화에 발신자 번호가 뜨는지 궁금했다. 전화를 걸어 소식을 듣거나 말거나 이미 결정은 내려져 있는데, 전화를 거는 걸 미루고 있다니 웃기는 일이라는 생각이 들었다.

그는 휴대전화기와 쪽지를 조수석에 던져놓고 나서 사건에 대해, 특히 니콜라스 트렌트의 집에서 압수한 스케이트보드에 대한 앤트완 제스퍼의 조사 결과로 관심을 집중시키려고 애를 썼다. 수사 개시 열흘이 지난 지금 사건은 완전히 그의 손아귀를 벗어나 있었다. 그가 다른 경찰들과 싸워가면서까지 혐의를 벗겨주었던 남자가 이젠 피해자와 관련이 있는 분명한 물적 증거를 가진 유일한 용의자가 되었다. 어쩌면 어빙 부국장의 말이 맞을지도 모르겠다는 생각이 퍼뜩 들었다. 떠날 때가 된 건지도 몰랐다.

휴대전화가 울리자 볼렌바흐일 거라고 생각하고 처음에는 받지 않으려고 하다가 어차피 피할 수 없는 운명이라는 생각이 들어 전화를 펼쳐 들었다. 에드거였다.

"해리, 뭐하고 있어?"

"말했잖아. 과학수사대에 가야한다고."

그는 스케이트보드를 직접 볼 때까지는 제스퍼가 발견한 사실에 대해 동료에게 알리고 싶지 않았다.

"같이 갈걸 그랬어."

"시간 낭비일 텐데, 뭐."

"그래, 근데, 저기 말야, 해리, 불리츠가 자넬 찾고 있어. 그리고, 어, 자네한테 전근 발령이 났다는 소문이 있어."

"난 모르는 일인데."

"그래. 무슨 일 있으면 알려줄 거지? 우리가 함께한 세월이 얼마냐고."

"자네한테 제일 먼저 알려줄게, 제리."

파커 센터에 도착한 보슈는 로비에서 보초를 서고 있는 순경의 도움을 받아 마네킹을 과학수사대로 끌고 가 제스퍼에게 넘겨주었다. 제스퍼는 마네킹을 받아 가뿐하게 들고 창고에 넣었다.

제스퍼를 따라 들어간 감식실의 작업대 위에 스케이트보드가 놓여 있었다. 제스퍼는 보드 옆에 있는 스탠드에 장착된 전등을 켜고, 천장등을 껐다. 그러고는 장착된 확대경을 스케이트보드 위로 끌어온 후 보슈에게 보라고 했다. 각도가 조절된 빛이 나무에 새겨진 글씨 위에 작은 그림자를 드리웠고, 글자들이 분명하게 보였다.

1980. A.D.

보슈는 피해자의 이름을 알지 못했던 제스퍼가 이 문구를 보고 A.D.를 서기로 해석할 수 밖에 없었겠다고 생각했다.

보슈가 보드를 보고 있는 동안 제스퍼가 말했다.

"누군가가 샌드페이퍼로 갈았던 것 같아요. 그리고 한 번은 보드 전체를 대대적으로 손질했던 게 틀림없어요. 트럭도 새로 갈고 래커칠도 새로 하고요."

보슈가 고개를 끄덕였다. 그는 몸을 똑바로 세우고 서서 말했다.

"그렇군요. 이걸 가져가야겠어요. 보여줄 사람들이 있어서요."

"검사 다 했어요. 가져가요."

제스퍼가 다시 천장등을 켰다.

"다른 바퀴 아래쪽도 살펴봤어요?"

"물론이죠. 아무것도 없었어요. 그래서 트럭을 다시 조립해 넣었어요."

"상자 같은 거 혹시 있어요?"

"아, 난 당신이 이 보드를 타고 갈 거라고 생각했는데요, 해리."

보슈는 웃지 않았다.

"농담이에요."

"알아요."

제스퍼가 방을 나가더니 스케이트보드가 들어갈 만큼 긴 판지 상자를 가져왔다. 그러고는 스케이트보드를 넣고 분리한 바퀴 세트와 나사 여러 개가 든 작은 비닐 주머니도 함께 넣었다. 보슈는 그에게 감사인사를 했다.

"해리, 나 잘했죠?"

보슈는 잠시 망설이다가 대답했다.

"네, 아주 잘했어요, 앤트완."

제스퍼가 보슈의 뺨을 가리켰다.

"면도하다 그랬어요?"

"그 비슷한 일로요."

할리우드 경찰서로 돌아오는 고속도로는 차가 더 많아 훨씬 더 느렸다. 보슈는 결국 알바라도 출구로 빠져나와 선셋으로 가는 길을 택했다. 계속 그 도로로 달렸지만 시간을 단축하지는 못했다.

운전을 하는 동안 보슈는 줄곧 스케이트보드와 니콜라스 트렌트에 관해 생각하며, 앤트완에게서 들은 설명을 이미 알고 있는 시간대와 증거에 맞춰보려고 했다. 그러나 그렇게 할 수가 없었다. 퍼즐에서 한 조각이 빠져 있었다. 시간만 충분하다면, 언젠가는 다 맞출 수 있을 거라는 확신이 들었다.

오후 4시 30분, 보슈는 스케이트보드가 든 상자를 들고 경찰서 뒷문을 발로 차 열고 들어갔다. 형사과 사무실을 향해 급하게 복도를 걸어가고 있는데 맨키비츠가 상황실에서 복도로 머리를 내밀었다.

"여어, 해리?"

보슈는 뒤를 돌아보면서도 계속 걸어갔다.

"응?"

"소식 들었어. 자네가 많이 보고 싶을 거야."

소문이 빨리도 돌았다. 보슈는 오른팔로만 상자를 들고 왼손은 손바닥을 아래로 해서 들고 상상의 바다에서 잔잔한 파도가 넘실거리는 동작을 했다. 순찰대원들이 주로 사용하는 수신호로, 안전 운행하라는 뜻이었다. 보슈는 계속 걸어갔다.

에드거가 얹어 놓은 화이트보드가 그의 책상을 덮고 보슈의 책상까지도 침범하고 있었다. 그는 그 위에 온도계처럼 생긴 것을 그려놓았다. 원더랜드 대로였다. 온도계 아래쪽에 있는 수은구가 U턴 지점이었다. 거리의 양 옆으로 집을 상징하는 선들을 그어 놓았다. 이 선들 끝에는 초록색과 푸른색, 검정색 마커로 이름들을 적었고 유골이 발견된 지점에는 붉은색 마커로 X자 표시를 해 두었다.

보슈는 아무 말 없이 도표를 노려보았다.

"처음부터 이걸 그려봤어야 했어."

에드거가 말했다.

"색깔마다 무슨 의미가 있는 거야?"

"초록색 이름들은 1980년에 이곳에 살다가 나중에 다른 곳으로 이사 간 주민들이야. 푸른색은 1980년 이후에 이사왔다가 이미 딴 곳으로 이사 간 주민들이고. 검정색 이름들은 현재 살고 있는 주민이고. 그냥 검정색 이름 한 개만 있는 집도 있지? 여기 기요 박사 집처럼 말이야. 그건 그 사람이 1980년 이전부터 지금까지 이곳에서 계속 살고 있다는 뜻이야."

보슈는 고개를 끄덕였다. 검정색 이름만 있는 집은 단 두 집이었다.

기요 박사의 집과, 범죄현장에서 가장 멀리 떨어진 집으로 알 후터라는 이름이 적혀 있었다.

"좋은데."

이 도표가 이제 와서 무슨 도움이 될까 싶었지만 보슈가 말했다.

"그건 뭐야?"

에드거가 물었다.

"스케이트보드. 제스퍼가 중요한 단서를 발견했어."

보슈는 자기 책상 위에 상자를 내려놓고 뚜껑을 열었다. 그러고는 에드거에게 새겨진 날짜와 이름의 첫 글자를 보여주며 말을 이었다.

"트렌트를 다시 조사해봐야겠어. 언젠가 자네가 말했던 이론 말이야, 그가 아이를 그곳 언덕에 암매장했기 때문에 그 동네로 이사 왔을지도 모른다는 이론도 살펴봐야겠고."

"원, 세상에. 해리, 난 농담으로 한 말이었어."

"그래, 알아. 하지만 이젠 농담이 아니야. 우린 지금부터 적어도 1980년에 이르기까지 트렌트의 행적을 낱낱이 조사해봐야 돼."

"그리고 한편으로는 다른 사건도 맡고 말이야. 와, 정말 신나는데."

"이번 주말에는 비가 올 거라고 라디오에서 그러던데. 우리가 운이 좋다면 모두들 실내에서 조용히 놀겠지."

"해리, 살인사건의 대부분이 실내에서 일어나는 것 몰라?"

보슈가 형사과 사무실을 둘러보는데 빌리츠 경위가 자기 사무실 앞에 서 있었다. 그녀가 그에게 오라는 손짓을 했다. 그녀가 그를 찾고 있었다는 에드거의 말을 잊고 있었다. 그는 둘 다 보자는 거냐는 뜻으로 손가락으로 에드거를 가리키고 또 자신을 가리켰다. 빌리츠는 고개를 젓더니 보슈만을 가리켰다. 무슨 일인지 알 것 같았다.

"불리츠가 날 보자는데."

에드거가 고개를 들어 그를 바라보았다. 그도 무슨 일인지 아는 것 같았다.

"해리, 행운을 빌어."

"그래, 제리. 고마워."

그는 형사실을 가로질러 빌리츠 경위의 사무실로 갔다. 그녀는 책상 뒤에 앉아서 그를 보지 않은 채 말문을 열었다.

"해리, 인사계에서 연락이 왔어. 다른 일을 하기 전에 볼렌바흐 경위에게 전화해 봐. 명령이야."

보슈가 고개를 끄덕였다.

"내가 어디로 가는지 물어봤어요?"

"아니, 해리. 너무 화가 나서 그럴 수가 없었어. 물어보다가는 싸움이 날 것 같은데, 이건 볼렌바흐와는 아무 상관이 없는 일이잖아. 그는 전령일 뿐이니까."

보슈가 미소를 지었다.

"화가 났다고요?"

"그래. 당신을 잃고 싶지 않아. 상부의 누군가가 당신에 대해 같잖은 반감을 가지고 있는 것 때문이라면 더더욱."

보슈는 고개를 끄덕이고는 어깨를 으쓱거렸다.

"고마워요, 경위님. 스피커폰으로 전화 좀 걸어줄래요? 여기서 끝장을 보죠."

그녀가 그를 올려다보았다.

"진심이야? 원한다면 혼자 통화할 수 있게 해줄게. 커피나 한 잔 가지러 가야지."

"괜찮아요. 전화를 걸어줘요."

그녀는 스피커 버튼을 누르고 볼렌바흐의 사무실로 전화를 걸었다.

그가 금방 전화를 받았다.

"빌리츠 경위예요. 보슈 형사가 내 사무실에 와 있어요."

"잘됐군요. 잠깐 통지서 좀 찾고요."

종이 바스락 거리는 소리가 들리더니 이윽고 볼렌바흐가 목을 가다듬고 말했다.

"하이…, 헤로님…."

"히에로니무스요, 어내너무스(anonymous: '익명의'라는 뜻의 단어 – 옮긴이)와 끝 발음이 같습니다."

보슈가 말했다.

"그렇군요, 히에로니무스. 히에로니무스 보슈 형사는 1월 15일 08시까지 경찰국 강력계로 출근해 전근보고를 하기를 명한다. 끝이에요. 알아들었죠?"

보슈는 깜짝 놀랐다. 강력계라면 승진이었다. 그는 10여 년 전에 강력계에서 할리우드 경찰서로 밀려났었다. 빌리츠를 보니 그녀도 뭔가 의심스럽고 놀랍다는 표정을 짓고 있었다.

"강력계라고 하셨어요?"

"그래요, 형사. 강력계요. 명령을 분명히 알아들었죠?"

"제 임무가 뭡니까?"

"말했잖아요. 강력계로 출근해서 보고하…."

"아뇨, 강력계에서 무슨 일을 하게 되냐고요. 그곳에서 제 임무가 뭡니까?"

"15일 아침에 새 상관에게 가서 들어요. 내가 전할 명령은 이게 전붑니다, 보슈 형사. 명령을 하달했으니 이제 그만 끊을게요. 즐거운 주말 보내요."

그가 전화를 끊자 스피커에서 뚜뚜 거리는 소리가 났다.

보슈는 빌리츠를 바라보았다.

"어떻게 생각해요? 혹시 농담 아닐까요?"

"농담이라면 꽤 재밌는 농담인데. 축하해."

"하지만 사흘 전에는 어빙 부국장이 나보고 그만두라고 했거든요. 근데 갑자기 마음을 바꿔서 본부로 불러들인다고요?"

"어쩌면 당신을 좀 더 가까운 곳에서 더 확실히 감시하고 싶어서인지도 모르지. 파커 센터를 유리 성이라고 부르는 데는 다 이유가 있다고. 조심하는 게 좋을 거야."

보슈가 고개를 끄덕였다.

그녀가 말했다.

"당신은 원래 그곳에 있어야 할 사람이었어. 그곳에서 밀려나서는 안 될 사람이었지. 이제 있어야 할 곳으로 되돌아가는 거야. 어찌됐든, 우린 당신을 많이 그리워할 거야. 나도 마찬가지고. 해리, 그동안 일을 잘 해주었어. 고마워."

보슈도 고맙다는 표시로 고개를 끄덕였다. 방을 나가려고 발걸음을 옮기다가 다시 그녀를 돌아보며 미소를 지었다.

"믿지 못하실 것 같은데요, 특히 지금 내게 이런 발령이 난 상황에서는 말이죠. 우린 트렌트를 다시 수사하고 있어요. 스케이트보드 때문에요. 과학수사대가 그 보드가 아서의 것이라는 사실을 밝혀냈어요."

빌리츠는 고개를 뒤로 젖히고 큰 소리로 웃음을 터뜨렸다. 어찌나 웃음소리가 컸는지 형사과 사무실 안의 사람들 모두가 이쪽을 쳐다보았다.

그녀가 말했다.

"어빙이 이 소식을 들으면 강력계를 남동부 경찰서로 바꿀걸, 분명히."

남동부 경찰서는 로스앤젤레스 시 남동부 끝자락에 위치한 곳으로 조직폭력배가 득실거리는 지역을 관할하고 있었다. 고속도로 순찰대로 발령이 나는 것과 마찬가지로 한직으로 밀려나는 것이었다.

"당연히 그렇겠죠."

보슈가 말했다.

빌리츠는 웃음을 거두고 심각해졌다. 보슈에게 최근에 일어난 반전에 대해서 물었고, 보슈가 자살한 무대장식가의 생애 전반의 행적을 수사하기 위한 계획을 설명하는 동안 열심히 듣고 있었다.

그의 설명이 끝나자 그녀가 말했다.

"당신들을 순환근무에서 빼줄게. 얼마 안 있으면 전근을 가는 마당에 새로운 사건을 맡길 순 없지. 그리고 주말 초과근무도 허락할게. 그러니까 트렌트를 확실히 수사해서 결과를 보고해. 해리, 시간은 나흘뿐이야. 이 사건을 책상 위에 던져놓고 딴 데로 가지는 말라고."

보슈는 고개를 끄덕이고 사무실을 나갔다. 자리로 돌아가는 동안 형사과 사무실 안에 있는 모두의 눈이 그에게 쏠려 있었다. 그는 아무런 내색도 하지 않았다. 자기 자리에 앉아 눈을 내리깔았다.

"어떻게 됐어? 어디로 났어?"

에드거가 속삭여 물었다.

"강력계."

"강력계?"

에드거가 소리를 질렀다. 이제 모두가 알게 되었다. 보슈는 얼굴이 달아오르는 걸 느꼈다. 모두가 자기를 보고 있다는 걸 알았다.

에드거가 말했다.

"이런, 빌어먹을. 키즈가 가더니 이젠 자네도? 난 뭐야, 빌어먹을 개뼈다귀야?"

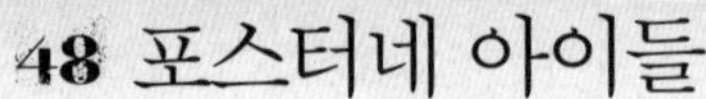

# 48 포스터네 아이들

스테레오에서 〈카인드 오브 블루〉가 흘러나왔다. 보슈는 맥주병을 들고 안락의자에 등을 기댄 채 눈을 감고 있었다. 혼란스러운 한 주에 혼란스러운 하루가 끝났다. 이제 그는 음악이 마음으로 스며들어 혼란스러운 기분을 깨끗이 씻어주기를 바랐다. 그는 자신이 찾고 있는 것은 이미 자신의 수중에 있다고 확신했다. 문제는 어떻게 사실들을 순서대로 정리하고 큰 그림을 가리는 중요하지 않은 단서들을 빼버리느냐 하는 것이었다.

그는 에드거와 함께 7시까지 일하다가 일찍 퇴근하기로 결정했다. 에드거가 집중을 하지 못했다. 보슈의 전근 소식에 보슈 자신보다 더 많이 놀란 것 같았다. 에드거는 자신은 강력계로 발령 나지 않았다는 사실을 자신이 무시당한 것이라고 생각했다. 보슈는 자신이 지금 뱀 구덩이로 들어가는 거라고 말하면서 그를 진정시키려 해보았지만 소용이 없었다. 결국 보슈도 두 손 들고, 에드거에게 집에 가서 한잔하고 푹 자라고 말했다. 어차피 주말에도 나와서 트렌트에 관한 정보를 수집해야 했다.

지금 술을 마시며 의자에 앉아 졸고 있는 사람은 보슈였다. 자신이 어떤 문지방에 서 있는 것 같은 느낌이 들었다. 자신의 인생에서 새롭고 분명한 시기로 들어가려고 하고 있었다. 더 큰 위험과 더 큰 이해관계와 더 큰 보상이 기다리고 있는 시기로 말이었다. 보슈는 보는 사람이 없어서 편하게 미소를 지을 수 있었다.

전화벨이 울려 보슈가 벌떡 일어섰다. 스테레오를 끄고 부엌으로 갔다. 전화를 받으니 여자의 목소리가 어빙 부국장님을 바꿔 줄 테니 기다리라고 했다. 한참 후 어빙의 목소리가 들렸다.

"보슈 형사?"

"네?"

"오늘 전근 발령을 받았나?"

"네, 받았습니다."

"좋아. 내가 자넬 강력계로 다시 불러들이기로 결정했다는 사실을 알려주고 싶어서 전화했어."

"부국장님, 이유가 뭡니까?"

"지난번에 자네와 이야기를 나누고 나서 자네에게 마지막으로 기회를 한 번 더 주기로 결심했어. 이번 발령이 그 기회야. 자넨 내가 자네의 움직임을 아주 면밀히 감시할 수 있는 자리에 있게 될 거야."

"어떤 자리죠?"

"얘기 못 들었나?"

"15일에 강력계로 출근하라는 말만 들었습니다."

어빙 부국장은 말이 없었다. 보슈는 엔진 오일 속에 모래가 들어갔다는 생각이 들었다. 강력계로 돌아가는데, 어떤 일을 맡게 될 것인가? 그는 최고의 인사발령 속에 숨어 있는 최악의 자리 배정은 무엇일까 생각해보려고 애를 썼다.

마침내 어빙이 말했다.

"자네가 예전에 맡았던 일을 다시 하게 될 거야. 살인전담반. 오늘 아침에 손튼 형사가 배지를 반납해서 자리가 났어."

"손튼이요?"

"그래."

"그러면 키즈민 라이더와 일을 하게 되는 겁니까?"

"그건 헨리케스 경위의 결정에 달렸지. 하지만 라이더 형사는 현재 동료가 없는 상태고, 자넨 그녀와 함께 일한 경험이 있으니까 아마 그렇게 되겠지."

보슈는 고개를 끄덕였다. 부엌은 어두웠다. 우쭐해졌지만 자신의 기분을 어빙에게 드러내고 싶지는 않았다.

이런 생각을 읽었는지 어빙이 경고를 했다.

"보슈 형사, 지금 시궁창에 빠졌다가 장미 향기를 풍기며 걸어 나온 것 같은 기분인 건 알겠는데. 그런 생각 하지 말게. 추측도 하지 말고, 실수도 하지 마. 실수를 하면, 내가 바로 나타날 거야. 알겠나?"

"잘 알겠습니다."

어빙은 인사도 없이 전화를 끊었다. 보슈는 수화기에서 들리는 뚜뚜 소리가 신경에 거슬릴 때까지 수화기를 귀에 댄 채 어둠 속에 서 있었다. 이윽고 전화를 끊고 거실로 돌아왔다. 키즈에게 전화를 걸어 뭘 알고 있는지 물어보고 싶었지만 나중에 만나서 물어보기로 하고 참았다. 다시 안락의자에 앉는데 뭔가가 엉덩이를 쿡 찌르는 느낌이 들었다. 총은 이미 빼놓았기 때문에 아니라는 걸 알았다. 뒷주머니에 손을 넣어 꺼내보니 소형 녹음기였다.

녹음기를 켜니 니콜라스 트렌트가 자살한 날 밤 트렌트의 집 밖에서 채널4의 주디 서튼 기자와 자신이 주고받는 대화가 흘러나왔다. 그 대화를 나눈 후로 무슨 일이 있었는지에 생각이 미치자 죄책감이 들면서 자신이 좀 더 적극적으로 서튼을 막았어야 했다는 생각이 들었다.

차문 닫히는 소리가 들리자 그는 재생 버튼을 끄고 되감기 버튼을 눌렀다. 아직까지 트렌트의 신문 내용 전체를 들어보지 못했다는 생각이 들었다. 그의 집 안을 수색하느라고 말소리가 들리지 않는 곳에 있었을 때도 있었다. 지금 신문 내용을 들어봐야겠다고 결심했다. 이것이 주말 수사의 출발점이 될 것이었다.

녹음 내용을 듣는 동안 보슈는 단어와 문장을 세세히 분석해 새로운 의미를, 트렌트가 살인범임을 보여주는 새로운 단서를 찾으려고 노력했다. 그러는 동안 그는 자신의 직감과 싸우고 있었다. 트렌트가 필사적인 어조로 말하는 것을 들으면 아직도 그가 범인이 아니라는 확신이 들었고 그의 결백 주장이 진실이라는 생각이 들었다. 물론 이런 생각은 그가 새로 알아낸 단서와 상반되는 것이었다. 트렌트의 집 안에서 발견된 스케이트보드에는 죽은 소년의 이름 첫 글자와 소년이 스케이트보드를 갖게 되었고 살해당한 연도가 새겨져 있었다. 이제 스케이트보드는 일종의 묘비가 되었다. 보슈를 위한 표지.

트렌트 신문 부분이 끝났지만, 그가 현장에서 듣지 못했던 부분을 포함하여 어디에서도 특별한 점을 찾을 수 없었다. 그는 되감기를 해서 다시 들어보기로 했다. 다시 듣기 시작하고 얼마 안 되어 무언가가 그의 관심을 끌었다. 갑자기 얼굴이 확 달아올랐다. 그는 재빨리 되감기를 해서 관심을 끈 에드거와 트렌트의 대화부분을 다시 틀었다. 트렌트의 집 복도에 서서 이 이야기를 들었던 기억이 났다. 그러나 이제까지는 그 중요성을 깨닫지 못하고 있었다.

"트렌트 씨, 아이들이 저 위 숲 속에서 노는 것을 종종 보셨습니까?"

"아뇨. 아이들이 산에 올라가 있을 땐 보이지 않았죠. 가끔씩 차를 몰거나, 개를 산책시키러 나갔을 때, 개가 살아 있었을 때 말이죠, 그때 아이들이 산으로 올라가는 걸 볼 수 있었어요. 길 건너편에 사는 여자애랑 옆집 포스터네 애들이랑, 하여튼 이 동네에 사는 애들 전부를요. 거긴 시 소유의 땅이고 곧 도로가 날 거라는 소문이 돌았죠. 이 동네에서 유일하게 개발이 안 된 부지고요. 그래서 애들이 거기로 올라가 놀았어요. 나이가 좀 든 애들은 거기 올라가서 담배를 핀다는 소문도 돌아서, 그러다가 산에 불이라도 낼까 봐 걱정이었죠."

보슈는 녹음기를 끄고 부엌으로 가서 전화기를 들었다. 벨이 한 번 울리자 에드거가 전화를 받았다. 자고 있지 않았던 것이 분명했다. 아직 9시밖에 되지 않았다.

"집에 가져다 놓은 것 없지?"

"뭐 말이야?"

"주소별 전화번호부."

"없어. 사무실에 있지. 해리, 무슨 일이야?"

"아직은 모르겠어. 오늘 화이트보드에 도표를 그렸을 때 말이야, 원더랜드에 포스터라는 이름을 가진 사람이 살았었는지 기억해?"

"포스터라. 성이 포스터란 말이야?"

"그래, 성."

그는 기다렸다. 에드거는 아무 말도 하지 않았다.

"제리, 기억나?"

"해리, 좀 기다려 봐. 지금 생각 중이야."

또다시 침묵이 흘렀다.

마침내 에드거가 말했다.

"해리, 포스터라는 이름은 없었어. 내 기억으론 한 명도."

"확실해?"

"해리, 좀 진정해. 지금 여기엔 화이트보드도 없고 전화번호부도 없어. 하지만 그런 이름이 있었다면 기억이 났을 것 같아. 근데 그게 왜 그렇게 중요해? 무슨 일이야?"

"다시 전화할게."

보슈는 전화기를 들고 서류가방을 놓아둔 식탁으로 갔다. 서류가방을 열고 사건 파일을 꺼냈다. 그러고는 재빨리 원더랜드 대로변에 현재 살고 있는 주민들의 주소와 전화번호를 적어놓은 페이지를 폈다. 명단에도 포스터라는 이름은 없었다. 그는 전화기를 들고 번호를 눌렀다. 벨이 네 번 울린 후 그가 아는 목소리가 전화를 받았다.

"기요 박사님, 보슈 형삽니다. 너무 늦게 전화를 드렸나요?"

"안녕하세요, 보슈 형사. 아뇨, 안 늦었어요. 지난 40년간 한밤중에도 아무 때나 전화가 걸려오곤 했었는데요, 뭘. 9시요? 9시면 초저녁이죠. 다양한 부상들은 좀 어때요?"

"괜찮아요, 박사님. 지금 좀 급한 일이 있어서 그 동네에 관해 몇 가지 여쭤보려고 전화 드렸습니다."

"그래요, 말씀하세요."

"1980년쯤으로 거슬러 올라가서 그곳에 포스터라는 이름을 가진 가족이나 부부가 살았었나요?"

기요가 기억을 더듬는 동안 침묵이 흘렀다.

마침내 기요가 대답했다.

"아뇨, 없었던 것 같아요. 포스터라는 이름은 전혀 기억이 나질 않는군요."

"알겠습니다. 그러면 위탁 아동들(영어로는 foster kids. foster는 '위탁아동을 맡아 키우는 사람'이란 뜻—옮긴이)을 키우던 사람은 없었나요?"

이번에는 기요가 즉시 대답했다.

"아, 있었어요. 블레이락 부부였죠. 아주 좋은 사람들이었어요. 수년 동안 위탁아들을 많이 맡아 키웠어요. 정말 존경스러운 사람들이었죠."

보슈는 사건 파일 앞부분의 깨끗한 페이지에 이름을 적었다. 그러고는 현 주민 명단이 있는 페이지를 펼쳐 훑어보았다. 현 주민들 중에는 블레이락이라는 이름이 없었다.

"그 사람들 이름을 기억하세요?"

"돈과 오드리예요."

"그들이 다른 곳으로 이사 갔을 때는요? 그게 언제쯤이었는지 기억하세요?"

"아, 이사 간 지는 10년도 더 됐을 걸요. 마지막으로 맡은 아이가 성장하고 나니까, 그렇게 큰 집이 필요없어졌죠. 집을 팔고 이사 갔어요."

"혹시 어디로 갔는지 아십니까? 혹시 아직도 이 도시 안에 살고 있을까요?"

기요는 아무 말도 하지 않았다. 보슈는 기다렸다.

기요가 말했다.

"기억을 더듬고 있어요. 알 것 같은데."

"천천히 하세요, 박사님."

보슈의 마음속에서는 제발 빨리 좀 생각해내라고 아우성이었지만, 겉으로는 이렇게 말했다.

기요가 말했다.

"아, 맞다, 크리스마스카드! 난 해마다 받은 크리스마스카드를 전부 상자에 넣어 보관해두고 있어요. 다음 해에 누구에게 카드를 보내야할지 확인하려고 말이죠. 아내가 항상 그렇게 보관해놨어요. 잠깐 끊지 말고 기다려 봐요. 가서 상자를 가져올게요. 오드리가 아직도 해마다 크리스마스카드를 보내오거든요."

"네, 가서 가져오세요, 박사님. 기다리겠습니다."

전화기 내려놓는 소리가 들렸다. 보슈는 고개를 끄덕였다. 하나는 해결되었다. 그는 이 새로운 정보에 무슨 의미가 있는지 생각하려다가 그냥 기다리기로 했다. 정보를 얻고 난 다음에 철저히 조사해 의미를 알아낼 작정이었다.

몇 분이 흐른 후에야 기요가 다시 전화기를 들었다. 그동안 보슈는 펜을 들어 주소를 받아적을 준비를 하고 기다렸다.

"보슈 형사, 여기 있네요."

기요가 불러주는 주소를 들었을 때 보슈는 큰 소리로 한숨을 쉴 뻔했다. 돈 블레이락과 오드리 블레이락은 알라스카나 다른 먼 곳으로 이사간 게 아니었다. 그들은 아직도 자동차로 갈 수 있는 거리에 살았다. 보슈는 기요에게 감사를 표하고 전화를 끊었다.

# 49 블레이락 부부

토요일 아침 8시, 보슈는 로스앤젤레스 북쪽으로 자동차로 세 시간 거리에 있는 시에라네바다 산맥 기슭에 위치한 로운 파인이라는 마을에 있었다. 중심가에서 한 블록 떨어진 곳에서 범고래 경찰차에 앉아 작은 목조 주택을 바라보고 있었다. 그는 플라스틱 컵에 든 차갑게 식은 커피를 홀짝였다. 옆에는 마찬가지로 차갑게 식은 커피 한 잔이 더 놓여 있었다. 한밤중에 운전을 하고 와서 추운 차 안에서 잠을 자서 그런지 온 뼈마디가 다 쑤시는 것 같았다. 너무 늦은 시각에 도착해서 문을 연 모텔을 찾을 수가 없었다. 어차피 주말에는 예약 없이 로운 파인에서 묵을 곳을 찾기란 불가능하다는 것을 알고 있었다.

새벽이 밝아오자 마을 뒤로 솟아 있는 휘트니 산이 안개 속에서 검푸른 잿빛의 위용을 드러냈다. 그 모습을 보고 있자니 유구한 세월과 거대한 자연에 비하면 인간이 사는 마을은 한없이 초라하게 느껴졌다. 캘리포니아에서 가장 높은 산이라는 휘트니 산은 최초의 인간이 그 모습을 보기 전부터 거기 있었고 마지막 인간이 사라지고 난 뒤에도 거기 있을 것이었다. 그런 걸 생각하면 인생이 참으로 덧없다는 생각이 들었다.

보슈는 배가 고파서 시내 식당에 가서 스테이크와 계란 요리를 먹고 싶었다. 그러나 자리를 뜰 수 없었다. LA에서 로운 파인으로 이사를 왔다면, 대도시의 군중과 스모그와 바쁜 일상이 싫어서만은 아닐 것이었다. 산을 사랑하기 때문이기도 할 것이었다. 그러므로 아침 식사를 하느라고 돈과 오드리 블레이락이 아침 산행을 나서는 것을 놓칠 수는 없었다. 그는 5분간 차의 시동을 켜고 히터를 트는 것에 만족하기로 했다. 지난 밤 내내 이런 식으로 기름을 조금씩 써왔다.

보슈는 집을 지켜보며 불이 켜지거나 두 시간 전에 픽업트럭이 지나가며 진입로에 던져놓은 신문을 가지러 누가 나오기를 기다렸다. 얇게 돌돌 만 신문이었다. 물론 〈로스앤젤레스 타임스〉는 아닐 것이었다. 로운 파인 주민들은 로스앤젤레스나 그곳에서 일어난 살인사건이나 그곳의 형사들에 대해서는 아무 관심도 없을 터였다.

9시가 되자 그 집의 지붕 위로 연기가 피어오르기 시작했다. 몇 분 후에는 오리털 조끼를 입은 60세 정도로 보이는 남자가 신문을 가지러 나왔다. 신문을 집어든 그는 반 블록 떨어진 곳에 서 있는 보슈의 차를 바라보더니 다시 안으로 들어가 버렸다.

보슈는 이 거리에서 그의 차가 눈에 잘 띈다는 것을 알고 있었다. 굳이 숨기려고도 하지 않았다. 그냥 기다릴 뿐이었다. 그는 블레이락 부부의 집 앞으로 차를 몰아가 진입로로 들어갔다.

보슈가 현관문 앞에 서자 노크도 하기 전에 조금 전에 보았던 남자가 문을 열었다.

"블레이락 씨?"

"그래요, 난데요."

보슈는 경찰 배지와 신분증을 보여주었다.

"잠깐 선생님 부부와 말씀 좀 나누고 싶습니다. 제가 맡고 있는 수사에 관해서요."

"당신 혼자요?"

"네."

"언제부터 거기 있었죠?"

보슈가 미소를 지었다.

"새벽 4시 정도부터요. 너무 늦게 도착해서 아무 데서도 방을 구할 수가 없었어요."

"들어오세요. 마침 커피를 끓이고 있었어요."

"뜨거운 거라면 감사히 한 잔 마시겠습니다."

그는 보슈를 거실로 안내해 벽난로 옆에 놓인 의자들과 소파를 가리켰다.

"아내를 데리고 오고 커피도 가져올게요."

보슈는 벽난로에 가장 가까이 있는 의자로 걸어갔다. 앉으려는데 소파 뒤 벽에 액자가 많이 걸려 있는 것이 보였다. 그는 그리로 걸어가 사진들을 살펴보았다. 모두가 어린이와 청년의 사진이었다. 인종도 다양했다. 두 명은 신체장애나 정신장애가 있는 것이 분명해보였다. 위탁 아동들이었다. 그는 돌아서서 벽난로에서 가장 가까이 있는 의자에 앉아서 기다렸다.

곧 블레이락이 김이 모락모락 나는 커피가 든 커다란 머그컵을 들고 돌아왔다. 부인이 그 뒤를 따라 들어왔다. 부인은 남편보다 약간 나이가 많아 보였다. 잠이 덜 깬 눈이었지만 부드러운 표정이었다.

블레이락이 말했다.

"이쪽은 내 아내, 오드리예요. 커피를 블랙으로 마십니까? 내가 아는 경찰들은 전부 블랙으로 마시던데."

남편과 아내가 소파에 나란히 앉았다.

"블랙 좋습니다. 경찰을 많이 아시나보죠?"

"LA에 살 때 많이 알았죠. LA 소방국에서 30년을 일했어요. 92년 폭동(1992년 LA에서 발생한 미국 역사상 최대 규모의 흑인 폭동-옮긴이) 이후에 소방서장 자리에서 물러나며 그만뒀죠. 그만하면 충분했어요. 와츠 폭동(1965년 LA의 흑인거주지 와츠에서 발생한 흑인 폭동-옮긴이) 직전에 들어갔다가 92년 폭동 이후에 그만뒀으니까."

"무슨 일로 오신 거죠?"

오드리가 물었다. 남편의 수다를 마냥 듣고 있을 수는 없는 듯한 태도였다.

보슈가 고개를 끄덕였다. 커피도 마셨고 소개도 끝이 났다.

"전 할리우드 경찰서 강력반 형삽니다. 전 지금 어떤 사건을…."

"난 그 뒤에 있는 소방서에서 6년을 일했어요."

블레이락이 말했다.

보슈가 다시 고개를 끄덕였다.

"여보, 형사님이 무엇 때문에 그 먼 길을 오셨는지 들어보자고."

오드리가 말했다.

"미안해요. 말씀하세요."

"전 지금 로럴 캐니언에서 일어난 살인사건을 수사 중입니다. 두 분이 예전에 사셨던 곳이죠. 우린 1980년에 그곳에 살았던 사람들을 만나보고 있어요."

"왜 1980년이죠?"

"살인이 그해에 발생했거든요."

그들은 당혹스러운 얼굴로 그를 쳐다보았다.

돈 블레이락이 말했다.

"수사가 중단된 미결사건들 중에 하난가보죠? 내가 그곳에 살았을 땐 그런 일로 수사한다는 소릴 못 들어본 것 같은데요."

"미결사건이라고 할 수도 있겠군요. 실은 불과 2주 전에야 유골이 발견됐습니다. 그곳 숲 속에 암매장되어 있었죠. 언덕에요."

보슈는 그들의 표정을 살폈다. 충격을 받은 표정일 뿐 특별히 주목할 점은 보이지 않았다.

오드리 블레이락이 말했다.

"오, 하느님 맙소사. 우리가 거기 사는 동안 누군가의 시체가 그 언덕에 묻혀 있었다고요? 우리 애들이 그 언덕에 올라가 놀았어요. 살해당한 사람은 누구죠?"

"어린이였어요. 열두 살짜리 사내아이요. 이름은 아서 들라크루아고요. 들어보신 적 있습니까?"

부부는 각자의 기억을 더듬더니 서로를 바라보며 같은 결과임을 확인했다. 그러고는 둘 다 고개를 저었다.

"아뇨, 그런 이름은 들어본 적이 없군요."

돈 블레이락이 말했다.

오드리 블레이락이 물었다.

"그 애가 어디 살았죠? 우리 동네 아이는 아닌 것 같은데요."

"아닙니다. 미라클 마일 지역에 살았어요."

"끔찍하군요. 어떻게 살해되었죠?"

오드리가 물었다.

"맞아 죽었어요. 궁금하신 건 알겠는데 괜찮으시다면 제가 먼저 몇 가지 여쭤보고 싶은데요."

"아, 미안해요. 말씀하세요. 또 뭐가 궁금하시죠?"

오드리가 말했다.

"그 당시 그곳 원더랜드 대로변 동네에 살았던 주민들의 신원을 확인하고 있어요. 누가 어디에 살았는지 등을 알아보는 거죠. 그냥 통상적인 탐문수삽니다."

보슈는 미소를 지었다. 자신의 말이 진실하게 들리지 않았다는 생각이 들었다.

"지금까지는 확인 작업이 상당히 어려웠습니다. 그동안 사람들이 많이 들고 나고 했더군요. 사실, 1980년 이후로 그곳에 계속 살고 있는 주민은 기요 박사와 후터라는 남자뿐이었어요."

오드리가 부드럽게 미소를 지으며 말했다.

"아, 폴이요? 참 좋은 분이죠. 아직도 그분한테서 크리스마스카드를 받고 있어요. 부인이 돌아가신 후에도 계속 보내주시네요."

보슈가 고개를 끄덕였다. 오드리가 말을 이었다.

"물론 그분은 우리한텐 너무 비쌌죠. 우리는 웬만하면 우리 아이들을 보건소로 데려갔어요. 하지만 주말에 응급환자가 생기거나 폴이 집에 있을 경우에는, 주저하지 않고 우리를 도와줬어요. 요즘에는 응급처치를 거부하는 의사들도 있다죠? 혹시라도 소송…. 아, 미안해요. 남편처럼 나도 딴 길로 샜군요. 이런 이야기를 들으려고 오신 건 아닐 텐데 말이에요."

"괜찮습니다, 블레이락 부인. 아이들 이야기를 하셨는데요. 두 분이 위탁아동들을 맡아 키우셨다는 이야기를 들었습니다. 맞습니까?"

"그래요. 돈과 나는 25년 동안 아이들을 맡아 키웠죠."

오드리가 대답했다.

"대단하시군요. 존경스럽습니다. 그동안 몇 명이나 돌보셨어요?"

"일일이 세기도 어려울 정도네요. 몇 년씩 맡은 아이들도 있고, 몇 주 있다가 보낸 아이들도 있었죠. 가정법원 소년부 마음대로였으니까요. 금방 들어온 아이가 이제 겨우 적응하고 편해지기 시작할 때, 집으로 돌려보내라거나 어느 한쪽 부모에게 보내라거나 하는 명령이 내려졌을 때는 정말 가슴이 아팠죠. 난 늘 위탁부모가 되려면 단단한 굳은살이 박힌 커다란 가슴을 가져야 한다고 말하곤 했었어요."

오드리가 남편을 바라보며 고개를 끄덕였다. 남편도 고개를 끄덕이고는 팔을 뻗어 그녀의 손을 잡았다. 그러고는 보슈를 바라보며 말했다.

"언젠가 한번은 모두 몇 명이나 키웠나 세어본 적이 있어요. 전부 합해 서른여덟 명이더군요. 하지만 실제로 키운 아이는 열일곱 명이었다고 생각하고 있어요. 변화를 보일 만큼 충분히 오랜 기간을 우리와 함께 살았던 아이들이 열일곱 명이라는 얘기죠. 보통 2년에서… 한 아이는 14년간 함께 살았었죠."

그는 소파 뒤 벽을 돌아보며 휠체어에 앉아 있는 한 소년의 사진을 가리켰다. 소년은 체구가 작았고 두꺼운 안경을 쓰고 있었다. 두 팔목은 큰 각도로 구부러져 있었고, 뒤틀린 얼굴에 미소를 짓고 있었다.

"쟤가 그 애예요, 베니라는 아이죠."

그가 말했다.

"놀랍군요."

보슈가 말했다.

보슈는 주머니에서 수첩을 꺼내 깨끗한 페이지를 펼쳤다. 그러고는 펜을 꺼내 들었다. 그때 그의 휴대전화가 울리기 시작했다.

"제 겁니다. 신경 쓰지 마세요."

보슈가 말했다.

"안 받아요?"

돈이 물었다.

“메시지를 남기겠죠. 산동네에서 이렇게 잘 터질 줄은 생각도 못했는데요.”

“그래요. 심지어 TV도 나오죠.”

돈을 바라보던 보슈는 그가 자신의 말에 마음이 상했다는 것을 깨달았다.

“죄송합니다. 기분을 상하게 하려고 한 말은 아니었어요. 그건 그렇고, 1980년에 두 분의 집에 살았던 아이들 이야기를 듣고 싶습니다.”

잠깐 동안 둘은 서로를 바라보기만 할 뿐 말이 없었다.

“우리 아이들 중에 이 일에 관련된 아이가 있나요?”

오드리가 물었다.

“모르겠습니다, 부인. 그때 두 분 집에 누가 살았는지 모르거든요. 말씀드렸다시피, 우리는 그 당시 그 동네에 살았던 사람들을 파악하는 중입니다. 누가 그곳에 살았는지 알아야 해요. 그리고 거기서부터 수사를 시작해야죠.”

“그건 청소년국에 물어보면 금방 알 텐데요.”

보슈가 고개를 끄덕이며 대답했다.

“지금은 청소년부로 이름이 바뀌었죠. 그리고 빨라도 월요일이나 되어야 도움을 받을 수 있고요. 그런데 이건 살인사건입니다, 블레이락 부인. 이 정보가 지금 당장 필요합니다.”

또다시 서로의 얼굴만 바라볼 뿐 잠깐 침묵이 흘렀다.

마침내 돈 블레이락이 말했다.

“글쎄요, 어떤 특정 기간에 정확히 누가 우리 집에 살았는지 기억해내기는 좀 힘들 것 같군요. 베니나 조디앤드 프란시스처럼 똑똑히 기억나는 애들이 있긴 하지만. 오드리가 말했듯이, 잠깐 머물렀다가 떠나는 아이들이 해마다 있었거든요. 그런 애들을 기억하기란 쉽지가 않죠. 봅시다, 1980년이라….”

그는 자리에서 일어서더니 소파 뒤 벽 쪽으로 돌아서서 사진들을 바라보았다. 그러다가 여덟 살쯤 되어 보이는 흑인 사내아이 사진을 가리켰다.

“저기 윌리엄이요. 쟤가 1980년에 있었어요. 쟤는….”

오드리가 끼어들었다.

“아니. 윌리엄은 1984년에 왔잖아. 올림픽 할 때였어, 기억 안 나? 당신이 윌리엄에게 포일로 성화(聖火)를 만들어줬잖아.”

“아, 그래, 맞아, 1984년이었지.”

보슈는 의자에서 몸을 숙였다. 벽난로 불이 점점 더 뜨겁게 느껴지고 있었다.

“우선 말씀하신 세 아이 이야기부터 시작해보죠. 베니와 다른 두 아이요. 그 아이들 이름이 성까지 정확하게 뭐였죠?”

부부는 아이들의 이름을 불러주었고 보슈가 연락처를 묻자 베니를 빼고 두 아이의 연락처만 알려주었다.

오드리가 말했다.

“베니는 6년 전에 죽었어요. 다발성 경화증으로요.”

“유감입니다.”

“우리에게 아주 소중한 아이였죠.”

보슈는 고개를 끄덕이고 애도의 감정을 표시하기 위해 잠깐 동안 침묵했다.

“그러면 또 누가 있었죠? 위탁아의 이름과 위탁기간 등을 기록해놓진 않으셨나요?”

“기록해놓긴 했는데 여기엔 없어요. LA에 보관되어 있죠.”

돈 블레이락이 말했다. 그는 갑자기 무슨 생각이 떠오른 듯 손가락

두 개를 맞부딪쳤다.

"저기, 우리가 맡으려고 했거나 맡았던 아이들 모두의 명단을 갖고 있어요. 그런데 연도별로는 아니에요. 그걸 보면서 범위를 좀 좁힐 수 있겠는데, 그거라도 도움이 되겠어요?"

보슈는 오드리가 잠깐 동안 화난 표정으로 남편을 노려보는 것을 보았다. 그녀의 남편은 보지 못했지만 보슈는 보았다. 보슈는 그녀가 본능적으로 보슈가 제기하는 위협으로부터, 그 위협이 실제적이든 아니든 그것으로부터 아이들을 보호하려고 한다는 것을 알았다.

"네, 큰 도움이 될 것 같은데요."

돈이 거실을 나가자 보슈가 오드리를 바라보았다.

"남편이 제게 명단을 주는 걸 원치 않으시는군요. 이유가 뭐죠, 블레이락 부인?"

"당신이 우리에게 정직하지 않은 것 같아서죠. 당신은 뭔가를 찾고 있어요. 당신의 필요에 딱 들어맞는 뭔가를요. 당신 말대로 통상적인 탐문수사나 하려고 한밤중에 로스앤젤레스에서 여기까지 달려오진 않았을 거예요. 당신은 그 아이들이 어려운 환경에서 자랐다는 것을 알고 있어요. 그 애들이 우리에게 왔을 땐 전부 다 천사는 아니었죠. 하지만 난 그 애들 중 누구라도 신분이나 환경 때문에 범죄자로 몰리는 건 원치 않아요."

보슈는 그녀의 말이 끝났는지 확인하기 위해 잠시 동안 기다렸다가 말했다.

"블레이락 부인, 맥클라렌 청소년보호소에 가보신 적 있으세요?"

"물론이죠. 우리 애들 중 몇 명은 거기서 왔거든요."

"저도 거기 출신입니다. 그리고 위탁가정도 몇 군데 돌아다녔지만 어디에서도 오래 있지 못했죠. 제가 바로 그런 아이였기 때문에 그 아이들이 어떤 아이들인지 잘 알고 있습니다. 그리고 사랑이 가득한 위탁가정도 있지만 원래 있던 곳만큼이나 끔찍한 혹은 더 끔찍한 가정도 있다는 사실도 알고 있죠. 아이들을 헌신적으로 보살피는 위탁부모들도 있지만 정부에서 주는 보조금 챙기기에만 혈안이 된 위탁부모들도 있다는 사실도 알고 있고요."

그녀는 한참이나 말이 없다가 대답했다.

"그런 건 중요하지 않아요. 어쨌든 당신은 당신의 퍼즐 그림에 딱 맞는 조각을 찾으려고 하고 있는 거잖아요."

"틀렸습니다, 블레이락 부인. 퍼즐 이야기도 틀리고, 저에 대해서도 잘못 생각하고 계십니다."

돈 블레이락이 초록색 폴더를 들고 돌아왔다. 그는 그것을 정사각형 커피 탁자에 내려놓고 펼쳤다. 폴더 주머니마다 사진과 편지가 들어 있었다. 오드리는 남편이 돌아온 것도 아랑곳 않고 하던 이야기를 계속했다.

"남편도 당신처럼 공무원으로 일했기 때문에 내가 이런 말을 하면 안 좋아할 거예요. 하지만 형사님, 난 당신을, 그리고 당신이 주장하는 여기 온 이유를 믿지 못하겠어요. 당신은 우리에게 정직하지 않으니까요."

돈 블레이락이 소리를 질렀다.

"오드리! 이분은 지금 공무를 수행하는 중이야."

"알아, 그런데 공무를 수행한답시고 아무 말이나 막 하고 있잖아. 그리고 공무를 수행하려고 우리 아이들을 괴롭힐 거고."

"오드리, 그러지 마, 제발."

돈은 보슈를 바라보며 종이 한 장을 건넸다. 손으로 쓴 이름들이 나열되어 있었다. 보슈가 이름들을 읽기도 전에 그는 종이를 다시 빼어가 탁자 위에 내려놓았다. 그러고는 이름을 읽으며 어떤 이름들 옆에는 표시를 해나가기 시작했다. 그는 일을 계속하면서 말했다.

"우리는 돌본 아이들 모두를 기억하기 위해서 이 명단을 만들었어요. 누군가를 죽도록 사랑하면서도 생일을 스무 개나 서른 개쯤 기억해야 하는 세월이 흐르면 꼭 그 중 누군가를 잊게 되죠. 놀랍지 않아요? 내가 여기 표시를 한 아이들은 1980년보다 훨씬 이후에 들어온 아이들이에요. 내가 다 하고 나면 오드리가 다시 살펴보고 확인을 해줄 거예요."

"아니, 난 안 해."

남편은 부인의 말을 못 들은 척했다. 보슈의 눈이 그가 쥐고 있는 연필에서 명단으로 내려갔다. 아래로 3분의 2쯤 읽어 내려갔을 때 보슈가 팔을 뻗어 이름 한 개를 가리켰다.

"이 아이 얘기 좀 해주세요."

돈 블레이락이 고개를 들어 보슈를 바라보더니 고개를 돌려 아내를 바라보았다.

"누구죠?"

그녀가 물었다.

"존 스톡스요. 1980년에 두 분 집에서 살았죠, 그렇죠?"

보슈가 말했다.

오드리가 한동안 그를 노려보았다. 그녀는 계속 보슈를 노려보면서 남편에게 말했다.

"봤지? 이 사람은 여기 오기 전부터 조니에 대해 알고 있었어. 내 말이 맞았어. 이 사람은 정직한 사람이 아니야."

## 50 수배자

돈 블레이락이 커피를 한 주전자 더 끓이러 갈 때까지 보슈는 존 스톡스에 대해 수첩 두 장에 빽빽이 메모를 했다. 스톡스는 1980년 1월 청소년국의 위탁으로 블레이락 가에 왔고 그해 7월에 자동차를 훔쳐 폭주족 행세를 하며 할리우드를 누비고 돌아다니다가 체포되어 그 집을 떠났다. 자동차 절도죄로 두 번째 체포된 것이었다. 그는 슬라이머 소년원에 6개월간 수용되었다. 교정교육기간이 끝나자 판사는 그를 친부모에게로 돌려 보냈다. 블레이락 부부는 가끔씩 그로부터 소식을 전해 들었고 그가 아주 가끔씩 부부의 집을 찾아오면 만난 적도 있었지만, 부부에게는 돌봐야 할 다른 아이들이 있어서 곧 그와의 연락이 끊어지게 되었다.

돈 블레이락이 커피를 끓이러 가자 보슈는 어색한 침묵 속에 오드리와 단둘이 앉아 있게 되었다. 그러나 얼마 후 그녀가 먼저 입을 열었다.

"우리 아이들 중에 열두 명은 대학을 졸업했어요. 둘은 직업 군인이 되었고요. 하나는 남편을 따라 소방관이 되었죠. 지금은 밸리에서 일하고 있어요."

그녀가 보슈에게 고개를 끄덕이자 보슈도 답례로 고개를 끄덕였다. 그녀가 말을 이었다.

"우리는 우리 아이들을 전부 다 잘 키워냈다고 생각하진 않아요. 하지만 한 명 한 명에 대해 최선을 다했어요. 상황이나 법원이나 청소년국 관계자들 때문에 아이를 계속 도울 수 없을 때도 가끔 있었죠. 조니가 그런 경우였어요. 조니가 실수를 했고 그 책임은 우리에게 전가되는 것 같았어요. 우리에게서 조니를 데려가 버렸어요. 그를 도와줄 기회도 주지 않고 말이에요."

보슈가 할 수 있는 일이라곤 고개를 끄덕이는 일뿐이었다.

"조니를 전부터 알고 있는 것 같은데요. 조니를 만나봤나요?"

그녀가 말했다.

"네. 잠깐이요."

"지금 교도소에 있어요?"

"아니요."

"우리 집을 나간 후로 어떻게 살았어요?"

보슈는 두 손을 펼쳐 보였다.

"그다지 잘 살진 못했어요. 마약을 하고, 수도 없이 체포되어 교도소를 들락날락했죠."

그녀가 슬픈 표정으로 고개를 끄덕였다.

"조니가 우리 동네에서 그 아이를 죽였다고 생각해요? 우리와 함께 지낼 동안에요?"

보슈는 그녀의 표정에서 자신이 진실하게 대답을 하면 그녀가 그동안 공들여 쌓은 탑을 송두리째 무너뜨리게 될 거라는 사실을 알 수 있었다. 벽을 가득 채운 사진과 대학 졸업가운과 좋은 직업도 이 일에 비하면 아무것도 아닐 것이었다.

"잘 모르겠습니다. 확실히 아는 건 그가 살해당한 소년의 친구였다는 사실뿐이죠."

그녀는 눈을 감았다. 꽉 감은 것이 아니라 살짝 감아 눈을 쉬게 해주고 있는 것 같았다. 그녀는 남편이 돌아올 때까지 더 이상 아무 말도 하지 않았다. 돈은 보슈를 지나쳐 가서 커피 주전자를 벽난로 위에 올려놓았다.

"1분 후면 마실 수 있을 거예요."

"감사합니다."

보슈가 말했다.

돈이 소파로 돌아가자 보슈가 일어섰다.

"괜찮으시다면 두 분께 보여드리고 싶은 것이 몇 개 있는데요. 제 차에요."

그는 잠깐 나갔다 오겠다고 말하고 밖으로 나와 차로 갔다. 앞좌석에서 서류가방을 집어 들고 트렁크로 가서 스케이트보드가 든 상자를 꺼냈다. 보드를 블레이락 부부에게 한번 보여주는 것도 좋을 것 같았다.

트렁크 문을 닫는데 전화벨이 울렸고 이번에는 전화를 받았다. 에드거였다.

"해리, 어디야?"

"로운 파인."

"로운 파인이라고? 거기까지 올라가서 뭐하는 거야?"

"얘기할 시간이 없어. 자넨 어디야?"

"사무실. 약속했잖아. 난 자네가…."

"저기 있잖아, 한 시간 후에 전화할게. 그동안 스톡스에 대해 수배령을 내려줘."

"뭐라고?"

보슈는 블레이락 부부가 자신의 말을 듣고 있거나 자신을 보고 있지는 않은지 확인했다.

"스톡스를 지명수배하라고. 놈을 잡아야해."

"왜?"

"놈이 범인이니까. 놈이 아서를 죽였어."

"해리, 도대체 무슨 말이야?"

"한 시간 후에 전화할게. 수배령을 내려줘."

보슈는 전화를 끊고 전원까지 꺼버렸다.

집 안으로 들어간 보슈는 판지 상자는 바닥에 내려놓고 서류가방은 무릎 위에 올려놓고 열었다. 쉴러 들라크루아에게서 빌려온 들라크루아 가족사진을 담은 봉투를 찾았다. 봉투를 열어 사진들을 꺼냈다. 사진들을 둘로 나눠 블레이락 부부에게 반씩 건네주었다.

"이 사진들 속에 있는 소년이 혹시 아는 얼굴인지, 두 분 집에 온 적이 있는지 살펴봐 주세요. 조니나 다른 누구하고라도 함께요."

보슈는 부부가 사진들을 보고 바꿔서 보는 것을 지켜보고 있었다. 다 살펴본 그들은 고개를 저었고 사진을 그에게 다시 건네주었다.

"모르겠는데요."

돈 블레이락이 말했다.

"알겠습니다."

보슈가 사진들을 다시 봉투에 넣으면서 말했다.

그는 서류가방을 닫아 바닥으로 내려놓았다. 그리고는 판지 상자를 열어 스케이트보드를 꺼냈다.

"혹시 이건…."

“그건 조니 건데요.”

오드리가 말했다.

“확실합니까?”

“확실해요. 그들이 조니를 우리에게서… 빼어갔을 때, 조니가 그걸 놔두고 갔어요. 나중에 조니한테 우리가 갖고 있다고 알려줬죠. 조니의 집에 전화를 걸어 알려줬지만, 조니는 그걸 찾으러 오지 않았어요.”

“이게 조니의 것이라는 건 어떻게 아시죠?”

“그냥 기억이 나네요. 그 해적 표시가 마음에 안 들었어요. 그 표시를 보니까 알겠네요.”

보슈는 스케이트보드를 다시 상자에 집어넣었다.

“조니가 가지러 오지 않아서 어떻게 하셨어요?”

“팔았어요. 돈이 퇴직하고 나서 이곳으로 이사하기로 결정했을 때, 갖고 있던 잡동사니를 다 팔아버렸어요. 차고에서 벼룩시장을 크게 열었었죠.”

오드리가 말했다.

“벼룩시장이 아니라 코끼리 시장이 맞겠는데. 갖고 있던 걸 전부 처분했으니까 말이야.”

돈이 오드리에게 말했다.

“전부는 아니지. 지금 뒤뜰에 있는 그 쓸모도 없는 화재 경종은 당신이 안 팔려고 했잖아. 어쨌든 그때 스케이트보드를 팔았어요.”

“누구에게 팔았는지 기억하세요?”

“그럼요. 트렌트 씨라고 옆집에 살던 남자였어요.”

“그게 언제였죠?”

“1992년 여름이었어요. 그 집을 판 직후였죠. 이사를 가려고 짐을 정리하던 때였어요.”

“스케이트보드를 트렌트 씨에게 판 것을 어떻게 아직도 기억하고 계시죠? 1992년이라면 아주 오래전인데요.”

“트렌트 씨가 우리가 파는 물건을 절반가량이나 샀으니까요. 잡동사니의 반을요. 전부 모으더니 다 똑같은 가격을 지불했죠. 직업상 그것들이 필요하댔어요. 무대 디자이너였거든요.”

“무대 장식가야. 다른 거라고.”

남편이 지적했다.

“어쨌든요. 그는 우리에게서 산 것들을 영화 세트를 장식하는 데 썼어요. 난 영화를 보다가 우리 집에 있었던 물건을 발견하게 되기를 바랐죠. 하지만 그런 적은 한 번도 없었어요.”

보슈는 수첩에 메모를 했다. 이제 블레이락 부부에게서 필요한 것은 전부 얻은 것 같았다. 이젠 LA로 돌아가 스톡스를 잡을 시간이 되었다.

“어떻게 당신이 그 스케이트보드를 갖고 있죠?”

오드리가 그에게 물었다.

보슈는 수첩에서 고개를 들었다.

“아, 이건 트렌트 씨 집에서 압수했습니다.”

“아직도 그곳에 살아요? 좋은 이웃이었죠. 트렌트 씨와는 얼굴을 붉힌 적이 한 번도 없었어요.”

돈 블레이락이 말했다.

“최근까지는요. 그런데 얼마 전에 사망했습니다.”

“어머나, 세상에. 이게 무슨 일이에요. 나이도 많지 않았는데.”

오드리가 탄식하며 말했다.

“한두 가지만 더 여쭤볼게요. 존 스톡스가 이 스케이트보드를 어떻게 갖게 되었는지 두 분 중 누구에게라도 말한 적이 있었습니까?”

보슈가 물었다.

"학교에서 친구들과 시합해서 땄다고 했어요."

오드리가 말했다.

"브레드린 초등학교요?"

"그래요, 조니는 거기 다녔어요. 우리 집에 오기 전부터 거기 다녔다고 해서 계속 다니게 했죠."

보슈는 고개를 끄덕이고 나서 메모한 것을 내려다보았다. 얻을 건 다 얻었다. 그는 수첩을 덮고 재킷 주머니에 넣은 후 자리에서 일어섰다.

# 51 꼬리잡기

보슈는 로운 파인 다이너 바로 앞에 차를 세웠다. 창가 쪽 칸막이 자리는 모두 손님들이 앉아 있었고, 그 손님들 거의 모두가 고향에서 320킬로미터나 떨어진 곳에 서 있는 LA 경찰차를 내다보고 있었다.

보슈는 배가 고파 죽을 지경이었지만 에드거와의 통화를 더 이상 미룰 수가 없었다. 그는 휴대전화기를 꺼내 전화를 걸었다. 첫 번째 벨이 다 울리기도 전에 에드거가 전화를 받았다.

"나야. 수배령은 내렸어?"

"그래, 내렸어. 하지만 도대체 무슨 일인지도 모르는 상태라 내리기가 좀 힘들었어, 동료."

에드거가 내뱉은 동료라는 말이 꼭 '개새끼'라는 말처럼 들렸다. 보슈는 함께 맡는 마지막 사건을 이런 식으로 끝을 맺는 것이 유감스러웠다. 자신의 잘못이라는 것을 알았다. 웬지 모르겠지만 에드거를 수사에서 자꾸만 제외시키게 되었다.

보슈가 말했다.

"제리, 미안해, 다 내 잘못이야. 난 그냥 내친 김에 수사를 계속 하고 싶었고, 그러다 보니 한밤중에 이곳으로 달려와야 했어."

"나랑 함께 갈 수도 있었잖아."

"그래, 근데 나설 땐 그 생각이 안 나더라고. 그냥 달려왔어. 이제 돌아가려고."

보슈는 거짓말을 했다.

"그래, 알았어. 그럼 도대체 일이 어떻게 돌아가고 있는지 처음부터 소상히 말 좀 해 봐. 이유도 모른 채 수배령이나 내리고 있으니 얼간이가 된 기분이야."

"말했잖아, 스톡스가 범인이라고."

"그래, 그 말만 했지, 다른 말은 한 마디도 하지 않았잖아."

보슈는 10분 동안 식당 안 손님들을 밖에서 구경하면서 에드거에게 그동안 일어난 일을 자세하게 설명했다.

"빌어먹을, 기껏 잡아놓고 놔 준거군."

보슈의 말이 끝나자 에드거가 말했다.

"그래, 하지만 지금은 그런 생각이나 하고 있을 시간이 없어. 놈을 다시 잡아들여야해."

"그러니까 자네 말은 아서가 짐을 싸가지고 집을 나와서는 스톡스에게 갔다는 거로군. 스톡스는 아서를 데리고 언덕으로 올라가서 살해한 거고."

"그럴 거야."

"이유는?"

"그건 놈한테 직접 물어봐야겠지. 짐작이 가는 건 있지만."

"뭔데? 스케이트보드?"

"그래, 스케이트보드를 갖고 싶었던 거 같아."

"스케이트보드 때문에 친구를 죽였다고?"

"그것보다 더 하찮은 것 때문에 살인을 한 경우도 봤잖아. 그리고 스톡스가 아서를 죽일 의도가 있었는지 없었는지도 아직 모르고. 손으로 흙을 파서 만든 얕은 무덤이었어. 그런 걸 보면 사전에 계획된 범행은 아닌 것 같아. 어쩌면 그냥 아서를 밀었는데 넘어져 죽은 건지도 모르지. 어쩌면 돌멩이로 때렸는데 그렇게 된 건지도 모르고. 둘 사이에 무슨 일이 있었는지는 아직 모르는 일이잖아."

에드거는 한참 동안이나 말이 없었고, 보슈는 이제 이야기가 끝난 것 같아 식당으로 들어가 음식을 시켜야겠다고 생각했다.

"위탁부모들은 자네 생각에 대해 뭐라고 그래?"

보슈가 한숨을 쉬었다.

"이런 얘긴 안 했어. 하지만 내가 스톡스에 대해 물어봤을 때도 별로 놀라는 것 같지는 않았어."

"결국 이제까지 우린 헛수고만 하고 있었던 셈이군, 해리."

"무슨 뜻이야?"

"사건의 본질이 뭐야? 열세 살짜리 사내아이가 빌어먹을 장난감 하나 때문에 열두 살짜리 친구를 살해한 것 아냐? 이 일이 일어났을 때 스톡스는 미성년자였어. 이제 와서 그를 기소하는 건 불가능하다고."

보슈는 잠시 동안 생각해보았다.

"기소가 가능할 수도 있어. 스톡스를 잡아서 놈의 입에서 어떤 자백을 받아내느냐에 달렸지."

"방금 전에 사전 계획의 증거는 없다고 자네 입으로 말했잖아. 기소 안 할 거야, 해리. 분명히. 우린 우리 자신의 꼬리를 잡으려고 쫓아다닌 꼴이라고. 사건은 종결하지만 잡아 처넣을 놈은 한 놈도 없잖아."

보슈는 에드거의 말이 맞다는 걸 알았다. 현행법 상, 12세 이상에서 14세 미만의 청소년이었을 때 저지른 범죄에 대해 성인이 되어 기소를 당하는 경우는 거의 없었다. 스톡스가 범죄를 전부 자백한다고 하더라도 결국에는 기소되지 않고 걸어 나갈 것이었다.

"그녀가 놈을 쏘게 내버려뒀어야 했는데."

보슈가 중얼거렸다.

"뭐라고, 해리?"

"아무것도 아냐. 먹을 걸 좀 사서 바로 출발할 거야. 자넨 거기 있을 거야?"

"그래, 여기 있을 거야. 무슨 일 있으면 연락할게."

"알았어."

보슈는 전화를 끊고 차에서 내리면서도 스톡스가 기소되지 않고 걸어 나갈 가능성에 대해 생각했다. 그리고 따뜻한 식당 안으로 들어가 기름 냄새와 음식 냄새를 맡는 순간, 어느새 식욕이 사라졌다는 사실을 깨달았다.

# 52 완전한 종결

보슈가 험한 산악지대를 돌아 구불구불 이어지는 그레이프바인 고속도로를 막 빠져나오고 있는데 휴대전화 벨이 울렸다. 에드거였다.

"해리, 왜 이렇게 전화가 안 돼? 어디야?"

"산악지역에 있었어. 출발한 지 아직 한 시간도 안 됐어. 무슨 일이라도 있어?"

"스톡스가 있는 곳을 찾아냈어. 놈은 지금 더 어셔에 숨어 있어."

보슈는 잠시 생각을 더듬었다. 더 어셔는 할리우드 대로에서 한 블록 떨어진 곳에 위치한 1930년대에 세워진 호텔이었다. 지난 수십 년 동안 값싼 여인숙이자 매매춘 장소로 이용되어 오다가, 할리우드 대로 재개발 계획에 포함이 되면서 땅값이 천정부지로 치솟았다. 호텔은 매각된 후 문을 닫았고 우아한 귀부인 같은 할리우드 신시가지의 위상에 걸맞는 모습으로 재창조되기를 기다리고 있었다. 그러나 시정 당국이 재개발에 대한 최종 승인을 미루면서 호텔의 개조 작업은 계속 연기되어

왔다. 그러자 무일푼인 뜨내기들이 밤이슬을 피할 장소로 그곳을 이용하고 있었다.

더 어셔 호텔이 재탄생을 기다리는 동안, 13층짜리 건물의 모든 객실은 불법점거자들의 집이 되었다. 그들은 철책과 합판 울타리 사이로 숨어들어가 보금자리를 마련했다. 지난 두 달 동안 보슈는 용의자를 찾아 그곳에 들어가 본 적이 두 번 있었다. 전기도 수도도 끊겼다. 하지만 불법점거자들도 화장실은 써야했기 때문에, 어딜 가도 하수구 같은 악취가 코를 찔렀다. 객실마다 문은 전부 떨어져 나갔고 가구도 남아 있지 않았다. 그들은 객실에 남아 있던 돌돌 만 카펫을 침대로 이용했다. 그곳을 수색하는 건 말 그대로 악몽이었다. 객실이 전부 개방되어 있고, 그 속 어딘가에 총 든 놈이 숨어 있을지도 몰랐다. 한시라도 방심하면 큰 봉변을 당할 수 있는 곳이었다.

보슈는 비상등을 켜고 가속 페달을 밟았다.

"놈이 거기 숨어 있는 건 어떻게 알아냈어?"

보슈가 물었다.

"지난주부터 우리가 놈을 찾고 있었잖아. 마약수사관 몇 명이 그곳을 수색하다가 놈이 13층 꼭대기까지 올라가 숨어 있다는 정보를 입수했대. 뭔가 꿀리는 게 있지 않으면 엘리베이터도 안 되는 건물에서 꼭대기까지 올라가겠어?"

"그렇군. 그래, 어떻게 할 거야?"

"대규모 작전을 펼칠 거야. 순찰대 네 팀, 우리, 그리고 마약수사대가 합동으로 말이야. 맨 아래부터 시작해서 위로 올라가면서 훑을 거야."

"언제 시작할 건데?"

"지금 당장 인원점검하고 시작할 거야. 자네를 기다릴 수가 없어, 해리. 놈이 냄새 맡고 튀기 전에 잡아야해."

보슈는 잠깐 동안 에드거가 이렇게 서두르는 게 타당한 이유에선지 아니면 그동안 보슈가 몇 차례 그를 수사에서 제외시킨 것에 대한 보복인지 궁금했다.

마침내 보슈가 말했다.

"그래, 맞아. 무전기 가져갈 거지?"

"응. 2번 채널이야."

"알았어. 거기서 보자. 방탄조끼 입어."

방탄조끼를 입으라고 한 것은 스톡스가 무장했을까 봐 염려가 되어서가 아니라, 완전히 폐쇄된 어두운 호텔 복도에 나타난 중무장한 경찰관들은 위험의 표적이 될 수 있기 때문이었다.

보슈는 휴대전화를 덮고 가속 페달을 더 세게 밟았다. 곧 로스앤젤레스 시의 북부 경계선을 넘어 산페르난도 밸리로 들어섰다. 토요일이라 도로는 비교적 한산했다. 그는 고속도로를 두 번이나 바꿔 타고 카후엥가 산의 고갯길을 넘어 할리우드로 들어섰다. 에드거와 통화하고 나서 30분 만이었다. 하이랜드 출구로 나오니 남쪽으로 몇 블록 떨어진 곳에 서 있는 더 어셔 호텔이 눈에 들어왔다. 개조작업을 위해 객실의 커튼을 모두 떼어놓아 호텔의 모든 창문이 똑같이 어두웠다.

보슈는 무전기를 갖고 있지 않았고 에드거에게 수사지휘본부가 어디에 설치되는지 물어보는 것을 잊었다. 그렇다고 경찰차를 타고 호텔로 가서 작전을 노출시키고 싶지는 않았다. 그래서 휴대전화기를 꺼내 상황실에 전화를 걸었다. 맨키비츠가 전화를 받았다.

"맨키, 하루도 못 쉬는 거야?"

"1월에는 그래. 내 애들이 크리스마스다 하누카('봉헌절'이라는 뜻으로 유대교 축제일-옮긴이)다 해서 쉬거든. 나라도 땜빵을 해야지. 왜, 무슨 일이야?"

"더 어셔 수사지휘본부가 어디에 차려졌는지 알아?"

"응. 할리우드 장로교회 주차장이야."

"알았어. 고마워."

2분 후 보슈는 교회 주차장으로 들어갔다. 순찰차 다섯 대와 범고래 경찰차 한 대, 마약수사대 차 한 대가 이미 주차되어 있었다. 차들은 교회 한쪽 편에서 마주 보이는 더 어셔 호텔의 창문에서 볼 수 없도록 교회 건물 가까이에 바싹 붙어 있었다.

순찰차 한 대 안에 순경 두 명이 앉아 있었다. 보슈는 차를 세우고 내려 순찰차 운전석 창가로 걸어갔다. 차에 시동이 걸려 있었다. 호송차였다. 다른 경찰관들이 더 어셔에서 스톡스를 검거하면, 이쪽으로 무전 연락이 올 것이었다. 그러면 그들은 호텔로 가서 피의자를 이송하기로 되어 있는 것이었다.

"다른 사람들은 어디 있어요?"

"12층이요. 아직은 조용해요."

운전석에 앉은 순경이 대답했다.

"무전기 좀 빌립시다."

순경이 창문으로 보슈에게 무전기를 건넸다. 보슈는 2번 채널로 에드거를 불렀다.

"해리, 도착했어?"

"응, 올라갈게."

"우린 거의 다 올라왔는데."

"그래도 올라갈게."

보슈는 무전기를 돌려주고 주차장을 걸어 나왔다. 더 어셔 호텔을 에워싸고 있는 건설현장 울타리에 도착한 그는 불법점거자들이 애용하는 개구멍이 있는 북쪽 끝으로 걸어갔다. 개구멍은 전대미문의 초호화 아파트가 곧 탄생한다는 광고판 뒤에 부분적으로 가려져 있었다. 그는 헐거운 울타리를 잡아당겨 개구멍을 통과해 들어갔다.

건물 양편으로 계단이 나 있었다. 스톡스가 용케도 수색을 피해 도주해 내려올 경우를 대비해 각 계단의 1층에 정복 경찰관 조가 서 있을 것이었다. 보슈는 경찰 배지를 꺼내들고 건물 동편에 있는 계단 외부 문을 열었다.

계단으로 들어선 보슈는 총을 꺼내든 순경 두 명이 서 있는 것을 보았다. 보슈가 목례를 하자 순경들도 목례로 화답했다. 그는 계단을 올라가기 시작했다.

보슈는 일정한 속도를 유지하려고 노력했다. 각 층마다 12개의 계단을 오르면 방향을 돌리는 층계참이 나왔고 또다시 12개의 계단을 오르면 그다음 층에 도달하게 되어 있었다. 오물이 넘쳐나는 화장실에서 나오는 악취에 숨이 막힐 지경이었다. 전에 에드거가 모든 냄새는 미립자라고 했던 말이 기억났다. 때로는 아는 게 병이었다.

복도로 통하는 문들과 층수를 알리는 표지판은 사라지고 없었다. 아래쪽 몇 층까지는 누군가가 수고스럽게도 층계참마다 층수를 알리는 숫자를 페인트로 써놓았지만, 좀 더 올라가자 숫자가 사라졌고, 층수를 세던 것도 잊어버려 몇 층까지 올라왔는지 알 수가 없었다.

9층 혹은 10층에 다다르자 보슈는 잠깐 쉬었다. 비교적 깨끗한 계단에 앉아 숨을 골랐다. 이 정도 높은 곳에 오니 악취가 많이 줄어들었고 공기가 그런대로 신선했다. 계단으로 올라오는 것이 수고스러워 높은 층을 보금자리로 삼는 사람들이 적어서 그런 것 같았다.

보슈는 귀를 기울여보았지만 인기척은 전혀 들리지 않았다. 이제 수색팀은 맨 꼭대기 층에 도착했을 것이었다. 스톡스에 대한 정보가 틀린 것은 아닌지, 혹은 스톡스가 이미 도주한 것은 아닌지 걱정이 되었다.

마침내 그는 일어서서 다시 계단을 오르기 시작했다. 1분 후 그는 자신이 층수를 잘못 센 것을 깨달았다. 그러나 그에게는 오히려 다행이었다. 그가 마지막 계단을 다 올라가 보니, 최상층인 13층의 문이 열려 있었다.

그는 크게 숨을 내쉬었다. 더 이상 계단을 오르지 않아도 된다는 생각에 웃음이 절로 나오려고 하는 찰나, 복도에서 고함소리가 들렸다.

"저기다! 저기!"

"스톡스, 안 돼! 경찰이다! 꼼짝…."

귀를 찢을 듯한 커다란 총성이 연달아 두 방 복도에 울려 퍼져 목소리를 잠재워버렸다. 보슈는 총을 꺼내들고 재빨리 문 쪽으로 걸어갔다. 문설주 옆에 서서 복도를 살피는데 총성이 두 번 더 울려 퍼져 재빨리 문설주에 등을 기댔다.

메아리 때문에 어디서 총성이 난 건지 알 수가 없었다. 그는 문설주에서 고개를 빼고 복도를 살펴보았다. 서쪽 객실 문간에서 사선으로 빛줄기가 새어나올 뿐 복도 안은 어두웠다. 복도 15미터 전방에 에드거가 윗몸을 수그린 전투 자세로 정복 경찰관 두 명 뒤에 서 있는 것이 보였다. 셋 다 보슈에게 등을 보이고 있었고 한 객실의 열린 문간을 향해 총을 겨누고 있었다.

"상황 종료! 상황 종료!"

누군가가 외쳤다.

복도에 선 경찰들이 동시에 총을 위로 들어 올리고 열린 문간을 향해 걸어갔다.

"후방에 LA 경찰!"

보슈는 소리를 지르고 나서 복도를 걸어가기 시작했다.

에드거는 정복 순경 두 명을 따라 방으로 들어가며 그를 돌아보았다.

보슈는 잰걸음으로 복도를 걸어가 방으로 들어서려다가 방을 나오는 정복 순경 한 명에게 길을 내주기 위해 뒤로 물러섰다. 순경이 무전기에 대고 말하고 있었다.

“종합관제실, 종합관제실, 하이랜드 41번지 더 어셔 호텔 13층으로 구급대 급파 요청. 피의자가 쓰러졌다. 총상을 입었다.”

방으로 들어가던 보슈가 뒤를 돌아보았다. 무전 연락을 하고 있던 순경은 에지우드였다. 둘의 눈이 잠깐 마주쳤다. 곧 에지우드는 복도의 어둠 속으로 사라졌다. 보슈는 고개를 돌려 방 안을 살펴보았다.

스톡스는 문이 떨어져 나간 벽장 속에 앉아 뒷벽에 고개를 기대고 있었다. 두 손은 무릎에 놓여 있었고 한 손은 25구경 소형 권총을 쥔 상태였다. 청바지에 민소매 티셔츠 차림이었는데 티셔츠는 피로 흥건히 젖어 있었다. 가슴과 왼쪽 눈 바로 밑에 총알이 관통한 상처가 보였다. 눈은 뜨고 있었지만 사망한 것이 분명했다.

에드거는 스톡스의 시체 앞에 한 무릎을 굽히고 앉아 있었다. 시체를 만지지는 않았다. 맥박을 확인할 필요도 없었다. 죽은 게 확실했다. 화약 냄새가 진동을 했지만 방 밖의 악취보다는 반갑게 느껴졌다.

보슈는 방 안을 둘러보았다. 작은 방 안에 사람이 너무 많았다. 정복 순경 세 명에 에드거와 마약수사관인 것 같은 사복차림 형사 한 명이 있었다. 정복 순경 두 명은 문 맞은편 벽 앞에 서서 석고벽에 뚫려 있는 총알구멍 두 개를 살펴보고 있었다. 한 명이 손가락을 들어 구멍을 만지려고 했다.

보슈가 급하게 소리를 질렀다.

“만지지 말아요. 아무것도 만지지 말아요. 모두 여기서 나가서 OIS를 기다려요. 총은 누가 발사했죠?”

마약수사관이 말했다.

"에지우드 순경이요. 놈은 벽장 속에 숨어 있었고 우린…."

"잠깐만요. 성함이?"

"필립스요."

"좋아요, 필립스. 상황 보고는 나중에 OIS한테 해요. 에지우드를 데리고 1층으로 내려가서 기다려요. 구급대가 도착하면 신경 쓰지 말라고 전해줘요. 여기까지 올라올 필요가 없으니까."

경찰들은 마지못해 방을 나갔고, 이제 방 안에는 보슈와 에드거만 남았다. 에드거는 일어서서 창가로 걸어갔다. 보슈는 벽장에서 가장 멀리 떨어진 구석으로 걸어가 스톡스의 시체를 돌아보았다. 그러고 나서 시체 앞으로 다가가 에드거가 앉았던 바로 그 자리에 쭈그리고 앉았다.

그는 스톡스의 손에 있는 총을 살펴보았다. OIS가 그 총을 빼내보면 일련번호가 산에 의해 부식되어 사라진 것을 발견하게 될 것이었다.

보슈는 계단 옆에서 들었던 총성을 생각해보았다. 먼저 두 발이 들렸고 얼마 후 두 발이 들렸다. 기억에 의존해, 더군다나 그 당시 그가 있었던 지점을 고려해볼 때, 제대로 상황을 판단하기는 어려웠다. 그러나 그는 처음 두 발은 나중에 울린 두 발보다 소리가 더 크고 육중했다는 생각이 들었다. 그렇다면 에지우드가 먼저 자신의 권총으로 스톡스를 향해 두 발을 쏜 후에 스톡스가 소형 권총을 쏜 것일 터였다. 스톡스가 머리와 가슴에 치명상을 입고 난 직후에 반사적으로 두 발을 발사했을 가능성이 컸다.

"어떻게 생각해?"

어느새 그의 뒤에 와 있는 에드거가 물었다.

"내 생각은 중요하지 않아. 놈은 죽었어. 이젠 OIS 사건이 되어버렸는데, 뭘."

보슈가 말했다.

"사건이 종결되었잖아, 해리. 검사가 기소를 할지 말지 걱정할 필요가 없어진 것 같은데."

보슈는 고개를 끄덕였다. 마무리 수사와 서류작업이 남아 있었지만 종결된 건 사실이었다. 이제 이 사건은 기소와 재판, 평결이 아닌 '다른 수단에 의한 종결'로 처리되어 종결사건으로 분류될 것이었다.

"그렇겠지."

보슈가 말했다.

에드거가 보슈의 어깨를 툭 쳤다.

"우리 둘이 함께한 마지막 사건이군, 해리. 자, 나가자."

"그래. 한 가지 물어볼게. 아까 인원 점검할 때 검사 이야기를 했어? 이 사건이 미성년자 사건이 될 거라는 이야기를 했어?"

한참 침묵이 흐른 후 에드거가 대답했다.

"그래, 그런 말을 한 것 같아."

"저들에게 나한테 말했던 것처럼 그동안 우리가 헛수고를 한 거였다고 말했어? 검사가 스톡스를 기소하지 않을 거라고?"

"그래, 그랬던 것 같아. 왜?"

보슈는 아무 대답도 하지 않았다. 그는 일어서서 창가로 걸어갔다. 전방에 캐피탈 레코즈 건물이 보였고 그 건물을 지나 카후엥가 산 꼭대기에 할리우드 간판이 보였다. 몇 블록 떨어진 곳에 있는 한 건물의 측면에는 입에 축 늘어진 담배를 문 카우보이의 모습과 함께 흡연이 성불능을 유발한다는 경고문이 적힌 금연 광고판이 붙어 있었다.

보슈가 돌아서서 에드거를 바라보았다.

"OIS가 올 때까지 여기 있을 거야?"

"그래야지. 13층까지 올라와야 한다고 성질깨나 내겠는데."

보슈가 문을 향해 걸어갔다.

"어디 가, 해리?"

보슈는 대답하지 않고 방을 나왔다. 내려가는 동안 다른 사람들을 만나고 싶지 않아 더 먼 쪽에 있는 계단으로 걸어갔다.

# 53 영원한 속죄

포리스트 론 공동묘지의 경사진 언덕에 있는 새로 만들어진 무덤 앞, 한때는 한 가족이었던 사람들이 관을 중심으로 삼각형의 꼭짓점처럼 떨어져 서 있었다. 새뮤얼 들라크루아는 관의 한쪽 옆에 서 있었고, 그의 전 부인은 관을 사이에 두고 그 맞은편에 서 있었다. 쉘러 들라크루아는 관 머리맡에 선 신부의 맞은편, 관 끄트머리에 서 있었다. 어머니와 딸은 새벽부터 내리기 시작한 부슬비를 피하기 위해 검정색 우산을 펼쳐들고 있었지만, 아버지는 우산 없이 비를 맞으며 서 있었다. 그러나 여자들 중 누구도 그와 우산을 나눠 쓰려고 하지 않았다.

빗소리와 근처 고속도로에서 들려오는 소음 때문에 신부의 조사는 보슈에게는 거의 들리지 않았다. 그도 우산이 없어서 멀찌감치 떨어진 떡갈나무 아래에서 비를 피하고 있었다. 아서가 빗속에서 언덕에 묻히는 것이 어울린다는 생각이 들었다.

보슈가 법의국에 전화를 걸어 장례가 어디에서 치러지는지 묻자 포리스트 론 공동묘지라고 알려주었다. 또한 법의국을 통해 아서의 유해를 찾아가고 장례식을 준비한 사람이 아서의 어머니라는 사실도 알게 되었다. 보슈는 아서를 위해, 그리고 그 어머니를 한 번 더 보고 싶어서 장례식에 왔다.

아서 들라크루아의 관은 성인용 관처럼 컸다. 양옆에 크롬도금을 한 손잡이가 달린 반짝이는 회색 관이었다. 새로 왁스칠을 한 자동차처럼 아름다웠다. 빗방울이 관 위로 떨어져 구슬처럼 매달려 있다가 아래로 주루룩 미끄러져 내렸다. 하지만 아서의 유골을 담기에는 지나치게 큰 관이라는 게 보슈에겐 거슬렸다. 마치 물려받은 옷을 입은 듯 몸에 맞지 않는 헐렁한 옷을 입은 아이를 보고 있는 것 같은 느낌이었다. 그 관이 아이의 생애를 상징하고 있는 것 같았다. 언제나 뭔가 부족했고 언제나 우선순위에서 뒤처졌던 아이의 생애를 상징하는 것 같았다.

빗줄기가 강해지자 신부는 한 손으로 우산을 받쳐 들고 다른 한 손으로는 기도서를 들고 읽었다. 그의 말 몇 마디가 보슈에게까지 들렸다. 신부는 아서가 더 위대한 왕국으로 들어갔다고 말했다. 그 말을 듣고 있자니 날마다 인간이 저지른 참상을 조사하고 기록하는 일을 하면서도 그 위대한 왕국에 대해 굳은 믿음을 가지고 있던 골리어가 생각났다. 그러나 보슈는 그 왕국보다 배심원단이 좋았다. 그는 아직도 덜 위대한 이 세상 왕국에 살고 있는 사람이었다.

보슈는 유족 세 명이 한 번도 서로 눈을 마주치지 않는 것을 알아차렸다. 관이 내려지고 신부가 마지막으로 성호를 긋자, 쉴러는 돌아서서 주차장이 있는 도로를 향해 언덕을 내려가기 시작했다. 그녀는 부모에게 한 번도 아는 체를 하지 않았다.

새뮤얼이 즉시 그녀를 따라나섰다. 뒤를 돌아본 쉴러가 그가 쫓아오는 것을 알아차리고는 더 빨리 걷기 시작했다. 나중에는 우산도 집어던지고 달리기 시작했다. 그녀는 아버지가 따라잡기 전에 자기 차가 있는 곳에 도착해서 차를 몰고 가버렸다.

새뮤얼은 딸의 차가 거대한 공동묘지 도로를 달려 정문을 통과해 사라질 때까지 지켜보고 있었다. 그러고는 되돌아오면서 딸이 버리고 간 우산을 집어 들었다. 우산을 자기 차로 가져가더니 그도 차를 타고 떠났다.

보슈는 아서의 묘를 돌아보았다. 신부가 떠나고 없었다. 주변을 둘러보니 검정색 우산 꼭대기가 언덕 너머로 사라지는 것이 보였다. 신부가 어디 가는지 알 수 없었다. 어쩌면 언덕 반대편에서 장례식이 한 건 더 있는 건지도 몰랐다.

이제 무덤가에는 크리스틴 워터스만 남아 있었다. 보슈는 그녀가 조용히 기도를 하고 나서 아래쪽 도로에 남아 있는 두 대의 차 쪽으로 걸어가는 것을 바라보았다. 그는 그녀를 만나기 위해 사선으로 걸어갔다. 보슈가 다가가자 그녀는 침착하게 그를 바라보았다.

"보슈 형사, 여기서 만나다니 놀랍군요."

"왜요?"

"형사들은 사건에 초연해야 하지 않나요? 감정적으로 말려들려고 하지 않는 것 같던데요. 장례식에 참석하는 건 애착을 드러내는 거죠. 특히 비 오는 날에 열리는 장례식에 참석하는 건요."

보슈가 그녀 옆까지 다가가자 그녀는 그에게 우산을 비스듬히 씌워 주었다.

"유골은 왜 인도해가셨죠? 왜 당신이 이 일을 하신 거죠?"

보슈가 뒤편에 있는 언덕 위 무덤을 향해 손짓을 해보이며 물었다.

"다른 사람이 할 것 같지가 않아서요."

둘은 도로에 다다랐다. 보슈의 차가 그녀의 차 앞에 세워져 있었다.

"안녕히 가세요, 보슈 형사."

그녀는 작별 인사를 한 후 차들 사이로 걸어가 자기 차 운전석 쪽으로 갔다.

"드릴 게 있어요."

보슈가 말했다.

그녀는 차문을 연 후 그를 돌아보았다.

"뭐죠?"

보슈는 자기 차문을 열고 트렁크 버튼을 눌렀다. 그러고는 차 뒤쪽으로 걸어갔다. 그녀는 우산을 접어 차 안으로 던져 넣고 나서 다가왔다.

"언젠가 누군가가 이런 얘기를 하더군요. 삶이란 한 가지를, 다시 말해 속죄를 추구하는 것이라고요. 속죄하기 위해 노력하는 것이 삶이라고요."

"뭐에 대한 속죄죠?"

"모든 것에 대해서요. 어떤 것에 대해서라도요. 인간은 누구나 용서받기를 원하니까요."

그는 트렁크 문을 열고 판지 상자를 꺼내 그녀에게 건넸다.

"이 아이들을 보살펴주세요."

그녀는 상자를 받지 않았다. 대신 뚜껑을 열고 안을 들여다보았다. 상자 안에는 고무줄로 묶어놓은 봉투들이 들어 있었다. 낱장의 사진들도 있었다. 맨 위에는 먼 곳을 응시하고 있는 코소보 소년의 사진이 있었다. 그녀는 상자 속으로 손을 집어넣었다.

"이것들은 어디서 난 거죠?"

그녀가 자선 단체에서 온 봉투 한 개를 꺼내 들며 물었다.

"그런 건 중요하지 않아요. 누군가가 이 아이들을 꼭 돌봐주어야 합니다."

보슈가 말했다.

그녀가 고개를 끄덕이더니 조심스럽게 상자 뚜껑을 닫았다. 그러고는 상자를 받아들고 차로 돌아갔다. 상자를 뒷좌석에 놓고 나서 열려 있는 운전석 문으로 갔다. 타기 전에 잠깐 보슈를 바라보았다. 무슨 말인가 하려다가 마는 것 같았다. 그리고 차에 타더니 모습을 감추었다. 보슈는 트렁크를 닫고 나서 그녀의 차가 사라지는 모습을 지켜보았다.

# 54 어디에도 없는 사내

경찰국장의 지시가 또 한 번 묵살되었다. 보슈는 불이 모두 꺼져 있는 형사과 사무실로 들어가 전등을 모두 켜고 강력반의 자기 자리로 갔다. 그는 빈 판지 상자 두 개를 책상 위에 내려놓았다.

일요일 밤 자정이 가까운 시각이었다. 그는 아무도 없을 때 책상 정리를 하고 싶었다. 할리우드 경찰서에서 하루가 더 남아 있었지만, 그는 그 하루를 짐을 싸고 마음에도 없는 작별 인사를 주고받으며 보내고 싶진 않았다. 정리가 끝난 깨끗한 책상에서 하루를 시작해서 머소즈에서 세 시간에 걸친 송별회 겸 점심 식사를 하는 것을 끝으로 하루를 마감하고 싶었다. 그동안 친했던 몇몇 사람들과 작별 인사를 나눈 후에는 아무도 모르게 뒷문으로 빠져나오고 싶었다. 그에게는 그것이 이곳을 떠나는 유일한 방법으로 여겨졌다.

보슈는 파일 캐비닛부터 정리하기 시작했다. 아직도 가끔씩 자다가도 벌떡 일어나 앉게 만드는 미결 살인사건 파일들을 꺼냈다. 그는 그

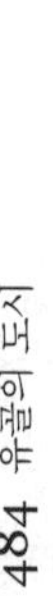

사건들을 포기하지 않았다. 강력계에서 좀 한가할 때나 집에서 혼자서라도 수사를 계속할 생각이었다.

상자 한 개가 가득 차자 그는 책상으로 가서 서랍을 비우기 시작했다. 탄피가 가득 든 유리 항아리를 꺼냈을 땐 잠시 일손을 멈췄다. 줄리아 브래셔의 장례식에서 주워온 탄피는 아직 항아리에 넣지 못했다. 대신 집의 선반 위에 올려놓았다. 줄리아의 아버지의 허락을 받아 가져온 상어 사진과 함께 그곳에 놓아두고 안전한 울타리를 벗어나면 어떤 위험이 닥치는가를 마음이 흐트러질 때마다 되새기고 싶었다.

그는 유리 항아리를 두 번째 상자 한구석에 조심스럽게 놓고 다른 물건들로 잘 괴어 놓았다. 그러고 나서 중간 서랍을 열고 펜과 메모지 등 사무용품을 꺼내기 시작했다.

오래된 전화 메시지 쪽지와 수사와 관련하여 만난 사람들한테서 받은 명함이 서랍 속에 흩어져 있었다. 보슈는 하나하나 살펴보며 계속 가지고 있을 것인지 쓰레기통에 던져버릴 것인지를 결정했다. 보관하기로 결정한 것들을 다 모은 후에는 고무줄로 한데 묶어 상자 속으로 던졌다.

서랍이 거의 비어갈 때쯤, 접은 종이 한 장을 꺼내 펼쳤다. 메모가 한 줄 씌어 있었다.

어디 있어요, 터프 가이?

보슈는 오래도록 메모를 바라보았다. 메모를 보고 있자니 불과 13일 전에 원더랜드 대로변에 차를 세운 후로 일어난 모든 일들이 주마등처럼 스쳐지나갔다. 메모를 보고 있자니 자신이 무엇을 하고 있는지 그리고 어디로 가는지 생각해보게 되었다. 메모를 보고 있자니 트렌트와 스톡스를, 그리고 아서 들라크루아와 줄리아 브래셔를 떠올리게 되었다. 메모를 보고 있자니 골리어가 수천 년 전에 살해당한 피해자들의 유골을 살펴보면서 했던 말이 기억났다. 그리고 메모를 보고 있자니 종이에 적힌 질문에 대한 대답이 저절로 나왔다.

"어디에도 없어."

그가 큰 소리로 말했다.

보슈는 종이를 다시 접어 상자에 넣었다. 그러고는 두 손을, 손가락 마디마다 있는 흉터들을 내려다보았다. 한 손의 손가락으로 다른 손의 흉터들을 쓸어내렸다. 그 벽돌벽을 주먹으로 치면서 생긴, 눈에 보이지 않는 내부의 흉터들은 어떤 모습일까 궁금했다.

그는 항상 형사라는 직업과 경찰 배지와 임무가 없으면 자신은 길을 잃을 것이라고 생각했었다. 그런데 이제는 그 모든 것이 있어도 마찬가지로 길을 잃을 수 있다는 사실을 깨달았다. 아니 그 모든 것 때문에 길을 잃을 것 같았다. 자신에게 가장 필요하다고 생각했던 바로 그것이 허무의 수의가 되어 그를 감싸고 있었다.

그는 결심했다.

보슈는 뒷주머니에 손을 넣어 경찰 배지가 든 지갑을 꺼냈다. 비닐창 뒤에서 신분증을 꺼내고 경찰 배지를 떼어냈다. 그는 엄지손가락으로 '형사'라고 적힌 움푹 팬 자국들을 어루만졌다. 자신의 손가락 마디에 난 흉터 같은 느낌이 들었다.

그는 배지와 신분증을 책상 서랍에 넣었다. 그러고는 권총집에서 권총을 꺼내 한참을 바라보다가 그것도 책상 서랍에 넣었다. 그러고는 서랍을 닫고 열쇠로 잠갔다.

보슈는 일어서서 형사과 사무실을 가로질러 빌리츠 경위의 사무실로 갔다. 문은 잠겨 있지 않았다. 그는 자기 책상 서랍 열쇠와 타고 다니던 경찰차 열쇠를 책상 위에 있는 서류철 위에 올려 놓았다. 아침에 그가 나타나지 않으면 그녀는 궁금해하며 그의 서랍을 열어볼 것이었다. 그러면 그가 돌아오지 않을 것임을 깨달을 것이었다. 할리우드 경찰서로도 경찰국 강력계로도. 그가 경찰배지를 반납하고 떠났다는 사실을 알게 될 것이었다.

강력반 자리로 돌아오면서 형사과 사무실을 둘러보던 보슈는 이제 다 끝났다는 느낌이 들었다. 하지만 조금도 아쉽지 않았다. 그는 책상에서 판지 상자 한 개 위에 다른 한 개를 얹어 들고 앞쪽 복도로 나갔다. 사무실 불은 그대로 두었다. 접수대를 지나간 그는 등으로 육중한 정문을 밀었다. 그러고는 접수대 뒤에 앉아 있는 순경에게 말했다.

"저기, 부탁 하나 하자고. 택시 좀 불러줘."

"알겠습니다. 하지만 날씨가 궂어서 시간이 좀 걸릴 건데요. 안에서 기다리시는 게…."

문이 닫히면서 순경의 말이 끊어졌다. 보슈는 길모퉁이로 걸어갔다. 비 내리는 쌀쌀한 밤이었다. 달은 구름 뒤에 숨어 보이지 않았다. 그는 가슴에 상자들을 갖다댄 채 서서 빗속에서 택시를 기다렸다.

〈끝〉

## 감사의 말

1914년 로스앤젤레스의 라브리아 타르 채굴장에서 살해당한 여성의 유해가 발굴되었다. 유골은 9천 년 전의 것으로, 그 여성은 로스앤젤레스 역사상 최초의 살인사건 피해자가 되었다. 타르 채굴장은 과거의 유물과 유골을 끊임없이 뿜어내어 학계의 주목을 받고 있다. 그러나 이 책에서 언급된 두 번째 선사시대 살인사건 피해자의 유골 발견은 이 글을 쓰고 있는 현재까지 완벽한 허구임을 밝혀 둔다.

마이클 코넬리

## 옮긴이의 말

세상에는 다양한 장르의 소설과 문학작품이 넘쳐나지만, 나는 그 중에서도 스릴러를 제일 좋아하고, 업으로 삼고 있는 번역에서도 스릴러가 들어오면 좋아라 하며 그것부터 맡는다. 불황을 걱정하는 출판계에서도 스릴러에 대한 매출은 꾸준한 것을 보면 나와 같이 생각하는 사람들이 많은 모양이다.《유골의 도시》 역자 후기를 쓰려고 컴퓨터 앞에 앉은 지금, 마이클 코넬리의 작품 세계와 그중에서도《유골의 도시》가 가지고 있는 빛나는 면들에 대한 멋진 생각은 하나도 떠오르지 않고, '왜 사람들은 스릴러를 즐겨 읽을까?', '왜 나는 이 책을 재밌어하며 즐겁게 번역했을까?', '독자들은 왜 굳이《유골의 도시》라는 가격과 분량이 만만찮은 책을 사서 소중한 시간을 들여가며 읽을까?' 하는 의문만 꼬리를 잇고 있다. 깊이 있는 작품 해설이 담긴 후기를 쓰고 싶은데 이러고 앉았다니, 벽에 머리를 박고 싶은 기분이다.

어찌됐든, 나는 위의 의문들에 대한 해답을 알고 있다. 사실, 다들 알고 있을 것이다. 대답은 간단하다. 재미있으니까!

그런데… 왜 재미있을까?

깊이 있는 작품 해설은 나중에 평론가의 몫으로 남겨두고, 나는 내가 생각하는 스릴러가, 그리고《유골의 도시》가 재미있는 이유를 이야기할까 한다.

우선, 주제의 현실성과 보편성을 들 수 있겠다.《유골의 도시》에서 마이클 코넬리는 가정폭력, 성 학대, 현대인의 영웅 심리, 현실과 이상과의 괴리, 조직 우선주의 등 현대의 어느 사회에서나 보편적으로 볼 수 있는 주제들을 탁월한 이야기꾼의 솜씨로 풀어내고 있다. 마이클 코넬리는《유골의 도시》출간 직후에 있은 한 인터뷰에서 "미스터리는 현 사회상을 가장 잘 반영해주는 장르입니다. 현재 사회적인 이슈가 되고 있는 문제들을 살펴보고 싶다면, 그 문제들이 보통 사람들의 일상생활에 어떤 영향을 미치는지를 알고 싶다면, 미스터리 소설을 읽어보세요. 거기서 제일 먼저 발견하게 될 테니까요."라고 말했다. 그렇다. 이렇게 보편적인 주제의 이야기를 읽으면서 느끼는 익숙함과 감정이입, 연민….《유골의 도시》가 재밌는 스릴러가 된 중요한 이유일 것이다.

그러나 그것만으로는 충분하지 않다.《유골의 도시》가 흥미진진한 미스터리 소설이 된 데에는 다른 이유가, 더 중요한 이유가 있다. 이야기의 긴박감과 짜릿함을 자아내는 작가의 솜씨가 그것이다. 20여 년이 지난 다음에 뜬금없이 발견된 유골, 황당한 사건을 맡은 해리 보슈 형사가 그 유골 뒤에 숨겨진 엄청난 비극을 밝혀내기까지의 긴장감 넘치는 수사 과정을 작가는 정교한 구성과 철저한 자료 조사, 간결하면서도 명쾌한 필체, 이야기의 완급을 조절하는 마술사 같은 능력으로 훌륭하게 풀어내고 있다. 어느 새 작가의 마술에 빠진 독자들은 해리 보슈와 함께 정신없이 뛰어가기도 하고 멈춰 서서 숨을 헐떡이며 고민하게도 되는 것이다. 마이클 코넬리가 21세기 미국 최고의 스릴러 작가로 추앙받고 있는 것도 놀라운 일이 아니다.

그리고 또 하나, 해리 보슈 시리즈의 열성 팬에게 해당되는 이야기일지 모르겠지만, 연작 소설이 갖는 장점, 즉 등장인물의 인생 역정을 따라 걸어보는 즐거움이 있겠다.《유골의 도시》는 마이클 코넬리의 해리 보슈 시리즈 중 여덟 번째로 출간된 작품이다. 1992년《블랙 에코》를 시작으로 2010년 현재까지 해리 보슈를 주인공으로 하는 스릴러 소설을 열다섯 편이나 썼으니, 작가는 해리 보슈에게 대단한 애정을 가지고 있는 것이 분명하다. 불우한 환경에서 자라 경찰이 된 남자, 현실을 직시하면서도 이상과의 대립이 있을 땐 불이익을 무릅쓰고라도 이상을 따르려는 영웅적인 면모를 갖춘 남자, 예리한 통찰력과 판단력과 지구력과 인내심을 가진 다시 말해 머리와 뚝심을 겸비한 형사, 이혼하고 외롭게 살며 사랑을 꿈꾸고 터널 끝에 보이는 '잃어버린 빛'을 따라 어두운 인생길을 휘적휘적 걸어가는 남자…. 마이클 코넬리가 애정을 담아 빚어낸 해리 보슈라는 등장인물은 너무나 이상적이어서 독자들이 괴리감을 느끼게 하지도 않고 너무나 현실적이고 세속적이어서 쓴 웃음을 짓게 만들지도 않는다. 작가와 똑같은 애정 어린 시선으로 지켜보면서 그가 가는 길을 함께 걷게 만드는 묘한 매력이 있는 인물이다. 그런 해리 보슈가 사건을 수사하고 해결하는 과정, 그리고 다음번엔 또 어떤 사건을 맡고 어떻게 해결하고, 어떤 모습으로 나이를 먹어갈까 하는 호기심과 관심. 이 소설을 즐기고 다음 소설을 기대하게 만드는 이유이다.

재밌는 소설을 번역하면서 많이 즐거웠다. 즐거운 시간을 주신 랜덤하우스 편집부에 감사드린다. 그리고 엄마가 번역한다고 주말이면 아빠하고 함께 놀러 다니면서 엄마의 부재를 눈감아 준 우리 꼬맹이들 정우와 연주에게 많이 고맙고 사랑한다고 전하고 싶다.

2010년 4월

옮긴이 한정아

## 마이클 코넬리 작품 연보

* 장편 소설 작품에 한정하였음.

| 원제 | 원서 출간연도 | 시리즈명 | 번역판 출간제목 | 번역판 출간연도 |
|---|---|---|---|---|
| The Black Echo | 1992 | 해리 보슈 시리즈 1 | 블랙 에코 | 2010 |
| The Black Ice | 1993 | 해리 보슈 시리즈 2 | 블랙 아이스 | 2010 |
| The Concrete Blonde | 1994 | 해리 보슈 시리즈 3 | 콘크리트 블론드 | 2010 |
| The Last Coyote | 1995 | 해리 보슈 시리즈 4 | 라스트 코요테 | 2010 |
| The Poet | 1996 | 잭 매키보이 시리즈 1 | 시인- 자살노트를 쓰는 살인자 | 2009 |
| Trunk Music | 1997 | 해리 보슈 시리즈 5 | 트렁크 뮤직 | 2011 |
| Blood Work | 1998 | | 블러드 워크- 원죄의 심장 | 2009 |
| Angels Flight | 1999 | 해리 보슈 시리즈 6 | 앤젤스 플라이트 | 2011 |
| Void Moon | 2000 | | 보이드 문 | 2013 |
| A Darkness more than Night | 2001 | 해리 보슈 시리즈 7 | 다크니스 모어 댄 나잇 | 2011 |
| City of Bones | 2002 | 해리 보슈 시리즈 8 | 유골의 도시 | 2010 |
| Chasing the Dime | 2002 | | 실종-사라진 릴리를 찾아서 | 2009 |
| Lost Light | 2003 | 해리 보슈 시리즈 9 | 로스트 라이트 | 2013 |
| The Narrows | 2004 | 해리 보슈 시리즈 10 | 시인의 계곡 | 2009 |
| The Closers | 2005 | 해리 보슈 시리즈 11 | 클로저 | 2013 |
| The Lincoln Lawyer | 2005 | 미키 할러 시리즈 1 | 링컨 차를 타는 변호사 | 2008 |
| Echo Park | 2006 | 해리 보슈 시리즈 12 | 에코 파크 | 2013 |
| The Overlook | 2007 | 해리 보슈 시리즈 13 | 혼돈의 도시 | 2014 |
| The Brass Verdict | 2008 | 미키 할러 시리즈 2 | 탄환의 심판 | 2012 |
| 9 Dragons | 2009 | 해리 보슈 시리즈 14 | | |
| The Scarecrow | 2009 | 잭 매키보이 시리즈 2 | 허수아비-사막의 망자들 | 2010 |
| The Reversal | 2010 | 미키 할러 시리즈 3 | | |

## 마이클 코넬리 크라임 스릴러

### 시인_자살 노트를 쓰는 살인자

**The Poet**

**앤서니 상 · 딜리즈 상 수상작!**

죽은 자들이 남긴 에드거 앨런 포의 시구,
그리고 이어지는 기이한 연쇄살인

로키 마운틴 뉴스의 살인사건 전문기자인 잭 매커보이는 어느 날 쌍둥이 형이자 경찰인 션의 자살 소식을 듣는다. 비탄에 잠긴 채 경찰관 자살에 관한 기획기사를 준비하던 잭은 형이 남긴 유서의 문구가 에드거 앨런 포의 시구라는 걸 발견하고, 또 다른 경찰관 자실사건 속에서도 포의 시를 발견한 후 연쇄살인범의 소행을 의심한다. 연관성이 높은 몇 건의 자살사건을 추려낸 잭은 이 사건들이 일련의 패턴—엽기적인 성범죄 살인사건 담당 경찰관의 스트레스성 자살—을 보이고 있음을 알고 미국 전역을 돌아다니며 범인을 쫓기 시작한다.

### 허수아비_사막의 망자들

**The Scarecrow**

**뉴욕 타임스 · 라이브러리 저널 올해의 도서**
**아마존 편집자 · 독자 선정 올해의 소설**

연쇄살인마 '시인'을 쫓던 잭 매커보이가 돌아왔다!

LA타임스로 스카우트 되어 경찰출입기자로 몇 년을 보낸 기자 잭 매커보이는 인터넷 세대에 뒤지는 데다 연봉이 너무 많아 해고명단에 오른다. 라스베이거스 클럽의 댄서를 살해한 16세 소년 알론조 윈슬로 사건 기사를 쓴 적이 있는 매커보이는 우연찮게 사건을 다시 접하고 새로운 대박 기획기사의 조짐을 느낀다. 그러나 사건을 파들어 가던 도중 진범 '허수아비'는 매커보이의 존재를 눈치채고, 사건 조사를 위해 사막으로 떠난 매커보이의 모든 신분을 지운다. 사막 한복판에서 최악의 난관에 처한 매커보이의 운명은….

## 블러드 워크_원죄의 심장

**Blood Work**

**앤서니 상 · 마카비티 상 수상작!**

FBI 최고의 프로파일러 테리 매케일렙,
평생을 악(惡)과 싸워온 그가 악의 수혜자가 되었다.

뛰어난 실력과 열정으로 미국 전역의 연쇄살인범들을 잡는 데 큰 활약을 한 FBI 프로파일러 테리 매케일렙. 하지만 과도한 스트레스로 인해 조기 은퇴를 한 후 심장이식수술을 받게 된다. 그리고 몇 달 후, 테리에게 동생의 살인범을 잡아달라는 의문의 여인이 찾아오고 그녀가 바로 자신에게 심장을 준 기증자의 언니라는 것을 알게 된 테리는 살인범을 쫓기로 결심한다. 그러나 단순한 편의점 강도사건으로만 알았던 사건은 조사를 거듭할수록 연쇄살인으로 발전하고 테리는 점차 위험한 시선이 자신을 향하고 있다는 것을 느끼게 된다.

## 링컨 차를 타는 변호사

**The Lincoln Lawyer**

**셰이머스 상 · 마카비티 상 수상작!**

마이클 코넬리의 첫 법정스릴러
매튜 매커너히 주연 영화화 진행 중

LA 뒷골목 범죄자들을 주로 변호하며 그들의 검은 돈을 수임료로 받아 챙기는 형사법 전문 변호사 미키 할러. 옷장에 명품 양복이 즐비하고 운전기사가 딸린 링컨 타운카 다섯 대를 굴리며 할리우드의 전망이 한눈에 보이는 저택에서 사는 할러에게 어느 날 초거대 부동산 업자 루이스 룰레가 찾아온다. 돈 냄새와 함께 루이스에게서 '처음으로 결백한 의뢰인'의 냄새를 맡은 할러는 그를 통해 자신의 지난 가책들을 씻어버리려 하지만 루이스에게는 할러가 알지 못하는 치명적인 비밀이 있는데….

## 실종_사라진 릴리를 찾아서

Chasing the Dime

**USA 투데이 12주 연속 베스트셀러**
**LA 타임스 올해의 소설 선정작**

알프레드 히치콕을 뛰어넘는 서스펜스

유망한 벤처 기업의 대표이자 천재 과학자인 헨리 피어스는 연인과의 결별로 홀로 새집으로 이사를 한 후 '릴리'를 찾는 수십 통의 전화와 메시지를 받는다. 단지 이 번호를 쓰던 전 주인일 거라 생각하고 큰 신경을 쓰지 않던 헨리는 계속된 전화를 받으며 '릴리'에 대한 호기심에 사로잡힌다. 한 번도 보지 못한 미지의 여인으로부터 느껴지는 알 수 없는 불안 때문에 결국 릴리를 찾아나선 헨리. 그러나 그 순간부터 단조롭지만 평화로웠던 그의 인생은 완전히 다른 방향으로 흘러가기 시작한다.

## 시인의 계곡_해리 보슈 시리즈 Vol.10

The Narrows

**USA 투데이 18주 연속 베스트셀러**

마이클 코넬리 최고의 캐릭터 '해리 보슈'와
최악의 연쇄살인마 '시인'의 만남

LA 경찰국 은퇴 후, 사립탐정으로 활동하고 있는 해리 보슈는 얼마 전 사망한 동료의 미망인으로부터 한 통의 전화를 받는다. 심장마비로 인한 남편의 돌연사에 의문을 품은 그녀는 보슈에게 죽음에 관한 비밀을 밝혀줄 것을 요청하고 보슈는 조사에 착수한다. 동료의 파일에서 '시인'의 자료와 지도를 발견한 보슈는 지도가 가리키는 라스베이거스 사막의 황폐한 도로 '지직스 로드'로 향하고 마침내 사막 한가운데에서 시체들을 파내고 있는 FBI 요원들, 그리고 '시인'을 뒤쫓았던 레이철 월링과 마주친다.

**유골의 도시**_해리 보슈 시리즈 Vol.8

**1판 1쇄 발행** 2010년 5월 10일
**1판 3쇄 발행** 2014년 9월 29일
**2판 1쇄 인쇄** 2015년 1월 22일
**2판 1쇄 발행** 2015년 1월 30일

**지은이** 마이클 코넬리
**옮긴이** 한정아

**발행인** 양원석
**본부장** 송명주
**편집장** 김지연
**해외저작권** 황지현, 지소연
**제작** 문태일, 김수진
**영업마케팅** 김경만, 정재만, 곽희은, 임충진, 이영인, 장현기, 김민수,
임우열, 윤기봉, 송기현, 우지연, 정미진, 이선미, 최경민

**펴낸 곳** ㈜알에이치코리아
**주소** 서울시 금천구 가산디지털2로 53, 20층(가산동, 한라시그마밸리)
**편집문의** 02-6443-8846 **구입문의** 02-6443-8838
**홈페이지** http://rhk.co.kr
**등록** 2004년 1월 15일 제2-3726호

ISBN 978-89-255-5526-3 (04840)
978-89-255-5518-8 (set)